THE DINOSAUR KNIGHTS
Copyright © 2016 by Victor Milán

All rights reserved.
Todos os direitos reservados.

Tradução para a língua portuguesa
© Alexandre Callari, 2017
© Richard Anderson, ilustrações de Capa e Miolo
© Rhys Davies, mapas

Os personagens e as situações desta obra
são reais apenas no universo da ficção;
não se referem a pessoas e fatos concretos,
e não emitem opinião sobre eles.

Diretor Editorial
Christiano Menezes

Diretor Comercial
Chico de Assis

Editor
Bruno Dorigatti

Capa e Projeto Gráfico
Retina 78

Designers Assistentes
Guilherme Costa
Marco Luz
Pauline Qui

Revisão
Ana Kronemberger
Marlon Magno
Nilsen Silva

Impressão e acabamento
Gráfica Santa Marta

DADOS INTERNACIONAIS DE CATALOGAÇÃO NA PUBLICAÇÃO (CIP)
Angélica Ilacqua CRB-8/7057

Milán, Victor
　Os cavaleiros dos dinossauros / Victor Milán ;
tradução de Alexandre Callari. — Rio de Janeiro :
DarkSide Books, 2017.
　484 p. : il. (Os Senhores dos Dinossauros ; v. 2)

ISBN: 978-85-9454-049-2
Título original: The Dinosaur Knights

1. Literatura norte-americana 2. Dinossauro 3. Fantasia
I. Título II. Callari, Alexandre

17-1048　　　　　　　　　　　　　　　　　　　　CDD 813

Índices para catálogo sistemático:
1. Literatura norte-americana

[2017]
Todos os direitos desta edição reservados à
DarkSide® *Entretenimento LTDA.*
Rua do Russel, 450/501 - 22210-010
Glória - Rio de Janeiro - RJ - Brasil
www.darksidebooks.com

OS CAVALEIROS DOS DINOSSAUROS

VICTOR MILÁN

VOLUME II

tradução
ALEXANDRE CALLARI

DARKSIDE

À memória de Emma Lou Who Milán, amada cachorrinha, companheira e protetora de todos nós, que morreu dois dias após a festa de lançamento. Sempre terei saudades, velha amiga. De várias maneiras, este livro é o seu memorial.

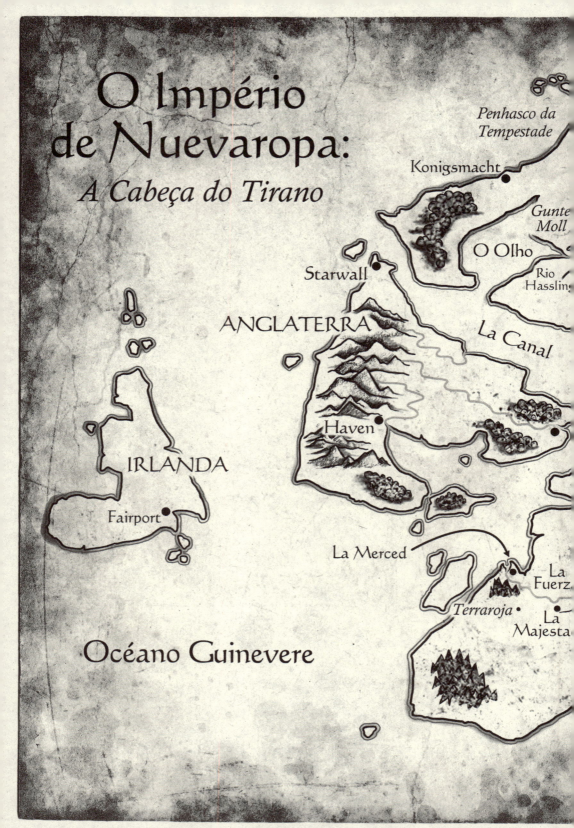

O jovem sábio sempre terá em mente o seguinte:
em Nuevaropa, viver é fácil. Assim como morrer.
– UMA CARTILHA DO PARAÍSO PARA
O PROGRESSO DE MENTES JOVENS

PARTE I

COLÓQUIO EM UM ESGOTO

OS CAVALEIROS DOS DINOSSAUROS

– P R Ó L O G O –

Los Ángeles Grises, *Anjos Cinza*, **Los Siete**, *os Sete*
Os servidores sobrenaturais dos Criadores: Michael, Gabriel, Raphael, Uriel, Remiel, Zerachiel e Raguel. Eles têm a tarefa de manter o Equilíbrio Sagrado dos Criadores no Paraíso. Possuem poderes notáveis e armas místicas e, quando caminham pelo mundo, costumam adotar uma aparência aterradora. Não são humanos e acreditam que todas as coisas existem para serem destruídas.
– UMA CARTILHA DO PARAÍSO PARA O PROGRESSO DE MENTES JOVENS –

PALÁCIO DOS VAGA-LUMES:
OS ESGOTOS NAS PROFUNDEZAS.

URIEL: Antes que parta, meu amigo... um momento.

RAGUEL: Não vai tentar fazer com que eu mude de ideia de novo, certo?

URIEL: Não. Vou respeitar o pacto... até que minha vez chegue. Só me pergunto como planeja voltar para Providence.

OS CAVALEIROS DOS DINOSSAUROS

RAGUEL: Devolverei este corpo ao pó e vou reanimar o que está lá. Ele me aguarda num local seguro, adormecido e cercado pelas proteções mais fortes. Provavelmente nem terá deteriorado de modo considerável neste intervalo de tempo tão breve para os padrões do Mundo Exterior.

URIEL: Mas você não fica nem um pouco nervoso de que algum dia possa haver um erro de duplicação e que você possa, perdoe-me por dizer, sofrer a Morte Verdadeira?

RAGUEL: O prospecto não me preocupa além do normal.

URIEL: Não pense que não pode acontecer somente porque ainda não aconteceu.

RAGUEL: Não aconteceu com nenhum de nós. Não dessa maneira.

URIEL: A perspectiva me apavora. E quanto a ela? Afrodite poderia intervir para provocar tal coisa?

RAGUEL: Ela não ousaria. Isso lhe traria o mesmo destino.

URIEL: Mas ela é bastante ousada. E tem andado na corda bamba, com suas intromissões em nome das pessoas sujas.

RAGUEL: Mas ela está tão presa quanto nós pela mesma terrível ameaça que nos compele a todos. De qualquer maneira, a julgar pela forma que se comporta, ela não leva a sério o seu papel de preservar Paraíso e todas as suas criaturas. Incluindo nós.

URIEL: Eis aí o problema.

RAGUEL: A única coisa que me preocupa é que meu avatar em Providence seja destruído.

URIEL: Seria uma pena.

RAGUEL: Estou certo de que derramou lágrimas mais amargas por nossa facção ter perdido e você ter de ceder a sua. Não está ficando ansioso demais, está?

URIEL: Não o bastante para trapacear. É a sua vez, sua e dos seus companheiros espumantes Purificadores.

RAGUEL: E hei de ceder a você e a seus companheiros Fundamentalistas. Se eu falhar. O que não farei.

PARTE II

RENASCIMENTO

OS CAVALEIROS DOS DINOSSAUROS

– 1 –

Chillador, Squaller, *Grande Caminhante*
Gallimimus bullatus. Bípede herbívoro veloz, de bico sem dentes. Comprimento: 6 metros; 1,9 metro de altura nos quadris; 440 quilos. Importado para Nuevaropa como montaria. Criado pela plumagem variada; distinto por uma extravagante juba plumada, em geral de cores leves. Frequentemente cavalgado em batalhas por montadores leves, mas ocasionalmente leva cavaleiros e nobres pobres demais para comprar hadrossauros de guerra. Extremamente truculento, com bicadas e coices letais.
– O LIVRO DOS NOMES VERDADEIROS –

Em algum lugar na Francia Central:

A caçadora esgueirou-se, encoberta pelo denso arbusto, observando com olhos escarlates.

A barriga roncava tão alto que ela temia entregar sua posição. Todos os seus instintos a instavam a atacar, a partir o duas pernas sem-rabo ao meio, derrubar a casca de madeira com rodas, afundar os

OS CAVALEIROS DOS DINOSSAUROS

dentes na parte de trás do pescoço desprotegido de um dos chifrudos presos a ela e abrir a barriga dele com suas garras poderosas.

Mas ela não o fez. Não poderia.

Sua mãe, sua mãe perdida por quem ela sofria constantemente de saudade, lhe ensinara bem. Não podia matar os duas pernas, independentemente do quão faminta estivesse ou do quão apetitosos eles parecessem. A menos que sua mãe desse a ordem, mas ela não estava presente. Ou então se eles a atacassem.

O alossauro era astuto, inteligente para a sua espécie, à sua própria maneira. Isso, porém, não bastava para convencê-la de que, se sua mãe estivesse presente, permitiria que atacasse o duas pernas por estar com fome. Os pensamentos dela eram simples como uma lâmina e diretos como o voo de uma flecha.

Além disso, aprendera do jeito mais difícil que, se os duas pernas a vissem, era provável que aparecessem armados com lanças, arcos e tochas, em quantidade grande demais para que ela ao menos cogitasse matar todos. Eles eram insistentes e inventivos, piores até do que os horrores. Como aqueles pequenos raptores malignos, eles punham em risco até mesmo uma matadora adulta, caso atacassem em número suficiente.

Então, mantendo a respiração curta, o monstro se manteve abaixado e deixou que a pequena caravana de comércio seguisse seu caminho, indo para fora dos bosques de mudas sem ser atacada.

Quando eles se foram, ela se ergueu, deixou os arbustos e ganhou a estrada. Enquanto olhava ansiosamente para os carrinhos, percebeu uma pequena figura de pé sobre uma das colinas arborizadas que dominavam o terreno: um duas pernas com a cabeça estranhamente pontiaguda.

Sua mãe vestia diferentes cabeças, ela bem o sabia. Sua mãe era uma grande feiticeira. Embora soubesse que não era a mãe naquela colina, a caçadora reconheceu algo naquele duas pernas e sua peculiar cabeça. E, como sempre acontecia nessas situações, uma insinuação do cheiro há muito desaparecido da mãe chegou às suas narinas. Uma alegria certeira a preencheu, como se, de algum modo, ela estivesse se aproximando cada vez mais da mãe, um dia após o outro.

Uma mudança no vento trouxe uma lufada fresca de um chifrudo. Selvagens, com o sabor de samambaias e bagas, não as feras domesticadas que puxavam os carroções e se alimentavam de grãos e forragem. Um pequeno rebanho pastava em algum lugar ali perto.

Ela era uma boa garota. Não tinha comido os duas pernas. Mas não ficaria muito mais tempo com fome.

Permitiu a si própria um ruído alegre e suave: *shiraa*.

Virou-se. Apesar de pesar uma tonelada e meia e dos onze metros de comprimento, fluiu de volta ao arbusto como um peixe passando entre algas marinhas, fazendo um mínimo de barulho.

"Não aguento mais."

Deixando as rédeas caírem no meio da trilha salpicada de luz pela floresta, La Princesa Imperial Melodía Estrella Delgao Llobregat agarrou o cabelo com os punhos e franziu o rosto numa expressão miserável.

Os cabelos estavam escuros como um calabouço agora. Pilar fora a uma cidadezinha e comprara corante para ocultar os marcantes cabelos ruivos de Melodía. O próprio cabelo, de um preto tão intenso que chegava a parecer azul sob determinadas luzes, Pilar deixou da forma como era; ela era insignificante. O único motivo para alguém identificá-la seria como a companheira da princesa fugitiva. De qualquer modo, a tonalidade de seus cabelos não era exatamente rara no sul do Império de Nuevaropa. Seus olhos – de um notável verde-esmeralda – eram um problema. Mas nem mesmo suas artimanhas de gitana ofereciam algum meio para disfarçá-los.

Forçando as montarias tanto quanto ousavam, as duas mulheres cruzaram rapidamente a fronteira da Spaña para a Francia. Evitando a Estrada Imperial, a via principal, foram para o condado de Providence o mais veloz que puderam. Esperavam que os seguidores das doutrinas do amante de Melodía, Jaume, as abrigassem. Era uma aposta arriscada, mas a única que podiam fazer.

Assim que a primeira onda de euforia desencadeada após a fuga amainou, Melodía passou a viajar num estado de torpor. A dor física do estupro infligido por Falk desaparecera antes disso. Ela não pensava, ela não sentia. Fez o que Pilar lhe disse para fazer de forma mecânica. Era como se seus sentidos, seu corpo, e até mesmo sua mente tivessem sido enfaixados.

Mas agora, sem aviso, o estupor desaparecera. Um súbito peso esmagou-a como uma bigorna caindo, arrancando seu fôlego, sua força. E trazendo lágrimas.

"Estou com saudades da Montse", disse ela numa voz que parecia o arrastar de um punhado de fragmentos de cerâmica. "Sinto falta do papai. Sinto falta das minhas amigas e de dormir numa cama. Não aguento mais isso."

Pilar parou seu cavalo branco e virou-se para trás.

"Princesa", disse, gentilmente, "temos de seguir em frente. Não queremos ser apanhadas em campo aberto."

As duas estavam vestidas como *hidalgas*, com blusas de seda e linho folgadas, botas, cintos e chapéus de abas largas de viajantes. A estrategista suprema, Abigail Thélème, sugerira que parecer-se com jovens mulheres de posição seria a menos arriscada das más opções ao fugirem das falsas acusações de traição que levaram à prisão de Melodía, sua violação e fuga desesperada para o exílio.

Para começo de conversa, elas traziam boas montarias – o que era suspeito para classes mais baixas. Se parecessem ricas, corriam o risco de ser roubadas ou raptadas. Mas, ao mesmo tempo, uma vez aparente, essa condição talvez fosse capaz de garantir um mínimo de respeito, tanto pelo hábito como pela relação risco versus recompensa.

Por outro lado, disfarçadas como mulheres do povo viajando sozinhas, elas correriam riscos terríveis de ser violentadas, escravizadas ou assassinadas – e não só pelos bandidos que atulhavam as rotas do império.

Elas levavam umas poucas armas que as colegas conspiradoras de Pilar tinham conseguido: espadas curtas para cada uma, e um arco pequeno e uma aljava de flechas para Melodía. Pilar, para dizer o mínimo, era uma mulher vigorosa e determinada, enquanto Melodía tinha sido treinada no uso de armas. Contudo, para a jovem princesa, naquele momento, as armas poderiam muito bem ser gramíneas molhadas: moles, úmidas e inúteis.

"É difícil demais", lamentava. "Qual o objetivo disso tudo? Não temos chance alguma. Todo mundo está contra mim. Eles vão nos perseguir como ratos. Ou bandidos vão nos encontrar e cair sobre nós como um *dragón* voador. Estou cansada, suja e minhas pernas e minha bunda não param de doer."

"Aguente firme, princesa", disse Pilar, apanhando as rédeas largadas sobre a sela de Melodía. "Ao menos vamos sair da estrada. Por favor?"

Melodía fez um gesto de impaciência com a mão. "Eu não aguento mais! Você não entendeu? Não está me escutando?"

Pilar crispou os lábios e respirou fundo: "Certo. Então me escute com atenção. Chegou a hora de crescer, Melodía. Você não é mais uma Alteza. Não é mais uma princesa. É uma criminosa fugitiva, uma renegada, cuja cabeça está a prêmio. Também é uma mulher jovem na estrada, cujo destino só é conhecido pelos Fae, no meio de um país repleto de criminosos. Estamos em perigo constante e mortal".

Melodía parou de choramingar, baixou as mãos, sentou-se reta e piscou. A voz da sua criada, outrora sempre tão deferente e gentil, agora estalara como um chicote.

"Sei que é inteligente. Bem mais do que está demonstrando agora. Você tem toda a força de vontade de que precisa. Sei que é melhor do que todos... até do que sua irmã. Conheço você há mais tempo do que ela. Mas chegou a hora de criar juízo e nos apressarmos. Use essa inteligência e essa força de vontade pra alguma coisa útil. Porque nossa astúcia e vontade juntas não bastarão pra nos manter vivas até chegarmos a Providence.

"Então, se quiser viver, se quiser limpar seu nome, reencontrar sua irmã e seu pai, se reconciliar com o conde Jaume – que a ama – e se vingar daquele imundo do Falk, você precisa se recompor. E tem que ser já."

Enfim alguma sensação atravessou as camadas até então impermeáveis de autopiedade firmadas por Melodía. Lampejos do ultraje atravessaram seu cérebro, e desceram pela garganta, até sua barriga.

"Como ousa? Como ousa falar comigo dessa maneira?"

"Ouso porque ainda sirvo você", respondeu Pilar. "E porque sou sua amiga."

Meravellosa tentou alcançar e lamber a bochecha da dona. Sem conseguir, baixou a cabeça para comer a grama verdejante que crescia ao lado da tufa amassada, a espuma vulcânica há muito congelada que revestia o leito da estrada. Agora, ela levantava a orelha e emitia um som grave na garganta. Então, a irritadiça montaria de Pilar começou a relinchar e a andar de lado.

"Merda!", xingou Pilar. Na curva que a estrada fazia atrás delas, um cavalo relinchava, cumprimentando outros como ele. "Rápido. Pra dentro dos arbustos..."

Mas os cavaleiros já estavam sobre elas antes mesmo que Pilar conseguisse fazer pouco mais do que tentar agarrar as rédeas de Meravellosa de novo.

Eles eram sete: seis guerreiros em cavalos de guerra, liderados por um esplêndido jovem cavaleiro num grande caminhante de penugem azul e amarela extravagante. Eles usavam casacos de couro de dinossauro sobre as túnicas leves e botas altas revestidas com feltros para evitar o atrito nas pernas nuas. Todos traziam lanças longas e escudos amarelos com a cabeça de um chifrudo vermelho. O líder vestia um morrião com uma delicada pluma amarela acima da crista. Seus cavaleiros usavam elmos de aço pontiagudos e as botas artesanais eram menos impressionantes do que a dele.

Melodía e Pilar tinham sido encontradas pela patrulha básica de caça a bandidos do barão.

O coração de Melodía parecia um pássaro tentando fugir freneticamente através da sua garganta. *Fomos apanhadas!*, pensou. Seu desespero de um momento atrás parecia agora mera birra infantil. *Agora tenho alguma coisa pela qual chorar.*

"Senhoritas", disse o jovem cavaleiro, de forma cortês. Seu cavanhaque e os cabelos que caíam sobre os ombros por baixo do capacete eram loiros, ligeiramente menos berrantes que o seu escudo. Ele era bonito e magro, e sua barba pouco fazia para ocultar o fato de que não era muito mais velho do que Melodía.

Acomodando a extremidade da lança num apoio preso à sela, ele tirou o capacete e se curvou. "Mor Tristan de L'Eau Noire, aos seus serviços. Cavalgo para o barão Francis de La Licorne Rouge. A quem tenho a honra de me endereçar?"

Os cavaleiros estavam atrás dele. Pilar tinha puxado seu cavalo para o lado de Meravellosa. Por sorte, as duas feras estavam em paz uma com a outra e não ergueram as orelhas ou tentaram se morder ou bicar.

Pilar jogou sua pesada cabeleira para trás e se endireitou na sela: "Eu sou Lucila, la baronesa de la Castilla Verde, indo visitar meu primo, montador Cédric, que serve o *comte* Modeste, de Tempête de Feu". Que calhava de ser o próximo condado a caminho de Providence.

"E quem é esta beleza?", perguntou mor Tristan, olhando para Melodía com apreço.

"Minha criada, Marta", acrescentou Pilar. Ela falou um francés impecável, mas com um forte sotaque spañol, como o faria qualquer nobre spañola que se prezasse, mesmo que fosse capaz de falar sem ele. Todas as Torres de Nuevaropa, *Mayor y Menor*, eram iguais diante da Lei Imperial. Mas as spañolas eram, como dizia o ditado, mais iguais do que as outras, e as aparências tinham de ser preservadas.

VICTOR MILÁN

"Ela estava chorando", disse Tristan.

Mesmo com a surpresa, o medo e o ultraje renovado – *uma serva, eu?* –, Melodía sentiu um novo desconforto. Aquele jovem cavaleiro era muito observador para sua laia. O que poderia ser um inconveniente. Ou mesmo fatal.

"A rapariga imprudente me respondeu", disse Pilar. "Acredita nisso? Ela ousou responder e agora reage assim. Fracote! Mas é típico dos inferiores. Eles não nascem com aço na espinha."

Tristan inclinou a cabeça para o lado. "Com o tempo, ele é arrancado deles na marra", respondeu. Um dos homens dele, aproximando-se de Melodía, comentou:

"Ei... essas duas não se parecem com as fugitivas que nos disseram para procurar?"

O ultraje de Melodía foi repentinamente suplantado pela sensação de o coração sair flutuando pela garganta, se transformado em chumbo e caído direto para dentro do estômago.

"Talvez, Donal." Tristan fuçou em um alforje e tirou um cartaz impresso em pele de saltador para ter mais durabilidade. "A princesa Melodía, da Torre Delgao, a filha do imperador. Aparentemente, ela tem sido bem travessa. E sua própria criada meretriz."

Ele olhou para as duas: "Mas é difícil concluir alguma coisa a partir dessas porcarias de rabiscos. E, de qualquer modo, a princesa renegada é ruiva. Aqui diz isso claramente. Enquanto nem a baronesa nem sua criada desmazelada apresentam qualquer vislumbre de vermelho".

"Desmazelada?", bradou Melodía. "Ora, seu..."

Pilar a estapeou com as costas da mão.

Foi um golpe firme, desferido com surpreendente força por alguém que não recebera o extenso treinamento físico concedido a mulheres de classe superior. Se bem que, talvez, não devesse ter surpreendido Melodía, visto que a servidora passara uma vida inteira lavando, carregando e cuidando. Porém, mais do que a força do braço, foi a súbita dor na bochecha e no nariz e o repentino choque de que aquilo de fato acontecera que derrubaram Melodía da sela, direto para o chão de cascalhos, entre seu cavalo e o dinossauro de Tristan.

Alarmado, o caminhante recuou como um pássaro assustado. Tristan se esforçou para controlar o animal, enquanto os cavalos se esquivavam. Melodía caíra de bunda, a qual, embora bem acolchoada

OS CAVALEIROS DOS DINOSSAUROS

pela musculatura, já estava dolorida, o que enviou um tremor ao longo da sua espinha, acrescido de insulto e injúria.

"Que diabo você acha que está fazendo?", gritou ela para a criada.

Ou pretendia gritar. Quando abriu a boca, Pilar atacou com seu chicote de equitação, num golpe estalado. Ela acertou Melodía no cocuruto. Doeu bastante, apesar da proteção do chapéu e do cabelo. Ela ergueu ambas as mãos para se proteger.

"Como ousa me enfrentar?", berrou Pilar. Mesmo num fervor de dor e de indignação, aquilo soou desconfortavelmente familiar aos ouvidos de Melodía. "Vou ensiná-la a não ser impertinente."

E, inclinando-se na sela, ela se pôs a castigar Melodía ainda mais nos braços erguidos, então nas costas e nos ombros, até que a princesa tivesse colapsado, encolhida de maneira indefesa nas pedras-pomes.

"Pronto", disse Pilar, satisfeita.

Olhando para o alto por entre uma cachoeira de lágrimas, Melodía viu sua criada se endireitar na sela e deixar o cabo do chicote – que ela jamais tinha utilizado em sua montaria de verdade – pendurado.

"Acho que ela se lembrará desta lição, não, mor Tristan?", disse ela, alisando os cabelos e a blusa branca.

Tristan voltou a curvar a cabeça. "Certamente me lembrarei, mademoiselle", declarou, e Melodía discerniu uma ironia inequívoca em sua voz. "Seria uma honra escoltá-las até as fronteiras de nosso país."

"Pare de choramingar", disse Pilar de forma imperiosa. Na verdade, demorou um pouco para que Melodía percebesse que sua criada estava falando com ela, e o fizera pelo mero processo de eliminação: ela era a única choramingando. "Recomponha-se e volte para a sua montaria. Ou vou lhe dar motivo para realmente chorar... e, na próxima fazenda, venderei essa égua, que é bonita demais para você, e comprarei uma mula magricela que esteja mais de acordo com a sua laia."

Os braços e costas de Melodía ardiam, não habituados à dor. Seu orgulho doía tanto quanto. Mas aquela voz impiedosa soou como se fosse cumprir o prometido. Sentindo-se mais velha até do que *la Madrota*, a inacreditavelmente velha rainha tiranossauro da Torre Delgao, ela se pôs no prumo, empurrou Meravellosa, que tentava confortá-la, e voltou para a sela, com a mesma graça que um saco de mantimentos teria se fosse carregado sobre a égua.

VICTOR MILÁN

A improvável comitiva se pôs em movimento. A "baronesa" andava lado a lado com o bonito cavaleiro, fofocando maliciosamente sobre o que Melodía percebeu ser as personalidades da Corte Imperial. Como nunca vira o rosto de Tristan na corte, Melodía sabia que ele não tinha como reconhecer que elas não eram de fato bajuladoras de algum magnata de La Meseta.

O jovem mor Tristan restringiu suas palavras a galanteios de aceitação com o que quer que saísse da boca de Pilar durante as suas raríssimas pausas. Conforme as dores e os ímpetos de Melodía diminuíam, ela deu-se conta de que suas percepções estavam estranhamente agudas: os sussurros das grandes folhas acima, o cheiro da floresta e das feras suadas, os típicos sons produzidos no alto por pássaros e alados peludos, e o toque suave da brisa em seu rosto. Agora, pareciam uma máscara de ferro incandescente presa a ele.

Os homens que vinham cavalgando atrás dela também conversavam, mantendo as vozes baixas. "Você viu as tetas daquela baronesa? Eu adoraria enfiar a cara no meio delas."

"Eu pagava pra te ver tentar, Corneille. Eu preferiria tentar trepar com um horror de penas vermelhas. Parece mais seguro."

"E a criada?", insistiu Corneille, que era evidentemente mais excitado do que o normal. "Ela é quase tão fogosa quanto."

Quase?, pensou Melodía. Com cuidado, manteve os ombros baixos e a vista voltada para o chão. Mas desejou que formigas mordessem as genitálias de Corneille na próxima parada.

"Você seria quase tão idiota se pusesse as mãos nela", respondeu o outro. "Eu teria medo de tocar qualquer coisa que pertencesse àquela baronesa venenosa. Até sua sombra."

OS CAVALEIROS DOS DINOSSAUROS

– 2 –

Los Compañeros de Nuestra Señora del Spejo,
Os Companheiros da Nossa Dama do Espelho
Uma ordem militar constituída de cavaleiros de dinossauros que juraram servir a Criadora Bella. Fundada pelo capitão-general conde Jaume dels Flors, sua missão é servir à beleza e à justiça, e ajudar os oprimidos. Seu contrato com o clero os restringe a não mais do que vinte e quatro membros ativos, escolhidos entre os homens mais heroicos, virtuosos, belos e artisticamente realizados de Nuevaropa e além, não necessariamente de berço nobre. Eles são encorajados a formar pares românticos entre si próprios, para consolidar suas ligações. Os guerreiros mais renomados de Nuevaropa, liderados por seu poeta e filósofo mais notório ainda vivo.
– UMA CARTILHA DO PARAÍSO PARA O PROGRESSO DE MENTES JOVENS –

"... e no calor da Batalha de Flores Azuis...", borbulhava de ultraje a voz de tenor do homem rechonchudo, "... eles não fizeram nada. Nada! Enquanto nosso amado irmão Percil foi cruelmente morto e

OS CAVALEIROS DOS DINOSSAUROS

os heroicos senhores Yannic e Longeau sofreram os ferimentos cujas marcas vocês veem agora."

Embora Rob montasse guarda na outra extremidade do salão de banquetes, podia ver claramente Yannic, sentado próximo ao estrado do Conselho. A cabeça estreita do nobre estava envolta em bandagens que deixavam descobertos apenas os olhos, boca e nariz. Rob avaliou que, seja lá o que restara por baixo, não era muito agradável de ser visto.

Ele registrou com interesse os sinais do atual equilíbrio de poder em Providence, ou pelo menos da cidade, cujo único senhor privilegiado a se sentar à mesa alta era Longeau, ele mesmo um membro do Conselho.

"Quanto aos nossos bravos irmãos, o barão Ismaël de Fond-Étang foi capturado e levado para Crève Coeur para que um resgate fosse pedido depois. O barão Travise, gravemente ferido, mal escapou da luta. Seus escudeiros e servos o levaram de volta aos Glades para se recuperar."

O próprio orador, coberto em seus belos mantos verde e dourado, não apresentava ferimentos. "Melchor, gorducho bastardo e traiçoeiro", murmurou Rob para Karyl, que estava sentado ao lado dele no banco instalado na parede de trás do salão. "Achei que ele fosse o mais razoável desse pessoal. E aqui estava ele, trabalhando para nos minar o tempo todo."

Karyl devolveu uma leve encolhida de ombros. "Você sem dúvida tem razão."

Rob olhou para ele. "Não é uma atitude cavalheiresca quando estamos sendo julgados pelas nossas vidas?"

"O jogo mal começou", retrucou Karyl. "O povo de Providence adora seus dramas. Esta produção está longe de acabar. Vamos esperar para ver o clímax, certo?"

"Contanto que não envolva um capuz preto, um machado e o pescoço do jovem Rob Korrigan."

Karyl recostou a cabeça contra a parede e fechou os olhos. Rob franziu ainda mais o rosto, o que obteve o mesmo efeito que qualquer outra expressão obteria diante de um homem adormecido.

Karyl vestia sua habitual roupa de monge mendicante, e aninhava o cajado de madeira preta no ombro como uma criança faria com um brinquedo. Assim que os guardas da cidade chegaram para prendê-los na chuvosa Estrada Ocidental, Karyl desenvolvera espontaneamente um severo coxear. Quer pensassem que ele havia se ferido na rota

VICTOR MILÁN

para Flores Azuis, quer fosse um antigo ferimento de campanha que se agravara, os guardas não interferiram quando Karyl pediu que um arqueiro trouxesse seu cajado da fazenda. E ninguém se deu o trabalho de inspecioná-lo.

"E quanto ao nosso irmão Cuget, que pôs de lado sua aversão pela violência para colocar-se no caminho daqueles que macularam nosso Jardim?", perguntou a irmã Violette, com uma voz que parecia um sino malicioso.

O aceno de cabeça de Melchor fez suas costeletas sacudirem prodigiosamente. "Morto, irmã Violette. Morto e abandonado no campo de batalha por aqueles covardes ali."

Ele estendeu um braço teatralmente, como se fosse uma lança, na direção de Karyl e Rob. Cabeças se viraram. Rostos corados de fúria ou franzidos de interesse ou indolentes de incompreensão.

Rob se levantou e fez uma mesura.

Violette assentiu com a cabeça, ornada por um complicado coque de cabelos prateados na parte de trás. Seus olhos, que combinavam com o nome, brilhavam de paixão e triunfo.

"Permitam que eu resuma as acusações contra vocês", declarou a Rob e Karyl. "Os terríveis ataques dos cavaleiros do conde Guillaume de Crève Coeur nos forçaram, em uma violação aos nossos princípios, a contratá-los para nos defender. Contudo, quando chegou o momento de ficar cara a cara com a invasão dos Corações Partidos, vocês recuaram. Assim, por causa da sua covardia – apenas para dizer claramente o que foi aquilo – o desastre recaiu sobre nossos nobres e nosso povo."

"Isso é mentira!", berrou uma voz da multidão.

Era o velho fazendeiro Pierre. Seu rosto ainda estava sujo de lama, e as pernas ainda tinham as marcas de raptores. Uma bandagem em que as manchas de sangue mal se distinguiam da sujeira circundava sua cabeça. Um grupo de companheiros camponeses estava ao redor dele, na fachada do salão à esquerda.

O rosto de Violette tornou-se uma máscara de fúria insana. Mas parecia que somente Rob estava prestando atenção nela.

"O capitão tentou deter um ataque insensato", Pierre disse. "Ele nos ordenou que recuássemos. Nós... desobedecemos. A um preço amargo. Meu filho mais velho está caído naquele campo. Raptores arrancaram seus membros e moscas estão bicando os olhos daquela cabeça que eu costumava acariciar quando ele era pequeno. Foram os lordes que fizeram isso, e Karyl e Rob tentaram impedir."

Se Melchor pudesse ter incinerado o homem com os olhos, ele o faria. Mas deixou que Violette respondesse.

"Em quem devemos acreditar? Num homem de nascimento nobre ou em algum fazendeiro rude, que suja nosso belo salão?"

"Nosso Jardim valoriza nascimento acima do valor?", perguntou Bogardus. "Você, irmã Violette, não esteve sempre entre quem mais insistiu que cada rebento deveria ter a chance de crescer o máximo que pudesse, independentemente dos antecedentes?"

O rosto dela se comprimiu como as garras de um escorpião-do-mar. "Melchor é um homem instruído."

"Sem dúvida. Isso o torna infalível?"

"Vocês viram o que aconteceu", disse Pierre aos artesãos da cidade que lutaram na batalha. Mais limpos e asseados após visitarem seus lares antes de irem para lá, a maioria estava amontoada no outro lado da sala. "Vocês estavam lá. Digam a eles."

Eles olharam para Reyn, o carpinteiro. Após um momento, ele sorriu e assentiu com a cabeça.

"É verdade. O capitão Karyl nos disse para armar uma defesa forte e esperar. Os lordes cavalgaram na frente dele e nos ordenaram a atacar."

Ele deu de ombros. "Nós obedecemos. Acho que fomos traídos pelo hábito. Todos perderam amigos e parentes, graças aos lordes. Ou não, graças a eles!"

"Você vai pagar por isso!", sibilou Yannic. "Vou cortar suas orelhas!"

"Não sou seu servo, Yannic. O ar da cidade é livre. E quanto ao Jardim e a egalité?"

Isso lançou um clamor como o de um bando de saqueadores sob a Lua Visível. A voz de tenor de Longeau se sobrepôs à algazarra.

"Deixando tudo isso de lado. Ninguém contesta que os mercenários estrangeiros recuaram, em vez de se juntarem a nós na frente de batalha. O que é isso, senão covardia? Você chama isso de beleza, Irmão Mais Velho?"

Rob olhou para Karyl. Seu companheiro estava com a cabeça recostada no mural que era o único monumento do seu protegido, agora morto. Seus olhos estavam fechados, os lábios barbados levemente separados, como se estivesse adormecido.

VICTOR MILÁN

"Você sabe a verdade!", vociferou Rob para ele. Bem alto: ele poderia ter gritado sem ser ouvido por ninguém mais longe. "Você tem de dizer a eles! Por que não se defende, homem?"

Como se aquilo fosse sua deixa, Bogardus ergueu as mãos para as laterais, desfraldando as largas mangas de seu manto como asas. Mais uma vez, ele fez a sua mágica e acalmou a multidão.

"Talvez devêssemos deixar os nossos capitães contarem a história", disse ele. "Irmão Karyl, queira fazer o favor."

Karyl abriu os olhos e levantou-se bruscamente. Ele não agia como um homem adormecido um piscar de olhos atrás. Na verdade, Rob duvidava que ele o tivesse. Mas também sabia que Karyl podia despertar do sono mais profundo em um instante. Caso os pesadelos deixassem que ele dormisse profundamente.

"Os fatos foram conforme os ouviram, Irmão Mais Velho. Se nossas ações não falam alto o bastante em nosso nome, o que palavras podem fazer? Nós nos declararíamos no direito, quer o tivéssemos, quer não."

E ele se sentou. Rob olhou para ele, horrorizado. "Você acabou de nos matar, homem", disse em anglés, com forte sotaque viajante.

"É só o segundo ato", respondeu Karyl em francés. "Espere pelo finale."

"É disso que tenho medo", retrucou. "Especialmente do meu."

Contudo, Karyl tinha compreendido certo: o espetáculo estava longe de acabar. Se aquele povo louco de Providence amava uma coisa mais do que a arte, era discutir. E preferencialmente aos berros, com as faces rubras e perdigotos lançados como as flechas dos nômades de Ovdan. O que começavam a fazer agora... com ênfase.

Estava claro que Bogardus acreditava em Karyl – talvez porque quisesse muito estar certo. Afinal, fora ele quem contratara os forasteiros. Se não isso, ao menos parecia dedicar a mesma atenção aos camponeses, quando estes se manifestavam, que destinava aos nobres. E isso era mais do que o resto do Conselho fazia. Ou mesmo a maioria dos Jardineiros. Rob não podia deixar de pensar na maciez das mãos deles e como o trabalho não havia manchado suas vestes simples, porém caras. Somente os acólitos mais brutos faziam alguma coisa de útil – mesmo que fosse tomar conta dos jardins homônimos.

"Por que Bogardus não nos defende?", murmurou Rob. Ele não conseguia acompanhar o que estava sendo dito: captar palavras como *traição* e *desmembramento* do tumulto generalizado fez com que bloqueasse os ouvidos. Em vez disso, tentou seguir a paixão coletiva – que parecia subir e descer como uma gangorra. "Ele leva a droga da cidade inteira na palma das mãos."

"Ele quer que isso seja resolvido de forma definitiva", respondeu Karyl. "Se impuser uma solução, seria como maquiagem sobre um ferimento infectado. Vermes cresceriam por baixo."

E, às vezes, até ele mostra um veio poético, pensou Rob. Suspirou. Decidiu que, daquela vez, conteria a língua. De qualquer maneira, já mencionara carrascos e nós corrediços tanto quanto era permitido pelo bom gosto.

Um diabrete passou pela porta de entrada à esquerda de Rob e pelo guarda, que fez uma careta, mas não se moveu para detê-lo. Ou detê-la. Rob não sabia dizer. Mas reconheceu de imediato os cabelos negros revoltos, o rosto que parecia sofrer uma reprimenda, e a túnica cinza disforme.

Como um furão, *Petit Pigeon* nunca usava uma rota direta a não ser que não houvesse alternativa. Indo timidamente até Rob, a criança espiã sussurrou em seu ouvido. Conforme ouvia, as sobrancelhas dele foram se erguendo na direção do cabelo amarelo acastanhado que ele sabia que estava todo desordenado por ficar correndo os dedos ansiosos entre os fios.

"Bom trabalho", disse quando o Pequeno Pombo terminou. Rob abriu a algibeira e deu um cêntimo de cobre para a criança. Pequeno Pombo sorriu, exibindo dentes surpreendentemente brancos, e logo deslizou de volta por entre os guardas, rumo à porta.

Menos de cinco segundos depois, Emeric entrou. Seu rosto mostrava um humor soturno e áspero. As sentinelas fizeram menção de impedi-lo, mas uma encarada firme daqueles olhos verdes como a floresta fez com que voltassem a seus lugares. Foi a vez do corredor das matas cochichar no ouvido de Rob, e não com tanta discrição. Reprimindo uma gargalhada que ameaçava efervescer como água de uma panela esquecida no fogo, Rob agradeceu. Emeric saiu, mirando os guardas com o olhar como um chicote. Rob inclinou a cabeça na direção de Karyl: "Duas informações acabaram de cair no meu colo", disse ele. "Juntas elas constituem um todo notável."

Com a circunstância substituindo a sua própria natureza rapsódica, Rob fez um sucinto relato a Karyl. Ele então se recostou e não inibiu o sorriso que surgiu em sua face barbada, convidando o amigo a apreciar as novidades.

Karyl encolheu a fronte de forma cética: "É conveniente que uma venha no esteio da outra".

"Na verdade, não", disse Rob, movendo o traseiro para o outro lado no banco duro, transpirando impaciência. "Os eventos que eles relataram aconteceram quase ao mesmo tempo. E, apesar de toda a malícia do Pequeno Pombo e o dom de Emeric para intimidar, demorou um pouco para que passassem pelos guardas."

"Bem. Eles fizeram um belo trabalho." E, inacreditavelmente, Karyl voltou a se acomodar para sua soneca.

"Qual o seu problema?", sibilou Rob. "Isso prova o nosso caso!"

"Não necessariamente", observou Karyl. "Não nos escusa, apenas divide a culpa. No máximo poderá desviar a atenção de nós brevemente."

"Mas o debate está indo contra a gente! Um pouco menos de atenção pode ser o que a gente precisa. Por exemplo, para conseguirmos fazer uma rápida arrancada noturna até a fronteira..."

Karyl abriu um olho. "Está preocupado?"

"E você não deveria estar?", perguntou Rob.

Karyl sorriu de leve. Então, encostou as costas na parede pintada e, ao que parecia, adormeceu pacificamente.

Só espero que você tenha algum maldito plano nessa sua cabeça assombrada por pesadelos, pensou Rob, furioso, *e não esteja só afundando no conforto frio do fatalismo.*

Mas os poderes psíquicos de Rob falharam. O que não era surpresa já que, apesar da sua herança, ele não possuía nenhum. O que talvez fosse bom, ou ele provavelmente seria feito escravo por algum maldito banco, já que a Lei dos Criadores era contra o enforcamento de escravos.

O que, na verdade, não parecia um lugar tão ruim para se estar naquele momento. Bogardus claramente favorecia os homens que havia contratado, assim como a plebe, camponeses e o povo da cidade que lutaram nos campos das flores azuis. Mas o sentimento em meio ao povo que se amontoara para assistir e, principalmente, entre os membros sobreviventes do Conselho, era contra eles. Apesar da tensão, e de ter dormido desde a hora em que foram trancados em cômodos da casa-grande em vez de celas – não muito sossegados, por algum motivo –, até serem chamados para o julgamento, Rob adormeceu.

OS CAVALEIROS DOS DINOSSAUROS

Então, uma voz estridente como um trompete próximo demais da sua orelha esquerda o despertou.

"Posso ser ouvido?"

Nas trevas, o cavalo relinchou e jogou a cabeça para cima quando Jaume apertou a sela sobre a almofada. Ele ignorou o animal. Talvez tivesse um nome; Jaume não sabia, nem ligava. Para ele, era um meio de transporte – um ser vivo para ser tratado com gentileza, claro, porque esse era o caminho da Dama, além de sua inclinação natural. Mas não significava nada especial para ele, não da forma que um bom dinossauro o faria. Decerto, não como seu amado coritossauro, Camellia. Nisso, ele era o oposto do seu amor, que não ligava para dinossauros, mas adorava cavalos, especialmente Meravellosa.

Melodía. O nome ressoou como um toque fúnebre em sua mente e deixou um gosto de cinzas na língua.

O brilho laranja que dançava repentinamente no couro polido da sela revelou que o cavalo não estava de fato reagindo àquela incomum atividade noturna, mas sim à aproximação de seres vivos.

Virou-se. Sua primeira reação foi franzir a testa. A tocha vinha erguida pela mão trêmula de ninguém mais que seu escudeiro, Bartomeu. Ela iluminava os rostos carrancudos de cinco Companheiros.

"Não seria mais fácil se tivesse luz para trabalhar, senhor?", perguntou Florian, com uma leveza enganosa.

"Aprendi a selar um cavalo no escuro quando era criança", respondeu Jaume, "em campanhas contra os *miquelets* nas montanhas de dels Flors."

O cercado para cavalos do Companheiro era próximo do recinto mais robusto onde os dinossauros de guerra bramiam e resfolegavam uns para os outros, num pequeno vale perto da cidade de Penhasco Vermelho. Os Companheiros tinham posicionado seu acantonamento de modo que os ventos mantivessem seu fedor longe do resto do exército.

Algumas rãs cantavam no pequeno bosque de onde a comitiva de Companheiros viera.

"Sinto muito, senhor!", falou abruptamente Bartomeu. "Eu..."

"Não culpe o garoto", interrompeu com um grito o enorme Ayaks. "Nós o intimidamos."

"Está tudo bem, Bartomeu", disse Jaume. "Você não fez nada errado. Temo que minhas ações não lhe deixaram escolha."

VICTOR MILÁN

"Aonde estava indo, meu senhor?", perguntou Manfredo.

Jaume sorriu. *Não vou mentir*, disse para si próprio. *Eles são meus amigos... meus Companheiros.*

Além disso, não faria bem algum.

"Vou atrás de Melodía, claro."

"Pode pagar", disse Florian para o taliano. "Eu avisei que ele tentaria ir atrás dela. Você não compreende a paixão."

Uma onda de dor cobriu o rosto anguloso de Manfredo. "Não fale de coisas sobre as quais você não sabe nada", resmungou.

Florian levantou a sobrancelha. Então, sua boca fez um esgar, como se ele percebesse o que tinha dito a um homem que recentemente concedera ao amante de longa data a misericórdia final.

"Minhas desculpas", disse ele, abaixando a cabeça. "Falei sem pensar. Creio que o capitão está certo em ter suas dúvidas quanto a mim."

Manfredo fez uma cara contrariada e disse de modo áspero: "Desculpas aceitas".

"Não pode nos deixar!", falou Wouter, com mais ênfase do que lhe era habitual. "Estamos prestes a marchar contra o conde Ojonegro."

Notícias sobre a bizarra prisão de Melodía e sua fuga foram o segundo golpe que Jaume recebera em poucos dias. O primeiro veio quando, em vez de receber o esperado comando de marchar com o Exército da Correção de volta para La Merced para dissolvê-lo, as ordens que vieram com o selo de Felipe mandavam que o exército voltasse sua atenção para o feudo na fronteira com a Francia, cujo senhor vinha desafiando o trono numa questão complicada envolvendo a propriedade de diversos feudos.

Jaume balançou a cabeça. "Vocês não precisam de mim para isso. Não é como se eu tivesse feito um trabalho maravilhoso na campanha contra Terraroja."

"Não se menospreze, homem", disse Machtigern.

"Você não pode abandonar seu posto de comando no exército", emendou Manfredo com severidade. "Isso seria um crime."

Jaume sorriu levemente. "Achei que eu fosse o marechal", respondeu, "o comandante dos Exércitos Imperiais. Eu poderia pôr você no comando do exército, se quisesse."

Mas Manfred sacudiu a cabeleira com seus cachos vermelhos. "Você é o marechal, mas o próprio imperador o colocou no comando do Exército da

OS CAVALEIROS DOS DINOSSAUROS

Correção. Deve permanecer em seu posto. Pode enviar os Companheiros ou quem quer que escolha para procurar a princesa. Mas somente com o objetivo de mandá-la de volta a La Merced, para ser julgada."

"Jaume não vai arrastar seu amor para ser acorrentada", falou Florian. "Nem mandará alguém que o faça. Nem deveria. Essa coisa toda fede a armação. Você a conhece melhor do que todos, Jaume. Você a conhece desde criança. Ela tramaria contra o pai, por qualquer motivo que fosse?"

"Nunca", respondeu Jaume.

Ele examinou os rostos dos companheiros. "Percebo tardiamente que isso não é surpresa para vocês."

"Rumores das revoltas em La Merced chegaram ao acampamento há dois dias", admitiu Ayaks. "Evitamos que chegassem até você o máximo que foi possível."

"Obrigado... acho. Mas agora eu já sei. E devo ir atrás dela."

"O que poderia fazer por ela?", perguntou Machtigern. "O que poderia fazer?"

"Ajudá-la. Protegê-la. Trazê-la até aqui, creio."

"Não pode fazer isso", disse Manfredo gravemente. "Ela é uma fugitiva da Justiça."

"Sei o que está por trás disso tudo", comentou Machtigern. "Falk."

O cavaleiro, em geral taciturno, catarreou o nome do seu compatriota alemán.

"Quem matou Duval em duelo e assumiu seu lugar no comando da guarda imperial? Quem matou a própria parentela do imperador enquanto tentava prendê-la, que fez aquele tirano de estimação infernal arrancar a cabeça do ministro-chefe Mondragón na praça, diante do palácio do Papa? Quem prendeu sua amada Melodía acusando-a de conspirar contra o próprio pai, o que todos no império sabem que se trata de uma farsa inominável? Por que não nos conduz, os Companheiros, de volta a La Merced para lidar direto com o maldito duende rebelde, capitão?"

Ayaks tocou o ombro largo de Machtigern. "Você de fato disse algo, meu amigo. E também não podemos nos esquecer daquele misterioso conselheiro de sua Majestade, o tal frei Jerónimo. Aposto que ele está por trás dessa insanidade!"

"Não é uma boa ideia, irmãos", se intrometeu Florian. "Jaume abandonar seu posto e marchar com o exército para La Merced? Isso justificaria traição contra o Trono Dentado, se não aos olhos do seu amável tio, com certeza aos de muitas figuras poderosas das quais nem Felipe ousaria discordar. E sua Santidade Pio só está buscando uma oportunidade para anular a sua Licença."

Jaume o encarou. "Você? Florian, o Louco, recomendando cautela?"

Florian deu de ombros. "Não posso ficar previsível demais. Mas a ideia de levar a Ordem de volta a La Merced é tolice. Dito isso, concordo que você tem de fazer alguma coisa, capitão."

"Se abandonar o exército, o que será dele?", questionou Manfredo. "Ele assolará o interior do país ainda mais. E, provavelmente, acabará destruído, o que, embora constitua uma perda pequena em termos dos vilões que realmente morrerão, seria um golpe terrível para o prestígio e a defesa do império."

Jaume sabia que o antigo estudante de Direito tinha razão. Mas uma ira incomum fervilhava dentro dele. "E se eu abandonar Melodía? Que tipo de homem seria?"

"Um que segue as leis que jurou defender", respondeu Manfredo. "O que pode fazer para ajudar Melodía se não vai levá-la para ser julgada? Irá junto dela para o exílio? Se violar a Lei do Império, você não terá opção."

"Então você abandonou a Beleza, Manfredo?", bradou Jaume numa fúria gelada. "Perdeu a fé na Dama que todos servimos e voltou a adorar Torrey e a rigidez da Sua Lei?"

Mesmo à luz fraca das tochas, Jaume pôde ver Manfredo empalidecer. O taliano deu-lhe as costas e caminhou para dentro da noite.

Jaume desanimou. Percebeu seu erro de imediato. Quis chamar o amigo, seu companheiro, e se desculpar por permitir que o temperamento assumisse o controle sobre a língua.

Mas o surto de paixão que o movera desde que lera a estranha carta do tio havia desertado de forma abrupta. Agora, sentia pouco mais do que uma fria falta de jeito por dentro, e perplexidade ante o turbilhão de eventos ocorridos na corte geralmente plácida. Duval e Mondragón eram amigos de Felipe, pensou, e tão leais quanto ele próprio. E quem acreditaria que Melodía, de todas as pessoas, desejaria mal ao próprio pai?

OS CAVALEIROS DOS DINOSSAUROS

Mas ele sabia que um homem em particular teria acreditado naquelas coisas – *Não posso dar forma a esse pensamento agora.*

Jaume abateu-se. Então, sentindo uma mão firme sobre seu ombro, voltou-se.

"Seja lá o que decidir", disse Florian, "estaremos atrás de você. Nós, Irmãos-Cavaleiros, e provavelmente os Ordinários também. Até mesmo aquele graveto seco do Manfredo. Você é nosso capitão-general e nosso amigo."

Jaume apertou os olhos. Sentiu lágrimas pesarem sobre os cílios inferiores.

"Suponho que só posso fazer o que sempre fiz", disse, abrindo os olhos e forçando um sorriso. "Meu dever para com meu tio e o trono."

"E Melodía?", perguntou Machtigern.

"Só posso torcer para o melhor. Ela é mais inteligente, forte e habilidosa do que imagina."

Mas, por dentro, ele se perguntou: *Será que fiz a pior das escolhas? E poderia ser*, mais uma vez?

OS CAVALEIROS DOS DINOSSAUROS

– 3 –

Trono Colmillado, Trono Dentado
Trono do imperador de Nuevaropa em La Majestad, supostamente moldado do crânio de um monstro terrível e incrivelmente grande, um tirano imperial (Tirannosaurus imperator), morto de forma heroica por Manuel Delgao, progenitor da linhagem imperial. Uma vez que relatos confirmados sobre a existência de tal criatura nunca foram descobertos (embora ela seja listada no LIVRO DOS NOMES VERDADEIROS*), presume-se que o Trono Dentado seja uma escultura falsa, ainda que gloriosa, e que os Criadores possuam um senso de humor astuto.*
– O LIVRO DOS NOMES VERDADEIROS –

"As pessoas estão assustadas por causa das notícias de um Anjo Cinza aparecendo em Providence, Majestade." O duque Falk von Hornberg, novo líder dos guarda-costas imperiais, os Tiranos Escarlates, informou ao seu mestre sob a fraca luz da alvorada que se derramava nos muros do lado oeste. "Muitas vozes pedem uma guerra imediata, tanto nas ruas de La Merced, quanto na corte."

OS CAVALEIROS DOS DINOSSAUROS

"Bem", respondeu Felipe, imperador de Nuevaropa, enquanto saltava numa perna só, tentando tirar a bota direita enquanto continuava andando, "não podemos nos precipitar. A família está me pressionando para não fazer nada impensado, sabe? Eles realmente acreditam que nos mantivemos no poder desde o surgimento do império sem exercê-lo de fato. É uma visão limitada, mas é o que é."

Mas ele não soou desagradado pelo relato de Falk. O que convinha ao duque.

"Pronto", sua Majestade disse, satisfeito. Ele jogou a bota para um servo, que já carregava a outra. Felipe não ligava de andar descalço, algo que Falk aprovava. "Alguma notícia de Melodía ou de onde ela esteja?"

Ele tirou o justilho de couro de saltador por sobre a cabeça, exibindo o peito e a pança cobertos de pelos ruivos.

Falk travou a língua: "Majestade, há caminhos subterrâneos que passam pelos estábulos dos dinossauros até o Grande Salão para que faça sua palestra matinal. Insisto que não se exponha ao perigo dessa maneira".

"Oh, dane-se. Eu sou só o imperador. Não sou realmente importante. Se bem que ainda podemos mudar isso, estou certo? Até parece que vou me esgueirar como um ladrão dentro da minha própria casa."

O Palácio dos Vaga-lumes, *Palacio de las Luciérnagas* na língua regional e principal do império, não era estritamente falando o lar dele. Na verdade, pertencia ao príncipe Heriberto, governante local. Mas ele o arrendara para Felipe, que, por sua vez, o preferia à residência oficial do império na capital, La Majestad.

Felipe tirou as calças de linho e a tanga por baixo de uma só vez. Falk desviou os olhos. Aqueles sulistas tinham uma escandalosa falta de recato.

"Agora me diga o que soube da minha filha."

"Temo que nada", respondeu Falk. "Ela e a criada estão fazendo um trabalho excelente ao se esconder dos nobres diligentes e seus vassalos, apesar dos alertas enviados para todo o império para que fiquem de olho nas fugitivas."

"Bom", disse Felipe.

Como devoto do Criador Torrey, ou Turm em sua língua natal, além de acreditar firmemente no princípio da ordem, Falk deveria ter falado imediatamente sobre como a própria Lei do Império não deveria ser abrandada – ainda mais pelo imperador em si.

VICTOR MILÁN

Mas não o fez. Afinal, Felipe *era* o imperador, e a crença na ordem significava acreditar na hierarquia: que aqueles que estavam acima governavam quem estava abaixo. Além disso, Falk não era tão devotado a seus princípios ao ponto de ignorar que contradizer o chefe nem sempre é uma boa escolha para a carreira. Mas, acima de tudo, porque ele mesmo estava pensando, *Bom, de fato. É melhor que ela não seja capturada.*

"Ela fugiu do aprisionamento por traição, Majestade", prosseguiu. "Com a ajuda da criada, também fugitiva da lei."

Felipe estava amarrando uma tanga nova. "E concordo com você que, por mais que tenha sido drástico, prendê-la foi a melhor maneira de tirá-la da frente do lampião – e para longe das tumultuosas intrigas do Palácio que você habilmente suprimiu, meu caro garoto."

Fico satisfeito que pense assim, Majestade, Falk refletiu. Embora "habilmente suprimiu" tenha até ali consistido de utilizar pessoalmente seu tiranossauro de guerra albino, Floco de Neve, para decapitar publicamente Mondragón, o amigo de longa data do imperador e ministro-chefe, e matar diversos parentes do próprio Felipe. Assumindo que eles eram patifes indecentes, ninguém sentiria falta deles. E não seria sábio deixar vazar que a ascensão de Falk tenha implicado em conspirar ativamente com eles. E sem falar que Falk obtivera sua atual posição de chefe da guarda imperial ao desafiar para um duelo seu antigo líder, também antigo serviçal do imperador, e matá-lo.

Incrivelmente, tudo está correndo conforme o plano, ele pensou. *Ou quase tudo. Está orgulhosa de mim, mãe?* Ele sabia que ela não estaria.

Um dos serviçais que seguiam Felipe jogou um elaborado manto cerimonial com ridículas penas amarelas de ceifador sobre os ombros dele.

"Pronto!", disse Felipe, puxando o traje para ajustá-lo, enquanto outro serviçal o prendia com um broche enfeitado por um rubi do tamanho de um dedão. "Agora estou imperial o suficiente pra encontrar aqueles trebs desgraçados. Sem dúvida vão choramingar para que eu responda à questão de casar Melodía com o príncipe Mikael. Ao que ela é totalmente contra, não que eu a culpe."

Virou o rosto para sorrir de modo infantil para Falk, frustrando os esforços de um serviçal de colocar uma coroa de ouro incrustada de rubis em sua cabeça.

OS CAVALEIROS DOS DINOSSAUROS

"Bem, eles não podem me culpar se minha filha não estiver disponível, podem? Eu não poderia entregá-la para o herdeiro gordo e sujo deles, mesmo se estivesse disposto. O que os Criadores me deram força e sabedoria para não fazer, uma vez que é quando você tem uma aliança formal com os basileus que aqueles encrenqueiros cofundadores acham mais conveniente te esfaquear. E, claro, ela não aceitaria nada disso."

Ele meneou. Uma segunda tentativa de colocar o aro terminou com este pendurado num ângulo perigoso para a frente, sobre um olho verde bulboso. O crânio de tirano excessivamente estilizado parecia uma criatura que espiava a cabeça de sua Majestade como um gato, piscando para Falk.

"É uma garota de vontades fortes", disse Felipe. "Diga, cá entre nós dois e a parede..."

E os criados, Falk pensou. *Que escutam tudo. E repetem para o meu criado.*

"... seja um bom rapaz e envie discretamente um pedido para relaxar o alerta. Pode fazer isso?"

Falk conseguiu manter seu meio sorriso de resposta, em vez de dividir sua barba e seu bigode ao meio numa gargalhada tola.

"Como quiser", disse ele.

Já que eu não posso ordenar que a vagabunda seja morta sem perder minha própria cabeça, pensou.

Ter a cabeça de Falk decepada era a coisa mais gentil que sua Majestade Imperial faria se descobrisse o que seu novo chefe de segurança tinha feito à sua adorada filha enquanto ela estava sob sua custódia, e que se dane a proibição dos Criadores de efetuar torturas.

Ele precisava ter cuidado – mais do que nunca, precisamente por causa da sua posição de poder. Em particular, ele tinha de se proteger contra a tendência de tomar Felipe por um tolo. Tal erro levara os Eleitores a escolherem colocar o traseiro largo dele no Trono Dentado, supondo que ele jamais faria nada que aborrecesse o império. Ou a mão de ferro que sua família, a Torre Delgao, mantinha governando o império, desde seu nascimento.

Na verdade, o imperador era bastante inteligente – e altamente ambicioso de exercer o poder latente no trono, frente aos séculos de inação calculada. Sua inatividade despertara uma rebelião entre os nobres da Alemania, o que incluía o próprio Falk. E sua natureza

VICTOR MILÁN

– impulsiva, contudo maleável, e pouco disposta a reconsiderar uma ação uma vez tendo ela sido tomada – também colocara Falk no caminho de sua posição atual, quando ele se apresentou à corte para arrepender-se de modo teatral pelos seus erros e colocar-se à mercê de Felipe. O imperador adorava grandes gestos.

Ele também adorava as filhas, ainda que tendesse a se esquecer de que elas existiam, quando distraído por questões do Estado ou pelo amor pela caçada. Os excessos de Falk, embriagado de triunfo, além de vinho – e as palavras manhosas do seu servo – ainda poderiam custar a ele e a sua mãe tudo pelo que eles trabalharam por anos.

Mesmo assim, Falk estava satisfeito com a situação. Ainda que não presunçoso. *E aquele hada Bergdahl vai evitar que a presunção me encontre.*

Rob deu um pulo. Karyl sentou-se, vivaz.

Um homem estava na porta. Ele tinha uma pança épica, com um peito e ombros ainda maiores. Cabelos loiros escuros penteados para trás emolduravam feições avermelhadas pelo sol do tipo que costumavam ser chamadas leoninas, em homenagem aos bestiários dos fabulosos animais do Velho Lar que eram os favoritos de toda criança. Sua túnica verde de pespontos marrons, calças estreitas escuras e botas de camurça marrons eram simples, mas claramente de manufatura cara. Um cinto segurava a bainha para uma espada larga. Pelo que dava para perceber do cabo, ela não era mero adereço.

Os guardas da cidade que estavam na entrada se comportaram com deferência. Era evidente, Rob notou, que ali estava um homem importante – se bem que sua simples presença já chamaria a atenção, independente da posição.

"Mestre Évrard", disse Violette. "Achei mesmo ter sentido um odor desagradável."

"Pode insultar o quanto quiser", respondeu Évrard com um sorriso. "Contanto que continue a nos pagar usando a boa prata do conde, continuaremos alimentando vocês. Agora, se for do agrado do Conselho, permita-me repetir: vocês escutarão, não a mim, mas meu filho, que foi gravemente ferido protegendo todos nós?"

Por um momento, Melchor, Longeau e Violette pareceram prontos para recusar.

Um grunhido feroz surgiu na multidão. Gaétan era popular, para início de conversa. Qualquer que fosse a opinião sobre Karyl, a multidão estava disposta a apoderar-se do seu heroísmo inquestionável, a despeito do desastre de Flores Azuis. Talvez ainda mais por causa dele.

Sem dar tempo para o hostil Conselho objetar, os jovens membros da grande família do mercador trouxeram uma liteira. Deitado nela estava Gaétan, ainda extremamente pálido, exceto por um rubor nas bochechas causado pela febre. Conforme seus parentes o levavam para a frente do salão, os espectadores amontoados no centro abriam caminho, sem hesitar trombar com aqueles que estavam sentados nos bancos; e estes praguejavam, mas não se esforçaram para empurrá-los de volta. O medo da doença estava profundamente enraizado, ainda que soubessem que aquele tipo que costumava se seguir aos ferimentos não era contagioso. Ignorando-os, os carregadores puseram a liteira no chão, aos pés da plataforma.

"Quero dar meu testemunho, se puder", grunhiu Gaétan. Ele se esforçou para se sentar.

"Por favor, meu corajoso garoto, não se incomode", disse Bogardus.

"Não. Eu não vou mentir. Preciso falar e vocês precisam escutar."

Como uma enguia entre as rochas, sua irmã Jeannette abriu caminho pela multidão para ajoelhar-se ao seu lado. Com o auxílio dos carregadores da liteira, ela o ajudou a se endireitar e o escorou com o corpo. O lençol fino que o cobria caiu, revelando as bandagens sobre seu peito.

Violette não disse nada, mas seus lábios comprimiram ao extremo e os olhos se transformaram em duas fendas. *Menina corajosa*, pensou Rob, *arriscando irritar aquela ali.*

Ele sabia que a vida da sua amante ocasional ali no Jardim poderia se transformar num Inferno no Paraíso pela poderosa integrante do Conselho. Mas temia algo ainda pior. Em tempos recentes, Violette e seus apoiadores tinham chegado ao limite, algo que ele não conseguia denominar.

Ele não conseguia imaginar a própria Violette segurando um punhal. Mas ela e seu comparsa, Longeau, estavam dispostos – ansiosos até – a adotar uma estratégia insanamente agressiva para continuar a vociferar suas palavras pacifistas. Ele não achava aquilo acalentador.

VICTOR MILÁN

Com a fala entrecortada, Gaétan começou: "Marchamos um ou dois quilômetros a oeste de Pierre Dorée, aquele vilarejo abandonado no ano passado, depois que o bastardo Guillaume o saqueou e queimou. Os batedores do mestre Rob reportaram que haviam encontrado as forças de Salvateur um pouco mais à frente. O capitão Karyl ordenou que assumíssemos posições bloqueando a estrada, adiante e dentro das matas, onde os desgraçados não poderiam nos atacar de uma vez.

"De repente, os senhores da cidade estavam diante de nós, fazendo valer seu antigo direito de comando. Longeau fez um discurso inflamado sobre como tínhamos de atacar de uma vez. E a maior parte do povo obedeceu como cãezinhos, investindo mais à frente."

Gaétan fez uma pausa. Seu rosto se contorceu brevemente. Rob só podia imaginar a dor do ferimento estocando o seu peito.

"Eu queria ir com eles", Gaétan prosseguiu. "Queria mesmo. Mas Karyl ordenou que esperássemos. Eu obedeci."

O povo pareceu se encolher num suspiro conjunto. "Pare de nos ajudar", Rob murmurou. "Outros testemunhos favoráveis e a massa vai esquecer esse negócio de nos enforcar ou decapitar e vai decidir nos fazer em pedaços usando chifrudos."

"E Karyl estava certo", Gaétan confirmou. "Sentimos aquele horrível tremor que abalou nossos irmãos antes mesmo que estivessem ao alcance das flechas do inimigo. Vimos os combatentes voltando em nossa direção, fugindo em pânico. Estavam sendo perseguidos por algumas dúzias da cavalaria de Salvateur e um punhado de cavaleiros de dinossauros. E não havia nada que pudéssemos fazer.

"Todos conhecem Lucas, o rapaz genial que pintou este lugar? Ele era o aluno espadachim especial de Karyl. Ele aprendia rápido e bem. Eu o vi esvaziar a sela de um cavaleiro de Crève Coeur, pouco antes que outro o matasse."

"Então Karyl atraiu nosso maior pintor nesta sua incumbência insana, o fez ser morto e nem sequer o vingou?", irmã Violette, sentindo uma oportunidade, lançou suas palavras como se atirasse um punhal de prata.

Rob viu Karyl titubear como se tivesse sido golpeado. Seu rosto se comprimiu, ficou pálido e enrijeceu. Uma cicatriz que Rob ainda não tinha reparado brilhou como um fio branco descendo pela lateral da sua testa.

OS CAVALEIROS DOS DINOSSAUROS

O pesar latejava na voz da conselheira de cabelos grisalhos tanto quanto a raiva. E ambas eram genuínas, ele pensou surpreso, ou então ela era uma atriz tão boa quanto Lucas fora com o pincel.

Ele não tinha certeza se gostava de saber o que aquilo lhe dizia. Era bem mais fácil pensar que a irmã Violette não passava de um inimigo cínico, uma víbora enrolada num canto, esperando uma oportunidade para dar o bote.

Gaétan sacudiu a cabeça, novamente sorrindo. "Não. Karyl não vingou Lucas. Eu vinguei, se é que adianta de algo. Acertei o Coração Partido que o transfixou com a lança.

"Não, tudo o que Karyl fez a seguir foi salvar todos nós."

Yannic olhava por detrás das suas bandagens como se estivesse ensandecido. Seus lábios abriram como se fosse falar. Melchor segurou seu braço para calá-lo. O aperto do gorducho deve ter sido inesperadamente forte; Rob pôde ver o lorde estremecer por sob a máscara de bandagens.

"Karyl trespassou a cara do morrião líder com suas flechas", Gaétan narrou. "Atingido, o bicho arremessou o cavaleiro para fora da sela e tentou dar a volta. Quando fez a curva, derrubou dois outros bicos de pato que vinham logo atrás. Os cavaleiros de dinossauros estavam todos amontoados, sabe?

"Caídos e embolados, isso os fez parar. Quanto à cavalaria de Crève Coeur, poucos usavam armaduras completas – por que deveriam se submeter ao calor e desconforto, só para pisotear um punhado de vermes camponeses como nós? A maioria usava malha e capacetes abertos. Quando se aproximaram, até mesmo nossos arcos curtos conseguiam causar danos. Karyl e eu esvaziamos algumas selas com nossos arcos ovdanos. As bestas devem ter dado conta de alguns também."

Ele sacudiu a cabeça, cansado. "Então, fui atingido. Eu... não consigo narrar mais nada. Mas se Karyl não tivesse mantido os arqueiros mais atrás, nenhum de nós estaria aqui agora, disso eu sei..."

Seus olhos azuis reviraram e ele desabou sobre a irmã.

Rob sentiu vontade de aplaudir. Se aquilo fora genuíno – e decerto parecia que sim, em especial a forma como Jeannette gritara e começara a chorar –, o corpo de Gaétan possuía um senso de *timing* próprio.

No silêncio que se aglomerou ao redor dos soluços da mulher, Bogardus disse: "Quem pode nos dizer o que aconteceu a seguir? Você,

você..." Ele fez um gesto na direção de Reyn e de Pierre. "Aproximem-se, meus amigos. O que aconteceu após o galante Gaétan cair?"

Apesar da resistência que opusera no início, Reyn lançou um olhar temeroso para Yannic. Mas ele aquiesceu. Pierre se adiantou tão decidido quanto seus membros permitiam.

Eis aí um homem que sente que tem pouco a perder, pensou Rob.

"Alguns de nós que tinham fugido se agruparam atrás dos arqueiros e fizeram uma resistência nas matas", disse Pierre. "Estávamos com medo, admito. Mas nós... eu... eu vi o jovem Gaétan cair e o senhor Karyl resistir. Eles podiam ter fugido assim que tivessem nos visto descer aquela colina com o Velho Inferno em nossos calcanhares, mas, em vez disso, arriscaram as próprias vidas para nos dar uma chance de mantermos as nossas."

"Você realmente espera que a gente acredite que alguns poucos arqueiros miseráveis e uns camponeses assustados encolhidos atrás dos arbustos não só fizeram frente aos cavaleiros de Crève Coeur, como também os divergiram?", Violette perguntou num tom seco.

"É verdade", Reyn disse. Ele parecia sorumbático. Claramente não gostava da escolha que estava fazendo. Mas, se não a tivesse achado mais palatável do que as alternativas – silêncio ou mentir – ele não a teria feito, Rob concluiu. *E aí está sua deixa, rapaz.* Ele se levantou e andou na direção do estrado.

Alabardas se fecharam diante dele. Rob pôs o dedo sob o X que elas formaram e as empurrou para cima.

"Saiam da minha frente, seus idiotas", disse aos guardas da cidade. Eles recolheram as armas e se puseram de lado. "Rapazes inteligentes."

"Este homem está sendo julgado!", berrou Longeau. "Como podem permitir que ele fale?"

"Dentro da justiça, como ele não poderia fazê-lo, meu amigo?", Bogardus respondeu. "O que tem a nos dizer, mestre Korrigan?"

Nada que o maldito Karyl não estaria dizendo em sua própria maldita defesa, pensou Rob. Ele lutou com sucesso contra a urgência de olhar por sobre o ombro para seu parceiro. Agora que já havia começado, não tinha mais volta.

Ao chegar ao espaço vazio entre o estrado e as mesas de jantar, Rob deu um passo para a esquerda. *Não há por que bloquear a visão do Conselho da adorável Jeannette e do seu irmão-herói caído, certo?*

OS CAVALEIROS DOS DINOSSAUROS

"Irmão Mais Velho", disse ele. "Por favor, compreenda: não é como se nós tivéssemos afugentado os Corações Partidos. Nós apenas os fizemos pensar melhor em levar a questão adiante naquele momento em particular. Eles recuaram até o topo para aguardar pelo melhor momento."

"Eu não entendi", disse o conselheiro Telesphore. Seu rosto brando como soro de leite parecia realmente intrigado. Rob debelou; se não era um aliado dele e de Karyl, Telesphore era um dos menos hostis do Conselho, e não era amigo de Violette. "Cavaleiros são conhecidos pela coragem. Eles são implacáveis. Como puderam ser tão facilmente... desencorajados?"

"Ah, e é verdade. Não é à toa que são chamados de cabeças de balde. Mas eles cavalgaram até o topo daquela colina, esperando presas fáceis. Em vez disso, demos a eles um gostinho de aço, do tipo que eles não apreciaram nem um pouco."

"Está dizendo que eles ficaram com medo de vocês?", Violette perguntou.

"Não foi isso. Mas, como vespas, nós os ferroamos. Cavaleiros não temem a morte, irmã. Mas temem a ignomínia. Poucos deles se importam com uma causa nobre, além de caçar como escavadores para roubar e de estuprar mulheres. Eles não estavam com a mente pronta para a batalha, mas para causar prejuízos. Isso não compensa uma morte cantada em baladas."

"Então, agora você lê mentes?", Violette alfinetou.

"Não. Mas sou um senhor dos dinossauros por profissão. Sei como funciona a mente de um nobre. Isso se tal coisa realmente existir."

"Aconteceu da forma como ele contou", Reyn reiterou. "Eles não fugiram. Mas pararam de nos perseguir e se retiraram para o terreno alto."

Pierre deu uma gargalhada tão alta e selvagem que fez até mesmo Rob dar um pulo.

"Por que estamos discutindo sobre isto?", ele perguntou. "Estamos aqui, não estamos? O que Karyl fez deu certo. Ou não estaríamos aqui!"

Bogardus assentiu. "Obrigado a ambos. Certamente, todos enxergam com olhos diferentes. Vocês sem dúvida abriram os meus.

"Agradeço a todos pelo testemunho. Com o máximo de fé em Paraíso, todos podem ver que cada um de vocês falou a verdade tanto quanto a conhecem, de forma imparcial. Agora, estou satisfeito por termos ouvido o todo."

O salão ficou em silêncio. Jeannette tinha parado de chorar e olhava para o Conselho, com seu belo rosto jovem suplicando. Bogardus sorriu para ela.

"Em nome do Jardim eu agradeço ao seu irmão por tudo o que fez", ele disse. "Você também, jovem irmã. Por favor, leve-o para onde possa descansar e sarar."

Aquiescendo em gratidão, ela acomodou as costas do irmão no travesseiro e se levantou. O suor dos cabelos dele tinha manchado a sua bata marrom. Os carregadores o apanharam gentilmente. Ela os seguiu para fora do salão.

Após a saída deles, Bogardus se levantou:

"Tomei a minha decisão. É evidente que todos agiram como acharam melhor, com nada em mente senão preocupação por nosso povo, nossa província e nosso Jardim. E é evidente que Karyl agiu corretamente. Ele salvou o que pôde salvar, para que ainda tenhamos chance de nos defender contra as depredações do conde Guillaume."

Ele ergueu as mãos. "Voyvod Karyl, por favor, aproxime-se."

Exalando uma dignidade silenciosa, Karyl se adiantou. Ele não se deu o trabalho de apoiar-se no bastão.

"Lorde Karyl, mestre Korrigan", Bogardus disse. "As provas me motivam a declará-los inocentes de todas as acusações. Sua liberdade foi restaurada. Vocês devem continuar responsáveis pelo exército, se quiserem."

Violette lançou um olhar fervilhante para Longeau. Estando tão próximo, Rob ficou surpreso que o manto do conselheiro não tenha pegado fogo. Longeau assentiu, um pouco relutante, e aos poucos ficou de pé.

"Irmãos, irmãs e filhos do Jardim", ele disse. "Povo de Providence. Chegou a hora de encarar a verdade, por mais desagradável que seja. Nosso Irmão Mais Velho está sobrecarregado. Já é hora de ele ser posto de lado e deixar que o Conselho governe Providence."

Elas chegaram à fronteira do condado seguinte quando as sombras se alongavam no que em breve seria o sol poente. Tinham deixado as florestas para trás e cavalgavam por campos largos e verdejantes de grãos maduros.

"Por ali fica o Castelo da Pena, *señorita*", disse Tristan, apontando para o norte da trilha, que corria de modo geral na direção nordeste. "A condessa Eulalie ficaria sem dúvida honrada de recebê-las esta noite. Ou por quanto tempo desejarem ficar."

"Obrigada, mor Tristan", disse Pilar. "É raro encontrar um cavaleiro com seu intelecto. Não me recordo a última vez que tive uma conversa tão divertida."

"Asseguro que o prazer foi meu, *ma'amselle*."

E, fazendo uma última saudação, ele virou seu dinossauro amarelo e azul, e voltou trotando pela estrada, seguido por seus seis cavaleiros. Até mesmo as montarias pareciam felizes de terem deixado as mulheres para trás.

Pilar desmontou.

"Ufa", disse ela. "Vamos procurar abrigo, princesa? Não acho que consiga outra performance como essa."

"Nem eu", respondeu Melodía mansamente.

OS CAVALEIROS DOS DINOSSAUROS

– 4 –

***Los Creadores**, Os Criadores, Los Ocho, Os Oito*
Os deuses que fizeram o nosso Paraíso e todas as coisas que vivem nele a partir do Velho Inferno: Chián, Pai Céu ou o Rei; Maia, a Mãe Terra ou a Rainha; Adán, o Filho Mais Velho; Telar, a Filha Mais Velha; Spada, o Filho do Meio; Bella, a Filha do Meio; Torrey, o Filho Mais Jovem; e Maris, a Filha Mais Jovem. Cada qual possui aparência e atributos usuais, contudo, pode manifestar gêneros opostos e atributos opostos. Cada qual possui um trigrama único de três linhas sólidas ou quebradas desenhadas umas sobre as outras. Os Criadores são servidos por sete Anjos Cinza de poder quase divino e aspecto geralmente aterrador.
– UMA CARTILHA DO PARAÍSO PARA O PROGRESSO DE MENTES JOVENS –

"Quem disse que você governa Providence?", berrou uma voz de algum ponto da multidão. Mas todos ignoraram a explosão.

Bogardus olhou de soslaio para Longeau. Seus ombros caíram ligeiramente.

"Tratamos nosso Mais Velho com pouca gentileza." As palavras pareciam se derramar da boca de Longeau e espalhar pelo salão como

óleo adocicado. "Pedimos que ele carregasse o fardo do nosso bem-
-estar físico e espiritual. Pode qualquer mortal levar tamanho peso
consigo? Eu sei que eu não poderia.

"Não que esteja me comparando ao irmão Bogardus, claro, a flor
mais brilhante e bela de todo o nosso Jardim. Contudo, mesmo o bo-
tão mais esplêndido, se sujeitado a demasiado estresse, pode murchar,
não é verdade?"

Murmúrios percorreram a multidão. Para Rob, de pé entre ela e o
Conselho, inseguro, a sensação era de que soavam ao menos receptivos.

"O que o diabo está tramado agora?", murmurou para Karyl.

"O que você esperava?", respondeu Karyl, imperturbável.

"Alguns dos que combateram os saqueadores do barão Salvateur
podem ter sido precipitados, nas nossas avaliações. Contudo, os infelizes fatos permanecem. Nosso exército fracassou. Os saqueadores
trouxeram fogo e lâminas para o coração da província. Os comandantes do exército que são, no final das contas, estrangeiros contratados
e não naturais de Providence, não deveriam ser responsabilizados por
esse fracasso? Independente do quanto tenham sido bem-sucedidos
ao conter seus efeitos desastrosos?"

"É verdade", um homem gritou do público. Podia até ter sido
espontâneo.

Longeau sorriu de modo indulgente. "Ninguém aqui tem mais estima pela sabedoria, discernimento e bondade do nosso Irmão Mais
Velho do que eu. Mas está claro que temos de aliviar seu fardo. Dividir
nosso quinhão. Portanto, proponho que certos membros centrais do
Conselho – o irmão Absolon, a irmã Violette e, me desculpando pela
presunção, eu mesmo – formem um comitê de aconselhamento para
cuidar das políticas diárias e, apenas quando necessário, perturbar
Bogardus. Jardineiros, irmãos e irmãs do Conselho, o que me dizem?"

Ele olhou em volta, para os membros do conselho à mesa. Absolon
parecia surpreso, Violette convencida. Os outros estavam confusos.
Murmúrios começaram a correr ao longo do salão.

Karyl acenou para Rob. "É sua deixa."

"Minha?"

"Você é o *showman*. Mostre a eles."

Rob pigarreou. "Bosta de titã", disse ele em voz alta.

Isso os calou. Longeau o encarou com olhos esbugalhados. "Como é?"

VICTOR MILÁN

"Eu disse e repito: 'Bosta de titã'. Em primeiro lugar, vocês foram imbecis de mandar o exército contra os cavaleiros de dinossauros e gendarmes do conde Guillaume, quando estávamos em poucos e longe de estarmos prontos. Além do mais, se hoje vocês têm um exército, agradeçam a Karyl, não vamos nos esquecer. É só por causa dele que possuem algo que possa ser chamado de exército."

Sua voz estava calma. As palavras ecoavam pelas paredes pintadas de vinho.

A multidão escutava. Sobre o estrado, Violette estava quase babando e Longeau ficara primeiro vermelho e, então, empalidecera.

Rob sorriu para ele. *Você perde pontos por gritar, rapaz*, pensou ele. *Grite mais alto.*

"Que este forasteiro... este mercenário... seja permitido falar no nosso sagrado Conselho do Jardim e espalhar tais calúnias..."

"Achei que nosso Jardim abraçasse todas as coisas que crescem", gritou uma mulher da parte de trás da multidão. Rob ficou pasmo ao reconhecer a voz de Jeannette. Ele a viu passar de volta pela porta pela qual seu irmão acabara de ser carregado, brilhando como uma tempestade.

"Todos têm o direito de falar aqui, estrangeiro ou não", ela disse. "Eu, pelo menos, quero escutá-los. E, se quiser jogar a palavra 'calúnia' diante deles, que tal tentar afirmar que o testemunho do meu amado irmão foi uma mentira, contada para esta assembleia sobre o que pode muito bem ser o seu leito de morte?"

"Oh, bravo, garota. Bravo", Rob murmurou para si. Ele duvidava que Gaétan fosse morrer, a não ser que alguém o asfixiasse com um travesseiro. Já tinha visto ferimentos de batalha suficientes para saber que, se o de Gaétan fosse mortal, àquela altura ele já teria perecido. Jeannette sem dúvida sabia disso tão bem quanto ele: os curandeiros do seu pai, os melhores que a enorme fortuna da família poderia assegurar (que, deve-se dizer, são os melhores que existem), deviam ter dito isso a ela. Mas tanto sua alma de poeta quanto seu interesse pessoal, influências fundamentais na vida de Rob Korrigan, aplaudiram o desempenho da moça.

Ele a saudou. "Obrigado, irmã Jeannette. Agora, tenho algo mais para contribuir para este debate. Mande entrar o Pequeno Pombo e seus amigos."

Todas as idas e vindas tinham desconcertado completamente os guardas da cidade que tomavam conta da porta. Um tentou bloquear

OS CAVALEIROS DOS DINOSSAUROS

a entrada da criança espiã de Rob e das outras duas colegas, mas eles se esquivaram dele com facilidade. Tudo o que o guarda conseguiu foi derrubar sua alabarda em meio a um tinir cômico.

O garoto e a garota que entraram ao lado da criança andrógina pareciam relutantes. Pequeno Pombo, que não tinha mais medo do que um furão, aparentemente os rebocava só por meio da sua personalidade aguda. Ele ou ela parou diante de Bogardus com o peito tão inflado quanto seu homônimo.

"Alguns de vocês com certeza conhecem essas crianças de Providence", disse Rob fazendo um gesto amplo. "Enquanto estava sentado na parte de trás do salão, essas crianças vieram até mim com uma história bastante curiosa. Pode contá-la novamente, Pequeno Pombo?"

"Sim", a criança disse calmamente.

"Bogardus, isto é um absurdo!", bradou Longeau. O conselheiro tinha o rosto acinzentado e os lábios tremiam um pouco.

"São crianças, irmão", Bogardus falou com gentileza. "Deixe que falem."

"Mais cedo nesta manhã", contou Pequeno Pombo, "eu estava na praça do lado da fonte de Maris. Vi um homem alto falando com outro no beco. Os dois estavam de mantos. O homem mais baixo tinha cabelo curto, castanho ou loiro. Estava ensopado pela chuva, então não sei bem que cor era. Chloé..."

Pequeno Pombo indicou a garota, uma ruiva sardenta, "... viu que ele usava armadura. Olivier viu que o manto era azul e verde."

Isso provocou um burburinho agudo em meio à multidão: as cores de Crève Coeur.

"E o outro?", perguntou Rob.

"Usava um capuz. Mas nós vimos o seu rosto."

"Pode identificá-lo?"

"Eu reconheceria aquele narigão em qualquer lugar. É ele, aquele que parece ter comido um caqui verde!"

Como se fossem uma só, as três crianças apontaram para Longeau.

"Bogardus, isto é intolerável", guinchou Violette. "Como pode permitir que esta farsa..."

"Farsa, irmã?", disse Rob em voz alta. "Ou tragédia?"

Virou-se novamente para a parte de trás do salão e rugiu: "Tragam o prisioneiro".

VICTOR MILÁN

Um homem foi trazido, vestindo um tabardo azul e verde encharcado, e uma cota de malha tinindo por sobre a barriga roliça. A chuva tinha escurecido e deixado seus cabelos cheios de pontas como espinhos. Largo e razoavelmente bonito, seu rosto recebera um ar diabólico por um corte de espada que deixara sua marca da sobrancelha esquerda até a mandíbula direita coberta pela barba. Os lábios traziam um meio sorriso despreocupado e os olhos verdes mostravam-se tranquilos, apesar de suas mãos estarem atadas. E, ainda mais impressionante, apesar da ponta da lança que cutucava sua nuca grossa.

Embora a aparição do cavaleiro prisioneiro de Crève Coeur tivesse espantado a multidão, o espetáculo do seu captor a faz recuar. A corredora das matas Stéphanie carregava a lança. Ela trazia os cabelos curtos castanhos envoltos num lenço marrom, com um penacho em tons de verde e marrom, amarrado do lado esquerdo. Uma corda trançada longa e fina com uma pena na ponta pendia sobre cada ombro; outra, esverdeada, que significava fidelidade a Telar, circulava sua cintura. Ela usava um bracelete de couro em volta do braço esquerdo, um punhal preso à sua direita e botas baixas. E isso era tudo.

Nudez cerimonial era uma forma de reconhecer a gravidade de uma ocasião. Isto tinha mais impacto ali, em Providence, onde as pessoas normalmente andavam vestidas, do que nas terras baixas que eram mais quentes.

Não que ela não causasse impressão suficiente por conta própria. Rob não tinha apreciado totalmente antes que notáveis contornos ela possuía; os membros alongados, musculatura flexível e o ar seguro e letal de um matador. O ferimento a faca brutal que deixara cicatrizes em seu rosto e ranhuras e cortes incidentais na pele curtida reforçavam o barbarismo esplêndido da aparência dela. Seus seios eram grandes e cheios, com mamilos amarronzados. Rob não pôde deixar de reparar com interesse que seus pelos pubianos eram quase um delicado feixe, macios e castanhos, não o arbusto exuberante que ele esperava de uma mulher tão selvagem.

Os homens no público pareciam obviamente mais apreciativos do que as mulheres, mas nenhum olho mirava qualquer outro lugar que não fosse Stéphanie conforme ela conduzia o prisioneiro até o tablado do Conselho.

OS CAVALEIROS DOS DINOSSAUROS

Bogardus pareceu ter dificuldade de conter um sorriso. "Qual o seu nome, montador?", perguntou ao cavaleiro.

"Laurent de Bois-de-Chanson, cavaleiro a serviço do meu senhor, o barão Salvateur, e seu suserano, Guillaume, conde de Crève Coeur."

"E a que devemos a presença de um convidado tão distinto, mor Laurent?"

O homem riu como se tivessem contado uma piada. "Os ratos das matas e seus amigos fazendeiros me apanharam quando saía desta cidade, pela manhã."

Quando ele disse "ratos das matas", Stéphanie ficou pálida e levou o braço para trás como se fosse atravessar a lança no pescoço do sujeito. Rob rapidamente a conteve, segurando seu braço. Ele sentiu como se segurasse uma corda de ferro revestida de veludo.

"E você encontrou alguém em um beco, próximo da praça?", Bogardus perguntou.

"Sim." Ele indicou Longeau com o queixo quadrado. "Aquele ali."

"Não ouça esta insanidade", Longeau protestou. "Esta... é uma tentativa débil de difamar um homem cujo único crime foi servir com todo o zelo o Jardim da Beleza e da Verdade, e o povo de Providence!"

Mor Laurent ladrou uma gargalhada. "É assim que vocês chamam por aqui? Lá no meu lar, além do Lisette, nós chamamos de traição."

Violette saltou como se tivesse sido alfinetada no traseiro. "Mentiroso!"

O homem de rosto largo ficou sério. "Soltem minhas mãos e desafio você ou qualquer campeão que nomeie por causa dessa calúnia."

"Você vai querer lutar comigo se eu perguntar por que deveríamos acreditar em você, mor Laurent, um inimigo?", questionou Bogardus.

Laurent olhou para ele por um momento, então, deu de ombros. "Acredite no que quiser. Suas opiniões me importam tanto quanto as dos gorduchos. Se quiser me matar, vá em frente. Já estou entediado."

Uma grande parte da multidão aprovou com entusiasmo a sugestão, mas Bogardus disse: "Se você nos satisfizer dizendo a verdade, o libertaremos. A única condição é que cavalgue direto para a fronteira e jure nunca mais levantar armas contra Providence".

Ele olhou para Karyl. Rob fez o mesmo. Karyl assentiu bruscamente. Stéphanie olhou para Rob.

"Haverá muitos outros para você espetar, minha querida", murmurou Rob para ela. "Precisamos deste aqui ileso, por favor."

VICTOR MILÁN

Ele sabia que se mor Laurent estivesse entre os estupradores e atormentadores dela, ele já estaria morto, independente do que qualquer um tivesse dito a ela. Os corredores das matas não tinham mais estômago para obediência do que o próprio Rob. Laurent deu de ombros de novo.

"Muito bem. É mais barato do que um resgate e os lucros têm sido mesmo magros ultimamente. Concordo com seus termos pela minha honra de cavaleiro. A traição do homem nos serviu bem, mas não tenho mais nenhuma maldita utilidade para um traidor do seu lado, quanto teria do meu, como Torrey é testemunha. Ele disse que, se nós o poupássemos, ele facilitaria o caminho para que tomássemos a cidade. E também todo o maldito Conselho. O motivo, eu não sei."

"E tinha falado com ele antes?"

"Oh, sim. Ele disse que nos ajudaria a cuidar desse seu exército esfarrapado e a desacreditar seus capitães mercenários. Ou melhor ainda, a dar um fim neles. Ele disse que os achava uma ameaça maior do que nós. Uma coisa bastante idiota de se dizer. Mas um traidor dirá qualquer coisa para justificar a sua traição."

"Seu bastardo!", sibilou Longeau. "Como pode mentir dessa forma? Quanto os estrangeiros pagaram a você?"

"Uma lança no meu pescoço, como qualquer imbecil pode ver. Você mostra coragem ao cuspir na honra de um prisioneiro. Mas vou retribuir na mesma moeda." Ele olhou ao redor, audaz como Bogardus. "Quem viu esse saco de carne macia no combate? Alguém? Então como foi que se feriu? Não pode ter sido se barbeando, um gatinho poderia arrancar seus bigodes por ele."

Rob subiu no estrado, segurou o braço de Longeau com sua mão grande e quadrada e arrancou as bandagens. Longeau se debateu, mas não conseguiu se soltar. Rob segurou o braço dele no alto para que todos vissem. A pele estava branca e intacta.

"Uma recuperação milagrosa!", Rob declarou. "Isso, ou sangue de saltador derramado sobre as bandagens para encobrir uma farsa!"

A multidão ficou de pé, vociferando furiosamente. Longeau se encolheu. Rob o soltou.

"Por favor, liberte o fugitivo, irmão Rob", Bogardus disse em meio ao tumulto.

Rob virou-se para Stéphanie. "Me empreste a sua faca."

OS CAVALEIROS DOS DINOSSAUROS

Os olhos verdes dela arderam como brasas de uma fogueira.

"Por favor", disse ele, ciente do quão próximo estava de ver suas próprias entranhas atravessadas por aquela lança. "Daremos a você toda a vingança que tiver estômago de executar, Karyl e eu. É uma promessa."

Com os lábios retorcidos num grunhido, ela tirou a lâmina da bainha e a jogou sobre os azulejos. Então, deu as costas e saiu. Rob observou o movimento do traseiro musculoso dela até que este desaparecesse pela porta afora.

Recompondo-se, ele abaixou-se para apanhar a faca. Levantou a sobrancelha para Karyl enquanto se endireitava. Foi até as costas do cavaleiro e cortou as cordas. Apesar da tentação – *autonegação faz bem à alma, rapaz* –, ele obrigou-se a ter cuidado para não cortar o prisioneiro.

"Agora vá", disse ele, enquanto Laurent balançava as mãos livres, "e não peque mais."

Por um momento, o cavaleiro ficou fazendo cara feia e esfregando os punhos avermelhados. Então encarou Karyl.

"Você os ganhou por ora", disse ele. "Mas, com certeza, ainda vão se virar contra você."

"Eu sei", respondeu Karyl calmamente.

Mor Laurent piscou para ele e, em seguida, riu. Com a risada ecoando pelas paredes pintadas, atravessou o corredor até a porta e saiu.

A multidão o viu partir. Enquanto todos estavam distraídos, Longeau atacou com incrível velocidade. Ele arrancou a irmã Violette da cadeira por trás da mesa e a segurou contra o peito. Um punhal largo e curto apareceu de algum lugar, fazendo ondulações na pele branca dela debaixo do queixo.

Elas encontraram um cone de cinzas pequeno e antigo, com uma cratera no meio. O buraco ainda devia levar para o subterrâneo porque não havia mais do que um remendo pantanoso no fundo da depressão. As paredes eram seguramente mais altas do que as cabeças dos cavalos. Que, de qualquer modo, ficaram mantidas abaixadas próximas ao chão. O cone era grande, de laterais cobertas de mato e coroado com vegetação recente. O interior estava estufado por grama verdejante e arbustos de folhas cheirosas e macias.

VICTOR MILÁN

Uma corredeira passava a menos de cinquenta metros do cone. Pilar montou guarda enquanto Melodía se despia, banhava e lavava as roupas. Então, Melodía vigiou para que a serva fizesse o mesmo. Nuas e revigoradas, as duas mulheres levaram as montarias com a roupa molhada sobre os lombos até o alto do montículo, e desceram para o local escolhido como acampamento.

Pilar pegou tangas de seda novas das bagagens. Enquanto Melodía se vestia, com cuidado Pilar pôs as roupas delas num arbusto para que secassem.

Então, quando o céu acima mudava a tonalidade de índigo para quase preto, e as estrelas começavam a surgir audaciosamente por entre os buracos nas nuvens, ela acendeu uma pequena fogueira.

"Pronto", Pilar disse, levantando-se. "A cratera esconderá o fogo de qualquer viajante. E, se alguém vir a fumaça, é provável que pense que o cone está acordando de novo, e corra o mais rápido que suas pernas conseguirem carregá-lo."

Melodía tinha disposto a almofada da sua sela sobre uma conveniente rocha de lava próximo do fogo, sentando-se sobre ela. Deu uma risada. "Você pensa em tudo, não?"

Pilar reagiu como se Melodía tivesse praguejado contra ela. A segurança competente com que Pilar cuidara de tudo de repente desapareceu. O rosto dela decaiu, envelhecendo o que pareceu ser cinquenta anos sob a luz laranja do fogo. Os ombros despencaram. Ela tirou o punhal da cintura e, ajoelhando-se diante de Melodía, ofereceu a lâmina com o punhal virado para sua senhora.

"O que pensa que está fazendo?", Melodía perguntou, genuinamente consternada.

"Eu a desonrei, princesa", Pilar respondeu. "Abusei de você e a golpeei. Estou disposta a pagar o preço por essas ações imperdoáveis."

"Ah, não seja idiota, Pilar. Fica de pé e guarda essa faca imbecil."

Pilar olhou para ela. Apesar da aparência desesperada, pela primeira vez no que pareciam anos, Melodía se deu conta do quanto sua serviçal era bonita.

E, provavelmente, já faz anos, Melodía pensou. Ela deu um suspiro. Segurando a companheira pelos braços estendidos, de forma gentil, mas decidida, a puxou para colocá-la de pé.

"Ouça", disse ela. "Sei que agi que nem uma estúpida lá atrás. Fui fraca e autoindulgente. Fui até infantil, mas isso me fez pensar na minha irmã, Montse, e não parece justo. Por baixo daqueles cachos e daquelas bochechas redondas, ela é tão suave quanto a extremidade de uma maça. Não consigo vê-la entregando os pontos dessa maneira."

Como se já não estivesse ruim o bastante, uma onda de saudades de casa a varreu, fazendo com que as últimas palavras tropeçassem ao serem ditas.

"Não se subestime, Alteza. Você passou por uma provação terrível."

"Nada justifica minha conduta. Ainda mais no meio de uma maldita estrada onde, como você bem me alertou, podíamos ser e fomos encontradas por uma patrulha."

"Mas... e quanto..."

"Nem diga isso! Não precisa me lembrar. Vou sentir aquela pequena lição nos meus braços e nas costas por dias. E minha pobre cabeça! Estou surpresa que não tenha partido meu crânio com aquele primeiro golpe."

Ela balançou a cabeça. "Nem mesmo *doña* Carlota ousou pôr a mão em mim desde que fiz doze anos. Não que ela precisasse, uma vez que entrou naquela cabeça dura que me dizer o quanto desapontava meu pai doía mais do que qualquer paulada."

Pilar ainda não a encarava. Para sua surpresa, Melodía viu lágrimas escorrerem pelas bochechas dela.

"Sinto muito, princesa."

"Você salvou as nossas vidas, Pilar. Você me salvou. O seu pensamento rápido foi a única coisa que impediu o desastre. Fez um trabalho e tanto ao se passar por uma nobre ranhosa."

Pilar fungou, mas deixou escapar um sorriso tímido. "Passei muito tempo observando, Vossa Alteza."

"Espero que exista uma vírgula em algum lugar desta frase, Pilar. Odiaria pensar que servi de inspiração para a odiosa baronesa Greencastle."

Enquanto falava, suas bochechas coraram. Sua mente repassou exemplos de quando tratou pessoas sem gentileza. E a maioria dessas "pessoas" era personificada por Pilar. Melodía passou a língua pelos lábios, que pareciam lama seca.

"Você não teve escolha. Nada os teria dissuadido mais de pensar que eu poderia ser a princesa fugitiva do que me ver tomar uma surra daquelas. Aliás, obrigada por ter poupado meu rosto."

O sorriso de Pilar ficou um pouco mais forte. "Uma marca de chicotada despertaria perguntas que não gostaríamos de ter de responder no nosso próximo encontro", disse ela. "De qualquer modo, odiaria arruinar a sua beleza. Afinal, me esforcei bastante para mantê-la."

Melodía riu. "Pode apostar que sim."

De repente, as duas estavam abraçadas e chorando. Após um longo período, ambas se soltaram.

"Bem", disse Pilar, tirando um cacho de cabelos ensopado pelas lágrimas do rosto de Melodía e acomodando-o no lugar, "vamos deixá-la parecida com uma princesa de verdade de novo. Temo que aquele corante barato vá deixar manchas no seu rosto. Da forma como as coisas estão indo, a mancha provavelmente vai continuar no lugar, mesmo semanas após seus cabelos terem voltado à tonalidade normal."

Melodía riu. "Só uma pergunta, Pilar, querida."

"*¿Sí*, Alteza?"

"Você tinha de se entusiasmar tanto?"

OS CAVALEIROS DOS DINOSSAUROS

– 5 –

***Marchador*, Esquipador, Palafrém**
Um cavalo treinado para uma marcha chamada "esquipação", um caminhar suave, contudo ligeiro e incansável. Tipo de montaria predileto para viajar de todos que podem pagá-la, uma vez que seu preço pode rivalizar com o de um corcel de guerra treinado.
– UMA CARTILHA DO PARAÍSO PARA O PROGRESSO DE MENTES JOVENS –

"Para trás", Longeau gritou, arrastando Violette em volta da mesa. Os outros membros do Conselho fugiram, deixando Bogardus sozinho no estrado; seu belo rosto oblongo inexpressivo. "Para trás ou vou pintar a sala de vermelho com o sangue dela!"

Ela cooperou de forma incomumente passiva. Rob vira uma reação daquelas com frequência em pessoas que sofriam uma súbita violência pessoal e direta. Claro que a maioria das pessoas que Rob conhecera tivera uma experiência daquela bem mais jovem do que Violette, qualquer que fosse a idade dela.

Longeau poderia ter arrastado sua refém pela porta mais próxima que dava para a cozinha, mas, em vez disso, levou Violette até o centro

OS CAVALEIROS DOS DINOSSAUROS

do estrado, fazendo com que o grupo de espectadores que se amontoava freneticamente uns sobre os outros saísse da sua frente. Era evidente que não queria fugir, mas sim um público. Como o experiente artista que era, Rob se vira com bastante frequência tendo de escolher entre as mesmas coisas.

Amador, foi sua avaliação para o desempenho de Longeau.

Rob e Karyl não se moveram. Rob perguntou-se qual seria a reação de Karyl.

Afinal, ela é o espinho mais persistente no pé dele, ele pensou. *No de nós dois.*

No que lhe dizia respeito, a única razão de arrependimento seria vê-la cortada pela mão de um traidor.

"Por favor, Bogardus", murmurou Longeau, olhando para o homem. Rob espantou-se ao ver lágrimas deslizando pelo rosto dele. "Sabe por que tive de fazer isto."

Dirigindo-se ao salão, ele disse: "Vocês não podem saber, não têm como saber... rezem para os Criadores que nunca saibam... oh, terrível beleza. Os rituais secretos do poder. E o preço; ah, o preço... sinto no meu estômago mesmo agora. Você sabe, Irmão Mais Velho".

"O suficiente, meu amigo", respondeu Bogardus suavemente naquele silêncio terrível. "Me dê a faca e vamos acabar com isso."

"Acabar?" Longeau deu uma risada selvagem. "Era o que eu queria. Era nossa única esperança. Achei que nos salvaria de nós mesmos. Não via alternativa. O poder, a terrível majestade... aquela beleza inumana, formidável demais para perdurar. Você sabe, lady Violette. Não sabe? Não sabe? Tudo que fiz foi por você. Por nós. Por nossas almas. Almas. Pela alma de todos! Eu não o fiz pela prata, mas pela *libertação*. De todos nós, juro pelos Criadores! Os saqueadores de Crève Coeur são mais gentis do que o que está por vir."

"Cale-se, idiota", sibilou Violette.

Longeau suspirou. Seus ombros afundaram. Ele depositou um beijo cálido nos lábios da sua refém, que estava visivelmente sem energia por causa do choque.

"Pelo menos posso salvá-la de si mesma", murmurou. A lâmina saiu ligeiramente do pescoço pálido da irmã Violette, enquanto ele recolhia o braço para estocar.

Os olhos de Rob registraram um brilho, de relance. Numa rápida sucessão, ele escutou uma súbita lufada, um tipo de laceração úmida e um baque.

Então, sangue estava espirrando num incrível leque do toco do braço de Longeau que segurava a faca, logo abaixo do cotovelo. Violette tingiu-se de vermelho quase instantaneamente. Os espectadores, cuja curiosidade os sugara de volta ao estrado, se afastaram gritando e aos pulos, quebrando louças e derrubando os talheres de prata sobre as mesas para fugirem do sangue que esguichava.

Ao lado de Longeau, estava Karyl, segurando com ambas as mãos o cabo de madeira da sua lâmina oculta dentro do bastão. O restante da peça, que servia como bainha, estava caído no chão, a poucos metros dali. Berrando aterrorizada, Violette se libertou da pegada de Longeau que havia se afrouxado. Imperturbável, Karyl sacudiu sua lâmina de um corte só para tirar o sangue, e limpou ambas as laterais dela na bata de Longeau.

Rob recuou quando a irmã Violette correu direto para os seus braços, de todos os lugares que poderia ter ido. Apesar de magra, ele a sentiu surpreendentemente mais substanciosa e rígida do que parecia. Incapaz de pensar em nada melhor para fazer, ele deu umas palmadinhas hesitantes nas costas da mulher.

Ao afastar a mão, viu que estava grudenta e vermelha com o sangue de Longeau.

Com olhos que pareciam cebolas fervidas, Longeau encarou seu toco jorrando e o resto do braço, que estava como um peixe morto jogado sobre o piso de azulejos marrons. Dedos exangues ainda seguravam a faca.

"Me mate", ele disse, quase atônito.

"Foi o que fiz", replicou Karyl, dando as costas e se abaixando para recuperar a bainha. "Com a artéria decepada, você deve ter uns dois minutos de vida."

Longeau estava embasbacado. Seus olhos reviraram e ele desabou no chão. A multidão assistia num silêncio espantoso.

"Não deveríamos ajudá-lo?", Absolon perguntou após um momento.

Lentamente, Bogardus circundou a mesa e desceu do estrado, olhando seu amigo de frente. Os pulsos de sangue do ferimento ficavam visivelmente mais fracos a cada repetição.

OS CAVALEIROS DOS DINOSSAUROS

"Por quê?", Bogardus perguntou com tristeza. "Para preservá-lo para a forca? Esta é uma morte mais gentil, além de bem mais estética. Se pudesse, ele mesmo a teria escolhido."

"E aquelas coisas que ele estava dizendo?", Rob inquiriu. "Sobre a terrível beleza e sobre o que está por vir ser pior do que o exército de saqueadores?"

Violette libertou-se dos braços dele: "Delírios de um louco", disse. "Seu desejo de justificar suas ações o enlouqueceram. E pensar que confiei nele!"

Ela correu até Bogardus e jogou-se sobre ele, que a abraçou com um só braço, ignorando o sangue que ensopava os cabelo e o vestido da mulher.

"Quem além de um louco confiaria o suficiente em Crève Coeur para fazer uma barganha?", disse ele. "Um caso triste, meus amigos."

Ele se estendeu, apanhou um buquê de flores selvagens frescas que estava num vaso sobre a mesa do Conselho e o jogou sobre o corpo.

Rob fez uma careta. *Isso não me parece certo*, ele pensou. *Mas, até aí, nada aqui parece.* Sentia as dúvidas forçando caminho para sair, mas, por ora, mesmo ele não conseguia encontrar as palavras certas para elas.

Ante um sinal de Bogardus, cidadãos se aproximaram e apanharam o corpo agora inerte de Longeau. Ninando Violette contra o peito, Bogardus assistiu enquanto eles o carregavam para fora pela porta da cozinha.

"Ah, meu amigo", ele disse com pesar. "Uma pena que tenha chegado a isto."

Ele deu um último abraço na trêmula conselheira e a ajudou a sentar-se na beira do estrado. Então, virou-se para se endereçar ao restante do salão.

"Agora, irmãos e irmãs, não chegou a hora de nos desculparmo com esses cavalheiros e confirmá-los nos papéis que lhes atribuímos? Que, agora, vimos que eles executaram com coragem e habilidade excepcionais?"

Mas os Conselheiros, postados à esquerda do estrado, trocaram olhares nervosos como brasas.

"As coisas são complicadas, Bogardus", comentou Iliane, que não demonstrara hostilidade para com os estrangeiros, ainda que não lhes estendera amizade também. "Nós vimos e ouvimos coisas horrorosas esta noite. Coisas que jamais imaginarei que testemunharia

72

perturbaram a beleza serena do nosso salão. Não pode simplesmente pedir que a gente cruze os braços e finja que nada aconteceu."

"Não, irmã", Bogardus disse com um sorriso mirrado. "O que peço é o oposto; anotem as coisas assustadoras que vivenciamos e ajam em conformidade a elas."

Mas os Conselheiros sobreviventes não o encaravam.

Rob aproximou-se de Karyl. "Qualquer um admitiria que demos um espetáculo e tanto", ele murmurou. "Mas agora seria uma boa hora para considerarmos irmos até a porta e sairmos do palco."

"Salvateur!"

A voz da mulher ecoou por entre as vigas. Todos deram um pulo de susto e viraram-se para olhar a parte de trás do salão.

Stéphanie estava parada, ainda nua e segurando a lança. Chuva fluía por seu corpo magnífico e o rosto com cicatrizes. Os olhos estavam insanos e ferozes como os de um horror caçando.

"Salvateur!", ela gritou. "Seus cavaleiros se aproximam rápido pela Estrada Oeste! Enquanto vocês descansam suas bundas gordas aqui ouvindo os imbecis e os mentirosos, nosso inimigo se aproxima para atear fogo na cidade!"

Melodía levantou o rosto para o sol da manhã brilhando através do dia perpetuamente nublado. Respirou fundo.

"Cheira como se alguma coisa tivesse morrido", ela disse.

Elas cavalgaram subindo um rio largo e raso, no condado de Métairie Brulée, nos limites de Providence. O rio em si, naquele ponto mais uma corredeira, cortava pântanos e aclives, com ervas daninhas de um verde pálido. A característica mais notável do vale eram as ilhas de pedra calcária que o pontilhavam, cada uma com mais ou menos cinco metros de altura. O topo apresentava-se plano como mesas e as laterais eram brancas, escavadas e alisadas em pequenas ondas côncavas pela água. E, talvez, pelo vento que soprava incessantemente nas montanhas.

As Montanhas Blindadas estavam próximas o bastante, e por isso agora visíveis quase todo o tempo, como uma parede azul. Apesar da altitude, e da brisa soprada dos montes sempre cobertos pela neve, a manhã estava quente, e as nuvens no alto não pareciam mais grossas do que um lençol de linho. Uma quantidade incomum de pássaros e

OS CAVALEIROS DOS DINOSSAUROS

grandes alados voava em círculos no alto. Melodía manteve um olho vivo neles, embora nenhum parecesse grande o bastante para ser um dragão de verdade e, portanto, perigoso para seres humanos adultos.

Além de fazer algumas caretas, as jovens mulheres não deram atenção ao cheiro. Afinal, a morte era lugar-comum.

"Diga-me uma coisa, Pilar", falou Melodía.

"O que quiser, Melodía."

Melodía insistiu que Pilar parasse de chamá-la de Alteza e estava tentando se libertar de utilizar honrarias de qualquer tipo. Agora, as duas eram fugitivas. Juntas. E amigas – um fato ao qual Melodía se apegou com certo desespero, principalmente por tê-la recuperado recentemente após perdê-la havia tanto tempo.

"Onde aprendeu a falar francés tão bem?"

Aquela habilidade tinha sido de bom uso para elas no casual encontro com os caçadores de bandidos, em Licorne Rouge, e várias vezes desde então, quando Pilar se valera da mesma farsa para escapar de outros viajantes. Ela também a utilizara para comprar alguns dardos com penas retorcidas.

Melodía tinha feito bom uso do arco conseguindo caçar pequenos animais para suas refeições, e, naturalmente, era algo que podiam usar para defender-se. A princesa não sabia disparar bem do lombo de um cavalo – arquearia montada era uma habilidade incrivelmente difícil, e Melodía concluiu que você tinha de ser praticamente criado fazendo aquilo para ser bom, como os nômades selvagens de Ovdan. Contudo, ela era bem proficiente em atirar dardos da sela, o bastante para desencorajar bandidos ou outros predadores menores.

Agora ela cavalgava com uma aljava de meia dúzia de dardos ao lado do joelho direito. Como espadas curtas, eles não chamariam a atenção de quem as mulheres encontrassem. Era comum que serviçais andassem armadas para proteger suas mestras contra os criminosos que infestavam as estradas.

Melodía e Pilar não tinham topado com nenhum bandido de verdade ainda. O que fez a princesa agradecer por sua sorte. Após as traumáticas experiências em La Merced, ela estava menos inclinada ainda a acreditar nos Criadores.

"Onde aprendi francés? Nos mesmos lugares que você, naturalmente. Não me sentei em todas as suas aulas desde a infância? E suas conversas com lady Abigail Thélème? Pude praticar às vezes com pessoas menos importantes que conhecia no palácio, o que me deu um bom domínio da língua, ainda que não exatamente seus aspectos requintados."

Melodía riu. Ela rapidamente ficou sóbria. *Como pude menosprezar tanto esta minha amiga de infância? Por pelo menos dez anos não tomei mais ciência dela do que da minha própria sombra.* O pensamento a fez sentir pegajosa e grosseira.

O rosto de Pilar se enrugou. "Ai, esse cheiro...", ela disse.

O fedor pareceu repentinamente dobrar. Mais do que antes, ele agora golpeava a cabeça e os ombros de Melodía como uma bexiga num barulhento carnaval de rua em Mercedes.

"Mãe Maia, o que morreu?", ela exclamou. "Um titã?"

Elas chegaram a uma ilha rochosa que parecia um cogumelo branco, contornando para escapar de alguns detritos, galhos e arbustos que a última inundação deixara empilhados do lado mais alto da correnteza, e viram a origem do cheiro.

"Belo palpite", Pilar disse. "Com certeza é um titã. E definitivamente está morto."

Ele se estendia como uma cordilheira entre o caminho delas e o riacho em si. A luz do sol reluzia no lago temporário que ele criara ao represar o fluxo. Havia sido um titã realmente grande, uma matriarca de verdade, com uns bons trinta metros de comprimento. A qual tipo pertencera não estava claro; o corpo estava enegrecido e inchado de forma grotesca.

Melodía só podia dizer que fora algum monstro de pernas cobertas por penas, como um dorso-espinhoso ou um trovejante, embora não um cabeça-de-árvore. Ela não via sinais de outros dinossauros do que provavelmente tinha sido um rebanho considerável.

O solo arenoso e fino, frequentemente lavado pela chuva e pela cheia do rio, não conservaria os rastros por muito tempo.

"Temos um problema", Pilar disse, freando seu cavalo com as rédeas.

Melodía equiparou Meravellosa ao lado dela. A égua manteve uma orelha virada na direção do marchador que seguia a montaria de Pilar numa coleira, para que não tentasse se esgueirar pelo traseiro dela.

"Acho que temos", concordou Melodía.

Por maior que fosse, não levaria mais do que um minuto ou dois para contornar o titã. Em vida, o herbívoro fora grande demais para ser derrubado por qualquer predador, exceto talvez uma manada de tiranos. Morto, por acidente, por fome ou por um ferimento infeccionado, ele se tornara uma atrativa refeição que atraíra predadores de todos os tamanhos da região.

Hordas de dinossauros carnívoros se amontoavam como glutões à mesa. Múltiplas gerações de horrores se acotovelavam e empoleiravam nos arcos das costelas e afastavam as moscas impertinentes o bastante para pousar e tentar tirar o seu bocado. Feras azuis rosnavam, guinchavam e espantavam as de membros vermelhos com penas que se aproximavam demais do seu território, enquanto outras verdes se aproveitavam da distração delas, num tumulto que se assemelhava às gangues de rua das piores favelas de La Merced.

Atrás dos horrores, orbitavam grupos de incômodos e pequenos vexers, impetuosos sob as garras terríveis de seus primos para conseguir um bocado.

Mesmo eles mantinham distância de dois bandos de matadores que devoravam a carcaça. A partir de pura necessidade prática, os grandes caçadores de chifre marrom tinham se delimitado em ambas as extremidades: o longo pescoço e a cauda, e o corpo imediatamente adjacente. Um clã era verde-água e amarelo, enquanto o outro era vermelho-escuro, com matizes de dourado na barriga. Ambos os grupos exibiam as distintivas listras, escuras sobre o claro.

Eles se mantinham longe o bastante para se ignorarem mutuamente, reservando sua ira para parentes jovens que ficavam gananciosos demais, ou para ocasionais alados e raptores. Enquanto Melodía e Pilar assistiam em horror fascinado, um matador macho levantou a enorme cabeça para fechar as mandíbulas num rasgador-de-mortos de bico curto, um tom de pele desagradável e crista roxa que estava perto demais. A agilidade do monstro aparentemente surpreendeu o alado mais até do que as mulheres.

Rugindo como um vulcão prestes a entrar em erupção, o matador balançou o alado de penugem preta até que suas longas asas ficassem tão flácidas quanto algas marinhas. Então, arremessou o cadáver na grama e voltou a devorar o titã.

Ignorando os gigantes, fileiras incontáveis de formigas negras enormes cortavam a montanha de carne. Mamíferos lixeiros, encorajados pela fome e principalmente pelo tamanho – pequenos demais para importunar –, se remexiam nos cantos estreitos e pelas fendas daquela vasta catedral de decomposição.

"Eca", disse Melodía. Nem percebera que estava prendendo a respiração. "Este é um dilema, não?"

"Vamos levar horas para retornar e encontrar um local onde possamos levar os cavalos pelos desfiladeiros", observou Pilar. Paredes íngremes de quatro a sete metros de altura, cobertas por limo, definiam o vale. "E quanto mais tempo ficarmos perto dessa coisa, mais provável será de toparmos com convidados atrasados para o banquete. É um milagre que a gente não tenha sido apanhada no caminho para cá, sem saber de nada."

Ela fez um gesto ritual rápido que Melodía, uma agnóstica convicta, mesmo tendo sido educada nos rituais da Igreja, não reconheceu. Decerto não era um dos oito sigilos simples de três linhas, inteiras ou quebradas, que postas umas sobre as outras, significava cada Criador. Também não era o ideograma mais complexo da Língua Sagrada, que os livros diziam – e os negociantes confirmavam – ser a linguagem cotidiana da distante Chiánguo. O sinal despertou a curiosidade de Melodía.

"Tem uma baronia completa de devoradores de carne reunidos aqui", disse Melodía. "Talvez um condado. Mais do que um caçador humano poderia ver ao longo de toda a vida. Mas eles são o verdadeiro problema."

"Não."

Como pequenos predadores de penas que serviam de ajudantes e companhia para os humanos, cães, gatos e furões – como os humanos em si –, dinossauros carnívoros às vezes caçavam por esporte. Raptores em particular, os grandes e inteligentes horrores, eram famosos pelos jogos cruéis que faziam. Era um dos motivos pelo qual eles eram chamados de horrores.

Mas nenhum carnívoro abandonaria aquela refeição enquanto houvesse carne no titã. De matadores de doze metros a raptores saltitantes que não eram maiores que o braço de Melodía, todos estavam preocupados com o cadáver. Quando finalmente se empanturrassem – era preciso bastante para saciar um dinossauro devorador de carne – eles procurariam abrigo e dormiriam um dia ou dois para fazer a digestão. Então, se ainda houvesse carne nos ossos, voltariam a se alimentar. Até que nada mais restasse, eles comeriam ou guardariam para comer

OS CAVALEIROS DOS DINOSSAUROS

mais, distraídos somente pela desconfiança de que seus vizinhos estariam roubando seus bocados. O que eles certamente fariam.

"Não são os comilões que devem nos preocupar", Melodía disse. "O problema são aqueles que não são fortes o bastante para abrir caminho até a carne."

Ela via alguns deles agora, a algumas centenas de metros à esquerda: um trio de matadores machos, brilhando pretos e vermelhos sob a luz do sol, pisoteando frustrados a vegetação que chegava até seus joelhos e, ocasionalmente, atacando uns aos outros.

"Eles parecem incrivelmente aborrecidos", disse Pilar. "E aqueles são só os que conseguimos ver."

"Você não vai gostar disto", alertou Melodía, "mas vamos cavalgar o mais próximo do monstro morto que conseguirmos levar as montarias. Os comilões mal nos notarão."

"Você está certa", Pilar concordou. Suas feições estavam menos soturnas do que de costume. "Vamos. Mas ainda vamos ter de nos expor aos excluídos infelizes. Vamos parecer prêmios de consolação para eles."

Por algum motivo insano, Melodía riu. "Então vamos ter de confiar na nossa astúcia e nos nossos cavalos!"

"Vamos rezar para que a astúcia esteja em dia. Um matador corre mais do que um cavalo na curta distância."

Melodía sorriu para ela. "O bom é que estamos bem montadas, não? ¡Yah! ¡Vámonos, queridas mias! Vamos cavalgar!"

A égua corpulenta disparou como se tivesse sido lançada de uma catapulta. A marchadora branca de Pilar seguiu um segundo depois com a gitana curvada no pescoço dela, com os longos cabelos negros esvoaçando atrás. Independente do que pensasse sobre a lógica da opção de Melodía, não deixaria que a princesa cavalgasse literalmente para as mandíbulas do perigo sozinha.

E, de fato, o plano era insanamente perigoso. Mas Melodía era jovem e vigorosa, e descobriu que se entusiasmava numa caçada até mesmo quando era a presa. Seu coração reverberava com uma reflexão: *O que fiz para merecer tal devoção de Pilar?*

Desejando ter o atrevimento de gritar de alegria, Melodía passou por trás das caudas dos monstros com Pilar ao seu lado, tão próxima que os cascos dos cavalos levantavam borrifos da piscina improvisada que surgira ao redor da carcaça. Feras aladas espreitavam no topo da montanha de carne macia, mais alto do que os predadores conseguiam subir, e guinchavam e batiam as asas, como se estivessem ultrajadas. Melodía se perguntou se elas poderiam ser espertas o bastante para divergir alguns dos rivais a perseguir aquelas estranhas híbridas de humano-cavalo, liberando o caminho para que ceassem em paz.

Se assim o fosse, não funcionou. Alguns horrores azuis lançaram rápidos olhares amarelos para as mulheres ao que as montarias e o marchador carregando as bagagens passavam. Mas nem sequer moveram as caudas.

Olhando para Pilar, Melodía viu sua acompanhante cavalgar de boca aberta. *Ela também não se atreve a respirar pelo nariz*, pensou Melodía. O fedor era quase visível ali – e não só a nuvem cintilante de moscas, cujo zunir da miríade de asas quase afogava os sons de carne dilacerada e ossos quebrados.

Elas passaram pela extremidade do cadáver. Não sabiam dizer se era a cauda ou o pescoço; o que quer que fosse, estava oculto em meio a grama e piscina de fluidos. Melodía não pôde conter um gritinho de triunfo.

Pilar lançou um olhar selvagem contra ela. Então, sua risada assomou-se à de Melodía. Os cavalos tinham atravessado dez metros pelo sólido solo branco. Eles se tornaram vinte e então cinquenta.

"Conseguimos", Melodía cantarolou.

E, naturalmente, foi quando o matador se lançou. Saindo das sombras de uma ilha de pedra côncava, investiu como uma avalanche.

OS CAVALEIROS DOS DINOSSAUROS

– 6 –

Matador, Assassino
Allosaurus fragilis. Grande dinossauro carnívoro bípede. Cresce até os 10 metros de comprimento, 1,8 metro na altura dos ombros, pesa 2,5 toneladas. O maior e mais temido predador nativo de Nuevaropa.
– O LIVRO DOS NOMES VERDADEIROS –

O barão Salvateur era um homem grande numa armadura negra montado num enorme cavalo preto. Ou, pelo menos, pareciam pretos sob a chuva que caía. No seu escudo estava representada uma figura alada dourada com uma espada preta. Ou escura.

Talvez alertado pelo conhecimento das flechadas que seus homens haviam recebido em Flores Azuis – flechas estas que evitaram que ele, o barão, obtivesse não só uma vitória mas também o massacre total da milícia de Providence –, envergava armadura completa e capacete. O visor estava levantado, revelando uma face que, daquela distância, era um borrão verde-oliva, com um bigode que parecia uma mancha preta. Rob pensou ter visto barba por fazer enegrecendo o queixo.

OS CAVALEIROS DOS DINOSSAUROS

Ele se posicionara, com Karyl e Bogardus, atrás de uma barricada de carroças, uma carregada de barris de vinho, a outra de pedras, previamente posicionadas para bloquear a Chausée de l'Ouest. Bogardus tinha apanhado com o velho responsável pelo arsenal um elmo de aço e uma malha de couro. Aos muitos cidadãos que agora se amontoavam nas barricadas o velho entregara lanças, alabardas e bestas. Karyl, como Rob, vestia as roupas com que fora para o julgamento pela manhã.

Uma centena de metros a oeste, começaram a despontar cavaleiros, montados em corcéis e dinossauros, do arvoredo nos limites da floresta. Entre eles, marchava uma infantaria armada com escudos e arqueiros. Estavam ainda muito distantes para que Rob divisasse suas expressões. A atitude deles sugeria ansiedade e frustração.

O povo de Providence vaiou. Os cavaleiros olharam para seu comandante. Ele olhou para as defesas preparadas, para os telhados altos e as ruas estreitas. Estava claro que ele esperava cair sobre uma cidade virtualmente sem defesas, fosse por mera desmoralização ou pela simples surpresa.

Comprovou sua reputação de astúcia ao demonstrar que reconhecia o que estava olhando: uma armadilha. Se seus saqueadores seguissem em frente, acabariam superados numericamente, cercados num terreno em que todas as vantagens estavam a favor de seus inimigos.

Sem nada dizer ou sinalizar, o barão fez seu garanhão dar a volta e dirigir-se para a floresta.

A maior parte de seus homens – cavaleiros e infantaria – o seguiu, alguns taciturnos, outros com uma atitude de alívio. Um dos cavaleiros, um jovem fanfarrão de tranças longas e capacete ainda preso à sela, deu meia-volta com seu corcel branco. Quando o animal andou de lado e relinchou, ele ficou de pé nos estribos, levantou sua cota de malha e abaixou as calças, mostrando a bunda.

Um arco se retesou na barricada. Mesmo sem a chuva para esticar e enfraquecer a corda, já seria um disparo heroico por um arco curto. Contudo, uma flecha aterrissou imediatamente na pálida nádega esquerda do cavaleiro.

Ouviram seu grito e viram seu cavalo mergulhar nos arbustos. Emeric estava na extremidade de uma carroça, segurando o arco.

"Errei a direita por um palmo!", ele gritou para o cavaleiro. Enquanto o cavalo assustado ganhava a mata, dava para ouvir as risadas dos próprios companheiros do fanfarrão flechado, o que não era nada cortês. "Volte, mor cavaleiro! Minha irmã vai plantar a sua lança no meio dessas bandas rosadas!"

Os defensores ovacionaram. Eles não acreditavam de fato que eram capazes de afugentar um grupo de ataque poderoso como aquele, especialmente após o confronto em Flores Azuis. Mas foi o que fizeram.

Tentaram levantar Emeric nos ombros, mas ele os repeliu, dizendo: "Foi Karyl quem nos salvou! Deviam carregar ele!".

Alguém começou a entoar: Karyl. Karyl. Rob virou-se para o seu companheiro numa combinação de deleite e espanto. *Realmente os Fae devem sorrir para você, meu amigo*, pensou ele.

Bogardus caminhou até Karyl daquele seu modo experiente que atraía todos os olhares. Parou a dois metros do homem, tirou seu elmo de aço e se ajoelhou.

"Capitão Karyl", disse com o rosto molhado pela chuva – e lágrimas também, ou ao menos era o que sua voz sugeria. "Eu suplico que me permita seguir seus comandos na guerra. Você nos liderará?"

"Nos lidere!", a multidão gritou. "Nos lidere!"

Rob também cantava, erguendo os braços, entusiasmado. Talvez ele próprio tivesse começado.

Karyl franziu a testa. De modo incomum, ele fez uma pausa antes de dizer alto e claro: "Eu o farei".

Bogardus segurou a mão esquerda dele – a mão da espada – e a beijou. Enquanto ele curvava a cabeça, Rob viu o rosto de Karyl se enrijecer. E, embora Rob jamais tivera o dom de ler mentes, para ele estava claro como um grito que seu amigo estava se lembrando das palavras de despedida do cavaleiro prisioneiro.

Como uma dioneia rosada imensa de Paraíso, com fileiras de punhais amarelos, a boca do monstro se abriu a pouco mais de dez metros à direita de Melodía. Da forma como o coração dela praticamente explodiu no peito, parecia que eram centímetros. Ela sentiu o jorro quente do bramido dele.

Elas tinham deixado a carcaça do titã para trás, levada correnteza abaixo pelo vento. O cheiro de carne putrefata presa entre aqueles dentes serrilhados atingiu Melodía como um punho.

OS CAVALEIROS DOS DINOSSAUROS

"Merda!", ela berrou. Meravellosa, que como todos da sua espécie atarracada não era um cavalo veloz, vinha desenvolvendo o que Melodía sabia ser sua velocidade máxima. Com o susto, músculos se agrupavam e explodiam entre as pernas musculosas da montadora. A égua acelerou.

Melodía arriscou uma olhadela para trás. Seu perseguidor era magro e não só por causa da fome; era pouco mais do que uma cobra sobre patas enormes. Com as costas de uma cerceta e peito que ia do esverdeado para o amarelo, com o tempo ele escureceria e adquiriria as listras que eram características da sua espécie. Mas os olhos já eram daquele terrível vermelho-sangue dos matadores.

O alossauro era um jovem macho, agressivo e desagradável o suficiente para ser afastado de sua própria família pelo macho alfa, mas ainda não forte e experiente o bastante para ganhar sua entrada em outro bando. Julgando mal a velocidade de sua presa, ele atacara num ângulo de noventa graus ao curso delas, em vez de conduzi-las como um atirador acertando alados nas asas. Aquela falta de habilidade era sem dúvida parte do motivo pelo qual ele não estava em um bando.

Tentando corrigir a trajetória, o dinossauro derrapou numa parte mais rasa do curso de água principal. Escorregando na lama, ele caiu de lado numa esparramada colossal, com os pés e pequenos membros dianteiros agarrando o ar de forma cômica.

No vigor da juventude, ele se pôs de pé num piscar de olhos e investiu adiante. Rugia, como se o fato de Melodía ter testemunhado sua humilhação tivesse tornado tudo pessoal.

Com o estômago dando voltas de aflição, Melodía fez uma varredura no vale, numa tentativa desesperada de encontrar um lugar para se esconder. O jovem matador tinha quadris um pouco mais largos do que Meravellosa. Melodía sabia que havia poucos lugares onde ele não poderia segui-las. Ou arrancá-las de dentro usando força bruta e ferocidade.

Então, seus olhos viram algo promissor e se arregalaram. *Se conseguirmos alcançar...*, pensou ela.

A marchadora de Pilar tinha alcançado Meravellosa. Agora, Melodía viu-se ultrapassada rapidamente. Pela elevação da cabeça da égua e a ação das suas pernas traseiras, a princesa compreendeu, para seu profundo horror, que Pilar pretendia parar.

"O que você está fazendo?", ela gritou.

VICTOR MILÁN

"Não vamos conseguir correr mais do que o monstro", Pilar gritou de volta. "Vou deixar que ele me pegue..."

"Você não vai fazer nada disso. Cavalgue, sua cigana maluca!"

Pilar abriu a boca para discutir. Melodía apanhou o chicote que estava pendurado em sua sela. A montaria de Pilar estava ainda muito à frente, mas o esquipador seguia Pilar de perto, revirando os olhos e guinchando de protestos ao ver a velocidade ser diminuída apesar de haver um enorme devorador de carne em seus calcanhares.

Aproximando-se, Melodía açoitou violentamente o marchador nas costas. Ele relinchou – não sem uma nota de triunfo, ou pelo menos foi o que pareceu a Melodía – e acelerou, mordendo a montaria de Pilar na traseira. A égua branca guinchou, trincou os dentes e disparou.

Respirando como um fole, com suor escorrendo pelos flancos e baba pela boca, Meravellosa conseguiu retomar o passo e se emparelhou brevemente à marchadora de pernas mais longas. Era o que Melodía precisava para virá-la um pouco para a direita.

Ela voltou a olhar para trás. O monstro tinha perdido uns bons quarenta metros com a sua escorregadela. Mas vinha tirando a diferença com velocidade aterradora. *Se ele mantiver esse ritmo, em mais cinquenta metros vai me alcançar*, pensou ela. *E, do jeito que parece louco, ele vai correr até o coração explodir.*

Olhando para a frente, ela viu os olhos verdes de Pilar, enormes como um gato assustado, encarando-a num rosto empalidecido:

"Princesa, ela quase pegou..."

"Olhe para a frente!", gritou Melodía. "Agora, agora, agora!"

Os olhos arregalados piscaram. Então, Pilar obedeceu, endireitando-se na sela.

E se abaixando contra o pescoço da égua bem a tempo de evitar ter a cabeça esmagada.

Um verdadeiro gigante da floresta, com trinta metros de comprimento, tinha sido desenraizado e desnudado de galhos por alguma inundação, postado contra uma saliência escarpada na rocha. Sem a casca, seu tronco, tão largo quanto a altura de Melodía, fazia um ângulo para cima num bailado de poderosas raízes, com uns bons seis metros de largura.

Pilar, sua montaria e o cavalo passaram em segurança sob a madeira nua, esbranquiçada como osso. Melodía se abaixou e seguiu em

OS CAVALEIROS DOS DINOSSAUROS

pleno galope. Menos sortuda do que sua companheira, ela resfolegou quando um pequeno e afiado toco feriu suas costas. Quente e vívida, a dor por um instante não deixou espaço no peito para o ar.

Apertando os dentes, olhou ao redor. Enormes mandíbulas estiveram brilhando a menos de três metros do rabo branco de Meravellosa. Melodía viu de perto os olhos vermelhos do matador adolescente e sentiu nos ossos o grito de raiva e triunfo; todo o animal estava focado na presa que estava prestes a apanhar.

E foi aí que ele bateu de cara na árvore.

O impacto foi tão forte que rachou o tronco gigantesco. Os quadris do matador continuaram se movendo. Com a cauda e pernas na frente, ele deslizou vinte metros de costas, debaixo da árvore morta e além. Então, ficou deitado na grama, agitando debilmente os membros no ar.

"Você previu isso?", Pilar perguntou espantada.

Melodía sorriu. "Claro que sim. Se aquele malvadão não estiver morto, não vai saber de mais nada a não ser da cabeça doendo durante uma semana. Agora, vamos dar o fora, antes que os primos dele apareçam!"

OS CAVALEIROS DOS DINOSSAUROS

– 7 –

Tricórnio, Trichifres, Tríplices
Triceratops horridus. *O maior da família herbívora dos chifrudos (ceratopsianos), dinossauros quadrúpedes com chifres, carapaças ossadas no pescoço e bico córneo; 10 toneladas, 10 metros de comprimento, 3 metros na altura do ombro. Não é nativo de Nuevaropa. Temido pelos longos chifres letais da fronte, assim como pela avidez beligerante de utilizá-los.*
– O LIVRO DOS NOMES VERDADEIROS –

Quando Melodía e Pilar adentraram Providence por La Rue Impériale, encontraram ruas largas e bem conservadas de paralelepípedos, cercadas de construções estreitas com telhados coloridos e telhas brilhantes. A praça principal fervilhava de conversas sobre fabulosos monstros chifrudos supostamente vistos nas florestas a oeste, poucos momentos atrás. Cansadas pela viagem, mas revigoradas pelo prospecto do fim da jornada – esperança e medo crepitavam pelas veias de Melodía como gordura numa frigideira – elas prestaram pouca atenção aos rumores.

A primeira coisa que fizeram foi descobrir como chegar ao Jardim da Beleza e da Verdade.

OS CAVALEIROS DOS DINOSSAUROS

O cheiro de flores e o som de flautas e alaúdes flutuavam por sobre o muro que cercava o terreno na região leste da cidade.

"Achei que fossem pacifistas", Pilar murmurou, quando elas pararam num bebedouro à sombra de uma enorme figueira do lado de fora do muro dianteiro.

Dois vigias, um homem e uma mulher, usando morriões e couraças esmaltadas, identificados pela intrincada ilustração de um cardo, guardavam o portão pintado de vermelho.

Eles portavam alabardas. O efeito sério era um pouco estragado pelas pernas tortas peladas de um deles.

Melodía desmontou. Seu corpo estava rígido. Ela era uma cavaleira com experiência, mas a viagem extenuante cobrava seu preço.

"Bem, Jaume não é nenhum pacifista", falou baixinho, prendendo Meravellosa à sombra. A égua mergulhou o focinho avidamente na água e começou a se saciar.

Mesmo a indomável Pilar demonstrava sinais de cansaço da jornada. Ela foi um pouco mais lenta para desmontar. Melodía já estava tirando os principais pacotes do lombo do esquipador quando Pilar conseguia passar a perna por cima da sua sela e pisar o chão.

As duas mulheres prenderam os animais a postes de granito no chão e se aproximaram do portão.

"Quem são vocês?", perguntou uma das sentinelas, que tinha um bigode ridículo moldado na forma de lanças. Seu comportamento indicava certa curiosidade nervosa mais do que cautela, quanto mais autoridade.

"Eu sou Melodía Delgao."

"Melo... a p-princesa? A filha do imperador? Sério?", disse o guarda.

Os olhos escuros da outra sentinela se estreitaram em seu rosto largo e curtido. Ela olhou para Melodía como uma companheira spañola, o que não era incomum naquela grande rota comercial de uma província que fazia fronteira tanto com Spaña quanto Ovdan.

"Talvez", disse ela. "Talvez não. Não seja tão crédulo, Philemon."

"Está tudo bem, Raúla", disse uma voz de barítono vinda através do portão entreaberto. "Elas são convidadas. E são esperadas."

Um homem alto apareceu na entrada para um pequeno jardim além do muro, ao lado de uma mulher baixinha.

"Você é o Irmão Mais Velho, Bogardus?", perguntou Melodía. Ela tinha lido sobre ele, claro – atualmente ele era uma figura controversa no império, isso sem mencionar um professado acólito das filosofias do próprio amante afastado dela, Jaume. Ele era, como anunciado, um homem bonito e sazonado, supostamente na casa dos oitenta anos, de olhos verde-claros e cabelos grisalhos de corte quadrado, na altura do queixo também quadrado. Ele se parecia mais com o guerreiro que diziam que ele fora, antes de ser o sacerdote de Maia que reconhecia ser. Apesar do nome, sua tez de cor saturnina sugeriu raízes spañolas para ela.

Acima de tudo, o que se destacava como calor de uma forja era a sua presença diáfana. Quem mais ele poderia ser, senão o mestre do Jardim da Beleza e da Verdade e, por extensão, supostamente de todo o condado? Ela evitou direcionar seus pensamentos para seu próprio Jaume. Muita coisa dependia do resultado daquela conversa e ela não podia despertar o turbilhão de dor, perda e ira – em sua maior parte autodirecionada – que pensar nele a levaria.

"Eu sou", ele disse, sorrindo.

Melodía perguntou-se como Bogardus sabia da vinda delas. Mas por pouco tempo. Parecia certo que um homem a quem eram atribuídos tantos poderes saberia sobre tudo que acontecia em seus domínios. Ainda que, tecnicamente, Providence fosse governada pelo conde Étienne, ela sabia quem estava no comando de fato.

"La Princesa Imperial?", a companheira dele perguntou. Quando Melodía conseguiu desviar os olhos do ímã que era o rosto de Bogardus, percebeu que ela também era notável; magra e de pele branca, num vestido simples da mesma cor prateada de seus cabelos, o qual empalidecia severamente ante um rosto de beleza que parecia esculpida. Seus olhos, de uma estranha coloração violeta, estavam fixos na princesa.

"Não há nenhuma princesa aqui", retrucou Melodía. "Há uma exilada. Uma viajante cansada e sua companheira, em busca de abrigo. E dos seus ensinamentos, se os partilharem conosco." Ela meneou. "Mas devo avisá-los... se nos derem abrigo, arriscam despertar a ira do império."

O movimento de desdém feito com a cabeça pela mulher de olhos roxos dispensou quaisquer dúvidas que Melodía tinha sobre ela ser uma verdadeira grande. Ela aprendera a reconhecer os maneirismos daqueles de sangue azul virtualmente desde o nascimento. E também sabia reconhecer quando estes eram fingidos.

"Não tememos o império", afirmou a mulher.

OS CAVALEIROS DOS DINOSSAUROS

"Esta é a irmã Violette", Bogardus disse a Melodía, "Um membro do nosso Conselho dos Mestres Jardineiros. E sua companheira?"

Ele enfim transferiu o sorriso para Pilar, que estava meio pé atrás do ombro esquerdo de Melodía.

A princesa olhou para a criada, que portava a estudada expressão neutra dos servos, a qual conhecia tão bem. Ela deu um sorriso.

"Pilar", Melodía falou. "Minha boa amiga."

Bogardus assentiu, então, segurou firmemente ambas as recém-chegadas pelos ombros.

"Irmã Melodía, irmã Pilar. Bem-vindas ao lar."

"Estou extasiado", disse Rob, que estava extasiado.

Ele estava parado com as mãos nos quadris num ponto elevado da estrada acima da fazenda, observando os dinossauros se aproximarem como casas andando. As enormes cabeças decoradas se moviam em conformidade com os passos.

Trichifres, ele estava pensando – e tinha de pensar alto para afastar o pulso que martelava seus ouvidos. *Trichifres de combate vindos de Ovdan. Seis deles, Mãe Maia, seis!*

Eles eram lindos. Mas, ao mesmo tempo, não eram. Rob não se importava de se dividir em duas partes contraditórias. Tinha sorte quando eram apenas duas.

Sem dúvida os tricerátopos pareciam malvados. Suas laterais escuras, raiadas por um marrom mais escuro que descia pela espinha, estavam ensopadas pela jornada ao longo do alto desfiladeiro das Montanhas Blindadas. Pelo menos dois deles davam sinais de mancar. Isso era de se esperar de uma força que viajasse rápido ao longo de caminhos tortuosos, com pouca água e alimento. Podia também ser sinal de algo pior. Somente uma inspeção cuidadosa e talvez o tempo poderiam revelar o quê.

Um macho trazia um chifre dianteiro quebrado. Rob viu que era o revestimento do corno – e não o núcleo do osso – que estava quebrado, o que significava que ele cresceria novamente. Por enquanto, isso seria remediado por uma das afiadas carapaças de ferro que geralmente equipavam os monstros para a batalha.

Mas, por mais desgastados que estivessem da viagem, os seis tricerátopos eram as coisas mais lindas que Rob já tinha visto. Para ele, aqueles eram os verdadeiros senhores das batalhas: os verdadeiros senhores dos dinossauros. *E vou pôr minhas mãos num deles pela primeira vez na vida*, pensou ele. É o bastante para fazer um senhor dos dinossauros morto há dez anos saltar pra fora do túmulo e sapatear.

Ele olhou para Karyl, que estava ao seu lado, de braços cruzados, segurando o bastão na mão esquerda. A brisa do meio da manhã agitava o laço no topo da cabeça que caía sobre os cabelos soltos na nuca. Rob esperava que ele fizesse alguma observação disparatada sobre o seu entusiasmo, mas, em vez disso, o rosto de Karyl permaneceu pálido e triste por baixo da barba e, na verdade, seus olhos escuros se umedeceram.

Rob sentiu como se tivesse levado um golpe no estômago, ao ver a reação do outro. *Uau, que negócio é esse?*, pensou. *Achei que ele perceberia como me sinto, que nem uma criança vendo seus presentes do Dia de Criação espalhados sob uma árvore.*

Karyl abaixou o rosto – e Rob se censurou por ser tão engraçadinho. *Você não enxerga mesmo um palmo diante do nariz. Ele está sofrendo pelos homens, mulheres e monstros que perdeu no Hassling.*

Um homem normal teria sentido falta do poder e prestígio que lhe foram roubados naquele dia, em meio ao rio manchado de sangue – em grande medida, pelas ações do próprio Rob, embora Karyl culpasse a traição imperial perpetrada pelas mãos do herói mascote do imperador, o conde Jaume dels Flors. Mas já fazia bastante tempo que Rob parara de pensar em Karyl Vladevich Bogomirskiy como *normal*.

E, quando Karyl voltou a olhar para cima, para as feras novamente, o início de um sorriso apareceu em seu rosto.

Um cavaleiro montava cada um dos trichifres atrás das grandes carapaças ossadas no pescoço.

Pela cor escura da pele e cabelos e olhos pretos, vinham de Ovdan; homens e mulheres baixos usando mantos longos para se proteger contra o que, para eles, era o frio das terras baixas. Ditando o ritmo da manada vinha a figura menor de Zhubin, o chifrudo de carapaças ossadas montado por Gaétan. O rosto largo do jovem ostentava um sorriso aberto apesar da tala que imobilizava seu braço esquerdo para evitar causar dano ao ferimento recente no peito.

Gaétan impelia a montaria para um trote mais firme, ficando à frente dos seus primos colossais. Rob estremeceu. Zhubin tinha um andar parecido com o da Pequena Nell, no trote, dava a impressão de estar sendo chutada na traseira por um homem muito, muito grande,

OS CAVALEIROS DOS DINOSSAUROS

usando botas pesadas. *Esses solavancos não devem ser bons para o peito machucado dele*, pensou Rob.

O sorriso de Gaétan vacilou. Mas, aparentemente, não de dor.

"Você gostou deles?", Karyl perguntou indeciso para Rob e ergueu uma sobrancelha.

"Eles vão requerer uma inspeção minuciosa primeiro", disse Rob meio brusco. Então, sorriu. "Mas, vendo-os assim, quase acredito em amor à primeira vista."

Uma adolescente magrela vestindo uma blusa de linho cru correu até eles trazendo uma sacola de corda que entregou a Rob. Ele agradeceu, mas não sabia o nome dela. Desde a bem-sucedida expulsão dos saqueadores do barão Salvateur, recrutas inundaram a fazenda Séverin, da cidade, da província e até de mais longe.

De qualquer maneira, ela não é uma das minhas, pensou ele.

Rob já estava tendo dificuldades suficientes para cuidar dos seus novos batedores. Quanto aos corredores das matas, exceto por alguns poucos notáveis, já tinha perdido a esperança; eles iam e vinham como que soprados pelo vento. Rob honestamente não achava que se importassem se ele sabia seus nomes ou não. Eles ajudavam em respeito a Stéphanie e Emeric e pelo ódio que tinham contra o conde Guilli e seus homens.

Os cavaleiros dos tríplices fizeram as montarias parar ao cacarejar e retinir o que pareceu a Rob um tipo de cassetete em suas carapaças ossadas. Os ovdanos eram livres para bater em suas feras com as coisas. Não era crueldade, ele sabia. Era preciso se esforçar para conseguir a atenção de algo tão grande, com uma pele tão grossa.

E agora, ele apreciava bem de perto o quanto tricerátopos eram *grandes.* Titãs eram maiores, claro. Mas eles não podiam ser treinados para a guerra. Ou pelo menos, ninguém que Rob conhecia já o fizera, embora existissem lendas sobre eles terem sido usados em batalha em locações exóticas, de Zipangu a Tejas.

Um bico de pato de um cavaleiro de dinossauros alcançava facilmente o comprimento dos trichifres, algo em torno de nove a dez metros, às vezes mais. Mas, enquanto o maior sacabuxa que ia para a guerra raramente pesava mais de três toneladas, a tríplice líder, uma fêmea que era obviamente a principal da manada, devia pesar por volta de dez toneladas.

Corajoso, Rob caminhou em volta do focinho dela. E, de fato, era preciso coragem, mas era assim que se devia tratar um chifrudo de

VICTOR MILÁN

qualquer estirpe. A abordagem direta fez com que ela apontasse sua enorme cabeça em sua direção, como um aviso.

O que *não* se podia fazer era chegar sorrateiro perto de um daqueles paquidermes, pela lateral ou por trás, onde as carapaças ossadas bloqueavam a visão. Ninguém ia gostar de ser tomado por um horror que buscava saltar sobre as costas de um daqueles monstros e acabar esmagado sobre as patas enormes.

Em vez de atacar ou pisar em Rob, o tricerátopo abaixou a cabeça. A ponta do chifre nasal se nivelou ao próprio nariz de Rob. Ele lembrou a si próprio de que o chifre não tinha muita utilidade numa luta, uma vez que, se acertasse alguma coisa com muita força, poderia quebrar. Mas ele era tão longo quanto os dedos dele estendidos, e tão grande na base quanto dois punhos, culminando numa ponta perigosa, embora não exatamente afiada.

E "muita força" era algo relativo. Se ela tentasse enfiar o chifre no flanco de um chifrudo rival, ou na barriga de um devorador de carne, poderia se ferir, mas aquele chifre não teria dificuldade para abrir a pele mais fina de um peso-leve, como um raptor ou um homem. Ele era amarelo na base, sombreando até ficar de um marrom tão escuro que parecia quase preto na ponta.

E aqueles grandes chifres se pronunciando a um metro e meio da testa ossuda – aqueles sim eram capazes de matar o maior dos tiranossauros. Eram armas tão formidáveis à sua própria maneira quanto os dentes de qualquer tirano.

As narinas do tríplice eram grandes buracos, um de cada lado do focinho bicudo. Movendo-se de forma deliberada, mas confiante, Rob mudou para soprar na esquerda. A fera moveu a cabeça levemente, então recuou. Dinossauros herbívoros eram como cavalos naquele sentido: eles respiravam nos narizes uns dos outros para se familiarizarem.

Tendo assegurado para a grande fêmea de que ele era um bípede sem cauda que sabia como falar com um tricerátopo, Rob foi até o *trebuchet* de seu arsenal. Ele mergulhou a mão dentro da sacola que a recruta sem nome lhe entregara e tirou um punhado de figos secos. Deixou que a fera os cheirasse, então os ofereceu à criatura. E, quando ela abriu a boca, Rob esperava que reagisse da mesma maneira que sua Pequena Nell o faria – tão docilmente quanto.

Aquele enorme bico amarelo era capaz de arrancar a sua mão sem esforço, com ossos e tudo; os dentes serrilhados cuidariam disso. Mas, em vez disso, uma língua gorda, rosa-amarelada surgiu e varreu os figos da palma aberta com gentileza surpreendente.

O trichifre os deglutiu de imediato, roncando de satisfação. Rob se estendeu para acariciar a carne enrugada sob os olhos amarelados dela, tomando cuidado para não parecer uma ameaça ao olho em si.

Ela balançou a cabeça em gratidão. Esta era tão longa quanto a própria altura de Rob.

De cor amarelada como o corpo, o rosto chifrudo trazia um notável padrão de marrom mais escuro que destacava a carapaça ossada e a estrutura de ossos na face.

"Então somos amigos agora, garota", ele murmurou. "Com gentileza agora."

Ela soprou as narinas, como se concordasse.

"Muito bom", Karyl disse.

Rob sorriu sem moderação, mas tentou justificar: "Feras são mais simples do que homens".

"Não necessariamente", observou Karyl. "Nós só estamos mais propensos a tomar a aquiescência delas como garantida."

Rob não pretendia tomar como certa a submissão de um monstro de dez toneladas. Esperando ter feito o suficiente para ganhar a confiança dela, moveu-se para trás da carapaça. O homem na cornaca, vestindo calças marrons grossas de algodão, olhou para ele de forma questionadora e moveu-se irrequieto no lugar ao permitir que Rob subisse o pescoço relativamente desprotegido de sua montaria.

Ela roncou e assentiu com felicidade. Seu montador disse algo em sua língua bestial. Gaétan riu e traduziu.

"Ele diz que está surpreso. A maioria dos homens das terras baixas tem medo dos trichifres."

Rob riu – com suavidade, para não assustar a fera.

"São todos loucos lá nas terras altas por não temerem um monstro como este? Eu temo qualquer coisa que possa me esmagar num piscar de olhos."

Ele respirou profundamente, satisfeito. "Bem, de qualquer modo, esta aqui parece bem sadia. Vamos ver o resto deles, então."

OS CAVALEIROS DOS DINOSSAUROS

– 8 –

Torre
Uma das famílias que governam os cinco reinos que constituem o Império de Nuevaropa, mais a simbólica Torre Menor – que representa as minorias nuevaropanas reconhecidas na Assembleia – e a Torre Delgao, a família a partir da qual o imperador ou imperadora sempre são eleitos.
– UMA CARTILHA DO PARAÍSO PARA O PROGRESSO DE MENTES JOVENS –

A primeira coisa que Melodía percebeu na fazenda foi o fedor. Ou melhor, a falta dele. A brisa da tarde soprava o estrume de cavalos e dinossauros para longe, mas Karyl mantinha o campo limpo, ou ela teria sido capaz de detectar o cheiro mesmo assim.

Ela sabia o bastante, a partir das suas leituras e da tutela de Jaume, para constatar o fato.

Ela tocou o braço de Bogardus. Apesar da aparente vida sedentária dele como líder do culto, a sensação era de firmeza musculosa. *Vai ver ele faz jardinagem de verdade.*

"Qual deles é Karyl?", perguntou.

"A cobra mais perigosa", respondeu a irmã Violette, que caminhava do outro lado de Bogardus, oposta a Melodía. "Porque parece ser a mais inócua."

Melodía não sabia bem como se sentia a respeito da conselheira, principalmente porque não estava certa do que Violette pensava dela. Ela transparecia um modo amigável. Mas Melodía julgou enxergar certa reserva nela. Ela agia de forma quase proprietária em relação ao Irmão Mais Velho. E, embora ciúme fosse considerado um defeito risível, especialmente ali, ao sul da Cabeça do Tirano, ele ainda enredava alguns. Melodía não tinha como dizer se Violette apenas sentia afeição por Bogardus ou se a via como uma ameaça ao relacionamento de ambos.

"Nosso coronel não está à vista", Bogardus disse, com uma leve ênfase nas duas primeiras palavras. "Mas não tema, irmã. Ele não deve estar longe."

A fazenda Séverin pululava de atividade. Aquilo fez com que Melodía sentisse uma breve saudade do lar, fazendo-a lembrar-se da vida cotidiana nos expansivos terrenos do Palácio dos Vaga-lumes. Apesar da brisa que soprava pelo campo aberto e fazia a pele da princesa se arrepiar por baixo das calças e mangas, a maior parte dos homens e mulheres não vestia nada além de tangas, ainda que as mulheres atassem os seios em prol do conforto e da conveniência, enquanto labutavam.

No centro de tudo, seis enormes chifrudos chafurdavam num córrego que atravessava a propriedade. Eles eram as maravilhas que haviam atraído o grupo da quinta do Jardim. Melodía sabia o que esperar, contudo, a visão das criaturas a fez parar e examiná-las, independente da relativa falta de afinidade que sentia por dinossauros.

"Não são impressionantes?", perguntou Bogardus com um suspiro profundo e cálido.

Ela só conseguiu anuir com a cabeça. "Aquele ali é Rob Korrigan, nosso mestre dos dinossauros."

Um homem vestindo um tipo de saia de pano estava com o queixo afundado na água, próximo de um tricerátopo. Ele, e não o dinossauro, parecia ser o foco de oito ou nove outros que se reuniam ao redor da cena.

Era um homem de altura mediana – ou pouca coisa mais –, ela avaliou. Seu torso nu parecia um barril de vinho, se esses tivessem pelos ruivos na parte superior. Os braços dele pareciam mais longos do que

VICTOR MILÁN

o normal, como se ele pudesse coçar os joelhos sem precisar se curvar. Mas seu rosto, embora o queixo quase descansasse na clavícula sem muita interferência do pescoço, era surpreendentemente belo: fortes linhas no maxilar, demarcadas por uma barba bem-feita, perfil bem definido, maculado somente por um nariz um pouco amassado. Os cabelos eram do mesmo dourado que a barba e o pelo do peito.

Nem ele nem o grupo extasiado que o cercava prestou atenção aos recém-chegados. Em vez disso, ele segurou o machado – que tinha um cabo de um metro de comprimento – com a ponta voltada na direção da sua cabeça, e usou a parte de trás para golpear o trichifre no jarrete traseiro mais próximo. A fera roncou e balançou a cabeça imensa, mas não pareceu muito incomodada.

Melodía perguntou-se o que seria necessário para realmente chamar a atenção de um animal tão gigantesco. E se era uma boa ideia fazê-lo. Vistos de perto, aqueles chifres que se projetavam da fronte, cada qual com um metro e meio de comprimento, eram aterrorizantes.

Uma protuberância, lama por fora, pó acinzentado por dentro, caiu da dobra da perna amarronzada. Rob sorriu e se acocorou com as mãos sobre as coxas.

"Olhem aqui agora", ele orientou, apontando. "Exatamente como pensei. Fungos estavam proliferando e esfolando a pele. Nada sério, mas se deixar que cresça, vai devorar a pele dela como um exército de formigas-soldados."

"Comer assim a pele de uma fera tão grande?", perguntou uma mulher de traços fortes e cabelos bem aparados da cor de tijolos.

Rob riu. "Bem, você pode se perguntar como algo que pareça tão trivial possa derrotar uma blindagem que repele flechas e lanças como se fossem água. E a resposta é: tempo e persistência. Assim como formigas e outros pequenos limpadores podem despir a carcaça de um titã de tudo que os carnívoros deixaram para trás numa questão de dias."

Ele ficou de pé. "Misture lixívia, uma colher grande em quatro litros de água, e use para escovar o local com uma vassoura. Então enxague e enxague, até ter certeza de que chegou à pele em si, e enxague de novo."

"Nós devemos fazer uma atadura, como um ferimento?", perguntou um camponês atarracado, um dos recrutas mais velhos, cujo nariz e dentes dianteiros tinham claramente sido quebrados por um golpe em algum ponto da sua carreira.

OS CAVALEIROS DOS DINOSSAUROS

"Não. O bom e doce ar de Providence vai bastar para curar."

Melodía sentiu-se fazendo cara feia por ele não percebê-la. Ou Pilar ou seus austeros acompanhantes. *Achei que eu fosse um pouco mais interessante do que fungos.* Ela sentiu a raiva – embora a mantivesse enterrada lá no fundo na maior parte do tempo, nunca a deixava se esquecer de que estava lá – começar a enrolar os tentáculos negros em seu estômago.

Então, se recompôs. Ela teve bastante experiência com mestres ao longo de sua educação e vida na corte. Era natural da espécie ter uma obsessão pelo objeto que dominavam. Jaume alegava que era justamente assim que eles se tornavam mestres, o que fazia sentido para ela, pensando bem.

Como se sentisse o desprazer dela, Bogardus pigarreou. "Mestre Rob", chamou. "Temos uma recém-chegada ao nosso Jardim que gostaria que conhecesse."

O homem corpulento olhou ao redor. Melodía percebeu que sua barba culminava numa pequena ponta e seus olhos eram grandes e cor de avelã.

"Então esta é a famosa princesa Melodía, de quem tanto ouvimos falar?", ele disse.

"Esta é nossa nova irmã e a criada dela", Violette falou.

"Amiga", Melodía a corrigiu. Ela sentiu Pilar dar um leve apertão em sua mão. *Me odeio por ter tratado minha amiga de infância como um mero pertence esses anos todos. Não vou deixar essa passar.*

"Bem, perdoe-me por me endereçar de modo tão informal, Alteza. Ou não. Seja como for, sejam bem-vindas ao nosso acampamento. E como se chama essa encantadora criatura?"

Melodía seguiu o olhar dele... direto até Pilar. Que pareceu corar. Algo que Melodía não se lembrava de ter visto sua companheira fazer ao curso de toda uma vida.

"Esta é minha *amiga*, Pilar. E quanto à informalidade, mestre Rob, você não tinha conhecimento da nossa visita. De qualquer modo, estou feliz de ser uma simples Jardineira agora, uma vez que nem ao menos sei se continuo sendo legalmente uma princesa."

Rob se aproximou sem timidez; água escorrendo das coxas peludas. "Ah, sim. Ouvimos falar da prisão em La Merced e da ousada fuga. Ouvi dizer que há um prêmio e tanto pela sua cabeça."

VICTOR MILÁN

Ela olhou para ele alarmada diante daquilo. Ele riu.

"Todos seremos foragidos do império em breve, escutem minhas palavras. Não precisam temer que alguém as entregue em troca da recompensa."

Ele passou reto por ela, tomou a mão de Pilar e a pressionou contra os lábios.

"Estou encantado em conhecê-la, *señorita*", disse. Então, para Melodía: "Você também, claro".

Ela deu um sorriso tênue. Por dentro, tentava acalmar o surto de pânico que a conversa casual do homem sobre foras da lei despertara e encobrira momentaneamente o fervor raivoso.

Bogardus me garantiu que eles conseguem amarrar o império nos tribunais por anos, caso papai tente obrigá-los a me devolver, ela se obrigou a lembrar. *Meu pai pode não apoiar todas as tradições que ajudaram nossa Torre a permanecer no controle do trono imperial durante séculos, mas não vai querer fazer com que a imagem da família fique pior do que já está enviando um exército armado atrás de mim. Com certeza Bogardus conhece mais sobre a Lei do Império e suas nobres sensibilidades do que esta criatura bruta.*

Ela pensou em mencionar os relatos da aparição de um Anjo Cinza em Providence que chegaram de forma tão fortuita a La Merced quando Falk sucedeu Duval como chefe da guarda pessoal de seu pai. Isso poderia provocar uma resposta histérica não só na corte, como nas ruas de La Merced – e levar o império a agir contra o Jardim por motivos que não teriam nada a ver com ela.

Mas achou melhor não fazê-lo. *Somos convidadas aqui*, ela recordou-se. *Pela tolerância de Bogardus e do Conselho. Seria rude trazer este assunto à tona.*

E o Jardim em si, a comunidade e o jardim literalmente que esta nutria na quinta, eram tão calmos e belos que a noção da presença de um monstro mítico... parecia absurda.

"Onde está Karyl?", Bogardus perguntou. A voz grave e macia dele foi como bálsamo derramado sobre os medos que Rob despertara.

Com relutância visível, Rob soltou a mão de Pilar. A gitana tinha superado seu arroubo de timidez – ou disfarçado, supôs Melodía – e estava sorrindo abertamente para o mestre dos dinossauros agora. Ele era um pouco vulgar para o gosto de Melodía, mas ela tinha de admitir que havia charme no sorriso hada malicioso que brilhava em seus olhos.

"Ele está do outro lado das grandes feras", respondeu Rob. "Admirando-as sob o pretexto de inspecioná-las. Onde mais estaria?"

Bogardus sorriu para Melodía. "Vamos?"

Ignorando a mão ofertada por Bogardus, Melodía entrou no córrego – correnteza acima dos grandes dinossauros, claro. Embora ela e Pilar tivessem tomado banho e vestido roupas limpas após chegarem ao vilarejo, ela estava usando as mesmas botas, ainda desgastadas e manchadas por coisa bem pior do que água das montanhas e um pouco de lama. Notou com espanto que a sempre capaz Pilar não hesitou em aceitar a ajuda do cotovelo dobrado de Rob.

Na margem oposta, um homem delgado, trajando um saiote preto de difícil descrição como o de Rob, conversava com três outras pessoas. Os olhos de Melodía percorreram-no rapidamente, antes de pararem com um leve choque e retornarem ao ponto original.

A cobra mais perigosa... ela se lembrou. Este *é o demônio em forma de homem que meu pai quis derrubar, contra o qual ordenou que Jaume descartasse sua honra e a do império?* Ela mal conseguia acreditar. *Ele é mais baixo do que eu!*

Numa segunda olhadela, não havia como confundi-lo, de acordo com os relatos de Jaume, os relatórios da Guerra dos Príncipes e, sim, das canções que celebravam sua longa e épica ascensão e a queda meteórica. Os cabelos pretos e longos, manchados de cinza, usados num tipo de meio rabo de cavalo no topo da cabeça que caía sobre o resto dos cachos soltos na parte de trás. O rosto barbado, tão descarnado que lembrava Melodía de algum cultista ainda não nascido, que levara suas excêntricas doutrinas de negação longe demais. As costelas, uma tábua de lavar que seria adequado ao asceta mais extremo. Mas os músculos grossos que adornavam seus membros e torso definitivamente *não* pertenciam a nenhum monge. E nem aquele ar de completa segurança física – os movimentos graciosos, contudo levemente abruptos, como um lagarto andando num dia frio.

Com pouco mais de uma olhadela para os recém-chegados, ele continuou a falar com seus companheiros. Um era um loiro corpulento e bem-apessoado, com o braço imobilizado. Os outros dois, um homem e uma mulher, eram menores que o próprio Karyl. A julgar pela pele cor de oliva, os longos cabelos preto-azulados trançados e os casacos acolchoados que vestiam, deviam ser parsos ou turcos, o Grande Império Turaniano de Alta Ovdan. Provavelmente tinham vindo junto com os trichifres; os enormes chifrudos não eram naturais de Nuevaropa, mas eram abundantes além do platô a leste do Escudo. O que exauria o conhecimento elementar que Melodía tinha sobre as feras, além de serem realmente terríveis em batalha. O que um leve vislumbre delas já bastava para mostrar.

"Voyvod Karyl", disse ela, caminhando na direção dele. "Eu sou Melodía."

Ele virou uma sobrancelha amarrotada para ela. "Quem?"

Ela parou. Sua barriga estava tensa e gelada. Respirou fundo. *Fique calma*, ela disse à própria raiva. *Eu sou uma convidada aqui. E este homem serve aos meus anfitriões.*

"Melodía Delgao", Bogardus disse, juntando-se a ela.

"Filha do imperador Felipe", completou Violette.

Karyl grunhiu e disse: "Perdão, Alteza".

"Oh, isto não é necessário. Sou uma fora da lei e posso nem ser mais uma princesa, tecnicamente."

"Claro que é", ele comentou de modo malicioso. "Felipe não pode confiscar seus bens sem abrir mão das próprias terras e títulos... incluindo o Trono Dentado. Bem-vinda a Providence."

Ela franziu a testa. Aquilo não estava saindo nem um pouco conforme antecipara.

Melodía pretendia... bem, ela não estava totalmente certa do quê. Algo envolvendo desculpar-se pelo que seu amor fizera com ele, a mando do seu pai. Um cumprimento do dever, mas mesmo assim, uma terrível injustiça. Ela gostaria de assegurá-lo que o próprio Jaume sabia o quanto aquilo fora errado e sentia arrependimento.

E ali estava ele, dispensando-a como uma criança tola. Da mesma forma como seu pai tinha rejeitado os esforços dela de desempenhar qualquer papel ativo na Corte Imperial.

"O conde Jaume...", ela começou a dizer. Pronunciar o nome era custoso e fez com que a raiva dentro dela se inflamasse. Contra si e contra o seu amado. Mas o próprio Karyl ficou rígido ante a menção do nome. Ela prosseguiu. "Digo... nós somos noivos... praticamente... e, bem..."

OS CAVALEIROS DOS DINOSSAUROS

Estou fazendo papel de tola de merda, ela se deu conta. *Estou tentando me desculpar! Por que este homem não me escuta?*

Mas o rosto de Karyl tinha se fechado como um portão de ferro. "Estamos nos preparando para a guerra, princesa", ele disse. "Pode me dar licença?"

Ele deu as costas para ela.

Melodía ficou congelada, os olhos pinicando, mãos fechadas em punhos tão apertados que doeram. *Eu me rebaixando para agir certo com ele e ele me desdenha dessa forma! Me tratando como menos do que lixo. Igual a Falk...*

Sentiu tanta raiva que ficou enjoada.

Então, Bogardus tocou-a de leve no braço e disse gentilmente, "Venha, Melodía. Você e Pilar devem estar exaustas da viagem. Vamos voltar para a vila."

Ela se obrigou a engolir a bile e a fúria, e a forçar um sorriso para ele.

"Sim, é claro, Irmão Mais Velho. Precisamos repousar."

OS CAVALEIROS DOS DINOSSAUROS

– 9 –

Hada, os Fae
Também demônio. Um indivíduo é chamado de Fada. Uma raça de criaturas sobrenaturais malignas que desafia a vontade dos Criadores e busca atrair a humanidade para a ruína. Lutando juntos, a raça humana, os Anjos Cinza e os próprios Criadores frustraram a tentativa delas de conquistar Paraíso durante a horrível Guerra dos Demônios. São notórios pelas travessuras – que podem ser cruéis – e pela inclinação a fazer barganhas com os homens e as mulheres. Que eles cumprem, mas raramente conforme o esperado.
– UMA CARTILHA DO PARAÍSO PARA O PROGRESSO DE MENTES JOVENS –

Pouco após o pôr do sol, Rob caminhava pela Estrada Imperial em direção à cidade de Providence. A noite estava bonita. No alto, as nuvens tinham se dissolvido, revelando um céu que ia do índigo para o preto quanto mais se distanciava do horizonte ao leste, onde as nuvens ainda eram iluminadas por brilhos fracos cor de pêssego e lilás. As estrelas brilhavam gloriosas. O alvoroço dos insetos do fim do verão competia com o dos sapos nas valas e ao longo da orla do rio ali perto. O ar estava suave como o beijo de uma donzela, e cheirava a botões noturnos e ceias distantes.

OS CAVALEIROS DOS DINOSSAUROS

Rob Korrigan vinha andando em sua maneira arqueada; as solas das botas esmagando os pedregulhos da estrada, murmurando para si próprio uma música. Era uma balada que estava compondo, uma sátira sobre a forma como os senhores da cidade conduziram a Batalha de Flores Azuis. Mas ele não esperava cantá-la na quinta do Jardim num futuro próximo.

Levava seu machado nos ombros, com a cabeça fora da bainha. Embora as cercanias não fossem tão repletas de loucos quanto nas terras mais baixas, havia algumas áreas nos arredores das montanhas mais altas de Nuevaropa onde era difícil ganhar a vida. E Providence prosperara tanto por meio de trocas, quanto do cultivo. Mas ao que parece, a bandidagem nunca fora um grande problema ali – pelo menos não até que seus vizinhos começassem a fornecê-la em abundância.

Claro que as principais caravanas comerciais, como as da casa do pai de Gaétan, Évrard, eram uma presa apetitosa – mas elas eram protegidas por grupos de homens corajosos e bem remunerados. E era de se notar que os clãs de comerciantes tinham gerado seus próprios *bravos*, Gaétan sendo a prova viva disso.

De fato, os alvos ricos o suficiente para atrair a atenção de gangues grandes e organizadas tendiam a valer menos o esforço. Do mesmo modo, os comerciantes, fazendeiros e funileiros simplesmente não compensavam o trabalho do ataque, uma vez que a vida lá era relativamente tão fácil.

No entanto, o equilíbrio havia sido quebrado com os refugiados que inundaram a cidade de Providence, especialmente após a campanha violenta de Salvateur. Mas não tanto. Os locais eram um povo de mente aberta, ainda que dados a discutirem os méritos de poemas e pintores com ferocidade diante de uma observação crítica.

Os corredores das matas respeitavam Karyl, e um pouco menos Rob, cujos batedores montados os haviam auxiliado a perseguir os odiados saqueadores até Crève Coeur. Eles se mostraram dispostos a abrir mão do tradicional desgosto e desconfiança que sentiam pelo Povo Sentado para ajudar os despossuídos.

Pelo menos aqueles que mostraram boa vontade. Os outros tinham desaparecido; e Rob, por sua vez, não desperdiçou um só pensamento com eles e menos ainda alguma piedade.

Portanto, naquela bela noite, Rob não esperava encontrar nenhum problema. Mas ele não sobrevivera à vida que o Destino lhe dera sendo imprudente. Corria riscos tão grandes, com tanta frequência que, sempre que podia, tomava cuidados extras.

Quando a figura sombria surgiu do meio do mato na lateral do caminho, ele ergueu o machado.

"Mestre Korrigan", disse uma voz feminina. "Você possui uma silhueta inconfundível."

"Pilar?", ele balbuciou, franzindo a testa. "Por que está espreitando do meio do mato, moça?"

Ele viu o sorriso dela literalmente brilhar antes que o resto dela começasse a se revelar, como se estivesse se materializando da escuridão. "Pelo mesmo motivo que você tem seu machado preparado."

Ele riu. "Uma garota sensata."

"O que o traz à estrada durante a noite?", ela perguntou. Seu sotaque era fortemente salpicado com spañola – e algo mais, cuja familiaridade o assustava.

Não, ele disse a si próprio. *Pare com isso. Não pode ser. Está começando a ver fantasmas, rapaz.*

"Eu estou... hã... a caminho da quinta dos Jardineiros", respondeu ele. "Receio que a mesa deles é melhor do que a nossa bagunça. Ainda que não haja carne."

"É mesmo?" O tom dela e o brilho nos arrebatadores olhos verdes o desafiavam. "Bem, eu estava vindo vê-lo, mestre Korrigan."

"Rob", ele a corrigiu. "Só Rob... Estava, é?"

"Ora, vamos." Pilar deu uma sonora risada. "Não me sinto atraída por homens tímidos. E timidez não parece ser da sua natureza, Só Rob."

"Não me chame assim também, estou muito longe de ser 'só' alguma coisa", replicou ele.

Mas era mera irreverência, como o reflexo de apanhar uma maçã jogada contra seu rosto. Ele perguntou-se sobre sua timidez. Sem dúvida não era o seu estilo.

"Já que está indo cear", ela disse sorrindo, "que tal ir até a quinta comigo?"

"Estava indo mesmo naquela direção, então, por que não?"

Eles emparelharam ao caminhar. Eris, a Lua Visível, surgiu no oeste, sua face prateada assimétrica por ter acabado de ficar meio cheia.

OS CAVALEIROS DOS DINOSSAUROS

Ela lançava suas sombras sobre as árvores ao lado da estrada, pelos troncos pálidos além dos quais Rob conseguia ver grandes campos.

Ele suspeitava que Pilar estava ajustando seu caminhar ao dele. Era necessário; as pernas dela eram tão longas quanto as dele eram curtas. Ela era – e ele não via problemas em admitir aquilo para si mesmo – uma mulher diabolicamente bem formada, com um rosto que faria a própria Bella Dama sorrir em aprovação, com aqueles cabelos negro--azulados, olhos verdes como jade e enormes seios redondos.

Em circunstâncias normais, ele a encantaria com palavras que poderiam ter sido escritas no mel com uma pena de prata. Então, uma segurada nos seios, curvá-la, levantar a saia acima da cintura, envolver seu corpo bem firme e o resto seria só alegria.

Não que ele não quisesse fazer aquelas coisas. Ele queria, e como queria, não lembrava de se sentir assim desde que era um rapaz, explodindo as costuras das calças de excitação. E olha que ele raramente ficava sem mulheres em Providence, especialmente desde que eles tinham rechaçado Salvateur e seu bando de saqueadores.

Mas... havia algo mais. Algo que apertava a sua garganta tanto quanto ele apertava seu escroto, e fazia cócegas em sua barriga tanto quanto sua imaginação queria que ela fizesse cócegas em seu pinto.

"Por que está tão quieto?", ela perguntou.

"É a sua importância, como Torrey é minha testemunha", ele disse. "Te confunde, mulher. Você não é previsível."

Ela riu. Foi uma gargalhada sincera e profunda. Ele aprovou.

"Fico feliz que não tenha praguejado contra mim. As imprecações de Rob Korrigan têm poder."

"Por que diz uma coisa dessas?"

Foi tudo o que ele pôde fazer para não se estapear imediatamente na testa.

É contra meu próprio ego sabichão que eu devia praguejar por permitir-me dizer algo assim!, pensou ele ferozmente. *Ah, e por que mamãe Korrigan não me fez aprender na marra a não fazer perguntas de que não quero saber as respostas?*

Ela estava olhando para ele, aqueles olhos verdes desconcertantemente astutos, como se pudessem se focar além da pele, dos músculos e ossos do rosto dele e para dentro dos seus pensamentos... aqueles pensamentos traidores e fervilhantes.

"Acha mesmo que pode bancar o recatado comigo?", perguntou ela.

"*Hmm...* não. Evidentemente não."

Então, ele literalmente parou no lugar. Ela não tinha falado francés, spañol ou anglés. Ela tinha falado a língua secreta, a língua proibida, conhecida por muitos nomes, mesmo pelos seus próprios falantes, mas conhecida pelo povo dele como *rromani ćhib*.

"Eu devia ter te amaldiçoado por ter me apanhado assim, moça", ele disse. Em anglés.

Ela riu e perguntou na mesma língua gitana que acabara de usar. "Por que se dar o trabalho? Algum *gadji* conheceria a língua bem o bastante para dizer aquilo?"

"Não", ele olhava furtivamente para os lados.

"Acha que alguém pode nos escutar numa estrada como esta à noite? E você se importaria se alguém escondido nas matas descobrisse o segredo que você parece guardar com tanto cuidado, de que é romani?"

Na verdade, seria típico do Pequeno Pombo se esgueirar em meio à estrada para espionar seu chefe. Ou Pequena Pomba. Vai saber, ele se corrigiu. Rob achava que estava de comum acordo com seu chefe-espião andrógino na cidade, mas o negócio com espiões é justamente esse, não se pode confiar nos diabinhos.

"Fora isso", ela disse, "por que se preocupar se alguém descobrir? Teme que esse povo de Providence o veja como um grande renegado por ser gitano?"

"Eles já sabem que sou um grande renegado", ele comentou. "Mas pode ser perigoso que saibam sobre essa outra coisa. Como você sabe, moça. Aposto que ainda não anunciou sobre sua linhagem no belo castelo de La Merced!"

Ela deu de ombros. "Melodía sabe. O pai dela também, naturalmente. Seja como for, de que importa? Somos todos foragidos juntos, aqui, aos pés das Montanhas Blindadas. E quem aqui saberia que seu sobrenome significa 'tocado pelos Fae'?"

Ele fez uma careta. "Você mal me conhece", disse num tom de injúria levemente fingido, "e eis que está aqui desvendando todos os meus mais profundos segredos obscuros!"

"Nem todos, estou certa", ela gracejou.

"Agora, como posso mantê-los em segredo?"

O S   C A V A L E I R O S   D O S   D I N O S S A U R O S

Ela riu. "Cresci como criada de donzela para uma filha da Torre Delgao. Sei como guardar segredos. E quanto ao seu coronel, Karyl? Ele conhece seus segredos?"

Após a absolvição de Karyl e Rob no julgamento, Bogardus forçara uma medida junto ao Conselho para promover o comandante do exército. Violette ficou louca da vida, o que divertiu Rob sobremaneira. Mas ele parecia mais animado com a nova patente do que Karyl.

Agora, era a vez de Rob gargalhar. "Moça, contei a Karyl uma centena de histórias sobre o meu passado. Nenhuma delas era verdade. E todas eram."

Ela assentiu, como se aquilo fizesse pleno sentido. *Está claro que ela é uma gitana*, pensou ele. *Será possível que ela seja uma de minhas conterrâneas também?*

Mas ele abandonou a ideia. Os romani de sua terra natal ayrish tendiam a ter uma coloração similar a dele. Pelo visual dela, seu clã havia vivido na Spaña por gerações, talvez séculos.

"E se minha própria vida dependesse do menor cisco saído daqueles olhos de dragão dele", disse Rob, repentinamente sombrio, como se jamais tivesse conhecido o sabor da cerveja, "eu a contaria como perdida."

"Então acha que ele sabe o que seu nome significa?"

"Não isso. Se bem que, se algum homem foi tocado pelos Fae, é ele."

Ela concordou. Eles caminharam um pouco em silêncio.

Quando ele começou a temer que tinha exagerado na dose e fechado a porta entre eles, ela lançou um olhar astuto e de soslaio.

"Pode ser que eu me sinta incomumente loquaz esta noite", ela disse.

"Sua educação não padeceu por crescer como criada da princesa, isto é fato."

"Primeiro vamos comer. Estou faminta... você não? Mas, mais tarde, quem sabe possamos ir até o jardim para que você encontre algumas outras maneiras de ocupar minha boca, além de derramar seus preciosos segredos?"

E, tomando a mão dele, ela praticamente o guiou até o vilarejo.

OS CAVALEIROS DOS DINOSSAUROS

– 10 –

> ***Compito***
> *Compsognathus longipes. Pequeno dinossauro felpudo, devorador de carne; um quilo, um metro de comprimento. Nativo da Alemania, mas comum em todo o império e, na verdade, em muitos continentes de Paraíso, aparentemente introduzido por comerciantes e viajantes, como animais de estimação ou simplesmente como clandestinos. Delgados e tímidos, se alimentam de animais pequenos como lagartos, sapos e ratos.*
> — O LIVRO DOS NOMES VERDADEIROS —

"Estou feliz aqui", disse Melodía.

Ela caminhava com Pilar sob freixos, ao lado de um córrego que serpenteava entre campos de feijões e videiras, madurando ao sul da quinta do Jardim, perto do Rio Bonté que corria pela cidade de Providence. Era uma plácida manhã de domingo. Os pássaros e os alados estavam curtindo o calor da manhã. O zumbido dos insetos abafava o barulho das folhas sendo levadas pela leve brisa. O sol brilhava por uma cobertura fina de nuvens quando as duas saíram das sombras para a luz.

"Oh, sim", disse Pilar. "Também encontrei certa satisfação aqui."

O S   C A V A L E I R O S   D O S   D I N O S S A U R O S

O sorriso dela – e agora que Melodía se permitira ou dera o trabalho de perceber, viu que Pilar tinha um lindo sorriso – trazia uma singular qualidade onírica.

"Fico feliz de ouvir isso, Pilar."

Na verdade, Melodía sentia que alguns dos Jardineiros ainda tendiam a tratar Pilar como uma serva. *Não por malícia*, pensou ela. Mas talvez pelo hábito. Mas até aí, os novos e mais jovens acólitos tendiam a acabar com a maior parte dos trabalhos bobos de manter o Jardim vibrante e florescente. Ainda que a própria Melodía raramente se visse desempenhando tarefas árduas e desagradáveis, a não ser se ela própria as procurasse.

"Bogardus é mais do que eu esperava", Melodía prosseguiu. "Forte, paciente e sábio. Um bom professor. E, embora eu não esteja certa se concordo com as extrapolações que faz das... filosofias do meu primo, ele as defende de modo persistente."

Ela estava passando por um período prolongado de relutância em dizer o nome de Jaume. Ele elencava muitos sentimentos contraditórios. E havia também a questão do quanto ela ansiava por intimidade, mas igualmente se esquivava dela no rescaldo do que lhe fora feito algumas semanas antes.

"A irmã Violette... não sei bem o que pensar dela."

"Ela trata você bem", Pilar disse. "Parece gostar de você. E acho que é mais deferente a você do que aos outros acólitos."

"É verdade. Mas não sei bem *como.* Não sei se estou pronta para tudo que ela me oferece. E nem estou certa se ela também me enxerga como uma intrusa. Uma rival pelas atenções de Bogardus, o que é um absurdo, claro. Ou se é... alguma outra coisa que não consigo perceber."

Pilar fez uns ruídos de encorajamento. Melodía, ainda refletindo sobre a forma como havia, de alguma maneira, transformado sua melhor amiga e parceira numa mera serviçal durante a transição pela adolescência, percebeu que tinha bastante prática naquilo, o que a fez sentir-se desconfortável de várias formas diferentes. Mas, com um senso de diversão pesaroso – *pelo menos ainda consigo fazer isso!* – reconheceu que suas amigas na corte com frequência faziam o mesmo. Assim como ela fizera com elas.

Ela sentia muita falta das amigas: a descolada Abi, filha de Sansamour; sua atual melhor amiga, a princesa Fanny, da Anglaterra; suas primas presunçosas, Lupe e Llurdis, das cortes da Spaña e Catalunya. Até da chorona Josefina, filha do anfitrião deles em La Merced, o príncipe Heriberto. Elas eram suas amigas mais próximas; nominalmente damas de companhia, reféns do bom comportamento de suas mães e pais no poder – mais por tradição do que por propósitos práticos, durante a maior parte da história do império. Mas ela sentia ainda mais falta de sua irmã caçula, Montserrat, brincalhona, solene e estranhamente prática, com sua pele escura e cabelos de cachos dourados que se pareciam com um esfregão.

Embora tivesse metade da idade de Melodía, foi ela e Pilar que atiçaram as outras, e mais uma serviçal do Palácio dos Vaga-lumes – que, honestamente, agiu mais por apreço a Montse do que a Melodía – num esquema para libertar a princesa do seu aprisionamento injusto e absurdo.

Melodía também sentia falta do pai, o imperador Felipe. Mas também não conseguia pensar muito nele. Ele precisava ter deferido a prisão dela sob as acusações de traição aparentemente forjadas pelo seu novo chefe da guarda, Falk. Embora não tivesse como suspeitar do que o nobre nortenho fizera a sua filha e herdeira enquanto ela estava sob a sua custódia.

Será que não? Ela estremeceu no calor. *Não, claro que não. Ele ama você. Quando se lembra de você, claro.*

A ideia do amor do pai era a sua tábua de salvação. Ela tinha de agarrar firme nela.

Ela meneou. Seus instrutores no Jardim – e Jaume – tinham razão quanto aos poderes curativos da Beleza. Ainda que ela, agnóstica inveterada, duvidasse que a Criadora Bella, a Filha do Meio, deusa da Beleza no panteão oficial dos Oito em Paraíso, existisse para ajudar aquilo a vir a ser – como Jaume e Bogardus acreditavam de modo tão fervoroso.

Em vez disso, ela admirava um emaranhado de videiras silvestres num espaço claro entre os troncos pálidos dos freixos, algumas roxas de corações amarelos, outras vermelho-alaranjadas, similares às cores heráldicas de Jaume.

Entremeadas num verde mais profundo do que as folhas das árvores, suas cores disparatadas de algum modo não colidiam, mas encontrava uma curiosa harmonia. Olhar para elas abrandava os conflitos na mente e no coração de Melodía.

Ela parou para absorver a serenidade. Pilar pausou ao seu lado. O silêncio dela tinha, agora, a qualidade dos silêncios confortáveis entre amigas, não aqueles do tipo meio respeitoso, meio temeroso de uma serviçal com quem sua senhora não conversa. Ou era o que Melodía esperava e acreditava.

OS CAVALEIROS DOS DINOSSAUROS

"Ele não é adorável?", ela perguntou suavemente ao que um pequeno alado sem cauda, do tamanho da sua mão, pousou próximo ao emaranhado de flores. Ele exibia sua nova pelagem para o outono que se aproximava rapidamente, brilhante e espalhafatosa; vermelho e amarelo, delineados em preto.

"É sim", Pilar disse, enquanto o alado começou a saltar e bicar as samambaias mais baixas.

Melodía reparou a ligeira intensão na voz dela que indicava que ela acabara de se refrear de usar o termo *Alteza*. Ela abriu a boca para zombar dela por causa disso.

Do meio das flores, uma cabeça fulva surgiu. Mandíbulas com pequenos dentes encerraram a glória do alado com um estalido de ossos sendo esmagados e um guincho de surpresa final.

Melodía deu um salto para trás e gritou de susto. Encarando-a com um olhar topázio curioso, o predador ergueu a cabeça mais ou menos do tamanho de sua presa condenada e, com poucas goladas, fez desaparecer o pterossauro. Uma última sacudida de sua crista com penas amarelas, e a cabeça voltou a desaparecer entre as vinhas.

"Viu!", gritou Melodía. "É assim que ele é!"

"Que quem é?", inquiriu Pilar. "Era só um *compito*. Comum como ratos, fazendo o que compitos fazem."

"Não percebe? Ele é assim! Um espinho na rosa. Uma víbora na beleza!"

"Uma o quê? Acho compitos bem bonitinhos. São predadores, claro, mas gatinhos também são. Assim como os furões, como o Mistral, da Montse."

"Mas você não vê, Pilar? Ele se esconde entre a beleza para matar o belo! Igual a esse bicho!"

"Quem?"

"Karyl!" Melodía sacudiu a cabeça em exasperação. Estava tudo claro para ela agora. Tudo claro. Por que Pilar estava sendo tão obtusa?

"Quem? Como é?"

"Ele espreita no Jardim, aguardando até que possa esmagar a beleza dele! Ele é o que há de *errado* aqui!"

"Mas achei que os saqueadores do conde Guillaume, de Crève Coeur, eram o que havia de errado em Providence", argumentou Pilar. "Karyl e seu amigo, Rob, foram contratados para detê-los, certo?"

"Este é o pretexto! Esses homens da guerra sempre têm um pretexto. Sempre têm uma desculpa. E o veneno do seu militarismo está escorrendo

VICTOR MILÁN

para fora. Por isso Violette e alguns dos seus seguidores estão começando a desviar do caminho brando do Jardim!"

"Espere..."

"É culpa dele! Ele é um violador! Igualzinho o Falk!"

Mesmo em seu estado de agitação raivosa, ela viu o rosto da amiga, em geral mais corado que o seu, empalidecer.

"Não acho que o capitão Karyl seja nem um pouco como o Falk... Melodía. Ele pode ter seus defeitos. Mas nem mesmo os seus inimigos jamais sequer insinuaram que seja um estuprador."

"Homens da guerra. Karyl e Falk. Os dois são homens da guerra! Não são como... não são como Jaume. A guerra não é a primeira opção dele. Não percebe?"

Pilar segurou a mão dela e a apertou. "Estou com você, Melodía. Venha o que vier."

Ela sentiu que a amiga estava cedendo. Mas a febre já estava diminuindo.

"Alguém precisa fazer... algo."

Pilar concordou e sorriu.

Melodía pegou a mão da amiga nas suas e a apertou firme. Ela abaixou o rosto e lágrimas caíram nas costas da mão: uma, duas. Suspirou profundamente, ergueu a cabeça e soltou a mão de Pilar.

"Vamos voltar para a quinta", disse. "Estou com fome. E, depois do almoço, Bogardus vai palestrar no Jardim sobre a natureza da divindade."

Pilar sorriu mas não havia a segurança de antes. "Achei que não acreditasse na divindade."

"Não acredito necessariamente no que ele diz. Mas ele fala de forma tão bela... Vamos!"

Na manhã seguinte, Melodía e Pilar foram despertadas ao amanhecer, quando um vento frio outonal soprou firme vindo dos desfiladeiros, e os salões da quinta borbulhavam com a notícia que todos temiam.

Os batedores de Rob Korrigan relataram que o próprio conde Guillaume, sedento de poder, havia cruzado o Rio Lisette liderando um exército de vassalos e aliados, famintos como horrores, para estuprar e pilhar.

Melodía chorou pelo que aconteceria com o Jardim e o povo que aprendera a amar.

Mas não conseguia dissipar a terrível convicção de que o verdadeiro inimigo já estava entre eles.

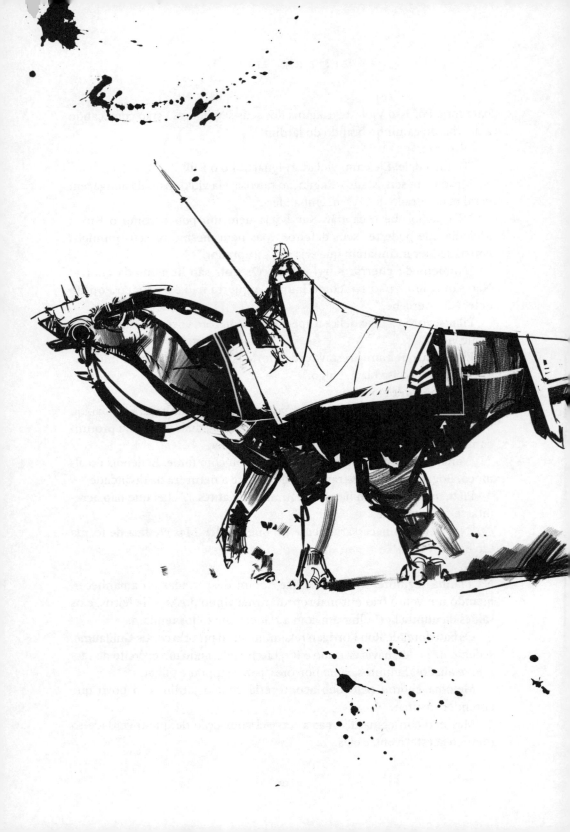

OS CAVALEIROS DOS DINOSSAUROS

– 11 –

Cruzada de los Ángeles Grises, Cruzada dos Anjos Cinza
A mais temida forma de punição divina perpetrada pelos Anjos Cinza, em que um ou mais Anjos levantava uma horda de capangas humanos para travar guerras de extermínio contra populações que haviam pecado em demasia contra a Lei dos Criadores. Os cruzados dos Anjos Cinza eram ditos como indiferentes ao medo, dor e privações e, embora ocasionalmente eles sejam vistos em outros lugares de Paraíso, Nuevaropa tem sido poupada dos seus horrores desde a Alta Guerra Sagrada.
– UMA CARTILHA DO PARAÍSO PARA O PROGRESSO DE MENTES JOVENS

"Experimente alguns desses, Vossa Graça", disse Bergdahl, segurando um saquinho de papel com a lateral manchada por uma pasta escura.

O duque Falk von Hornberg ergueu uma sobrancelha cética. "O que é isso? Não é lula frita de novo, é?"

Paredes caiadas e as pedras da rua três andares abaixo concentravam o calor do meio-dia na pequena sacada. Estava ainda mais fresco do que o jovem alemán estava acostumado em sua terra natal equatorial, ao norte da Cabeça do Tirano. Ele vestia um esplêndido manto de penas azuis jogado por sobre os ombros, uma tanga de seda combinando e coturnos de couro que chegavam até os joelhos. Um cinto preto de couro de chifrudo continha a bainha de sua espada, um punhal e uma bolsa presa a uma linha para frustrar ladrões.

"Não, não", disse seu servo alto e magro, mordiscando um punhado do conteúdo do saco. Ele trajava uma tanga gordurosa, sandálias e uma canga de penas sobre o ombro, tão encardida e sem graça quanto o restante dele. Seu chapéu de palha largo e cônico estava encostado na parede, ao lado do chapéu bem mais fino de seu mestre, feito de seda sobre uma estrutura de ossos de pterossauro. "É pele de saltador frita. Uma delícia *tejana*." Ele fez um vago gesto com o saquinho. "Consegui de uma barraquinha lá na praça."

Barulhentos mercedenses se amontoavam na enorme praça a dois quarteirões dali. Um semicírculo de guardas do Papa, vestindo morriões e couraças azuis ornados com prata os mantinham longe do muro da Casa dos Criadores, o templo público que se projetava da parede leste da enorme fortaleza papal ao lado do Canal. Ao soar do meio-dia, estava marcado para que sua Santidade, o Papa Pio, palestrasse de sua varanda cerimonial. Como aquela, ela era cercada por lanças cobertas de verdete cor de bronze – um testemunho da tenacidade e habilidade dos ladrões de La Merced.

Os habitantes da cidade não eram famosos por sua devoção, a não ser que alguém se referisse à falta dela. Mas eram conhecidos pelo amor que tinham por espetáculos. E pregoeiros e folhetos lhes tinham assegurado nas duas últimas semanas que hoje Pio faria seu sermão mais importante.

Claro, ninguém com quem Falk conversara, no Palácio ou naquela estranha e indisciplinada cidade sulista, podia lembrar-se de sua Santidade fazendo ou dizendo qualquer coisa memorável. Mas os rumores tinham alimentado as expectativas para a fala de hoje. Rumores que se originaram em Bergdahl, sua rede local de espiões e funcionários, e numa quantia aflitiva de pesetas de prata do baú de guerra de Falk. Com efeito tal que Falk fora convencido a se desfazer de um valor equivalente a um bom trono de ouro para alugar uma sacada do tamanho de uma cama modesta, a fim de assistir aos procedimentos.

"Bom... tudo bem", Falk disse.

VICTOR MILÁN

Ele enfiou a mão no saco, não muito atraído pelo prospecto de comer algo em que Bergdahl tinha posto a mão várias vezes com seus dedos perpetuamente sujos.

Mas o aroma dos pedaços crocantes e ondulados certamente estava convidativo. Falk apanhou um bocado com seus dedos grossos, jogou na boca e mastigou.

E mastigou. Primeiro, as casquinhas quebraram de forma satisfatória, como aipo fresco. Mas a mastigação não acabava.

Então, o sabor o atingiu, e seu estômago declarou oposição aberta.

"Bem, Vossa Graça? O que achou?"

Falk voltou um olhar úmido de desprazer contra ele.

"Ouvi dizer que os *tejanos* comem com pimenta vermelha", Bergdahl disse, se defendendo. "Esses aqui simples foram tudo que consegui encontrar."

"Eu diria", Falk observou, ainda mastigando, "que eles têm o sabor e a consistência da tanga de pele de chifrudo de um condutor, fervida e frita em banha podre de um protocerátopo."

Ele cuspiu as peles que, até onde podia dizer, continuavam intactas, sobre as grades verdes de metal.

"Vossa Graça sabe o que diz, estou certo", comentou Bergdahl com um muxoxo. Falk suspirou de modo teatral.

"Não sei por que aturo a sua impertinência, Bergdahl", ele disse.

"Eu sei", Bergdahl respondeu. "Pergunte para a sua mãe viúva, se estiver com alguma dúvida."

Falk fez cara feia. *Você poderia apenas cortar fora as minhas bolas e exibir na palma da mão*, pensou ele, mas não disse nada. Isso só tornaria mais... bem, mais.

"Se eu deveria estar avançando nos princípios de ser um governante mais forte", ele disse, "por que minha mãe não me dá mais espaço para agir por conta própria?"

"Não chore", Bergdahl respondeu, enfiando um punhado dos nauseantes aperitivos na boca e mastigando. Pequenos fragmentos espirravam de sua boca como pó de tijolo de uma parede atingida por um trabuco de pedra. "Não fica bem em alguém tão grande."

Por que deixo que ele fale comigo assim?, pensou Falk, entrando num silêncio carrancudo, fugindo de uma luta que sabia que não venceria.

OS CAVALEIROS DOS DINOSSAUROS

Sou um homem importante aqui, um homem de poder. Comando a guarda do imperador. Todos os jovens cortesãos e gente em busca de favores orbitam ao meu redor. E tenho os ouvidos do próprio imperador. Posso dizer que sou seu favorito, e que se dane aquele seu sobrinho bonitinho ou qualquer outro cavaleiro. Então por que permito que este ser inferior com merda debaixo das unhas me trate com desprezo?

Ele sabia o motivo. Sabia bem demais para precisar articular a razão para si de novo.

A multidão berrou em repentina antecipação, como uma jaula de tiranos na hora do almoço. Grupos espalhafatosos de alados se alimentando voaram, com as asas batendo e guinchos de reclamação. Falk agradeceu a ocasião para que seus olhos voltassem a olhar para fora.

O Papa tinha saído em sua sacada. Ignorando as mãos estendidas de um bando de cardeais trajando vermelho, ele caminhou sozinho. Tinha mais de duzentos anos e aparentava; era um saco de varas de seda branca, sobre o qual havia uma coroa de ovo de chifrudo.

Ele era velho, até mesmo para os padrões de Paraíso. Embora as pessoas pudessem viver indefinidamente, salvo desventuras, o mundo tinha proficiência em providenciar tais desventuras. Chegar a uma idade tão avançada era ainda mais notável porque, como Papa do rico e poderoso braço da Igreja dos Criadores de Nuevaropa, Pio, na verdade, possuía mais *poder* do que o próprio imperador.

O Papa alcançou o parapeito. A multidão ovacionou. Falk perguntou-se se era aprovação genuína ou esperança de que ele caísse.

"Eles estão num humor receptivo", Bergdahl comentou, metendo os últimos aperitivos de saltador na boca, amassando o saco e jogando-o pela sacada. Abaixo deles, sem que pudessem ver, um dos Tiranos Escarlates que cuidavam do prédio – em sua maioria riquezos, de pescoço mais largo que a cabeça – amaldiçoou quando ele ricocheteou em seu capacete emplumado. "Há uma hora, um titã-anão teve um acesso de fúria, se libertou de seu carro de vinho e pisoteou metade dos espectadores."

"A ralé de Merced não é notória pelo coração mole?", Falk perguntou. "Ela com certeza reagiu mal quando Floco de Neve e eu arrancamos a cabeça daquele velho insolente Mondragón."

"Oh, para uma ralé, eles têm compaixão suficiente, Vossa Graça. Mas adoram um bom show. E isto foi um acidente." Como se aquilo explicasse as coisas. Ou fizesse sentido.

Pio ergueu as mãos trêmulas e começou a orar. Milagrosamente, a multidão ficou quieta. Não que Falk conseguisse ouvir as palavras dele a dois quarteirões de distância de telhados planos e duzentos metros de gente.

Mas ele não precisava. Sabia muito bem o que o Papa estava dizendo: ele pregava fogo e aço contra o Jardim da Beleza e da Verdade. Não estava fazendo nada além de exigir que seus ouvintes tomassem armas e marchassem para destruir os hereges de Providence, antes que o comportamento maligno deles trouxesse a ira dos Anjos Cinza sobre o império.

Nas últimas semanas, Falk e seu serviçal tinham trabalhado duro para preparar a fogueira. Bergdahl era ótimo em conseguir que as coisas fossem feitas, Falk tinha de admitir. Ele continuava a desempenhar as suas tarefas no Palácio, enquanto expandia sua rede de espiões e informantes – e a utilizava para infligir terror em todos os níveis da sociedade, sobre o surgimento do Anjo Cinza visto em Providence.

Mas exaltar as pessoas não significava fazê-las *agir*.

Por mais que adorassem se sentir estimulados, os pés dos mercedenses estavam firmemente plantados nos negócios cotidianos. Eles se divertiam e voltavam ao trabalho.

"Ele não vai conseguir", Falk murmurou, segurando a grade entre as lanças verdes ornamentadas. "Ele mal consegue ficar de pé sem ajuda, tem a voz de um sapo moribundo e a personalidade de mingau de aveia."

"Ah, mas Vossa Graça está subestimando um detalhe importante", Bergdahl falou. Para a surpresa de Falk, ele tirou um peixe morto da bolsa e arrancou casualmente a cabeça fora com uma mordida. "Ele acredita na sua causa com uma paixão que o consome por completo." Ele mastigou. Escamas escapavam por seu lábio inferior acinzentado. "Há quem diga que tamanha entrega à paixão pode emprestar enormes poderes a um homem comum", prosseguiu.

"Achei que você diria que isso o tornaria um idiota."

"Talvez. Mas há algo mais útil do que idiotas?"

Bergdahl inclinou a cabeça para olhar de lado para seu mestre nominal. Falk conhecia aquele olhar. E o odiava.

"Afinal, sua Majestade vem se provando de fato o mais útil."

"Segure a sua língua incrustada de bosta!", Falk sussurrou em alemán.

"Por quê? Tem medo de espiões? Meu senhor, a quem acha que eles reportariam, além de você?"

OS CAVALEIROS DOS DINOSSAUROS

"Somos mais espertos do que isso", Falk respondeu, sabendo que, desta vez, ele tinha aquele direito. "Eu virei muitos quiosques para chegar onde estou. Tem muita gente na corte que acha que fui longe demais e rápido demais, para um estrangeiro recém-chegado. E antigo rebelde."

Ele balançou a cabeça. "Valorizo poder acima de todas as coisas. É o que nos separa das feras, que só possuem dentes e músculos. Mas, às vezes, é como a água: quanto mais você tenta segurá-la, mas rápido escorre entre seus dedos."

"Talvez meu senhor deva aprender a paciência para fazer uma concha com as mãos."

"Você entendeu o que eu quis dizer! De qualquer maneira, Felipe compreende o poder. Ele realmente pretende governar. Talvez seja o ferro em seu bom sangue alemán."

Em vez de responder sarcasticamente, Bergdahl enrijeceu. Ele se inclinou para a frente, como um raptor pendendo adiante e erguendo a cauda para fazer contrapeso e ganhar velocidade na caçada.

"Que foi?", Falk inquiriu.

"Alguma coisa."

"Isso não é resposta. Fale de uma vez..."

Bergdahl ergueu uma mão autoritária. "Silêncio."

A voz do Papa tinha se erguido a um volume e clareza surpreendentes. A multidão tinha parado de mover os pés coletivamente e se acalmou. Pela primeira vez, as palavras do velho chegaram à sacada.

"... retribuição divina sobre nós!", ele gritava. "Temos de nos provar dignos da misericórdia dos Criadores! Nossa única chance de nos esquivarmos aos ceifadores de almas, os Anjos Cinza, é deixando-os sem trabalho a fazer! Nossa única esperança é cortar nós mesmos a heresia libertária, pisoteá-la até o pó e queimar o que restar! Providence precisa ser..."

Ele agarrou seu peito afundado e se afastou do parapeito. Cardeais correram em seu auxílio.

Ele se esquivou deles e inclinou-se na direção da multidão.

"... destruída!", gritou.

Seu corpo estremeceu. As mãos viraram para cima. Então, ele se inclinou por sobre o parapeito, mergulhando dez metros até atingir as pedras amareladas cobertas de limo abaixo. Por um instante, a multidão ficou estática como rocha. Então, com um rugido único,

VICTOR MILÁN

ela arremeteu para a frente, empurrando os soldados, para chegar ao corpo de seu mestre caído.

"Notável", murmurou Bergdahl.

Falk sentiu uma compressão na barriga. Um lamento escapou de seus lábios.

"Qual o problema, meu senhor?", questionou Bergdahl, que já tinha se virado para voltar para dentro do apartamento. "Parece que você viu a sombra do Velho Duque."

"Oh, Chián, Rei de Todos os Tronos, nos proteja", Falk soluçou. "Estamos realmente fodidos."

Bergdahl levantou uma sobrancelha. "Acha mesmo?"

"O que mais pensar? A voz mais alta em favor da empreitada acabou com um grasnado e caiu de cabeça no chão. Aquelas irmãs frágeis da Faculdade de Cardeais desprezam a militância de Pio. Elas vão se atropelar na pressa de eleger alguém que vai desaprovar a Cruzada de Providence e qualquer coisa que tenha a ver com ela. Não percebe, idiota? Acabou. Nós perdemos!"

Bergdahl arqueou a cabeça e deu uma gargalhada, como um alado empoleirado sobre um campo de batalha.

"Vossa Graça, vossa senhoria tem tanto saber, contudo, compreende tão pouco! Não está vendo? Nós não perdemos. Nós acabamos de ganhar tudo! Tudo que preciso fazer agora é espalhar um pouco de prata nos bolsos certos, dizer algumas palavras nos ouvidos certos e, ao pôr do sol, La Merced saberá que testemunhou um milagre. E saberá pra valer que os próprios Criadores endossam o último desejo do Papa."

Ele balançou a cabeça em algo que se assemelhava a admiração.

"E pensar que o velho e ineficiente filho dos Fae fez a maior parte do nosso trabalho sozinho ao transformar, de algum modo, *ele mesmo* em mártir!"

OS CAVALEIROS DOS DINOSSAUROS

– 12 –

Año Paraíso, AP, Ano Paraíso
Um ano contém 192 dias, cada qual de 24 horas (notoriamente mais longas que aquelas do Velho Lar). O ano é dividido em oito meses, batizados de acordo com os domínios dos Criadores: Cielo (Céu), Viento (Vento), Agua (Água), Montaña (Montanha), Mundo (Mundo), Trueno (Trovão), Fuego (Fogo) e Lago (Lago). Cada mês consiste de três semanas de oito dias, cada qual com o nome de um Criador: Día del Rey (Dia do Rei), Día de Lanza (Dia da Lança), Día de Torre (Dia da Torre), Día de Adán (Dia de Adão), Día de Telar (Dia de Telar), Día de Bella (Dia de Bella), Día de Maia (Dia de Maia) e Día de Maris (Dia de Maris).
– UMA CARTILHA DO PARAÍSO PARA O PROGRESSO DE MENTES JOVENS –

"Pode vir e encher sua taça
Com conhaque, vinho ou cachaça
Não importa o valor, eu que vou pagar
Sou um homem raro de encontrar
Então, quando beber comigo
Seja alegre, livre e amigo."

OS CAVALEIROS DOS DINOSSAUROS

Os aplausos reverberaram nas paredes pintadas do salão do Jardim quando Rob tocou o último acorde da sua flauta.

Era uma antiga balada. Alguns diziam que era mais velha do que o próprio Paraíso. Ela parecia instigar algo atávico dentro de Rob e dos seus ouvintes numa profundidade que nada deste mundo era capaz de tocar.

Ou, talvez, fosse apenas efeito da cerveja que ele bebera para lubrificar as cordas vocais.

Sorrindo e fazendo reverências, levantou-se dos pés do estrado onde ficava a mesa do Conselho e caminhou – um pouco desequilibrado – direto para a cadeira que o aguardava, numa mesa na fileira dianteira. Karyl assentiu com seriedade para ele, quando desmontou sobre ela.

Rob não sabia se Karyl carecia de qualquer apreciação por música ou não, apesar da forma como ele alegara tentar suprimir as artes quando era voyvod da Marcha da Neblina. Mas uma coisa era certa: o homem admirava algo bem-feito.

Rob sentiu um calor que era mais do que os aplausos e a barriga cheia de álcool. O exército marcharia ao amanhecer, o que significava que, mais uma vez e de modo irracional, ele marcharia na direção do perigo.

Mas ele não estaria carregando o temível peso da responsabilidade. Pelo menos, não para o trabalho de intendente.

Um jovem assumiu o lugar de Rob e começou a declamar pessimamente poemas ruins. Ele parecia ter dificuldade de manter as franjas negras fora dos olhos.

Dois dias antes, a prima de Gaétan, Élodie, se juntara ao exército para assumir o lugar de Rob no comando da logística. Évrard se indispôs com Karyl e com seu filho, uma vez que Élodie vinha atuando como escriturária dele, até o dia em que foi ao seu escritório e exigiu ser dispensada para juntar-se à luta contra Crève Coeur à sua maneira especial.

Gaétan disse que ele nem chegara a pedir aquilo para ela, contando como a moça ficou ultrajada ao descobrir que um menestrel estava encarregado dos suprimentos da milícia.

Não entendi bem isso, pensou Rob com uma tontura afável, *exceto pelo fato que me ultrajou*. De qualquer modo, ser o chefe dos batedores, além de senhor dos dinossauros, tomava quase todo o tempo que tinha e de uma forma bem mais agradável.

VICTOR MILÁN

O poeta ficara estridente. Ele parecia estar mandando uma mensagem contra aqueles que desdenhavam da "pureza" da visão do Jardim, quem quer que fossem esses.

Rob julgou uma mensagem peculiarmente bruta para um movimento devotado a apreciar a Beleza. Mas escutara recentemente queixas de que os Jardineiros estavam começando a despertar interesse indevido pelos afazeres cotidianos dos cidadãos da cidade de Providence. E Gaétan disse que o Conselho estava tentando aumentar as tarifas sobre certos bens, aparentemente, não tanto para aumentar a receita, quanto para desencorajar a importação.

O que, para Rob, tratava-se de uma avaliação ruim, dada a facilidade de contrabandear pelas Montanhas Blindadas, por mais formidáveis que estas fossem. O que, por sua vez, parecia típico dos Mestres Jardineiros do Conselho. Exceção feita a Bogardus, claro.

Ele olhou pelo salão. Estava mais cheio que de costume para os entretenimentos após o jantar. A maioria dos poucos Jardineiros que se voluntariara para a força de defesa tinha vindo para ser vista por seus irmãos e irmãs.

Ele não viu Pilar. Apesar da insistência de Melodía de que ela não era mais uma serviçal, em geral o Jardim continuava agindo como se ela o fosse. Para Rob, ela insistia em dizer que era feliz assim, mas ele não tinha certeza. Não podia dizer se ela estava mentindo ou não.

Ele costumava saber quando alguém mentia. Isso pressupunha que eles eram menos habilidosos do que ele, algo em que aprendera a confiar. Mas não aquela moça. Se Pilar havia dominado tal habilidade ao crescer como criada, eventualmente na Corte Imperial, ou se era verdade o que seus inimigos diziam – ou seja, a maioria do povo de Nuevaropa – que gitanos possuem o dom natural da dissimulação, ou ainda uma combinação de ambos, ele não sabia. Mas, se ela mentira sobre como se sentia pelos Jardineiros a tratarem como criada, não dava para saber. Ela deixou claro que Melodía insistia em ser tratada como qualquer outro aspirante, se bem que se a menina Delgao pensava que eles realmente fariam isso, ela era ainda mais ingênua do que Rob pensava.

Pensamentos sobre a feiticeira de olhos cor de esmeralda atingiram Rob como uma pedra afiada em que ele se sentara para descansar, após

OS CAVALEIROS DOS DINOSSAUROS

vagar por uma trilha na floresta. Ele odiava deixar o conforto relativo da fazenda, com seu abrigo confiável – e a confiável ausência de perigos, dinossauros e humanos. Viajar com o exército significava menos privações do que viajar sozinho, tal qual a jornada que ele e Karyl empreenderam até ali, mas ainda era algo bastante desconfortável. E os perigos em algum momento do caminho não eram apenas suposição, mas uma certeza.

Mas do que ele mais sentia falta, mais do que uma cama de penas, e do vinho e da cerveja que fluíam à vontade pela cidade de Providence, era de Pilar. Não só de fazer amor. Ela era mais do que uma companheira de cama. Ele adorava a astúcia brilhante e a risada sincera da moça – e sua natureza compreensiva, que parecia não tolerar, mas abraçar as manias dele, ainda que ela as enxergasse com mais clareza do que qualquer um que ele já conhecera.

Vai ver tudo isso significa que eu deveria estar feliz de ter algo para o que voltar, disse a si próprio.

Contudo, ele aprendera a extrair o máximo da alegria quando ela estivesse ao seu alcance. Então, deu um gole na cerveja robusta e forçou a atenção de volta às cercanias.

Os companheiros de mesa dele e de Karyl eram um punhado de homens do Jardim que haviam se alistado recentemente. Ele ainda não sabia os seus nomes. Sem dúvida, Karyl sabia. Poucos detalhes de comando escapavam aos seus olhos escuros de dragão.

"Se chama 'ópera', sabe?', disse o jovem demasiadamente bonito, chamado Rolbert.

"Dizem que vem da Talia. Causou rebuliço no Lumière. Ouvi falar dela de um valão que passou pela Estrada Imperial, buscando trocar algumas esmeraldas de Ruybrasil por temperos do Turanistan."

"Então eles cantam e narram histórias", disse Dugas, que tinha olhos como groselhas, próximos demais de cada um dos lados do nariz longo e magricelo. "O que há de especial nisso?"

"Baladas narram histórias", comentou um ruivo, cujo nome Rob não sabia.

"Sim, mas eles também atuam enquanto cantam", explicou Rolbert. "Mais ou menos. Todos eles desempenham papéis, ou melhor, os cantam. Então, é como uma peça, mas cantada."

"Este negócio de ópera não é novidade", murmurou Rob. "Só está voltando à moda, só isso. Já existe há muitos anos. E arruinou cada um deles."

VICTOR MILÁN

O jovem e fogoso poeta terminou de declamar, recebendo aplausos febris da irmã Violette e de seus companheiros, e aplausos moderados do resto do salão. Ele não recebeu muita coisa da mesa de Karyl e Rob. *Acho que meu senhor Karyl não aplaudiria nem mesmo um homem que mijasse nas suas calças, caso elas estivessem pegando fogo*, pensou Rob numa exasperação cálida.

Bogardus – e Melodía, que se sentava ao lado dele – aplaudiram firme, mas sem convicção.

"E o que temos aqui?", disse Rob discretamente a Karyl. "Acredito que nossa pequena princesa fugitiva pode ter flutuado de um papai para outro."

Seu companheiro não se incomodou de olhar.

As palmas morreram. O salão inteiro pareceu respirar numa horrível apreensão de que o polêmico poeta se sentisse tentado a dar um bis.

A exalada coletiva atiçou as chamas das tochas como uma brisa quando, em vez disso, ele abaixou os olhos timidamente e voltou para a sua mesa.

Bogardus ficou de pé. Arregaçou suas largas mangas como pequenas asas brancas, no que Rob viera a reconhecer como um gesto característico. *Se funciona pra ele, por que o mudaria?*, pensou ele.

"Como a maioria de vocês sabe, meus amigos", Bogardus disse em seu tom mais corpulento, "estamos honrados de ter entre nós uma charmosa visitante. Fico satisfeito de apresentar a todos Melodía Delgao Llobregat, de La Merced."

Ela levantou-se corada e agradeceu pelos aplausos.

"A irmã Melodía concordou graciosamente em cantar uma música para nós", Bogardus revelou. "Ela pediu que Rob Korrigan a acompanhasse na flauta. Mestre Rob, poderia fazer a gentileza para ela e para nós?"

Rob se levantou. Para disfarçar um súbito ataque de nervos, ele segurou a barba com ambas as mãos, como se tentasse dividi-la ao meio. Então, fez uma reverência. "Seria preciso alguém ainda mais malcriado do que eu para recusar o pedido de uma senhora tão graciosa."

Ele viu o rosto de Melodía se tencionar um pouco após aquilo. *Ela adora brincar com o igualitarismo do Jardim*, pensou ele. *E por que não? Foi o próprio amante dela quem os ensinou a acreditar nisto.*

Se bem que, talvez o audaz conde Jaume tenha um rival agora.

OS CAVALEIROS DOS DINOSSAUROS

Enquanto apanhava a flauta numa prateleira na parede e retornava ao estrado, reparou em Violette olhando atentamente para a princesa fugitiva. As penetrantes feições pálidas dela se tornaram um sorriso, meio como se ela própria tivesse inventado Melodía, meio como se fosse um intenso raptor.

O que é isto?, ele se perguntou, sentando-se confortavelmente na beirada do palco.

Pilar lhe contara que Violette gostava de brincar com garotas Jardineiras tanto quanto com garotos, o que não o contrariava. Ele também gostava das moças. E, sem dúvida, Melodía era um pedaço de mau caminho, ainda que cheia demais de si para o gosto dele. Pilar também lhe contara que Melodía tinha resistido bravamente às frequentes investidas sexuais das suas damas de companhia. Mas elas eram meras garotas impertinentes, enquanto na irmã Violette, Rob reconhecia uma jogadora experiente.

Mas que jogo ela pretende com a nossa Princesa Imperial? Um jogo de prazer ou um jogo de tronos?

"O que a senhora deseja, minha dama?", ele perguntou a Melodía, que juntara-se a ele nos azulejos terracota, diante da mesa principal. Ela vestia uma túnica de linho roxa, bordada com rosas sobre vinhas verdes. Certamente uma veste modesta em custo e acabamento. Mas fazia pouco para ocultar os encantos dela dos olhos atentos de Rob.

"Melodía, por favor", ela sorriu. "Não há senhor ou dama aqui. É um dos motivos pelos quais amo este lugar."

"Como quiser. Qual música quer que eu toque?"

"*Amor con Fortuna.*"

Ele assentiu. Era uma de suas favoritas, dita como sendo ainda mais antiga do que a que ele tocara anteriormente.

"Esteja avisada, moça", ele disse. "Eu a toco de forma vivaz. Tem gente por aí que toca como se fosse um hino fúnebre. O que, creio, deve ser adequado a algumas almas atarracadas que acreditam que o amor e a fortuna são coisas a se lamentar. Mas acredito que não temos nenhuma dessas aqui, certo?"

Ela riu. Um pouco selvagem demais, ele reconheceu, e um pouco descarada; havia um rubor em suas bochechas e um brilho em seus olhos.

"Por mim tudo bem, mestre Rob", ela respondeu jovial.

Eu mesmo costumava pensar no amor como um assunto adequado aos atarracados, pensou ele. *Mas agora...*

Ele dispensou o pensamento como um trichifre tirando uma mosca da pálpebra. Ele só estava pronto para levar aquele pensamento até ali...

Ele tocou a canção conforme prometido, acelerada e alegre. Para sua agradável surpresa, Melodía cantou não só com uma voz claramente adorável, mas com grande esmero técnico.

Quando eles terminaram, ele elogiou o vocal dela. "Mas não deve ser algo notável", ele acrescentou, "já que você é metade catalã. Povo que, segundo ouvi dizer, berra afinado ao levar um beliscão."

Melodía deu outra risada. Seu rosto estava ainda mais corado do que antes.

"Não posso creditar mais do que a inclinação à herança da minha mãe", disse. "Qualquer habilidade além disso tenho de agradecer ao meu primo, Jaume, que foi meu professor."

"Professor de todos nós", acrescentou Bogardus.

Rob corou até a raiz das suas barbas. *Você entrou nessa de olhos abertos, não foi?*, ele disse a si próprio. Ele não queria retornar para o lado de Karyl, que ainda odiava o Campeão Imperial por ter destruído sua Legião do Rio Branco.

Mas, dispensado, foi o que teve de fazer. Ele recolocou o instrumento no lugar e voltou ao seu assento, intencionalmente não olhando para seu companheiro. Que, claro, nada disse. Mas Melodía permaneceu onde estava. Ela varreu o salão com seu olhar imperial.

"O mestre Rob nos ofereceu uma música belíssima", disse ela. Os presentes aplaudiram. "Gostaria que isso fosse tudo que ele nos tivesse dado."

"Sozinha, sua música seria sem dúvida uma dádiva digna de Providence e do seu Jardim. Nosso Jardim, se me permitirem a ousadia. Mas ele e o seu companheiro nos trazem algo bem menos belo: a maldição da violência."

Violette e sua claque no Conselho aplaudiram brevemente. O salão reagiu com menos entusiasmo. Alguns aplaudiram. A mesma quantidade cochichou de forma rebelde.

A reação de Rob não foi nem um pouco ambivalente. Ele se sentou rigidamente. O preâmbulo da princesa fez desaparecer sua vergonha de ter evocado indiretamente a nêmesis de Karyl, Jaume, como se tivesse recebido um balde de água fria na cara. O torpor induzido pela cerveja foi varrido junto.

"Eu achava que era o conde Guilli quem havia trazido a maldição da guerra", disse um dos companheiros.

Rob o ignorou. Irado e espumando de raiva, ele agora temia duas vezes mais olhar para Karyl. Então, obrigando-se a fazê-lo, encontrou um olhar sardônico.

"Parece que nossa jovem princesa armou uma para você", Karyl disse.

"Sim, parece que foi isso mesmo", Rob admitiu.

"Não há muita desonra nisso", Dugas comentou, evidentemente tentando ser solícito. "Afinal, ela está acostumada às intrigas na corte."

"Se ela é tão boa com intrigas", rosnou Rob, "o que está fazendo aqui?"

"Dei muito valor às poucas semanas que passei com vocês", continuou dizendo Melodía. "Espero passar muitas mais e contribuir com o que puder com a Beleza. E com a Verdade. E uma verdade me perturba, embora tenha hesitado em trazê-la à tona..."

"Por favor", Bogardus disse, após poucos segundos. "Você é nossa irmã agora. Pode falar livremente."

Rob pensou que ele havia empalidecido um pouco, embora tenha falado tão graciosamente quanto sempre. Perguntou-se por quê.

"No curto período que passei no Jardim", prosseguiu Melodía, "percebi um... enrijecimento. Dos corações e mentes. Gostaria de poder dizer o oposto."

Até mesmo Violette fez uma careta para aquilo. Rob sorriu amargamente. *Ah, a juventude*, ele pensou, brincalhão como um potro – e imprudente como um titã de cinquenta toneladas em disparada contra um vilarejo. Se a irmã de cabelos prateados achava que poderia controlar Melodía, era melhor repensar.

"Vocês contrataram homens brutos para defendê-los. Posso compreender isso. Estão de frente para um inimigo cruel. Mas será que podem realmente derrotar a crueldade com crueldade? Eu estudei a guerra... nos livros e aos pés do homem que a dominou junto de artes bem mais gentis. E isso é a guerra: só crueldade.

"O Jardim professa a não violência", prosseguiu. "Jaume não, vocês sabem disso. Bogardus, que trouxe os ensinamentos do meu primo para cá, nunca escondeu esse fato. Como ele mesmo sempre diz,

Jaume plantou as sementes e as cultivou, e as flores cresceram à sua própria maneira. De forma bela."

Ela fez uma pausa; seu belo rosto perturbado. Quer fosse parte do espetáculo ou não, Rob teve de admitir que a garota era muito boa em mais do que canto.

"Mas... talvez as extremidades da flor murchem. O solo envenenado não pode mais nutrir a Beleza, pode? E, ao trazer a prática da guerra ao nosso Jardim, não arriscamos envenenar nosso solo?"

Os olhos violeta de Violette brilharam positivamente. Ela quis aplaudir enlouquecidamente, mas Bogardus, que tocava uma multidão como Rob tocava a sua flauta, levantou a mão. Foi um gesto modesto, mas que congelou Violette.

"O que podemos fazer, Melodía?", ele perguntou. "A ameaça é real. Se não fosse, nós... eu... nunca teria arriscado nossa doutrina a trazer esses homens para nos ensinar e praticar a guerra."

"Mas onde se encontra o maior dos perigos? A guerra é sedutora, meus amigos."

Ela acenou na direção das paredes e vigas. Rob se encolheu. Ele pressentiu o que viria, como uma catapulta prestes a disparar.

"Vocês não perderam o incrivelmente talentoso artista que nos deu todas essas flores e florestas que nos cercam, apenas porque ele seguiu Karyl até a guerra?"

Os resmungos que responderam à pergunta dela sobre o maior dos perigos se transformaram num tipo de murmúrio cheio de dor. Aqueles Jardineiros não tinham como saber que a morte de Lucas tinha ferido Karyl mais profundamente do que a qualquer um deles.

"Mas vamos dar crédito a quem merece", disse Rob. "A moça tem um dom positivo e inequívoco para denunciar. Escutando-a, eu me condenaria, se já não tivesse me perdoado de coisas piores."

Ele olhou para Karyl. Sua face parecia ainda mais do que o normal com uma estátua de mármore. A cicatriz em sua testa parecia feita de marfim. Rob usava humor como mecanismo de defesa, mas isso não os protegeria.

Sendo bem sincero, não me faz muito bem, pensou ele, amargo, e virou o resto da cerveja. Ela estava choca.

"O que você gostaria que fizéssemos", gritou uma voz masculina do salão. "Que ficássemos parados enquanto Guilli nos conquista?"

OS CAVALEIROS DOS DINOSSAUROS

Melodía congelou e seus olhos escuros se arregalaram em seu rosto cor de canela.

"Cale-se!", disse o conselheiro Absolon para o questionador não identificado. Isso trouxe o sorriso de Melodía de volta.

"Espere", disse ela. "Sou uma convidada aqui. Por favor, corrija-me se entendi errado: todos têm voz igual aqui, não? Achei que no Jardim não existisse isso de mais alto e mais baixo?"

"É um assunto do Conselho", respondeu Absolon. "Somos os Mestres Jardineiros. Estamos encarregados de manter o Jardim livre das ervas daninhas."

"Então quem faz uma pergunta justa é uma erva daninha?", desafiou-o Melodía.

"Ela é sincera", disse Rob baixinho para si. "Uma vez que o corpo consegue fingir isso, o resto é moleza."

Absolon piscou e buscou o apoio de Violette. Ela continuava encarando Melodía.

"Melodía tem a palavra", murmurou Bogardus. "Cortesia é uma coisa bonita."

"Para responder à sua pergunta", disse Melodía ao homem que a havia desafiado. "Eu não sei. Não finjo ter as respostas. Eu só sei... que responder violência com violência não pode ser o caminho!"

Os olhos dela lacrimejaram e ela prosseguiu numa voz embotada: "Se, no final, a Beleza e a Verdade não bastarem para sobreviver, o que dizer do mundo em si? O que dizer de nós?".

Ela abaixou o rosto e deixou os ombros caírem, claramente acabada. Violette ficou de pé, gritando "Bravo!" e aplaudindo furiosamente.

Num piscar de olhos, os aliados dela do Conselho saltaram.

Eles fizeram com que Rob se lembrasse de um brinquedo à venda que vira com um viajante, que seu próprio grupo errático encontrara na infância. Você virava uma manivela e pequenas bonecas de madeira pintada, do tamanho de prendedores de roupas – o que provavelmente elas eram – surgiam para cima e para baixo nos buracos de uma tábua.

Por mais simples que fosse, o brinquedo enfeitiçara o jovem Rob. Claro que sua mãe respondera às súplicas dele para comprá-lo com um abanar de cabeça. Não que eles tivessem dinheiro sobrando. E, naturalmente, quando ele tentou surrupiá-lo naquela noite, aprendeu uma lição ainda mais amarga sobre os riscos de tentar roubar um colega cigano.

VICTOR MILÁN

De forma mais deliberada do que Violette, Bogardus aplaudiu com suas grandes mãos quadradas. O salão também aplaudiu, mas mais indeciso.

A admiração inicial pelo desempenho da garota estava evoluindo para o ultraje. O calor que se espalhara da garganta, descendo até o intestino após dar um gole em sua caneca reenchida, reacendera as brasas.

Ele virou-se para Karyl. "Como você pode ficar aí sentado, ouvindo passivamente? Não se incomoda em se defender?"

Karyl levantou a sobrancelha. "Não me importo de me defender contra palavras."

"Você não enxerga? Mesmo? Não é o *real* que motiva as pessoas. Não é nem o que elas pensam. É no que acreditam. De outro modo, como menestréis ganhariam a vida? As palavras certas podem distorcer até mesmo as ações mais fundamentadas na mente das pessoas, de modo que o que elas lembrem seja algo diferente daquilo que aconteceu. Você não aprendeu isso na corte do seu pai?"

"Sim", Karyl respondeu. "Também aprendi que não posso ganhar essa guerra de palavras. E tento nunca lutar quando não posso ganhar."

Rob voltou a drenar sua caneca. Ele balançou a cabeça e soprou como um dos seus magníficos trichifres. Disse: "Mas não pode negar o coração, homem. Não aprendeu isso quando era voyvod, Karyl, meu caro? Se tentar, ele se tornará seu pior inimigo. Especialmente se for o seu próprio".

Mas ele estava falando com uma cadeira vazia, numa mesa vazia. Karyl tinha se levantado, apanhado seu bastão e andado despreocupadamente pelo salão. Em volta dele, a multidão se separava. Independente do que eles haviam pensado do discurso passional de Melodía, este sem dúvida acabara com o clima festivo.

A história da minha vida, pensou Rob. Ficando de pé, ele saiu tropeçando, buscando roubar qualquer conforto que pudesse naquelas últimas horas nos doces braços de Pilar.

OS CAVALEIROS DOS DINOSSAUROS

– 13 –

Artillería, Artilharia
Armas de arremesso pesadas demais para serem carregadas por uma só pessoa. Tipos comumente usados em Nuevaropa incluem a balista, um enorme arco para disparar lanças montado sobre uma estrutura com rodas, podendo ser rápida e facilmente movido no campo de batalha por grupos de cavalos; a catapulta, um dispositivo geralmente mais pesado que usa um arco grande ou corda trançada para potencializar uma alavanca que dispara pedras ou bolas de fogo; e o trabuco, uma enorme máquina com uma longa viga de madeira em que o soltar de uma caixa de metal cheia de pesos propele um braço a arremessar enormes projéteis a até trezentos metros. Incrivelmente poderoso, o trabuco é uma estrutura fixa e é usado quase que exclusivamente em cercos. Ele requer grupos de grandes dinossauros, como chifrudos, para baixá-lo entre cada lançamento.
– UMA CARTILHA DO PARAÍSO PARA O PROGRESSO DE MENTES JOVENS –

Com um gemido do eixo de madeira nas buchas de bronze, o contrapeso de três toneladas caiu no solo amarelo. A estrutura corpulenta do trabuco, presa por vários nós de corda e pelos suportes de bronze que

O S   C A V A L E I R O S   D O S   D I N O S S A U R O S

o *maestro* Rubbio fabricava nas câmaras abaixo do Palácio dos Vagalumes, em La Merced, resmungou, saltitou e tiniu em meio a uma nuvem de pó. O braço mais longo atingiu o topo do seu arco, chicoteando um pedaço de granito de cem quilos numa trajetória circular na direção das nuvens cinzentas do céu vespertino.

Os sete Companheiros reunidos no topo da colina, que haviam acabado de realizar o disparo, como previsto, voltaram sua atenção para seu comandante. Ele havia interrompido a leitura de um pergaminho que trazia em mãos e acompanhara o tiro, quando o comando de acionar o trabuco fora dado. Os engenheiros dos Nodossauros eram tão proficientes quanto a infantaria de elite marrom. Mas o trabuco era uma fera capciosa. Às vezes, era inevitável que as coisas dessem errado. Como o disparo, realizado dois dias antes, em que um pedregulho de cem quilos tinha voado não diretamente para o castelo, mas quase em linha reta para cima, tendo aterrissado sobre a cabeça do colega Companheiro, mor Étienne. De certo modo, foi uma benção da Dama; se a rocha tivesse acertado seu corpo recoberto pela armadura, a excelente blindagem o teria protegido de uma morte imediata, o que o levaria a agonizar durante vários dias antes de finalmente morrer – ou seria preciso que um de seus irmãos assumisse a funesta tarefa de acelerar seu fim, tal qual Manfredo fizera com seu amante, Fernão, pisoteado por um dinossauro na Batalha de Terraroja. Assim, os Companheiros haviam perdido um dos seus mais antigos membros.

"Então é isso", Manfredo disse. Seu rosto bonito de traços angulosos estava voltado para a espessa brisa que soprava os cabelos loiros para trás. "Sua Santidade morreu."

Tropeiros bateram nos quadris de um grupo de chifrudos, usando longas chibatas de salgueiro. Obedientes, os dinossauros caminharam para a frente, baixando o longo braço do trabuco por meio de uma roldana presa ao chão, a fim de preparar a máquina para o próximo disparo.

"Longa vida à sua Santidade", Florian disse, irônico.

Timaeos murmurou alguma coisa entre um aceno e um gemido, e desabou sobre um afloramento de granito. Levando as mãos ao rosto, ele começou a soluçar desconsolado e a murmurar em sua língua nativa, o greco.

Com o coração em conflito, Jaume observou a pedra bater com força e levantar uma nuvem de poeira ocre de uma cratera que na parede de arenito agora parecia o resultado da ação de um martelo gigantesco e destruidor. Acima daquele ponto, a bandeira de Ojonegro ainda flutuava no parapeito. O conde recebera a designação em virtude das Fontes Negras ali perto, onde ficava a cidade. Mas "ojo negro" garantira ao conde uma insígnia em que se via um olho negro em um campo dourado. Quer fosse esperteza por parte do artista ou simplesmente uma fantasia de Jaume, quando o vento açoitava a bandeira, aquele olho parecia piscar, zombando dos sitiantes ali no parapeito. Tal qual o fazia agora.

"Qual é o problema, Timaeos?", perguntou Wil Oakheart, de Oakheart, vendo como o companheiro se lamentava. Todos vestiam as armaduras esmaltadas brancas, com a Dama do Espelho em laranja na frente. A artilharia imperial tinha esmagado cada lança atirada contra eles pelas balistas do parapeito. Mas nenhum deles era inexperiente o bastante para supor que o astuto conde não estava reservando algumas delas para empalar algum dos seus atormentadores, caso surgisse a oportunidade. "Pio odiava a Igreja Oriental. E odiava em particular o fato de que tomamos alguns dos seus seguidores como companheiros-cavaleiros."

"Todas as fés são uma só aos olhos dos Criadores", disse Manfredo.

"Sim, mas nem tanto aos olhos do falecido e não universalmente lamentado Pio", comentou Florian.

O barulho de pedra atingindo pedra chegou aos ouvidos dos homens.

"Pio era um homem santo", soluçou Timaeos, em um francês ainda mais débil que o usual. "Ele era nosso Santo Pai."

O outro gigante dos companheiros, o cavaleiro russo Ayaks, assomou-se ao lado de Timaeos. Os dois eram melhores amigos e, ocasionalmente, amantes, embora ambos preferissem homens menores. Com a mão nua como um peru gordo, ele bateu na ombreira que protegia o ombro montanhoso do greco de barba ruiva.

"Seu bebezão", disse ele, afetuosamente.

El Condado de Ojonegro ficava na fronteira entre a Spaña e Francia, diretamente à frente da Estrada Imperial – que levava ao problemático condado de Providence, objeto da recente histeria em La Merced. Seu governante, que apesar do nome, Robusto, era um homem pequeno e magro, com várias características de um furão, era menos odioso do que o conde de Terraroja. Mas, legalmente falando, o Trono Dentado tinha contas mais pesadas a ajustar com ele, que vinha cobrando tarifas caras de viajantes e comerciantes por toda a Estrada Imperial. Esta era uma violação clara e séria da Lei Imperial.

Fontes Negras tinha prosperado moderadamente, fosse pela pirataria de seu suserano nas estradas ou, possivelmente, a despeito dela. Estando na zona de transição entre a árida Meseta e a imensa Floresta de Telar, ela compreendia a maior parte da Cabeça do Tirano, as alardeadas minas de Ojonegro, campos de linho, cânhamo e cereais, e expansões de terras cobertas por grama verde suficiente para suportar numerosos rebanhos de gorduchos e chifrudos domesticados.

O conde Robusto não possuía nem o exército nem os aliados que o maligno Leopoldo possuía. Mas, infelizmente, possuía uma fortaleza quase tão robusta e bem suprida quanto. Diante da matança promovida pelo Exército da Correção, ele se retirara para trás das grossas muralhas, de onde mandou o dedo do meio para seus sitiantes. Literalmente. Diariamente.

O lugar era simplesmente resistente demais para ser tomado à força. O único meio seria abrir uma brecha nos muros. Os pioneiros Nodossauros relataram que, embora o castelo tenha sido construído com a areia local relativamente macia, ficava sobre um leito de granito. O capitão pioneiro, um homem tão competente quanto pouco imaginativo, informara Jaume que se os seus especialistas trabalhassem sem parar, poderiam minar os muros o bastante para causar uma ruptura em mais ou menos 25 semanas. Uma vez que Jaume duvidava que teria sequer oito dias num ano para abater a fortaleza, pusera os trabucos para trabalhar e o exército para estabelecer o cerco.

Não só questões políticas determinavam que Jaume não teria mais de oito meses para conquistar Ojonegro. Os recursos das cercanias, dos quais o exército dependia, já estavam quase esgotados. Isso sem mencionar que os Ordinários e os próprios cavaleiros se viam forçados a gastar grande parte das energias tentando controlar as depredações do resto do exército. Como Jaume previra para Tavares, a predileção dos cavaleiros e das tropas por pilhagens, estupros e vandalismo em geral estava inclinando os camponeses a atear fogo nas colheitas e depósitos de comida, a envenenar os poços e simplesmente fugir com seu gado, sem esperar para se virem forçados a vender seus suprimentos.

O ladino conde Olho Negro contava com a fome e a sede para derrotar os sitiantes e simplesmente vê-los indo embora antes que suas máquinas conseguissem abrir uma passagem nas muralhas.

Antes de ler mais da carta enviada pelo tio, Jaume parou para limpar a umidade que manchava a caligrafia meticulosa de Felipe. Pio estivera entre os inimigos mais amargos de Jaume e de seus Companheiros – sem dúvida o mais influente. Foi só a tutela de Felipe que impedira o Papa de dissolver a Ordem.

Mas à maneira dele, era um bom homem, pensou Jaume. *E, por mais que seus pontos de vista pudessem ser cruéis, em pessoa, ele era gentil.*

Ele leu mais em voz alta, parafraseando. Seu tio imperial tinha tendência a elaborar demais.

"Sua Eminência, Victor del Vallegrande foi eleito Papa e assumiu o nome Leo."

Diferente da notícia da morte de Pio, a revelação do seu sucessor gerou uma reação totalmente homogênea dos irmãos que ouviam. Manfredo chegara até a sorrir – um ato cada vez mais raro após a morte de Fernão.

"Ele é altamente ortodoxo", disse.

"Estou pasmo", Florian comentou. "Mais ainda ao descobrir que concordo com Manfredo. Vallegrande ainda é jovem. Mal completou oitenta anos. Em geral as facções do Colégio não concordam em escolher um pontífice que não esteja com o pé na cova, para que nenhum deles goze da supremacia por muito tempo."

Até mesmo o rosto prematuramente envelhecido de Jacques irradiava satisfação. "Os cardeais estavam evidentemente ávidos para repudiar as políticas bélicas do velho", disse. "Então, deixaram de lado as suas diferenças em prol do candidato mais distante do velho Raúl del Pico Alumbrado." O nome de batismo do Pio.

"Com um pouco de sorte", Oakheart falou, "talvez ele ponha um pouco de juízo na cabeça de Felipe e o faça negociar o fim deste fiasco."

Os outros concordaram. Machtigern virou-se para olhar para o castelo de Olho Negro ao que outra rocha de uma bateria de três *trebuchets* atingia os muros. Ele comentou:

"A esta altura o conde já teria se rendido se aqueles horrores raivosos com quem estamos selados não tivessem espalhado pavor em Terraroja".

Jaume suspirou. Ojonegro era só egoísta, não um assassino sádico. Diferente do primeiro alvo do exército, ele não tinha perdido a cabeça. Tecnicamente, cometera crimes capitais também, mas, na prática, estes sempre eram acertados por meio de uma contribuição pública e pagamento de uma multa para o Trono Dentado. De fato, se não fosse pelo novo espírito louco de aventura de Felipe, Jaume não teria aparecido nos portões de dom Robusto com mais do que um ou dois Companheiros.

OS CAVALEIROS DOS DINOSSAUROS

Mas, agora, Ojonegro sabia o que acontecia com aqueles que confiavam no Ejército Corregir. Todos sabiam. E o velho Pio tinha encorajado o imperador a travar uma guerra contra os próprios súditos.

Então, Jaume leu um pouco mais e sentiu como se tivesse recebido uma seta de balista na barriga.

Ele parou, umedeceu os lábios e releu as linhas.

"Está tudo bem, capitão?", perguntou Florian.

"Não", respondeu ele. Saiu como um rouquejo.

"Ahh... não, do tipo, não se sente bem?"

"Isso", concordou Jaume. "Aqui diz que sua Santidade estava pregando uma grande cruzada contra Providence por heterodoxia, para as massas na Praça dos Criadores. Ele caiu morto no clímax de sua pregação."

"Mas como podem ser condenados como heterodoxos? Não há evidências de que eles neguem os Criadores", exclamou Pedro, o Grande, saindo de sua habitual reserva.

"Indiscutivelmente eles são menos do que Pio era", Florian disse. A *simpatia* do falecido pontífice – como Jaume gostava de encará-la – pelo demasiado ascético e, portanto, herege culto da Vida Por Vir, fora uma controvérsia interna da Igreja que beirou um escândalo. Jaume explicou:

"A Corte Imperial foi tomada pelo terror. Eles temem que os erros do Jardim da Beleza e da Verdade sejam tão graves e extremos que haja a possibilidade de incorrer numa Cruzada dos Anjos Cinza contra o império".

Isso deflagrou um silêncio momentâneo; os Companheiros não sabiam muito sobre o Jardim, mas todos tinham ciência de que a base da filosofia dos Jardineiros eram os estudos em estética do próprio Jaume.

"Nosso novo Papa Leo vai pôr fim a essa besteira", bradou Machtigern.

Jaume esmagou o pergaminho em suas mãos. "Leo endossou o derradeiro sermão do Papa Pio", disse ele quase como se cuspisse fogo. "Felipe consentiu. Recebemos ordens de reunir o Ejército Corregir e nos juntarmos ao Exército Imperial, usando as rotas e marchas mais rápidas."

"Mas como é possível?", exclamou Bernat, sacudido de sua solidez amigável de sempre. "Victor... Leo... tem uma visão ortodoxa. Ele não é um desses idiotas do Vida Por Vir que odeiam o prazer e a beleza, e só amam o militarismo para os próprios fins. Como ele, de todos os homens, pode apoiar esta cruzada insana?"

Florian deu um sorriso exasperado e balançou a cabeça tão firme que seus cachos dourados flutuaram como bandeiras ao vento.

VICTOR MILÁN

"Não percebe?", disse o cavaleiro francês. "Nosso recém-nomeado pontífice não teve escolha. Ele não podia renegar o último sermão do velho e astuto velociraptor quando este culminou numa morte pública."

"Cavalheiros, estamos ferrados."

"Estou um pouco aflita", Melodía comentou.

Ela caminhava com Bogardus ao longo do mesmo córrego onde, alguns dias antes, ficara surpresa e aterrorizada quando o compito devorara repentinamente o alado pequeno e colorido.

Era mais uma do que ela percebera ser uma típica tarde de outono de Providence: quente, cheirando a flores e árvores que pontilhavam o chão verdejante, cobrindo-o de sombras. A proximidade das poderosas Montanhas Blindadas emprestava um mínimo toque gelado à brisa que sacudia as folhas das árvores. Pequenos alados piavam e crocitavam nos galhos.

"Com o quê, irmã?"

O Mais Velho conversava com ela em spañol – o que costumava fazer sempre que estavam a sós. Ele parecia fazê-lo como cortesia para a língua nativa dela, embora seu sotaque a tivesse convencido de que esta também era a língua nativa dele, como ela havia suposto.

Um sapo pintado coaxou. Mesmo após ter passado algumas semanas em meio ao Jardim da Beleza e da Verdade, Melodía sorria ao escutar Bogardus chamá-la assim. Era bom ser apreciada por ser si própria, e não pelos títulos ou pela influência da qual dispunha. Mas o sorriso dela desapareceu. "Achei que o Jardim defendesse a liberdade e a igualdade", disse.

"E defendemos."

"Mas o Conselho começou a tentar estender seu governo para a cidade, em vez de gerir apenas o Jardim."

Bogardus franziu a testa. Ela teve o impulso de se esquivar, mas, então, reconheceu a expressão como meditativa, e não zangada.

"Sim, alguns dos nossos membros começaram a exercer sua influência", respondeu. O chão sob seus pés calçados emitia um som de esmagamento conforme andavam, liberando uma fragrância repleta de samambaias. "Mas não é necessário haver algum tipo de autoridade?"

Melodía concordava que sim.

"E qual você prefere que exista? A mão gentil do nosso Jardineiro ou o punho do comando?"

"A primeira", ela admitiu.

Ela vestia uma roupa típica do Jardim: um manto modesto de musselina, com flores bordadas pela irmã Jeannette. Pilar tinha trançado os cabelos dela naquela manhã e enrolado na cabeça. Apesar de não querer mais que a amiga bancasse a "criada", não resistira muito. Pilar parecia gostar de fazer aquilo.

Bogardus usava sua túnica longa cinza com costuras roxas. Ele parecia um sacerdote. Embora nunca falasse sobre o seu passado, ela ouvira dizer que ele cultuara Maia. Outros diziam que fora devoto de Torrey e outros ainda alegavam que ele não se envolvera com nenhum culto em particular e servia a todos os Oito de forma imparcial. Ainda que baseasse seus ensinamentos nos de Jaume, o mais famoso devoto da Bella Dama do império, raramente se referia aos Criadores individuais. Na verdade, ele raramente se referia aos Criadores, invocando principalmente a Beleza e a Verdade nos seus princípios.

"É só que... desde que cheguei, as coisas mudaram", ela falou. "O ar mudou. Quando vou à cidade, as pessoas nas ruas não têm mais aquele comportamento gentil e nem uma expressão de liberdade."

"E não é esse o fardo da guerra?"

"Talvez seja. Mas acho que toda a preparação para a guerra envenenou a mente e a alma do povo. Agora que ela realmente está sobre nós, ainda mais. Porém, isso não é tudo que vejo."

"Certamente não pretendo duvidar de você, minha criança", ele disse. "Mas não seria possível que você só esteja vendo as coisas através de olhos mais habituados à forma de ser da Corte Imperial?"

"Mas o que vejo são pessoas agindo de maneira mais restritiva que cortês. Ouvi comentários de gente que teme que se disserem, fizerem ou até cantarem a coisa errada, os guardas da cidade cairão sobre eles."

Bogardus suspirou. "Entendo. Não percebi que as coisas tinham ido tão longe."

"Mas você é o Mestre Jardineiro!"

"Todos no Conselho são Mestres Jardineiros."

"Mas todos o chamam de Pai todo o tempo. Sem dúvida, você é o líder."

Ele riu. *O riso tinha uma nota mais amarga*, pensou ela.

"Talvez a minha liderança seja mais simbólica do que verdadeira", sugeriu ele. "Mesmo assim, eu compreendo o seu argumento de que aqueles que possuem sabedoria e discernimento especiais tenham a obrigação de liderar os outros para o caminho adequado. Mesmo que seja pela força."

"A irmã Violette me falou sobre isso", disse Melodía. "Eu não concordo com o uso da força."

Longe de sentir ciúme do interesse de Bogardus pela jovem, isso sem mencionar o evidente afeto que Melodía demonstrava por ele, Violette adotara a princesa como uma espécie de animalzinho de estimação. Ela também insinuara incisivamente que não se importaria caso Melodía se juntasse a eles na cama.

Melodía preferiu fingir que não estava entendendo. Bogardus tinha se tornado uma presença forte e calorosa em sua vida. A idade de Violette sugeria que ela tinha a experiência para facilitar a primeira relação sexual de Melodía com outra mulher – diferente das amigas da princesa, Llurdis e Lupe, lá na corte.

Os joguetes de amor delas eram alarmantes e, às vezes, até violentos – o que bastava para fazer com que Melodía recusasse seus avanços ocasionais.

Mas ela não sentia qualquer desejo sexual reconhecível. Esperava que Falk não tivesse o roubado dela quando a estuprara. Mas simplesmente não estava interessada naquele tipo de intimidade.

"Você é mais sábia do que sua idade sugere, querida", Bogardus disse. "Talvez em breve esteja pronta para um mistério mais elevado."

O coração dela acelerou. "Acha mesmo?"

"Sim. Mas você precisa estar segura disso. Pois a beleza pode ser tão intensa quanto terrível."

Ela não deu ouvidos aos temores dele. Não parecia possível. Em vez disso, seu coração dançou ante a alegre antecipação de aprender os segredos.

Como posso mostrar-me digna de tal honra?, ela se perguntou.

"Mesmo assim", ela disse, recordando-se de suas próprias palavras veementes ao caminhar junto de Pilar, "confiar cada vez mais na força é algo que me perturba. Não posso deixar de questionar se Karyl não está envenenando o próprio solo do Jardim."

Bogardus suspirou. O exército tinha marchado da fazenda Séverin naquela manhã, deixando um pequeno destacamento para trás de guarda, em sua maioria os feridos nos inevitáveis acidentes que tumultuavam até mesmo as mais bem organizadas empreitadas. Em especial, se elas envolviam dinossauros ou os cavalos que Melodía tanto adorava.

"Quando o convidei para vir aqui, temi essa possibilidade. Mas o que mais poderia fazer? Se tivesse pensado em qualquer alternativa, se alguém tivesse sugerido outra coisa que funcionasse, nunca teria comprometido nossos princípios de paz. Mas o conde Guillaume provou ser notavelmente resistente à Beleza ou à Verdade. E, por menos que goste de ser condescendente, o próprio Jaume defende esses valores com a espada que batizou de Dama do Espelho."

"Sim", ela concordou. "Mas Jaume seria o primeiro a admitir que não tem todas as respostas. Ele só luta quando não encontra alternativa."

Pensar em seu amor – especialmente dizer o nome dele em voz alta – fez com que emoções fervessem dentro dela. Ela sentiu raiva dele e de si própria; e ressentimento. Um senso de perda e medo de causar ferimentos que não sarassem. Contudo, pensar nos tempos que passaram juntos – o sorriso dele, a rica musicalidade da sua voz, seu toque – fez com que algo mais brotasse dentro de si. Algo que se sobrepôs ao fervor e o abrandou.

"Eu sei", ela disse de maneira abrupta.

Bogardus ergueu uma sobrancelha. "Você sabe muitas coisas", ele disse. "O que em particular?"

"O que fazer. Percebo agora."

"O que quer dizer?"

A mente dela estava tão acelerada que divergir a atenção e falar ameaçaria fazê-la tropeçar. Seu coração batia mais rápido ante a bela clareza.

"Vejo um caminho", ela disse, falando apressadamente, como quem quer acabar com as distrações. "É só uma chance, sim, admito. Mas como poderia viver comigo mesma se não fizer o que está ao meu alcance para deter a matança?"

"É um belo sentimento, sem dúvida", Bogardus comentou. "Mas como?"

Ela deu um sorriso com um pouco de malícia triunfando sobre a idade. "Quanto a isso", disse, "você terá de esperar e ver."

OS CAVALEIROS DOS DINOSSAUROS

– 14 –

Sacabuche, Sacabuxa
Parasaurolophus walkeri. *Herbívoro bípede, 9,5 metros de comprimento, 2,5 metros na altura dos ombros, 3 toneladas. Batizado assim porque sua longa cabeça com uma crista tubular produz uma variedade de sons como a sacabuxa, instrumento musical ancestral do trombone, com vara deslizante. Um dos hadrossauros de guerra mais populares*
– O LIVRO DOS NOMES VERDADEIROS –

Pó ou lama. A eterna escolha que um exército em marcha tinha de fazer. Como a maioria dos que marchavam, Rob em geral preferia pó. Que estava no cardápio de hoje. Não que *escolher* fosse de fato o caso.

Com tanta relutância quanto qualquer outro, o Exército de Providence seguia rumo à guerra.

Rob em particular comia o pó dos cavalos e, atrás deles, dos dinossauros. A estrada por onde viajavam mostrava sinais de negligência, a terra havia sofrido com a erosão e se abria em sulcos em meio ao calcário esmagado. Se isso havia ocorrido porque a pressão dos cavaleiros de Crève Coeur tinha dificultado a manutenção ou porque o Jardim

OS CAVALEIROS DOS DINOSSAUROS

parecia cada vez mais desinteressado em tais questões corriqueiras, Rob não sabia. De ambos os lados, campos amplos se espalhavam nus e amarronzados. A colheita do outono já tinha sido feita, e as sementes de inverno ainda não haviam sido plantadas ou, pelo menos, os brotos não eram visíveis.

Nem mesmo Karyl poderia ter impedido os cabeças de balde e seus apoiadores de reclamarem o direito à precedência na marcha – mesmo os segundos filhos e filhas que constituíam a maior parte da cavalaria. Afinal, eles eram voluntários, como os soldados comuns.

De qualquer modo, o arranjo satisfazia Karyl. Os cavaleiros que lideravam a longa fileira montavam cavalos de viagem, mais leves, firmes e resistentes do que as montarias de guerra: corcéis ou dinossauros. Ainda que eles usassem proteção leve de elos de metal ou couro, ou nenhuma proteção, e portassem armas curtas como espadas e machados, com algumas poucas lanças, ainda assim eram os mais bem treinados de Providence. No improvável evento de um ataque súbito, eles saberiam se cuidar.

Improvável porque Rob, graças aos olhos e ouvidos dos batedores e corredores das matas, sabia mais sobre os movimentos de Guillaume do que o próprio Guilli.

Ele montava sua lenta Pequena Nell, com suas carapaças ossadas cheias de espinhos, ao longo da estrada, lado a lado com os seis enormes tricerátopos. Os monstros tinham engordado sob seus cuidados abundantes. A pele grossa brilhava, exalando saúde.

Nas costas dos trichifres iam empilhados alguns pertences pessoais dos cuidadores dos dinossauros e de guerreiros. Em sua maioria, coisas necessárias e resistentes, coisas que não sofreriam muito se os fardos tivessem de ser descartados, jogados na estrada, se uma ameaça estivesse à espreita. O peso delas não acrescentava nada à fadiga dos monstros.

O resto, particularmente os castelos de combate desmontados, seguia atrás, nos carros puxados pelos chifrudos, primos menores dos trichifres, mas, ainda assim, formidáveis. Que, por sua vez, eram maiores do que a einiossauro Nell. Os enormes tríplices poderiam puxar os carros sozinhos sem nem reparar no trabalho adicional, mas Karyl, que conhecia as feras melhor do que qualquer cidadão de Nuevaropa, não queria ter o trabalho de desatrelá-los das cargas para a batalha.

VICTOR MILÁN

Enquanto os tricerátopos, os maiores dinossauros praticamente domesticados que Rob conhecia, eram incomparáveis no sentido de limpar os obstáculos da estrada, não era como se eles estivessem com carência de dinossauros disponíveis.

Pequenos bandos de crianças falantes se empoleiravam no topo dos montes de bagagens. Uma vez que perceberam que as pequenas e barulhentas criaturas não representavam ameaça, os tríplices as ignoraram. Um enorme alado viajava em esplêndido isolamento a bordo do macho de chifre quebrado. Era uma fera incrível, sem cauda, um metro de altura, com uma crista quase tão grande quanto. Sua barriga e crista eram brancas, as asas como ardósia. Para Rob, que pouco sabia ou se importava sobre coisas que voavam ou nadavam, e que caíam na categoria de "grandes demais para comer", ela tinha um visual curiosamente náutico para uma criatura encontrada tão continente adentro.

Num trote leve, Karyl aproximou-se de Rob ao longo da vala lateral, repleta de ervas daninhas esmagadas. Após se certificar de que a montaria de Karyl não estava flanqueando pela lateral para atacá-la, a Pequena Nell recusou-se de forma resoluta a olhar para a égua cinza. E, por mais arredia que fosse, Asal não mostrava qualquer inclinação de provocar os trichifres. Podia simplesmente ser o tamanho intimidador deles, embora Rob tenha reconhecido que as fungadas de aviso e balançadas de cabeça – sendo que esta devia pesar tanto quanto a própria égua – teriam congelado o coração de uma estátua de cavalo de bronze. Mesmo uma tão intrometida quanto Asal.

"Você parece notavelmente aprumado para um homem que passou a noite da forma como o fez", Karyl disse a Rob, enquanto Asal emparelhava com a evidentemente incomodada Nell.

Rob riu. "Beber um litro de água gelada e derramar mais um pouco na cabeça faz maravilhas para restaurar um rapaz", respondeu. "E, para dizer a verdade, estou feliz de deixar a cidade para trás. Principalmente o Jardim e suas intrigas nojentas."

Exceto Pilar, claro. *Mas, talvez não seja ruim se separar da moça, por melhor que ela seja*, disse Rob a si próprio. *Precisamente por ela ser tão boa. É de perspectiva que você precisa agora, Robby, meu rapaz.*

"Por que agora mais do que antes?", Karyl perguntou.

Rob olhou para ele. Sabia que o homem nunca fazia perguntas retóricas. "O Conselho vem mostrando uma inclinação nada saudável

OS CAVALEIROS DOS DINOSSAUROS

a meter o nariz nos assuntos alheios. E nenhum nariz é mais enxerido que o da bruxa de cabelos prateados, a irmã Violette." Ele balançou a cabeça. "O que proibir as pessoas de usar penas roxas na cabeça tem a ver com Beleza ou Verdade, ou forçá-las a fazer uma petição ao Conselho todas as vezes que quiserem construir um muro novo?"

"Me disseram que os Mestres Jardineiros são chamados para oferecer o benefício de uma visão estética superior para a população como um todo", Karyl observou, seco. "Desta forma, melhora suas vidas pobres."

Rob grunhiu. "A seguir eles vão banir a cantoria de músicas devassas nas tabernas! Ou as próprias tabernas em si, que a Mãe Maia nos proteja. Eles estão testando um punho de ferro e esse é o fato!"

"A princesinha não estava errada", Karyl disse. "Não totalmente. Quando eles viram Salvateur se retrair, isso deu ao Conselho um gosto do poder que a *força militar* confere. Aparentemente, eles gostaram."

"Mas é Violette e seu coro de pacifistas devotos que estão levando a melhor!"

"São pacifistas propensos ao fascínio da força", Karyl observou, "agora que experimentaram o fruto proibido. Não que Violette e seus comparsas nos adorem. Mas não confunda o desprezo deles pelo instrumento com sua ânsia por aquilo que percebem que o instrumento pode fazer por eles. Nosso maior desafio agora não é Guilli. É vencê-lo antes que nossos próprios patrões nos derrubem."

Estranho, pensou Rob. *Aquele cavaleiro aprisionado de Crève Coeur disse a mesma coisa.* "E quanto a Bogardus?", perguntou. "O poder subiu à cabeça dele também?"

"Acho que ainda não. Embora ele tenha sido nosso primeiro defensor e, de muitas maneiras, continua sendo o único realmente importante. Ele já viu as batalhas de dentro, o sangue e o suor. Ele nem sempre foi um sacerdote e sabe o que é real. Pelo menos, mais do que o resto do Conselho." Ele deu de ombros. "Mas, no final, vai cooperar com eles. Ele não tem escolha; do contrário, eles o derrubarão. Ou farão dele uma mera figura decorativa. O que seria pior para um homem como ele."

O semblante de Rob fechou-se. Seu corpo foi inundado por ressentimento contra Violette e sua corriola, assim como por lembrar-se de Karyl não ter sido mais incisivo ao falar em defesa deles. A despeito de ter ciência de que não era nenhum molenga numa luta, Rob sabia que o companheiro podia esmagá-lo como uma mosca. Independente disso – ou seria por causa disso? – Rob não resistia em provocá-lo.

"Você está tão enfeitiçado por Bogardus quanto aquela moleca imperial", ele disse. "Põe fé de mais no homem."

Karyl caminhou um pouco em silêncio. Naquele breve interlúdio, Rob sentiu um frio na barriga, temendo que tivesse ido longe demais. Era uma típica consequência ao deixar que o duende perverso dentro de si – que nunca permanecia muito dormente – tomasse o controle sobre a sua boca.

Mas, em vez de sacar sua tradicional lâmina que usava em batalhas e pôr fim à vida de Rob, Karyl apenas respondeu de forma ligeira e baixa: "Eu sei".

Rob se contorceu na sela.

"Você sabe?"

"Claro. Eu sou um... buscador, creio. Talvez seja só por isso que esteja vivendo."

"Em busca do quê?"

"Algum tipo de certeza. O que a Testemunha me disse, as coisas que vivi, puseram abaixo tudo aquilo que eu sabia, ou pensava que sabia, sobre o mundo e sobre mim mesmo. Eu nem ao menos sei por que estou vivo."

Ele ergueu a mão esquerda. Sua mão da espada, agora bronzeada, firme e em nada diferente da outra. Mesmo agora, com Rob lentamente percebendo que poderia conservar a cabeça mais um pouco, foi incapaz de não se deixar inflar pelo sentimento de *eu te disse*.

Um horror domesticado que pertencia a uma manada enviada pela duquesa viúva de Hornberg, a mãe do duque Falk, para garantir que Karyl estaria morto após a Batalha do Hassling, havia arrancado a sua mão. Quando a autoproclamada feiticeira Afrodite, em nome de Bogardus, contratou Karyl e Rob para ir a Providence e criar um exército, ela fez uma magia, afirmando que a mão voltaria a crescer. Cético até o âmago, Karyl duvidava abertamente da existência de bruxas e de magia. E, quando o membro perdido realmente brotou, tão bom como sempre fora, durante a longa jornada, Karyl pareceu tão contrariado quanto extasiado.

"Até o ceticismo me deu uma rasteira", ele disse, como se lesse os pensamentos de Rob. "Eu não quero mais acreditar. Preciso da esperança de que possa encontrar respostas em algum lugar. Bogardus é sábio; ele praticamente reluz de tantas certezas. Quem sabe ele tenha o que preciso."

"Por que não pergunta a ele?"

Karyl balançou a cabeça. "Minha necessidade me envergonha. Sua intensidade, sua urgência."

"Não quero fazer pouco caso dos seus sentimentos, meu amigo, mas depois de tudo pelo que passou e tudo a que sobreviveu, com certeza não permitirá que a vergonha leve a melhor sobre você?"

O rosto de Karyl era uma contestação nua. "Mas e se ele me disser que *não sabe*?"

Rob deu um suspiro. Colocando as mãos sobre as coxas, ele se levantou com esforço do tronco caído que lhe servia de assento.

A reunião da noite fora rápida. Ainda era cedo e a luz do sol brilhava entre as mudas viscosas, um fogo amarelado que dançava, gracejando de si mesmo. O penetrante cheiro da fumaça já se percebia, misturado aos odores de carne assada e legumes fervendo para as mais de duas mil refeições noturnas.

O sol ainda era uma bola vermelha além das nuvens, sobre o horizonte a oeste, quando Karyl ordenou uma pausa em meio ao terreno que tinha começado a ficar visivelmente diferente das típicas terras de fazendas. Rob se deu conta que Karyl não estava com pressa.

A decisão é dele e não tenho interesse nos motivos dela. E fico feliz que ela não seja minha. Ainda que ele tivesse sido aliviado do fardo esmagador de ser o intendente, continuava encarregado de mais responsabilidade do que jamais quisera.

Foi estranho, pensou ele. Um senhor dos dinossauros tinha bastante responsabilidade e aquele fora o ofício que ele escolhera e estava feliz ao praticá-lo mais uma vez. E ser o chefe dos batedores e dos espiões – aquilo era mais o que se pode chamar de um hobby. A conquista de um sonho de infância travesso – de fato, mais brincadeira do que qualquer outra coisa. Contudo, empilhe tudo e você obterá... responsabilidade. *Argh. Parece que não consigo tirar essa coisa terrível dos meus ombros.*

A maioria dos capitães de Karyl tinha abandonado rapidamente a pequena clareira no topo de uma pequena colina. Um dos últimos a partir pôs a mão sobre o ombro do comandante e disse algo que o fez dar de ombros.

O barão Côme era um homem do mesmo peso de Rob – ou um pouco mais – de sessenta e cinco anos, musculoso, cabelos castanhos e o rosto parecido com um velho sapato, resgatado do lugar-comum pelos brilhantes olhos azuis e um sorriso malandro demais para um irlandês. Ele e mais uma dúzia de partidários tinham se juntado ao exército uns dias após a absolvição de Rob e Karyl. O barão Salvateur havia descontado sua indignação por ter sido repelido da cidade de Providence ao tirar Côme de seu domínio, *Le Vallée de la Sérénité*.

Rob teria se ressentido da chegada tardia do barão se não fosse pelo fato de que seu feudo no Lisette se mantivera um baluarte contra os invasores desde que as incursões começaram, bem antes da chegada dele e de Karyl. E a adorada esposa de Côme, Zoé, tinha morrido lutando contra os Corações Partidos um ano antes.

Ele era quase uma contradição, um cabeça de balde genuinamente inteligente, não apenas astuto ou manhoso. Ele era popular entre a população mais humilde, assim como entre os mais ricos. Rob gostava dele.

Mais do que do ruivo mais alto que vinha ao lado de Côme. Eamonn Copper era ayrish, e pode ter sido pelo seu encanto nativo que o francés Côme o monopolizava. Um notório capitão mercenário, ele se juntara ao exército com um contingente de oitenta lanceiros e guerreiros – a maior parte antigos membros das tropas que haviam deserdado.

Copper tinha dificuldade de manter seus empregos. A ira que muitos compatriotas dele e de Rob partilhavam crepitava na superfície da sua pele como eletricidade estática. E os homens diziam que ele bebia em exagero.

Embora não fizesse alegações de um nascimento nobre ou de ser um cavaleiro – ele era tão cauteloso sobre os detalhes da própria história quanto Rob Korrigan da sua – era notório por ser habilidoso montando um hadrossauro de guerra. Tendo deixado Karyl e Rob satisfeitos com sua perícia, ele recebera Brigid, o sacabuxa laranja que haviam tomado do cavaleiro do Bosque dos Sussurros, já que o animal não teria mais utilidade para ele.

Os dois seguiram em frente. Praticamente ladrando nos seus calcanhares como um filhote de cachorro, vinha uma figura barbada e rotunda. Rob cuspiu na direção dela ao passarem por entre os arbustos, sem se importar se ela tinha visto ou não.

"Por que aguenta aquele gordo traiçoeiro do Melchor?", ele perguntou a Karyl. O outro senhor da cidade sobrevivente, Yannic, ainda estava amuado em sua mansão, alegando estar incapacitado por causa dos ferimentos obtidos em Flores Azuis. Rob sabia que era mentira.

"É melhor tê-lo onde podemos ficar de olho."

"O que pressupõe que um homem consiga suportar ficar olhando para ele."

Karyl deu de ombros. "Disse a ele que se desse qualquer sinal de que sairia da linha, eu o mataria."

Rob riu. Não por achar que Karyl estivesse brincando, mas precisamente porque ele não estava.

"Então, mestre Rob, quais as chances que nos dá?", Karyl perguntou.

Rob estalou a língua, pensativo, limpou a garganta, alisou a barba e assentiu.

"Temos escassos mil homens. O conde Guillaume tem pelo menos mais da metade disso, com duas vezes mais cavalos e três vezes mais cavaleiros de dinossauros. Ele nos supera nos números de todas as maneiras possíveis, exceto, talvez, nas tropas que disparam projéteis e nos cavalos leves, os quais ele não possui nenhum que saibamos. E, embora nossos lanceiros comuns não consigam fazer mais do que arrancar uma gargalhada de um centurião de Nodossauros, estão bem treinados. E ao menos alguns deles trajam capacetes de ferro e malhas de couro do arsenal da cidade. Então, acho que as chances deles são maiores do que uma multidão de camponeses descontentes usando gravetos afiados.

"Crève Coeur não possui mais artilharia de campo do que nós, ou seja, nenhuma. Ele deve ter algumas máquinas para fazer um cerco, mas corrija-me se estiver errado, se nos virmos do lado oposto *delas*, estaremos fazendo algo inequivocamente errado. E, claro, ninguém em toda a terra possui qualquer coisa que seja similar a seis fortalezas vivas. Estamos mais bem equipados do que qualquer força improvisada tem o direito de estar. Mas os Corações Partidos possuem melhor treinamento e experiência, além de serem simplesmente mais brutos. Então, no final das contas... eles vão vencer. A não ser, claro, que a gente trapaceie como velhacos."

Rob deu um sorriso selvagem e repentino. "E você é o homem certo para isso, Karyl Bogomirskiy!"

Karyl exibiu um sorriso, coisa muito rara. "Sou."

"E você?", perguntou Rob quando o rápido momento de camaradagem passou e ele se sentiu gelar. "Acha que temos alguma chance?"

"Deve se recordar de que já expressei meu desgosto por batalhas que não posso vencer."

Rob concordou. "Sim. E reparei que, desta vez, você não disse nada sobre tomar o campo, mas mencionou ao Conselho que estava pronto para marchar. Então, o que nos dá esta chance contra um inimigo que parece estar de posse de todas as cartas?"

Karyl sorriu. "Ora, você, mestre Korrigan. Você e seus ensandecidos homens e mulheres."

O queixo de Rob caiu. Antes que pudesse pensar em qualquer coisa sensata para dizer...

"Mestre Rob", chamou uma voz hesitante.

Na reborda da clareira, como um jovem saltador pronto para disparar, estava uma mulher jovem, vestindo jaqueta de couro e as botas de cano alto típicas dos batedores de Rob. Os cabelos loiros pendiam num rabo de cavalo, emoldurando um belo rosto com olhos azuis. Ela trazia uma espada longa presa atravessada às costas. O cabo era de madeira negra e parecia ter sido polido de tanto que fora usado.

"Valérie", disse Rob. "Venha cá, moça. Não vamos cortar a sua cabeça. Tem alguma coisa a relatar?"

Tímida, ela se adiantou, assentindo. Ela sabia como lidar com Rob, mas, até onde ele podia dizer, a garota nunca havia encontrado Karyl. E muitos dos recrutas mais novos, tendo absorvido não só narrativas dos sobreviventes que exageravam o confronto ocorrido em Flores Azuis, tornando-o uma brilhante vitória, como também canções do passado épico de Karyl – muitas delas escritas e frequentemente cantadas por nenhum outro, senão o próprio Rob Korrigan –, praticamente o idolatravam.

Ela era uma garota da cidade, a filha caçula de uma família de comerciantes. A casa Évrard era facilmente a maior e mais rica, mas a cidade de Providence era próspera demais para ter apenas uma. Os detalhes importantes eram que ela sabia como cavalgar bem e estava disposta (ou era louca) o suficiente para servir como uma batedora de Rob.

OS CAVALEIROS DOS DINOSSAUROS

Era, sem dúvida, uma tarefa perigosa. Muitos já tinham sido mortos ou feridos; apenas um punhado fora capturado. E os Corações Partidos os tratavam iguais a corredores das matas que eram presos. Isso pode ter gerado o efeito de fazer menos deles se alistarem – Rob não tinha realmente como saber – mas, certamente, inspirara um selvagem senso de vingança nos batedores restantes que se equiparavam à *coureur de bois* dos aliados.

"Então, o que tem a nos dizer?", perguntou Rob.

Ela lançou um olhar nervoso para Karyl. Ele acenou com a cabeça.

"Avistamos um destacamento ao norte e oeste daqui, cavalgando pelas matas", disse ela. "Oito pessoas montadas em esquipadores. O conselheiro Absolon e vários outros Jardineiros estavam presentes, todos de famílias superiores. E... a princesa, senhor, junto da amiga dela de cabelos negros que veio da Spaña."

"E eles estão indo...?", inquiriu Karyl.

Rob sentiu-se absurdamente gratificado por ela ter olhado para ele antes de responder, como se quisesse confirmar se estava tudo bem. Então, o terrível impacto das inevitáveis palavras seguintes o atordoou: "Para oeste, capitão. Na direção das fileiras do conde Guillaume".

– 15 –

Cabeza de Tirán, Cabeça do Tirano
Lar do nosso Império de Nuevaropa, a Cabeça do Tirano forma a extremidade ocidental do continente de Afrodite Terra. Junto da grande ilha da Anglaterra através do La Canal (o Canal), ela supostamente se parece com uma cabeça de um Tyrannosaurus rex. A poderosa Cadeia de Montanhas Blindadas, El Scudo, a separa do Platô de Ovdan. Seu clima é em geral tropical, embora não haja temporadas de chuva distintas. Pântanos costeiros úmidos e florestas se erguem até um fértil platô central, incluindo a árida La Meseta, da Spaña. A Cabeça do Tirano é coberta de norte a sul por uma floresta de coníferas e árvores transitórias, chamada de Floresta de Telar.
– UMA CARTILHA DO PARAÍSO PARA O PROGRESSO DE MENTES JOVENS –

"Meu senhor, conde Guillaume", Melodía falou, seus joelhos sentindo através do vestido branco o calor da manhã que emanava da relva macia da clareira. "Viemos da cidade de Providence implorar paz ao senhor."

O conde de Crève Coeur estava sentado diante dela numa cadeira dourada dobrável, com o cotovelo apoiado em um braço e o queixo na palma. Ele era um homem grande, nem todo musculoso, vestido num manto de seda, um lado azul e o outro verde. O emblema do Coração Partido estava costurado em dourado do lado direito do peito, o lado azul. O rosto grande e vermelho franziu sob os cabelos prematuramente brancos. Sua expressão mostrava perplexidade em vez de desprazer. Ou era o que Melodía esperava.

"Você realmente tem poder para negociar?", ele perguntou. Um toldo feito de seda verde com costuras douradas o protegia do já forte sol da manhã que aparecia por entre as nuvens finas. Meia dúzia de partidários se amontoava ao redor dele.

"Eu sou o Mestre Jardineiro Absolon", disse o homem alto e magro, ajoelhado à direita de Melodía. "Falo pelo Conselho."

"E esses outros?", Guillaume perguntou. Ele tinha uma voz surpreendentemente aguda para um homem do seu tamanho.

"Bons Jardineiros", Melodía respondeu. Três homens e três mulheres, alguns dos crentes mais passionais da causa de Melodía, haviam cavalgado com ela de Providence, no dia anterior. Eles acamparam na floresta durante a noite e partiram à primeira luz, para se ajoelharem aos pés do conde de Crève Coeur.

"E minha amiga Pilar." Melodía estava consciente da companheira pairando nos limites de seu campo de visão, meio cercada por lanceiros de tabardos azuis e verdes sobre as cotas de malha. A gitana parecia irrequieta.

Você se preocupa demais, querida amiga, pensou Melodía. *Eu vi o caminho. Você vai ver.*

Atrás dos suplicantes se estendiam campos sem cultivo abandonados pelos fazendeiros, que haviam fugido do exército invasor como se este fosse um desastre natural. Paraíso fora rápido ao reclamá-los, preenchendo-os com grama verde e flores brancas e azuis.

Diante deles havia antigas árvores, cujos troncos eram tão duros quanto pedregulhos.

Ao seu redor, Melodía escutava o tumulto e o troar de um grande exército. Homens gritavam, cantavam ou praguejavam. Chifrudos rugiam. Enormes pés pisavam o chão. Armas tilintavam contra outras armas e colheres raspavam potes. Bicos de pato de guerra sibilavam uns para os outros enquanto se alimentavam de grama fresca e montes de grãos, preparados por lacaios.

"É um truque, meu senhor", disse um homem alto e corpulento que estava à direita de Guillaume. Sobrancelhas negras fitavam ameaçadoramente de cima de um nariz carnudo e bochechas escuras. *Este deve ser o infame barão Salvateur*, pensou Melodía.

Guillaume deu um breve aceno para ele. "Elas parecem ameaçadoras para você, Didier?"

"Não são essas pobres bezerras que me preocupam", argumentou o barão, "mas sim a mente que deve tê-las enviado."

"Se continuar assim", Guillaume prosseguiu, "é provável que começará a olhar debaixo da sua cama todas as noites, para ter certeza de que aquele salteador Karyl não está escondido ali."

Melodía corou. "O capitão Karyl não tem nada a ver com a nossa missão, meu senhor. Se soubesse dela, com certeza não a aprovaria."

"Então, você oferece a rendição", Guillaume afirmou.

"Eu ofereço a paz. Uma vez que ambos concordemos com o princípio, poderemos discutir os termos dela."

"O que pode me oferecer que me faria concordar em dar-lhe a paz, além da submissão completa? O Jardim é um vizinho muito problemático, sabia? Eles ficam tentando infectar meu reino com suas pragas duplas, a anarquia e o igualitarismo. Um Anjo Cinza foi visto surgindo em nosso país. Acredita que esses fatos não estão relacionados?"

Ela franziu a testa. "Escutei esse rumor em La Merced." *Mas por que o teria levado a sério?*, ela não ousou dizer. Mas apenas para não enfurecer o homem com quem pretendia barganhar.

"O que ninguém em Providence escutou dizer", afirmou Absolon. A voz dele falhou um pouco. "Eu... o conde deve estar mal informado."

"Sua ausência de ordem deve ter afetado sua capacidade de reunir informação", respondeu Guillaume.

"Oferecemos amor, conde Guillaume", continuou Melodía, apressada.

Por um momento, eles pareceram habitar uma bolha de silêncio que sossegou até mesmo o clamor do exército.

"Amor?", Guillaume murmurou, como se a palavra fosse algum alimento desconhecido, de sabor estranho.

"Amor", ela repetiu, investindo mais uma vez enquanto o ferro ainda estava quente.

Ela também esperava poder seguir rapidamente para a fase das negociações; o chão duro estava começando a ferir seus joelhos. "*Os Livros da Lei* nos dizem para amarmos uns aos outros. Se agirmos num espírito de amor, fiéis aos Criadores, que base os Anjos Cinza terão para agir?"

Como se eles existissem, pensou ela. Mas Melodía não fora até lá discutir teologia – muito menos insultar o conde. Não importava o quanto ele estivesse atolado em suas superstições.

Guillaume fez uma careta. Ele se endireitou na cadeira e coçou o queixo barbeado, como se estivesse realmente intrigado.

"Está falando sério", ele disse.

"Estou, meu senhor."

"Beeeem... o que o amor pode me conceder que a força de um exército não pode?"

Sintam-se livres para me interromper quando quiserem, pensou Melodía furiosamente sobre seus companheiros. Eles não pareciam dispostos a se adiantar à princesa. *Acho que vamos precisar trabalhar nessa coisa igualitária.*

"Talvez nada", ela admitiu. "Mas a um custo bem inferior do que ir à guerra."

"E você, ou as pessoas que diz representar, está disposta a permitir que minhas tropas pilhem e estuprem, com, quem sabe, uma pitada de tortura somada ao bolo?"

Ela se recolheu. Sentiu como se tivesse tomado um chute no estômago. "Isto não é uma coisa sobre a qual se deva brincar!"

"E quem está brincando?"

Ele ergueu a mão e deu uma golada numa caneca de vinho que um servo lhe entregara. "Os garotos e as garotas tiveram uma campanha dura; precisam obter alguma vantagem. E me parece um pouco demais pedir que as pessoas sejam voluntárias a isso. O que deve ter alguma coisa a ver com a razão pela qual nunca ocorre."

Os pensamentos de Melodía giraram como um turbilhão de vento atrás de seus olhos que, de repente, piscaram, escorrendo lágrimas quentes. "Mas... como pode fazer tão pouco disso? Eu ofereço paz. Ofereço *amor*."

"Você não me escutou, garota? Posso impor a paz nos meus próprios termos. Para que quero amor?"

Ele secou a caneca e limpou a boca com as costas da mão, antes de jogá-la por sobre o ombro sem olhar. Seu serviçal a apanhou habilmente.

"De qualquer maneira", o conde continuou, "sempre posso encontrar mais camponeses e mercenários para compensar as minhas perdas. É reconhecido que camponeses são mais facilmente encontrados, isso sem contar que mercenários mortos não são notórios por insistirem em receber seu pagamento."

O séquito dele riu ruidosamente, com exceção de Salvateur. Ele encarava Melodía com o que parecia ser um foco cada vez maior. Sentindo seu coração afundar rapidamente, ela recordou-se da reputação dele de ser astuto.

"Perdoe-me, meu senhor."

"O que foi? Fale, barão. Não precisa fazer cerimônia comigo."

"Você não é Melodía Delgao Llobregat, a Princesa Imperial e filha do arquiduque de Los Almendros?", perguntou Salvateur. "E aquela mulher ali não é a sua criada?"

De forma desafiadora, ela jogou para trás um cacho que escapara de sua trança feita em estilo francês, que começara a cutucar sua testa.

"O que isso tem a ver? Ainda assim me ajoelhei diante do conde em humildade, e implorei pela paz."

"O que isso tem a ver?"

O conde olhou ao redor, para seus apoiadores. Após um momento, eles decidiram que ele havia feito uma piada e riram. Até mesmo Salvateur, que aos olhos de Melodía – que sabia bem como julgar – não parecia habituado ao papel de cortesão, juntou-se a eles.

"O que isso tem a ver?", o conde repetiu. "Vamos lá, garota. Levante-se, Vossa Alteza Imperial."

Ela olhou para trás, para acenar para seus companheiros. Todos se levantaram. Os joelhos de Melodía estavam mais rígidos do que ela esperava.

"O que isso tem a ver", Guillaume explicou, "é que agora você é minha convidada de honra, enquanto negociarei com seu pai imperial um pagamento para devolvê-la em segurança. Quanto ao resto de vocês..."

Ele olhou para seus guerreiros portando escudos. "Levem-nos daqui. Deixem as tropas se entreterem com eles. Vai estimular o apetite deles pelos prazeres que estarão por vir quando tivermos acabado com esses vermes de Providence. Então, traga minha manada de caça. Meus horrores precisam se exercitar e podemos nos divertir com um bom esporte."

"Você não ousará...", Melodía berrou.

Mãos seguraram os seus braços; os dedos mergulhando em sua carne. Ela sentiu o fedor de suor e de couro de dinossauro banhado pelo sol.

"Minha querida princesinha tola", o conde Guillaume disse gentilmente. "Claro que eu ouso. Afinal, você é uma renegada e fugitiva

OS CAVALEIROS DOS DINOSSAUROS

da justiça imperial, não é? Fique grata por eu poupá-la, junto da sua serva. Sabe que poderia mandar a cabeça das duas de volta para La Merced, não? E seu pai seria obrigado a me agradecer pelo presente!"

E ele gargalhou, como se aquela fosse a maior de todas as piadas.

À tarde, sob a tenda, Melodía deitou de lado e sofreu.

Seus braços doíam pelos punhos amarrados atrás das costas, mas a dor física era a menor de todas.

Recentemente, por duas vezes ela conhecera o desespero completo. Primeiro, em sua cela, após Falk tê-la violentado. Então, na estrada, quando a satisfação de sua fuga se dissipara e a terrível reação instaurou-se.

Contudo, aquilo era tão ruim quanto. Talvez pior.

A tenda cheirava a crina de cavalo, seda quente, seu próprio suor e pó de calcário. Lá fora, o acampamento vibrava com os típicos sons de um exército em campo. Ela forçou a audição, em parte tentando escutar os gritos para saber se seus companheiros estavam sendo torturados, em parte temendo-os.

Mas ela não os escutou. O fato não a confortou.

Eu os trouxe aqui, pensou ela. *Eu sou responsável por isso.*

Embora tivesse culpado a si própria de mil maneiras diferentes por sua prisão diante de acusações forjadas, sabia que não era sua culpa.

Mas ela fora passiva. Confiara no pai e na justiça imperial.

Na própria inocência.

E aquilo havia feito com que fosse violentada.

Agora, outro tipo de inocência lançara pessoas que haviam confiado nela num perigo mortal. E, possivelmente, ela própria também. Isso ainda precisava ser conferido, embora tivesse acreditado em Guillaume quando ele disse que não lhe faria mal. Ela era valiosa demais intacta.

Como pude pensar que o amor *poderia amaciar uma criatura dessas.* A ingenuidade de poucos minutos atrás lhe revirava o estômago agora.

Mas, mesmo implodindo em desespero, firmando-se contra ele havia a necessidade urgente de fazer *alguma coisa*. Ela tinha de ajudar os seus amigos. Mas, para tanto, estava ciente de que precisaria fazer antes algo para si própria.

Mas como? Ela fora deixada com os punhos e tornozelos amarrados por echarpes de seda – sem dúvida para firmar sobre ela a noção de que era prisioneira do conde e de que tinha de aceitar a sua vontade.

VICTOR MILÁN

Melodía não conseguia pensar. Era bem mais fácil colapsar, decair a um ponto nas trevas e permitir que o mundo lá fora fizesse o que quisesse.

Mas não podia. Ainda não. *Eles contavam com você. É a única esperança que lhes resta.*

Ela recordou-se de uma conversa com Jaume. Há muito tempo, muito antes de o romance ser só um sonho infantil. O pai dela ainda era o arquiduque na época, e Jaume um jovem herói e poeta, amplamente celebrado, mas ainda lutando para erigir sua nova Ordem licenciada e atrair os melhores cavaleiros de Nuevaropa, os mais inteligentes, corajosos, talentosos, belos e moralistas de todos, para tornarem-se seus Companheiros.

Ela mencionou – esquecera agora por quê – que sua *dueña*, Carlota, lhe dissera que a raiva era má e deveria ser banida. Jaume sorriu e disse que isso não era possível. E nem desejável.

Ela se perguntou como a raiva poderia ser boa.

"O fogo é ruim?", ele perguntou a ela. "Ele pode causar dores e ferimentos horríveis. Pode destruir a beleza mais rápido do que qualquer outra coisa. Contudo, como viveríamos sem ele? Ele também nos traz a beleza e nos ajuda a sustentarmos a vida que apreciamos."

Ela admitiu que o fogo podia ser bom e mau.

"Precisamente!", ele exclamou, com aquele entusiasmo feliz que ela tanto amava. "O fogo tem dois valores opostos. Pode ser usado para o bem ou para o mal, como uma faca. Como qualquer ferramenta. Algumas emoções são assim."

"Algumas?", ela inquiriu.

"Algumas", ele respondeu. "Inveja, preocupação, desespero... essas não podem nos ajudar, apenas nos ferir. Pense nelas como um veneno. Outras podem ser boas ou más. O amor é uma. O ódio é outra, embora perigoso. E a raiva. A raiva é, de muitas maneiras, igual ao fogo. E o fogo da raiva pode carbonizar certos venenos, como o desespero."

Agora, Melodía começava a ficar louca de raiva.

Então, a lâmina de uma faca penetrou pela parede de seda da tenda, a um palmo dos seus olhos.

OS CAVALEIROS DOS DINOSSAUROS

– 16 –

Horror, Perseguidor
*Deinonychus antirrhopus. O maior grupo de caça raptor de Nuevaropa:
3 metros, 70 quilos. As plumagens distinguem raças diferentes:
escarlate, azul, verde e outros horrores. São feras inteligentes
e más, tão favoritas para caça e guerra quando domesticadas
quanto temidas quando selvagens. Alguns dizem que um grupo
de deinonicos é mais mortífero que um alossauro adulto.*
– O LIVRO DOS NOMES VERDADEIROS –

A justa ira de Melodía, principalmente contra si própria, evaporou num guincho de terror como o de um rato. *Soldados! Eles decidiram desconsiderar as ordens de Guillaume, se esgueirar aqui dentro e... me usar!*

Um rosto de tonalidade oliva escura entrou pelo corte. Olhos verdes olharam para ela preocupados.

"Alteza?"

"Pilar", ela resfolegou.

O rosto de Pilar se afastou. Uma seta branca se lançou para dentro da tenda. Embora o sol já tivesse passado o zênite e a luz filtrada pelas

OS CAVALEIROS DOS DINOSSAUROS

nuvens fosse indireta, ela cegou os olhos de Melodía, habituados com o escuro. Ela semicerrou os olhos no rastro de duas grandes bolas púrpuras pulsantes.

Escutou o ruído da seda sendo cortada. Então, Pilar estava ajoelhada ao seu lado, cortando o lenço que prendia seus punhos.

"Onde foi que você escondeu esta faca?", foi tudo o que ela conseguiu pensar em dizer.

"Num lugar onde eles não encontraram", Pilar respondeu. "Esta é uma boa lição para você, querida princesa: uma mulher sempre precisa de um último amigo."

"Como você se livrou dos guardas?"

"Disse a eles que não seria bom que a Princesa Imperial, refém ou não, deixasse de ser propriamente atendida por sua criada. Isso e prometi boquetes a todos."

"Eca", disse Melodía. "E você fez?"

"Temos de ser rápidas, Alteza, e deixar os detalhes para depois, pode ser?"

Ela ajudou Melodía a sair pelo buraco na parte de trás da tenda. Um cavalete de bambu verde a emoldurava. Melodía piscou, agitando-se enquanto o sangue voltava aos seus membros.

Pilar buscou apoiá-la, mas a princesa sacudiu a cabeça.

"Eu estou bem."

Claro que Pilar sabia que era mentira, mas ela não contrariou Melodía. Em vez disso, tomou a sua mão e levou-a para dentro da mata verde escura, longe da clareira onde a tenda ficava em meio a várias outras.

Quando haviam se afastado alguns metros, Melodía parou. "Leve-me até os outros", ela disse.

Pilar balançou a cabeça com impaciência. "Não posso."

"Preciso ajudá-los!"

"Sinto muito, Melodía. Eles..."

"Eu ordeno que me ajude a resgatá-los."

Olhos verdes brilharam. "Sou sua serva ou sua amiga?"

Os lábios de Melodía premeram até se afinarem numa linha. Ela assentiu. "Tem razão. Você é minha amiga. Agora, por favor, leve-me até os outros!"

"Não é possível. Já é tarde demais!"

VICTOR MILÁN

Ela apontou para o leste. Através de falhas na vegetação enlaçada, Melodía viu um campo de trigo maduro abandonado para apodrecer pelos fazendeiros que fugiram ante o avanço de Crève Coeur. Ele já estava sendo estrangulado pelas ervas que haviam brotado à metade da sua altura. Uma figura pálida corria pelo trigo com os joelhos altos a cada passada e cotovelos se agitando. Atrás dela, os talos moribundos oscilavam pelo vento. Entre eles, Melodía captou lampejos de cobalto, como o de flores selvagens florescendo.

Demorou um instante antes que ela percebesse que o homem em fuga era o conselheiro Absolon. Sangue que reluzia vermelho à luz do sol corria pelo seu corpo nu. Ocorreu a Melodía que a brisa parecia terrivelmente localizada. Poderia ser um vento hada, como era chamado um pequeno tufão lá no lar dela?

Então, algo azul e delgado surgiu da vegetação, pousando sobre os ombros de Absolon. *Aquilo não é vento algum.* A percepção arrepiou Melodía. *Aquelas não são flores. São penas.*

O horror de três metros de comprimento possivelmente pesava tanto quanto o próprio conselheiro desajeitado. Seu impacto fez o homem capotar para a frente, de rosto no chão. Mesmo antes de desaparecer da vista, as enormes garras assassinas dos pés penetravam fundo nas costas, enquanto a criatura agarrava a cabeça com seus braços que pareciam asas.

Absolon deixou um borrifo de sangue no ar ao cair, e gritos como os de uma criança. Eles eram impressionantemente agudos e ululantes, suplicando misericórdia sem palavras para uma criatura que tinha tanta sede de crueldade quanto do sangue quente de sua presa.

Pilar segurou o braço de Melodía com uma pegada firme como ferro. "Você... não pode... ajudá-lo...", ela sibilou.

Mais monstros emplumados saltaram sobre o homem aos berros. Eles tinham cristas azuis e brancas, barrigas brancas e máscaras pretas ao redor dos olhos. Um focinho amarelo chicoteou para o alto, agitando uma longa tira vermelha de alguma coisa presa em seus dentes como um retalho. Um retalho que derramava gotas vermelhas...

E você causou isto a ele, disse uma voz acusadora dentro da cabeça de Melodía.

No campo, uma comitiva a cavalo observava. Guilli cavalgava na frente sobre um grande caçador branco. Quatro ou cinco dos seus

OS CAVALEIROS DOS DINOSSAUROS

nobres favoritos vinham logo atrás, vestidos, assim como ele, para a caçada, com boinas elegantes, túnicas, tangas e cintos para as espadas. Melodía escutou a sonoridade odiosa das suas gargalhadas por sobre os gritos de Absolon.

Com a certeza como um punhal torcendo dentro de suas entranhas, ela percebeu o quanto fora tola. Mas Melodía não era estúpida. E nem lerda.

Ele se foi, mas... "Os outros...?"

"Os únicos que estão melhores do que ele já morreram", Pilar respondeu. "Vamos."

"Não posso simplesmente abandoná-los."

"Você ainda é a herdeira de Los Almendros", Pilar disse. "Você é uma Delgao. Você tem um dever. Um destino."

"Mas como posso viver com sangue em minhas mãos?"

"Aprenda." Pilar foi incisiva. "Sempre poderá morrer mais tarde. Isso é fácil. Agora, pare de ser tola e vamos."

Ela levou a princesa que não resistiu mais para o sul, beirando o campo, sempre mantendo ambas protegidas pelos arbustos e árvores. Cada fibra de Melodía ansiava por simplesmente projetar-se para fora do campo dos inimigos, mas combateu o pânico. Isso significaria fugir por um terreno mais aberto, entrando no campo de visão dos horrores de olhos amarelos.

Ela e Pilar não correram, mas moveram-se rápido. A vegetação estalava ao redor delas. Enquanto Melodía estabelecia o controle sobre os medos e pensamentos que perseguiam uns aos outros dentro de um vórtice enlouquecido, passou a estremecer a cada farfalhar de ramo ou estalido de galhos caídos sob seus pés. Então, deu-se conta de que os ruídos que eles faziam mal importavam em meio ao ribombar firme do acampamento do exército, os gritos terríveis da caça e as risadas ainda mais terríveis dos caçadores.

Elas saltaram um córrego estreito no meio da mata. Além do matagal, ele fluía numa vala em linha reta, com um quebra-vento de árvores planas, de troncos brancos, plantadas nas laterais. Ervas daninhas altas marcavam o curso da vala com tanta clareza quanto obscureciam a visão dela.

"Por que estamos tão próximas dos limites do acampamento?", Melodía perguntou. "Em vez de diretamente no meio dele?"

"Os ventos estão soprando principalmente do leste", Pilar respondeu. "O conde colocou suas tendas deste lado do acampamento para evitar o fedor do exército."

Evidentemente, ele não temia que Providence despencasse de repente sobre si.

E por que deveria?, pensou Melodía amargamente. *Eles são loucos se acham que podem enfrentá-lo. Eu estava mesmo tão errada...*

De algum lugar à direita, perto dali, veio um som arrepiante: o uivo profundo de um cão de caça. As vozes de outros cachorros o seguiram rapidamente.

Sim. A palavra acertou seu crânio como uma maça. *Sim, eu estava tão errada.*

"Os cachorros nos perceberam", alertou Pilar. "Vamos ter de correr agora."

"Quem sabe Guillaume só queira nos levar de volta."

"Duvido. E faz diferença agora?"

Melodía era uma caçadora experiente o suficiente para saber a resposta. Horrores de todas as cores eram caçadores de visão. Matar tinha atiçado sua sede de sangue: agora, eles perseguiriam e acabariam com uma presa pelo simples prazer da caçada. E eles eram treinados para seguir os cães de caça... "Pelos campos abertos?", disse ela. "Não teremos chance!"

"Até aquelas coisas estarem mastigando nossas entranhas, sempre vai haver uma chance", respondeu Pilar.

Mesmo em seus extremos, aquele raciocínio pareceu questionável para Melodía.

Seu pânico reflexivo fez um favor então. Ele se sobrepôs à inclinação da mente dela de pensar e debater, e fez com que o corpo corresse.

Ela seguiu Pilar ao longo do campo. Aquele ali havia claramente sido colhido. Talos secos acenavam em meio ao matagal, e quebravam conforme passavam.

As linhas da lavoura e o solo relativamente macio dificultavam a corrida. Melodía viu-se rapidamente ofegante.

Pelo som, os cães haviam irrompido das árvores atrás delas.

Estavam na metade do campo agora. Outro pequeno bosque surgia a menos de duzentos metros adiante. Se chegassem até ele, poderiam ao menos tentar resistir.

OS CAVALEIROS DOS DINOSSAUROS

O som de um trompete esmagou tal esperança. Melodía tropeçou num sulco. Enquanto Pilar agarrava seu braço e a ajudava a se recuperar, ela olhou por sobre o ombro.

O próprio conde Guillaume vinha cavalgando em meio ao matagal daquele lado do sulco. Ele abaixou um chifre de caçada sobre seu rosto corado. Os cortesãos sorridentes flanqueavam.

Ao longo das ervas altas, vinham homens e mulheres usando capas e túnicas verdes sobre malhas marrons: guardas, os batedores de Crève Coeur e o povo da caçada. E, com eles, os horrores azuis, com suas mandíbulas vermelhas estalando.

Melodía correu tanto que seu coração parecia que ia explodir. Pilar estava ao seu lado. A terra traiçoeira cedia sob seus pés, desacelerando as passadas. Os dromeossauros que as perseguiam pareciam saltar com leveza sobre as fileiras de sulcos. Rindo, os caçadores os seguiam.

À frente, as árvores e arbustos do pequeno bosque ficavam cada vez maiores, hipnotizando. Parecia que a segurança estava logo ali. Embora Melodía não se deixasse enganar, ainda assim propeliu-se o mais velozmente que suas pernas podiam levá-la. Chegar às matas seria, ao menos, um último triunfo que a carregaria para o próximo giro da Roda.

Os guinchos ficavam mais altos. Pilar colocou algo nas mãos de Melodía.

"Segure isto!", ela gritou. "Use em si mesma se precisar!"

Melodía perdeu a passada, desacelerou, tropeçou. Ela segurou o cabo negro da faca longa de Pilar.

"Os Fae me puseram para tomar conta de você, princesa", Pilar falou. "Eu falhei. Que eles a protejam agora."

Pilar parou de correr. Virando-se, ela caminhou de volta, na direção dos raptores, com os braços abertos para as laterais.

"Aqui estou eu!", ela gritou. "Venham me pegar!"

"Pilar, não!", Melodía gritou.

Atrás dos horrores, Guilli e sua comitiva tinham desacelerado para um trote. O conde inclinou-se em sua sela. Um sorriso estendeu-se ao longo de sua face. Ele parecia tão ávido quanto os raptores.

Ver sua presa parar e virar-se claramente tinha confundido os horrores. Eles desaceleraram e começaram a gorjear uns para os outros, como se estivessem emitindo um alerta. Eles não tinham mais uma presa em fuga para apanhar. Então, começaram aquele horrível e típico andar de lado que usavam quando um oponente os encarava. As táticas assustadoras que os faziam ser tão temidos quanto as garras ou sua crueldade.

Pilar olhou para trás. "Corra, princesa!", ela berrou.

Mas Melodía não podia. Desesperada, ela olhava ao redor em busca de uma pedra para arremessar. Mas o campo tinha sido bem cuidado. Qualquer pedra grande o bastante para ser um projétil útil fora tirada do caminho há muitas gerações.

Ela ergueu o punhal para arremessá-lo. Então, percebeu o quão fútil e estúpido isso seria. *Provavelmente vou errar*, ela chegou a pensar. Mesmo se acertasse e matasse um, contra todas as chances, isso deixaria mais oito ou nove – e ela completamente desarmada. A senhora das armas caolha do Palácio dos Vaga-lumes a tinha ensinado melhor do que aquilo.

Pilar continuava andando para a frente. Aquilo claramente confundia os deinonicos. Eles podiam ser assustadoramente inteligentes, aqueles assassinos pequenos e emplumados. Mas aquilo era algo que até mesmo eles tinham dificuldade de compreender: uma presa que nem tentava lutar nem fugir, mas que caminhava diretamente em direção a eles.

Evidentemente, decidiram que seus truques tenazes de sempre serviriam.

Os dinossauros se dividiram. Um se acocorou diretamente no caminho de Pilar, rosnando ameaças. Os outros a circularam pela direita e pela esquerda.

Pilar nem sequer virou a cabeça para vê-los atrás de si.

Tenho de fazer alguma coisa, pensou Melodía, pulando de um pé para o outro. Mas sua mente lhe entregava somente branquidão.

Ela não conseguia se obrigar a correr. Aquilo nada tinha a ver com a exaustão que despedaçava seus pulmões e fazia as pernas se sentirem como macarrão fervido. Contudo, sua amiga estava se sacrificando, então, Melodía podia fazer ao menos isso.

Ela pensou em se atirar sobre as costas de um dos horrores que circundavam Pilar. Mas de que adiantaria? Se esfaqueasse um até a morte, os outros ainda assim acabariam com sua amiga enquanto ela o fazia.

O raptor à direita de Pilar sacudiu os braços. Ele eriçou as penas para mostrar suas extremidades creme e branca. Projetando a grande

OS CAVALEIROS DOS DINOSSAUROS

cabeça para a frente, abriu as mandíbulas para guinchar. O reflexo fez com que Pilar corresse para ele.

O horror à sua esquerda saltou sobre suas costas. Ela titubeou, mas manteve-se de pé quando ele afundou os dentes no ombro dela. As garras assassinas esquadrinharam as costelas em sangue sob a blusa branca larga. Gritando de ira, Pilar acertou a cara dele com o punho.

Ossos leves cederam. Sangue escorreu pelas narinas. O monstro soltou e se afastou gemendo.

Mas ele tinha feito seu trabalho. Os outros atacaram. Um saltou e agarrou a garganta dela com as mandíbulas e se segurou, enquanto as garras traseiras rasgavam a barriga da vítima. Os demais investiram de uma vez.

Pilar lutou furiosamente. Mas, além de mais pesados do que ela, as criaturas eram mais fortes e rápidas – e afiadas. Elas rapidamente a derrubaram. Agora, ela começava a gritar no que parecia ser mais fúria do que dor.

Sangue jorrava como uma fonte no sol. Pilar parou de gritar. Melodía gemia e se balançava.

Então, um horror ergueu a cabeça. Fora aquele que havia aberto os braços para atrair a atenção de Pilar; o maior, o líder do bando. Alguma coisa estava pendurada no seu focinho sem penas e ensanguentado. Alguma coisa como uma bolsa macia que pingava vermelho.

A pele nas costas das mãos e nuca de Melodía crepitou. Suas bochechas pinicaram. O monstro estava segurando o seio decepado da sua amiga na boca. Olhos amarelos se fixaram em Melodía. Uma crista azul brilhante ergueu-se em interesse.

A presa que não fugiu estava morta. Não havia mais diversão. E o líder da matilha de raptores ainda queria brincar.

Ele chicoteou seu rosto para o alto, arremessando o seio de Pilar no ar. Apanhando-o com os dentes, mastigou duas vezes e o engoliu. Então, emitiu um grito suave.

Os outros horrores ergueram a cabeça e, num uníssono espantoso, viraram-se para encarar Melodía.

O horror principal saltou por sobre o cadáver despedaçado de Pilar. Ele andou na direção de Melodía com a cabeça inclinada para a lateral, como se motivado pela curiosidade e não por intenções malignas.

VICTOR MILÁN

Melodía não se deixou enganar.

Nem vinte metros atrás dela as árvores acenavam. Ela não sonhou em alcançá-las. Assim que se virasse para correr, o monstro a alcançaria em três passadas.

Em vez disso, a raiva que estivera latente dentro dela por semanas explodiu como um vulcão.

"Venha, seu bastardo", ela gritou, brandindo a faca com ambas as mãos à sua frente. "Vou te mostrar como é ser estrangulado pelas próprias entranhas!"

A criatura recuou, surpresa. A crista voltou a se erguer. Então, apontou a cabeça para a frente e guinchou novamente.

A intenção era chocar a presa numa imobilidade momentânea, para então atacar. Em vez disso, ela gritou de volta, sem palavras e irada. Podia ser um desafio fútil, mas havia nascido de uma fúria tão terrível quanto qualquer coisa que fizesse o coração do horror se acelerar.

O líder da matilha saltou. Suas mandíbulas se abriram para abocanhar o rosto de Melodía.

PARTE III

REDENÇÃO

– 17 –

Corredor de Bosque, Corredor das Matas, Coureur de Bois
Um povo nômade que circula livremente pela Floresta de Telar, na parte oriental do Império de Nuevaropa, sem jurar fidelidade a qualquer reino ou condado. Rastreadores habilidosos, caçadores e arqueiros, os corredores das matas tendem a altercações com fazendeiros e citadinos, a quem desprezam chamando de Povo Sentado. Corredores das matas consideram o Povo Sentado arbitrário e mau, enquanto o Povo Sentado os vê como ladrões, não estando ambos totalmente equivocados.
– UMA CARTILHA DO PARAÍSO PARA O PROGRESSO DE MENTES JOVENS –

A bocarra aberta do líder da matilha de horrores parecia tão grande quanto os portões de um castelo guarnecido por espadas. Por dentro, ela brilhava em vermelho e amarelo.

Algo passou pelo ouvido de Melodía zumbindo como uma vespa furiosa, tão grande quanto um vaga-lume. Ela ouviu o *impacto*.

O raptor se contorceu no meio do salto. Penas se desprenderam dos braços e do corpo. Ele caiu, gemendo, a dois metros de distância, e rolou até quase chegar aos pés dela. Ela o observou, sem compreender

OS CAVALEIROS DOS DINOSSAUROS

o que havia acontecido e o motivo de aquelas mandíbulas longas e estreitas estarem estalando ante uma flecha negra que atravessava a sua garganta, em vez de cravadas em seu rosto.

Melodía sentiu um puxão para trás no seu braço com tamanha violência que ela quase caiu. Mal tinha saído de onde estava, a perna do horror atacou. A mortífera garra negra cortou o ar, passando a centímetros da sua barriga.

"Não fique aí parada", alguém gritou em seu ouvido. "Quer que essa coisa te abra ao meio?"

Melodía virou a cabeça. Uma jovem mulher trajando couro a segurava. Ela tinha um rosto ovalado e tranças amarelas penduradas de um capacete de ferro amarronzado.

"Talvez", respondeu, tendo perdido a sensação da realidade.

Então, mais coisas zumbindo passaram voando pelas duas mulheres, e a realidade retornou de forma abrupta, recolocada no lugar pelos gritos, esperneio e borrifos de sangue, ao que mais flechas acertaram os horrores que se alimentavam do cadáver de Pilar. E não só horrores; um caçador vestido de verde foi alvejado e caiu uivando e agarrando a barriga nua.

A comitiva de caça de Crève Coeur tinha parado a uma distância de trinta metros para ter uma boa visão do espetáculo, quando a matilha alcançou Pilar. Agora, Guilli encarava o horror morto diante de Melodía com um rosto mosqueado, que se inchava de ira e fúria.

"Léonide!", gritou ele. "Meu velho, meu bravo!"

O jovem cavaleiro à direita dele começou a sacar a espada. "Salteadores!", ele gritou. "Para a..."

Uma flecha negra atravessou seu olho direito. O grito foi abreviado e ele despencou da sela como uma grande trouxa de roupas.

Os cavalos dos caçadores recuaram e relincharam alarmados. Outro audacioso cabeça de balde sacou sua espada longa e investiu contra os arqueiros, homens e mulheres que, de repente, tinham se materializado atrás de Melodía.

Um cavalo castanho se adiantou, como se fosse de encontro a ele. Mas, em vez disso, sua montadora, uma mulher com colete de couro de chifrudo tal qual o da jovem que resgatara Melodía, virou para ficar de lado para o cavaleiro. Um dardo com penas voou rodopiando de sua mão, acertando o peito desprotegido do homem, que caiu para trás.

Um par de partidários, pensando rápido, agarrou a sela do cavalo do conde e fugiu da emboscada. Nenhuma flecha os buscou.

Um homem meia cabeça mais baixo do que Melodía se adiantou, ficando ao seu lado. Ele aproximou um pesado arco de chifre, retesando-o até a orelha e soltou a corda. Uma flecha preta atingiu a têmpora de um dos nobres que tentava tirar seu suserano dali. O arqueiro era Karyl Bogomirskiy, trajando seu habitual manto liso e escuro, com o cabelo preso num chumaço acima da cabeça.

"Acerte-o!", Melodía gritou. "Acerte-o, acerte-o, acerte-o! Guillaume está bem na sua frente! Por que você não atira?"

Ele olhou para ela com a frieza de um lagarto. "Guilli eu posso vencer. Salvateur é bom de verdade."

Guillaume parecia relutar em abandonar o campo. Com os olhos revirando, sua égua balançava a cabeça, relinchando e andando de lado enquanto o cavaleiro puxava as rédeas numa direção e seu montador na outra. Uma flecha atingiu a anca branca. Enquanto os batedores e os corredores das matas riam, ela guinchou e começou a recuar dando coices, na direção do acampamento de Crève Coeur.

Uma figura corpulenta passou por Melodía. Era Rob Korrigan, o queixo barbado afundado no peito, sem olhar para a direita ou para a esquerda. Ele caminhou diretamente até onde Pilar estava. Trazia na mão direita seu longo machado de senhor dos dinossauros.

Um par de horrores azuis adolescentes, mais corajosos do que os velhos – ou talvez só mais estúpidos – havia se esgueirado pelas matas rasteiras para dar mais alguns bocados na carne do corpo ainda quente da vítima. Um virou-se para encarar Rob conforme ele se aproximava, sibilando um alerta.

Com um golpe direto de seu machado, Rob dividiu a cara da criatura ao meio. A outra deu um bote. Ele esmagou a lateral do crânio com a cabeça do machado. Ignorando os dois raptores moribundos, parou e olhou para Pilar.

Rob Korrigan já vira muitas coisas pavorosas. Coisas demais para pensar que seria boa ideia ver o que a matilha de horrores fizera à sua amada.

Mas obrigou-se a tanto.

Sua visão se comprimiu num tubo. Ele não estava ciente dos seus joelhos cedendo, até batê-los contra o chão.

OS CAVALEIROS DOS DINOSSAUROS

Conseguiu apenas virar a cabeça para a lateral, a fim de evitar desrespeitar o corpo de Pilar com seu vômito.

Alguém pôs a mão sobre o ombro de Melodía. Ela virou-se; lágrimas escorriam por suas bochechas, mas a faca estava de prontidão. Ela quase se encolheu diante do que viu.

Uma mulher estava ao seu lado, mais alta do que ela, vestindo uma tanga e um farrapo verde de tecido ao redor dos seios. Trazia uma aljava cheia de flechas de penas verdes pendurada num ombro e um arco na mão. A pintura verde e marrom riscada em seu rosco não podia disfarçar a horrível cicatriz que havia por baixo.

Mas o brilho que emanava dos olhos verdes de Stéphanie era gentil, assim como sua rouca voz de contralto.

"Você foi muito corajosa", ela disse. "Encarou os horrores com nada além de uma faca e não hesitou."

Lágrimas corriam pelo rosto de Melodía. Elas queimavam como água escaldante.

"Não tão corajosa quanto ela", Melodía apontou a cabeça para Pilar.

"Não", respondeu a corredora das matas. "Mas até aí, quem é?"

Ela deu as costas e voltou para a floresta. As últimas palavras da amiga flutuavam na superfície da mente de Melodía: *Os Fae me puseram para tomar conta de você, princesa. Que eles a protejam agora*.

Melodía não acreditava que os Fae – os hada – existissem. Não mais do que Anjos Cinza. Nem mesmo os próprios Criadores.

Mas a Igreja ensinava que eles existiam – e que eram demônios, inimigos dos deuses. Será que sua companheira de toda a vida, sua amiga negligenciada por tanto tempo, poderia ter sido uma adoradora do demônio?

Ela deu a vida por mim, pensou Melodía. *Um adorador do demônio faria isso?* Ela meneou. *A única coisa que importa é que ela era minha amiga de verdade. E eu a deixei morrer.*

A montadora que matara o cavaleiro de Crève Coeur com a flechada se aproximou, trazendo o cavalo pelas rédeas.

"Venha, princesa", disse a mulher que a salvara de ser eviscerada pelo chute do horror. "Temos de ir. Guilli não vai perder tempo em reunir uma centena de cavaleiros e voltar atrás de nós, com sangue nos olhos. Vamos atear fogo no campo, mas do jeito que está furioso, isso não o deterá por muito tempo."

VICTOR MILÁN

Melodía escutou estalos e sentiu o cheiro de fumaça. A brisa não estava estagnada, mas soprava perceptivelmente de volta por sobre o campo. As ervas eram verdes demais para queimar de verdade, mas os talos dos grãos não.

Ela escutou gemidos e gritos vindos delas, onde guardas feridos estavam caídos. Ninguém pareceu inclinado a ir até eles e oferecer a misericórdia final antes que as chamas, movendo-se lentamente, os alcançassem.

Incluindo ela.

Melodía olhou para a mulher que a resgatara. "Nome?", ela rouquejou. De súbito, sua garganta parecia seca como barro queimado no forno.

"Perdão, Alteza?"

"Qual o seu nome?", ela conseguiu dizer. "Por favor."

"Valérie."

"Obrigada, Valérie", ela concluiu.

Mãos ajudaram-na a subir na sela do cavalo do nobre morto. Seus anos de treinamento e experiência em equitação assumiram o controle. Não importava o quão rápido o destacamento de Providence pudesse fugir da vingança do conde Guillaume, ela era capaz de acompanhar o passo e de manter-se na sela sem pensar conscientemente.

O que foi bom, já que, ao voltarem para as matas, Melodía afundou mais uma vez naquele abismo negro de dor, tão profundo que engoliu até mesmo a própria reprovação.

Os pensamentos de Rob eram negros, seu coração um pedaço de chumbo. Ele sentou-se sobre sua marchadora emprestada como se fosse um saco pendurado.

O grupo de resgate cavalgou para o lar por entre os campos de grãos num passo firme. Batedores ficaram para trás, a fim de manter um olho vivo em Guillaume – como vinham fazendo desde o instante em que ele cavalgou para dentro do vale, indo para o leste ao longo do Lisette. Mesmo trajando apenas a parte superior das armaduras, era improvável que eles cavalgassem tão rápido quanto cavalos leves. Especialmente após os corredores das matas ferirem um ou dois em espertas emboscadas.

"Você está bem?", Karyl perguntou a ele, cavalgando Asal, ao seu lado.

Após um momento, Rob se remexeu para erguer o queixo um pouco da clavícula. "Ela era só uma garota." Sua voz rangeu como se fosse uma engrenagem enferrujada. Karyl nada comentou.

OS CAVALEIROS DOS DINOSSAUROS

Rob continuou a cavalgar. Karyl continuou sem nada a dizer. Enfim, Rob grunhiu.

"Maldito seja você!", ele bradou.

"Isso é redundante, eu suspeito."

"E você afirma que não é bom em manipular os outros."

"Eu sou bom em obter resultados", Karyl respondeu. "Até fracassar horrivelmente e trazer morte e devastação a todos que me cercam. Tenha isto em mente, meu amigo: se continuar a cavalgar ao meu lado, só haverá mais perda, miséria e coisas ainda piores pela frente."

Mas aquelas palavras não penetraram mais a tristeza de Rob do que a chuva penetra as costas de um piça-pau.

Ele respirou fundo.

"Quando eu era jovem", disse Rob, "tive uma irmã. Seu nome era Alys. Ela era um ano e meio mais velha do que eu e, quando era garoto, ela tomava conta de mim. Sempre que minha língua idiota me punha em apuros, ela vinha me defender. E isso era frequente, já que naquela época, eu tinha ainda menos tato do que hoje em dia.

"A Alys era tão esperta quanto doce. E tão bonita quanto um recém-nascido. Não havia penas que ela não pudesse amaciar, não importava o quanto seu irmão caçula as amarrotasse. Todo mundo adorava ela.

"Veio um crepúsculo em que eu estava com dezenove anos e ela, vinte e quatro. Lembro claramente. Tínhamos estacionado as carroças para passar a noite. Desatrelamos os chifrudos e os deixamos pastar. Uma comitiva de quatro nobres apareceu montando caminhantes. Caras jovens, talvez pouco mais velhos do que Alys. Eles estavam caçando. E bebendo aos montes, o que ficou claro. O sangue de cabeça de balde deles estava quente.

"Para encurtar a história, eles viram a minha irmã e gostaram dela. Então, a tomaram."

Ele teve de apertar os olhos. *Não sei por que não quero que ele veja as minhas lágrimas*, ele pensou. *Mas não quero.*

"Eles a jogaram de volta no acampamento nas primeiras horas da manhã. Como uma bravata, creio. Ela estava... eles a usaram. Muito. Alys estava sangrando..."

Rob suspirou.

"Sangrando de todos os lugares... Alys, meu anjo, minha querida irmã. E seu rosto cheio de hematomas e inchado. Até o nariz dela estava quebrado. Ela me olhou nos olhos e disse: 'Rob, não chore por mim, por favor. Encontre sua própria beleza na vida'."

Eles cavalgaram mais um pouco; os cascos dos cavalos soando fora de sincronia. Adentraram uma floresta de pinheiros onde trepadeiros de penas verdes e amarelas perseguiam uns aos outros, por entre os ramos. Os homens e mulheres que vinham atrás ficaram num estranho silêncio; a animação anterior suprimida como reação ao calor do meio-dia.

"O que aconteceu de verdade?", perguntou Karyl.

"Ela morreu, gemendo e agonizando, e não disse mais nenhuma palavra coerente que alguém tenha escutado", rosnou Rob. "O que acha que aconteceu?"

Ele virou-se e cuspiu num arbusto, onde moscas verdes se aglomeravam sobre o corpo de alguma coisa caída.

"Mas o descanso... isso foi fiel às palavras dos Criadores, em cada sílaba", disse Rob. "Sei que você não tem motivos para dar crédito a isso. Narrei muitas mentiras sobre o meu passado e talvez volte a fazê-lo. Mas isso foi verdade. Foi o que aconteceu à minha irmã. Eu a amava e falhei com ela. Por causa dos malditos nobres."

Ele estremeceu ante o esforço de conter a virulência que crescia dentro de seu corpo. "Agora, o fiz novamente."

"Por isso os odeia?", Karyl perguntou.

"Sim. Tudo aquilo que amo me foi tirado pelos bastardos de sangue azul."

"Eles são bons nisso. É o que fazem."

"Ainda assim, você mesmo é um nobre."

"E viu o bem que causei." O amargor na voz de Karyl se equiparou ao da garganta de Rob.

Rob meneou. "Karyl Bogomirskiy, nunca vou te entender."

"Com isso, somos dois."

Eles cavalgaram um pouco em silêncio. Karyl havia enviado Melodía, bastante abalada, de volta para a quinta do Jardim – protegida por uma escolta armada, mas não sob guarda. Rob protestou: como saber se ela não pretendia vendê-los?

Karyl perguntou que moeda o conde de Crève Coeur poderia oferecer à Princesa Imperial. Talvez proteção – mas por mais que Melodía tivesse provado ser ingênua, ela sabia perfeitamente que o império

OS CAVALEIROS DOS DINOSSAUROS

exigiria que Guillaume a entregasse, e ele não teria escolha, senão concordar ou encarar as consequências. Com a melhor das intenções do mundo – que poucos já acusaram o conde de Crève Coeur de possuir – ele jamais faria algo assim por um estranho, com quem não tinha parentesco.

E a princesa provara ser risivelmente ingênua, de fato. Se alguém tivesse um senso de humor suficientemente cruel.

Apesar da dor e do choque que sofrera diante da penúria que levara aos seus amigos, Melodía se mantivera sob um controle rígido, enquanto respondia de forma lúcida e completa o interrogatório feito por Karyl. Nem mesmo Rob Korrigan, que tinha todos os motivos para injuriá-la, pôde negar que sua contrição era verdadeira.

Ela explicou, com o rosto acinzentado e os dedos se contorcendo como cobras, que pretendia conversar com o inimigo, na esperança de entrar em acordo. E, caso isso falhasse, tentar apelar para o lado bom da natureza dele.

Infelizmente, Guillaume não o possuía.

Karyl olhou para Rob.

"Chegou a hora", ele disse. "Libere seus grupos de humanos raptores. Faça com que persigam os batedores e espiões de Guillaume. Mate-os sem piedade, mas o faça com rapidez."

"Todos?"

"Todos. Quero Guillaume às cegas. Completamente. Não podemos impedir todas as pilhagens dele. Mas podemos fazer com que envie comitivas grandes e lentas, protegidas por escoltas armadas."

Rob assentiu. "Meu pessoal vai adorar essas ordens."

"Peça aos corredores das matas para que não se segurem mais... impulsos elaborados para retribuir o que os salteadores fizeram. Não é que eu não vá sentir por eles, pois atrocidade não é como guerreio. Mas não temos mais tempo para jogos."

"Então não vamos ser quadrados", Disse Rob. "Gaétan sempre foi uma influência civilizadora sobre Stéphanie. E percebi que o irmão dela faz o que ela diz."

"Então vou falar com o rapaz. Não quero que ele seja civilizado demais agora. Do contrário, ela não terá muito mais utilidade do que aquela pobre princesa idiota e mimada."

Rob começou a rir. Saiu como um grunhido.

VICTOR MILÁN

"Ainda acho que resgatamos a garota errada."

"Diga aos seus batedores, especialmente os que montam cavalos leves, para correrem o mínimo de risco possível. Dito isso, quanto mais cutucarem o traseiro largo de Guilli, melhor. Peça que eles queimem algumas tendas, que espantem alguns cavalos e que metam flechas em alguns bicos de pato de guerra. Eles não causarão muito dano, mas não será este o objetivo. O objetivo é que a raiva emburrece as pessoas."

"Cabeças de balde já são burros, capitão."

"De fato. Mas os quero tão burros quanto possível. Especialmente o conde. E não se esqueça... Salvateur é qualquer coisa, menos burro."

"Sim", Rob concordou. "Aquele facínora sasanach não tem nada de burro mesmo."

"Então, diga ao seu pessoal o quanto quero que eles perturbem o conde Guillaume", Karyl completou. "Até que a fúria dele supere a voz da razão de Salvateur."

Apesar de tudo, Rob viu-se rindo. Talvez mais alto do que a situação pedia.

Enfim, ele se recompôs. Enxugando uma lágrima do olho – principalmente de júbilo – balançou a cabeça, admirado.

"Ah, Karyl Bogomirskiy", disse. "Deveriam renomear a antiga canção em sua homenagem. *Você é* um homem que não se encontra todo dia."

"Sem dúvida Paraíso é um bom lugar para isso", Karyl disse. "Agora parta. Provavelmente vamos encarar Crève Coeur amanhã. E, quando o fizermos, o quero furioso a ponto de atacar a Grande Sally de frente."

OS CAVALEIROS DOS DINOSSAUROS

– 18 –

Dinero, Dinheiro
Apesar da variação de nomes regionais, nossa moeda é padronizada por todo o Império de Nuevaropa: o Trono de 32 gramas de ouro equivale ao valor de 20 pesetas; a Corona, 16 gramas de ouro, equivale a 10 pesetas; o Imperial, 8 gramas de ouro, equivale a 5 pesetas; peseta, 32 gramas de prata, valendo 1/20 trono ou 4 pesos; peso, 8 gramas de prata, equivale 1/4 de uma peseta; e o Centimo, 8 gramas de cobre, vale 1/100 de um peso.
– UMA CARTILHA DO PARAÍSO PARA O PROGRESSO DE MENTES JOVENS –

"Certo", disse Rob, desgostoso. "Você venceu."

Ele jogou um peso de prata para Karyl. O outro o apanhou no ar, enquanto olhava ao redor.

Estavam num aclive, com seu exército em volta deles. A montaria de Rob havia feito um imaginário monte funerário sobre alguns antigos mortos de batalha. Diante deles, um vale verdejante, com flores azuis e púrpuras, se estendia até onde uma fileira de juncos marcava o curso de um pequeno riacho, a meio quilômetro dali. Então, a terra voltava a se angular por mais ou menos um quilômetro, até um cume mais alto e íngreme do que aquele.

Não foi o medo supersticioso de fantasmas que arrancou um arrepio da espinha de Rob. Das matas que coroavam a linha do cume, surgiram cavaleiros de dinossauros. Proteções de aço para os rostos dos dinossauros reluziam à luz do sol da manhã, que já havia picado os braços desnudos de Rob. Penas azuis e verdes flutuavam das lanças erguidas.

As cores de Crève Coeur.

"Então você estava certo, meu capitão", Rob comentou. "Foi mesmo bem fácil atrair Guilli até nós."

"Até aqui."

A matança do seu amado grupo de horrores, junto de um punhado de batedores e alguns dos seus favoritos – isso sem contar a humilhação pessoal de vê-lo ser feito bem debaixo do seu nariz – tinha cutucado o orgulho do conde da mesma forma que uma flecha de um corredor das matas furara o lombo da sua montaria branca. Ele reunira o exército e marchara para o leste, diretamente para a cidade de Providence.

A marcha fora lenta. O que era natural, já que o bom conde se recusara a deixar para trás a enorme cauda formada por carros com bagagens, seus vassalos cabeças de balde e aliados. Os batedores de Rob os tinham interceptado em plena rota com chuvas de flechas e xingamentos. Embora desferidas de uma distância que pouco dano pudesse ser causado de ambos os lados, eles cumpriram o que lhes fora designado.

Não importava o quão furioso seu comandante estivesse, os invasores não marchariam a noite inteira, especialmente através da densa floresta onde se encontravam quando o sol se pôs ao leste. Eles armaram acampamento temporário e nem todas as suas sentinelas haviam sobrevivido à noite. Pelo menos uma dúzia de tendas e carroças com suprimentos tinha sido incendiada.

Mais uma vez, não passava de uma picada de vespa. Mas Guillaume e suas tropas não gozaram de uma noite de descanso. E o conde não se encontrava num humor plácido e contemplativo quando tornara a marchar pela manhã.

Ataques de dardos leves e flechas haviam recepcionado os Corações Partidos pela manhã. Guillaume investiu com fúria determinada na

VICTOR MILÁN

direção em que os ataques haviam sido piores. Em sua ânsia de pôr as mãos no inimigo, até chegou a abandonar a larga e bem cuidada Estrada Ocidental, agora dois quilômetros ao sul, em prol do que era basicamente uma trilha de cabras.

"Como foi que ele mordeu a isca com tanta facilidade?", Rob inquiriu. "Tudo bem, Guilli é um idiota, mas Salvateur... como dizem os nortenhos, o homem tem uma cabeça grande sobre os ombros."

Aquela era a típica ironia amarga irlandés: os nortenhos selvagens, com seus botes draconianos no formato de serpentes do mar, não eram nem súditos do império, nem seus amigos. Pela maior porção do século, haviam assegurado as ilhas ao norte da Terra Ayr, onde com alguma frequência praticavam o escambo e, com apenas um pouco menos de frequência, invadiam. Eram uma praga tão cruel sobre os ayrish quanto seus suseranos anglés. Ou quase.

"O orgulho ferido de Crève Coeur gritou mais alto do que a voz da sabedoria de Salvateur", replicou Karyl. "Vamos conceder ao conde seus méritos. Ele sempre foi bom em nos encontrar e destruir, de modo que a província perdeu completamente não só os meios, como a vontade de resistir. Ele quer nos enfrentar agora, onde quer que estejamos. Afinal, em seu íntimo, sabe que vencerá."

Karyl deu um sorriso. Rob esperava com fervor que seu capitão jamais sorrisse daquela maneira, se estivesse pensando nele.

Estava um belo dia. O sol brilhava, lançando um branco intenso através das nuvens. As Montanhas Blindadas, enganosamente próximas à direita, formavam uma muralha azul irregular. A brisa soprava firme do norte ao longo do vale baixo, cobrindo a maior parte dos milhares de ruídos do exército, os murmúrios e tinidos dos metais, com o farfalhar da grama e seus próprios sibilos e estrondos naturais. Ela também levava a Rob e Karyl os odores bolorentos dos dinossauros de guerra, posicionados à direita do ponto de vantagem. Karyl mantinha o acampamento limpo, o que significava que aquele era o pior odor que provavelmente encontrariam. Até que sangue e substâncias mais fedorentas começassem a se derramar, claro.

O olor das flores de outono trazia uma pitada curiosa de canela.

"Pensei que nenhum plano sobreviveria ao primeiro contato com o inimigo", disse Rob, com certo amargor.

"Nós não fizemos contato", Karyl respondeu. "Ainda."

OS CAVALEIROS DOS DINOSSAUROS

Ele tinha disposto os soldados de Providence em fileiras ao longo do declive do vale, bem no caminho do inimigo. A maioria estava sentada em meio às flores selvagens, com as armas ao seu lado. Murmúrios e uma agitação nervosa os atravessaram assim que viram os cavaleiros inimigos surgirem.

Com os sentidos aguçados pela necessidade de seguir as reações do público, Rob detectou ansiedade e apreensão entre os homens e mulheres que aguardavam. Camponeses e citadinos simplesmente não resistiriam contra nobres montados em cavalos blindados. Quanto mais monstros de três toneladas.

Eles são sem dúvida uma visão apavorante, Pensou Rob, ao mesmo tempo em que seu coração de senhor dos dinossauros acelerou ante a beleza de três dezenas de bicos de pato de guerra despontando lentamente no distante cume, vindo na direção deles num lento andar bípede. Já a cavalaria, que se abria em ambas as alas, era outra coisa; cavalos pesados o assustavam até a alma. Sabia que dinossauros eram mais mortíferos, que um hadrossauro poderia pisotear um cavalo de guerra blindado com muita facilidade, e esmagar três de uma vez só com a cauda. Mas, para Rob, dinossauros de guerra eram iguais ao mar para um marujo: ele conhecia seus perigos e os respeitava, encontrando-se em seu próprio elemento. Cavalos eram de outro mundo.

A Pequena Nell estava na extremidade do monte, comendo samambaias sob o olhar de uma fazendeira de cabelos castanhos que se pareciam com um esfregão. Rob tinha uma equipe adequada agora, criados dos dinossauros jovens e afoitos, a quem ele aterrorizava com alegria, mesmo que sem o genuíno espírito de maldade que parecia mover seu próprio antigo mentor. Morrison era um senhor dos dinossauros scocés, pouco mais velho do que Rob agora, cujos punhos, iguais a um martelo, eram a principal ferramenta de ensino. Enfim, os dinossauros de Karyl estavam tão prontos para a guerra quanto possível, e Rob sabia que, caso tivesse visto qualquer outra boa notícia, estaria mais calmo.

Wanda, o machado de Rob, um escudo redondo e um capacete de aço estavam pendurados de ambos os lados da sela de Nell. Rob vestia um pesado colete de couro de sacabuxa, com feixes de aço preto na frente, e saiotes divididos de couro, com ornamentos menores que cobriam a parte dianteira das pernas. Eles causavam certa irritação, especialmente as partes rígidas nas axilas e as extremidades superiores das botas grossas com taxas. Mas impediriam que seu próprio corpo fosse perfurado por lâminas de metal quando a tempestade começasse. Mesmo assim, se sentia feliz por não estar fervendo como os cavaleiros que vestiam as couraças de metal.

Alheio a tudo, Karyl guardou a moeda que Rob lançara numa algibeira pendurada no cinto. Ele vestia uma robusta jaqueta de pele de chifrudo e um elmo sem visor, basicamente um capacete de aço de face aberta, com um faixa para proteger os olhos de um ataque baixo. Na bainha em sua cintura, trazia uma espada convencional com cabo em forma de cruz. Usava botas altas e calças folgadas de seda branca. Na verdade, ele poderia ser só mais um dos montadores de cavalos leves de Rob.

"Você não liga muito pro dinheiro, não é?", Rob perguntou. "Afinal, que tipo de mercenário é você?"

Sargentos começaram a gritar para pôr a milícia de pé. No flanco direito, a força de doze cavaleiros de dinossauros montava seus hadrossauros de guerra, que começaram a sacudir a cabeça com belas cristas e a emitir saudações gentis aos outros de sua espécie. À esquerda, cinquenta homens armados aguardavam montados em cavalos. No centro, meio milhar de lanceiros, homens e mulheres, grunhiam e agitavam suas armas – bastões de quatro metros com extremidades de meio metro de aço polido e pontiagudo.

Na frente, havia uma centena de homens e mulheres com arcos curtos. A maior parte não vestia nada além de tangas, e nenhum usava armadura. Ao lado deles, vinte e cinco guerreiros aguardavam, armados com bestas poderosas, porém de manipulação lenta, e ainda havia cinquenta arqueiros em cotas de malha. Para protegê-los, uma barreira feita de troncos-de-fadas fora montada; estacas de pontas afiadas, inclinadas para a frente.

Atrás do corpo principal, na parte de trás, uma infantaria reserva blindada aguardava: por volta de cento e cinquenta escudos da casa e mercenários. Cinquenta tinham cavalos para carregá-los, embora na hora da luta, seguissem a pé. Nas planícies além, as carroças com suprimentos estavam estacionadas numa formação redonda, todas encadeadas por correntes que ligavam a ponta à traseira, da mais periférica à mais próxima. Elas eram protegidas por seguidores do

OS CAVALEIROS DOS DINOSSAUROS

acampamento e por seus próprios condutores, armados com bestas, lanças e machados.

Embora muitos fossem crianças – nenhuma treinada em combate –, elas lutariam com ferocidade amadora contra qualquer um que tentasse pilhar os suprimentos.

E, na frente de tudo, bem no centro, havia seis poderosos dinossauros com castelos de combate montados em suas costas, movendo suas enormes cabeças para lançar desafios a inimigos que mal conseguiam divisar. Proteções de aço reluziam na ponta de seus longos chifres marrons. Placas moldadas no couro encerado de seus primos chifrudos menores protegiam seus rostos, como as de metal o faziam com cavalos de guerra e hadrossauros.

"Devo oferecer uma canção a eles?", Rob perguntou, apanhando o instrumento que trazia pendurado nas costas: sua flauta de estimação.

"Se acha que fará algum bem", respondeu Karyl.

Rob caminhou por entre as estacas para ficar ao lado dos trichifres.

Uma batida em seu alaúde atraiu as atenções para si. Ele começou a tocar e a cantar *Um Velho Bastardo Sou Eu.* A canção era uma favorita das tavernas, escrita anos atrás por um tal Rob Korrigan. Quando terminou, o exército inteiro parecia estar cantando e rindo da letra ridiculamente obscena.

Rob não sabia bem o que os homens e mulheres nobres que estavam nos flancos pensavam daquilo – exceto pelo barão Côme, cuja voz de barítono se destacara claramente em meio a todo o turbulento coral.

Quando a música terminou, Karyl cavalgou até o lado de Rob. Ele ficou um instante observando aquele pequeno exército com seus olhos draconianos escuros.

"Homens e mulheres", ele gritou. *Para um homem de fala tão mansa,* Rob se maravilhou, *ele com certeza consegue fazer sua voz soar como trompetes.* "Filhos de Providence! Hoje vocês enfrentarão um enorme perigo... e uma enorme oportunidade.

"Sabem pelo que estamos lutando. Pelos seus vizinhos e entes queridos. Pelos seus lares. Pela sua colheita e seus rebanhos. Por seu sustento. Por suas vidas.

"Alguns de vocês vivem longe deste campo. Lembrem-se que aqui se encontra sua única chance de salvar tudo aquilo que consideram precioso.

"Nem todos viverão para ver o sol se pôr no leste. Mas, se fizerem como lhes foi ensinado e, acima de tudo, se lutarem como se estivessem protegendo a porta de entrada de seus próprios lares, com seus filhos às costas, então venceremos. Quer nós resistamos ou tombemos, aqueles por quem lutamos viverão em segurança e livres!"

O exército irrompeu em ovações. Até mesmo a maioria dos lordes e seus partidários se juntaram ao coro. Poucos permaneceram sentados em suas montarias, com expressões severas.

"Então, como vai ser?", Rob perguntou suavemente quando os aplausos diminuíram.

Os montadores de Crève Coeur estavam a menos de um quilômetro de distância. Eles também estavam, tal qual Karyl pretendia, cavalgando bem adiante, o que começava a ficar claro agora que se aproximavam. "Nós realmente temos chance, capitão?"

"Sim", Karyl retorquiu. "Nosso povo vai proteger uns aos outros. Crève Coeur traz consigo servos, infelizes e pessoas forçadas. E meros guerreiros."

"Meros guerreiros?"

"Um guerreiro luta pelos seus apetites. Pela ânsia de pilhar, pelos estupros e pelo sangue, pelo que é mais fácil e melhor. E pelo chefe da sua tribo. Mas não importa o quanto diga a si próprio que serve, quando o sangue esquenta, ele fará qualquer coisa que lhe vier à mente em busca da glória pessoal."

"Então, o que é você, senão um guerreiro?"

"Um profissional. Por isso nós sempre vencemos, a Legião e eu."

A voz dele pareceu assombrada. "Lutávamos como artesãos. Até você nos esmagar com seu estratagema. E aquele bastardo de cabelos laranja nos apunhalar pelas costas."

"Então, há diferença entre um guerreiro e um profissional?"

Rob perguntou para tergiversar. Ele sabia que seu amigo era um mestre em sua arte de escolha, mas ao mesmo tempo não queria que Karyl se distraísse por lembranças infelizes.

Trazido subitamente de volta aos negócios, Karyl tirou seu arco de dentro do estojo de pele de monstro do mar, pendurado na sela de Asal.

"Soldados profissionais lutam por suas vidas e pela de seus companheiros. Pela vitória. E pelo pagamento."

OS CAVALEIROS DOS DINOSSAUROS

Deslizando um anel de jade desgastado pelo uso, Karyl testou o retesamento do arco, ficando evidentemente satisfeito.

"E quanto à glória?", Rob perguntou.

Karyl riu. "Esta é a marca do profissional: saber que não existe tal coisa."

"Então, pagamento... mesmo? Você não liga para o ouro, não mais do que liga para aquela moeda que lhe joguei. Sequer chegou a notar que era cobre e não a prata prometida? Que tipo de mercenário é você, Karyl?"

"Há outra moeda além do ouro e da prata", observou Karyl. "Há coisas às quais eu preferiria ter dedicado toda a minha vida, meu amigo, a aperfeiçoar minhas habilidades de combate em todas as escalas. Mas foi para aqui que a vida me trouxe."

"Agora, lutar com toda a minha vontade e a minha habilidade me dá propósito. Ou talvez seja uma ilusão. Mas terá de bastar até que eu termine a minha busca."

"E que busca é essa?"

Mesmo com a morte literalmente marchando na sua direção, Rob estava hipnotizado por aquele vislumbre da alma torturada de seu companheiro. Ele sabia que seria fugaz e sentiu-se inclinado a agarrar qualquer coisa que conseguisse obter.

"Eu busco *respostas*", disse Karyl com suavidade. "Por que estou aqui? Por que *nós* estamos aqui, homens e mulheres, neste mundo Paraíso, onde parecemos tão deslocados como um titã num salão real?"

Ele deu de ombros. "Ou busco a paz da morte. E esta já me desapontou algumas vezes."

Passando o arco para a mão esquerda, ele estendeu a mão direita para Rob. Após um momento estático, Rob agarrou-a, trancando seu antebraço no dele. O de Karyl parecia ser feito de cabos de aço.

"Agora, é hora de começar", Karyl disse. "Que a sorte do irlandés esteja ao seu lado, meu amigo."

Rob sorriu amargamente.

"É melhor que ela esteja mesmo", ele disse. "Ou estaremos francamente fodidos."

OS CAVALEIROS DOS DINOSSAUROS

– 19 –

Gancho, Chifre de Foice
*Einiosaurus procurvicornis. Um animal com chifre na testa
(dinossauro ceratopsiano) da Anglaterra, onde são feras populares
para puxarem carros: quadrúpede, 6 metros de comprimento, 2 metros
de altura, 2 toneladas. Batizados por causa do enorme chifre em
forma de gancho nasal. Dois chifres menores, mais longos, se projetam
do topo do pescoço. São calmos, a não ser quando provocados.*
– O LIVRO DOS NOMES VERDADEIROS –

Ao que os cavaleiros de Crève Coeur aceleraram o passo até um trote, Karyl sacou a espada e a ergueu. Aprendizes de rosto rubro da cidade de Providence sopraram trompetes como se estivessem tentando compensar com entusiasmo a falta de habilidade. Das matas que cercavam ambos os lados dos picos de Providence, uma centena de homens e mulheres montando cavalos leves apareceu. Quarenta traziam corredores das matas na garupa, com arcos nas mãos. Os batedores investiram contra o inimigo como um enxame de abelhas.

OS CAVALEIROS DOS DINOSSAUROS

Rob assistia do topo do aclive. Ao lado dele, estava Gaétan, cuja montaria Zhubin agora emparelhava ao lado da Pequena Nell, com o bico enterrado num arbusto de flores. O jovem mercador vestia uma couraça simples para proteger o peito ainda ferido. Ele trazia o próprio arco de chifre e uma aljava pendurada sobre o ombro protegido pelo aço.

Gaétan e Eamonn Copper comandavam a tropa a pé. Os reservas da infantaria profissional eram liderados pela tenente-chefe de Côme, Mora Regina, uma bela imigrante de Ruybrasil. Ela era reservada, com a pele da cor de café e olhos como safiras, e nada impressionada pelos galanteios de Rob Korrigan. E tudo bem, ele disse a si próprio; ela, com aquelas suas longas pernas, era uma cabeça mais alta do que ele – o que, na experiência dele, sempre dificultava o acasalar.

O papel de Rob na batalha iminente era apanhar os relatórios de seus batedores, determinando sua utilidade. E tentar não morrer.

Trinta cavaleiros de dinossauros de Crève Coeur chegaram, seguidos por uma centena de outros montando a cavalaria pesada. Na dianteira vinha o conde Guillaume, resplandecente numa armadura dourada, com seus símbolos no peito. Seu dinossauro era um sacabuxa azul, de barriga dourada. Ao seu lado, Salvateur montava um parassaurolofo preto, tigrado de creme. Sua armadura era de metal natural fosco, a insígnia preta e dourada. Atrás deles, todos os homens traziam um padrão exibindo suas armas, e penas azuis e verdes se pronunciando de todas as lanças erguidas.

A uma centena de metros dos focinhos dos dinossauros de Crève Coeur, os cavalos leves pararam. Os corredores das matas saltaram das traseiras sobre a grama verde, na altura da cintura. Os jovens cavaleiros de Rob continuaram em frente.

Entusiasmados após uma noite passada massacrando os guardas e batedores de Crève Coeur e uma manhã inteira perturbando o exército principal, eles não sentiam qualquer fadiga. Nem medo. E nem – Rob percebeu com um aperto no coração – qualquer bom senso. Eram jovens, cheios de si e se sentiam imortais. E lhes cabia uma dose súbita e bruta de realidade. Se pudesse dar-se o luxo, Rob teria chorado por eles antecipadamente.

Vai haver tempo para isso depois, pensou ele, *se a Dama permitir que eu sobreviva.*

VICTOR MILÁN

Os cavalos leves enxameavam de ambos os lados da coluna inimiga, aproximando-se dos cavaleiros de dinossauros para disparar dardos, setas e zombarias. Os corredores das matas disparavam seus arcos longos. Os cavaleiros tinham de confiar em sua armadura e resistência; nem os dinossauros, nem os cavalos que os seguiam, podiam apanhar os impertinentes montadores.

Os arqueiros de Crève Coeur teriam massacrado os cavalos leves, despidos de armaduras, mas, para o azar dos invasores, eles ainda estavam marchando pela Estrada Ocidental, meio quilômetro atrás.

Um bom terremoto, um grito de hadrossauro, teria espalhado os corredores das matas e os cavalos, feito vários tombarem com sangue escorrendo pelos ouvidos, talvez até matado alguns. Mas Guillaume não teria dignificado aqueles vermes com uma arma tão nobre. O grito silencioso era reservado para um oponente que fosse mais do que uma mera perturbação.

Que era tudo que os cavaleiros de Rob podiam oferecer. Nem flechas de arcos curtos ou setas de bestas conseguiam penetrar as couraças de aço, qualquer que fosse a distância. Elas nem sequer penetravam o couro grosso dos bicos de pato de guerra.

Mas feriam os monstros. Grandes dinossauros de guerra com cristas urravam de dor. As alas dos cavaleiros de dinossauros se agitavam conforme as montarias recuavam e se sacudiam.

Os bicos de pato eram tão grandes e poderosos que a coesão significava bem menos para eles do que para a cavalaria mais pesada. Mas a desordem coloca cavaleiros de dinossauros em desvantagem contra outros cavaleiros de dinossauros – e os deixa ainda mais vulneráveis aos chifres de tricerátopos.

Mas o que contava não eram as aflições menores a sacabuxas e morriões e sim incomodar os egos titânicos dos nobres cavaleiros. Especialmente o do conde Guillaume. Eles eram os verdadeiros alvos da barreira, quer fossem mirados por palavras ou por metal.

Karyl tornou a acenar com a espada. Os trompetes deram um novo sinal. Os arqueiros com seus arcos curtos que integravam o corpo principal do Exército de Providence deixaram a segurança das suas afiadas estacas. Eles correram por uma centena de metros à frente dos trichifres para lançar seus próprios voleios de flechas e escárnios nos cavaleiros inimigos.

OS CAVALEIROS DOS DINOSSAUROS

Os projéteis caíram inofensivos sem nem atingir o córrego, agora no meio do caminho entre ambos os exércitos. Mas o objetivo deles não era acertar o oponente. Como os esforços impertinentes dos batedores, eram puro desaforo – e esse era o ponto. Garotos e garotas rudes e esfarrapados, aprendizes da cidade ao lado de camponeses, não deveriam ousar erguer as mãos contra seus superiores. Era uma afronta à Natureza e à Ordem sagrada de Torrey.

Alguns se viraram e mostraram os traseiros para os cavaleiros.

A cavalaria leve de Providence continuava a flanquear os cavaleiros de Crève Coeur, mantendo-se fora do alcance. Rob viu um dardo com penas ricochetear no escudo de ninguém menos que o próprio conde Guillaume. Enquanto isso, os corredores das matas continuavam a aparecer em meio à vegetação alta, disparando, somente para tornar a desaparecer.

A paciência dos invasores se esvaiu. Rob escutou as vozes de Crève Coeur gritarem de fúria, abafadas pelos visores que os protegiam dos projéteis.

Enormes esporas de prata golpeavam os flancos espalhafatosos dos hadrossauros. Os bicos de pato dobraram as garras sobre o peito como boxeadores e dispararam num galope bípede.

O barão Salvateur tentou conter os camaradas, mas Guillaume não quis saber. Transbordando de raiva, ele quase atropelou o sacabuxa preto do seu tenente com seu bico de pato azul, determinado a manter a dianteira do rápido avanço dos cavaleiros de dinossauros. Atrás dele, a cavalaria impelia os cavalos num largo galope.

Os Corações Partidos se aproximavam de um meandro de grama alta em meio às ervas, que marcava o curso escondido do riacho. Ainda a quinhentos metros das fileiras de Providence, eles estavam distantes demais para atacar com eficiência. A fúria os fez investir em linha reta o mais rápido que podiam sem prejudicar as montarias. Eles estavam afoitos para entrar no campo de alcance onde poderiam atacar a massa de camponeses que permanecia obscenamente estática, desafiando-os.

A cavalaria leve se afastou para dar espaço aos cabeças de balde. Não havia nenhum corredor das matas à vista. Rob não temia por eles. Eles se escondiam dos nobres desde que nasceram.

Terror e exaltação lutavam dentro de seu peito ao que a avalanche de aço reluzente e de escamas, cores e barulhos, lançava-se sobre eles.

VICTOR MILÁN

As quatro fileiras de lanceiros barbados de Providence postadas antes do montículo oscilavam e murmuravam nervosamente.

Ele esperava que resistissem. Ele, ao menos, já havia enfrentado o poderio terrível de cavaleiros encouraçados e seus dinossauros antes. A milícia não poderia nem sequer imaginar como seria.

De sua parte, os arqueiros de arcos curtos riam e brincavam uns com os outros ao que voltavam para a segurança dos troncos-de-fadas. Alguns assobiavam para o inimigo, como se aquilo tudo fosse algum tipo de festival regional, e os dinossauros de três toneladas não passassem de pantomimas feitas de paus e seda, com foliões bêbados dentro.

Rob esperava que uma quantidade pequena morresse por causa de suas ilusões.

Os cabeças de balde também terão uma surpresa, pensou ele numa antecipação maligna.

Assim, com um esparrinho audível sobre todo clamor colossal, as cornetas e batidas, o orgulhoso conde Guillaume e seus trinta cavaleiros de dinossauros mergulharam no brejo que a vegetação alta ocultava.

Lama espirrou para o alto como os arcos de um modesto arco-íris.

Os bicos de pato se ergueram, jogando para trás as cabeças cristadas e rugindo em surpresa. Diversos cavaleiros distraídos pelo movimento da batalha foram sacudidos quando, como troncos de árvores, os pescoços de suas montarias se ergueram sem aviso.

Embora desacelerando para um trote, os hadrossauros prosseguiram. Apesar de retardados por uns bons quinhentos quilos, somados os pesos dos cavaleiros e de suas próprias blindagens – fossem equipamentos equestres pesados ou as placas de couro de dinossauro que protegiam o peito e as ancas –, um bico de pato de pé era mais do que capaz de lidar com a lama.

Logo atrás, a cavalaria não se saiu tão bem. Cascos mergulharam fundo dentro da lama. Os alazões relincharam quando suas pernas se partiram. Cavaleiros foram arremessados, aterrissando na sujeira.

Houve um choque entre as alas de trás e as dianteiras que haviam parado subitamente; o som foi o mesmo de duas cavalarias pesadas que se encontram em plena carga. E com o mesmo efeito. Mais pernas equinas se quebraram. Cavalos e homens foram esmagados na charneca. Então, os que vinham no esteio tropeçaram sobre os primeiros,

OS CAVALEIROS DOS DINOSSAUROS

e todos foram pisoteados pelos cavaleiros que vinham atrás, incapazes de parar suas montarias a tempo. O pântano irrompeu num amontoado de gritos, lama e pancadas.

Com seu arco preparado, Karyl impeliu seus trichifres adiante. Os monstros berraram beligerantes. Como dinossauros, possuíam uma perspectiva simples: *distúrbios significavam possível perigo.*

Em sua sabedoria, os Criadores não haviam dotado os trichifres de velocidade para fugirem de ameaças. Nem do dente de um tirano, nem do tamanho inexpugnável de um titã. Em vez disso, eles dotaram o tricerátopo de um corpo forte, enorme e horrendo, equipado com couraças e lanças naturais.

Para Rob, em sua segurança temporária do seu imaginário monte funerário, Karyl se parecia com uma criança montando seu cavalo de pau, ao lado dos colossos de dez toneladas.

Karyl se preparou, mirou e disparou. Um cavaleiro de dinossauros com um padrão vermelho e branco pintado no escudo e capacete, caiu da sela de seu sacabuxa. Com uma algazarra das bestas de aço, os guerreiros lançaram um voleio dos castelos de guerra presos às costas dos trichifres, a três metros de altura. Um morrião cinza e dourado, atingido na cabeça, tombou, se debatendo no pântano.

Um tiro de sorte!, pensou Rob. *Ou não, se for as suas pernas esmagadas debaixo da fera.*

A cavalaria pesada de Providence se adiantou para preparar o ataque: dinossauros à direita de Rob, cavalos à esquerda. A colina vibrava sob seus cascos. O coração de Rob tocava fanfarras dentro do peito, embora sua mente soubesse que suas forças eram poucas para se lançarem contra todo o poderio do conde Guillaume.

Os dinossauros de Crève Coeur começavam a emergir da charneca, ganhando a terra sólida. Mas agora, eles estavam bem dispersos. Com os trichifres fechando a dianteira dos invasores, os cavaleiros de dinossauros de Providence tinham uma chance de atacar pelos flancos.

E, diferente de arcos curtos, o arco ovdano de Karyl e as bestas eram capazes de atravessar as armaduras. Rob viu outro cavaleiro de dinossauros cair.

Outros gritavam de dor ao serem alvejados por setas nas pernas e tinham os escudos penetrados, atingindo os braços.

Então, ele viu algo do qual não gostou nada. O astuto duende Salvateur não tinha se juntado à disparada para dentro do atoleiro. E agora, estava usando seu sacabuxa preto como um cão pastor, dirigindo a cavalaria sobrevivente para fora da charneca, ao sul, onde ela se estreitava num simples córrego.

Eles tinham perdido mais de uma vintena de cavalos para a emboscada inanimada, mas ainda assim, superavam os homens e mulheres de Providence em três para dois.

Um grito terrível chamou a atenção de Rob de volta para o meio do campo. A Grande Sally, a rainha dos tricerátopos, tinha enterrado os longos chifres na barriga branca desprotegida de um morrião. O bico de pato usava as patas dianteiras sem forças, golpeando inutilmente a cabeça massiva de seu algoz. O cavaleiro caiu. Seus gritos foram abafados quando um sacabuxa roxo e dourado esmagou sua cabeça durante o galope.

Os trichifres eram as criaturas mais belicosas conhecidas em manada, bem mais até do que os chifrudos nativos da Cabeça do Tirano. Tríplices se regozijavam na matança tanto quanto qualquer devorador de carne. Além disso, um matador selvagem ou um tirano lutava tão somente para se alimentar, mas tricerátopos lutavam para defenderem a si próprios e aos seus companheiros da manada e, ao menos para Rob, também por diversão.

Os outros cinco tríplices aferroaram a manada desorganizada de hadrossauros, rasgando pernas e eviscerando barrigas. Os olhos de Rob se nublaram ao ver criaturas tão maravilhosas sofrendo tanto. Mas, ao mesmo tempo, sua pele pareceu queimar, não só por conta dos raios do sol que as esparsas nuvens não conseguiam filtrar, mas por conta do orgulho diante do poder magnífico das fortalezas vivas que ele preparara para a batalha.

Ele viu uma arqueira ser estocada pela lança de um cavaleiro montado num morrião ocre. Ela largou seu arbalete para agarrar a ponta que penetrava sua barriga. Então, em vez de soltar a lança como deveria, o Coração Partido a enfiou ainda mais fundo, empurrando cruelmente sua vítima contra a parede de vime dos castelos de combate. Um dos companheiros dela atirou no cavaleiro; Rob o viu titubear. Ou ela – as armaduras eram iguais, e a força menos bruta daquela mulher não era desvantagem alguma para uma guerreira cuja arma era um

OS CAVALEIROS DOS DINOSSAUROS

dinossauro. Outro arqueiro apanhou um machado e começou a golpear a armadura do lanceiro com um som metálico.

A barriga de Rob parecia ferver e a pele da nuca enrugava. Ao fazerem contato com o inimigo, os bicos de pato de Providence emitiram um terremoto em massa. A natureza musicista de Rob se maravilhou com algo que podia ser, ao mesmo tempo, tão alto, porém não ser ouvido; ele sentiu a pressão como palmas em suas bochechas e dedões em seus olhos, e o efeito estava sendo mirado para longe dele.

Os dinossauros de Crève Coeur gritaram e se esquivaram da rajada sonora silenciosa. Vários caíram se debatendo às cegas, chicoteando com as enormes caudas. As armaduras dos cavaleiros os protegiam da intensidade da força do terremoto, mas de pouco adiantava com suas montarias atordoadas ou jogadas num pânico fora do controle.

Os cavaleiros de dinossauros de Providence atacaram e a matança começou. Apesar da superioridade numérica, os guerreiros de Crève Coeur estavam indefesos, esmagados entre os tríplices que avançavam e os bicos de pato em disparada.

Não foi nada cavalheiresco. Apesar da personalidade sombria, Salvateur era um excelente capitão de campo; contra todas as chances, ele havia conseguido que setenta ou oitenta guerreiros da cavalaria pesada entrassem em formação para ir de encontro aos cinquenta lanceiros de Providence que os acercavam rapidamente.

Mas ainda temos chance, pensou Rob. Assim que eles tivessem incitado os cabeças de balde de Crève Coeur a investirem num ataque furioso, a cavalaria leve tinha recebido instruções de continuar golpeando-os por trás. A proteção dos corcéis não era boa na parte de trás, e algumas setas enfiadas no lombo dos alazões com certeza garantiria que os cavaleiros de Crève Coeur continuassem em desarranjo. O que significava que, com superioridade numérica ou não, a bateria de ataque de Providence os espatifaria como vidro batendo numa bigorna.

Ele olhou além do fervor de dinossauros e homens a cavalo, divisando seus próprios cavaleiros.

Bem em tempo de vê-los desaparecer nas árvores no cume mais distante, rumo a um destino que somente os Criadores conheciam.

Os cavaleiros de Salvateur contra-atacaram a carga de Providence. Massas de aço colidiram. Por um momento, o impacto afogou o massacre que vinha dos dinossauros. Então, no que pareceu pouco mais de poucas batidas do coração, os cavaleiros de Providence cederam; suas montarias correndo para o leste com olhos revirados e crinas e rabos sacudindo.

Gaétan gritava para a infantaria se aprontar. Suboficiais corriam junto à fileira da frente, tentando garantir que todas as lanças estivessem mais ou menos apontadas para a frente. A fileira ajoelhou-se com as extremidades traseiras das lanças cravadas no chão e as pontas anguladas para cima. Os soldados atrás deles seguravam as próprias lanças na altura da cintura, a terceira fileira na linha dos ombros e a última sobre a cabeça.

Uma brigada imperial teria várias outras fileiras de prontidão atrás para ocupar o lugar daqueles que caíssem. E também teria um contingente cinco ou seis vezes maior, assim como Nodossauros meticulosamente treinados para sua função como qualquer artesão, ferreiro ou carpinteiro. As lanças de Providence, por outro lado, eram manuseadas por amadores que haviam recebido uma breve tutela, e cuja única esperança era permanecerem firmes contra o terror de uma onda de cavaleiros blindados que cairia sobre eles, distribuindo golpes sobre todos e gritando impropérios em seus ouvidos.

Rob correu até a Pequena Nell e montou. Ela estava ocupada em devorar as ervas rasteiras como fazia sempre que tinha oportunidade. Ele passou o braço pelas correias de couro no interior de seu escudo redondo e as apertou. Vestiu o elmo de aço, praguejou quando o metal aquecido pelo sol queimou seus dedos, e brandiu Wanda.

O machado era pesado, mas tranquilizador.

Nem mesmo a habilidade de Salvateur conseguiria colocar a cavalaria de Crève Coeur em ordem novamente, após o confronto com os defensores de Providence, por mais breve e vitorioso que fosse. Estava claro que eles não se importavam. Soldados a pé sempre correm – Rob sabia que os cabeças de balde abriram uma exceção em suas mentes para os Nodossauros; algo a ver com o fato de que segundos filhos e filhas de nobres – ao menos alguns – se juntavam às fileiras de ferro amarronzado do império.

Eles sabiam que tinham vencido. Os bastardos sempre sabiam.

Mas isso não quer dizer que vou ficar sentado e deixar os bastardos fazerem do jeito deles, pensou Rob. Respirando fundo, começou a cantarolar uma balada que compusera na estrada, lá na desastrosa

OS CAVALEIROS DOS DINOSSAUROS

Batalha de Flores Azuis que, desde então, a mentalidade da milícia de Providence transformara numa canção de triunfo:

"Agora ouçam minha canção,
Sobre um dia estupendo..."

Os projéteis de Providence voavam. Dois cavalos da vanguarda caíram, as placas de aço que protegiam seus peitos atravessadas pelas setas das bestas. Pelo menos um corcel tombou sobre um companheiro caído, esmagando-o. Rob achou ter visto outra sela ser esvaziada pelas flechas, ou talvez até duas. Mas não havia muitas arbaletes. E, embora as flechas dos arqueiros caíssem como chuva, não conseguiam penetrar as couraças de aço.

"Quando homens e mulheres de berço desigual,
Se uniram por um mesmo ideal..."

Conforme os cavaleiros se aproximavam dos troncos-de-fadas, arqueiros e arbaletes se espalharam, saindo para o norte e sul através da parte dianteira da gama de lanças. Eles não precisaram fugir nem rápido e nem ir longe; a cavalaria de Crève Coeur não estava interessada neles. Talvez alguns poucos, os mais destemidos e também os mais tímidos, preferiram se agachar entre os troncos-de-fadas.

"Enfrentar os cavaleiros de Coração Partido,
No campo de flores azuis sob o céu tingido."

Os cavaleiros puseram seus corcéis em um firme galope e abaixaram o nível das lanças. Eles passaram facilmente pelas estacas, que não estavam presas firmes o bastante no chão a ponto de impedi-los. Isso não teria sido possível no pouco tempo que os defensores tiveram para prepará-las, mas bastaram para reduzir a coesão do grupo e desacelerar um pouco o avanço. Mas isso não os deixou menos aterrorizantes aos olhos de Rob, cujo coração acelerado retumbava.

Alguns cavaleiros atacaram os arqueiros que se escondiam nos troncos-de-fadas, mas o resto continuou fixo no convidativo alvo que havia mais atrás deles: quinhentos meros camponeses, armados com bastões longos.

Rob escutou o arco de Gaétan ser disparado. Um cavaleiro de armadura esmaltada verde caiu da sela manchada de sangue.

Ele parou de cantar. Ninguém mais o estava escutando. Qualquer bem que ela poderia ter feito, já o fizera.

"Essa porra vai doer", disse ele em voz alta para ninguém em particular.

A maré de aço alcançou as lanças.

OS CAVALEIROS DOS DINOSSAUROS

– 20 –

Dinosauría, Dinossauria
*Uma formação militar de cavaleiros de dinossauros – em distinção
a cavaleiros que montam cavalos, ou cavalaria. Praticamente
invencível quando ataca, a dinossauria é a principal arma
e a mais decisiva num confronto por terra em Nuevaropa.*
— UMA CARTILHA DO PARAÍSO PARA O PROGRESSO DE MENTES JOVENS —

Por toda a cavalgada de volta a Providence, o coração de Melodía parecia mergulhado em estrume gelado, como se tivesse afundado numa latrina do tamanho de uma caverna. Mas quando viu as pessoas do Jardim – *Ao menos o que minha idiotice deixou vivo dele*, ela pensou num lamento – reunidas diante dos portões azuis do château para recebê-la, sentiu o coração afundar e gelar ainda mais.

Ela mal havia registrado quando, a poucos quilômetros da cidade, no alto do Chausée de l'Ouest, a menor cavaleira do quarteto que a escoltava acelerou sua montaria para alertar o château de que eles estavam chegando. Os três restantes, dois homens e uma mulher, nenhum mais velho do que Melodía – se é que tinham a sua idade

OS CAVALEIROS DOS DINOSSAUROS

– continuaram no passo moderado que mantinham desde que Karyl os despachara. Eles a trataram, como sempre o fizeram, como se fosse uma garota infeliz – possivelmente uma bastante frágil.

Para seu alívio, ao menos não a trataram como traidora, embora a princesa não tivesse noção do que eles pensavam ser o propósito dela ao buscar uma reunião com o conde Guillaume. Ninguém havia falado com ela além do necessário. Pelos olhares de dó que os batedores lançavam e os tons apressados em que conversavam sobre assuntos que não fossem o quanto estavam odiando perder o grande confronto com Guilli, ela concluiu que Valérie e os demais que estiveram presentes em seu resgate tinham se apiedado do estado em que a haviam encontrado, enfrentando desesperadamente a manada de horrores do conde. E também pela horrível morte de Pilar.

O grupo parou a alguns metros da multidão que aguardava em silêncio.

Sem dizer qualquer palavra, Melodía desceu da sela de sua montaria emprestada, um pônei de pele de camurça de Alta Ovdan, com longas franjas pretas penduradas sobre os olhos e disposição surpreendentemente plácida. No céu, nuvens brancas e rosa se dispunham no padrão de longos rabos de cavalos, lançando sombras de leste a oeste, em matizes que iam do turquesa até um profundo azul. O ar trazia um aroma doce de feno recém-cortado.

Aquilo foi a coisa mais difícil que já tinha feito, endireitar-se, inflar o peito e caminhar diretamente até o rosto taciturno de Bogardus.

Lady Violette estava ao lado dele; a brisa do poente moldando seu vestido branco e fino ao corpo delgado. Melodía sabia que Absolon fora um amigo próximo dela, além de amante ocasional e aliado.

Preferia encarar os horrores, até mesmo sem a faca de Pilar.

Mas ela obrigou-se a fazê-lo. Então, cara a cara, tentou sustentar o olhar de Bogardus, mas não conseguiu. Em vez disso, caiu de joelhos, segurando a barra de costuras roxas da bata modesta que ele vestia.

"Me desculpe", disse ela. "Eu os matei. Matei todos eles. Foi tudo minha culpa."

Lágrimas irromperam, dissolvendo-a como lava.

Ela sentiu mãos firmes a tomarem pelos braços e se entregou. O que ele faria com ela? O que poderia fazer que seria um décimo da punição que ela merecia?

VICTOR MILÁN

Bogardus a pôs de pé com aquela sua surpreendente força – ela não conseguia lembrar-se de como a descobrira. Então, Melodía levantou o rosto, piscou para espantar as lágrimas e olhou diretamente para a face de Bogardus.

Ele sorriu.

"Sabemos que agiu por nos amar", disse ele. "Por mais que tenha se equivocado. Estamos em guerra e, infelizmente, na guerra há perdas. Você é bem-vinda aqui, como sempre foi."

"Estamos felizes que retornou para nós em segurança", Violette completou com uma curiosa intensidade.

Melodía mal reparou, pois Bogardus a envolveu com seus braços poderosos e a ninou contra o peito largo. Ela entregou-se a uma tristeza que parecia fluir das profundezas mais gélidas de Paraíso.

Irresistível, uma avalanche de músculos e aço pintado em cores alegres, encimado por penas esvoaçantes e morte, a cavalaria de Crève Coeur retumbou sobre as fileiras de lanceiros de Providence. E parou.

Nem cavalos, nem dinossauros eram animais de grande intelecto, como Rob sabia. Como todos sabiam. Mas eram criaturas vivas e a tendência de ambos é dar o seu melhor para *continuarem* vivos.

E, a não ser que estivessem num pânico desmedido, nem cavalos, nem dinossauros despedaçariam seus ossos contra objetos inamovíveis – ou algo que tomassem como assim o sendo. E nem mesmo os cavalos, por mais bem treinados e versados na guerra que fossem, se empalariam numa cerca viva de espinhos de ferro.

Portanto... eles se recusaram.

Claro que a maioria dos cavalos que vinha atrás não conseguia ver o obstáculo; ninguém confundiria a visão de um cavalo com a de um grande dragão voador. Assim, tal qual ocorrera quando eles atolaram na charneca, as fileiras traseiras se empilharam sobre as que freavam a poucos metros das lanças. O que causou o efeito de empurrar a maior parte delas justamente contra essas lanças.

A força do impacto de dúzias de poderosos corpos equinos empurrou a linha de Providence para trás numa onda desigual. Alguns dos que estavam ajoelhados à frente tiveram de soltar as armas e saltar para trás, evitando assim ser esmagados.

OS CAVALEIROS DOS DINOSSAUROS

Mas ambos os lados descobriram imediatamente um fator importante: diferente da maior parte das armas, uma ponta de lança de aço, presa por um cabo de quatro metros de madeira rígida, pesando quatro quilos, consegue penetrar as melhores armaduras – seja a couraça de um cavaleiro ou de um cavalo.

Humanos e cavalos gritaram ao ter seus torsos lancetados profundamente. As lanças que estavam apoiadas contra o chão causaram as piores execuções. Não só por não dependerem da massa humana para manter-se firmes, mas porque algumas estavam anguladas de modo a acertar por baixo da armadura peitoral dos cavalos.

Talvez tenha sido a intensa imaginação de Rob – que, como um menestrel, costumava ser a sua moeda de troca, ainda que em demanda menor do que um senhor dos dinossauros –, mas pareceu a ele ter vislumbrado literalmente uma onda de resolução e confiança atravessar os lanceiros de Providence.

Eles tinham conseguido o impossível: homens e mulheres humildes fizeram frente à invencível cavalaria armada, em plena carga. E não só estavam vivos, como estavam vencendo.

E gostaram disso. E começaram a empurrar de volta. As montarias empaladas caíram. Principalmente as lanças da terceira fileira começaram a penetrar o saco de pancadas que a cavalaria de Crève Coeur se tornara. Lanças enfiadas através das armaduras no pescoço dos cavalos e até mesmo nas proteções do rosto. Elas abriram buracos no aço que envolvia os cavaleiros, rasgando carne e as entranhas que estavam atrás.

Mas nem toda a linha tinha sido contida, o que não fora culpa dos lanceiros.

Rob culpou o momento. Um punhado dos corcéis ao ataque, talvez um pouco mais idiotas do que seus pares, não conseguiu parar.

Em vez de parar diante das lanças, eles tropeçaram e se arremessaram como mísseis vivos de carne e metal, cada qual pesando quase uma tonelada, relinchando e balançando as pernas contra as fileiras de soldados a pé. Os cavaleiros voaram como bonecos descartados.

Rob respirou fundo quando os cavaleiros seguintes atravessaram os buracos abertos por seus companheiros infelizes. Embora pouco mais de uma dúzia tivesse conseguido penetrar as linhas de Providence, agora eles poderiam atacar os lanceiros pelas costas, que, já envolvidos na batalha à frente, pouco podiam fazer para se proteger.

206

VICTOR MILÁN

Era um dos resultados mais desejados em batalha: atingir seu oponente pelos flancos ou, melhor ainda, pelas costas. Tais ataques infligem pânico às vítimas numa proporção bem maior do que o perigo que são de fato. Mesmo os corações dos veteranos mais robustos – o que aqueles amadores de Providence não eram – cederiam, quase certamente levando-os a romper as defesas e a fugir de terror, tal qual determina a natureza humana.

Em vez disso, a verdadeira natureza dos cabeças de balde se reafirmou. Embora a impertinência da infantaria de camponeses de desafiar seus superiores merecesse ser punida, eles permaneceram intrinsecamente além do desprezo.

Cavalaria era sinônimo de nobreza. Em algumas línguas, uma significava literalmente a outra, daí o uso de montador ou montadora como designação honorífica universal em Nuevaropa. Gaétan, que se afastara de Rob quando os lanceiros conseguiram ficar firmes, era, claro, um mero comerciante. Rob, sem dúvida, tinha mais orgulho de suas origens humildes do que *qualquer um.*

Aqueles eram camponeses montados. Em *dinossauros.* Monstros chifrudos, maiores do que qualquer cavalo de guerra, até mesmo do que grandes corcéis de batalha, atualmente fora de moda.

Então, foi natural que a honra e o ultraje atraíssem os cavaleiros natos para os dois homens, como moscas para feridas frescas.

Para sua eterna satisfação, ainda que secreta, o primeiro impulso de Rob quando três dos cavaleiros esporearam subindo o montículo na direção dele, foi choramingar como um cão cujo rabo é pisado, pensando *O que é que eu estou fazendo aqui?*, para então dar meia-volta com Nell e fugir em disparada.

Mas, antes que seu corpo pudesse começar a virar-se para obedecer, Rob viu que pelo menos um par de cavaleiros vinha de ambos os flancos. Ele manteve Nell à esquerda e comandou-a para que aquele corpanzil se voltasse para o cavaleiro que vinha daquela direção.

O oponente montava um cavalo branco e portava um escudo preto, com a pata traseira de um raptor em dourado e a garra erguida em prateado. Na verdade, uma ilustração notável. Não que Rob tivesse tempo para apreciá-la.

A ponta da lança do cavaleiro triscou o escudo de ferro de Rob e, ao mesmo tempo, ele viu o cavalo de seu agressor desviar do focinho

OS CAVALEIROS DOS DINOSSAUROS

chifrudo de Nell. As montarias ficaram lado a lado, e o einiossauro aproveitou para empurrar o cavalo, fazendo-o cambalear e cair sentado.

Apesar da abertura, Rob não foi tolo o bastante para tentar aproveitá-la. Nell podia ser mais leve que o corpulento Zhubin, além de mais longa, mas ela não era velocista. Jamais seria capaz de superar um cavalo de guerra na corrida, não mais do que um saltador poderia evitar o mergulho de um dragão.

Então, ele a instou no sentido anti-horário, na direção do trio que vira investindo contra ele antes. O movimento do canto dos olhos, reflexos e a sorte dos Fae o fizeram golpear com o machado para a direita. Sua longa barba sentiu a lâmina de uma espada que visava furar sua carne enrugada. A força de seu golpe arrancou a arma de uma mão encouraçada. Então, numa fúria retumbante, Rob mirou e brandiu Wanda diretamente contra o visor do capacete do cavaleiro.

O inimigo caiu no chão tão flácido quanto suas vestes de aço permitiram. Então, os outros estavam ao redor dele. Somente o primeiro portava uma lança que trocou por armas mais adequadas ao corpo a corpo. Os cabeças de balde o espancavam com espadadas e uma maça ou duas.

Individualmente, a pé ou a cavalo, qualquer cavaleiro teria dado conta do único filho da senhora Korrigan. Eles eram criados para lutar. Era só o que faziam, além de caçar e se gabar.

Mas eles não eram treinados para enfrentá-lo, um oponente sagaz, numa montaria completamente incomum.

A Pequena Nell fungava e balançava a cabeça de um lado para o outro. Mas não por medo. Embora tivesse natureza pacífica, carente da beligerância assassina de seus gigantescos primos de três chifres, ela reagia a qualquer ataque com ultraje.

Agora, estava em pleno fervor, além de apoiada nos seus curtos dedos do pé para aumentar a tração. A extremidade curada do chifre era capaz de causar um terrível ferimento e arrancar num piscar de olhos as entranhas de qualquer carnívoro descuidado que estivesse de pé à sua frente. Mas nunca penetraria a proteção de aço de um cavalo de guerra.

Mas sua ponta grande constituía um excelente aríete, e a Pequena Nell crescera praticando como usá-lo. Além disso, ela pesava quase o dobro do que o maior dos corcéis, com cavaleiro e tudo.

VICTOR MILÁN

E, diferente de Rob, cavaleiros não estavam habituados a *brigar*. Rob aprendera literalmente de tanto tomar pancadas na cabeça como se defender de múltiplos atacantes. Em particular, como manobrar entre eles, colocando uns na frente dos outros. Embora fosse mais vigoroso do que habilidoso, ele usava seu escudo e machado com eficiência tanto para atacar, quanto para se defender.

O código da cavalaria não se aplicava a enfrentar um camponês descarado.

Os cavaleiros de Crève Coeur não tinham pudores de esfaquear Rob pelas costas.

Se ao menos conseguissem. Embora Nell não fosse mais ágil do que veloz, ela era compacta, e conseguia chicotear ao redor com grande sagacidade. Rob a mantinha virando-se de um lado para o outro, arriscando ficar tonto, mas mantendo a pele ilesa.

Em sua maior parte.

Uma voz que mal parecia a sua ressoava em seu crânio, enquanto ele tentava desesperadamente encontrar uma maneira de permanecer mais um minuto vivo, mais um segundo. Ela o amaldiçoava por ser tão idiota. *Que tipo de rompante romântico o arrastou até aqui?*, ela dizia. *Você é um artista, não um maldito guerreiro. Está tão obcecado pelo lutador renegado Karyl, quanto ele está por Bogardus? Ou é o Jardim e seus princípios bonitinhos que ama mais do que sua bunda tratante?*

Mas mamãe Korrigan também o fizera aprender na marra uma lição de que quando é preciso, uma pessoa faz o que pode. Ou teria sido a vida que lhe mostrara aquilo?

A voz dizendo *amor* trouxe-lhe à mente um rosto cuja máscara de sangue o havia abençoado, ao ocultar o que garras e dentes haviam feito ao seu amor.

A voz zombeteira afogou-se numa cegueira de fúria pura.

Rob esquivou-se do arco assobiante desferido por uma maça e devolveu o golpe no braço do atacante. Metal se curvou com um tinido. Pedaços de esmalte azul voaram, cada qual brilhando como pequenas joias ante a percepção exagerada de Rob.

Seu machado Wanda, com o alcance de mais de um metro que o cabo lhe dava, era uma das poucas armas em um campo de batalha capazes de causar danos a um inimigo trajando armadura completa. Mas

OS CAVALEIROS DOS DINOSSAUROS

Rob, por mais que fosse naturalmente forte e se mantivesse corpulento por conta das funções pesadas desempenhadas por um senhor dos dinossauros, não tinha vigor suficiente para atravessar o metal de uma só vez. Ainda que ele fosse capaz de causar rachaduras grandes e, num golpe de sorte, talvez até quebrar um osso por baixo da couraça.

Ele fez com que os inimigos que o atacavam recuassem. Mas eles ainda eram cinco e ele apenas um. *E, embora matemática nunca tenha sido o meu forte, tenho quase certeza que o resultado é eu me fodendo*, ele pensou.

Em meio às suas evoluções sem fim, ele tivera um vislumbre dos dinossauros de Crève Coeur batendo em retirada. E do conde Guillaume, em suas inequívocas armadura dourada e montaria azul, ou valentemente fazendo frente diante de uma dupla de tríplices ou preso entre ela. Um tinha perdido seu castelo de combate e tripulação; Rob não pôde ver uma cornaca presa ao seu pescoço por trás da carapaça ossada. O que certamente não fazia diferença para a fera. A alegria da matança a tinha dominado.

O esforço queimava os braços e ombros de Rob como fogo. Os pulmões tentavam virar do avesso, despedaçando-se no processo. O choque de metal contra metal o tornara meio surdo, ele engasgou com o pó amarelo que a luta levantara ao seu redor, e o aro de seu capacete, com a ajuda de um ou dois golpes de espada, tinha cortado a sua testa, de modo que ele precisava piscar constantemente para limpar o sangue dos olhos que, além de queimar, ameaçava colar as pálpebras.

O inevitável aconteceu. Do nada, Rob viu a ponta de uma espada acertar o braço que segurava o machado, abrindo-o do punho ao cotovelo. Sangue jorrou.

Wanda escorregou dos seus dedos, caindo com um choque que a manteve presa pela passadeira. O sangue de Rob não estava escorrendo tão rápido – nenhuma artéria fora cortada. Mas foi como se a sua força e energia fossem ar, não fluido; e o ferimento tivesse deixado tudo escapar de uma só vez. Ele caiu sobre a sela, tão esgotado e baqueado que quase deu boas-vindas ao golpe mortal dado por um cavaleiro de armadura prateada que estava se inclinando para trás ao lado de um horror de penas escarlates, surgidos por detrás de sua cabeça.

— 21 —

Caracorno Spinoso, Coleira de Espinhos
Styracosaurus albertensis. Dinossauro chifrudo de Ovdan (ceratopsiano). Herbívoro quadrúpede com grande chifre nasal e de quatro a seis chifres largos pronunciados da guarnição ao redor do pescoço; 5,5 metros de comprimento, 1,8 metro de altura, 3 toneladas. A maioria possui tonalidades de amarelo e marrom. Montaria favorita de cavaleiros pesados de Turano e Parso.
— O LIVRO DOS NOMES VERDADEIROS —

Um pedaço de chumbo do tamanho de um punho, preso a um rígido pedaço de pau atingiu o capacete de penas vermelhas por trás. O cavaleiro caiu da sela.

Rob viu Gaétan no local onde o Coração Partido estava um segundo atrás, dando-lhe uma piscadela de cima do lombo de Zhubin, atrás do cavalo sem seu montador.

Ele havia deixado o arco de lado. Costumava usar uma espada de combate, mas para altercações sérias, havia se equipado com uma marreta.

OS CAVALEIROS DOS DINOSSAUROS

Era uma arma brutal que os arqueiros utilizavam para pregar estacas no chão, antes de talhar suas extremidades com facas e machadinhas, transformando-as em troncos-de-fadas. As tripulações dos castelos de combate dos trichifres usavam versões com cabos de até dois metros de comprimento, mas a arma de Gaétan tinha um cabo mais ou menos como o do machado de Rob. Embora fosse capaz de liquidar uma vítima desprotegida, sua principal função era fazer exatamente o que havia feito: arrancar um cavaleiro de sua montaria.

Agora eles estão em dois para um, pensou Rob. *Bom.* Ele fez a Pequena Nell dar uma guinada para a direita. Para ver uma maça de bordas salientes esmagar a lateral verde esmaltada do capacete com visor dourado do cavaleiro que ele encarara.

Mora Regina apanhara o homem de Crève Coeur com um golpe selvagem, assomado pela força de um pintado, tão pardo quanto pernudo, e tão bruto quanto ela própria. A armadura dela também era verde, com braços dourados e seios vermelhos.

Por seus ouvidos pulsantes, Rob Korrigan escutou um sussurro deslizante, como cigarras no auge do verão, trazendo sua música metálica.

A cavaleira de Ruybrasil trouxera a infantaria reserva, que vinha marchando ombro a ombro por ambos os lados do aclive.

Quando Nell voltou-se para o lado oeste, na direção do campo onde a batalha de fato ocorria, Rob ficou pasmo ao ver um corcel castanho de crina laranja recuar ante o peso do cavaleiro em suas costas, revirar os olhos e empinar, sacudindo os cascos no ar, ao que homens e mulheres praticamente nus cercaram o animal e seu montador como formigas sobre o cadáver de um planador das matas. Era a massa de arqueiros leves de Providence. Alguns seguraram o escudo e o braço da espada, enquanto outros estocavam com punhais através das juntas da armadura e da fenda no visor. Uma mulher de cabelos despenteados, que poderiam ser loiro-escuro por baixo de todo o sebo, deu um salto sobre o lombo do cavalo, pelas costas do cavaleiro. Suas pernas prenderam a cintura dele por trás, enquanto ela puxava o capacete com penas amarelas e azuis para o lado, como se quisesse quebrar o pescoço da vítima.

Os dois cavaleiros remanescentes que confrontavam Rob e Gaétan viraram os cavalos e fugiram em disparada. O jovem mercador tinha claramente derrubado mais um enquanto Rob estava ocupado. Com um aceno de seu capacete para os dois, Regina levou os reservas adiante para apoiar os lanceiros.

O corpo principal de cavalos de Crève Coeur tinha se desligado da formação de cavalaria.

Os lanceiros de Providence tinham tapado os buracos nas fileiras com os cavalos de guerra feridos e usavam o corpanzil dos corcéis como proteção, agachados atrás deles. Mas os cavaleiros inimigos continuavam próximos, e os lanceiros mantinham fixa a atenção procurando oportunidade de usar as armas longas.

Ainda observando o campo de batalha, Rob não soube dizer se aqueles cavaleiros tinham esta intenção ou não, mas previu, com uma sensação de horror, que eles estavam perto de virar a mesa contra Providence. Porque, enquanto os cavaleiros mantinham os lanceiros ocupados, o barão Salvateur cavalgava seu sacabuxa preto num pique rápido sobre as duas patas, contornando o flanco esquerdo.

Como as lanças pesadas estavam apontadas para os cavalos, o sacabuxa poderia pisotear as fileiras quase desimpedido. A cavalaria, lutando como indivíduos e não como unidade, porém repleta de fúria incontida, pisotearia os sobreviventes tão completamente que não deixaria nada para a infantaria de Crève Coeur quando esta chegasse por último.

"Atire nele!", Rob gritou para Gaétan.

"Estou sem flechas", respondeu o outro. Seu rosto grande estava vermelho e coberto de suor por causa do esforço. Agora, a cor evanescia, deixando apenas palidez.

Um movimento rápido chamou a atenção de Rob pelo canto dos olhos. Asal estava investindo contra o dinossauro preto numa corrida mortífera. Karyl inclinava-se para a frente, por sobre a crina prateada agitada pelo vento. Seu próprio corpo estava coberto pela sela. Sua espada reluzia na mão esquerda.

"Ele ficou maluco?", Gaétan perguntou.

"Com certeza", respondeu Rob de prontidão. "Mas, mesmo assim, não apostaria contra ele."

Foi como assobiar ao passar por um cemitério. De fato, Rob teve certeza de que estava prestes a ver a maravilhosa e terrível canção de Karyl terminar ali.

OS CAVALEIROS DOS DINOSSAUROS

Um cabeça de balde normal provavelmente não teria reparado num cavaleiro solitário de armadura leve vindo por detrás e, caso o tivesse, não lhe daria atenção.

Mas Salvateur mostrou-se mais uma vez mais inteligente do que seus irmãos nobres. De algum modo, percebera Karyl e virou-se para lidar com ele.

Karyl esquivou-se do golpe de espada do barão conforme flanqueava o sacabuxa preto. Ao passar, lacerou a enorme coxa traseira da fera, onde o couro era menos grosso.

O monstro rugiu. Pelo impacto, Rob duvidou que Karyl tinha conseguido cortar através da pele.

Como era típico, o barão nem se deu o trabalho de concretizar algo que se parecesse com um duelo. Não que o resultado pudesse ser outro, ao colocar um monstro encouraçado de quatro toneladas e seu mestre contra um homem menor, montando uma criatura pouco maior do que um pônei, que pesava talvez pouco mais de quatrocentos quilos.

Em vez disso, ele guinou seu bico de pato com a rapidez notável que a grande cauda de contrapeso conferia ao dinossauro sobre as duas patas. Então, ao que Karyl circulava para mais uma passagem fútil, ele virou o sacabuxa mais uma vez com velocidade, buscando esmagar o cavalo e seu montador com um golpe da cauda.

Ele não está nem aí para uma luta justa, pensou Rob. *Tenho de admitir que esse demônio é um bastardo que nem eu.*

Karyl puxou as rédeas para trás. Sua pequena égua afundou-se nos cascos traseiros. A cauda passou inofensiva, sua extremidade a não mais de um palmo do focinho de Asal.

Então, ela se recompôs e tornou a investir como um saltador.

Tendo errado o alvo, o parassaurolofo tinha arqueado a cauda para cima. Passando por debaixo dela, Karyl atacou a criatura no reto.

O monstro berrou tão alto que Rob tentou cobrir os ouvidos. Só a maça do escudo ainda presa ao seu braço esquerdo o impediu de fazê-lo.

Em agonia, o sacabuxa saltou para a direita tão violentamente que rolou. Salvateur, tão habilidoso quanto era sagaz, pulou da sela e conseguiu cair de pé, posicionando-se com um joelho no chão e pondo a espada na relva, para se recompor. Então, levantou-se tão vigorosamente quanto se tivesse passado a manhã inteira descansando apenas para aquele momento.

Karyl já estava sobre ele. Rob achou que ele fosse atropelar o barão – o que, em vista da armadura de Salvateur, talvez causasse mais ferimentos à égua do que ao homem. Em vez disso, a espada de Karyl passou por cima do escudo no momento em que o barão o erguia. Sua ponta deslizou precisamente pela única abertura que havia no elmo.

Ela saiu brilhando e vermelha. Salvateur colapsou como se todos os seus ossos tivessem sido magicamente dissolvidos num instante.

Um bramido de alegria beligerante anunciou o retorno dos trichifres ao resto da milícia de Providence. O massacre que empreenderam aos hadrossauros de Crève Coeur mal os deixara ofegantes; eles andavam atrás da cavalaria inimiga no seu típico passo lento, com as pernas afastadas. Até mesmo aquele que tinha perdido o castelo de combate voltara, e Rob o reconhecia agora como sendo o Chifre-Quebrado, muito embora a deficiência fosse ocultada pela mesma ponta de aço que protegia seus companheiros. Rob ficou chocado ao ver como a lateral deles estava coberta de sangue. Então, deu-se conta de que provavelmente não era deles.

Um lamento alto e constante se sobrepôs aos outros sons da batalha. A Grande Sally marchava à frente da pequena manada, ignorando as lanças quebradas que se pronunciavam de seu ombro. A ponta de aço em seu chifre esquerdo atravessara a armadura dourada de Guillaume de Crève Coeur na altura da barriga e Sally erguia a cabeça exibindo com orgulho o conde. Crève Coeur se contorcia grudado no chifre e gritava aparentemente sem se interromper para respirar.

A maior parte da dinossauria de Providence saíra em perseguição de seus opositores – um incômodo, mas que seriam cabeças de balde até o fim da vida. Alguns deles andavam ao lado dos tríplices, claramente cansados, mas ainda no jogo. Rob reconheceu Côme; sua armadura marrom amassada e mostrando ranhuras brilhantes de metal descolorido. Seu morrião castanho e dourado, Bijou, vinha de cabeça baixa por causa da fadiga.

Gaétan incitara Zhubin a descer o aclive num trote rápido. Os lanceiros já avançavam contra a cavalaria de Crève Coeur, que começava a lançar olhares de preocupação por sobre os ombros. A infantaria gritou numa mistura de fúria, triunfo e alegria, que fez com que o sangue de Rob congelasse – e eles estavam do seu lado.

Foi mais do que a valentia dos cabeças de balde podia aguentar; ser pego entre moinhos com lanças, acima e abaixo. Eles instaram os

OS CAVALEIROS DOS DINOSSAUROS

cavalos o mais rápido que puderam para norte e sul do bloco de monstros que se aproximava. As montarias estavam exaustas e espumando, mas ainda correram com ímpeto. Estavam com tanto medo dos lanceiros e dos dinossauros gigantes quanto seus cavaleiros.

Rob se ergueu para ver além dos dinossauros de guerra que iam lentamente em sua direção e dos cavalos que fugiam em disparada. Apesar da aposta matinal perdida para Karyl, Rob Korrigan não era do tipo que costumava jogar. Bebida e prostitutas já eram vícios suficientes para sugar qualquer excesso de energia e dinheiro que ele por ventura tivesse, muito obrigado. Mas possuía instinto de jogador para determinar as possibilidades.

E Providence ainda estava em risco se a infantaria de Crève Coeur, que até agora tinha feito pouco mais do que caminhar sob o sol da manhã encoberto pelas nuvens, os atacasse. Eles ainda gozavam da superioridade numérica sobre a milícia de Karyl e os pesos-pesados de Providence estavam dispersos e esgotados agora. A infantaria de soldados profissionais poderia cercar os três tríplices da mesma forma que arqueiros haviam feito com os cavaleiros de Crève Coeur, atacando as feras até derrubá-las.

"E o exército a pé?", disse ele para o ar.

Estava mais próximo de *rezar* do que de costume. Ele temia os Fae o bastante para arriscar atrair a notória e perigosa atenção deles. E, embora nunca tenha de fato decidido se acreditava mesmo nos Criadores ou não, sabia de longa experiência que, se estivessem ali, eles seriam tão surdos quanto postes. Pelo menos para pedidos de gente como *ele*.

Rob deu um salto ao ouvir uma risada vinda de trás, tão seca que era mais um rouquejo tingido de sobretons dotados de humor. Ele virou-se para ver Eamonn Copper. O capitão-mercenário havia perdido o capacete e seus cabelos ruivos formavam cachos rebeldes por causa do suor e pela pressão do agora desaparecido capacete. A malha verde que ele vestia por sobre a armadura estava tingida de sangue e rasgada, como se ele tivesse perdido um concurso de chutes contra um horror.

"Se algum deles ainda estivesse disposto após os nossos bicos de pato terem perseguido os deles até o meio de suas fileiras", disse Copper, satisfeito, "fazer a sua própria cavalaria bater em retirada deve ter bastado para pôr suas cabeças no lugar."

"Você é um esboço refrescante do lar, capitão", disse Rob, não sem uma pitada de ironia e de sinceridade.

Karyl cavalgava entre os lanceiros – que haviam parado – e os dinossauros de Providence, que tinham virado de costas de novo para marcharem contra o que quer que seus cavaleiros tivessem deixado da infantaria de Crève Coeur. Rob ouviu claramente quando o comandante bradou com sua voz de tenor: "Poupem a plebe. Matem os nobres!".

Quando uma centena de gargantas ecoou o grito, Rob sentiu seu corpo ser preenchido de um ultraje escandalizado. *Mas isso vai contra a natureza das coisas!*, pensou ele. Ele podia ter violado mais a ordem regente do que a observado. Mas, mesmo assim... no final das contas, era uma ordem mais difícil de aceitar do que as demais.

Seu pensamento seguinte foi perguntar-se como reagiriam a isso os cabeças de balde de Providence. Não só diante daquela afronta à casta, mas contra seus próprios interesses pecuniários pois o costume é capturar cavaleiros e senhores vivos, para exigir resgate depois.

Então, ouviu o inequívoco tom de barítono do barão Côme atender ao chamado. Assim como os outros cavaleiros de dinossauros que retornavam das suas perseguições. Não tinham sido apenas as pessoas comuns que sofreram as depredações de Crève Coeur.

Os cavaleiros de Guillaume não se deram o trabalho de pedir resgates quando invadiram os feudos orientais. Eles pretendiam tomar posse de tudo e não se furtaram de queimar prisioneiros – incluindo os de sangue azul – em fogo lento para que estes lhes contassem o esconderijo de até mesmo a menor colher de prata.

A matança barulhenta e sombria dos cavaleiros desmontados de Crève Coeur fez com que Rob reagisse ao cansaço e ao perigo. Ele desceu da sela da Pequena Nell e cambaleou vários passos sobre pernas bambas. Então, caiu de joelhos e vomitou num arbusto de morangos.

OS CAVALEIROS DOS DINOSSAUROS

– 22 –

Ballesta, besta, arbalete
Arma comum que consiste de um arco, em geral de metal ou madeira, montado na extremidade de uma haste, que dispara uma flecha ou seta. As variedades incluem bestas leves, que são armadas à mão; bestas médias, que são armadas por meio de uma alavanca chamada cão; e bestas pesadas, armadas por meio de uma polia chamada cranequin. A potência maior vem ao custo de uma demanda maior de tempo para recarregar, além de um custo mais alto. Bem mais cara do que o arco comum de Nuevaropa, apesar disso a besta requer menos treinamento para ser usada de modo eficiente.
– UMA CARTILHA DO PARAÍSO PARA O PROGRESSO DE MENTES JOVENS –

"Me desculpe, capitão Karyl", Rob falou, fazendo uma careta ante o ponto vermelho em que o ferimento de seu braço começara a sangrar pelas bandagens. "Eu falhei com você."

O dia havia acabado. Só o que restara era um feixe de luz ao longo do horizonte, de uma coloração apropriadamente vermelho-sangue. Rob estava sentado afundado no chão pisoteado na parte mais alta do aclive, ao lado de uma fogueira que rugia mais alto do que suas cabeças – uma

OS CAVALEIROS DOS DINOSSAUROS

anunciação da vitória deles para todo o mundo. Karyl estava próximo dele. Atrás de ambos, bandeiras de batalha capturadas esvoaçavam à brisa; entre elas, o coração partido dourado de Guilli e o Criador Torrey em toda a sua glória que Salvateur usava.

Por ora, tinham o topo do monte somente para si. Um grupo armado da infantaria vigiava atentamente as redondezas, mas Rob não sabia bem por quê. Eles não estavam lá para impedir alguém de falar com o comandante do exército, já que Karyl declarara que qualquer um era livre para conversar com ele se quisesse.

Quanto a guerreiros durões dispostos a vingar o conde e seus nobres – Karyl estava despido da armadura e da espada longa, usando mais uma vez o manto com capuz de sempre. Além disso, segurava seu cajado, aninhado entre os braços cruzados no peito, e Rob não teria dado nem mesmo as poucas gotas de saliva rançosa que lhe restara em prol das chances de algum aspirante a assassino. Ou mesmo a seis deles.

No crepúsculo, silhuetas encapuzadas se moviam com propósito solene em meio ao campo de batalha do que todos estavam chamando de Marcha Oculta. Eram sectários de Maia, Lance e Lady Bella, cumprindo seus rituais ao conferir a misericórdia final a homens e animais feridos demais, além da cura até mesmo pela robusta constituição de Paraíso. Havia tantos deles que seus gritos e gemidos eram tão constantes quanto o som dos grilos.

Era um dever do qual Rob sentia-se feliz de ter sido poupado. E, de fato, quando parou de sentir-se tão nauseado e queixoso, até mesmo se regozijou quanto ao motivo, dando um tempo necessário de cuidar dos dinossauros. Não só o seu próprio grupo precioso de seis trichifres, nenhum dos quais sofrera qualquer ferimento sério, apesar da perda de um terço da sua tripulação. Nem mesmo dos dez bicos de pato que tinham sobrevivido à batalha.

Karyl Bogomirskiy e o Exército de Providence eram agora os orgulhosos proprietários de uma jovem manada de bicos de pato, recuperada dos cavaleiros de dinossauros. Nem todos tinham sido capturados; um conjunto de cabeças de balde de Guilli enviara um escudeiro levando uma pluma branca para negociar a rendição, oferecendo jurar obediência e lealdade a Karyl.

O frenesi assassino havia passado. Se ele chegara a cravar as garras no enigmático vencedor daquele dia, Rob não sabia. Várias centenas de camponeses e profissionais também tinham se rendido e implorado a chance de juntar-se ao exército vitorioso. Karyl aceitou com a condição de que, além de jurar lealdade a Providence, qualquer um que fosse considerado culpado de assassinato, estupro, mutilação ou tortura seria executado imediatamente.

Como em tudo o mais, Karyl mantivera-se fiel à sua palavra também naquilo. Pelo menos uma dúzia de cavaleiros e o dobro de soldados e mercenários foram mortos. Nem sempre de forma rápida e limpa; as vítimas que tinham sobrevivido a eles conseguiram pegá-los antes dos carrascos. E Karyl não tentou interferir na justiça improvisada, ou o que quer que aquilo fosse. Na visão dele, aqueles eram bandidos.

"Quê?", Karyl perguntou. "Falhou no quê?"

"Meus cavalos leves", respondeu Rob.

Karyl grunhiu.

No meio da tarde, os pródigos cavalos leves de Rob haviam voltado. Eles trouxeram quinze feridos, não incluindo os corredores das matas, que levaram seus feridos para outro lugar a fim de serem cuidados. Oito homens e mulheres tinham sido mortos. Por mais que estivesse irado por eles terem deixado o campo de batalha sem autorização, as mortes lhe cortaram o coração. Aqueles garotos e garotas confiavam nele; e, se eles o tinham desapontado, sentia que fizera pior por aqueles que perdera.

Arrancou a história deles, envergonhados e gaguejando. Embora tivessem escapado dos arqueiros de Crève Coeur, foram atacados pelos arbaletes. Os arcos médios e pesados dos mercenários não só possuíam empuxo maior do que os curtos, como também mais alcance. Embora Providence tivesse vencido, os cavalos leves não tinham lutado e não apreciavam tal fato.

Enquanto recuavam das inesperadas armas letais dos inimigos, alguém cavalgou até o topo do morro para relatar ter visto uma comitiva de cavaleiros vindo do oeste. Os cavaleiros e corredores das matas aliados decidiram ir de encontro àquela nova ameaça e cavalgaram para tentar atrasar os reforços inimigos antes que estes inchassem ainda mais as fileiras em favor do conde Guillaume.

Acabaram esquecendo completamente a missão original.

Os recém-chegados não eram cavaleiros, mas infantaria da casa que cavalgava para juntar-se à batalha. Eles desmontaram rapidamente para

OS CAVALEIROS DOS DINOSSAUROS

encontrar o ataque de Providence. Nem as flechas dos corredores das matas, nem os dardos da cavalaria foram de grande utilidade contra profissionais protegidos por malhas. E, uma vez que os arqueiros que estavam em meio ao grupo invasor entraram em ação, rechaçaram rapidamente as tropas mais leves.

Eles infligiram a maior parte das perdas aos destemidos filhos de Rob. Quando os cavalos leves e corredores das matas acabaram de se reagrupar nas matas ao sul, tendo cuidado o melhor possível dos feridos, a batalha já havia acabado.

"A guerra é assim", disse Karyl. "Tivemos sorte de as coisas terem corrido tão bem para nós quanto correram. E nós vencemos."

"Meus rapazes e raparigas loucos me serviram bem", disse Rob, arrastando-se do beiral do poço negro de depressão e fadiga onde sempre mergulhava após uma batalha. Ele sabia que Karyl começaria a pagar seu próprio preço terrível ao anoitecer, na forma de pesadelos apavorantes, dos quais nunca conseguia recordar-se ao acordar. "Em sua maior parte, me serviram muito bem. Mas... eles são voláteis. São muito independentes e não aceitam bem lidar com disciplina."

"Não", Karyl concordou. "E é assim que precisamos que eles sejam."

Uma mulher levou uma caneca de barro para Karyl. Ele aceitou com um aceno de cabeça e um agradecimento silencioso. Ela não era uma das de Rob; pela jaqueta manchada que vestia, julgou que ela devia ter carregado uma lança na terceira ou quarta fileira. A primeira fileira usava placas peitorais de couro de chifrudos engraxado e esmaltado, direto do arsenal de Providence. O resto vestira qualquer coisa que tivesse sobrado.

Rob sentiu cheiro de cerveja. Era um milagre – ou um testemunho das inclinações de seu nariz – que ele tivesse conseguido cheirar qualquer coisa além dos terríveis odores residuais da matança. Os quais haviam ficado consistentemente piores com o passar do dia.

"Se puder, moça", disse ele, pondo em uso uma língua que repentinamente sentiu como se pertencesse a um filhote de chifrudo e estivesse abarrotada dentro da boca por causa de alguma desventura, "se incomodaria de me trazer um desses também?"

Ela riu. Por baixo de toda a sujeira e dos cabelos castanhos desgrenhados, tinha um rosto convidativo. Poderia até fazer o tipo atrevido, se não estivesse fedendo tanto a sangue coagulado.

VICTOR MILÁN

"Já cuidei disso", ela respondeu, entregando a ele uma caneca também. "Agradeça ao barão Côme. É bebida produzida da própria casa dele, recuperada do vagão de bagagens de Guilli."

Estava fresca e reconfortante e Rob virou pelo menos metade de uma só vez. Ele terminou o resto, limpou a boca com as costas da mão – embora não soubesse se no processo tinha posto mais cerveja na mão ou sujeira na barba e no bigode – e devolveu a caneca vazia.

"Meus agradecimentos ao barão", disse ele, sentindo-se como uma esponja seca que inchava pela umidade. "E a você também."

Mas preferiu não dar congratulações ainda. Naquele momento, Rob estava tão seco que beber mijo de dinossauro poderia ter dado no mesmo. Ele levava sua cerveja muito a sério para distribuir congratulações a torto e direito, então preferiu esperar.

Karyl bebericava mais lentamente. "Você precisa nomear um capitão para seus cavalos leves", disse a Rob.

Foi como se a marreta de Gaétan o tivesse acertado atrás da orelha. Sua cabeça girou e o estômago revirou. Uma sensação fria crepitou pelo corpo. Suplantando o frescor da bebida e o calor do álcool.

"Então vou ser dispensado?", ele disse bruscamente. "Não que possa culpá-lo, afinal, perdi o controle sobre as minhas tropas hoje."

Mas... *Achei que tinha dito que eu não havia falhado.*

Ele se amaldiçoou por dentro. *Moleque idiota! Você não vai ser mais feliz desprendendo-se das desgraças e complicações? Você não seria o mais feliz de todos se simplesmente voltasse para a estrada, só você e Nell, sem nenhum fardo maior do que uma mochila, um machado e uma flauta?*

Oh, e o coração, claro. Esse é o mais pesado. Mas é um fardo conhecido, ainda que não seja apreciado.

E mesmo assim. E mesmo assim. Havia todos aqueles adoráveis dinossauros de guerra para cuidar e transformar em perfeitas criaturas de combate. Não quaisquer dinossauros: os maiores dinossauros de guerra. Os verdadeiros senhores dos dinossauros, mestres dos campos de batalha. *Tricerátopos!* E o homem que tinha dominado o uso daquelas fortalezas vivas de três chifres na guerra como nenhum outro em Nuevaropa. E, provavelmente, como ninguém mais o faria em tempo ou lugar algum.

Rob sabia que era um adorador de heróis até o âmago. Em seu segundo período como menestrel, ouviu as moedas tinirem em sua caneca por

OS CAVALEIROS DOS DINOSSAUROS

conhecer todas as canções e baladas dos heróis, as mais novas e as mais antigas, e cantá-las com fervor apaixonado. Ele achava mais difícil fingir a paixão por heróis e heroínas do que o amor por qualquer mulher.

Não importava o quão dolorosa aquela responsabilidade terrível pesasse em seus ombros, Rob suportaria deixar os monstros ou o homem. Mesmo assim, viu-se piscando em meio a lágrimas de dor ante tal proposição.

Karyl o encarava como se de sua fronte um par de chifres marrons como as da Grande Sally tivesse brotado.

"É claro que você não será dispensado", disse ele. "Suspeito que precisarei de você mais do que nunca. E continue fazendo como sempre fez: diga aos batedores aonde ir e o que fazer, e faça os relatórios do que descobrirem. Mas agora sabemos que eles precisam de alguém que os lidere em batalha."

"Alguém que os comande?", perguntou Rob. Àquela altura, as palavras pareciam ter pouco sentido para ele; a reação à fadiga e à adrenalina estava transformando a astúcia de aço em chumbo.

"Ambos sabemos que eles não vão aturar serem *comandados*", Karyl explicou. "Se fizessem esse tipo, não seriam adequados para serem batedores ou parte da frota a pé. Mas o que eles querem é alguém que os impressione. Alguém que possam seguir como exemplo porque esta pessoa é a melhor. Como aquela garota, Stéphanie, ou seu irmão, o são entre os seus. Ambos serviriam, contudo, eles não fazem parte do povo-cavalo; não mais do que você. E eles não têm o desejo de ser. Seus selvagens jamais os aceitariam como nada além de aliados."

Alguma parte misteriosamente ainda ativa da mente de Rob lembrou-se que aquilo era um temperamento que Karyl conhecia bem. Em parte, ele descendia dos nômades a cavalo. Ele passara cinco anos exilado entre o clã Parso da sua falecida mãe.

Karyl esvaziou sua caneca e fez uma pausa para colocá-la no chão ao lado dos seus pés.

Um jovem magrelo vestindo uma tanga se materializou do nada e a recolheu. Karyl lançou um agradecimento vago com a cabeça enquanto ele desaparecia.

Eles o adoram, pensou Rob. *E por que não? Ele fez apenas o impossível por eles.*

"A única forma de usar os cavalos leves sem perdê-los é com um toque de leveza", Karyl explicou. "Só temos de encontrar a pessoa certa. Alguém que eles seguirão."

VICTOR MILÁN

"Bem, temos tempo. O dia de hoje nos deu isso. Ainda que apenas um pouco."

Por algum motivo insano, Rob sentiu-se abruptamente zangado. Ele se levantou, o que precisou de algum esforço.

"Então por que não eu?", ele exigiu saber, percebendo e odiando o choramingo em sua voz. "Você mesmo disse que eles confiam em mim."

Erguendo uma sobrancelha, Karyl perscrutou o corpo de seu companheiro, que Rob sabia assemelhar-se a um barril de pernas encurtadas e curvadas.

"Você certamente não está me dizendo que se vê em batalha investindo na metade da velocidade dos cavalos leves com essa sua chifruda gorducha..."

"Nell não é gorda! Ela é encorpada, sim, mas garanto que..."

"... e liderando esses guerreiros num ataque contra cavaleiros montados."

"Nem fodendo!", grunhiu Rob. Então emendou: "Me desculpe, senhor. *Ehr...* capitão. *Coronel*!".

"Ouvi o que você disse antes", falou Karyl.

"Eu lutei hoje, com certeza", disse Rob. "Mas foi só em defesa própria. Não sou louco. O que é preciso ser para atacar os malditos cavaleiros, mesmo se for pra bater e fugir."

Ocorreu-lhe – meio tarde, como sempre – que aquela não era uma coisa adequada a ser dita a um homem que enfrentara um famoso cavaleiro de dinossauros vestido como um cavaleiro leve e montando uma égua temperamental pouco maior do que um pônei. E que o havia matado. Em verdade, Rob pretendia escrever canções sobre os feitos de Karyl no Marais Caché na primeira chance que tivesse, e não cantaria apenas a derrota de Salvateur.

Karyl sorriu e bateu no ombro de Rob. "Esse não é nem seu dom nem seu temperamento, meu amigo. Você é mais útil para nós da forma como tem agido: o Mestre Espião no centro da teia, cujas presas são mortais quando a caça aparece. De fato, esta é uma parte fundamental do comando, encontrar o comandante certo para o serviço. Assim como o escolhi e, em troca, você tem correspondido.

"Agora, preciso que me empreste alguns dos seus cavaleiros. Vinte devem servir. Além disso, com seu consentimento, levarei alguns corredores das matas, se eles concordarem."

OS CAVALEIROS DOS DINOSSAUROS

Os corredores das matas marchariam por sobre lava incandescente se você pedisse, pensou Rob. *Assim como praticamente todo mundo deste exército.*

"Emprestá-los a você? Para quê?"

"Quero partir o mais rápido que pudermos para negociar a rendição do conde de Crève Coeur."

"Rendição?" Rob quase gaguejou ao falar. "Mas não temos máquinas para fazer o cerco."

"Não precisamos delas. Guillaume morreu. Vou até a corte dele fazer caras e bocas. Acredite em mim quando digo que bastará ir até lá no esteio das notícias dos feitos de hoje."

Rob respirou fundo e comentou devagar.

"Entendo. O conde Guillaume trouxe um exército maior do que o seu e melhor em todos os sentidos. Agora, seus homens estão mortos, espalhados por aí ou tornaram-se sua propriedade, e Guilli partiu desta para arriscar suas chances na Roda."

Ele deu uma gargalhada tenebrosa. "Eles vão pensar que você é um demônio, isso sim."

O rosto de Karyl ficou pálido à luz alaranjada da fogueira. Seus olhos se estreitaram brevemente. Rob recuou, intimidado pelo que dissera. Ao menos, sua astúcia havia se recuperado o suficiente para que ele não piorasse tudo ao se desculpar.

Mas, quando Karyl Bogomirskiy não matava por causa de algo, ele logo esquecia.

E se chegasse a isso, se ele o matasse, com certeza também esqueceria o fato bem rápido.

"Cavalgaremos assim que eu aprontar algumas provisões", Karyl alertou. "Mas temos de ser rápidos."

"E quanto a mim?"

"Você levará o exército de volta à cidade de Providence. Eles precisam descansar esta noite, mas ponha-os para trabalhar logo que amanhecer."

"Por que eu? Digo... por que não o barão Côme? Ou Copper. Ou até Gaétan."

"Você é o meu tenente", Karyl respondeu. "Meu segundo em comando. Eles vão fazer o que mandar. Foi o que juraram quando se juntaram ao exército. De qualquer modo, tudo que precisa é ordenar; eles sabem o que fazer. Então, cavalgue para o leste o mais rápido que puder."

"Por que a pressa?"

VICTOR MILÁN

"Não esqueça que o conde Guillaume não era a única ameaça. Métairie Brulée e Castaña também levaram as coisas quase tão longe quanto. Sem dúvida eles estavam esperando para pisotear nossa carcaça após Crève Coeur nos ter aniquilado.

"Com certeza alguns cavaleiros de Guillaume já cruzaram o Lisette até Métairie Brulée a esta altura. O que narrarão à condessa Célestine a deixará sem ação por ora. Mas não queremos que dom Raúl de Castaña fareje uma oportunidade. Providence é uma cidade de localização central. Independente do desenrolar das coisas, quanto antes você levar o exército de volta, menores as chances de termos problemas."

Karyl começou a se afastar bruscamente, como se tivesse acordado de um pesadelo. Mas, agora, Rob sentia algo mais pesando em seu estômago, como uma bandeja de cacos de vidro.

"Quanto disso tudo você planejou?", ele perguntou para as costas de Karyl.

"Quanto do quê?", indagou o outro.

Rob ergueu a mão com a palma aberta voltada para cima. "De tudo. Talvez desde que tenhamos chegado a este maldito lugar. Os pontos baixos e os altos. Até mesmo o fiasco de Flores Azuis e nosso julgamento." Ele meneou. "Todas as suas táticas incríveis e sua habilidade sobrenatural com a espada podem cegar um homem para o fato de que, acima de tudo, você é um estrategista supremo. Então, meu lendário herói, quanto disso tudo você planejou?"

"Tivemos mais sorte do que qualquer ser humano deve esperar", Karyl respondeu. "E bem mais do que merecemos. É justo dizer que planejei bem menos do que tudo... talvez metade."

Rob sentiu o estômago trincar. "Por quê?"

"Fui contratado para um trabalho. É diferente para os senhores dos dinossauros? De várias maneiras, nossos empregadores são oponentes mais difíceis do que os nossos inimigos."

"Isso, sim", Rob concordou, rindo forte, apesar da dor. "Seu chefe está com você sempre."

"Precisamente. Eles nos contrataram para realizar certas tarefas. A certa altura, inevitavelmente temos de escolher entre realizá-las ou agradá-los."

"Concordo. E então?"

OS CAVALEIROS DOS DINOSSAUROS

"Fomos trazidos até aqui para ensinar Providence a se defender. Foi o que fizemos. Eu dei a ela a maior chance de sucesso que estava em meu poder dar. E você também."

Rob o encarou. As pontas dos cacos de vidro continuavam afiadas.

"Se serve de consolo", Karyl emendou, "não tinha ideia de que a princesa agiria da maneira como fez. Uma mente como a dela, brilhante, porém motivada por um idealismo ingênuo e sem qualquer bom senso, é menos previsível do que o estrategista mais diligente. Isso a torna uma oponente perigosa. E uma aliada ainda pior."

"Então você não... você realmente não...?"

Karyl encarou o olhar caloroso dele diretamente. "Nunca previ o mal que acometeu sua mulher. Nem o resto do grupo. Não sacrifico nenhuma vida a não ser que seja necessário. Nem mesmo a de Conselheiros chatos do Jardim. Fui contratado para proteger todos."

Rob contorceu os lábios em algo que poderia se passar por um sorriso. "*Nós* fomos contratados para protegê-los."

"Sim, fomos. E esta é uma das lições mais difíceis: não se pode proteger todo mundo. Não importa o quanto você seja bom. Não importa o quanto tente."

Para a surpresa de Rob, a voz dele embargou, como se estivesse emocionado. Karyl abaixou o olhar.

"Não importa o quanto tente", disse ele suavemente, "todos que confiam em mim acabam morrendo."

Rob segurou o ombro dele. "Se algum de nós está vivo agora, é somente por sua causa."

Karyl levantou a cabeça. Ele olhou para Rob com uma expressão quase infantil e os olhos úmidos de lágrimas.

"Por enquanto, meu amigo. Por enquanto."

Após um instante, piscou. Seus olhos se limparam; os ombros enrijeceram.

"Agora", ele prosseguiu num tom quase alegre, "eu tenho de cavalgar. Afinal, há um condado inteiro a ser intimidado."

Rob o observou afastar-se até a noite engolir completamente sua silhueta magra. Ele balançou a cabeça.

"Quem é mais louco então?", perguntou ele para o vento e para os mortos. "Ele? Ou eu, que o sigo?"

OS CAVALEIROS DOS DINOSSAUROS

– 23 –

Brincador, Saltador
Psittacosaurus ordosensis. *Dinossauro bípede herbívoro, 1,5 metro, 14 quilos, com um bico curto, porém poderoso. Distintivo pela plumagem franzida. Praga de jardim comum em Nuevaropa.*
– O LIVRO DOS NOMES VERDADEIROS –

A praça central da cidade de Providence, enfeitada de bandeirolas, desabrochava em cores, movimento e música sob a gentil luz da tarde, filtrada pelas nuvens. Pétalas de flores em lavanda, amarelo e azul rodopiavam com o vento aos pés dos habitantes da cidade como se tivessem se juntado a eles na dança. Vários conjuntos competiam com sua música animada. Embora o dia estivesse quente, vindos dos penhascos das Montanhas Blindadas já se insinuavam o leve frescor e o frio do outono.

À sombra de um toldo berrante instalado para a comemoração, Melodía estava sentada ao lado da fonte com Bogardus e Violette.

A contrariedade dava ao rosto bonito do conselheiro um aspecto ressequido e enrugado.

"... devia ter nos consultado antes", Violette dizia a Bogardus, como se Melodía não estivesse ali. "O Conselho governa Providence ou não?"

Bogardus sorriu de forma apaziguadora. "Sim, nós aconselhamos. Guiamos com a mão benevolente de Jardineiros."

Melodía não sabia bem por que estava ali, sendo festejada pela multidão. *Tudo o que fiz foi trazer o desastre para este povo*, ela pensou, *e fazer com que minha melhor amiga fosse morta.* Ela ainda alternava momentos de torpor com choradeira desconsolada.

Naquele momento, sentia-se entorpecida. Em sua maior parte. Mas as lágrimas continuavam presentes, estremecendo lá dentro, prontas para irromperem sem aviso ou provocação aparente.

"Quem sabe seja hora das nossas mãos ficarem mais ativas", Violette sugeriu. "Hora de moldar o crescimento desgovernado. E podar aquilo que é desagradável."

Alguma coisa naquilo gerou um gosto ruim na boca de Melodía. A facção de Violette já parecia ativa até demais para ela. Mas a sensação passou com pouco mais de um aviso superficial. Seus pensamentos estavam ativos demais para serem distraídos.

"Karyl removeu a maior ameaça ao povo do nosso Jardim", elaborou Bogardus. "Ele obteve uma grande vitória, afinal. Uma que será celebrada por eras, se as canções nas tavernas servirem de qualquer indício."

Rob Korrigan já havia cuidado desse tanto, por mais que Violette pigarreasse ante a proposição de aquilo ser tratado como música. Para celebrar a volta do exército para casa, ele fizera uma peregrinação de bebedeiras pelo punhado de tavernas da cidade. Apesar de ter ficado na fazenda nos dias que se seguiram – e ficado bêbado, pelo que Melodía soubera –, escrevera furiosamente canções sobre a milagrosa vitória na Marcha Oculta. Outros membros do exército vitorioso as haviam levado para a cidade, onde se tornaram sucessos instantâneos.

Ele lida com a dor da forma como sabe melhor, Melodía pensou. *Por que não tenho um consolo como esse?*

Mas ela desprezava a falta de controle que o excesso de bebida ou de ervas trazia. E, apesar de ter estado sob a tutela de um dos maiores músicos da era moderna, jamais dera sinais de aptidão musical, além de ter uma voz agradável. E sua capacidade vocal era limitada, em especial com a garganta ferida de tanto chorar.

VICTOR MILÁN

A memória do seu amante perdido – *Eu o joguei fora de modo tão irrevogável quanto fiz com Pilar?* – a cutucava e ameaçava desencadear um novo rompante de soluços. Ela tentou dominar-se. *Eu sou uma Delgao, sou uma nobre. Uma grande por mérito próprio. Não vou desgraçar meu título e minha família demonstrando fraqueza em público.*

"Na verdade", disse Bogardus com um sorriso que, se Melodía não o conhecesse, diria ser endiabrado, "acredito que este conjunto mais recente está cantando uma das músicas de mestre Korrigan."

Feliz pela distração, Melodía prestou atenção às palavras conforme o grupo de aprendizes de vestes extravagantes passava de braços dados: "Naquele campo a Esperança renasceu/ E o tirano Guilli pereceu..."

Violette pigarreou ainda mais alto.

"E não vamos nos esquecer", completou Bogardus, "que obtivemos um tesouro substancial quando ele intimidou os herdeiros de Crève Coeur e os barões sobreviventes para que se submetessem. Os cofres que esgotamos para pagar pelo exército e sua manutenção estão mais uma vez transbordando de prata. Nossos bravos guerreiros receberam uma recompensa, e os feridos e familiares dos mortos também a terão em breve. Karyl até mesmo proveu alívio para aqueles que haviam sofrido pelas depredações do conde Guillaume."

Ele balançou a cabeça. "Admiro tremendamente a desenvoltura dele tanto quanto a coragem. Coroando a pilhagem das carroças de bagagens, um leilão pelas posses do conde? E uma condição da venda obriga a vencedora, a baronesa Antoinette, a concordar em pagar enormes reparações?"

Violette olhou de soslaio para Melodía. "Talvez seu pai tenha algo a dizer sobre isto?"

Mencionar o imperador era como um soco no estômago no atual estado de Melodía. As palavras se amarrotaram demais na garganta para conseguirem sair.

"O império prefere que assuntos referentes à vassalagem e à sucessão sejam resolvidos em nível local", falou Bogardus suavemente. Ele pareceu ter sentido que a pergunta causara impacto em Melodía. Também já demonstrara familiaridade com o modo de ser da corte, embora Melodía jamais o tivesse visto em uma. Ela com certeza teria se lembrado.

Violette franziu a testa. "Não foi interferir na sucessão o que provocou aquela terrível reação no norte, há um ou dois anos?"

OS CAVALEIROS DOS DINOSSAUROS

"Aquilo envolveu um príncipe alemán", explicou Bogardus, "não um mero condado fronteiriço. O partido do príncipe rebelou-se porque temia que a escolha do imperador por um dos seus lhe daria poder demais."

"Mas imperadores são sempre eleitos da Torre Delgao. Qual a diferença? E quem poderia ser tão crasso a ponto de objetar que Felipe escolhesse a bela Melodía para ser a imperatriz depois dele?"

"A prole não pode suceder diretamente o pai no Trono Dentado", disse Melodía, saindo momentaneamente da autopiedade. Pelo que sentiu uma pontada de gratidão à mulher vestida de roxo. "De qualquer modo, somos uma família grande. Para alguns é importante qual ramificação ascende ao vermelho e dourado."

"Venha", disse Bogardus, apertando o braço de Melodía. O contato em seu braço despido foi vibrante, mesmo diante da atual tristeza. "Temos de reconhecer que a genialidade de Karyl beira a arte, se não o for de fato."

Melodía não estava tão afundada em desespero a ponto de não perceber que o Irmão Mais Velho tentava debandar uma longa discussão sobre políticas dinásticas do império. Francamente, ela não podia culpá-lo. Ela também não estava tão imersa em si a ponto de não perceber o quão velozmente os detalhes sobre a política interna da família Delgao podiam entediar um observador de fora.

"Talvez você devesse", Violette observou, cruzando os braços sobre os seios mirrados. "É apenas dinheiro. E Karyl devia ter insistido para que Crève Coeur abraçasse a orientação e os princípios do Jardim! Por que mais o pagamos para vencer esta matança espalhafatosa que estes idiotas estão glorificando?"

Melodía fez uma careta. Ela gostava da conselheira de uma forma cautelosa. Decerto sentia certo fervor por ela. Era grata pela aceitação e pela afeição que Violette demonstrara. E também pela quase tolice demonstrada por Bogardus por não a ter rejeitado após o que ela tinha feito em nome do Jardim e do amor.

Por algum motivo, sentiu o impulso de defender Karyl. Isso a chocou a ponto de conter qualquer que fosse a resposta que se moldara em sua língua, antes de ser disparada. Ela não podia desprezar Karyl mais pelo que ele representava – não quando ele ficara entre ela e a terrível morte que ela levara a Pilar.

VICTOR MILÁN

Como sentia-se em relação a ele agora e ao que ele era, Melodía não podia dizer.

Mas o que desarmou sua expressão vocal foi meramente a noção de que um homem como Karyl Bogomirskiy pudesse precisar de qualquer defesa.

Os músicos passaram cantando, sem dúvida apreciando o dia de folga da árdua rotina tanto quanto apreciavam celebrar a sua salvação.

Melodía virou-se para observá-los. Ao fazê-lo, encontrou o olhar triste do prefeito, seus bigodes caídos de forma mais pronunciada do que ela se recordava de ter visto. Ele assentiu com seriedade. Ela devolveu a cortesia, *noblesse oblige*, e se espantou como os guardas da cidade que o cercavam, homens e mulheres de peitos encouraçados e cabeça erguida como se eles tivessem qualquer relação com a vitória celebrada, se pareciam mais com administradores do que com guarda-costas.

Ela sentiu o corpo magro de Violette enrijecer ao seu lado. Melodía olhou ao redor e viu a conselheira inclinar-se para a frente como um troodonte ao avistar um saltador num arbusto.

Marchando na direção deles vinha uma falange de crianças, várias dezenas, que iam dos vinte anos – a idade em que os corpos começam visivelmente a se tornar adultos – àquelas que mal conseguiam engatinhar sem ajuda. Todas usavam becas de linho branco e cada qual trazia na mão um cardo, o símbolo de Providence. Melodía nunca descobrira por que não era uma cornucópia ou algo assim; tendo sido criada nas artes, ela sabia que heráldica fazia sentido pouco menos da metade das vezes e, nas outras, fazia menos ainda. Por outro lado, cada criança trazia uma flor, brilhante e alegre, em tonalidades vermelhas, azuis, amarelos a brancas. A voz aguda delas cantava a tradicional *Canção de Agradecimento aos Oito*, em spañol arcaico.

Com as mãos apertando os braços da cadeira tão firme que as veias azuis se destacaram na pele branca como leite, Violette assistiu à procissão passar. *Por que tamanho interesse?*, Melodía se perguntou

De acordo com as fofocas no château, Violette deixara dois filhos crescidos para trás quando partiu de sua terra natal, uma viúva nobre despossuída pelos esquemas dos herdeiros do falecido marido. Diferente das amigas Lupe e Fanny lá em sua terra, que adoravam conversar alegremente sobre o dia em que a política finalmente permitiria que elas tivessem filhos, Melodía não via apelo em ter um bebê. Era um negócio dolorido e bagunçado, que ela conhecia muito bem; e o que você ganhava em troca de toda aquela gritaria e do esforço? Um pacote úmido de barulho e cocô. Que um dia, se os Criadores quisessem, cresceria e se tornaria uma peste, como a sua irmã, Montse, a quem ela amava profundamente (e de quem sentia tanta saudade).

Talvez Violette estivesse sentindo os choques tardios da necessidade materna ou sentindo falta dos supostos netos que possivelmente jamais conheceria – Melodía só teve tempo de pensar naquilo antes que a saudade de casa, a dor e a autopiedade crescessem numa massa molhada para acertá-la direto no rosto, obrigando-a a apanhar seu lenço e a fingir estar espirrando para esconder as lágrimas de traidora.

Melodía deitou a cabeça no travesseiro de cetim. Suas mãos apertaram os lençóis de cetim. Violette ajoelhou-se no chão do quarto de Bogardus com suas nádegas, brancas como Eris, a Lua Visível, voltadas para cima, e mergulhou o rosto entre as pernas abertas da princesa. Após uma provocação aparentemente sem fim, primeiro beijando a pele macia das coxas internas, depois os lábios do seu sexo, a língua de Violette descobriu o centro de prazer de Melodía e agora o tocava como se fosse um instrumento musical. O tom que ela tocava era diferente do de Jaume, mas o prazer que deu era tão intenso quanto.

Tudo acontecera repentinamente naquela tarde, quando voltaram à quinta do Jardim após o desfile da vitória, na cidade de Providence. Os três tinham jantado juntos em silêncio, nos aposentos de Bogardus – simples, porém belamente decorado com borrifos de flores em superfícies elegantes, esculturas discretas e pequenas pinturas. Aquilo era incomum, mas, de algum modo, pareceu natural para ela. Ou quem sabe tenha sido só a sensação de alívio por não ter de encarar os outros membros do Jardim que ela deixara vivos, cujos rostos a levariam a reprovar a si própria por mais que estivessem sorrindo e sendo condescendentes.

Enquanto um novo acólito de olhos respeitosamente desalentados do Jardim levara as louças embora, Violette postou-se ao lado de Melodía e pôs a mão em seu ombro. Quando o garoto se curvou e foi embora com a bandeja, a Irmã Mais Velha já estava falando confiantemente nos ouvidos dela.

VICTOR MILÁN

Melodía não saberia dizer sobre o que falaram. Porque, primeiro por acidente, depois de propósito, os lábios de Violette tocaram a sua bochecha. Ela não resistiu quando uma mão em seu queixo forçou o rosto a virar-se na direção da outra mulher.

E, quando o beijo chegou à sua boca, ela respondeu.

Melodía sentiu o peso da cama pender para seu lado. Abriu os olhos enlouquecidos de paixão e viu Bogardus ajoelhando-se sobre ela. Na verdade, o que ela viu foi seu membro à luz da lamparina, dominando seu campo de visão como um obelisco róseo, enquanto a face dele se curvava para baixo, além do alcance de seus olhos. Amor e autoridade pareciam emanar do falo. Com algo similar a gratidão, ela agarrou a ereção quente com os dedos e levou-a para sua boca ávida, sentindo com a língua o sabor salgado...

Falk a apanhou novamente. Suas mãos eram como algemas, duras e enormes. Suas estocadas brutais pareciam uma lança quente enfiada em suas entranhas. Ela estava indefesa, violada e jamais seria livre...

O grito de ultraje e angústia de Melodía a trouxe à consciência até antes que ela percebesse que havia se sentado muito ereta. Os cabelos longos escorriam de seus ombros nus. Com um antebraço ela se debateu para afastar o toque suave que a despertara.

Me libertou do pesadelo, ela percebeu repentinamente. O pânico começou a diminuir.

O ar noturno rescendendo a jasmim refrescava seu peito nu, molhado de suor. Pelo brilho suave das velas em tigelas de latão, ela viu a cabeça de Bogardus no travesseiro ao seu lado. A mão direita dele estava aberta e longe dela, onde certamente ele a tinha posicionado após a reação violenta que a princesa tivera ao seu toque.

No rosto havia uma expressão que era um arremedo de sorriso, mas a preocupação estava marcada nos cantos de seus olhos cinzentos como pequenos pés de galinha.

Ela o examinou do meio da cortina de cabelos que caía de ambos os lados de seu rosto, oferecendo apenas uma fatia vertical do mundo e que era aquela visão tranquilizadora, escura, de queixo quadrado.

"Esta não foi a primeira vez que alguém acordou gritando ao seu lado?", ela perguntou.

"Não."

OS CAVALEIROS DOS DINOSSAUROS

Ele moveu a mão deliberadamente e a deslizou para que encontrasse a outra por baixo da própria cabeça. O peito inflou e cedeu num suspiro.

"Este lugar que chamamos de Paraíso é um mundo terrível", disse. "Por isso me dedico a trazer qualquer beleza que me seja possível ao mundo, porque já vi feiura demais, muitas coisas feias nesse mundo."

Foi o que escolhi fazer também, pensou Melodía, *quando Violette me beijou esta noite.*

O desejo de intimidade, do contato humano puro, a tinham inundado. E mesmo quando se rendeu ao pedido implícito da mulher, ela sentiu-se resistindo.

Não vou permitir que Falk continue a me definir. Nem o medo que ele me imputou. Minha vida foi novamente arruinada. Mas vou reconstruí-la e começarei tomando-a de volta dele.

Bogardus respirou fundo e de forma deliberada. "Às vezes me pergunto se eu não tivesse vindo..."

Ele parou no meio da frase. Seus cílios desceram, sem se fecharem completamente. Pareceu para Melodía como se eles estivessem tentando fechar algo dentro de si.

Quando voltou a abri-los, estes estavam calmos e límpidos. Num tom diferente, ele perguntou: "Você quer falar a respeito?".

"Não."

Ela afastou os cabelos do rosto. Após um momento, aceitando que ambos estavam despertos agora, cruzou as pernas e ajeitou-se, olhando para o mentor e amante.

"Mas tem outra coisa além do seu sonho sobre a qual você não quer falar. O que a perturba?", perguntou Bogardus.

O perdão, ela queria dizer. *Ele deveria ser mais difícil. Eu deveria ter de sofrer uma penitência.*

Mas talvez aquilo fosse fraqueza – covardia. Talvez ela esperasse que outra pessoa extorquisse dela um preço menor do que estava cobrando de si própria.

"Eu fui uma idiota", ela comentou.

"Você é jovem", ele amenizou. "Ser jovem não é exatamente isso? Se me lembro bem da minha juventude..."

Ela o cortou. "Eu estava desesperada quando vim aqui. Perdida e... quebrada. Desesperada."

VICTOR MILÁN

"Eu sei."

"Era como uma mulher se afogando, procurando algo em que se agarrar. Qualquer coisa. Você me deu... o Jardim me deu algo. Não me entenda mal, ainda sou grata. Mas... fiz péssimos julgamentos. O que eu queria mais ferozmente, mais desesperadamente, era amor."

"Amor? Sim, nós ensinamos isso. É uma flor preciosa do nosso Jardim."

Ela assentiu de forma quase convulsiva. "Sim, mas... eu o tomei por garantido. O ser tudo... o fim de tudo... a panaceia."

"Ahhh." Com os lábios quase fechados, ele deu um suspiro. "Entendo."

"É uma lição que ouvimos o tempo todo da Igreja ao crescermos", ela explicou. "Especialmente as seguidoras da Mãe Maia. E... bem, quando tive de ir embora, quando tive de fugir pela minha vida e liberdade, o que me salvou foi o amor. O amor da minha irmã. O amor das minhas amigas, que eu nem sabia que me amavam tanto. E o amor de Pilar..."

Ela engoliu em seco. Premendo os olhos e trincando os punhos, engoliu a tristeza. Suas pálpebras estavam úmidas quando voltou a abrir os olhos, mirando Bogardus.

"Preciso dizer isso agora. Foi a coisa que capturou meu olhar. A flor mais brilhante do Jardim. Então, eu a agarrei."

"E?"

Ela o encarou com tanta ferocidade que ele ergueu ambas as sobrancelhas. "Você sabe o que aconteceu!", ela rosnou.

"Sim", disse com tristeza. "Eu sei." Absolon fora amigo dele durante anos – uma amizade jamais maculada pelas posições contrárias no Conselho.

Ela suspirou. "Então... eu aprendi. O amor não é tudo de que precisamos. E não conquista tudo. Certamente não foi o que conquistou aquele bastardo do Guilli!"

Ele aguardou um instante, permitindo que a fúria passasse. Então, perguntou cuidadosamente num tom neutro: "Você não acredita mais no poder do amor?".

Ela balançou a cabeça. "Não é isso. Posso ser inexperiente, mas não sou fútil. Eu amo você. Amo meus amigos Jardineiros. Amo a minha irmã Montserrat. E amo... amo Jaume."

Foi difícil dizer aquilo. Havia mais um nome, o objeto do seu amor mais profundo e devoto. Mas ela não conseguia nomear aquela pessoa ainda.

OS CAVALEIROS DOS DINOSSAUROS

"Mas, sim. Vejo agora que não é o que eu chamava antes... panaceia."

"Ao menos, nós podemos aprender", disse ele. "Mesmo se não bastar para compensar os nossos erros. Eu... gosto de pensar que é o mínimo que podemos fazer por aqueles que prejudicamos, caso todo o resto tenha falhado. Aprender a sermos melhores da próxima vez."

Ela suspirou. "Assim espero...", respondeu. Então, sentou-se com as costas retas. "Decidi me alistar."

"Alistar?"

"Na milícia", ela explicou. "Quando Karyl voltar. Quero me juntar a ele, se me aceitar. Ainda temos de lidar com Métairie Brulée e Castaña. É possível que eles pensem que ficamos enfraquecidos pelo conde Guillaume e decidam agir."

Ele franziu a testa levemente, estudando-a. Ela achou difícil discernir se o que cruzava o rosto do homem era desaprovação ou mera ruminação. Como sempre, Melodía não conseguia ver além dos olhos dele.

"Então, ao se desiludir com o amor, decidiu dar uma chance à guerra?", ele perguntou de maneira brusca. "Tem certeza de que não está exagerando na reação?"

"Não", afirmou ela. "Mas isso não está incluído em encontrar o equilíbrio sobre o qual os Criadores nos ensinaram o valor? Ir de um lado para o outro, do alto para baixo e, depois, voltar? É o que preciso fazer agora. Restaurar o equilíbrio dentro de mim."

Ela tomou a mão dele com ambas as suas, pressionou-a primeiro com os lábios, depois com a bochecha.

"Por favor", disse ela, desprezando a si própria pela maneira como soou perdida e infantil. "Por favor, diga que tudo bem."

Ele se endireitou. Recolhendo a mão, pôs sob o queixo dela e levantou seu rosto. "Não precisa da minha permissão para fazer o que acha que é certo. Mas tem a minha bênção."

Ele sorriu. A princesa achou ter lido tanto alegria quanto dor em sua expressão.

"Acho que a irmã Violette está certa", disse suavemente. "Logo chegará a hora de apresentá-la aos Mistérios. Mas, por ora, aja como achar melhor, querida criança. E saiba que a amamos também."

OS CAVALEIROS DOS DINOSSAUROS

– 24 –

Raptor irritante, Irritante, Vexer
Velociraptor mongoliensis. *Raptor de Nuevaropa,
2 metros de comprimento, 50 centímetros de altura, 15 quilos. Mantido
comumente como animal de estimação, embora seja propenso
a ser violento. Bandos selvagens de vexers costumam ser pragas,
mas representam pouca ameaça aos seres humanos.*
– O LIVRO DOS NOMES VERDADEIROS –

A grande assassina despertou rapidamente do seu sono, debaixo de um denso arbusto.

Ela estava adentrando uma área mais povoada agora; o cheiro dos duas pernas sem-rabo e suas montarias de quatro-pernas ficava cada vez mais forte conforme avançava. Estava mais difícil ocultar seus dez metros de comprimento.

Mas alossauros se escondiam de humanos há gerações. O conhecimento vivia no tutano de seus ossos leves e resistentes.

Ela se espreguiçou e coçou as costas com suas escamas duras num tronco de árvore, rosnando ante o prazer puro que aquilo trazia.

OS CAVALEIROS DOS DINOSSAUROS

A seguir, encontrou um galho firme na altura adequada e coçou entre as projeções similares a chifres que tinha diante dos olhos, onde era aturdida por uma coceira especialmente persistente.

O contato fazia a matadora se lembrar da mãe coçando-a com suas pequenas garras cegas. Sua adorada mãe, há muito perdida, que parecia tão insignificante, mas a quem ela sabia, lá dentro, ser tão alta quanto o céu e tão poderosa quanto uma montanha. Sua mãe a protegia.

Ela sentia tanta falta da mãe que às vezes isso fazia sua barriga doer mais do que a fome. Se bem que, naquele dia, seu apetite estava saciado, pois ela jantara bem antes do último sono.

Ela pôs o focinho para fora das sombras e piscou ante os últimos raios solares do entardecer que pinicavam levemente suas escamas, apesar de encobertos pelas nuvens. Assim que os olhos se acostumaram à luz, examinaram o ambiente ao redor. O terreno era irregular, com arbustos em certas partes e mata alta em outras. Ela o seguiria durante o máximo de tempo que pudesse, pois seria menos provável que encontrasse duas pernas ali do que em campo aberto.

Virando o rosto na direção da noite, viu uma figura num cume, delineada contra as distantes montanhas azuis. Era claramente um duas pernas, apesar do contorno envelopado e da bizarra cabeça pontiaguda; ela sabia que as criaturas podiam mudar de forma com suas estranhas magias. Ela conhecia a figura. Ela não tinha cheiro como o dos duas pernas. Por mais que tentasse capturar seu odor, ela nunca sentia nenhum.

Mas a visão preencheu seu corpo de calor e de uma doce certeza, como beber o sangue vertendo de uma presa abatida. Ela estava chegando perto da mãe. De alguma maneira sabia, como sempre soubera, que aquela curiosa figura a estava guiando rumo à reunião. Rumo à segurança e ao amor.

Ao sair do seu abrigo, permaneceu atenta. Uma manada de matadores tinha agido na área, ainda que os odores da urina e estrume indicassem que já haviam partido há alguns sóis. A grama, os arbustos e chumaços de vegetação arrancados traziam o cheiro forte de um macho adolescente morto. Ele caçava sozinho, sem dúvida afastado do grupo por sua mãe.

O cheiro não a preocupou. Ela já o havia encontrado. Há dois sóis ele a abordara, andando lateralmente até ela, depois preparando-se

240

para um confronto com suas mandíbulas poderosas e cheias de adagas. Uma dança do acasalamento.

Ela não ficara impressionada.

Ela tinha metade do tamanho dele. Ele era rápido e forte em sua juventude, mas ela era esperta e experiente.

Ela rugiu para ele, avisando-o de que não estava receptiva. Ele avançou, como se pretendesse forçá-la, o que não a deixou nada feliz.

Ela ficou particularmente ultrajada pela presunção adolescente de ousar montá-la porque ele era deformado. O nariz havia sido quebrado e curvado num ângulo em que a mandíbula superior não se encaixava apropriadamente com a parte de baixo, ainda alinhada. Era óbvio que ele não era mais capaz de abater uma presa de maneira adequada, tendo que viver de restos ou de pequenos saltadores.

Quer ele tivesse nascido assim ou sofrido alguma derrota ou acidente, era uma criatura indigna de se acasalar com uma poderosa caçadora como ela.

Contudo, ela recordava-se do encontro com prazer agora. No final, o ávido adolescente provara ser digno de uma matadora.

Ele fora delicioso, ainda que um pouco fibroso demais.

Tudo estava bem no mundo dela. Virando o rosto para os raios do sol, ergueu a cabeça e seguiu para o vale anelado pelas matas emitindo um desafio de satisfação: *shiraa!*

"Vexer!"

Ante o grito, Rob e Karyl viraram-se da robusta cerca que continha os trichifres. Uma jovem mulher tinha parado seu pônei pardo nas proximidades e descido da sela. Vinda claramente de Ovdan, com pele cor de oliva e um rabo de cavalo preto brotando de um anel de cobre do alto da cabeça, ela era corpulenta, de ombros e quadris largos, mas com uma cintura estreita em comparação. Ela vestia um colete feito de algum tipo de pele escamosa, preta e marrom, talvez de alguma espécie de crocodilo, coberta com goma brilhante. Ela devia ser acolchoada com alguma coisa mais confortável, Rob avaliou, especialmente considerando o quão pesada era a usuária. Ela também vestia um *kilt* de couro mais leve e botas que chegavam praticamente até os joelhos. O cabo de uma espada brilhava num ângulo estranho sobre seus ombros e havia um estojo para um arco pendurado na sela.

OS CAVALEIROS DOS DINOSSAUROS

Para Rob, sua montaria, uma criatura com cabeça de martelo de crina encaracolada e olhos malignos, não parecia maior do que um grande cachorro. Quando ainda a montava, a recém-chegada parecia se equivaler em tamanho, mas, ao chegar perto dele com as pernas ligeiramente arqueadas de alguém que passara a maior parte da vida nas costas de um cavalo, ela pareceu pelo menos tão alta quanto ele.

Ao mirar seu companheiro, Rob viu algo que jamais pensou que veria em sua vida: Karyl Bogomirskiy, lendário guerreiro e mítico viajante, recuou e piscou os olhos em algo bem próximo de estar confuso.

"Tir?", perguntou ele.

A mulher andou até Karyl e o agarrou em volta das costelas nuas. A despeito da brisa fria que soprava das Montanhas Blindadas, o sol do meio-dia estava quente e ele trajava apenas um *kilt* de cânhamo e sandálias. Para a surpresa de Rob, ele viu que, por mais que Karyl fosse baixo, era perceptivelmente mais alto do que ela. Apesar disso, com um dobrar de joelhos e um mínimo de esforço, ela arrancou os pés dele do chão num abraço.

"Vexer, seu pequeno ladrão de ovos!", gritou ela, enquanto arrancava o fôlego dele no aperto. "Como está você, em nome do Velho Inferno?"

Rob percebeu que os olhos de Karyl reviraram de uma forma bastante incomum. "'Vexer'?", perguntou Rob em meio ao prenúncio de um sorriso malicioso.

"Um antigo... apelido", disse Karyl com um pouco de dificuldade, enquanto a mulher o devolvia para o chão sólido e o largava. "Da época do meu exílio."

"O desgraçado era ativo que nem um velociraptor e duas vezes mais incômodo. Esse era Karyl", comentou ela. Ela falava francés com sotaque de Ovdan. "Sempre se intrometendo e fazendo perguntas, perguntas e mais perguntas. Ele incomodava alguns dos nossos guerreiros. Mas eu sempre soube que ele iria a muitos lugares e faria grandes coisas."

Deu um soco de leve no quadril dele. "E foi o que você fez! Voltou para reconquistar seu feudo e arrancou a cabeça daquela baronesa Stechkina, que matou seu pai e exilou você. Direto para os livros de história! Então o que o trouxe aqui tão longe de Marcha da Neblina, primo?"

"Eu morri."

Ela ergueu a sobrancelha. "Você parece muito bem pra um morto. Vou ter de ouvir essa história."

VICTOR MILÁN

"Pra encurtar", intrometeu-se Rob, "ele colocou de forma errada. Mas parece achar a sua atual situação preferível." Karyl parecia mais feliz atualmente, com trabalhos desafiadores a serem realizados. Rob não queria cutucar memórias dolorosas referentes à traição que ele sofrera e à destruição da sua adorada Legião do Rio Branco, na Batalha de Hassling. Nem o papel que ele próprio desempenhara na queda sem precedentes de Karyl.

Tir circulou Rob, como se fosse agarrar seu pescoço. Ele chegou a dar um passo para trás.

"E quem você acha que é?", inquiriu ela.

"Ele acha que é Rob Korrigan", respondeu Karyl, recobrando a compostura. "Ele acha que é meu senhor dos dinossauros. E também chefe dos batedores e dos espiões. E é bom em todas essas coisas, então permito que continue pensando isso." Ele virou-se para Rob e disse com seriedade. "A primeira coisa que precisa saber sobre a minha prima é nunca levá-la muito a sério."

"A não ser que eu esteja pelada ou segurando uma arma", concordou ela, sorrindo como se a língua não conhecesse a palavra vergonha. "Ou se não puder ver a minha mão. O que, em geral, dá no mesmo. Então você é um espião?"

Rob fez uma reverência tão ridiculamente baixa que chegou a encostar os dedos no chão. *Não é tão fácil assim quando você parece um barril sobre duas pernas*, pensou ele. *Se bem que o comprimento incomum dos meus braços ajuda.*

"E um bardo de pequenos talentos, minha dama", disse ele, endireitando-se.

"'Minha dama' a minha bunda redonda", disse ela. "Você só está impressionado pelo tamanho das minhas tetas."

"Elas são, de fato, impressionantes."

Àquela altura, uma multidão havia se juntado ao redor deles, pessoas que Rob tinha certeza de que deviam estar fazendo outra coisa. Todos pareciam fascinados pela extravagante recém-chegada. Eram em sua maioria homens, mas também havia algumas mulheres deslumbradas.

Ela olhou para Karyl. "Ele deve ser melhor cantando do que espionando, se só souberam que eu estava chegando quando já podia facilmente atirar uma lança em você."

OS CAVALEIROS DOS DINOSSAUROS

"Não aceite a provocação", Karyl preveniu Rob. "Ela gosta disso, como já deve ter reparado. Claramente os piquetes não a viram como ameaça. De qualquer maneira, este é um acampamento militar em expansão. Pessoas vêm e vão todo o tempo."

"Não sou uma ameaça?", exclamou Tir, num tom de ultraje zombeteiro. "Talvez você não me conheça mais tão bem quanto pensa. E cadê os guarda-costas? E se eu fosse uma assassina querendo vingar o conde gorducho Guilli?"

"Ele não quer guarda-costas", respondeu Rob de forma seca. "Fora isso, não é como se ele tivesse muito a temer de uma pessoa comum ou de um assassino contratado. É possível que você também não o conheça mais tão bem como pensa."

Ela virou-se e ergueu uma sobrancelha para ele. Era mais velha do que ele pensara a princípio, o que era indicado pelas linhas em volta dos olhos e da boca. Talvez tivesse a idade de Karyl, setenta ou algo assim. O que a fazia parecer mais jovem era sua constituição firme e exuberância.

"O que é isso? Um homem que não engole minhas merdas?" Ela riu. "Gostei disso. Sempre posso quebrá-los no lombo mais tarde, se decidir ficar com eles."

Uma égua baia esguia se aproximou, coberta de suor e ofegante. Os espectadores abriram caminho para ela.

"Capitão", disse sua montadora num sotaque spañol. Era uma moça escura e lisa como um garoto, carregando uma lança de caça. "Há uma manada de trichifres passando pelos campos do senhor da cidade Melchor. Vinte e três feras com cornacas e uma escolta de vinte arqueiros de Ovdan, além de duas carroças com bagagens."

"Obrigado, Emilia", respondeu Karyl. "Pode voltar para a patrulha."

Enquanto ela se afastava, Karyl sorriu e disse: "Reparei que seu pônei ainda está ofegante, Tir".

Ela deu uma gargalhada tempestuosa, que equivalia ao resto da sua personalidade.

"O dia em que um sujeito dos baixios me vencer na corrida será o dia em que rasparei a cabeça e vou aderir à filosofia Tianchao-guo."

"E quem é você?", perguntou Rob. "Além de ser prima de Karyl, claro."

"Eu? Ele já disse, sou Tir."

"Significa 'flecha', em parsi", explicou Karyl. "E estou surpreso por você ter deixado seus animais sem cuidados."

VICTOR MILÁN

"Eles não estão sem cuidados. Viu por que o chamávamos de 'Vexer'? Ele é um espinho nas tetas, e gosta de ser assim. Nesse meio-tempo, se meus homens não puderem cuidar de alguns bandidos sozinhos, eu mesma arranco as bolas deles. Se elas não forem pequenas demais pra se enxergar."

A mente de Rob não estava tão afiada como deveria. Não era surpresa; ele mal tivera chance de se recuperar da exaustão física, emocional e espiritual que a Batalha da Marcha Oculta deixara. Ainda precisava cuidar dos ferimentos dos dinossauros de guerra e acomodar os novos monstros que a vitória lhes garantira.

E relatórios dos seus batedores chegavam a cada hora, fosse dia, ou fosse noite: de Métairie Brulée reunindo forças ao sul, de Castaña cavalgando ao longo das Águas Risonhas. Cada vizinho parecia aguardar que o outro agisse. Karyl precisava saber o exato momento em que alguém o fizesse – e ainda mais, saber se o ataque seria contra uma Providence evidentemente enfraquecida.

Quando a importância das palavras de Emilia o aturdiu, a moça já havia cavalgado para longe.

"Espere", ele disse. "Ela mencionou trichifres? Vinte e três deles? Sério?"

Tir voltou a rir. "Sem dúvida um senhor dos dinossauros."

"Nosso capitão enviou uma mensagem para o norte com uma de nossas caravanas para eles", disse Gaétan, que abriu caminho por entre a massa de pessoas.

"E quem é este aqui?" Tir quase ronronou.

"Gaétan", respondeu Karyl. "Outro tenente meu. Ele é filho de uma família de comerciantes que faz extensivo comércio com Ovdan."

Tir correu os dedos pelo peito nu de Gaétan, dedilhando pela pele rósea da cicatriz deixada pela luta de Flores Azuis.

"Você só escolhe os melhores, não, primo?", comentou ela. "Se não conhecesse suas preferências, rigidamente femininas, diria que tem bom gosto para homens. Então deve escolhê-los realmente pelas habilidades marciais. Por mais tedioso que seja."

Os olhos verdes de Gaétan encontraram os de Rob. As bochechas do jovem estavam coradas. Rob sentiu um calor por baixo da sua própria barba. *Esta raptor está me fazendo corar?*, pensou ele, surpreso.

"Não a deixe incomodá-lo", disse Karyl. "Ela foi raptada quando era bebê e criada por bandidos; seu pai, o Pasha, irmão da minha falecida

OS CAVALEIROS DOS DINOSSAUROS

mãe, a tinha recuperado somente um ou dois anos antes que eu fugisse para sua soberania. Vejo que ela ainda resiste ao processo da civilização. Como vai o meu tio, Daryush Khan?"

"Ainda se segurando. E ainda fazendo seus suseranos turanianos botarem o rabo entre as pernas."

"Por que você não trouxe seu rebanho pelo meio da cidade?" Karyl parecia mais relaxado agora. Na verdade, mostrou um ar casual à prima, que Rob raramente vira em todo aquele tempo. "Você não conseguia resistir a uma chance de se exibir."

"Como deve se lembrar, nunca fui fã de cidades. De qualquer modo, a cidade de Providence tem ganhado uma má reputação no Turanistão. Seus oficiais querem meter os narizes em lugares demais; parece que eles se esqueceram do quanto da sua prosperidade devem ao contrabando. Escutei fofocas de que começaram até a assar forasteiros por causa das suas crenças, e a pegar pesado com todos que não dão as respostas certas. O que, mais cedo ou mais tarde, é algo que começará a repercutir."

"De acordo", comentou Gaétan. "Meu pai sempre fez frente ao Conselho do Jardim. Eles o tratam como inimigo. As pessoas andam pelas ruas de cabeça baixa e não gostam de falar, com medo de que as ouçam. O que isso tem a ver com 'Verdade' e 'Beleza', eu não sei. Até a minha irmã, Jeannette, ela própria uma Jardineira, não tem conseguido defendê-los."

"Parece que seus contratantes são bem discutíveis, primo", disse Tir.

"Eles são", confirmou Karyl. "Mas, contanto que nos paguem e deixem fazer nosso trabalho, sua política não interessa a nós. A mim."

"Se eles colocaram na cabeça que se importam com o que outras pessoas pensam", disse Tir, "é só questão de tempo antes que comecem a abrir a de vocês. E imagino que nem eles, nem vocês, vão gostar muito da experiência." Ela deu de ombros. "Bem, não é da minha conta. Mas, no geral, vem sendo uma viagem estranha."

"Por quê?", perguntou Karyl.

Rob começara a ficar irrequieto; estava dividido entre, como chefe dos espiões, saber o que Tir tinha a dizer e a vontade de ir ver as novas aquisições. Os seus seis trichifres tinham sobrevivido à luta na Marcha Oculta; os dois mais feridos se recuperaram por completo. Como homens, as feras tendiam a se curar rápido de ferimentos que não as matava.

VICTOR MILÁN

"Vimos bem poucas pessoas no caminho entre as Montanhas Blindadas e a cidade de Providence", Tir estava dizendo. "Parecia uma terra fantasma."

"Não é uma terra muito habitada, penso eu", Karyl disse. Ele deu uma olhadela para Rob. "A verdade é que temos estado atentos a todos os lados, exceto o norte. Por mais estranho que seja, Ovdan é um vizinho com o qual não nos preocupamos."

Ela riu. "Quem sabe nós estejamos crescendo na miúda. Nada contra vocês de Nuevaropa, mas não podemos deixar que fiquem complacentes demais certo? De qualquer maneira, essa falta de gente foi muito incomum. E aqueles que encontramos eram tão estranhos quanto os Fae."

"Viu algo ameaçador?", perguntou Gaétan.

"Na verdade não. Nenhum sinal de ataques, lutas ou pestilência. Mas estou morrendo por descobrir por que há tão poucas pessoas, antes de voltar para casa."

Ela olhou ao redor, para o público. "Será que algum de vocês aí, que não têm nada melhor a fazer além de encararem meus peitos, poderia fazer a gentileza de arrumar uma bebida pra uma garota?"

Homens dispararam em todas as direções. Sorrindo, ela voltou-se para Karyl e para o cada vez mais impaciente Rob.

"Eu vi uma cavalaria leve praticando ao norte do acampamento."

"É o meu pessoal", disse Rob, pronto para defender os garotos e garotas do que estava certo que seria uma inundação de insultos. Embora se aquela nômade selvagem decidisse traçar comparativos individuais entre seu povo e os cavaleiros de Providence, facilmente seria capaz de fazer valer o seu ponto.

"Bem, eles não parecem tão ruins assim", ela completou. "Pro povo dos baixios. Vi pelo menos uma que sabia cavalgar decentemente. Monta uma égua arabi cinza adorável. Quem é essa?"

"Como vou saber?", replicou Rob. "É um cavalo como qualquer outro."

Tir encarou Rob de rosto franzido como se ele tivesse afirmado que acabara de caminhar dali até a Lua Visível. Voltando-se para Karyl, lançou para ele um olhar que dizia tão alto quanto o que ela própria disse: "Primo, tem certeza quanto a este aqui?".

"Senhor dos dinossauros", Karyl lembrou.

"Ah", ela assentiu. "Que assim seja. Ela é uma garota alta, com pouca carne para seus ossos, mas não tão descarnada quanto essa que passou

OS CAVALEIROS DOS DINOSSAUROS

por aqui. Mas escura como ela. Cabelos aparados, parecem quase pretos, mas quando o sol incide, refletem vermelhos como sangue."

"É Melodía Delgao", disse Rob. "Uma nova recruta da Altamente Irregular Cavalaria Leve de Rob Korrigan."

Ele não conseguiu conter um sorriso ao dizer o nome que ele próprio cunhara quando, no calor do momento, a garota Delgao convencera um altamente cético Karyl – e Rob, que beirava a hostilidade ativa – de que ela falava sério sobre se alistar, e também sobre se subordinar a Karyl e a qualquer suboficial que ele escolhesse.

"E, devo honestamente admitir, uma recruta incomumente promissora", Rob completou.

"Essa coisa de honestidade é nova pra você?", Tir perguntou com zombaria.

"Sempre procuro ser imprevisível."

"A criança é uma montadora habilidosa", Karyl falou. "É de se esperar, dada sua classe e família. Ela compreende estratégia e dá sinais de que pode ser uma líder."

Tir assentiu. "Se você diz isso e eu digo que ela é uma montadora decente, sem dúvida ela é preciosa. E, falando de família, Delgao não é o que vocês chamam de família imperial por aqui?"

"Sim", Karyl respondeu.

"E Melodía não é a princesa fugitiva que foi apanhada tentando envenenar o pai?"

"Ela foi acusada falsamente de tramar intrigas contra o pai, o imperador", Karyl explicou. "Ao menos é o que ela diz."

"Ela não parece ser do tipo que faria isso", Rob afirmou.

Então, ele hesitou, incapaz de prosseguir, recordando-se de que obtivera aquela impressão de Melodía – de ser uma garota meiga e inteligente, que fora mimada e insegura sobre quem era de fato, mas que tinha grande potencial ao conseguir resolver todas essas questões – da sua criada, Pilar.

"Que pena", Tir comentou. "Se ela tivesse tentado dar fim ao imperador, certamente teria o espírito de uma nômade. Da forma como é, ela demonstra algum potencial, então eu provavelmente deveria dar a ela um equipamento adequado de guerreira. Sem dúvida consigo para ela uma cimitarra e um capacete pontiagudo adequados. E devo ter um arco de criança na minha bagagem que talvez, com a prática, ela

VICTOR MILÁN

aprenda a curvar. Ele ainda acerta mais forte do que esse lixo que usam para disparar por aqui. Juro, se todos vocês do baixio tivessem pintos tão curtos e fracos como seus arcos, eu não atravessaria as Montanhas nem por ouro!"

"E, falando em ouro", Rob se intrometeu, cobrindo seu lapso de emoção honesta com a prudência, "quanto nos custará essa generosidade, mademoiselle Flecha?"

"Pode chamar de presente", ela disse, "visto o que vou ganhar neste acordo com os dinossauros. Mas se o rapaz com as cintas aqui quiser discutir qualquer pagamento adicional, estou aberta a negociações particulares."

A típica confiança de Gaétan o abandonara, deixando-o abrindo e fechando a boca como uma carpa.

Rob esperava que Stéphanie não fosse do tipo ciumento. Ele não tinha a menor ideia se os corredores das matas partilhavam da mesma relaxada visão sexual dos sulistas. Mas sabia que nem todo mundo se sentia da forma como sua tribo ou nação dizia. Mesmo pessoas com personalidades menos... potencialmente alarmantes... do que a de Stéphanie.

"Você dizia algo sobre nós do baixio e o tamanho dos... arcos", Rob não se conteve em dizer.

Tir sorriu e enganchou o braço no cotovelo de Gaétan. "Este aqui tem força suficiente", ela disse, apertando o firme bíceps. "Acho que ele vale uma tentativa, independente do tamanho do bastão."

O olhar que Gaétan lançou por sobre o ombro enquanto ela o levava na direção da casa da fazenda foi quase uma súplica.

"Certo", disse Rob. "Ele cuida disso. Agora, vamos aos nossos novos dinossauros!"

OS CAVALEIROS DOS DINOSSAUROS

– 25 –

Los Libros de la Ley, Os Livros da Lei
*A própria Lei dos Criadores. Popularmente atribuídos a Torrey,
o Filho Mais Jovem, que simboliza a Ordem, eles contêm explicações
e comentários, já que as leis fundamentais são poucas e simples: por
exemplo, estabelecer a adoração pelos Criadores como a fé global,
embora permitindo-a assumir diversas formas; incitar as pessoas
a apreciar ativamente a vida; abnegarem a punição eterna;
exigir higiene adequada; e proibir escravidão e tortura.*
– UMA CARTILHA DO PARAÍSO PARA O PROGRESSO DE MENTES JOVENS –

"É uma pena o que fez com os seus cabelos, criança", disse a irmã Violette. Sorrindo à luz de uma dúzia de velas postas à pequena mesa, em torno da qual ela, Bogardus e Melodía sentavam-se nus, e em nichos que cercavam o quarto de Bogardus, ela estendeu a mão para acariciar os fios tosados. "Eles eram tão compridos e lindos antes."

Melodía combateu o desejo de se afastar. *Você não se afastou do toque dela na cama segundos atrás*, ela disse a si mesma. *Por que o faria agora?*

OS CAVALEIROS DOS DINOSSAUROS

Talvez ela estivesse mais irritada agora do que quisesse admitir a si pela maneira com que a conselheira ficava tentando alimentá-la com pedaços de queijo e frutas. Quando Melodía chegara, ao final daquela tarde, numa visita cada vez mais rara ao château, os três imediatamente se entregaram a uma sessão de amor. Após terem se exaurido, Bogardus chamara quatro acólitos para pôr a mesa, trazendo vinho e comida. Agora, a janela estava aberta, dando para o manto negro da noite cravejado de estrelas brilhantes, permitindo a entrada de um hálito gelado vindo das montanhas perpetuamente cobertas pela neve.

"Eu queria... romper com a minha vida pregressa", explicou Melodía. "Fora isso, é mais fácil lidar com ele agora que eu não... agora que não tenho ninguém para cuidar dele pra mim."

Não chore.

"Ele se torna você", Bogardus disse, bebendo o vinho de um copo de argila. "Por mais adorável que seu cabelo fosse quando era longo, agora um aspecto diferente da sua beleza se destaca."

"Fui eleita líder de tropa", ela contou, um pouco ansiosa. "Terei trinta cavaleiros leves sob a minha orientação."

"Não no comando?", Violette perguntou.

"As jinetes não lidam bem com comando", ela explicou. "Eu ganhei o respeito deles, então permitiram que os liderasse. Principalmente pelo meu exemplo."

"'Jinetes'?", Bogardus perguntou.

"É como chamamos os guerreiros montados. Ah, o povo da minha mãe, ou seja, catalães. O que vocês chamam de gentours, acho". Ela fez uma pausa. "Não podemos continuar nos chamando de 'cavalos leves', já que alguns montam dinossauros."

Bogardus assentiu e comentou: "Você parece orgulhosa".

Seu sorriso parecia uma sombra do que já fora. *Talvez seja a luz da lamparina*, ela tentou se convencer.

"O que aquele seu rígido Karyl acha disso?", perguntou Violette, se espreguiçando como uma felina, de modo que seus seios pequenos e rosados se esticassem sobre as costelas.

Aquilo aborreceu Melodía. Mas não com ela.

"Ele não tem nada a ver com isso", respondeu. "O mestre Rob aprovou a minha eleição. Karyl presta pouca atenção à forma como seus tenentes cuidam das coisas."

VICTOR MILÁN

E nenhuma atenção a ela, embora todos os demais estivessem estupefatos por uma princesa de verdade – ainda mais a Princesa Imperial – estar servindo ao lado deles, independente das suas atuais dificuldades legais. Contudo, fora o próprio carisma e habilidade de Melodía que a elevaram. Isso a entusiasmara mais do que praticamente tudo que conhecera até então.

Meu pai é o soberano da Cabeça do Tirano, ela pensou, *e estou animada como uma estudante ao receber o comando de um punhado de gente do povo que, ademais, age como se fossem bandidos.* E ela estava. E continuaria estando. E isso era tudo o que havia.

"Mestre Rob e Karyl querem que eu leve uma patrulha para o leste, para fazer uma varredura do nosso lado das Águas Risonhas em busca de guerreiros castañeros. Eles estão ficando mais ousados. Karyl acredita que estão testando se conseguirão efetuar uma invasão em larga escala, enquanto Métairie Brulée fica sentada ao seu lado, como um vexer assistindo horrores se alimentarem de um bico de pato morto."

Violette sorriu e a abraçou.

"Estamos orgulhosos de você, Melodía", disse ela.

"Mas... achei que você fosse contra. Você sempre defendeu um retorno do Jardim ao ideal de pacifismo."

"E percebi", respondeu Violette, "que nossos ideais não passam disto: *ideais*. Metas para levarmos adiante. Desde que mantenhamos tais ideais puros em nossos corações, teremos a certeza de que estamos fazendo a coisa certa."

"Não entendi."

"Seu exemplo nos ajudou a enxergar a verdadeira forma de crescer. Suas experiências, tanto as boas quanto as ruins. Você depositou suas esperanças num galho de idealismo... e ele se rompeu ante o peso."

Melodía abaixou a cabeça, mirando seu prato. Tentou não enxergar olhos mortos encarando-a em meio às migalhas.

"O mundo moderno é corrupto", Violette afirmou. "É venenoso demais para nutrir os brotos tenros do idealismo. Por isso, temos de preparar o solo. Até que isso seja feito, é preciso deixar de lado o pacifismo, a busca pura da beleza e do prazer, a liberdade de ações e desejos. Até mesmo a indulgência dos pensamentos em desacordo ao bem comum.

OS CAVALEIROS DOS DINOSSAUROS

"Quando tivermos purificado o nosso Jardim, esses ideais poderão florescer mais uma vez em toda a gloriosa profusão. Até então, teremos de podar e tirar as ervas daninhas."

Melodía franziu a testa diante daquilo. *Podar e tirar as ervas daninhas. Por que aquilo soou sinistro? Especialmente por Violette dar um sorriso tão largo ao dizer a frase.*

Violette virou-se para Bogardus. "Acho que ela está pronta."

Ele fez uma leve careta. "Tem certeza, irmã? É um passo e tanto."

"E eu não sei?" Violette agia de forma deliberada, quase boba. Seus olhos de lavanda brilhavam febrilmente. "Mas você viu o quão receptiva é a criança. E ela ficará longe sabe-se lá por quanto tempo. Por que negar-lhe o acesso à Beleza interior?"

Bogardus suspirou. "Se você tem tanta certeza..."

Foi a vez de Melodía fazer uma careta. O comportamento subjugado do homem começou a preocupá-la. Seu rosto trazia um brilho cinzento e a pele parecia levemente pendurada na forte ossatura. De algum modo, Bogardus parecia ter declinado após a última visita dela.

Naquela tarde, ele fora um amante tão diligente e proficiente quanto sempre fora. Contudo, Melodía sentiu como se o coração dele não estivesse presente. Ele pareceu vago. Talvez até não tão limpo quanto poderia; ela pensou ter captado um fraco aroma de decaimento quando Bogardus e Violette a acompanharam até o quarto. Ela sentia-se excitada o suficiente para ignorá-lo, após suas recentes atividades vigorosas e sua abstinência prolongada. Quando a abraçou, ele cheirava bem – na verdade, cheirava ao típico sabão de lilás de sempre. Mas sua pele trazia uma textura curiosa ao toque, um pouco arenosa, um pouco sebosa.

Será que ele não está bem?, ela se questionou. O pensamento não trouxe conforto.

Violette estava enérgica como uma criança. A luz do candelabro lavou suas costas nuas estreitas numa tonalidade alaranjada, enquanto ela caminhava até a cortina azul, do outro lado do cômodo.

"Ambos discutimos isso", Violette disse, agitada. "Nós concordamos que seu desenvolvimento espiritual chegou a um ponto em que você está pronta para ascender."

"Ascender?", Melodía perguntou. Sua animação anterior – e brilho posterior – tinha morrido. Agora, mais uma vez, ela voltava a reparar em como a câmara de Bogardus havia mudado, tal qual ele próprio.

VICTOR MILÁN

E, assim como ele, não para melhor. A decoração brilhante que a avivara quando estivera ali pela primeira vez desaparecera. As belas pinturas estavam ausentes das paredes e as esculturas dos seus nichos e pedestais. As roupas de cama ainda eram ricas e macias, mas as cores eram fastidiosas.

Acima de tudo, ela sentiu falta das flores que preenchiam o quarto com cores e perfumes. Não restara nada vivo ou que já estivera vivo entre as paredes nuas, exceto pela comida, mobília e por eles próprios. Era como se a diretora estética do Jardim não fosse mais a Beleza, mas a austeridade.

O azul profundo da cortina de seda que tapava a entrada fora o único toque de cor que restara. Violette foi até ela. Fazendo uma pose dramática, olhou por sobre o ombro, para Melodía.

"Você nos ouviu falar sobre os Mistérios Internos", disse a mulher de cabelos prateados, parada com a mão sobre a cortina. "Agora, contemple o mais doce dos mistérios. Conheça nosso Anjo guia!"

Ela abriu a cortina. No pequeno cômodo além, Melodía viu o que tomou pela estátua de um homem sentado. Sob a fraca luminosidade das velas, ela conseguiu captar alguns detalhes: feições e membros extraordinários, cabelos dourados encaracolados. Seu rosto estava abaixado, de modo que os olhos estavam ocultos por sombras. Mesmo sentado, a cabeça do ídolo era mais alta do que a de Bogardus.

A beleza da escultura queimou a alma de Melodía com sua perfeição. Ela era exaltante e perturbadora. *Era isto que eles escondiam?*, Melodía pensou, sentindo o coração disparado. *O trabalho de arte mais perfeito já produzido por mãos humanas?*

A figura levantou a cabeça.

Ela olhou para Melodía com seus olhos que eram como piscinas negras. Lentamente, estendeu a mão na direção dela. A carne nos dedos era descolorida. O fedor de decadência, anteriormente fraco, agora a aturdiu como o hálito saído de uma cova recém-aberta.

O maior terror que Melodía já conhecera a apreendeu. O pânico ardeu dentro de seu peito. Ela virou-se e correu, nua e descalça, atravessando os corredores até a noite fria de outono.

"O que é isto, em nome do Velho Inferno?", mor Florian exclamou do alto de seu sacabuxa creme e amarelo, sobre um cume rochoso das terras altas de Meseta, na Spaña ocidental.

O conde Jaume dels Flors conduziu Camellia até seu companheiro.

Ele liderava seus quinze sobreviventes e atuais Companheiros para o encontro que Felipe ordenara. Atrás deles, vinham seus escudeiros e irmãos em armas Ordinários. Logo a seguir, marchava e cavalgava o resto do Ejército Corregir, os nobres e cavaleiros de patentes mais baixas e suas comitivas, ainda reclamando dos saques, estupros e matança que lhes fora negado em Ojonegro. Então, vinha o comboio de bagagens e, por último, os Nodossauros. Eles provavelmente estavam bastante descontentes de ter perdido os frutos da vitória; contudo, seu desprezo pelos cabeças de balde era tamanho que não se dignavam a demonstrar, preferindo manter as opiniões dentro das próprias fileiras.

O fim da manhã estava quente; a rodada de quatro estações de dois meses ao ano trouxera apenas sutis diferenças para a Spaña, exceto à sombra da elevada Cadeia de Montanhas Blindadas. Dois quilômetros a oeste, o Grande Exército Imperial da Cruzada – *El Gran Ejército Imperial Cruzador* – estava acampado e descansando ao lado da Estrada Imperial. A expedição de Jaume acabara de atravessar a passagem chamada de Portão dos Ventos, pelas Montanhas de Cobre que protegiam a maior parte de tempestades que vinham do Canal e tornava La Meseta uma das regiões mais secas de Nuevaropa.

Como um grande cobertor feito de homens, monstros e máquinas, o Exército do Trono Dentado se espalhava pela planície poeirenta. Meadas de reforços, de ordens de militantes e senhores vassalos convocados da Spaña e da Francia para servir o império, tinham expandido o exército para uma força de mais de vinte mil homens.

Que agora estavam em fileiras dispostas de ambos os lados da estrada, aguardando a chegada dos seus companheiros: cavaleiros montando cavalos de guerra e hadrossauros, tropas reluzentes, arregimentações de camponeses de caminhar apático e o sinistro bloco marrom do Décimo Segundo Tércio de Nodossauros Imperiais. Além deles, um campo cheio de tendas e pavilhões brotava como vários cogumelos espalhafatosos. Mesmo ao longe, Jaume pôde ver os pavilhões dourado e vermelho onde Felipe estava, entre seu exército e seu campo, flanqueado pelos Tiranos Escarlates trajando suas belas armaduras e plumas sopradas pelo vento.

Aquilo não surpreendeu nenhum dos Companheiros; os cavaleiros que tinham ido e vindo entre os dois exércitos nos últimos dois dias os haviam informado sobre a localização do acantonamento imperial,

VICTOR MILÁN

assim como o fizeram sobre a aproximação do imperador. Uma colina ou duas atrás, Jaume e seus homens tinham parado para vestir as armaduras e trocar os cavalos por bicos de pato de guerra, a fim de fazer uma entrada apropriada no acampamento do imperador.

O que fez Jaume e seus amigos pararem de boca aberta – e fez o estômago de Jaume revirar como um saltador espetado por uma lança – foi a floresta que brotara ao longo do *Camino Alto Imperial*.

Ela não era formada por árvores naturais. E, como o loiro brabanter, mor Wouter de Jong, certa vez pontuara num cenário diferente – aquelas árvores traziam estranhos frutos.

Eram forcas. Algumas traziam barras cruzadas nas quais corpos enegrecidos jaziam pendurados pelo pescoço. Outras eram postes simples, com corpos nus amarrados e sua pele esfolada esvoaçando como bandeiras acima da cabeça. Alguns traziam rodas de carroças, com os membros quebrados de suas vítimas presos entre os aros para aumentar a agonia final. Algumas eram apenas estacas com cabeças enfiadas nas extremidades. Certos postes grossos traziam mulheres e homens empalados. Ou partes deles.

"Deve haver centenas", murmurou Wil Oakheart, de Oakheart. "O que isso quer dizer?"

"Nada bom", respondeu Florian.

"Temo concordar", afirmou Manfredo. O cavaleiro taliano conseguiu falar normalmente, apesar de sua boca e todo o resto do rosto não terem mais mobilidade do que uma estátua de pedra.

Sentindo como se sua armadura tivesse se transformado em chumbo, Jaume os liderou na direção da estrada do horror. Empoleirado sobre uma cruz em forma de T, de cujos braços dois corpos estavam pendurados pelo pescoço, um alado cinzento de barriga branca e amarela, e redemoinhos brancos na crista de aparência pesada, abriu seu bico sem dentes para emitir um bramido de perturbação ante a aproximação deles. Abrindo as asas de sete metros de diâmetro, ele as bateu lentamente ao longo da planície pontilhada.

Enfim fomos abençoados, Jaume pensou. *O vento está soprando para o outro lado.* Mas, em pouco tempo, os Companheiros já estavam cavalgando por entre as filas de árvores pavorosas.

O fedor parecia composto de mais do que carne podre. Como se a miséria, o terror e a degradação também tivessem fumegado.

OS CAVALEIROS DOS DINOSSAUROS

"Alguns ainda estão vivos!", exclamou Dieter. "Eles estão se movendo! Oh, doce Irmã do Meio Li, Dama da Beleza, tenha misericórdia!"

Lágrimas corriam pelas bochechas rosadas ao que ele olhou suplicante para seus colegas. "Não podemos ajudá-los?"

"Acho que eles estão além de qualquer ajuda", respondeu Florian, sem sua acidez de sempre.

"Mas eles não estão. Alguns ainda se movem. Olhem!"

Embora não desejasse fazê-lo – embora desejasse fazer qualquer outra coisa, incluindo morrer –, Jaume olhou. E teve de admitir que o jovem cavaleiro alemán tinha razão. Alguns corpos definitivamente se moviam.

"Olhe você", ruminou Ayaks, seu rosto travado numa carranca do tamanho de uma montanha. "Olhe de perto e aprenda."

Ele cavalgava Bogdan, um morrião dourado de barriga creme. Passando pelo sacabuxa de Dieter, foi até uma vala que estava sob uma roda quebrada. Sacando a espada por sobre o ombro, segurou o cabo próximo da extremidade. Após se certificar que ele e sua montaria estavam fora do alcance, esticou-se para cutucar o corpo inchado que estava pendurado ali. Com um grito que ecoou a agonia de seu ocupante, a roda girou. O cadáver que pertencia a uma mulher girou de cabeça para baixo. A cabeça balançou e a boca abriu.

Uma nuvem de moscas de corpos pretos e verdes opalescentes explodiu de dentro dela com um zumbido como o de um voleio de flechas. Os vermes e formigas que preenchiam cada centímetro quadrado da pele sebosa e nua caíram como uma chuva cinzenta viva.

"Está vendo onde os fluidos mortais pingaram e mataram a grama abaixo?", perguntou o gigante loiro que chorava. "Viu? Um dia, flores nascerão ali. Diga isso a si próprio, garoto: um dia, flores nascerão ali."

Dieter deixou o capacete cair da dobra do braço para cobrir seu rosto com ambas as mãos e chorar como uma criança perdida.

Os escudeiros armados tinham seguido logo atrás, sem dúvida mais próximos do que ditava o protocolo, ávidos para ver o que estava acontecendo. Jaume virou a cabeça na direção deles, e sem nem mesmo olhar, disse: "Podem, por favor...?".

258

VICTOR MILÁN

Um garoto de cabelos castanhos se adiantou para recuperar o elmo. Era o escudeiro de Jacques, David, não o de Dieter, Wolfram. Provavelmente o alemán era um daqueles que estava vomitando ruidosamente no pavimento de pedras esmagadas da Estrada Imperial.

"O mundo é um castelo de feiura", disse o geralmente taciturno Machtigern numa voz que soou como uma roda de ferro de uma carroça passando por uma rua coberta de pedras. "É por isso que buscamos a Beleza, para encontrá-la e nutri-la sempre que podemos. Até mesmo lutar por ela. Para restaurar o sagrado Equilíbrio do mundo."

"Oh, meu senhor", gritou alguém, "por favor, não nos obrigue a fazer esta coisa!"

OS CAVALEIROS DOS DINOSSAUROS

– 26 –

Alabarda, alabarda cristado
Lambeosaurus magnicristatus. *Herbívoro bípede, 9 metros, 3,5 toneladas. Valorizado em Nuevaropa como hadrossauro de guerra pela vistosa crista similar a uma lâmina que lhe dá seu nome. Criado com facilidade por sua coloração incrível, como os coritossauros e parassaurolofos mais comuns; também é mais corpulento do que eles.*
– O LIVRO DOS NOMES VERDADEIROS –

"*Tour*", sibilou uma voz das trevas enquanto Melodía seguia descalça por entre árvores e arbustos, rumo à luz do acampamento que pertencia, se seu cérebro estupidificado se recordava direito, a um dos seus contingentes de jinetes.

"Torre", em francés.

"*Atout*", respondeu ela. O desafio-e-resposta do dia, de algum modo, brotou fortuitamente em sua mente sem esforço consciente. Significava "trunfo" na mesma língua.

"Adiante-se, *jefa*." Esta última palavra era spañol para "chefe", forma terna pela qual seus cavaleiros a chamavam numa insinuação à sua herança de nascença.

OS CAVALEIROS DOS DINOSSAUROS

"Por que você está nua como Maia?", perguntou uma integrante do quarteto que sentava-se em volta da fogueira, bebendo vinho em odres de pele de saltador e devorando pedaços de um raspador que haviam assado no fogo. Melodía recordava-se do nome dela... Magda. Ela era baixa, redonda como um barril, montava um caminhante marrom e magro, e falava com um incomum sotaque slavo.

Melodía franziu a testa.

"Não me recordo", respondeu.

"Festejou pra valer lá no château, não foi?", disse Thom. Que era mais baixa do que Melodía e também mais jovem. Ela lembrou-se de sempre ter se questionado como ela mantinha suas franjas acastanhadas longe dos olhos. "Acho melhor não oferecermos mais vinho pra você, certo?"

"Não, obrigada."

Melodía sentiu a fronte franzir ainda mais conforme tentava se recordar de qualquer evento daquela noite. Ela costumava evitar aqueles tipos de indulgências, alcoólica ou herbal, o que poderia explicar seu descompasso. Ela se lembrava de ter se sentado na quinta do Jardim após o término dos treinamentos e tarefas diárias. Então, nada.

Subitamente, uma lembrança a apreendeu, chocando-a como um rato nas mandíbulas de um vexer. Nenhuma visão, nenhum som, nenhum cheiro. Somente medo... terrível e doentio. Medo puro, como ela jamais sentira antes.

"*Jefa*?" Magda se levantou, os olhos negros arregalados e uma trança escura moldada como uma coroa ao redor da testa. "Você está passando mal?"

"Você parece ter visto uma fada", murmurou Gustave, ainda agachado junto às chamas.

O medo abandonou Melodía de uma só vez, o corpo e a mente. Foi como se alguma coisa o tivesse arrancado de dentro dela. Até mesmo a memória dele começou a diminuir, como se fosse um sonho.

"Não", disse ela. "Eu estou bem. Devo ter comido algo que me fez mal."

"Então é melhor dormir", disse a última jinete, Catherine, que não parecia maior do que uma criança. "Amanhã vamos cavalgar antes do amanhecer para ver quais trapaças o conde Raúl planeja."

"Você está certa", concordou Melodía. Ela desistiu de tentar recordar-se da sua noite e imediatamente sentiu-se melhor. "Dormir fará tudo ficar melhor."

VICTOR MILÁN

Por mais que aquela voz familiar e querida soasse atormentada, Jaume não se enganou de que o sofrimento que ela provocava poderia sequer se aproximar do mais sortudo daqueles bastardos pendurados e espetados. Seus músculos, enrolados como cordas de alaúde, deram outra volta, apertando. Ele segurava uma mão coberta por uma manopla de aço diante do rosto. Ele pensou que era estranho seus tendões não arrancarem a si próprios dos ossos. Parecia quase injusto. Virou-se na direção do grito. "Meu querido irmão Jacques", disse.

E parou. O ferreiro mais renomado que Nuevaropa podia encontrar estava sem palavras.

O desespero avermelhou e aprofundou as marcas de expressão do rosto prematuramente envelhecido de mor Jacques, o irmão a quem ele confiava acima de todos por causa do trabalho duro, rígido e desagradável de manter a Ordem funcionando como uma organização em campo. O último homem que Jaume esperava ouvir se queixar. *Deveria ter sido o primeiro?*, ele se perguntou.

Camellia andou de lado sobre suas grossas pernas e balançou a cabeça redonda, bufando nervosamente ante o cheiro de carne podre. Sangue humano derramado não a alarmava tanto quanto o da sua própria espécie. Mas ela sabia que aquele odor atraía grandes dinossauros carnívoros com tanta certeza quanto atraía coletores e formigas.

"Jacques", ele disse. "Honrado amigo e conselheiro. O que é isso que pede para mim?"

O cavaleiro francês mexeu a cabeça sobre sua placa peitoral como um cão molhado limpando as orelhas. Seus longos cabelos grisalhos bateram na parte de trás do crânio nu.

"Oh, Senhor, me poupe", ele disse. "Nos poupe. Eu imploro. Esta abominação. Este mal, capitão. Se tomarmos esta estrada, não nos tornaremos parte desta feiura?"

"Contra o que mais existimos para combater?", perguntou Florian, em seu típico tom moderado.

Jacques acenou seus dedos de aço para os terríveis vermes contorcidos que nasceram, cresceram e viveram como homens e mulheres.

"Contra o que mais nos sacrificamos tanto para nos opor?", ele questionou. "Derramamos suor, derramamos sangue, perdemos membros e olhos, juventude e esperança... Perdemos irmãos, amigos... e amores. Por favor."

OS CAVALEIROS DOS DINOSSAUROS

Jaume obrigou-se a encarar as lágrimas do amigo com olhos austeros. "Só posso voltar a perguntar: o que você quer que eu faça?"

"Nos leve para longe daqui."

Esta voz fora calma e firme. Jaume olhou para sua origem. Ela o surpreendeu mais do que a explosão de Jacques.

"Recebemos ordens de nos apresentar a serviço do imperador", Jaume afirmou. "A lealdade e o amor nos atrelam a este dever tanto quanto a Lei. Pede que desafiemos isso, irmão Manfredo?"

"Sim", respondeu o taliano. Sua bela cabeça estava erguida, a mandíbula pressionada. "Isto é criminoso. Estes assassinatos por tortura violam as próprias Leis do Império, isso sem mencionar os claros éditos dos Criadores registrados n'*Os Livros da Lei.*"

Jaume deixou o queixo pender sobre o aço de sua couraça peitoral, aquecida pelo sol. Sentiu levemente a textura áspera do esmalte branco que a revestia. Então, respirou fundo e suspirou.

"Você está certo", disse brandamente. "Todos estão certos."

Ele ergueu o rosto para a brisa nauseabunda.

"Não posso negar a verdade do que dizem", declarou, aumentando o volume das palavras para que fossem carregadas além do pequeno círculo de Companheiros sobre suas montarias grandes e coloridas, passando pelos escudeiros, até as fileiras de irmãos Ordinários que esperavam pacientemente mais atrás. "Não posso contradizê-los. Contudo, tenho de dizer-lhes o seguinte: pretendo cavalgar diretamente por essa estrada dos horrores e oferecer minha devida obediência ao meu mestre, o imperador."

"Mas e quanto ao seu dever para com a Dama?", Jacques perguntou.

"E quanto ao seu dever de proteger os fracos e inocentes dos poderosos e arrogantes?", Florian exigiu saber.

"E quanto à Lei?", disse Manfredo.

"Estas são todas coisas reais que temos de defender", Jaume respondeu. "Coisas importantes."

Ele incitou Camellia vários passos adiante, de modo que pudesse virá-la sem derrubar ninguém de sua montaria. Então, encarou todos de frente, como era seu lugar, mesmo naquilo. Especialmente naquilo.

A reação dos Companheiros era clara: dor em cada rosto belo e poderoso. Quanto aos escudeiros, a metade que ainda não estava vomitando nas valas de ambos os lados da estrada, estava pálida, com os lábios tremendo e olhos mareados. Os gendarmes e Ordinários mantinham um ar atento.

Alguns, como o coronel Alma e seu amigo, o senhor dos dinossauros Rupp von Teuzen, que montava seu cavalo como sempre rigidamente bem ao seu lado, serviam Jaume e a Dama porque fora onde encontraram um lugar em Paraíso, e era isso. Eles serviriam como cães fiéis ou como os belos monstros os quais von Teuzen dedicavam cuidados tão especializados. Outros serviam na esperança de se distinguirem para conseguir se elevar nas fileiras dos próprios Companheiros – como Florian o fizera. Outros estavam ali pela aventura, pela esperança de pilhagens ou somente por causa do soldo.

E ele tinha de convencer todos eles, do Ordinário mais mercenário aos seus irmãos Companheiros de caráter impecável. Ou pelo menos a maioria, pois sabia que no final a Beleza não significava nada se fosse enterrada no mundo real. Ou ele se mostraria incapaz de liderar sua Ordem, ou serviria seu tio como um verdadeiro campeão e carregaria o bastão de ossos polidos de tirano de Marechal Imperial.

Dama, como eu gostaria de ser aliviado desses fardos.

Ele teve de se esforçar para não franzir o rosto. *Que nunca seja dito que Jaume das Flores era um covarde*, ele reprovou a si próprio. *Mesmo que tais pensamentos provem-se verdadeiros, ao menos tenha a decência de não exteriorizá-los.*

"Este crime", declarou com toda a força que foi capaz de dar à sua voz de ouro. "Este mal. Digo apenas o que todos já veem com seus corações e seus olhos. E, permitam que lembre a todos que, ao servir a Beleza, também servimos o sagrado Equilíbrio? Eu fiz um juramento. Vocês também. Servimos a Igreja e o império, assim como a pessoa do imperador. E a Dama. É papel da Beleza afastar-se dos seus deveres, um juramento consagrado que fizemos, quando ele se torna desagradável?"

Ele sacou sua espada longa, a famosa Dama do Espelho, e a acenou para os cadáveres apodrecidos nas forcas.

"Como poderemos reparar este mal se fugirmos dele, meus amigos, meus camaradas, meus irmãos? Não posso negar as claras evidências de todos os seus sentidos: o império se desviou do caminho da Beleza e da retidão. Da sua própria Lei e dos nossos Criadores. Quem, senão nós, o redirecionará?"

OS CAVALEIROS DOS DINOSSAUROS

Alguns dos seus irmãos começaram a assentir; os rostos franzidos em considerações. *Pelo menos estou chegando a eles*, Jaume pensou.

"E pretendo dedicar todos os meus esforços", ele prosseguiu, deixando a voz soar alta com toda força e pureza, "meu corpo, minha mente e minha alma para devolvê-lo ao caminho da Beleza e restaurar o Equilíbrio sagrado!"

E, com a mão esquerda, ele traçou no ar o círculo e o padrão em S do *taiji-tu*, o símbolo do Equilíbrio sagrado. Os outros o espelharam.

Mas Machtigern fez cara feia. "Capitão", disse ele, "aproximar-se dos maus conselheiros imperiais, Falk e seus companheiros traidores do Partido dos Príncipes, não significa desculpar suas traições?"

A rebelião dos seus conterrâneos havia ferido profundamente o cavaleiro alemán. E a ferida ainda estava putrefata.

"Ele não está errado, capitão Jaume", disse Florian. "Mas todos sabem que Felipe lidera pela voz que escuta por último. Eu vou engolir o meu orgulho – e minha consciência – para ajudar o Capitão a ter sua voz ouvida por último."

"Obrigado", disse Jaume. "Obrigado você também, Machtigern. Obrigado a todos por me ouvirem... por me seguirem até aqui. Mesmo se ninguém der mais um passo ao meu lado."

Ele baixou a espada e fez uma pausa para dar tempo de as palavras assentarem. Para se acalmar e respirar fundo, puxando o ar pelo diafragma, como prescrito pelos Exercícios Sagrados. Mas seus pensamentos torturantes negaram a ele até mesmo a paz momentânea da meditação.

"E essa é a escolha", completou ele, "da maneira mais simples que posso colocar. Façam como quiserem, como tiverem de fazer. Da minha parte, vou combater o mal em nome da Beleza. Ainda que isso me torne totalmente cúmplice dessa indesculpável brecha na Lei."

"Não posso", alertou Manfredo, encarando os olhos de Jaume de frente.

Jaume obrigou-se a sustentar o olhar do outro durante um longo minuto, enquanto a brisa soprava. Então, assentiu.

"Eu o selecionei, meu amigo. Selecionei cada um de vocês como meus Companheiros... e seus irmãos os confirmaram, primordialmente, por causa da sua integridade, pelo conteúdo da sua alma. Se tal integridade não permite que continue, honro sua escolha. Eu o absolvo de seu juramento e de qualquer culpa. E, irmão Bernat, que as crônicas que mantém com tanta assiduidade reflitam que qualquer

VICTOR MILÁN

um que decida afastar-se da ordem agora o fará de maneira honrada, em conformidade às mais altas aspirações e tradições da Companhia da Nossa Dama do Espelho!"

"Gostaria de poder desejar boa sorte, meu senhor, meu amor", Manfredo falou. "Mas não consigo ver como o caminho que escolhe o levará a qualquer lugar que não à dor e à ruína. Desejo o melhor que possa advir do que o aguarda. E devo dar a você, dar a todos vocês, meu adeus."

Ele virou-se e esporou seu esplêndido bico de pato marrom de crista dourada para o leste, ao longo da planície cheia de arbustos.

Após um momento, Wouter de Jong murmurou algo e o seguiu.

Mor Wouter, amante de Dieter, o viu afundar-se num lago de lágrimas. Ele virou a cabeça do seu sacabuxa como se fosse segui-los. Então, voltou-se para Jaume e deixou a cabeça pender, de modo que as lágrimas correram por sobre sua armadura branca e pelo emblema laranja da Dama do Espelho pintado nela.

"O resto está comigo?", Jaume perguntou.

"Sim", soluçou Dieter.

"Até o fim, capitão", afirmou Florian.

Alma sacou sua espada e a apontou para o alto. Toda a tropa de guerreiros o imitou um piscar de olhos depois, juntando-se num mesmo brado: "Pelo senhor Jaume e pela Dama!".

Permitindo-se um sorriso magro, Jaume olhou para os Companheiros restantes que ainda não tinham ventilado sua escolha.

"Jacques?", perguntou suavemente.

Jacques fechou os olhos firmemente. "Cavalgarei com você até o fim do mundo, Jaume", disse ele. "Mesmo que, ao fazê-lo, amaldiçoe a mim mesmo."

"Não chegará a isso, meu amigo", preveniu Jaume. "Eu juro. Obrigado. Obrigado a todos, meus amigos."

Ele estocou a Dama do Espelho contra o céu cheio de nuvens. Então, a baixou, apontando-a para a pista maculada.

"Agora, Companheiros, cavalgaremos!"

"Companheiros!", gritaram todos atrás. E o seguiram.

– 27 –

La Vida se Viene, Vida Por Vir
Uma seita radical da Igreja de Nuevaropa que pregava autonegação, acreditando que os mandamentos dos Criadores previstos em Os Livros da Lei são metafóricos e, às vezes, até mesmo querem dizer o oposto do que disseram. Apesar da heterodoxia, que cruzou a linha da heresia quando alguns cultistas afirmaram que o pecado poderia levar à danação eterna, o Vida Por Vir gozou de uma ampla base de seguidores no início do oitavo século.
– LA GRAN HISTORIA DEL IMPERIO DEL TRONO COLMILLADO –

O céu de ambos os lados dos Companheiros estava agora repleto de bandeiras brilhantes esvoaçando. As cores vivas eram como uma balbúrdia sem sentido na mente de Jaume. Eles passaram por entre uma massa de camponeses mortificada, da cor do solo. Não era improvável que um bom punhado das vítimas atormentadas penduradas como sinaleiros na estrada viesse das suas fileiras, embora Jaume temesse que o grosso fosse constituído de camponeses cujo principal crime e azar fora simplesmente estar no caminho daquele exército formado por homens e mulheres terríveis. Mas a ralé era mantida longe dos

OS CAVALEIROS DOS DINOSSAUROS

campeões por cordões de soldados da casa, todos de malhas e fardas reluzentes em azul, dourado, vermelho e verde.

O festejo afrontou as trevas interiores de Jaume tão profundamente quanto as bandeiras. Somente o incansável marrom e verde e o silêncio do Décimo Segundo Tércio de Nodossauros, com seus capacetes cor de carvão fechados, faziam sentido para o seu estado de humor. Talvez fosse porque ele sabia que os verdadeiros autores do ultraje pelo qual ele e seus homens – todos campeões – tiveram de se rebaixar ao atravessarem, seriam encontrados em meio a cores brilhantes. Os Nodossauros tinham a ver com *brutalidade* – eram profissionais tanto em sua habilidade de absorvê-la como de reparti-la.

Mas, embora talvez tivessem sido encarregados de perpetrar as atrocidades, eles não as originaram. Crueldade era algo totalmente diferente de brutalidade. Tais crimes tinham de ter brotado dos homens cultos, sofisticados, de gostos e modos refinados. Os soberanos naturais da humanidade: a nobreza.

O nariz de Jaume lhe informou que as doutrinas da seita que negava o mundo, Vida Por Vir, dominavam até mesmo o acampamento imperial. Ele era capaz de detectar o odor profano da horda humana mesmo após o matadouro pelo qual foram forçados a atravessar.

Ele liderou seus Companheiros e o exército por entre fileiras de milhares de homens e criaturas num silêncio sobrenatural. A não ser que conseguisse escutar os lamentos em seus corações. Mas ele ouvia o vento, sussurrando promessas e mentiras, suspirando, gemendo e soprando sobre as paredes de seda do pavilhão dianteiro do imperador.

Jaume forçou o olhar para focar numa única figura sentada à sombra – e, mais particularmente, para não olhar para os homens que estavam de pé, de ambos os lados do imperador. Com uma sensação de declínio, percebeu que o rebelde Falk não era o mais inquietante – nem de longe.

No topo da tenda, a bandeira do império esvoaçava, um campo vermelho como sangue com o crânio dourado de um tirano imperial e, ao lado dela, a chave prateada sobre tom azul da Sagrada Igreja de Nuevaropa. Flanqueando-as ligeiramente mais baixo, estavam as bandeiras dos reis da Spaña e da Francia. Ainda mais baixo, os emblemas dos grandes menores do Exército das Cruzadas, dispostos de acordo com rígida precedência.

VICTOR MILÁN

Conforme Camellia se aproximava do imperador, Jaume pôde ver melhor a cadeira de madeira dourada, com almofadas vermelhas de veludo, imitando um trono, sobre a qual Felipe estava sentado, e a coroa simples, um círculo dourado com o emblema do crânio do tirano na frente, ao redor dos cabelos ruivos aparados, já um pouco grisalhos. Um manto de penas vermelhas e amarelas descia dos ombros. Ele vestia um saiote de linho escarlate, preso pelo cinturão da espada, cujo efeito marcial era ligeiramente estragado pela pança imperial. Um par de coturnos grossos chegava até a altura das canelas.

Aquilo surpreendeu Jaume. Seu tio geralmente adorava a pompa e exibições. Agora, parecia remontar aos dias mais austeros da sua juventude, quando lutara contra invasores slavos e nortenhos vindos do mar como um lanceiro comum na falange que seu primo, o rei dos alemáns, mantinha em emulação aos Nodossauros.

Jaume parou Camellia como prescrevia o ritual, a dez metros de seu soberano, mas o arauto imperial ordenou a aproximação do campeão numa voz quase tão aguda quanto a dúzia de trompetes soados na fanfarra que precedera a sua chegada. Jaume curvou-se na sela e tocou sua fronte em saudação.

"Vossa Majestade", disse ele, "seu marechal se apresenta diante do senhor, trazendo o Exército da Correção, obedecendo à sua convocação."

Felipe assentiu.

Jaume fez Camellia deitar-se de barriga. Ela abaixou sua bela cabeça cor de creme e manteiga, tocando levemente o bico no chão duro, se submetendo à criatura que a montava. Jaume desceu com facilidade, como se os trinta quilos da armadura de aço fossem não mais do que uma roupa de seda.

Com a mão direita, sacou a espada. Com a esquerda, segurou seu bastão de marechal. Cruzando ambos diante do rosto, se ajoelhou e curvou tão baixo que seus longos cabelos alaranjados caíram sobre a junção de aço e ossos.

"Minha espada, a Dama do Espelho, e eu", ele prosseguiu, "estamos ao seu serviço, meu senhor, como sempre."

Felipe riu. "Mas é claro! Agora levante-se, querido garoto, e venha para que eu possa abraçá-lo."

Jaume ficou de pé. Ele mal conseguiu embainhar a espada e pôr o bastão de volta à cinta laranja enrolada em torno da cintura

OS CAVALEIROS DOS DINOSSAUROS

encouraçada, antes que Felipe saltasse para envelopá-lo com seus braços finos. Se a armadura aquecida pelo sol o feriu, ele não diminuiu seu sorriso nem um pouco.

"Meu garoto, meu garoto", o imperador disse, segurando Jaume na distância de um braço estendido. "É tão bom tê-lo de volta conosco!"

"É bom revê-lo, meu tio."

"Agora, faremos grandes coisas em nome dos Criadores. Vamos pôr fim a esta maldita heresia e insubordinação e acabaremos com qualquer coisa tão terrível quanto a Cruzada dos Anjos Cinza."

"É um resultado que desejo fervorosamente", Jaume respondeu. Era verdade, pois ele não queria a Cruzada do Anjo Cinza. Nenhum homem são a desejaria.

Quanto ao restante – bem, a marcha a Providence levaria semanas. Quem sabe ele conseguisse pôr alguma sanidade na cabeça de seu tio naquele ínterim. Felipe virou-se para sua direita: "Você conhece meu novo capitão dos guarda-costas, claro".

"Duque Falk", cumprimentou Jaume.

"Marechal." O homem de barbas pretas deu um passo à frente, estendendo um antebraço grosso como a coxa de um homem comum. Jaume o agarrou com firmeza, ao que Falk segurou firme seu braço e o apertou. Se Jaume fazia alguma coisa, o fazia sem reservas. Ainda sentiu uma espécie de choque ao ver o nortenho equipado, não em sua típica armadura azul real, com o falcão preto sobre um escudo branco no peito, mas numa armadura dourada, trabalhada como o torso musculoso de um homem, saia de couro, torresmos dourados, capa escarlate e um capacete com a pluma vermelha do comandante dos tiranos imperiais. Jaume também sentiu uma pontada. Sieur Duval jamais tivera muita utilidade para o sobrinho do imperador, e era muito honesto e franco para esconder o fato. Independente disso, a devoção do riquezo ao imperador fora absoluta, e sua inteligência e vigilância se equiparavam ao seu zelo.

Não obstante, Falk von Hornberg era um homem de habilidade comprovada. Mesmo que a tenha provado lutando contra o império.

"E acredito que já conheça o novo capelão de nosso Exército Imperial", continuou Felipe. Jaume deu um passo atrás. "Espero que me perdoe, sobrinho, por tê-lo mantido após ele ter voltado a La Merced para o funeral do pobre Pio. Mas, sem dúvida, você ficará tão sublimado quanto eu por Leo tê-lo elevado a cardeal, como seu predecessor desejava."

Jaume não pôde impedir que sua fronte se tencionasse ao olhar para a figura de cabeça vermelha baixa à esquerda de Felipe. Então, o chapéu se levantou.

Por baixo do brim, olhos pretos queimaram o interior da face pasma de Jaume.

"Bem-feito, conde Jaume", falou o cardeal Tavares, com um sorriso. "De fato, bem-feito."

"Eminência", cumprimentou Jaume.

"Você faz um sério sacrifício ao vir liderar a cruzada contra seus próprios seguidores."

"Ah, mas eles se afastaram bastante disso", mencionou Felipe alegremente. "Como o fizeram da doutrina sagrada."

"Isso ainda será determinado", disse Tavares.

Jaume pressionou as mandíbulas. *Pensei mesmo ter sentido as garras dele por trás daquele horror pelo qual passamos*, pensou.

Tavares era um seguidor fanático da *La Vida se Viene*, a seita Vida Por Vir, que pregava que a própria doutrina dos Criadores, sobre este mundo ser o Paraíso e oferecer prazer às pessoas, era uma metáfora, e que a verdadeira Lei era a rígida autonegação e a aceitação da ordem estabelecida. Como legado papal para o Exército da Correção de Jaume, ele tinha encorajado os já dispersos nobres subordinados de Jaume a desafiar a sua autoridade – e, sim, a cometer atrocidades. O que culminou no assassinato do conde Leopoldo de Terraroja e sua condessa, após eles terem se rendido em troca da garantia de Jaume de perdão, até que Leopoldo pudesse ser julgado diante do próprio imperador.

Tinha sido a maior mácula em sua honra. Até hoje, pelo menos – uma imagem da sua amada Melodía, nua, torturada e pendurada no céu preencheu sua mente, enchendo sua boca com vômito amargo.

Mas ainda tenho tempo de resolver essa insanidade, disse a si próprio. *Ou, se for preciso, enviarei meu amor para a segurança. Quem sabe em Ovdan. Graças à Dama ela está segura, por enquanto.*

Com um barulho como o de um martelo encontrando uma bigorna, a espada longa acertou a parte plana da arma erguida de Melodía.

OS CAVALEIROS DOS DINOSSAUROS

Melodía sentiu como se tivesse tentado deter o martelo com a própria mão. O choque que seu braço absorveu foi terrível. Ameaçou romper os ossos do antebraço e partir o cotovelo, e até destroncar o ombro.

De alguma maneira, conseguiu manter a firmeza no cabo da cimitarra que a vulgar, porém inegavelmente carismática, prima de Karyl lhe dera de presente. Espelhada na lâmina curvada, ela viu os próprios olhos de relance, arregalados como os de uma gata assustada. *Se não fizer alguma coisa rápido, vou morrer!*

A luz alaranjada das chamas que crepitavam enquanto consumiam a casa da fazenda iluminaram o rosto castañero, que zombava dela pela abertura do capacete. A julgar pela útil proteção peitoral feita de couro de chifrudo fervido e por ele montar um caminhante de seis metros de comprimento em vez de um cavalo, ela supôs que ele devia ser algum cavaleiro andante ou mercenário aventureiro que esperava roubar algo, possivelmente naquele ataque, para comprar e equipar uma montaria mais poderosa. O que mais importava era que, sendo homem, ele era mais forte do que ela – mesmo não sendo muito maior.

E, para seu desalento, ela começou a perceber que ele era *melhor*. Tir lhe assegurara que a lâmina longa e curvada da cimitarra era tão mortífera como a de uma espada longa, criada especificamente para combate montado. Mas, como a maioria das jovens nobres, Melodía treinara principalmente com armas de disparo e lanças, em que a força bruta de sua musculatura não traria tanta desvantagem contra um oponente masculino.

Por sorte, ela conseguiu desviar um golpe que passou acima da parte pontuda de seu capacete ovdano. Felizmente, a prática armada não negligenciava treinamento com espadas para a nobreza e o corpo de Melodía se recordava do que era preciso fazer sem a necessidade da intervenção do cérebro. Até então.

Meravellosa evitou uma bicada do galimimo do cavaleiro. A égua era uma criatura ágil e bem equilibrada, mas a postura bípede do caminhante e a cauda robusta permitiam que ele girasse com velocidade alarmante, e a seu bico sem dentes atacar com selvageria, rápido como o bote de uma serpente. A própria Melodía sofrera uma contusão na coxa direita. Ela descobriu que já tinha empenhado tudo só para se desviar e evitar que Meravellosa fosse bicada, o que ofereceu a seu adversário uma abertura.

O confronto estava se mostrando bem mais complicado do que Melodía Estrella Delgao Llobregat, a Princesa Imperial, poderia ter imaginado a partir dos estudos de todos aqueles livros e pergaminhos.

Pior ainda. Meravellosa estava de costas para a casa em chamas – e o ataque do castañero as forçava ainda mais para perto. A fumaça fazia os olhos de Melodía doerem como picadas de escorpião e punha farpas no ar que ela respirava, deixando-o preso na garganta.

Um golpe pesado fez sua lâmina sair de centro. A espada longa mirou seu rosto. Virando a cabeça de Meravellosa para a lateral, ela girou metade do corpo para fora da sela, evitando o golpe. A ponta da espada chegou a cortar sua bochecha direita. A dor foi excruciante. Cegante. Um grito e um golpe de martelo, de uma só vez. Seu nariz e sua boca se encheram com o sabor de cobre, do medo.

O choque agarrou Melodía como as mandíbulas de um matador. Por mais brutal que havia sido o estupro de Falk, ela não tinha sido atacada assim antes. Sua mente explodiu num pânico branco, e de alguma forma conseguiu fazer Meravellosa dar um pinote adiante, para longe da construção chamejante e do seu oponente.

O que Montse dirá quando souber que eu fui morta?

Pensar na sua amada irmã devolveu um pouco do autocontrole e, embora Melodía não entendesse de fato de combates reais, ela sabia cavalgar. Assim como sabia que as quatro patas da sua égua dariam uma vantagem na arrancada, mas as pernas poderosas do dinossauro alcançariam Meravellosa na distância.

Sem formular qualquer plano consciente, ela parou Meravellosa e a fez girar no lugar. Sua visão captou imediatamente a boca da criatura se abrir, alongada na extensão total do pescoço. Ela devia estar emitindo um guincho, mas Melodía nada escutava.

O fato de que o bico não tinha nenhum dente não o tornava nem um pouco menos assustador do que o horror com presas que saltara sobre ela, com a intenção de arrancar seu rosto.

Como se seu corpo tivesse vontade própria, os joelhos impeliram a égua para a frente. Direto contra o monstro e o fogo. Melodía sentiu como se estivesse apenas observando eventos de algum lugar remoto. *Espero que quando esta monstruosidade me morder, a sensação também seja de que está acontecendo com outra pessoa.*

OS CAVALEIROS DOS DINOSSAUROS

Então, Meravellosa a salvou. O que sua dona pedira dela não fora simplesmente lançar-se contra a boca escancarada de um inimigo, mas contra o bramido do fogo. Nenhum dos quais era algo que qualquer cavalo que fosse dono dos próprios sentidos escolheria fazer.

Ela era um animal maravilhosamente inteligente, treinado tão bem quanto a prata de um pai magnata podia pagar. Mas o que salvara Melodía de fato agora foram o amor e a confiança que a égua sentia por ela. A pura amizade. Isso e o fato de que, embora égua e dinossauro tivessem o mesmo peso, os quatro cascos de Meravellosa lhe davam maior tração do que as duas patas com garras da fera.

Meravellosa abaixou a cabeça e atacou, trombando o ombro esquerdo direto contra o peito do galimimo. O caminhante guinchou de fúria, enquanto o cavalo o fazia recuar. Recuperando-se velozmente, o cavaleiro gritou algo que Melodía não compreendeu e levantou a espada para desferir um golpe.

Melodía tossiu quando um fedor acre e terrível preencheu sua cabeça e garganta.

O caminhante berrou uma oitava mais alta. O castañero olhou à sua volta freneticamente. Seu manto, as penas da cauda da montaria e o próprio cabelo estavam pegando fogo.

A raiva que ardia constantemente dentro de Melodía irrompeu subitamente, brilhando com calor maior do que a conflagração que devorava o lar de algum pobre camponês.

"Seu desgraçado!", ela berrou. "Morra!" Melodía se impeliu para a frente ao longo do pescoço de Meravellosa e, usando o que restara do *momentum* da égua e a força da própria fúria, estocou com a ponta da espada diretamente na axila esquerda do saqueador. Anéis de ferro resistiram brevemente e se partiram com um tinido estranhamente musical. Ela sentiu a lâmina mergulhar fundo.

O homem soltou um grito gargarejado. Sentindo a dor das chamas, sua montaria deu uma arrancada, derrubando-o. Ele caiu, levando junto a lâmina de Melodía.

O peso arrastou o corpo dela metade para fora da sela. Com ambas as mãos, ela puxou furiosamente a cimitarra para libertá-la. Um calor feroz, embora não vindo das chamas, ardeu em seu rosto e braço. Alguma parte da sua mente ainda destacada pensava: *Que bom que cortei o cabelo.* Meravellosa bufou, ergueu a cabeça e dançou.

276

VICTOR MILÁN

Um agito fez com que Melodía levantasse a cabeça. Um cavaleiro investia contra ela de espada em mãos. *Estou morta*, ela soube. *Merda.*

Algo borrado veio do seu flanco esquerdo. Ela escutou um som úmido e peculiar de algo amassado. O grito repentino do espadachim foi abafado pela ponta de ferro da flecha que atravessou o rosto do homem de ponta a ponta.

Conforme ele dava uma cambalhota para trás por sobre a sela, engasgando no próprio sangue, Melodía finalmente arrancou a espada do corpo caído. Meravellosa prontamente fugiu do fogo. Ela quase colidiu com a montaria castanha de uma jovem mulher de colete de couro e elmo simples de aço, ainda segurando com a mão direita a corda balançando que disparara a flecha com facilidade proficiente.

"Valérie", Melodía disse. Ou melhor, grunhiu. "Está se tornando um hábito você me salvar com essas suas flechas."

A loira sorriu. "O prazer é meu, Día."

Melodía olhou à sua volta, em busca de mais inimigos. Não havia nenhum à vista. Pelo menos nenhum de pé. Sobreviventes do agregado familiar, cujo massacre as tropas mistas de corredores das matas e jinetes de Melodía tinham interrompido, matavam ruidosamente alguns agressores caídos, usando ferramentas de jardim. Melodía olhou para eles, então se afastou.

Quando sua cabeça parou de girar, foi como se seu cérebro não o quisesse. O mundo inteiro girava ao redor dela, fazendo-a pender.

Alguém segurou firme seu braço esquerdo. Ela olhou para a barba negra e o sorriso banguela do corredor das matas 'Tit Jean – abreviatura de Petit Jean, ou Pequeno John. Naturalmente, ele era a maior pessoa de sua tropa de batedores.

A raiva que fora abafada pelo desespero de libertar a cimitarra voltou a queimar. O sorriso de Jean falseou quando ele viu o brilho nos olhos dela.

Sua expressão transformou-se em preocupação quando ela riu.

"Desculpe", disse-lhe Melodía, endireitando-se na sela. A tontura tinha passado. 'Tit Jean a soltou e afastou-se num alívio claro. "É só que... quando aquele primeiro guerreiro me atacou, só o que consegui pensar foi 'Como ele ousa? Sou a princesa do império!'."

De imediato ela arrependeu-se da confissão, temendo que os outros pensassem que ela estava sendo prepotente. Ela se esforçara para

OS CAVALEIROS DOS DINOSSAUROS

ganhar a confiança deles, principalmente daqueles que participaram do seu resgate – uma situação tão terrível que nenhum deles teria sido tolo o bastante para se aproximar. Ela media seu sucesso em grande medida pelo fato de que Valérie não só havia se voluntariado para se juntar à tropa, como rapidamente tornara-se sua amiga mais próxima.

Será que joguei tudo isso fora com minha arrogância de cabeça de balde?, questionou-se.

Então, 'Tit Jean jogou sua enorme cabeça redonda para trás e gargalhou. Os outros soldados que estavam por perto se juntaram a ele. Melodía deu um sorriso de alívio. Então, voltou a vacilar na sela. Mais uma vez, o corredor das matas a segurou.

"É melhor descer enquanto ainda pode", disse ele. "Melhor do que cair de cara no chão."

Ela assentiu debilmente. Permitiu que ele a auxiliasse, o que na verdade consistiu em ele segurá-la pela cintura com ambas as mãos, erguendo-a no alto e tirando-a do lombo de Meravellosa, para postá-la de pé no chão duro e batido. Ela inclinou-se para a frente, pondo as mãos sobre as coxas. A princesa esforçou-se para não vomitar, uma vez que não queria mostrar uma fraqueza daquelas diante das suas tropas. Mas, principalmente, porque realmente odiava vomitar.

"Nunca havia matado ninguém antes", disse num tom de voz fraco.

"Pode ser dureza, Día", comentou 'Tit Jean. "Depois da minha primeira vez, fiquei uma semana chorando. Claro, eu tinha quinze anos."

Ela não olhou para o alto para ver se ele estava brincando. Até porque tinha quase certeza de que não estava. Ela nunca havia conhecido corredores das matas antes de se juntar à milícia – mal sabia da existência deles. Descobriu que a vida deles era dura.

Seus corredores das matas eram todos da região oeste da cidade de Providence, de Crève Coeur ou até de pontos mais distantes a oeste e ao norte. Embora tivesse percebido que eles vinham de vários locais, tal distinção não lhes incomodava, já que eles próprios mal tinham ciência do fato. Os guias dela eram um casal que atualmente vivia perto da Castaña.

Apesar de os salteadores de Raúl não tratarem o povo da floresta com o sadismo extravagante dos homens do conde Guillaume – e os

VICTOR MILÁN

fazendeiros e outros que os corredores das matas chamavam de Povo Sentado sofrerem o grosso das depredações – vários deles haviam se juntado à causa assim que foi espalhado a oeste as notícias do que Karyl havia feito com o grande e odiado inimigo, Crève Coeur.

"Foi a primeira vez em que alguém tentou me matar", ela completou. "Será que vou me habituar a isso?"

"Para alguns, é mais difícil de se habituar do que a alternativa", disse Valérie.

Melodía riu. Então, achou que era uma loucura e voltou a se controlar rapidamente. Apesar disso, ainda tremia por conta dos efeitos, quando se endireitou e disse: "Eu devia ter dito para ele: 'Como ousa pôr as mãos em mim?'. Talvez tivesse chocado tanto o bastardo que poderia tê-lo matado ali mesmo".

Isso fez com que todos soltassem um brado. 'Tit Jean deu um tapinha no ombro dela.

"Você ainda vai fazer", ele disse. "Você é louca. Mas é louca que nem o resto de nós, vagabundos."

– 28 –

> ***Guerra Altasanta, Guerra Santa,***
> ***Guerra de Demonios, Guerra dos Demônios***
> De 177 a 210 AP. Uma guerra global travada entre os Criadores, seus servos, os Anjos Cinza, e os fiéis humanos contra seus arqui-inimigos, os hada – ou Fae – e seus aliados. Ela culminou na última Cruzada do Anjo Cinza de Nuevaropa para extirpar a adoração aos Fae. Hoje considerada um relato mítico dos Anos de Aflição do alvorecer da civilização humana em Paraíso, no Ano Zero a 210 AP, que levou à formação do Império de Nuevaropa.
> – LA GRAN HISTORIA DEL IMPERIO DEL TRONO COLMILLADO –

"Já se perguntou por que eu bebo tanto hoje em dia? Olhe para mim: tenho à mão quase trinta dos mais majestosos dinossauros de guerra de toda a Cabeça do Tirano. E ele mesmo, sem dúvida o melhor especialista do império no uso de trichifres na guerra – e não só porque é o único. Mas eu posso brincar com meus maravilhosos brinquedos? Devo aprender a lidar com eles aos pés do Mestre? Não! Tudo que faço é instruir os cavalariços e preparar a comida desses grandes brutos sanguinários.

"Então você acha que bebo muito? Não seja ridículo! Ainda estou sóbrio o bastante pra fazer essa merda de trabalho, e isso é sobriedade demais.

OS CAVALEIROS DOS DINOSSAUROS

"E um trabalho isto se tornou, este jogo de espiões. Parecia um grande jogo no começo. Uma diversão do mestre Korrigan, que sabe um segredo e você não, com a sua licença ou não. Mas ele nunca alivia. É incessante. Dia e noite ele me arranca da cama ou me afasta dos meus dinossauros pra escutar os relatórios.

"O bastardo do conde Raúl está pronto pra invadir. Ele fica tentando fazer com que a idiota corcunda da condessa Célestine nos ataque também. Ela vai, ela não vai, ela vai, ela não vai, ela vai entrar na dança? Quem sabe? Acho que nem a grande vaca chifruda sabe, nem agora, nem depois.

"Então, ele precisa saber quais são as descobertas mais recentes dos meus agentes. E tudo de uma vez. Se não antes. Aonde vamos agora, mestre Rob? Pra onde vamos cavalgar? Onde vamos espiar?

"E os Criadores vão nos amar mais do que merecemos se os imbecis do Conselho não comprarem problemas novos para nós em Crève Coeur. Escutamos queixas incessantes da nova e brilhante condessa e dos seus lacaios. O Jardim tem os seus missionários pendurados nas suas tetas o tempo todo, mandando que eles façam isto, impedindo que façam aquilo... pior até do que na cidade de Providence. E isso já é bem ruim. Temos sorte de os Conselheiros temerem Karyl, ou eles já estariam subindo em todos nós que nem piolhos, dizendo quando temos de ir pra cama e de que lado temos de deixar nossas bolas dentro das cuecas.

"E o que fazer sobre o norte de Providence? A escassez de notícias são boas notícias? Ou será alguma notícia ruim, de alguma maneira, o fato de que nunca escutamos droga nenhuma? As caravanas de mercadores estão começando a minguar, com o Conselho em cima delas o tempo todo, dizendo o que podem vender ou carregar em Providence – até enchendo por causa das suas crenças. E ainda há as notícias de alguns que atravessaram as Montanhas Blindadas sem ver vivalma entre elas e as fazendas ao norte da cidade de Providence. E nossos preciosos corredores das matas não nos dizem nem uma sílaba. Não que tenha muita mata por lá; mas eles também têm medo de ir até lá. Maldição! Pedintes podiam ensinar pra gente, viajantes, uma ou duas coisinhas sobre superstição, e isso é dizer um bocado de...

"O que foi isso? Um ronco? Sim, foi um ronco. É um berreiro que ouço? E agora, de nada vai adiantar, mas Karyl, o Grande, decreta que

VICTOR MILÁN

a gente tem de estar pronto pra marchar para o leste depois de amanhã; e só pela boa graça da Mãe Maia o pobre Rob Korrigan vai conseguir agarrar esses poucos momentos fugidios para aliviar a alma. Mas você é um bom ouvinte e isso é fato."

Uma exalação soprada, impregnada de erva-doce e feno ceifado, engolfou a cabeça de Rob num calor úmido. Uma grande língua rosa e amarela o lambeu adoravelmente, da barba à testa.

"Nosso papo nunca é chato, Pequena Nell", ele disse, coçando o sensível focinho do animal. "Sim, você é mesmo a melhor."

"Toc-toc", disse uma voz sardônica vinda de algum lugar sobre a cabeça de Rob.

Ele girou para trás, vendo um rosto familiar pendurado como uma lua acastanhada pelo sol sob o brilho da lamparina, sobre o portão do curral de Nell, no celeiro reformado da fazenda Séverin.

"O que foi Gaétan, meu rapaz? Além de tudo, vem me incomodar também no meu escritório?"

"Qual? O fundo de uma caneca de cerveja? Para cima e direto, mestre Korrigan. Estamos tendo problemas."

Rob o olhou de soslaio. "Defina problema."

"Uma mensagem veio da Estrada Imperial. A Igreja e o império declararam uma cruzada contra nós. Eles estão marchando, ou seja, problema."

"Contra... o quê?" Rob se sentou. "Quem são 'nós'?"

"O Jardim. Providence. O próprio imperador Felipe lidera o Exército da Cruzada, trazendo o fogo, a espada e toda a repreensão de sempre. Karyl quer ver você em cinco minutos."

Rob deitou-se, estendendo-se sobre a pedra coberta de feno. "Puta merda", ele murmurou.

"Tem de ser feito", Gaétan disse e, segurando firme os tornozelos de Rob, o arrastou sem demora até o pátio.

"Mas é o império!", disse Rob.

"E daí?", perguntou Karyl. Ele continuou a andar pelo salão da vila reconstruída, que agora servia como quartel-general. Os pés de Rob vacilaram em surpresa.

"Talvez seja o fim do mundo, no final das contas", ele balbuciou, "quando o homem que nunca faz uma pergunta retórica, faz uma pergunta retórica."

OS CAVALEIROS DOS DINOSSAUROS

"Não existe tal coisa. O Exército da Cruzada está distante. O conde Raúl está a dois dias de marcha da Estrada Castanheiro. E isso se ele e seus comparsas estiverem carregados, levando os habituais vagões de carga, prostitutas e outras futilidades. Não vejo como as novidades afetam nossa situação e peçam esclarecimento."

Lá fora, na noite fria de inverno, homens berravam e dinossauros guinchavam. As molas das carruagens gemiam por causa da carga pesada. O Exército de Providence se preparava para voltar à guerra.

Trotando para alcançar seu comandante e sentindo-se como um filhote de vexer na coleira de uma fazendeira, disse Rob: "As proclamações que estão enviando em adiantado dizem que não pretendem mostrar perdão aos heterodoxos. Seja lá o que isso signifique em nome da Mãe Criadora e das Três Filhas Abençoadas. Mas estão falando abertamente sobre o nosso extermínio, nada menos do que isso".

À pesada porta de carvalho escuro de seu escritório, Karyl parou para mostrar a Rob uma sobrancelha irônica.

"Eles não podem nos exterminar se tivermos morrido antes que cheguem aqui. Primeira lição: lide com o inimigo que está à sua frente. Vamos cuidar do conde Raúl e depois ver o que o império nos traz."

Ele girou a maçaneta de bronze e abriu a porta. Uma figura magra, trajando colete de couro, calças marrons e coturnos, virou-se, com um livro aberto nas mãos.

"Ah", Karyl disse. "A Capitã de Cabelos Curtos dos Cavalos."

"Então é assim que te chamam agora", Rob Korrigan perguntou, adentrando o escritório atrás do seu mestre.

Um arrepio percorreu Melodía, sendo seguido imediatamente por uma raiva contra si mesma por ter se deixado arrepiar. Então, ela decidiu que devia se sentir bem.

É o primeiro título que realmente mereci, pensou. *O primeiro qualquer coisa que já mereci. Por que não me animar por meu comandante o reconhecer?*

"Sim", ela disse, combatendo com sucesso uma necessidade de adicionar modéstia. "Acho que é assim que eles falam."

Ela deixou o livro sobre a estante. Era um tratado do início do século cinco sobre as Guerras Corsárias, então ainda em andamento, do ponto de vista anglaterrano. Estava escrito em anglés, que ela lia razoavelmente bem.

VICTOR MILÁN

A sala era despida de móveis, exceto por algumas cadeiras e uma escrivaninha manchada e obviamente recuperada de algum descarte. A partir das prateleiras em sua maioria vazias e do cheiro de papel mofado, ela adivinhou que ali deveria ser a biblioteca do proprietário daquelas terras. Quaisquer livros que o clã Séverin deixara para trás sem dúvida haviam apodrecido e sido jogados fora. O punhado solitário de pergaminhos e volumes encadernados nas prateleiras – todos de natureza militar, exceto um curioso livro fino que tratava, de todas as coisas, sobre os Fae – estavam em estado bom demais, o que indicavam que eram aquisições recentes. Provavelmente pelo atual proprietário da sala, o próprio Karyl.

"Você soube das notícias?", Karyl perguntou.

"Notícias?", ela olhou para Rob, confusa. "Está se referindo à confirmação da invasão de dom Raúl?" Notícias que ela própria havia acabado de trazer, adquiridas de prisioneiros e confirmadas pelos corredores das matas que atuavam ao longo do rio que ela, uma spañola, chamava de Los Aguasrisueños – as Águas Risonhas – e seguia para o interior da Castaña.

"Quanto a isso", disse Karyl, "quero sua tropa patrulhando à frente do exército quando marcharmos para a fronteira da Castaña."

"Mesmo? Digo, será uma honra, senhor."

Você jantou com os maiores senhores de Nuevaropa, Melodía pensou desgostosa, *e soa que nem uma garotinha ao receber uma simples tarefa dessas.*

Então, ela se lembrou. "De quais notícias falam?"

"O Exército Imperial está marchando", ele disse, observando-a atentamente. Seus olhos, tão escuros que quase pareciam pretos, queimaram como os de um horror caçando. "Para cá. Contra nós."

"Para cá?" O coração de Melodía foi parar na garganta e transformou as palavras num rouquejo. Sua mente bradou horrorizada. *Eles vão me pegar! Vão me pegar e entregar para Falk!*

"Parece que eles acreditam serem capazes de impedir uma Cruzada do Anjo Cinza se erradicarem os heterodoxos do Jardim da Beleza e da Verdade", disse Karyl, com um tom de ironia.

Os joelhos dela bambearam. Para impedir-se de ir ao chão, posicionou a mão firme sobre a mesa, em cima do livro que estava lendo.

Não foi a proposição da Cruzada do Anjo Cinza que fizera seu estômago querer saltar para fora da boca de medo. Ela não acreditava

OS CAVALEIROS DOS DINOSSAUROS

naquelas coisas – não mais do que nos próprios Criadores. Na verdade, tinha lido histórias sobre a Guerra do Demônio, antes mesmo de o Império de Nuevaropa ter sido fundado, quando os Oito Criadores e seus Anjos Cinza lutaram ao lado de homens e mulheres fiéis contra os Fae e seus adoradores.

Ela as desprezou, tal qual fizera com os relatos sobre as posteriores Cruzadas dos Anjos Cinza, quando os Anjos ergueram um exército para expurgar a terra do pecado e dos equívocos. Assim como dispensara as narrativas de como Manuel, o Grande, tinha matado um tirano imperial – uma fera nunca vista antes ou depois – que vinha devastando a terra e, de algum modo, pela virtude disso, estabeleceu o império – com ele mesmo e sua família governando perpetuamente. Ele pedira até que o crânio da criatura fosse limpo e pintado de dourado, para servir como o Trono Dentado seu e dos seus herdeiros.

Melodía nunca acreditou em nada daquilo. Eram histórias que não passavam de propaganda: inventadas para impressionar os impressionáveis.

Mas Falk... ele era um demônio que ela conhecia muito bem.

Não posso... não vou... acreditar que meu pai tenha a mínima suspeita do que seu comandante dos guarda-costas fez comigo. Mas, com os fanáticos da *La Vida se Viene* ascendendo na corte, e com o medo do horror lendário de uma Cruzada do Anjo Cinza incendiando com o calor do Inferno, que chance de misericórdia ela teria?

"Melodía?", perguntou Rob com aquela sua estranha entonação encadeada de irlandés. "Você está se sentindo mal, garota?"

Ela pôde sentir o cheiro de cerveja azeda no hálito dele. Mas ele agia como se estivesse sóbrio. Incomumente sóbrio, na verdade.

Ela levantou uma mão. Fechou os olhos e respirou fundo. Esvaziou a mente. Então, lentamente, exalou e, conforme o fazia, permitiu que sua mente falasse a única sílaba secreta que recebera quando criança por um Sacerdote de Todos os Criadores.

Era um ritual conhecido por qualquer um nascido em Nuevaropa. De fato, em todos os lugares em Paraíso, Melodía ouvira falar ou lera, de Tejas até Zipangu, de práticas similares. Os homens esperaram, enquanto ela respirou fundo mais duas vezes.

Ao abrir os olhos, sentiu-se calma. Ao menos por um instante. E, por um instante, aquilo bastou.

VICTOR MILÁN

"O que faremos sobre esta cruzada?", ela perguntou. Sua voz ainda soava como as dobradiças de um portão aguardando óleo. Mas, pelo menos, ela parara de tremer.

"Vamos tentar sobreviver o bastante para nos preocuparmos com ela", Karyl respondeu. "O que inclui rechaçar o conde Raúl de volta para Les Eaux de Rire de forma convincente, o mais rápido possível. Especialmente porque as notícias desta audaciosa empreitada Imperial podem fazer a condessa Célestine criar coragem e tentar atrair os favores do imperador ao esmagar os infiéis antes dele."

Nenhuma vez ele dissera "seu pai". Ela gostou daquilo. Refletiu um pouco, mas não havia como ler aquele homem estranho e estranhamente convincente.

"Marcharemos ao amanhecer depois de amanhã", Karyl observou. "Você e suas tropas descansem o máximo que puderem. Estejam prontos para viajar ao longo do Chausée Chastaigne amanhã, ao pôr do sol."

"Sim, senhor", confirmou ela.

Sabia que era a resposta adequada. Mesmo assim, não fez menção de partir. E não porque ele não a tinha dispensado; ela já aprendera que quando o mítico Karyl Bogomirskiy dava uma ordem, você não precisava da permissão dele para cumpri-la.

Mas o olhar que ele lançou sobre ela era probatório, não peremptório. "Lidaremos com a Cruzada Imperial quando voltarmos", ele disse de modo gentil. "Até então, não deixe que isso a preocupe."

Ela não conseguiu evitar que seu ceticismo crispasse sua testa. Em vez de reagir com raiva, ele disse: "Você é uma aluna das artes militares". Então, gesticulou para o livro que ela estava lendo. "Se não aprender nada mais sobre elas, aprenda o seguinte: nada nunca acontece como esperado. Especialmente na guerra." Ele sorriu para Rob. "Como seu mestre me ensinou bem, quando soltou uma manada de caudas-porretes por baixo dos meus trichifres, no Hassling."

"Aquilo foi você?", ela perguntou para Rob.

"Uma tática brilhante", retorquiu Karyl. "Por mais que o tenha feito ser demitido."

Questões borbulhavam na superfície da mente de Melodía. A principal era: *Por que, então, Karyl odeia meu Jaume, mas não Rob Korrigan?* Ela decidiu não fazer nenhuma delas.

OS CAVALEIROS DOS DINOSSAUROS

"Os caminhos do destino e dos Fae são estranhos", Rob divagou. Então, estremeceu. Melodía viu o rosto de Karyl se tencionar e perguntou-se o motivo.

Uma batida forte soou no batente da porta, atrás deles. Ela virou-se e viu uma mulher de meia-idade atarracada, vestindo um chapéu de tropeiro bem amassado.

"Chegou uma mensagem de Providence, coronel", ela disse para Karyl. "Diz que o altíssimo e poderoso Conselho está com as penas todas eriçadas por causa dessa questão imperial. Eles estão exigindo que você volte lá para alisar sua plumagem e dar batidinhas em suas mãos."

Karyl fez uma expressão como se tivesse cheirado algo pior do que mofo nas paredes. "Obrigado."

"Você vai?", Rob perguntou.

"É improvável. Não tenho tempo para isso agora."

Ele fez uma careta e bateu os nós dos dedos na mesa, contemplativo. Alguém tomara a iniciativa de reformá-la, passando lixa e óleo. Melodía já conhecia Karyl bem o suficiente para saber que ele próprio jamais pediria tal frivolidade.

É um exército bem estranho este aqui onde fui me enfiar, ela pensou. Karyl não pedia que seus subalternos se sujeitassem a ele o tempo todo, como tantos nobres que ela conhecia. Eles o tratavam de forma quase casual. Contudo, qualquer mínimo pedido dele era rigidamente executado. Ela chegara até mesmo a ver suas anárquicas jinetes surrarem severamente um mercenário por falar mal do seu coronel.

Ela percebeu sem alegria que ele a estava encarando.

"Você tem relações com o Conselho", ele disse. "E não podem me culpar por enviar alguém de baixa patente se for você."

"Pra um grupo de igualitários, nossos empregadores têm uma sensibilidade incomum a patentes baixas", Rob falou.

"Sim, senhor", ela disse. "Mas... lorde Karyl?"

Ele ergueu uma sobrancelha.

"O que devo dizer a eles?"

Karyl sorriu. "Deixarei para sua iniciativa, capitã. Você conhece a nossa situação. Faça uso de toda a educação diplomática que recebeu na Corte Imperial."

– 29 –

> **Raguel, El Amigo de Dios, Amigo de Deus**
> Um dos Anjos Cinza, os temíveis Sete que espalharam a justiça derradeira
> dos nossos Criadores. Associado a Maris, a Filha Mais Jovem e, portanto,
> o menor dos Anjos (além de ser supostamente caprichoso), contudo
> é dito que ajudava a forçar a ordem até mesmo entre os próprios
> Fae. Um espírito de gelo e neve, ele costuma ser associado ao Anjo
> feminino e mensageiro divino, Gabriel, além do austero Zerachiel.
> – UMA CARTILHA DO PARAÍSO PARA O PROGRESSO DE MENTES JOVENS –

Melodía montava um alazão adestrado de antecedentes duvidosos num trote lento ao longo da Rue Impériale. O animal vinha da tropa geral do exército.

Meravellosa ficou para trás, descansando das aventuras recentes. Afinal, ela tinha feito a maior parte do trabalho de verdade.

A noite havia caído. A cobertura de nuvens contínua do dia se dissolvera, mas agora, massas coaguladas pareciam se mover e colidir por todo o céu estrelado, como se uma tempestade estivesse se armando. Ela sentiu o cheiro de chuva, o solo ainda devolvendo para a noite

O S   C A V A L E I R O S   D O S   D I N O S S A U R O S

o calor do dia, e das colheitas invernais brotando nos campos. À esquerda, o Rio Bonté borbulhava além das árvores. Pedaços de espuma vulcânica congelada eram esmagados sob os cascos do cavalo.

Mariposas do tamanho da cabeça de Melodía voavam em torno dela em meio ao crepúsculo, enquanto alados dentados e sem cauda guinchavam, perseguindo-as. Insetos noturnos se moviam por entre os arbustos que cresciam ao lado da vala. Eles faziam com que ela sentisse uma pontada de saudades de casa, especialmente pelos vaga-lumes de meio metro, com asas de um metro de comprimento, que davam o nome à fortaleza costal de La Merced. Eles não existiam ali, no clima mais frio das montanhas.

Ela virou na rua não pavimentada para o château do Jardim, ao leste da cidade. Ficou surpresa ao ver poucas luzes acesas em Providence; os cidadãos tendiam a demorar a cessar as atividades diárias. Mas um único brilho amarelado delineava as lojas e casas altas e estreitas, como se uma enorme fogueira queimasse na praça central. Ela teve uma sensação estranha.

Logo a rechaçou. Não tinha nada a ver com ela.

De forma similar, a quinta exibia poucas luzes. Mesmo à irregular iluminação das estrelas, Melodía viu que as folhas das árvores e vinhas que caíam sobre as paredes do pátio estavam onduladas devido à desidratação e negligência. Ela fez uma careta.

Quando havia chegado lá, poucos meses antes, o Jardim parecera um paraíso compacto, um microcosmo do que o mundo poderia ser: verde, fragrante, vibrante, abundante e convidativo. Agora, ele pareceu um mau agouro.

Pelo menos eles não têm guardas montando vigília noturna, ela pensou. Os soldados da cidade tinham ficado desagradavelmente assertivos em tempos recentes.

Ela entrou. Os corredores estavam desertos e escuros, exceto pela luz laranja da sala de jantar. Ela seguiu até as vozes balbuciantes usando a memória e tateando as paredes geladas, cobertas de cal.

Comungantes do Jardim atulhavam o salão. Ela reparou, chocada, nas paredes nuas: o mural pintado pelo gênio caído, o jovem Lucas, que outrora tornara o salão semelhante ao belo jardim, tinha sido caiado, e os caibros pintados de marrom. Era como se o conselho vigente do Jardim da Beleza e da Verdade tivesse se determinado a expurgar a si próprio de todos os traços da Beleza.

Quanto à Verdade, ela ainda não podia dizer.

As tochas tremeluziam em arandelas pretas de ferro nas paredes nuas, chamas vermelhas que produziam mais fumaça resinosa do que luz. Algumas poucas lamparinas a óleo queimavam devagar. Velas brilhavam em todos os lugares às centenas: sobre as mesas, bancos e nichos, onde enfatizavam o vazio, ocupando o espaço de estátuas e vasos belos, criados com habilidade sem igual.

Melodía sentou-se num banco próximo à parede, na parte de trás. Ninguém prestou atenção a ela. Todos os demais ocupantes do salão, até aqueles que ficavam murmurando uns para os outros, estavam virados para o estrado onde Bogardus presidia o Conselho dos Mestres Jardineiros. Ela sentiu como se ocupasse a sua própria bolha de isolamento pessoal. *O que, por mim, tudo bem*, refletiu.

Perguntou-se se seria um tipo de culpa residual por ter levado tantos Jardineiros a mortes terríveis, o que fazia com que ela se sentisse tão apartada do que, outrora, acreditara ser sua nova família. Ou será que havia algo... ali?

Melodía reconheceu Jeannette, a irmã de Gaétan, sentada ali perto, atrás da multidão. Ela estivera entre os que acolheram mais calorosamente Melodía no Jardim. Ironicamente, Melodía sentiu-se ferida quando Jeannette lhe dera um sorriso e recusara acompanhá-la em sua embaixada até o conde Guillaume, de Crève Coeur. Na ocasião, ela se perguntou se as fofocas que corriam no Jardim poderiam ser verdadeiras, de que a ligação dela à sua família de comerciantes a atrofiava para o crescimento da beleza espiritual.

Agora, ficara provado que o que Jeannette tinha era bom senso.

Os cabelos castanho-avermelhados da jovem estavam presos num coque, na parte de trás da cabeça. Seu rosto era pálido e preocupado.

No estrado, a irmã Violette cochichou no ouvido de Bogardus, seu rosto marcado pela paixão. A fronte do Irmão Mais Velho se curvou de forma incomum.

A Conselheira olhou para os dois lados da cabeceira da mesa, examinando os outros seis homens e mulheres. Cada qual assentiu, alguns ávidos, alguns lentamente. Bogardus pareceu se esvaziar em sua cadeira. Apesar da luz tênue, Melodía julgou ter visto o desespero cruzar seu rosto.

Violette se levantou. Seus cabelos caíam por sobre os ombros do vestido branco simples, como ondulações de uma cachoeira congelada. A luz de uma miríade de chamas transformava seus cabelos do gelo para o sangue e fogo.

Ela começou a pregar num tom vibrante. Era como se falasse alguma língua estranha para Nuevaropa; a mente de Melodía conseguia apenas aceitar e compreender partes. De acordo com o que entendia, o sermão fora todo sobre fogo e sangue em si, sacrifício e expurgo. *O que o Jardim cultiva agora?*, perguntou-se ela, sentindo a sua alma adoecer.

Os Jardineiros ao redor dela, no passado tão brandos, doces e lânguidos, agora se inclinavam para a frente com olhos ardentes, atentos como raptores. Melodía sentiu um arrepio. A avidez latente deles lembrava os horrores de Guillaume.

Bogardus se levantou. Sua carne parecia cinza sobre a firme estrutura do rosto. Os olhos eram como cavernas. Os ombros, outrora largos e másculos, se curvavam sob uma camisa de linho que, mesmo à luz alaranjada, parecia levemente suja. O coração e as entranhas de Melodía se retorceram ao vê-lo daquela maneira. Quando ele falou, sua voz era hesitante, tão baixa que ela precisou esforçar-se para escutar.

Mas, conforme ele prosseguiu, o volume e a convicção aumentaram, até ressoarem nos caibros embotados.

"Todas as coisas vivas crescem", ele disse. "Ou morrem. Nós crescemos, e isto foi bom. As plantas no nosso jardim precisam esperar pelas nossas mãos e serem guiadas pelos nossos corações e mentes para moldá-las. Somente nós podemos moldar o nosso crescimento. Contudo, quão belo pode ser tentar trazer para nós o molde do crescimento de nossos companheiros humanos? Eles não merecem exercitar a habilidade de crescer dada pelos Criadores por vontade própria?"

A irmã Violette riu selvagemente. Melodía ficou chocada como se tivesse sido estapeada no rosto. Não só porque a risada soara como o grito de um dragão, planando acima da paisagem sobre suas asas colossais, em busca de uma presa. Mas por causa do desrespeito agudo que demonstrara pelo Irmão Mais Velho.

"Como poderíamos não fazê-lo?", a Conselheira perguntou. "Quando olhamos para o resto do mundo, o que vemos? Ervas daninhas, nocivas

VICTOR MILÁN

ervas daninhas, se proliferando! E o que ervas daninhas fazem? Elas sufocam a beleza. Elas sugam os nutrientes vitais do solo, matando lindos botões, frutos e ervas saudáveis. Nosso Jardim humano é tão diferente do mundo do verde?"

"Não!", gritaram os Jardineiros.

Franzindo a testa, Melodía recostou-se à parede gelada, estendendo as longas pernas e braços cruzados. *O que está acontecendo? O que é isto?* O senso de perigo dela, tão tardio ao se manifestar, começou a tilintar.

Então, a Capitã de Cabelos Curtos dos Cavalos pensou: *Bem, tenho uma boa espada e um cavalo veloz. O que um bando de pacifistas poderia fazer comigo?*

Algo começou a fervilhar dentro da sua mente, como um monstro escondido em um lamaçal. Não fora só a percepção de uma ameaça que a atiçara. Foi algo em sua memória.

Mas era algo que a memória não conseguia tirar de dentro da lama. E, de algum modo, ela tinha certeza de que não queria que isso acontecesse.

Contudo, cada vez mais parecia que isto seria necessário. Foi quando Violette se levantou, sorrindo. "Bogardus é nosso Irmão Mais Velho", ela disse para a multidão sem fôlego. "Ele é nosso Mestre Jardineiro. Como sempre, suas palavras são sábias. Elas crescem do maior coração de Providence... de toda a Nuevaropa. Contudo, algo confundiu seu crescimento. São os galhos dos seus pensamentos que estão distorcidos agora, e buscam se entremear aos nossos membros, enquanto miramos o crescimento futuro. Com o máximo de amor e admiração, posso apenas dizer: devemos passar por este obstáculo e por todos os demais.

"Chegou a hora, minhas flores da Beleza e da Verdade. A hora de semear esta Verdade em todas as direções. E de iniciar o processo de remover as ervas daninhas e de limpar o Jardim, conforme nosso mundo exige!"

Os espectadores espelharam os gritos de "Ervas daninhas!" e "Limpar!".

Os lábios de Melodía se retraíram por sobre os dentes. Ela tinha escutado com frequência cada vez maior aqueles termos em suas visitas recentes ao Jardim. E nunca gostara do sabor que eles deixavam em sua língua.

Agora, eles queimavam como veneno.

"Ouçam, Jardineiros", Violette gritou, abrindo os braços em êxtase. "Por meses o nosso Irmão Mais Velho e eu fomos abençoados pela orientação de uma criatura mística de graça e beleza perfeitas."

OS CAVALEIROS DOS DINOSSAUROS

Ao lado dela, sentado, Bogardus parecia sem vida. Seu rosto estava esmagado pela fadiga física e espiritual. Como se tivesse ficado acordado até tarde por muitas noites seguidas, escutando uma terrível sabedoria, derramada em seus ouvidos por algum ser inumano.

"Até agora, este foi o nosso segredo sagrado", Violette declarou. "Mas não mais. Trago diante de vocês o Abençoado, cuja mão ajudará a nossa Beleza e Verdade a crescerem e abraçarem o mundo! Trago diante de vocês o Anjo Brilhante, Raguel!"

Nos pontos mais distantes do globo, norte e sul, os mapas mostravam não só neve constante, mas gelo. Melodía sentiu como se tivesse, por magia, se transformado num daqueles blocos.

Em nenhum ponto na palavra dos Criadores, nos ensinamentos, livros ou lendas, havia qualquer menção a um Anjo Brilhante. E nem nas histórias, por mais caprichosas que fossem. Ela podia não acreditar em todas como sendo algo além de preceitos para a vida virtuosa, mas as tinha lido, como parte da sua educação.

Elas só falavam dos Anjos Cinza, os sete guardiões do Equilíbrio sagrado entre o Branco e o Preto, cujo próprio toque trazia a morte, e o hálito, o terror. E que, ocasionalmente, saíam em cruzadas para expurgar o mundo humano do pecado. Em geral reduzindo o número de humanos que havia no mundo.

Raguel era um desses. Na língua antiga, seu nome significava *amigo de Deus*. Não significava *amigo dos mortais*.

Pela entrada da cozinha, saiu uma figura colossal, curvando-se para passar. Os olhos de Melodía enlouqueceram.

Eu já o vi antes, ela soube com certeza. Não conseguiu respirar. A criatura se endireitou diante do público sem fôlego. Ela devia ter dois metros e meio ou mais. Estava nua. *Ele* estava nu, obviamente. Seu cabelo era um quepe de cachos dourados, a pele era branco translúcido; cada contorno seu era a consumação da Beleza. Contudo, Melodía achou ter visto um mosqueado descolorido se espalhar pelo seu corpo, que parecia líquen crescendo sobre alguma antiga estátua.

O mesmo de antes. O horror crescente tocou como uma sineta dentro do bloco de gelo que ela se tornara.

Ele apontou os braços para os Jardineiros. Eles emitiram um murmúrio conjunto de alegria e medo comungado.

VICTOR MILÁN

É tudo verdade, as palavras soaram em seu cérebro como sinos funéreos. *Os Anjos existem. Os Criadores existem. Não são só histórias para assustar crianças levadas. É verdade, é tudo verdade.*

E eu o vi antes. No quarto do Bogardus, naquela noite, e...

Naquela noite, ela voltara trôpega para o acampamento, nua e confusa, sem saber por quê. Não fora somente a existência dos Sete que se provou abruptamente verdadeira ante a toda uma vida de descrença. Acontece que os míticos poderes deles também eram reais.

Como aquele que enevoa as mentes – e memórias. Ela fora tocada por um Anjo. E sua memória, corrompida.

Violada. De novo. A raiva começou a arder dentro dela.

"Contemplem a Beleza transcendente!", Violette gritou. Ela tirou o vestido branco e ofereceu sua nudez pálida para o Anjo.

Aderindo ao seu frenesi flamejante, os Jardineiros saltaram. Eles rasgaram as próprias vestes e arremeteram para a frente. Melodía ficou mais feliz do que nunca por estar sentada nos fundos, onde ninguém a empurraria na direção daquele horror. E, com todos os olhos voltados para o centro das atrações, ninguém reparou na forma como ela ficou para trás.

Assim como ninguém parecia enxergar o que ela via: como pedaços de carne apodrecida caíam daquele belo corpo, expondo um esqueleto atrofiado, coberto pelo que pareciam ser vermes solidificados.

Isto aqui é o início da Cruzada do Anjo Negro. É como a Grande Morte vai começar. O choque e o terror ainda mantinham posse de seus membros, deixando-os congelados. Mas um medo diferente começava agora a atiçar a raiva que crescia num forno dentro dela.

Nua, Violette sentou-se numa coxa cinza e decomposta, esfregando suas partes contra a dureza retorcida e gemendo como num orgasmo. Os outros membros do Conselho se reuniram ao redor, homens e mulheres, nus e suplicantes.

Os demais Jardineiros os cercaram como uma inundação.

"Esperem!" O chamado de Bogardus ecoou pelos caibros repintados. Ele estava sozinho no estrado, com as mãos erguidas como num estado de súplica. "Isto não está certo. Não veem o que está acontecendo aqui? Este é um Anjo Cinza. Ele tomará suas vontades, suas almas e os transformará em criaturas acéfalas que só existem com um propósito: assassinar seus companheiros humanos!"

OS CAVALEIROS DOS DINOSSAUROS

Violette olhou por sobre o ombro. "Chegou a hora de podar o Jardim da Humanidade!", ela gritou. "Eu o aceito, Lorde Raguel! Tome a mim! Faça-me sua!"

Das sombras da virilha do Anjo, o pênis emergiu. Quando flácido, ele era enorme, assim como o era a criatura inteira, mas afora isso, não diferia muito do de um homem normal de Nuevaropa. Contudo, ereto, com meio metro de comprimento, a pele se dividiu e ele foi despelado como uma cobra, revelando um membro que parecia granito decomposto.

A personalidade de Bogardus era tão poderosa que o público tinha realmente feito uma pausa. Mas a visão daquele pinto duro e deformado pareceu atraí-los como um ímã. Eles voltaram a tergiversar para a frente, murmurando sons graves em suas gargantas.

"É mesmo isto que vocês querem?", Bogardus gritou. "Onde está a Beleza na dor, na destruição e no assassinato?"

O Anjo Cinza ergueu a mão na direção de Bogardus. Corrupção tinha removido metade do seu belo rosto, deixando a desolação como a de um crânio no lugar. Algo como um poderoso bater de palmas sacudiu a câmara, embora os ouvidos de Melodía não tenham captado nada.

Bogardus enrijeceu. Duro como um boneco de madeira, ele virou-se para encarar o Anjo. Era visível que o estava combatendo, os músculos espasmódicos, o suor escorrendo pelo rosto. Mas, um passo desesperado após o outro, ele foi até Raguel.

Os Conselheiros caíram para trás. Nada ficou entre Bogardus e o pênis ereto. Até mesmo Violette saiu de cima de Raguel e se afastou com a cabeça baixa, ressentida, espiando por sob seus cabelos claros emaranhados, com olhos não mais humanos do que uma matadora.

Sozinho e tremendo, Bogardus encarou o Anjo. Raguel rolou a palma para cima e a virou para baixo. Como se estivesse preso a roldanas, Bogardus caiu de joelhos diante dele.

Abriu a boca e inclinou-se para a frente. Uivando como cães, os Jardineiros pululavam, escondendo sua submissão da vista de Melodía.

O gelo se partiu. Com ele, a raiva que crescia também desapareceu. O que restara em Melodía era só *resolução*.

É hora de ir, ela disse a si própria. Sem dúvida, já tinha passado da hora. Contudo, a despeito do terror arrebatador que ameaçara

VICTOR MILÁN

dissolver as cartilagens das suas articulações, ela não apenas saiu correndo para salvar a vida.

Em vez disso, sem bem compreender o motivo, ela apanhou a bainha da cimitarra no banco em que se sentava. Uma mulher de cabelos castanhos rasgava seu manto verde de seda como se fosse feito de papel, com força quase sobre-humana.

"Jeannette!", Melodía gritou.

Rosnando, a garota virou-se para ela. Melodía encolheu-se ante o ódio inumano que cruzava seu rosto, além de qualquer feição humana.

Quando era pouco mais velha do que Montse é hoje, Melodía fora brevemente viciada na leitura de romances populares, épicos excitantes como *Roldán, o Condenado* e *Os Sete Guerreiros Místicos*. Lembrando-se deles agora, deu um tapa no rosto de Jeannette. Forte.

Jeannette a encarou com uma fúria esmeralda tão intensa que, por um instante, Melodía temeu precisar cortar a mulher que estava tentando salvar.

Então, ela piscou. "Melodía?", disse ela. "Você me bateu?"

"Sim."

Jeannette olhou ao redor. "Espera... o que está acontecendo? O que está errado com essas pessoas?"

Então, ela viu o que se avolumava além da multidão contorcida. "Oh, minha doce Mãe Maia!", exclamou. "É um Anjo Cinza! Eles são reais! Elas são mesmo reais!"

"Sim, são", respondeu Melodía. Ela segurou o punho de Jeannette.

"Corra", sugeriu.

Elas correram.

PARTE IV

CRUZADA

OS CAVALEIROS DOS DINOSSAUROS

– 30 –

Nariz Cornuda, Nariz de Chifre, Unichifre
Centrosaurus apertus. *Quadrúpede herbívoro com bico dentado e um único chifre nasal. Seis metros de comprimento, 1,8 metro de altura, 3 toneladas. Dinossauro ceratopsiano mais comum de Nuevaropa; predominantemente uma fera de carga. Manadas selvagens podem ser perigosas e agressivas; popular para caça (embora extremamente perigoso).*
– O LIVRO DOS NOMES VERDADEIROS –

Com um grunhido de dinossauro e um guincho torturante de madeira e metal, o trichifre atrelado puxava a carroça pela pista suja que atravessava o acampamento do exército. Observando sob as luzes de tochas e fogueiras que iluminavam os grandes chifres marrons e reluziam nos olhos amarelos, Rob assentiu satisfeito.

A carroça de suprimentos estava muito sobrecarregada; uma prima de Gaétan, Élodie, que assumira no lugar de Rob como intendente-chefe do Exército de Providence, iria esfolar alguém com sua língua afiada, como se fosse o chicote de um condutor de dinossauros. Assim

OS CAVALEIROS DOS DINOSSAUROS

que a carroça rebocada pelos chifrudos entrara na trilha dos saltado-res que atravessava os campos e florestas para a Estrada Castanheiro, uma roda do eixo dianteiro se rompeu.

Como ela bloqueava o caminho das demais carroças, não havia tempo de substituir a roda, especialmente porque as nuvens estavam ficando mais pesadas. Rob conseguia sentir a iminência da chuva nas bochechas. Karyl ordenou que a carroça fosse empurrada para a late-ral, para ser reparada se possível, do contrário, abandonada.

O trichifre macho pesava mais do que os dois chifrudos que substi-tuíra e a carga que puxavam juntos. Os profissionais das cornacas que tinham vindo junto com os tríplices de Ovdan eram um pessoal taci-turno; este aqui fazia o jogo de "não falo nenhuma língua civilizada" quando Rob tentou ordenar que ele atrelasse o monstro à carroça e a tirasse do caminho. Ele tentou em seu rude, porém fluente, francés, em spañol, sua língua nativa, e em alemán. Seu slavo se limitava a um conjunto de obscenidades. E o homem também não respondera a elas.

Escutando os esforços cada vez mais vociferantes de Rob, Karyl re-unira os ovdanos e, na língua deles, lhes disse o que Rob reconhecera como uma reprimenda verdadeiramente magistral. Ela não tornara o homem magricelo que montava o pescoço daquele monstro em parti-cular menos amargo. Mas ele ficou mais cooperativo.

E ali, no meio da noite, uma mulher de olhos selvagens chegou cavalgando um alazão espumando, de espada em mãos e reflexos cor de vinho onde as luzes das fogueiras tocavam seus cabelos grossos, gritando "Eles estão vindo!", como se fosse o fim do mundo.

Enquanto ela desmontava, Karyl se materializou, o cabelo preso, com o peito nu, vestindo calças largas escuras e carregando seu longo bastão-espada. A comandante dos cavalos leves, Melodía Delgao, des-cera da sela e, então, virou-se para ajudar uma segunda mulher, que cavalgava atrás dela. Para sua surpresa, Rob reconheceu Jeannette, irmã de Gaétan, que fora brevemente sua amante, após ele e Karyl terem chegado a Providence. Ela estava nua.

Ele correu para ajudá-las com suas pernas curtas. Quando pôs os braços em volta de Jeannette ela colapsou. Ele alisou para trás os ca-belos que tinham escapado da trança e grudavam no rosto como algas. Sentiu algo mais grosso do que suor. Quando afastou a palma, perce-beu que ela estava coberta de sangue coagulado.

VICTOR MILÁN

"Pelos Oito, garota. Quem fez isto com você?", ele perguntou.

"Eu", Melodía respondeu.

Ele a encarou.

"Bem, ela estava prestes a se atirar nas chamas. Então, a golpeei com o cabo da minha cimitarra. Consegui atordoá-la, a joguei no lombo do cavalo e fugi."

Ela olhou inquieta de um homem para outro. "Bem, funciona nos romances. E estapeá-la tinha dado certo da primeira vez."

Rob estremeceu. "Como foi que deu certo?" Ele já tinha uma boa ideia de como, uma vez que já tivera sua dose de garrafas e canecas de cerveja acertando a própria cachola.

Melodía deu de ombros. "Ela dobrou o choro e ficou apalpando a cabeça. Mas pelo menos a distraiu."

"Espere", disse Rob. "Você disse que ela queria se jogar nas chamas?" Ele olhou para Jeannette. "Por quê? Quais chamas?"

"Na casa da minha família", a moça respondeu baixinho.

"Você tem nossa atenção total", Karyl disse a Melodía. "Respire fundo. Então conte tudo do começo."

Ela o fez. Os olhos de Karyl se estreitaram quando ela recuou um mês, relatando certos eventos no quarto de Bogardus. Então, se arregalaram ante o que ela acabara de ver e vivenciar.

Aquilo deu início a sussurros correndo como ratos em meio à multidão em volta deles: Anjo Cinza. Anjo Cinza.

Rob começou a desenhar o sinal do Equilíbrio – o S dentro de um círculo – no ar, diante do peito. Então, parou. Lembrou-se de que aquela não era a melhor das invocações. Era o símbolo deles. Todo o motivo pelo qual existiam, se é que era verdade. E, para sua mais terrível penúria, sentia que estava prestes a ver confirmada a existência dos Anjos Cinza. Da pior maneira possível.

"Então está dizendo que esta criatura apagou seu primeiro encontro da memória de alguma maneira?", Karyl perguntou.

Melodía vacilou. Então, ergueu a cabeça de forma quase altiva e disse "Sim", como se o desafiasse a contradizê-la.

Em vez disso, ele falou: "Prossiga".

De forma breve e direta, ela descreveu os inacreditáveis eventos sombrios ocorridos na quinta do Jardim. Do ponto de vista de um batedor, Rob teria de elogiá-la pelo profissionalismo. Ela continuava a

OS CAVALEIROS DOS DINOSSAUROS

olhar para Karyl, como se quisesse confirmar se ele estava levando a sério o que dizia. O simples fato de ele não ter mandado os ouvintes retomarem suas tarefas dizia a Rob que sim.

"Por que Jeannette?", Rob perguntou, quando ela chegou à parte em que as duas fugiram do château.

"Ela pareceu mais... propícia ao salvamento do que os demais", Melodía respondeu. "E sabia que o Conselho nutria um ódio cada vez mais profundo pela família dela. Não gostei de toda aquela conversa sobre podar."

"E então?", Karyl perguntou.

"Ela saiu do transe."

"Foi como acordar de um sonho", relatou Jeannette. Ela parecia tão abatida quanto soava. Rob percebeu que ela não estava comendo bem. Talvez por semanas. Mas ela parecia encolhida em mais dimensões do que apenas na carne. "Um sonho de afogamento."

"O mítico controle mental dos Anjos Cinza", murmurou Karyl. "Você e sua capitã confirmam que, aparentemente, não é mais mítico do que as próprias criaturas."

Ele está aceitando tudo bem, pensou Rob. Karyl passara praticamente a vida inteira sem crer nos Criadores e na sua mitologia, ou em qualquer tipo de magia. O fato de a bruxa Afrodite ter feito sua mão arrancada crescer misticamente meio que estragou essa sua faceta. Mas agora, toda a visão do mundo que ele tinha estava sendo feita em pedaços.

Era tudo verdade, claro. Se fosse mentira, aquelas duas mulheres mereciam estar entre as maiores atrizes do mundo.

Karyl não parecia acreditar nas histórias delas mais do que o próprio Rob. E Rob ainda tinha de dar crédito ao homem pelo aço em sua personalidade. Embora também estivesse começando a suspeitar com uma sensação de desmoronamento de que Karyl estava lidando tão bem com a situação porque já tinha percebido que estava enfrentando o desafio profissional da sua vida.

E se o que mais temo vier a seguir, Rob refletiu, *isso significa apenas sobreviver a esta noite. Se fizermos isso, as coisas realmente ficarão ruins.*

Jeannette tateou a cabeça com cautela. "Gostaria que tivesse encontrado outra forma de chegar até mim sem precisar ficar me batendo, Día", ela disse suavemente.

VICTOR MILÁN

"Me desculpe. Ela me seguiu até a saída do vilarejo e subiu no cavalo atrás de mim. Cavalgamos pela cidade até a casa da sua família, para alertá-los."

"Família de quem?", perguntou uma voz familiar. As entranhas de Rob se encolheram.

É bem melhor cantar acontecimentos assim do que vivê-los, ele pensou tristemente.

Gaétan abriu caminho por entre a multidão. "Minha família? Nossa família? Jeannette, minha querida, o que aconteceu?"

Ela virou-se para o irmão, então grudou nele como um punhado de lama, chorando que nem uma criança perdida.

"A de vocês", Melodía confirmou, encarando-o. Em seu favor, ela não vacilou. Podia ser mimada, a garota mais privilegiada de toda Nuevaropa. Mas se mantivera firme num embate cara a cara.

E diante de um Anjo Cinza, claro. Se bem que algo dizia a Rob que o que viria a seguir seria pior.

"Havia uma fogueira enorme na Praça do Mercado", Melodía contou. "Havia muita gente lá. Um homem que não conhecia estava pregando; os ouvintes mostravam uma estranha mistura de fervor insano e indiferença. Não conseguia compreender."

"O feitiço do Anjo Cinza", alguém da multidão alertou. "É uma cruzada."

"Não queria pensar nisso", a princesa retorquiu. "Ainda não quero... Contornamos uma procissão de crianças de rostos em branco carregando velas, cercadas por adultos que traziam tochas. Não fiquei por perto para ver o que fariam. Mas pudemos ver as chamas.

"Uma multidão estava atacando a Casa do Comércio. O fogo já saía por todas as janelas e pela porta, e a fumaça escapava por entre as vigas do telhado. O próprio Évrard estava diante da casa, segurando uma espada e tentando abrir caminho para a segurança para sua família e criados."

Gaétan soltou um grito estrangulado. Jeannette chorava em meio a fôlegos entrecortados, como se todas as suas costelas estivessem quebradas.

"Seu pai foi bastante valoroso", Melodía relatou. "Conforme nos aproximávamos, ele retalhou meia dúzia de agitadores. Mas a multidão... não parava. Apesar das perdas, apesar do perigo, eles continuavam investindo como horrores sobre um filhote de bico de pato. Ele fez tudo que um homem poderia, mas eles o derrubaram."

OS CAVALEIROS DOS DINOSSAUROS

"Então... então..." Sua voz, firme até então, vacilou. "Eles apanharam sua irmã caçula e a atiraram nas chamas."

"Viva?", Rob regurgitou.

Ela assentiu. Uma linha úmida que brilhava como cobre fundido desceu por suas bochechas maciças.

O grito de partir o coração de Gaétan lembrou Rob do último grande grito que a lendária matadora de Karyl, Shiraa, tinha dado no Hassling quando, com o ombro aberto pelo tirano albino do duque Falk, Floco de Neve, ela fora forçada a abandonar a criatura a qual se ligara como sua própria mãe no momento do nascimento. Aquele grito fora tão repleto de dor e ira que parecia grande demais até para uma fera daquelas emitir.

Rob chegou a se surpreender que, quando o guincho dolorido e furioso terminou, o jovem não tenha colapsado como uma bexiga vazia.

Ele abraçou o jovem Gaétan por trás. Apesar dos muitos deveres que o impediram de tocar sua amada flauta nas últimas semanas e talvez até meses, Rob Korrigan continuava sendo um senhor dos dinossauros. Ele ainda fazia uso de machados e marretas para construir cercas, rebocava cabos e carregava fardos de feno. Uma vida assim o tornara forte e o mantinha assim. Sua constituição sugeria um barril de cerveja sobre duas pernas mais do que um herói de canções, mas não sugeria um fracote.

Gaétan se debateu. Rob segurou firme, apertando os braços do homem junto de suas laterais. Dobrando os joelhos e endireitando-os com um grunhido, Rob arrancou os pés de Gaétan do chão.

"Foi quando atingi Jeannette com o cabo da cimitarra", Melodía prosseguiu. Ela não conseguia olhar para o jovem comerciante se debatendo. Rob não podia culpá-la. "Ela tentou se atirar nas chamas atrás da irmã."

Ela premeu os lábios e meneou. "Me pergunto se fiz o certo. Meu... digo, conde Jaume sempre me ensinou que a verdadeira virtude começa com a escolha pessoal. E quando o Jardim perdeu isso de vista? Será que chegaram ao menos a perceber? Temo ter injuriado Jeannette ao não honrar sua escolha de morrer com a família."

"Ela sempre poderá morrer", Karyl observou. "Nada é mais fácil do que isso." Então, disparou uma risada bruta. "Para a maioria."

VICTOR MILÁN

"Me solte, seu símio irlandês deformado!", berrou Gaétan, chutando o ar e tentando bater o cocuruto no nariz de Rob. Já tendo quebrado o nariz daquela maneira ao menos uma vez, Rob manteve a cabeça com o rosto virado. "Eu tenho de voltar! Tenho de vingar a minha família!"

"Jogar sua vida fora os trará de volta?", Rob perguntou. "Que tipo de troca é essa?"

Jeannette se aproximou para dar um tapa no irmão. Ele virou o rosto e vociferou pragas contra ela, contra Melodía, contra Rob, Karyl e o mundo chamado Paraíso. Contra os Criadores.

Ante aquela blasfêmia, alguns membros da multidão murmuraram apreensivos. Rob os ignorou e continuou a segurar Gaétan fora do chão, como se fosse uma criança. Karyl varreu a multidão com um olhar afiado e os murmúrios cessaram imediatamente.

Jeannette segurou o rosto de Gaétan com ambas as mãos e aliviou os protestos com um beijo. "Por favor, irmão. Não!", ela implorou. "Não quero perder você também. E não vou. Você precisará me nocautear e passar por cima do meu corpo para ir à cidade!"

Ele a encarou. Rob o sentiu tenso e temeu, por um instante, que ele tentasse dar uma cabeçada nela. Então, o jovem relaxou.

E não só o corpo; seu coração seguiu junto. O súbito peso morto forçou Rob a pô-lo de volta no chão. Ele mal conseguiu manter o aperto.

"Muito bem, mestre Korrigan", Gaétan falou numa voz quase firme. "Já pode me soltar. Mais tarde pode me dar o troco que sem dúvida mereço pelas coisas que disse de você. Ou o coronel Karyl pode me chicotear por ter desrespeitado o exército. Não vou resistir."

Rob o soltou e recuou. "Você disse alguma coisa, garoto?", ele perguntou, balançando os braços para a circulação voltar. "Não ouvi nada porque essa sua cabeça de abóbora suada estava apertando a minha cara."

Gaétan olhou para Karyl, que fez um gesto brusco de desconsideração. Num mundo de nobres sensíveis que conclamariam um duelo a um de seus pares por causa de uma mínima desfeita – e massacrariam uma família inteira de camponeses por bem menos – Karyl tinha uma pele igual a de um chifrudo macho. Se fosse possível insultá-lo, Rob jamais vira evidências do fato; ele não possuía mais amor-próprio do que um cadáver.

"O que mais podem nos dizer?", Karyl perguntou às duas.

OS CAVALEIROS DOS DINOSSAUROS

"Deve haver uns mil estranhos na cidade", Jeannette disse.

"De onde vieram?", inquiriu seu irmão.

Rob estalou os dedos. "Do norte! Por isso a prima de Karyl afirmou que tudo estava tão deserto... e por isso que meus corredores das matas viram piras funerárias e não quiseram se aproximar." Ele franziu a testa. "Mas o norte é esparsamente povoado. Onde Raguel obteve mil cruzados?"

"Não sou homem de jogatinas", Karyl afirmou, "mas se fosse apostar, diria que não há uma só alma entre a cidade de Providence e as passagens."

"Então estão todos mortos", Rob concluiu. "Ou se alistaram ao Anjo sanguinário."

"É o que as evidências sugerem", Karyl confirmou. Ele balançou a cabeça e suspirou. Então, anunciou para a multidão como um todo. "Não vejo dúvidas. Uma Cruzada do Anjo Cinza irrompeu à nossa porta."

"Então vamos marchar para a cidade e expurgá-la!", alguém gritou do povo. Outros gritaram em concordância. Ainda outros murmuraram nervosos sobre feitiçaria e blasfêmia.

"As pessoas da cidade também se juntaram a Raguel", explicou Melodía. "Aqueles que eles não matam. Horrivelmente."

"E daí?", inquiriu a voz militante. Rob se esticou para ver quem falava, mas o homem permanecia perdido em meio à multidão e ao escuro. "Mesmo se recrutarem um milhar da cidade de Providence, ainda os superamos."

Então ocorreu a Rob. "E temos dinossauros", ele disse. Na sua cabeça, aquilo acertava tudo.

Aparentemente, para Gaétan também. Ele sacou a espada e a brandiu no alto. Sua lâmina parecia estar pegando fogo.

"Para mim é o bastante!", ele berrou. "Vou voltar à cidade e recapturá-la. Quem está comigo?"

Antes que qualquer um pudesse se oferecer, Karyl disse: "E eles têm um Anjo Cinza".

Ele não falou alto, mas suas palavras foram ouvidas.

Gaétan congelou.

"Como se enfrenta um Anjo Cinza?", Karyl perguntou; sua voz ainda baixa e penetrante como uma flecha. "Digo, com alguma chance de vencer? Se você acha que sabe como, Gaétan, entregarei o comando do exército a você neste instante, o seguirei e aprenderei com ansiedade."

A ponta da espada de Gaétan afundou na terra. Ele deixou a cabeça pender. "Me desculpe, coronel. Eu não estava pensando."

"Então reúna sua astúcia e comece a fazê-lo", Karyl disse com gentileza. "Precisamos de você. E precisamos de você atento. Precisamos de todos."

Ele virou-se para os espectadores. "Se não estivéssemos prontos para marchar, estaríamos condenados. Aprendam a seguinte lição: às vezes é melhor ter sorte do que ser bom. Sairemos em uma hora. Qualquer um ou qualquer coisa que não estiver pronto para partir será deixado para a horda."

"Horda?", alguém perguntou.

"Você não escutou essa mulher, quando ela chegou toda alterada ao acampamento?", disse Rob. "Ela berrou 'Eles estão vindo!'. A quem acha que ela se referia, seu idiota?"

Mas ele olhou preocupado para Karyl. "Temos feridos na enfermaria", disse. Os treinamentos, exercícios e a simples rotina do acampamento geravam sua dose de ferimentos. E sempre que se misturava pessoas a animais fortes, grandes e voláteis como cavalos – para não dizer dinossauros – elas se machucavam.

"Ponha os feridos nas carroças", Karyl respondeu. "Tire comida se for preciso. De qualquer maneira, no decorrer do caminho, vai haver o suficiente dela."

"Caminho para onde?", Rob perguntou.

"Sul."

"Para Métairie Brulée?", Rob exclamou.

"Para o Exército Imperial?", questionou Melodía.

"Existe ao menos uma chance de passarmos por Métairie Brulée sem luta", Karyl explicou. "E, se tivermos de lutar, gosto mais das nossas chances com o exército de Célestine do que com o de Raúl. Quanto aos Imperiais, o fato ainda é o mesmo: eles estão longe. O Anjo e sua horda estão perto. E se o império marcha para impedir uma Cruzada do Anjo Cinza... bem, ele chegou tarde demais. Talvez eles voltem atrás."

"Você não conhece o meu pai", replicou Melodía.

"Conheço melhor do que pensa", respondeu Karyl.

OS CAVALEIROS DOS DINOSSAUROS

"Mas e quanto ao conde Raúl?", perguntou Eamonn Copper. Rob não o vira chegar. O álcool distorcia suas palavras, mas seus olhos estavam claros. Como bom ayrishmuhn que era, Rob sabia que ele não deixaria uma coisinha à toa como uma bebedeira detê-lo.

"Castaña?" Karyl latiu em meio a uma gargalhada. "Ele é problema de Raguel agora. Que eles se divirtam se conhecendo."

Então, voltando-se para uma comoção que ocorria, perguntou: "O que é isto?".

Era um grupo de jinetes. Rob reconheceu o piquete que enviara para observar as matas à oeste da Estrada Imperial. Elas cercavam um cavaleiro que não fazia parte da sua tropa, que trazia uma queimadura flagrante no rosto. Para a surpresa de Rob, um corredor das matas cavalgava ao lado dele. Os corredores das matas eram dispostos a dividir a sela com um cavalo leve, mas a maioria insistia que eles próprios não seriam capazes de aprender a manejar as "grandes bestas deselegantes".

"Eles cruzaram o Lisette na noite passada", relatou o cavaleiro ferido, descendo da sela e virando um balde de água sobre a cabeça.

"Quem?", Rob perguntou. "Com certeza não foi o exército de Crève Coeur?"

"Não foi nenhum exército", o cavaleiro respondeu. "Não como algum que eu já tenha visto."

"Coisas loucas", disse o corredor das matas, que desmontara com alívio evidente e se afastava rápido do cavalo, como se não quisesse ser associado a ele. "O mal. Como mortos andando. E mulheres e crianças. Temendo-os tanto quanto temem troncos de árvores."

"Não conseguiu detê-los com seus arcos?", Rob questionou.

"Havia mais deles do que tínhamos flechas", respondeu o corredor das matas. "Talvez mais do que existam flechas. Eles pareciam em maior número do que as próprias árvores da floresta. E o que faziam com aqueles que caíam vivos em suas mãos fez com que os batedores do conde Guilli parecessem as Mães da Misericórdia de Maia."

"Então é isso que os missionários do Conselho estavam realmente tramando em Crève Coeur", Karyl disse, desgostoso. "Reunindo sua horda do Anjo Cinza."

"Mas como eles puderam... *convencer* os Corações Partidos sem os poderes do Anjo?", Rob perguntou.

"Talvez o próprio Raguel os tenha visitado", Melodía arriscou.

VICTOR MILÁN

"Mas estes homens demoraram um dia firme de cavalgada para chegar até aqui!"

"E aquela coisa horrorosa tinha pernas do tamanho da minha altura! Vai saber a que velocidade ela consegue andar? Ou correr?"

"Quem disse que ele precisa correr?", alguém observou da multidão. "Ele é um Anjo Cinza!"

"Não interessa como ele fez", Karyl disse. "Ou como a horda foi criada. O fato é: ela existe. Está prestes a chegar aqui. Nossa única opção agora é fugir."

"Mas não é dever nosso nos submetermos à vontade do Anjo Cinza?", soluçou uma voz masculina na escuridão. "Eles são os vingadores dos próprios Criadores!"

Karyl fez um gesto na direção da cidade. "Fique à vontade. Eu não estou pronto para me tornar um ser acéfalo ou um cadáver."

O silêncio que o respondeu foi eloquente.

Karyl virou-se para Melodía. "Você está apta a liderar seus cavalos leves numa ação de verdade? Será perigoso. E também será a chave para a sobrevivência do nosso exército."

Melodía engoliu em seco. Seu pulso acelerou. *Encarar Raguel? De novo? Não posso!* Ela queria cair de joelhos e implorar que Karyl a poupasse. Ou que a matasse ali mesmo. Qualquer coisa que não fosse encarar aquele horror uma terceira vez.

Em vez disso, viu-se à beira de um desmaio. *Estou hiperventilando*, pensou. Ela forçou-se a respirar fundo pelo diafragma.

Isso devolveu um pouquinho de controle sobre sua mente. *Eu quero ser importante*, lembrou a si mesma. *Quero fazer diferença no mundo. Como farei isso se me entregar aos meus medos? Mesmo um tão grande assim?*

"Eu... estou disposta", ela disse.

"Muito bem", Karyl afirmou. "Pegue sua tropa e cavalgue para o norte assim que puder para cobrir a nossa retirada. Com sua permissão, mestre Rob."

"Mas isso significa lutar contra o nosso empregador", Rob protestou.

Ao redor deles, homens e mulheres andavam de lá para cá, cumprindo tarefas ordenadas pelos seus superiores. À luz das tochas, o sorriso de Karyl não poderia ter sido mais pavoroso do que se sua boca estivesse coberta de sangue.

OS CAVALEIROS DOS DINOSSAUROS

"Estou surpreso que um senhor dos dinossauros tão experiente quanto você tenha esquecido a Segunda Regra do Mercenário."

"Que seria?"

"Quando seu empregador se volta contra você, o contrato está cancelado. Claro."

Ele deu as costas. Sentindo a consciência profissional do bardo de bancar o certinho, Rob gritou para ele: "Mas qual é a Primeira Regra do Mercenário?".

Karyl olhou para trás. Pareceu que todos os pesadelos que o haviam feito acordar gritando na estrada nos primeiros meses em Providence, os terrores noturnos que desapareceram uma vez que a campanha se iniciara, tinham voltado todos de uma só vez, como uma nuvem de alados devoradores de cadáveres.

"Eles sempre se voltam contra você", disse ele. "Como aprendi na Gunters Moll."

OS CAVALEIROS DOS DINOSSAUROS

- 31 -

***Jinete, cavaleiro leve**
Escudeiros e batedores, com frequência mulheres, que montam cavalos e caminhantes. Não usam armaduras ou, no máximo, um gibão de couro de unichifre, ocasionalmente com uma boina de couro ou de metal. Usam dardos com ou sem penas, e uma espada. Alguns também carregam uma lança leve e um broquel. Poucos também usam bestas ou arcos curtos, mas arquearia montada é difícil e pouca gente a pratica em Nuevaropa.*
– UMA CARTILHA DO PARAÍSO PARA O PROGRESSO DE MENTES JOVENS –

"Não deixem que suas armas fiquem presas dentro de um inimigo", Melodía disse às suas jinetes na escuridão fresca e fértil. "Prefiram as bordas à ponta. Se tiverem de estocar com a espada ou a lança, não tenham receio de largar a arma. Podemos substituir uma arma mais fácil do que podemos substituir vocês."

Elas estavam reunidas no jardim da casa Séverin, ao lado da parte mais elevada da Estrada Imperial. Voluntários haviam inchado a tropa para aproximadamente cinquenta, mas eles eram tudo que ela tinha

OS CAVALEIROS DOS DINOSSAUROS

para segurar qualquer que fosse o terror que se aproximava e dar tempo ao exército de seguir caminho.

"Usem as lanças e azagaias quando puderem. Por isso vocês as têm; por isso o coronel mandou uma carroça carregada delas para nós. Dúvidas?"

"Nenhuma", disse Valérie, sua tenente e agora melhor amiga. Magra, de visual enganosamente delicado, ela era uma garota da cidade de uma família com recursos que se juntara aos jinetes em busca de aventura, após a primeira emboscada bem-sucedida, e se distinguira em ação. Ela era popular e poderia tranquilamente ter sido eleita comandante da tropa. Mas preferia ser a segunda em comando.

Melodía sacou a espada e assinalou o avanço. As jinetes a seguiram ao longo da vala, cujo fundo cheio de ervas já trazia um fio de água correndo por conta da chuva que começara a cair de forma intermitente. A seguir, cruzaram o acostamento e tomaram a estrada. Fizeram uma curva à direita para atravessar uma ponte de tábuas que ficava sobre o rio que ficava próximo ao acampamento montado ao norte.

A cidade de Providence queimava. Em alguns pontos, as chamas alaranjadas subiam mais alto que os telhados. Fumaça subia, misturando-se às nuvens carregadas. Melodía imaginou ter ouvido gritos.

Espero que seja a minha imaginação, ela pensou.

Meio quilômetro acima da Chausée Imperial, elas encontraram uma centena de refugiados rumando para o sul. Com o rosto pálido à luz difusa das estrelas e de Eris, sem fôlego por causa do terror e da fadiga, a maioria não trazia nada além de roupas nas costas. Sem necessidade de orientação, a tropa se dividiu para dar passagem à multidão alquebrada.

Na metade do caminho para a cidade, a estrada se inclinava numa longa subida colina acima. Um brilho amarelo infernal delineava a silhueta de uma carroça atulhada até o topo com bens domésticos, puxada por um único unichifre. Melodía fez sinal para que as cavaleiras reduzissem a velocidade. Karyl dera ordens de que refugiados poderiam se juntar ao exército se concordassem em seguir as instruções – e não demonstrassem sinais da loucura de Raguel. Ela não tinha certeza se aquilo era sábio. Mas não era seu problema; ela convencera a si própria.

Então, viu que figuras sombrias enxamearam a carroça para se atracarem com as pessoas empoleiradas no alto da carga. Uma mulher correu na direção delas, os olhos selvagens, a camisa rasgada deixando

VICTOR MILÁN

escapar um único seio nu, implorando ajuda. Suas súplicas se tornaram guinchos sem palavras quando ela foi agarrada pelo pescoço por trás.

"Eles estão aqui!", Melodía gritou, agradecendo àqueles anos tediosos de aulas de canto ministradas por um taliano demasiado perfumado, que lhe ensinaram a projetar a voz como se fosse um trompete. "Tropa, formação ofensiva!"

Ela atacou montada em Meravellosa, sacando sua cimitarra. Usou a parte sem gume curvada da lâmina para bater nas pessoas que se amontoavam sobre a mulher caída, afastando-as. Mas, apesar da sua excitação, da vantagem do peso e de bater o mais firme que pôde com a força do braço e do ombro, seus golpes não fizeram mais do que distrair momentaneamente os atacantes.

Mesmo quando cavalgara para fora da cidade de Providence, com o rosto rubro e Jeannette murmurando atrás dela – aquilo fora mesmo uma hora atrás? –, Melodía se perguntava se seria capaz de matar membros da horda do Anjo Cinza. O homem com quem lutara no vale das Águas Risonhas era um guerreiro profissional e um corsário – de fato, não mais do que um criminoso violento. Ainda que, outrora, ela teria pensado nele como nada além de um membro da sua própria classe que exercera seus privilégios em excesso; quem sabe ela até teria assentido com a testa apropriadamente franzida, enquanto Josefina Serena chorasse pela crueldade dele.

Mas, em vez disso, ela o matara. E, após seu reflexo puramente físico, não sentira nada para se justificar. Desde então, sonhava com o confronto e, naqueles pesadelos, não se via matando, mas sim o que ele teria feito a ela e suas amigas, caso Melodía não o tivesse vencido. Mas seria capaz de matar meras... pessoas? Inocentes apanhados por uma força irresistível?

Então, uma mulher ergueu o rosto, exibindo uma máscara de sangue vindo da sua vítima, que ainda gritava, e rosnou para Melodía. De repente, tudo o que a princesa conseguia ver era o sangue de Pilar pingando do focinho dos horrores do conde Guillaume, enquanto faziam sua melhor amiga em pedaços.

Sem vacilar, ela cortou o rosto ao meio, gritando mais alto do que a mulher que abatera.

Lembrando tardiamente das próprias instruções, Melodía instou Meravellosa dez metros colina abaixo. Guardando sua espada ovdana

OS CAVALEIROS DOS DINOSSAUROS

dentro da bainha de couro de bico de pato, que estava pendurada no pescoço, ela sacou uma azagaia de um laço que estava em sua perna direita.

As contorções da refugiada se tornaram espasmos, e os gritos, murmúrios. Uma piscina escura cresceu ao redor dela mais rápido do que o tufo calcário poroso era capaz de absorver. O homem ficou de pé sobre a vítima, com ar de satisfação. Melodía arremessou a azagaia em sua barriga proeminente.

As jinetes cavalgaram ao lado dela. Um caminhante de temperamento pior que o de um cavalo gritou em fúria. Um membro da horda uivou quando uma bicada como um trovão explodiu seu olho dentro da órbita.

Matando rapidamente a matilha ensopada de sangue, as guerreiras arremessaram lanças nas figuras que ainda estavam agarradas à carroça, como filhotes de escorpiões marinhos presos às costas de suas mães. Melodía se arqueou ofegante. Suor pegajoso corria por todo seu corpo, por dentro do colete de couro de gorducho.

Um fazendeiro chamado Marc cavalgava um cavalo dourado, carregando uma lança de caça. Ele olhou para a fugitiva caída, então para Melodía. Ela fez um sinal com a cabeça. Com o rosto contorcido de emoção, ele enfiou a lança entre a escápula da pobre mulher. Seus membros e cabeça se estenderam para trás, sobre o cascalho. Então, ela amoleceu.

As jinetes se reagruparam. Para o alívio de Melodía, ninguém fora perdido ou havia sofrido ferimentos piores do que arranhões e hematomas. Ela desejou que aquilo durasse, mas sabia que não aconteceria.

"A estrada à frente está limpa quase até a periferia", Valérie reportou. Ela balançou a cabeça, fazendo suas tranças oscilarem sob o elmo de aço. "Eles... eles... a horda não vai fugir. Só nos resta matá-los."

Sua voz encerrou uma qualidade plúmbea, não a típica altivez e brilho de um espírito elevado, exaltado pelo prazer feroz de enfrentar o perigo e vencer. Melodía a compreendia.

Os soldados foram até a carroça de suprimentos para substituir seus projéteis. Alguns que tinham experiência com condução de carros acalmaram o unichifre completamente apavorado, e o fizeram puxar o vagão dos refugiados ao longo da estrada, então o soltaram dos arreios. O veículo longo estava agora bloqueando a via. Não deteria a horda, ainda mais a pé – como estavam todos os membros dela que Melodía vira até então. Mas o trabalho deles não era derrotar o grupo

VICTOR MILÁN

de Raguel, nem mesmo fazê-lo recuar. Eles só tinham de ganhar tempo para que o Exército de Providence batesse em retirada da forma mais limpa possível. Qualquer mínimo atraso já ajudava.

Ela ordenou que duas cavaleiras levassem o unichifre à fazenda Séverin. Qualquer fera que pudesse puxar um carro seria de proveito a Karyl. As demais seguiram com ela para o norte da Estrada Imperial, na direção do brilho da cidade em chamas.

Uma centena de metros ao leste, uma casa de fazendo ardia. A oeste do rio, as chamas surgiam do topo do antigo moinho de pedra. Melodía esperava que todos os ocupantes tivessem conseguido sair em segurança.

Queria acreditar nisso.

As jinetes se espalharam pelo campo aberto, de ambos os lados da Chausée Imperial. A horda tinha se espalhado ainda mais além para avançar pelos campos e matas.

Um conjunto de guerreiros sanguinários confirmava o que Melodía nunca duvidara: Valérie estava certa. Os integrantes da horda não fugiriam. Eles demonstravam uma ausência quase total de instinto de autopreservação e de vontade – a não ser de matar. Muitos andavam num passo lento e trôpego. Até avistarem uma presa; então investiam com a selvageria de dromeossauros.

Mas, embora não fugissem, Melodía e suas guerreiras logo descobriram que eles podiam ser desencorajados, talvez até detidos. Quando jinetes faziam frente a uma multidão, atacando com lanças, ela se desfazia como pó sob a chuva. Mas elas também logo viram que nem todos os seguidores de Raguel careciam de volição. Eles se reagrupavam rápido e buscavam formas de contornar aquela resistência pequena. Havia alguma inteligência que ainda guiava os seus atos.

Que o próprio Raguel poderia estar por perto foi um pensamento que aturdiu Melodía como um gole gelado de água de esgoto; fez com que ela nauseasse e congelasse de uma só vez. Mas impediu que o pânico, que lutava como uma fera indomável para escapar e devorar seu controle mental, assumisse o controle ao se focar nas pessoas que ainda estavam vivas.

Quantas eu puder. Enquanto eu puder.

OS CAVALEIROS DOS DINOSSAUROS

"*Bluhdi Hel!*", vociferou Rob Korrigan em anglés, brandindo Wanda, para dar ênfase. Então, em francês, seus ouvintes puderam compreender de fato. "Eles são seus irmãos e irmãs, não sacos de grãos!"

Soldados carregavam os feridos da casa principal da fazenda Séverin e os punham na carroça. Seu condutor havia posto cabrestos nos dois unichifres que a puxavam para impedi-los de sair em disparada; se isso acontecesse, eles sacudiriam seus grandes focinhos chifrudos em pânico e somariam escândalo ao pandemônio geral. Rob sabia que eles tinham de ser rápidos, mas seus homens estavam se entusiasmando um pouco demais ao arremessar os feridos no vagão.

Gritos vindos de trás fizeram com que se virasse. Um homem corria na direção dele pelo pátio, vestindo algum tipo de avental de couro. O primeiro pensamento insano de Rob foi: *Esse sujeito deve ser tremendamente imprudente; seus braços não só estão inchados até os cotovelos, como ele borrifou todo o rosto também.*

Então, percebeu a forma como os olhos do homem reviravam no rosto e como a boca estava escancarada. E, prestando mais atenção, Rob viu que as mãos dele estavam manchadas por algo que definitivamente não era corante.

A cabeça dele explodiu como um melão maduro quando Rob golpeou com o machado em sua lateral usando ambas as mãos.

"Merda", disse Rob. À sua volta, viu pessoas se agarrando.

Espero que não tenha perdido a Capitã de Cabelos Curtos e toda a sua tropa.

Karyl não esperava que elas fossem segurar a horda, apenas atrasá-la o máximo possível. Que, ao que parece, tinha sido precisamente aquele máximo.

Rob até pegou-se desejando que a moleca imperial tivesse sobrevivido. Sim, ela lhe custara caro, não obstante, era promissora. E ele não era o tipo de homem que aceitava sem problemas a perda de uma moça tão bela.

Ele ergueu e girou o machado no ar. "Às armas!", gritou. "Os bastardos estão sobre nós!"

Como crédito para ele, a dupla corpulenta que carregava uma mulher envolta em lençóis não a largou simplesmente. Mas eles a arremessaram para a dupla de assistentes que estavam de pé na carroça como se fosse, sim, um saco de grãos. Rob, obviamente, não os repreendeu.

Em vez disso, disparou num pinote trôpego na direção do combate mais próximo que ocorria.

Como se aguardasse por aquele momento, a chuva irrompeu em torrentes. Ela resfriou Rob até o âmago. *Não interessa*, ele pensou. *A labuta vai me aquecer o suficiente.*

Ele estava mais preocupado de ter de lutar em terreno traiçoeiro. A maior parte dos invasores estava desarmada; os demais portavam uma variedade bizarra de armas, de facas de cozinha e enxadas a martelos de artesanato, incluindo algumas espadas e alabardas, provavelmente roubadas do arsenal. Os ataques eram todos amadores, mas com uma ferocidade que se equiparava a de qualquer eficiente soldado.

Conforme contornava uma massa que atacava um carro com cestos empilhados alto, ele viu Karyl. O coronel estava sozinho em meio a um círculo de agressores da horda. A chuva escorria pelo seu rosto barbado e pelo peito nu, a espada-bastão na mão esquerda e a bainha-bastão na direita. Ele encarava uma dúzia de atacantes com sua típica calma.

Certo, ele tem os malditos exatamente onde queria, pensou Rob e começou a retalhar carne e ossos como se fossem cordames.

Elas lutavam sob a chuva em meio a uma confusão negra de arbustos e árvores.

O destino pusera Valérie ao lado de Melodía. Pela escassa e tremeluzente luz que passava pela copa das árvores, Melodía podia ver os cabelos loiros de sua tenente que perdera o capacete. Eram como um amontoado de algas, empapados de suor e sangue. As feições dela, tão lindas que faziam com que Melodía tivesse ocasionais rompantes de ciúme, estavam manchadas por uma lama escura cuja composição Melodía não ousava adivinhar.

As mulheres se esforçavam para se manter sobre seus cavalos, forçando os músculos das pernas para não escorregar, mas a chuva pesada e o suor tornavam a tarefa mais difícil. Melodía sentia como se a pele dos braços estivesse coberta de brasas e o menor movimento lançava pontadas nos ombros e cotovelos.

Infelizmente, permanecer viva requeria uma movimentação intensa.

Ela escutou a amiga gritar *"Sacrée Maia Mère*, é uma garotinha! Venha aqui, menina!".

Enquanto sacava a cimitarra mais uma vez, tendo esgotado seu suprimento de flechas de novo – quantas viagens fizera até a carroça

OS CAVALEIROS DOS DINOSSAUROS

com os suprimentos, Melodía perdera a conta –, ela viu Valérie instar sua égua amarronzada vários metros adiante. Inclinando-se na sela, ela alcançou uma garota de cabelos pretos compridos que cobriam o rosto e os ombros. Ela não podia ter mais de doze anos.

A menina segurou o punho de Valérie com ambas as mãos e mordeu firme seu braço. Ela agarrou-se com um só objetivo enquanto a cavaleira gritava mais de surpresa do que de dor.

Após o esforço daquela noite, a batedora carecia de força para arrancá-la. Das matas, um enxame de atacantes surgiu como moscas de cara chata saindo de um celeiro ao pôr do sol, gritando com sede de sangue. Antes que Melodía pudesse piscar, eles engolfaram sua amiga.

Melodía lançou Meravellosa na direção deles, golpeando com energia renovada. Sangue voou em seu rosto como uma chuva negra revertida, mas havia muitos para cortar. Mais pessoas enlouquecidas a cercaram. Dúzias delas, com sangue escorrendo de seus rostos de feições contorcidas, os olhos se destacando, como se tivessem ficado grandes demais para as órbitas.

Bem quando a égua de Valérie deu um coice em um deles, mandando-o longe com um som que indicava obviamente que sua pélvis fora quebrada, os agressores a derrubaram. De algum modo, ela conseguiu cair de pé, atacando com o punho e o cabo da sua espada.

Seus olhos azuis encontraram Melodía. Ela acenou com a mão livre e gritou. "Vá! Saia daqui!"

Melodía tinha uma escolha: morrer ou obedecer a sua amiga condenada. Virando Meravellosa, ela abriu caminho. Pelo menos havia aquilo: lágrimas quentes limpavam o sangue dos seus olhos junto com a chuva.

Ao seu redor, conseguia escutar barulhos nos arbustos, gritos e berros, enquanto suas jinetes enfrentavam a matança. Marc apareceu ao seu lado, segurando uma lança. Sangue escorria da sua cabeça, pela empunhadura, descendo pelos ombros e pelo braço nu. Ele parecia alguém que tinha visto um fantasma.

"Me dê a sua lança", Melodía gritou. Ele olhou para ela com o rosto vazio, sem obedecer. Ela agarrou a arma das suas mãos.

De algum modo, Valérie ainda estava de pé, mas os atacantes tinham agarrado seus cabelos, seus braços, e os puxavam em todas as direções, como se quisessem despedaçar o corpo ao meio.

Eles gritavam como alados se alimentando.

VICTOR MILÁN

A lança era pesada, balanceada para estocar, não para ser arremessada. Mas sua senhora caolha ensinara bem Melodía. Ela a reverteu, avaliou o peso uma vez e arremessou.

A arma atingiu Valérie no esterno, atravessando o fino couro do colete, ossos e coração. Apesar das mãos que arrancavam suas tranças, aquele rosto lindo virou-se na direção de Melodía com uma expressão de cortar o coração e sorriu pela última vez.

Então, ela desapareceu, escondida por um fervor de loucura.

"Recuar!", Melodía gritou. Pelo menos Marc a seguiu, enquanto ela mergulhava às cegas na mata baixa. Não havia qualquer objetivo em sua mente além de aumentar a distância daquela monstruosa e inexorável maré. Então, reunir suas guerreiras – as que tivessem restado – e atacar novamente!

Mais uma!, bradou a voz da criança dentro dela. *Eu perdi mais uma amiga! Fiz com que ela fosse morta também!*

Com uma força de vontade fria, Melodía encerrou seu coração e memórias atrás de uma porta de ferro. Ela tinha um dever – com sua tropa, com Rob Korrigan, com Karyl e o povo do seu exército. Talvez, com toda a população de Nuevaropa – pois quem poderia saber quantas vidas mais Raguel pretendia colher? Ela não podia deixar que nada se pusesse no caminho dos seus deveres.

Talvez não seja meu dever sobreviver, ela pensou. *Mas é meu dever vender minha vida o mais caro possível.*

Numa pequena clareira, ela parou e se virou. *Vou vingá-la com dor mais tarde, Valérie*, ela disse à memória de sua amiga. *Credito Pilar por me ensinar a sufocar as emoções quando a sobrevivência está em jogo.*

Com um grito bruto como o de um dragão caçando, ela ergueu a espada para reunir sua tropa e preparar um novo ataque.

As pernas do homem estrebucharam quando Rob partiu seu crânio com uma machadada.

O ataque estava terminado. Todos os homens que haviam adentrado o acantonamento tinham sido abatidos. A alvorada manchava de vermelho o oeste, como se estivesse envergonhada da matança que a saudava.

O exército não perdera muitos membros para os atacantes ferozes, porém sem habilidade. Esgotados e com frio por causa da chuva que só amainou quando a batalha cessara, alguns reclamaram seriamente

OS CAVALEIROS DOS DINOSSAUROS

quando Karyl ordenou que as cabeças de todos os membros caídos da horda fossem esmagadas, estocadas ou decepadas. Até que um homem cujas entranhas se enrolavam em suas pernas e que já havia sido pisoteado na lama por todos os lados tentou derrubar um soldado de armadura – e uma mulher com o osso à mostra de uma dúzia de ferimentos rasgou a garganta de um soldado da casa com uma só mordida.

Sem ver nenhum outro prospecto aguardando-o nas proximidades, Rob enfiou a ponta da lança na terra e apoiou-se nela, quase cansado demais para pensar.

Algo o fez olhar ao redor. Cavaleiras circulavam o campo da casa da fazenda pelo lado oeste. Melodía Delgao vinha à frente, afundada na sela como se mal estivesse consciente. Uma mera dúzia de jinetes a seguia para dentro do pátio recoberto de lama e sangue. Todas apresentavam ferimentos enfaixados às pressas.

Rob deu um grunhido alto de alívio e dor.

Vinte minutos depois, montado na Pequena Nell, ele seguia o Exército de Providence pela Estrada Imperial, marchando para o sul, rumo à junção das Águas Risonhas com o Rio Bountiful, rumo aonde o Lisette marcava a fronteira com Métairie Brulée.

OS CAVALEIROS DOS DINOSSAUROS

– 32 –

Dragón Grancrestado, Grande Dragão de Crista
Quetzalcoatlus northropi. *O maior de todos os azhdarchids que, por sua vez, são os maiores répteis voadores peludos, chamados de alados ou pterossauros. Envergadura das asas 11 metros, altura 6 metros, peso 250 quilogramas. Conhecidos por voar grandes distâncias; temidos como uma grande ameaça ao gado e humanos, mergulhando dos céus para matar com seu bico longo como uma espada.*
– O LIVRO DOS NOMES VERDADEIROS –

Apesar de não haver sinais de estarem sendo perseguidos, Karyl conduziu seu exército refugiado numa marcha de dois dias sem pausa, sob chuvas torrenciais que tornaram até mesmo a incrivelmente bem projetada e escrupulosamente conservada Rue Imperial um rio de lama branca. Aqueles que tinham se exaurido no combate – como Melodía Delgao e seu punhado de sobreviventes – foram simplesmente empilhados nas carroças junto dos feridos para descansarem. Assim como qualquer um que vacilava no trajeto. Animais que se feriam eram

OS CAVALEIROS DOS DINOSSAUROS

sacrificados, mortos com eficiência na lateral da estrada e transformados em refeição.

Embora ainda não estivessem sendo seguidos pela horda, eles continuavam sendo surpreendidos. Refugiados os alcançavam sozinhos ou em aglomerados abatidos. E não somente do Vale Lisette ou da cidade de Providence.

Na segunda noite após a fuga da fazenda Séverin, uma comitiva de corredores das matas chegou do leste. Eles disseram que a Castaña tinha invadido, buscando se aproveitar do tumulto que ocorria em Providence. O próprio Raguel, montado num alazão negro, liderara a horda para encontrá-los. Ele cortou a cabeça do glorioso corintossauro do conde Raúl com um único golpe da sua estranha arma: um tipo de gadanha presa como a ponta de uma lança a um cabo de alabarda, que as lendas chamavam de ceifadora.

Quando o conde caiu, os seguidores do Anjo Cinza o atacaram, o tiraram da sua armadura como um lagostim e arrancaram a pele de seus ossos com os próprios dentes.

Histórias sobre o reinado de Raguel continuavam a chegar ao exército, oriundas da cidade de Providence. Elas não eram mais agradáveis que a sina do conde Raúl.

A chuva quebrou a noite antes que o exército chegasse à grande ponte de granito que ligava o Lisette a Métairie Brulée – uma bênção demasiado pequena para Rob apreciá-la com tamanho prazer. Seus batedores tinham dito que a condessa Célestine havia retirado seu exército para sua base em Belle Perspective, por volta de vinte quilômetros a sudoeste da fronteira, seguindo pela Estrada Imperial.

Uma barricada feita de troncos gigantes bloqueava a extremidade da ponte em Métairie Brulée. Duas torres de pedra castigadas pela chuva a flanqueavam. Não só os dois guardas anteriormente apáticos que vigiavam a barreira, como todo o destacamento de escudos da casa e arqueiros que ocupavam as torres, fugiram imediatamente ao primeiro sinal de Karyl liderando sua esfarrapada cavalgada para fora das matas, a duzentos metros do rio.

Rob enviou cavaleiros leves atrás deles. Ao que o exército começou a cruzar a ponte, eles trouxeram um par de tropas da casa, que tinha sido despida de suas cotas de malhas e fugiram só com a roupa de baixo. Após Karyl gastar pacientemente um tempo considerável

VICTOR MILÁN

convencendo-os de que não pretendia feri-los – nem a ninguém –, acocorados ante fogueiras minguadas, eles se acalmaram o suficiente para ouvir a mensagem que ele queria que levassem para a condessa: *Nós não queremos feri-los. Não temos escolha. Estamos fugindo de um perigo terrível. Juntem-se a nós se quiserem, mas, por favor, deixem-nos passar pelas suas terras sem sermos molestados.* Então, ele lhes deu cavalos e deixou que seguissem caminho.

Embora fosse só meio-dia, Karyl fez com que o exército acampasse na lateral do rio de Métairie Brulée para descansar. O Lisette serviria de fosso, caso a horda os estivesse perseguindo no final das contas.

Na manhã seguinte, eles caíram cedo na estrada, armados, vestindo armaduras e prontos para sair da marcha para um confronto. Sem esperar que a condessa acreditasse nas suas palavras e simplesmente ficasse de lado, deixando que o exército cruzasse seus domínios, Karyl disse a Rob para posicionar batedores vigiando o exército dela o tempo inteiro.

Como sempre, ele estava certo.

"Você se saiu bem", Karyl disse a Melodía. Ao retorno dela, ele reuniu seus principais tenentes num conselho de guerra ao redor de uma fogueira, no meio do acampamento. Ela sentiu-se contente.

Os muros da Belle Perspective impunham respeito – mas de uma forma mais gráfica, do que efetivamente como defesa séria. Até mesmo Melodía, que nunca possuiu o mesmo fascínio da irmã caçula por cercos de guerra, podia perceber claramente que eles viriam abaixo por uma mera aplicação judiciosa da força dos dinossauros. Ou até mesmo pelo trabalho rápido de picadeiras.

E os muros pouco fizeram para reassegurar a condessa Célestine e seus senhores sobreviventes quando eles se aglomeraram na sala do trono dela, para receber o delegado nomeado por Karyl. Não depois da surra que o exército dele dera em sua força de bloqueio na estrada ao norte da sua guarda.

Melodía não sabia se a corpulenta condessa a reconhecera como a Princesa Imperial. Ela suspeitava que não. Se irritara Célestine receber uma mera capitã de cavalos leves – o que, por definição, significava alguém *inferior* – para negociar sua rendição, ela não demonstrou. A eficiência sem piedade do Exército de Providence, seus monstros de outro mundo e, acima de tudo, de seu lendário comandante, deixara

OS CAVALEIROS DOS DINOSSAUROS

aqueles que a tinham experimentado (ou mesmo assistido de longe, como fora o caso da condessa) tremendo de medo por horas a fio.

Capitã dos cavalos leves ou não, Melodía demonstrou à condessa seu mais altivo orgulho da Corte Imperial. Ela não fora rude – Melodía não gostava das aulas de etiqueta mais do que Montserrat, mas ambas eram boas alunas e aprenderam bem, contudo, evidenciou a proposição simples e incontestável de que qualquer coisa que ela pedisse seria, sem dúvida, concedida.

E foi. Antes mesmo que Melodía precisasse pedir, Célestine ofereceu um tributo em prata que forçou até mesmo a filha mais velha do imperador impedir que os olhos saltassem do rosto.

Vacilando ou não, a princesa teve o descaramento de pedir o dobro da soma. A condessa se dobrou como uma tenda mal armada, o que fez com que Melodía se repreendesse em silêncio por não ter pedido o triplo.

Mesmo assim, Karyl mostrou-se bastante satisfeito pelo que ela obtivera.

"Isso e um resgate pelos cavaleiros que capturamos garantirão suprimentos por um bom tempo", ele disse aos seus capitães.

"Suprimentos?", perguntou Luc Garamond, com a rouquidão de cordas vocais tão arranhadas quanto o gume da sua espada. "Não vamos apenas tomar o que queremos?"

"Mas por que pagar?", perguntou Élodie, a prima comerciante de Gaétan que fora designada como contramestre-chefe. Ela era uma mulher de feições afiadas amontoadas na frente da incomum cabeçona, cujo tamanho era enfatizado pelo rabo de cavalo que atava a cabeleira loira. Ela era competente, incomumente honesta e até bem-apessoada – para um contramestre.

Ou foi o que ocorreu a Melodía, que já vira aquele tipo antes na corte de seu pai, em La Merced, La Majestad e em seu lar, Los Almendros.

"Normalmente, sou a favor de pagar pelo que se pega", Élodie disse. "Mas, neste caso, qual a diferença? Cedo ou tarde, a horda virá atrás de nós. E os habitantes desta terra por onde passamos perderão tudo, incluindo suas vidas. O melhor que fazem é juntar tudo que podem carregar e vir conosco."

Karyl a mirou com o canto do olho. "Talvez. Mas justamente por este motivo, temos de continuar em frente. Nosso trajeto será bem mais aprazível se não tivermos de lutar a cada passo. Ou pior, se encontrarmos o caminho bloqueado por refugiados que tenham queimado suas terras e envenenado os poços."

Até mesmo os olhos verdes lamacentos de Garamond, brilhando sob a cabeleira de corte quadrado, concordaram com aquilo.

"Mesmo assim", Élodie argumentou, "com todas as despesas que encaramos...", ela lançou seus olhos azuis para Garamond, "... podemos bancar o desembolso?"

"Pretendo pagar o quanto puder, pelo tempo que puder", Karyl respondeu. "Depois disso..."

Ele deu de ombros. "As pessoas terão de decidir se preferem se arriscar conosco ou com a horda."

"Ou com os imperiais", disse Côme.

Aquilo evocou um grunhido geral de ressentimento. Melodía fez uma careta. *Eles culpam o império pelos seus problemas*, pensou. *Não é justo.*

A verdade é que ela se mortificara ao ver que aqueles na Corte Imperial que temiam a Cruzada do Anjo Cinza tinham razão. E, de fato, esta brotara do solo do Jardim da Beleza e da Verdade – ainda que não de qualquer semente plantada por seu amor, Jaume. Embora tivesse contemplado o Anjo Cinza com os próprios olhos e sentido o terrível poder dele em sua mente e alma, não duvidava que ele tinha manipulado Bogardus e Violette como marionetes todo o tempo.

Ele fora até eles por seus próprios motivos.

Mas ela não disse nada daquilo, claro. Experiências recentes a haviam ensinado a ter mais respeito pelo conceito da futilidade.

"Me parece", afirmou Côme, "que a verdadeira pergunta agora é para onde vamos?"

Aquilo fez com que um olhar nervoso fosse passado ao redor da fogueira como um bocejo.

"Isto está nas mãos dos Criadores", respondeu Gaétan.

Ele falou num tom mais severo do que jamais o fizera, desde que Melodía se juntara ao exército. Os eventos haviam transformado a juventude efervescente em maturidade. E melancolia, ao menos por enquanto.

Agora, ele comandava todos os arqueiros a pé, anteriormente tropas da casa e camponeses. Sob os olhares atentos, porém calmos, de Karyl, nobres recebiam ordens da plebe quando ele mandava.

Aquilo cutucava a própria consciência de classes de Melodía de um modo bem desconfortável. Ela se recordava bem das fofocas da Corte

OS CAVALEIROS DOS DINOSSAUROS

Imperial sobre o igualitarismo da Marcha de voyvod Karyl como sendo prova da perfídia mortífera dele, quando seu pai o empregara como capitão mercenário.

E ela mesma derramara sua dose de podridão sobre suas damas de companhia. Contudo, ali, naquele momento, via tudo funcionando – ao menos para Karyl Bogomirskiy. E também aprendera a ter um singelo respeito por aquilo.

O exército podia ser cego para o direito de nascença, mas agia conforme uma vontade. Agora, Melodía acreditava plenamente no que Jaume lhe dissera em desespero: Karyl jamais pretendera trair o imperador. Qualquer pacto que fizera, ele honraria até a morte. Mas, em se tratando do potencial da habilidade e da força pessoal de Karyl, os conselheiros que convenceram Felipe a ordenar que Jaume atacasse seu próprio aliado estavam certos em temê-lo.

"Ou nas mãos de Raguel", disse Karyl. "Iremos para onde ele nos direcionar."

"Com qual propósito?", Garamond perguntou, soturno.

"Uma coisa sabemos. A Cruzada do Anjo Cinza chegará a um fim. Ou não sobrará ninguém em Paraíso."

"A última cruzada em Nuevaropa terminou há quinhentos anos, no fim da Guerra dos Demônios", Melodía elucidou.

Isso angariou alguns olhares sombrios para ela. Raguel era a lâmina pressionando o pescoço de todos, mas o império e a Torre Delgao estavam longe de ser populares. Ainda havia aquela *outra* cruzada a se temer.

Além disso, como simples líder de tropas, ela era bem júnior ali. Mas, embora tivesse aceitado sua humilde patente – afinal, ela se inscrevera como um mero soldado – se soubesse de alguma coisa relevante, falaria imediatamente. *O que eles podem fazer*, ela pensou, *me rebaixar?*

"Isso é só história. É tudo pó", replicou Garamond.

"Eu quero escutá-la", Côme falou, dando um gole do famoso vinho de Métairie Brulée e a seguir limpando a boca com a mão. "Tudo que sei sobre esses malditos Anjos Cinza são as histórias que minha mãe contava quando era pequeno, pra me amedrontar quando me comportava mal." Ele deu uma risada. "Claro que ouvia bastante dessas histórias."

Karyl olhou para Melodía. "Nos conte mais."

"A cruzada que pôs fim à Guerra dos Demônios durou um ano", ela prosseguiu. "Mas aquela foi uma circunstância singular. O império

VICTOR MILÁN

tinha relatos de cruzadas em outras terras. Elas parecem durar de poucos dias a meses. Mas nenhum relato crível apareceu durante a vida de qualquer um de nós, com exceção da minha avó, *doña* Rosamaría."

Ela fora líder da Torre Delgao e tinha quase a metade da idade do próprio império.

"A maioria das pessoas hoje em dia pensa que foram apenas lendas. Ou pelo menos coisas que só aconteciam no passado."

"Bem, o passado voltou para nos assombrar agora", disse Rob.

"Não sei de fato por que as notícias do que fora o surgimento de Raguel em Providence causaram um pânico tão imediato em La Merced", Melodía observou. "Por que tantas pessoas acreditaram? Deve haver forças atuando lá que ainda não compreendo. A questão é, por que ninguém ouviu falar do aparecimento de Raguel aqui? Ou pelo menos em Providence? O local onde aconteceu?"

Todos se entreolharam, mas ninguém ofereceu uma resposta. Enfim, Karyl disse:

"Isso não faz diferença para nós agora. O que faz é saber que nossa tarefa é simplesmente ficarmos fora do caminho da Cruzada do Anjo Cinza até que ela acabe. O que sem dúvida perceberemos ser algo mais fácil de ser dito do que feito."

"O que vai acontecer, então?", perguntou Élodie.

Karyl deu uma suave risada. "Acredito em planejamento, mas isto arrisca tributar nossos poderes proféticos na penúria. Vamos sobreviver ao fim e então tributar."

"Se tiver sobrado algo para ser tributado", disse Rob.

"Tem isso", Karyl completou.

A sombra que Melodía pensou ter visto cruzar o rosto de seu mártir pareceu mais sombria para ela do que o significado das palavras do irlandés. Ela refletiu sobre aquilo.

Mas o conselho de guerra começou a se fragmentar, e seu pessoal e seus animais precisavam dela. Havia muitos curativos a serem feitos, e não só nas feridas do corpo. Ao ser dispensada, ela seguiu rapidamente para eles.

Ao que os capitães voltavam para as suas próprias fogueiras, Rob ficou de pé. Ele apanhou o alaúde que estava ao seu lado pelo pescoço delgado.

"Posso ter uma palavrinha com você, mestre Korrigan?", disse Karyl suavemente.

OS CAVALEIROS DOS DINOSSAUROS

Rob ergueu uma sobrancelha. Os outros tinham desaparecido na noite. Karyl permaneceu quieto, compacto, soturno e autocontido, até que ninguém pudesse escutá-los.

"O que acha dela?"

"Como é, coronel?"

"Nossa princesa fugitiva, Melodía. Embora suponho que todos sejamos uma legião de fugitivos agora."

Rob riu. "Pra dizer a verdade, mal penso nela assim agora. Todos a chamam de Capitã de Cabelos Curtos dos Cavalos e acho que eu também."

"E quanto ao trabalho que ela faz para você?"

"Ela é uma maravilha e não vou mentir. Ela parece feita para os cavalos leves como um dragão de crista é feito para voar. E eles parecem feitos para ela. Princesa mimada ou não, não há nada, por mais perigoso, sujo ou árduo que eu peça à tropa dela, que ela própria não faça também. Talvez ela seja um pouco negligente quanto à própria segurança, o que acaba funcionando positivamente para ela com esses viajantes loucos e as jinetes."

Karyl assentiu rapidamente. "O que acha de dar a ela o comando dos seus cavalos leves então?"

"Como é?", Rob voltou a dizer.

"Ponha-a no comando de todos os batedores montados."

"A princesinha? Você não pode estar falando sério."

Karyl franziu a testa para ele. "Pense no que acabou de me dizer, meu amigo. Me parece que você defendeu a posição dela com fervor."

"Argh", Rob grunhiu. "Tudo bem. Então eu o fiz. E visto que todos querem cavalgar com ela, mesmo após ela ter perdido tantos deles para atrasar a horda, eu diria que ela os tem na palma das mãos."

"Esplêndido. Dê a ela as notícias, então."

"Com prazer, senhor. Com prazer."

Algo na maneira com que Karyl continuava a encará-lo o fez ficar mais um tempo.

"O que vai fazer agora?", Karyl perguntou.

Rob riu. "Encontrar um círculo que tenha cerveja e canto, vou comer e depois direto para a cama, tentar descansar um pouco antes que algum mensageiro desajeitado me acorde para contar a mais recente catástrofe."

VICTOR MILÁN

"Ah...", Karyl disse. "Gostaria de ter essa sua facilidade de lidar com os outros."

"O que quer dizer, homem? Você percorreu toda a Terra de Afrodite e esteve lado a lado com imperadores e pobretões sem distinção. O que há demais num bando de seu próprio povo?"

Especialmente aqueles que se atirariam vivos na lava fervendo se você apenas apontasse o dedinho, ele completou mentalmente.

"Sim. Até passei um tempo com velhacos como os viajantes e senhores dos dinossauros. Mas a simples camaradagem..." Ele balançou a cabeça. "Acho que não possuo esse dom."

"Dom? É o mesmo dom de cair para trás de tão bêbado. Não é algo que você faça, mas sim que acontece. Venha. Venha comigo. Você será bem-vindo e isso é uma afirmação maligna. Seus homens e mulheres acham que você flutua dois metros acima do solo e brilha. E esta é a verdade."

"Eu seria como um matador espiando um banquete pela janela. Temo que isto não seja para mim. Vá você e se divirta."

"Você teme?", Rob zombou.

"Eu temo", Karyl confirmou. "Mais do que você jamais saberá."

Ele virou-se e se afastou. Rob achou que aquela era a visão mais solitária que já tivera em toda a vida.

OS CAVALEIROS DOS DINOSSAUROS

– 33 –

Hogar, Lar, Velho Lar
Quando acabaram de fazer Paraíso e viram que ele era bom, os Criadores trouxeram humanos, seus Cinco Amigos e certas sementes e ervas do mundo que chamavam de Lar. Relatos antigos nos ensinam que este Lar é um lugar estranho. É frio e podemos nos sentir mais pesados lá, e achar o ar bem mais rarefeito. O ano é 1,6 vezes mais longo que o nosso. Temos de admirar a força dos nossos ancestrais em morar num mundo tão inóspito e sempre agradecer aos Criadores por ter nos trazido o nosso verdadeiro Paraíso!
– UMA CARTILHA DO PARAÍSO PARA O PROGRESSO DE MENTES JOVENS –

"Todas essas crianças em procissão usavam branco", disse Pequeno Pombo entre mordidas numa torta de carne do tamanho das de um horror. "Todos traziam velas. E pareciam... engraçadas. Umas tinham as caras congeladas e outras pareciam doidas felizes."

À sombra de um velho carvalho, a criança se sentava num banco do acampamento numa extremidade de uma mesa pesada de madeira polida de nogueira. Os batedores tinham encontrado o móvel jogado numa vala da Estrada Imperial, em Belle Perspective, onde o exército continuava a descansar, se recuperar e a assimilar voluntários que não paravam de aparecer. Ninguém sabia se a mesa tinha sido pilhada de alguma mansão ou carregada por seus donos de direito em fuga, até eles perceberem que seria melhor deixá-la para trás. Rob não conseguia imaginar por que alguém sonharia em levar um colosso daqueles em primeiro lugar.

Mas era mais fácil imaginar aquilo do que moldar sua mente para a história contada pelo seu antigo chefe dos espiões sobre o que vira em Providence.

"Havia uns quarenta deles, andando em duplas. O mais velho não tinha mais de vinte e cinco ou vinte e seis anos. O mais jovem mal conseguia andar. Eu estava escondido no Beco da Égua, perto do antigo banco, quando vi eles descendo a Rua do Pavão. Quis saber o que estava acontecendo, então os segui."

O Pequeno Pombo – Rob estava pensando na andrógina criança como "ele" hoje – tinha chegado no início da tarde numa carroça com outras dez crianças empoleiradas. Quando Karyl ouviu suas primeiras palavras hesitantes sobre o que tinha testemunhado na capital da província reuniu imediatamente um conselho de guerra.

"Não sabia o que estava acontecendo... tudo parecia uma brincadeira de início. Mas então comecei a sentir como se um peso pressionasse a minha mente. Como se uma mão me empurrasse pra me juntar ao desfile.

"Eles foram de casa em casa, descendo a rua. Uma criança batia em cada porta. Quando ela abria, a criança exigia que os donos as deixassem entrar em busca de sinais de pecado."

"Eram só crianças?", Melodía perguntou. Desde que fora nomeada capitã de todos os cavalos leves, ninguém mais questionava a sua presença no conselho. Não que Rob achasse que alguém tinha inclinação para tanto, especialmente após o tributo que ela arrematara de Métairie Brulée.

"Não. Tinha alguns adultos também. Do tipo, sei lá, uns pastores gordos ou coisa assim. Se alguém não quisesse deixar as crianças entrar, eles lidavam com a situação de forma bem malvada. Alguns dos adultos andavam como se fossem sonâmbulos. Mas, se alguém resistisse, atacavam rápidos como vexers."

VICTOR MILÁN

"Quanto tempo mais vamos perder escutando essas fantasias infantis?", Garamond, que tinha abusado um pouco da cerveja naquela manhã, inquiriu.

O barão Côme estava com os cotovelos sobre a mesa, pressionando ambos os lados do queixo para escorar a face. Ele ergueu uma sobrancelha para o companheiro mercenário.

"Estamos enfrentando uma Cruzada do Anjo Cinza aqui, Luc", ele disse. "Não sei quanto a você, mas me sinto desconfortável ao chamar qualquer coisa disso de 'fantasia'. Quero ouvir o que ele tem a dizer. Hã... ela. Seja o que for. Me interessa qualquer coisa que possa evitar que a horda me despele e devore que nem um camarão, como fez com o conde Raúl."

"Eu estou ouvindo", Karyl disse diretamente para Pequeno Pombo. "O que acontecia quando as crianças entravam numa casa?"

"Não consegui ver direito. Tentei ficar nas sombras. Não que alguém estivesse olhando ao redor ou algo assim. As coisas que achavam eles não gostavam que fossem passadas pro lado de fora. Eram levadas e jogadas na enorme fogueira, na Praça do Mercado. Que nem já disse, se alguém resistisse, apanhava feio. Mas isso não era o pior. O pior foi quando eles chegaram até uma casa... e era uma bela casa. Simon e a esposa Mathi, vendedores de seda, viviam nela. A filha caçula, Nicole, acusou a irmã mais velha, Muriel, de pecar. Muriel não tinha feito nem vinte anos, mas o que fizeram com ela..."

O Pequeno Pombo fitou Rob com seus olhos pretos cheios de lágrimas. "Preciso contar essa parte, mestre Rob? Eu não quero. Não quero mesmo."

Rob olhou para Karyl, que balançou a cabeça uma vez. "Não", disse Rob gentilmente, permitindo que o alívio permeasse a sua voz. "Não precisa contar mais nada sobre isso."

Melodía ajoelhou-se diante da criança para enxugar seus olhos e bochechas com um lenço.

"Quem fez essas coisas ruins?", Gaétan perguntou. Como de costume desde a fuga, Jeannette assombrava seu ombro em silêncio, logo atrás dele. "Com certeza não as crianças?"

"Uh- huh." Pequeno Pombo assentiu. "Mas eram os Pregadores que diziam a elas o que fazer."

"Pregadores?", Rob questionou. "E quem são esses agora?"

OS CAVALEIROS DOS DINOSSAUROS

"Dois deles. Um homem e uma mulher, os dois são gente graúda daquele Conselho do Jardim. Eles encorajavam as crianças com toda aquela conversa doida que os Jardineiros vêm gritando pela cidade há semanas. Autonegação, pureza, expurgar o mundo da maldade e tal. Esse tipo de merda."

"Expurgar", Melodía ecoou levemente.

"Você disse há semanas?", Karyl perguntou.

"Oh, sim. A coisa ficou ruim mesmo quando a princesa foi para o exército. Todos ficaram desapontados. Como se tivessem medo de perder terreno. Os sermões deles começaram a ficar mais ferozes e estridentes."

Rob franziu a testa para Melodía. Ela sacudiu a cabeça. "Nunca soube de nada disto", comentou. "Bogardus e a irmã Violette ficaram satisfeitos quando disse a eles que queria juntar-me a vocês."

Ela pareceu desmontar. "Agiram como satisfeitos. Acho."

"Então por que não nos contou isso tudo?", Rob perguntou à criança.

Os olhos dela ficaram enormes. "Mas eu contei, mestre Rob! Eu contei!"

Rob balançou para trás em seu próprio banquinho recuperado. "Foi, é? Então como não fiquei sabendo?"

"Os relatórios se extraviam", disse Karyl. "Você já devia saber a esta altura. Provavelmente você dispensou esses relatos... confesso que eu mesmo devo tê-lo feito. Com Castaña pressionando a fronteira como um titã no cercado de um vilarejo e com Célestine espreitando nas ervas, só esperando sua chance de atacar, a retórica ruidosa dos nossos empregadores era a última preocupação em nossas mentes."

Ele suspirou. "Afinal, a traição deles era uma conclusão precipitada."

Rob voltou a franzir a testa. Ocorreu-lhe perguntar se o fatalismo de seu amigo quanto à questão poderia ter prejudicado que eles lidassem com uma catástrofe mais sem importância do que com aquela nuvem incandescente de um vulcão.

"Está tudo bem, Pequeno Pombo", ele disse. "Você deu o seu melhor. O que aconteceu a seguir?"

"Eu fugi. Ninguém me notou. Ninguém me seguiu. Não conseguiriam ter passado pelos becos comigo, especialmente os adultos, que são estúpidos e desengonçados."

Incapaz de permanecer parado, Gaétan tinha se levantado e começado a andar. Ele estava repleto de energia frustrada, mal contendo a

VICTOR MILÁN

ira, a dor e qualquer outra coisa que estalava dentro de seu peito como estática em roupa de lã, que só a Dama do Espelho sabia o que era.

"Então este Anjo... controlou todos?", ele perguntou.

A criança balançou os cabelos negros que pareciam um esfregão. Rob imaginou que ela o havia retalhado com uma lâmina onde quer que eles a incomodassem.

"Não", Pombo respondeu. "Nunca vi nenhum Anjo. Mas todos só falavam dele. Alguns estavam tão assustados que não conseguiam nem ficar de pé. Outros pareciam... felizes, acho. Motivados."

Rob levantou uma sobrancelha para Melodía. A pele cor de canela dela parecia coberta por uma camada de cinzas.

"Me escondi neste lugar, sabe", Petit Pigeon continuou. "Fiquei lá por três dias. Vivi de restos que roubava das casas deixadas abertas. Um monte de gente não parecia se preocupar com coisas como comida. Eu vi... coisas. Coisas terríveis. Mantinham a fogueira ardendo o tempo todo na Praça e o cheiro era horrível. Eu vi... pessoas dentro dela, queimadas... carbonizadas."

Élodie virou o rosto, engasgando.

"O Antigo Mercado estava sempre cheio de gente escutando aquela moça de cabelos brancos do Jardim. Aquela toda pomposa que era um tipo de nobre."

"Violette", Melodía disse num tom que sugeria cuspir um pedaço de carne podre.

"Enfim, achei que as coisas estavam loucas demais e que não iam melhorar. Então, reuni umas crianças que encontrei por lá vagando. Umas tinham conseguido escapar dos doidos, outras se esconderam o tempo todo. A gente escapou durante a noite. Mais tarde, soube que vocês tinham tomado a estrada para o sul, então viemos atrás. Foi bem difícil. Os loucos estão por todos os lados, comendo tudo o que podem e queimando o resto. Mas somos bem espertos, e aqui estamos."

"Você não viu o Anjo?", Melodía perguntou, escolhendo as palavras como se elas queimassem seus dedos. "Mas acho que sentiu seu poder te tocando, quando assistia ao desfile das crianças. Eu também senti um pouquinho. Foi... aterrador. Como conseguiu escapar?"

Pequeno Pombo meneou. "Foi como se ele quisesse me possuir. Mas ninguém me possui além de mim, então, eu o fiz parar. O que

OS CAVALEIROS DOS DINOSSAUROS

ele fez quando fugi do desfile. Eu estava pronto pra lutar que nem um gato encurralado se alguém tentasse me impedir. Mas ninguém percebeu que eu tinha sumido."

"Então a horda começou a se mover para o sul?", Karyl indagou.

"Sim", a criança assentiu enfaticamente. "Ela pode se mover bem rápido quando quer. É melhor que vocês não fiquem aqui por muito tempo. Acredite em mim."

"Você está certo." Karyl se recostou. Ele parecia conturbado. A criança percebeu imediatamente.

"Eu disse alguma coisa errada, meu senhor?"

"O quê? Não. Nada errado. Na verdade, você se saiu muito bem. O que podemos fazer por você?"

"Bem, comida, pra início de conversa." Ele enfiou o que restava da torta de carne na boca e limpou as migalhas das mãos. "Digo, mais. Estou faminto. Meus amigos também. E... e se deixarem que a gente fique com vocês... por favor? Não vamos causar problemas. Não vamos roubar, nem nada assim."

"Disso eu duvido", Rob falou. Pombo lançou um olhar ferido para ele, que deu de ombros.

"Estou contando com você para manter os furtos e as trapaças ao mínimo, garoto."

Pequeno Pombo levantou-se indignado. "Eu sou uma garota."

"Claro que é, meu rapaz. De qualquer modo, leve seus amigos para a cozinha e diga a eles que eu os liberei para comerem tudo que conseguirem. Mais tarde encontraremos algo útil para você e eles fazerem."

Pequeno Pombo deu um salto e o abraçou. Para a surpresa de Rob as bochechas dele... dela... estavam úmidas. "Obrigada, mestre Rob! E ao senhor, lorde Karyl! Obrigada!"

A criança partiu rapidamente, atravessando o chão coberto de gramíneas e lavanda. Garamond a observou. Ele bateu sua caneca de peltre na mesa e limpou a boca com as costas da mão.

"Somos um exército ou uma instituição de caridade?", ele exigiu. "Você pretende acolher qualquer esfarrapado que encontrarmos vagabundeando, coronel?"

"Se eles jurarem seguir minhas regras e me servirem da forma que pedir, sim", Karyl respondeu.

"Sentimento?", Melodía inquiriu. Rob a achou mais surpresa por ver seu temível rei tirano Karyl demonstrar compaixão do que por objetar a si própria. *Ou vai ver eu só me derreto por um rostinho bonito*, ele pensou.

"Não poderemos correr para sempre. Teremos de lutar... certamente com a horda, provavelmente com o império. Vamos precisar de todas as mãos que conseguirmos reunir."

"Mas... crianças e camponeses sem treinamento?", Côme disse. "Sou a favor de salvar quem pudermos, mas eles não terão muita utilidade na batalha, não é?"

Karyl sorriu. "Eu posso utilizá-los."

Côme levantou as sobrancelhas, baixou o queixo e os cantos da boca numa expressão de surpresa quase cômica. *Outro nobre*, Rob refletiu, *poderia ter se oposto de forma violenta e imediata à contradição de Karyl.* Claro, qualquer grande que respondesse daquela maneira estava se arriscando a engolir o próprio aço. Côme era sem dúvida um guerreiro valoroso, mas Karyl... era único.

Mas havia um motivo para Karyl pôr o deslocado barão no comando dos seus cavaleiros de dinossauros. Apesar do frequente comportamento brincalhão, Côme não era nenhum palhaço. Na verdade, mal poderia ser tomado por um cabeça de balde.

Ele esfregou o queixo e refletiu pensativo. "Então, ficarei feliz em aprender os truques para utilizá-los."

Karyl ficou de pé.

"Muito bem. A horda nos segue neste momento. Temos de nos mover com propósito. Senhoras, senhores, vocês sabem suas tarefas. Façam-nas!"

Gritos seguraram Rob pela nuca e o arrancaram das profundezas do sono.

Vestido apenas com uma tanga de linho, ele rolou para fora da tenda. Estava com seu machado, Wanda, nas mãos. De uma só vez, sentiu-se semiconsciente quanto a ele. *Parece que não vou precisar de você, meu amor*, ele pensou. *Conheço este som.*

Como esperava, os gritos vinham da tenda humilde próxima a ele.

Ele agarrou um braço que estava de passagem. "Calma", disse para a mulher de olhos arregalados, vestida como ele e portando um punhal.

OS CAVALEIROS DOS DINOSSAUROS

"Ele está tendo um dos seus pesadelos. É só isso, nada mais. Passe a palavra adiante. Não há ameaça no acampamento, somente pesadelos."

"Pesadelos? Mas parece que um homem está sendo devorado por um matador!", ela replicou.

Ela deve ser novata, pensou Rob. *Temos várias dessas... e mais a cada dia.*

Ele inclinou a cabeça e escutou. "Fique perto, certo. Mas não totalmente. Agora... dê o fora daqui!"

Eles haviam marchado algumas horas na direção sudeste, pela La Rue Imperial, então, pararam para passar a noite. Agora, o acampamento inteiro estava animado. Homens e mulheres pulavam entre as fogueiras ou saíam das tendas, prontos para fazer a resistência final contra a horda do Anjo Cinza.

Mas Rob escutava mãos mais velhas, veteranos que haviam se juntado a eles no começo, já espalhando a mensagem que a mulher quase nua lhes passara. "Relaxem! São só os pesadelos do voyvod." Pelas costas de Karyl, o chamavam por seu título nobre de outra terra, em slavo, para um guerreiro que comandava uma Marcha.

Eles se lembravam de tais sonhos de antes da primeira vez em que emboscaram a comitiva de Crève Coeur, antes mesmo de Flores Azuis.

Quando a ação começasse, os pesadelos parariam.

O que preocupava Rob, que suportara os pesadelos e gritos noturnos de Karyl e arroubos de depressão sombria mais do que qualquer outra alma do exército de refugiados, era por que eles tinham recomeçado.

Enquanto andava pelo acampamento, ajudando a acalmar os ânimos, escutou um homem de barba grisalha que se juntara ao exército em Métairie Brulée se endereçando a um círculo de ouvintes extasiados.

"Os Fae seguraram nosso senhor quando ele caiu do penhasco com um ferimento mortal e o levaram para as Terras Abaixo. Lá, salvaram a sua vida e curaram seus ferimentos." Ele balançou a cabeça grisalha. "Mas é um preço terrível o que cobram. Um que ele ainda não pagou. Mas ele paga aos poucos, todas as noites, em sonhos."

Aquilo percorreu toda a espinha de Rob, atingindo cada vértebra.

"Achei que ninguém lembrasse o que aconteceu com eles em Venusberg", disse um jovem castañero.

"Por que acha que ele é assombrado nos sonhos? É quando os corpos enterrados no fundo da mente e da alma se levantam para vagar."

VICTOR MILÁN

Sentindo como se sua pele fosse ser arrancada do corpo e fugir, Rob confrontou o contador de histórias.

"Onde escutou esse disparate, seu velhaco?", ele perguntou.

O outro deu de ombros. "Aqui e ali. No vento."

Rob fez uma careta. Era o tipo de resposta que um viajante daria. Mas, até aí, o homem claramente era um pioneiro. Essa raça tinha tantas vidas quanto os viajantes gitanos, sem raízes, sempre em movimento. Portanto, tinham a mesma atitude e superstições.

Ele também sabia que não obteria uma resposta mais específica. "Você só está confundindo a história dele com a antiga canção, *Tam Lin*", disse ele.

Ele cantou alguns versos. "Proíbo vocês donzelas, que usam ouro nos cabelos/De viajar para Carter Hall, pois o jovem Tam Lin lá se encontra."

Para sua irritação, o velho riu. Ele tinha um dente faltando. Rob sentiu-se tentado a arrancar outros.

"Sim. E a Rainha das Fadas o apanhou enquanto caía do seu cavalo. Meus olhos são velhos e fracos, e minha mente flutua mais pelos campos do que meus pés são capazes. Mas sei a diferença entre um cavalo e um rochedo de trezentos metros. Voyvod Karyl teve sua mão arrancada por um horror, ele teve; e caiu rumo à superfície do Olho do Tirano. Então, pergunto, como ele voltou a viver? Se a queda não o matasse, a perda de sangue sem dúvida o teria."

"Contudo, ali está ele, a cinquenta passos de nós. E com a mão de volta, tão boa quanto a de qualquer homem. Melhor até, eu diria!"

"Isso não tem nada a ver com os Fae!", Rob gritou enraivecido. Então, calou-se. A perda da mão de Karyl – e, principalmente, sua recuperação – não era uma história que queria ver ventilada; não mais do que o próprio Karyl. Não sabia bem o motivo, só sabia que não seria uma coisa boa.

"E, de qualquer maneira, o que o homem chamado Korrigan ousa dizer, duvidando das ações das fadas?", o velho perguntou.

Aquilo fez com que Rob recuasse. "Tocado pelos Fae. É o que o nome significa", disse o viajante. "Não é?"

"Como sabe disso?"

O velho cacarejou. "Acha que minhas viagens não me levaram até a Anglaterra, ou mesmo para a Irlanda? Um pioneiro segue o vento, rapaz, como um viajante."

"Então vou dizer por que não gosto dessas conversas do povo das fadas", disse Rob em anglés, lendo nos olhos do outro que este compreendia muito bem – diferentemente da maioria no acampamento. "Não é saudável falar deles, para o corpo ou para a alma. Ainda mais com um Anjo Cinza à solta pelo mundo, organizando sua grande travessura."

Mas o velho não ficou intimidado. "Qual a melhor hora para invocar os Fae", disse suavemente, ainda em anglés, "do que quando a retribuição dos Criadores espreita todos nós? Quem melhor para nos dar esperança contra os Sete do que os inimigos jurados dos Oito?"

Rob o encarou. Suas mandíbulas barbadas se moviam futilmente. Aquilo o enfureceu mais do que tudo: aquele velho matreiro tinha roubado as palavras de Rob Korrigan. Pensou em abater o pioneiro por conta daquela terrível blasfêmia – e pelo seu ainda mais terrível conhecimento.

Mas, embora Rob Korrigan não visse a si mesmo como um homem bom, sabia que não era assim.

Em vez disso, fez o sinal da cruz e do círculo da Dama do Espelho, o gesto para evitar o mal que esperava ser capaz de afastar mais a malícia do Anjo Cinza. Então, deu as costas e se afastou.

Voltou para sua tenda e seu saco de dormir, e cobriu os ouvidos com o travesseiro feito de couro de vexer.

– 34 –

Tiranes Escarlatos (singular, Tirán Escarlato), Tiranos Escarlates
A guarda imperial. São reconhecidos facilmente pela armadura
dourada – as placas peitorais geralmente imitam torsos
humanos musculosos – e pelos capacetes de penas douradas
ou vermelhas, ou de crina de cavalo. São escolhidos a dedo,
especialmente dentre os povos em minoria na Torre Menor, pela
lealdade ao Trono Dentado, independente de quem o ocupa.
– UMA CARTILHA DO PARAÍSO PARA O PROGRESSO DE MENTES JOVENS –

Quando o duque Falk von Hornberg adentrou seu pavilhão de sede dourada e vermelha, posicionado próximo ao do imperador, este similarmente colorido, mas bem maior que o dele, arrancou seu capacete sem visor da cabeça ensopada de suor e atirou no meio do salão, sem se importar com as plumas ridículas de ceifador que estavam na moda.

"Que os Fae devorem aquele sacerdote idiota! Sua loucura gela meu sangue. E ele só deixa aquela barulheira ainda pior."

"O que esperava, sua Graça?", perguntou Bergdahl, sentado num banquinho como se fosse um cavalo, examinando a armadura que o

OS CAVALEIROS DOS DINOSSAUROS

duque comprara do norte, buscando ranhuras ou sinais de ferrugem no esmalte azul real. Nas ocasiões da corte – como aquela noite – Falk vestia a armadura do comandante da guarda imperial, não seus trajes pessoais. "Eles marcharam para a guerra para evitar a Cruzada do Anjo Cinza. E descobriram que foi tudo em vão; um Anjo Cinza ergueu uma horda e marcha de encontro a eles agora. Os seus piores pesadelos de infância se concretizaram."

Bergdahl ergueu uma sobrancelha para seu mestre. "Os seus não?"

Falk emitiu um som coagulado e desabou numa robusta cadeira de campo. Ali, no maciço central de Nuevaropa, a noite não era particularmente quente ou úmida, uma vez que a brisa fria soprava das montanhas. Contudo, seu corpo suava por sob o gibão, e suas coxas, nuas entre os torresmos dourados e o *kilt* com tiras vermelhas cravejadas feitas de couro de bico de pato fervido, transpiravam.

O fato é que ele ainda não tinha absorvido de verdade as notícias que chegaram naquela tarde por um mensageiro cujos olhos reviravam tão selvagemente quanto os do seu cavalo. Ele se considerava devoto; ao menos em relação àqueles sulistas desleixados. Talvez precisamente por aquele motivo, nem em seus pesadelos antecipara que um dia poderia enfrentar a justiça temerosa dos Criadores na forma da horda de um Anjo Cinza.

Havia dentro de si uma parte que compreendia bem aquele medo quase animal de uma massa que uivava do lado de fora das paredes de seda. Ela queria romper as algemas da *mente* e se juntar à ululação.

Existe a virtude da disciplina à qual você devotou a vida, ele lembrou a si próprio com firmeza. *A Ordem Sagrada começa dentro da sua própria cabeça. E do seu coração.*

Lá fora, à luz das tochas, o recém-cunhado cardeal Tavares rezava numa voz fraca e cortante como uma chibata. Ele louvava os Criadores e seus servos, os Anjos Cinza, agradecendo a estes por sua misericórdia ao expurgar Paraíso do pecado – ou pelo menos parte dele. Ele pedia que a multidão se confessasse, arrependesse e implorasse perdão.

Seguramente não os estava acalmando.

"É incrível que Jaume não tenha cortado o imbecil ao meio depois da dor que ele lhe causou", Falk disse, enchendo um cálice com vinho de um jarro e sorvendo todo o conteúdo.

VICTOR MILÁN

"Uma dor altamente lucrativa para nós, não concorda, sua Graça?", Bergdahl disse.

"Ele foi útil em debilitar Jaume quando seu único jogo era fazer barões safados se ajoelharem. Agora, tudo está em jogo e, se Tavares não se tornar um risco ativo, ele continuará sendo uma peste pelo menos três vezes pior. Não sei por que Felipe aguenta isso. Ele anda perigosamente próximo da sedição."

"Contudo, Tavares ainda pode ter utilidade para nós."

"Será? Seus cantos enfraquecem o exército, em vez de fortalecê-lo. Como isso nos ajudará a enfrentar a horda?"

Bergdahl fingiu estar ocupado e não respondeu nada.

Com a cabeça baixa, o jovem duque contemplava sua sombra.

"Isto é parte do plano da minha mãe? Uma Cruzada do Anjo Cinza? Ela me enviou para devolver a ordem ao império decadente e levar a glória para ele e para nós mesmos. Que glória há nisto? Que honra? É honra sobreviver ao que a Igreja ensina como sendo a punição justa dos Criadores?"

"Se você conhecer um homem que sinceramente se desculpe por sobreviver", Bergdahl respondeu, "por favor, envie-o até mim. Gostaria de estudar tamanho desvio da natureza."

"Quanto à glória e honra... isso tudo é invenção, de qualquer maneira. Quem sobreviver a esta tempestade de bosta vai ter bastante a compensar depois do fato consumado, justamente *por causa* dos seus pecados e dúvidas."

Com um grunhido, Falk virou as costas. A coisa mais terrível sobre aquela criatura era que suas piores impertinências frequentemente continham núcleos verdadeiros que Falk sabia, em sua mente e em seu âmago, que não poderia refutar.

"Agora falando sério, Vossa Graça", Bergdahl disse, largando um avambraço azul-escuro reluzente e apanhando outro. "Não lhe deu um pouco de satisfação ver a expressão no belo rosto de Jaume quando Tavares começou sua berraria? Convocando nobres e a plebe para mostrar a este Anjo que eles sabem como punir, de modo que sua ira passe reto por nós?"

Falk emitiu um ronco de seu peito que talvez só ele conseguisse escutar. Era verdade. Ele tinha sentido certa satisfação.

OS CAVALEIROS DOS DINOSSAUROS

Que o esfaqueou com a culpa. *Qual cavaleiro é mais verdadeiro, nobre ou capaz do que Jaume? Não precisamos todos das suas habilidades e heroísmo agora mais do que nunca?*

Ele tinha sentido tal conflito de amor e ódio pela princesa Melodía antes e empurrara tudo para longe como um prato cheio de migalhas.

"Agora me pergunto", Bergdahl prosseguiu tateando uma extremidade chanfrada, "que expressão dom Jaume terá no rosto quando você contar para ele como tomou sua mulher por trás à força."

Falk sentiu como se uma máscara de ferro tivesse sido tirada incandescente de uma forja e presa em seu rosto. Ele teve de lutar para conseguir respirar.

"Nunca mais volte a mencionar isso", ele conseguiu dizer, enfim. "Nem para mim, nem para ninguém."

Bergdahl deu de ombros e emitiu um único gracejo de diversão.

"Como quiser, Vossa Graça. Como sabe, eu só existo para servi-lo."

Lá fora, um homem gritou. Por um momento, Falk ousou ter esperança de que alguém, talvez até o próprio Jaume, tivesse atravessado o cardinal Tavares com uma espada. Aparentemente a maldita eloquência de sua Eminência tinha momentaneamente sido demasiada para algum ouvinte suscetível.

"Não vê o que ele está fazendo?", Falk perguntou. Quer fosse para o ar ou para Bergdahl não importava; de qualquer modo, seu servo escutou tudo. "Ele está despedaçando o exército! Eu acredito na firmeza da mão. Na mão de ferro, quando ela é convocada. E acredito no direito absoluto do sangue; como não poderia? Temos de manter a população comum no seu lugar, pelo seu próprio bem, assim como o nosso.

"Mas este duende Tavares prega a crueldade em benefício próprio. As coisas que alguns dos seus manatas e cavaleiros fazem revoltam o meu estômago. E tudo vai voltar para nos morder como uma víbora pisoteada, se o povo que está entre nós e a horda passarem a nos temer mais do que tememos a eles."

"Alguns já tentaram morder o tornozelo imperial", Bergdahl observou de forma seca. "Seus corpos formam uma decoração peculiarmente barroca nas laterais da estrada, não acha?"

"Por pior que seja, Tavares complicou ainda mais. E não é só isso. Normalmente já é difícil controlar os nobres. Seus cavaleiros são pouco melhores do que horrores. Eles precisam de uma mão firme para

VICTOR MILÁN

mantê-los na linha, mas tortura, estupro e assassinato não podem ser controlados. Eles são caóticos por natureza."

"Os cavaleiros e nobres fizeram o mesmo com Jaume no Exército da Correção", Bergdahl falou. "Com Tavares os incitando. E nós não o encorajamos a fazê-lo, mesmo que por sugestões magras, de que o imperador prestava mais atenção ao seu amigo louco, o Papa, do que ao seu parente e campeão?"

Falk suspirou pesado. "E estou começando a me arrepender disso. Especialmente porque aquele maldito padre vestido de vermelho está realmente me dando nos nervos. A voz dele soa como unhas arranhando um quadro de ardósia."

"Contudo, quem depois de sua Majestade e do seu campeão seria o terceiro homem mais poderoso do Exército Imperial, se não o líder dos Tiranos Escarlates, com suas penas vistosas, saias vermelhas e tudo o mais? Pena que você não possa fazer nada quanto ao barulho de Tavares. Ainda mais com o império implorando por homens fortes."

Falk o encarou por um instante. Como sempre, Bergdahl ignorou o olhar cauterizador. Saber que Bergdahl estava bem ciente dele – como sempre estava de qualquer detalhe ao seu redor – só deixava Falk mais irritado. Embora não tanto quanto a percepção de que o bastardo estava certo. De novo.

Ele bateu as mãos nas coxas e ficou de pé.

"É hora de dar uma última volta pelo acampamento. E, enquanto faço isto, acredito que vou ordenar que alguns pelotões nocauteiem os chorões e gritadores mais entusiastas, se não se calarem. Posso não conseguir amarrar um trapo na boca fedorenta de Tavares. Mas ninguém, seja duque ou camponês, tem o direito de desafiar um Tirano."

"*Hmm*", disse Bergdahl. "Decisivo. Sua mãe ficaria orgulhosa."

Falk apanhou o capacete, endireitou as plumas douradas – agora ficou feliz por elas estarem apenas desarrumadas e não quebradas – e seguiu para a porta. Então parou e voltou-se, franzindo a testa.

"Como esta insanidade contribui para o plano da minha mãe?"

Bergdahl deu de ombros. "Quem pode dizer? Quem pode dizer? Litros de sangue serão derramados antes de o jogo acabar. Rios do líquido vermelho. Quem sabe quais portas serão deixadas abertas para um homem de vigor, quando a última gota tiver sido sugada pelo solo sedento desta latrina que se chama Paraíso?"

OS CAVALEIROS DOS DINOSSAUROS

"Mas e se eu cair? Deuses, o que restará?"

Bergdahl meneou e sorriu com seus dentes amarelos. "Quanto a isso, nem mesmo os Criadores podem dizer. Mas, se você for o homem que nasceu para ser, o homem que elevará o império a novas alturas e trará ordem ao mundo, não deveria sobreviver? Se não, que tipo de herói que trará um mundo melhor seria você?"

"Há de se pensar que tipo de mundo restará para que eu administre", Falk disse.

"Besteira." Bergdahl fez um gesto como se estivesse limpando um gosto ruim da sua língua rosa acinzentada com os dentes superiores, o que revoltou Falk por completo.

"Alguns homens choramingariam mesmo se estivessem pendurados por uma corda dourada."

"O que isso quer dizer?"

Sentada na caçamba da carroça principal do comboio de bagagens, cujos condutores fugiram quando sua tropa de jinetes apareceu das matas de ambos os lados da estrada, Melodía deu uma mordida meditativa numa maçã antes de responder.

A fruta viera do fim da colheita, dourada, empilhada no topo do monte. Os unichifres que puxavam a carroça estavam na vala, arrancando bocados de gramíneas verdes e moendo-os alegremente com os dentes. Sua exótica espada curvada estava na bainha ao lado da mão direita e o elmo pontudo na esquerda.

A pergunta viera de um rosto largo e corado, com bigodes cinza como ferro se pronunciando para os lados como asas. O rosto se empoleirava sem a aparente intervenção de um pescoço sobre um peitoral preto, pintado com uma manopla cerrada preta sobre um escudo dourado. Seu dono montava um sacabuxa preto como a noite, de pescoço e barriga amarelos.

"Quer dizer", Melodía afirmou, "que você devia ter aceitado a nossa oferta de conversar sobre uma passagem segura por nosso condado. Quer dizer que agora meus cavalos leves cercaram o seu exército."

Com um sorriso largo, ela fez um gesto para os dois conjuntos de cavaleiros encouraçados que montavam cavalos e caminhantes sobre a grama, de ambos os lados da via, e para os corredores das matas que estavam entre eles, com seus arcos de prontidão.

VICTOR MILÁN

"Quer dizer, em resumo, que você está cercado pra caralho."

Alertada por mensageiros em pânico – Melodía extrapolara; eles certamente deviam estar em pânico quando ela os deixara ir – de que corsários tinham se materializado atrás deles para capturar o comboio, os três principais nobres do condado Fleur tinham cavalgado às pressas de volta ao exército que fechava a estrada para bloquear o progresso dos fugitivos. Uma dúzia de guerreiros lhes dava apoio.

Estes olhavam nervosamente para as matas fechadas de ambos os lados, claramente suspeitando que mais inimigos espreitavam ali do que aqueles que estavam à vista.

Melodía estava estupefata. *Ao menos alguém do lado deles está pensando direito.*

"Isto é uma provocação intolerável!", berrou o homem robusto de armadura.

Por meio das informações reunidas pelos espiões de Rob, Melodía sabia que ele era Vicomte Eudes. Ele estava no processo de abrir mão do poder que mantivera como regente para Morgain, o filho de sua irmã falecida, que acabara de alcançar a maioridade aos vinte e sete anos e se tornara um conde por direito. Como a amiga dela, Fanny, diria, Vicomte não estava nada satisfeito.

Na esperança de sair do caminho da Cruzada do Anjo Cinza, o exército fugitivo tinha se desviado da Estrada Imperial para um afluente a oeste, para o interior da província vizinha de Métairie Brulée. As Montanhas Blindadas estavam longe e, ali, onde o inverno tinha pouca influência, eram sentidas mais como uma queda na temperatura do ar à noite. Moscas zumbiam ao redor das feras e seus excrementos. Pássaros e alados guinchavam nos arbustos e nas árvores. As árvores ali tinham se adaptado a um ciclo de um ano de duração, suas folhas ficavam marrons e caíam e eram substituídas constantemente, em vez de ficarem desnudas como suas primas das terras altas de Providence.

"Se quiséssemos lutar com vocês", Melodía disse alegremente, "suas bagagens seriam carvão agora. Os arqueiros de voyvod Karyl teriam transformado suas armaduras em peneiras. E não vamos nem mencionar o que nossos trichifres fariam com esses seus lindos bicos de pato."

Falando em *não mencionar*, Melodía não queria nem sequer pensar em Karyl. Na marcha de Belle Perspective ele havia se retirado completamente para dentro de si. Rob Korrigan, que estivera com ela durante a maior parte do ano, disse que já vira aquelas crises sombrias antes, mas nada assim. Antes, Karyl sempre dera um jeito de funcionar. Mas não agora.

Pelo menos o coronel havia escolhido bem seus capitães. Seu exército trabalhava direito sem sua participação ativa. Sua mera presença, cavalgando diariamente à frente, em sua égua cinzenta, parecia bastar para inspirar as tropas e mantê-las agindo como uma unidade. Por ora.

O garoto ruivo no meio do trio de nobres empalideceu ante a vivacidade da descrição de Melodía. Ele claramente não gostara de visualizar seu lindo bico de pato, de crista verde e amarela, sendo eviscerado por chifres marrons com pontas de ferro. O conde Morgain parecia desengonçado até mesmo na sua armadura dourada, com três flores-de-lis verdes no peito. Ele tinha ossos malares salientes, nariz grande e um queixo proeminente. Seus olhos verdes pareciam os de um cavalo confrontando um matador de mandíbulas abertas.

Eu até que gosto de gerar esse efeito, Melodía pensou. Ela deu outra mordida na maçã. Embora não fosse muito esportivo da sua parte; ele era dois anos mais jovem do que ela.

"O que podemos fazer?", Morgain gaguejou, olhando nervoso ao redor.

Ele percebera o quanto as árvores cresciam perto da estrada ali. Talvez, enfim, ocorrera a ele que Melodía não estava mostrando todas as cartas.

A pergunta tinha sido feita para seus companheiros mais velhos, mas Melodía a respondeu.

"Juntem-se a nós. Daremos a vocês uma chance de lutar contra a horda do Anjo Cinza. Senão..."

Ela deu de ombros. "O melhor a fazer é fugir para o mais longe que puderem. A horda nos segue de perto. Vocês têm pouco tempo."

"Besteira!", latiu Vicomte. "Anjos Cinza e seus cruzados não passam de lendas. Histórias do bicho-papão para assustar crianças levadas."

"Espere aí, Eudes", disse o homem que montava um alazão branco à esquerda do jovem conde. "Cuidado com a blasfêmia. Pode não ser sábio se a jovem garota diz a verdade."

Ele usava um manto verde com franjas roxas. A costura indicava que era um bispo – na verdade, o arcebispo de Fleur, chamado Toville. A cor principal significava fidelidade ao Criador Adán, o Filho Mais

VICTOR MILÁN

Velho, assim como o símbolo em seu peito, duas linhas quebradas empilhadas sobre uma terceira intacta. Apesar dos sacabuxa em seu esplendor fazerem sua montaria sem armadura parecer pequena, e dele mesmo ser magro e careca, sua presença era tão marcante quanto a dos demais, e consideravelmente melhor que a do seu suserano.

Ele era colega – alguns diriam rival – de Vicomte Eudes como conselheiro do jovem conde.

"Não existe um pio sobre os Anjos n'*Os Livros da Lei*", ralhou Eudes, mostrando mais erudição do que Melodía esperava. "Eles não são canônicos e, para mim, é difícil acreditar em seres sobre-humanos e exércitos sem alma."

"Mas e quanto aos refugiados que atravessam nossas fronteiras, vindos de Métairie Brulée, meu senhor?", perguntou um cavaleiro.

O rosto de Eudes ficou roxo. *Não é uma cor boa para ele*, Melodía pensou. Aparentemente, ele não estava habituado a ser contradito e não tinha intenção de sê-lo.

"O que pode ser mais claro? Eles estavam fugindo dos saqueadores que invadiram nossas terras!"

"Não fizemos nada além de exercer nossos direitos sobre as estradas imperiais", Melodía disse. Ela sabia muito bem que estava maquiando a verdade. A Lei Imperial permitia viajar livremente pelos domínios, mas registrava restrições claras quanto a exercer tais direitos com um grupo de bandidos armados.

"Vocês descobrirão por si próprios em alguns dias se estamos dizendo a verdade ou não. Enquanto isso, o que vão perder se nos deixarem passar?"

"Mas vocês vão devastar a zona rural!", Morgain conseguiu dizer.

"Estamos prontos para pagar por tudo aquilo que consumirmos."

A intenção de Adán girava em torno do comércio. A palavra *pagar* fez com que os olhos do abade soltassem uma faísca.

"Se vocês têm prata para pagar pelos suprimentos, certamente podem pagar pela passagem", disse Toville.

"Nosso pagamento pela passagem", Melodía respondeu, "é que vocês mantenham suas vidas, suas terras e seus brinquedinhos. Ao menos até Raguel aparecer e arrancar tudo isso de vocês."

Ante a menção do nome, os presentes estremeceram. Vários fizeram o sinal do Equilíbrio, incluindo o arcebispo.

OS CAVALEIROS DOS DINOSSAUROS

Melodía sentiu-se satisfeita por conseguir pensar no Anjo Cinza e até de falar seu nome em voz alta, sem estremecer.

"Se tentar nos ferir ou prejudicar, mataremos todos", ela alertou. "Então, vamos tomar tudo que pudermos carregar das suas propriedades, queimaremos suas terras e envenenaremos cada poço do condado para tirar a horda do nosso rastro."

Os três grandes trocaram olhares inquietantes. Eles não estavam dispostos a ceder para uma garota magra e jovem, vestindo apenas um colete leve, calças de linho marrons e botas altas de cavalaria.

"E se vencermos?", Toville perguntou maliciosamente.

"Vocês já perderam. Foram pegos em fogo cruzado. E não se engane, meu senhor arcebispo: estamos desesperados. Não por medo de vocês, mas sim do que persegue nossos calcanhares. Descobrirão que ficar contra nós é tão sábio quanto ficar no caminho de uma manada de titãs fugindo de um incêndio na floresta."

Ela percebeu que aquilo atingiu o intuito. O jovem Morgain parecia duvidar do próprio nome; e os guerreiros não contavam. Os homens que importavam, o arcebispo e o tio, ainda teimavam.

"Digamos que vocês vençam", ela prosseguiu. "E aí? Em poucos dias, seu exército enfraquecido pela batalha terá de encarar a horda. E todos vocês morrerão."

Então, ela enfatizou: "Horrivelmente".

A barba de Eudes se arrepiou ao que ele pressionou as mandíbulas. O arcebispo premeu os lábios. Morgain pendia pela incerteza, como se ganchos tivessem atravessado suas bochechas.

"Escutem a moça", disse uma voz.

Um jovem de cabelos castanhos presos por uma bandana verde-escura se inclinava sobre seu arco diante de um arbusto de bagas, cujos galhos não apresentavam nem flores ou frutos, apenas espinhos. Os sangue azul de Fleurs se admiraram que um homem da plebe – pior, um corredor das matas quase animalesco – ousasse falar. Mas, sendo um corredor das matas, ele falou diretamente, sem restrições.

"Meu nome é Henri", ele disse. "Sou um *coureur de bois*, como vocês claramente podem ver, e tão orgulhoso quanto um rei, embora possua somente o que possa carregar e não queira nada mais. Nasci na terra que vocês do Povo Sentado chamam de Métairie Brulée. Pergunto a

VICTOR MILÁN

todos agora: eu teria deixado as árvores e o solo que fazem parte da minha própria carne e ossos por um mero conto de fadas?"

Para a surpresa de Melodía, nenhum dos nobres mandou que ele se calasse. Aparentemente, as dúvidas haviam crepitado para roer suas certezas.

Bem, pensou ela. *Quem sabe não sejam estúpidos demais para viver.*

"Nossa capitã viu essa coisa pavorosa, esse Anjo, com seus próprios olhos", disse Henri. "Eu lutei contra as criaturas que ele comanda. Todos nós lutamos."

O que também exagerava um pouco os fatos – o exército inchava dia e noite com recrutas formados por refugiados, homens e mulheres buscando chances um pouco melhores de sobrevivência. Pelo menos um quarto do destacamento de Melodía se juntara desde a fuga da fazenda Séverin. Mas corredores das matas, tinha percebido, em geral estavam preocupados com verdades maiores do que as meramente literais.

"Criaturas?", inquiriu Toville, duvidoso.

"Com certeza você está falando de homens e mulheres!", completou Eudes.

"Você os viu, meu bom senhor? Eu vi. E, digo a você, vi o terrível fervor com que lutam. Como não mostram medo diante da morte ou de ferimentos. Como se inclinam somente na direção da matança e da destruição.

"E escutei os prisioneiros que fizemos falar. A maioria disse que sentiu um poder tomar conta de suas mentes como um punho e esmagar toda a sua vontade. Aqueles que resistem..." Ele deu de ombros. "A horda os mata de uma forma que pretende extirpar qualquer resistência ou dúvida, se é que me entendem."

"Por que estamos aqui escutando isto...?", começou a dizer Eudes.

"Cale-se, tio!", ralhou Morgain. Seus olhos e bochechas queimavam com fervor. "Quero ouvir isso."

Aquilo deixou Vicomte tão chocado que ele o fez.

"Alguns dos que capturamos", prosseguiu Henri, "agiam como mortos andando... as mulheres também. Não escutavam, não respondiam a um argumento, sentimento ou mesmo ameaça, e recusaram água e comida até morrerem. Outros se enfureciam como cães raivosos, até

OS CAVALEIROS DOS DINOSSAUROS

morrerem de exaustão. Alguns agiam e falavam como se tivessem despertado de um sonho.

"Estes, enfim, os que conseguiam falar, nos contaram sobre as luzes, cores e estranhos turbilhões em suas mentes. Sobre tempestades de medo e exaltação que não podiam descrever ou relatar. Alguns deles aceitaram as condições do coronel Karyl e se juntaram ao exército, onde servem tão bem quanto qualquer outro. Mas há os que saíram vagando e simplesmente não foram mais vistos.

"Mas esses não foram os piores, caros *monteurs*. Sem dúvida que não. Os piores são aqueles que se juntaram à horda de boa vontade. Que matam, torturam e queimam, quer seja para expiar seus pecados ou porque o Anjo lhes dá licença para tanto.

"Esses nós matamos."

Ele ficou um instante estático, o queixo erguido como qualquer grande. Divertiu Melodía pensar como ela, outrora – uma princesa mimada, cheia de empatia pelos de classe mais baixa – teria reagido com uma fúria instantânea àquela presunção. Agora, sentia-se satisfeita pelo desafio dele – e orgulhosa.

"Eis aqui uma verdade maior do que qualquer outra que já escutaram ou que jamais escutarão", Henri continuou. "A horda do Anjo Cinza devora qualquer coisa, como um enxame de formigas. Ela está vindo para cá e devorará vocês também. Raguel está a caminho."

"O que devo fazer?", o garoto conde perguntou; os olhos mareados de lágrimas.

"Ou combater o Anjo ou fugir dele", respondeu Melodía. "Decida rápido. Acima de tudo, não se oponha a nós. Pelo nosso bem e pelo seu." Ela estendeu um dedo da mão que segurava a maçã meio comida e apontou para eles.

"Tudo que vocês conhecem está prestes a mudar. Para pior. Pior do que possam imaginar. Então, não tentem se apegar ao que vocês têm. Ou até ao que conhecem. Ou Raguel pegará tudo. E todos."

OS CAVALEIROS DOS DINOSSAUROS

– 35 –

> ***Morión, Morion***
> *Corythosaurus casuarius. Um hadrossauro de espaldar alto,*
> *9 metros de comprimento, 3 metros na altura dos ombros,*
> *3 toneladas. Uma das montarias de guerra favoritas de Nuevaropa,*
> *batizado pela semelhança de sua crista redonda a um morrião.*
> — O LIVRO DOS NOMES VERDADEIROS —

Como sacabuxas machos lutando, dois gigantes nus se estapeavam. As sandálias de Jaume batiam no solo amarelado duro enquanto ele corria, alertado por um frenético Bartomeu.

Ignorando-o, Timaeos e Ayaks continuavam a se agarrar, rosnar e socar um ao outro com punhos do tamanho de marretas.

Sem hesitar, Jaume se jogou em meio à rusga.

No meio da tarde, o grande Exército Imperial tinha acampado numa planície poeirenta – o que é irônico numa terra chamada de *Bois Profond*, que significa Matas Profundas. Na verdade, a província ocupava a zona de transição entre La Meseta e a terra úmida aos pés

OS CAVALEIROS DOS DINOSSAUROS

das Montanhas. Eles se aproximavam da Floresta de Telar, as densas matas que cobriam a Cabeça do Tirano de norte a sul.

Conforme chegava perto de Métairie Brulée, o exército começara a se mover com cautela. Ele tinha de lidar com uma torrente incessante de humanos, feras e carroças cheias que fugiam de uma província agora totalmente dominada pela horda de Raguel. Mas, no fundo, a falta de progresso tinha pouco a ver com precaução ou refugiados. Apesar dos esforços de Jaume e de um punhado de subcomandantes competentes – como os oficiais dos dois Tércios de Nodossauros o Ejército Imperial se tornara um pandemônio.

Jaume não era um homem pequeno. Contudo, Ayaks e Timaeos juntos davam três dele. Usando o suor como lubrificante, ele conseguiu postar-se de lado entre eles, peito colado ao peito do griego de barba ruiva, com o rosto voltado para a direita. Uma máscara de poeira e suor cobria sua cabeça. Os dois lutadores se mantinham escrupulosamente limpos, como mandavam *Os Livros da Lei*.

A enorme dupla segurava agora o ombro um do outro com a mão esquerda, enquanto se martelavam às cegas com a direita. Estrelas passaram pelos olhos de Jaume quando um golpe mal desferido o acertou. Os cavaleiros que observavam grunhiram.

Não, meus amigos, ele pensou o mais alto que conseguiu, embora nunca tenha demonstrado nenhum sinal do raro e perigoso dom psíquico. *Tenho de lidar com isto sozinho. Ou estaremos perdidos... e conosco, também a esperança.*

Reposicionando as pernas, Jaume respirou fundo pelo abdômen e, curvando os joelhos com firmeza, afundou seu *qi*. Posicionou uma palma sob o cotovelo de cada um dos brigões. Exalou, guardando um pouco de fôlego para manter o apoio na coluna. Então, fazendo uma sucção bruta com a boca, empurrou firme para cima com as pernas.

Embora não fosse nem corpulento ou grande, Jaume era forte. Também era um lutador tão habilidoso como a Ordem podia gerar, exceto talvez Florian, cuja aparência delicada era só um engodo. Numa luta *mano a mano*, claro, tanto o griego gigante quanto o russo poderiam facilmente arremessar Jaume apenas segurando-o e derrubando-o no chão. Ali, com ambos os homens focados totalmente um no outro, o truque não estava disponível.

VICTOR MILÁN

Ele sabia que não deveria empurrar em linha reta, opondo força contra força. Então, empurrou numa linha perpendicular ao esforço da dupla, de uma forma tal que, de acordo com os *Clássicos Exercícios Sagrados*, uma força de poucos gramas era capaz de desviar uma força de meia tonelada...

As mãos de Timaeos e de Ayaks perderam a pegada e deslizaram para cima. Seus corpos enormes e nus colidiram, apertando Jaume num sanduíche de uma forma que, sob outras condições, ele poderia até gostar. Agora, apenas o fato de ter os músculos do abdômen contraídos o impedia de pôr todo o ar para fora e ser esmagado. Ele sentiu as costelas dobrarem de maneira preocupante e, na verdade, chegou a escutar um estalo por causa do esforço.

Baixando ambas as mãos, ele liberou os cotovelos. Então, empregando a conectividade entre corpo e membros ensinada pelos *Exercícios*, deu uma guinada com toda a força do quadril e das pernas.

Já desequilibrados, os dois gigantes caíram de cara no chão.

O círculo de cavaleiros aplaudiu. Jaume se afastou de prontidão, no caso dos dois decidirem voltar a se atracar.

Mas já era o bastante. Ayaks ficou deitado com os braços e pernas espalmados, como um peixe. Timaeos rolou de lado, sentou-se sobre as largas ancas e começou a chorar.

Jaume oscilou. Florian pôs-se imediatamente ao seu lado e apanhou o braço dele para endireitá-lo.

"Eu estou bem", Jaume disse. "Obrigado, meu amigo."

O escudeiro taliano de Timaeos, Luigi, estava ao lado de seu mestre, tentando pô-lo de pé. Um garoto magrelo de pele cor de oliva, de cabelo pixaim e olhos negros, ele mais parecia um ratinho tentando ajudar um titã.

Jaume sentiu seu rosto contorcer-se numa carranca, o que não lhe era familiar. Ele permitiu que acontecesse. *Estes dias são mesmo assim tão estranhos?* Era difícil até mesmo para um homem tão filosoficamente determinado a enxergar a beleza em todos os lugares encontrar motivo para sorrir.

"Qual foi a causa disto?", ele perguntou suavemente. "Irmão lutando contra irmão?"

Os dois gigantes tinham ficado de pé. Eles o encaravam, tão inclinados e abjetos que mal estavam da altura dele. Jaume ergueu uma sobrancelha. "Então? Alguém vai falar?"

OS CAVALEIROS DOS DINOSSAUROS

"Foi o escudeiro de Jacques, David", Ayaks começou. Timaeos fungava como um chifrudo sedento. "Nós dois... gostamos dele."

"Vocês estão dormindo com um escudeiro?", Jaume inquiriu. "Os dois fizeram um poderoso juramento ao se tornarem cavaleiros de não fazer algo assim. Até mesmo a tentativa é uma violação."

O garoto em questão apareceu e jogou-se aos pés de Jaume, agarrando-se às suas canelas, chorando e mirando-o de forma suplicante com aqueles seus grandes olhos azuis.

"Por favor, senhor", ele balbuciou. "A culpa é minha! Eu encorajei os dois! Fiquei tão lisonjeado por homens poderosos assim gostarem de mim..."

Jaume se ajoelhou e ajudou o garoto de cabelos castanhos a se pôr de pé. Se bem que "ajudou" era um eufemismo. David era mole como alga marinha. O sangue de Jaume ainda fervilhava de adrenalina. Ele teve de se forçar para não o sacudir até pô-lo de pé.

"Não é culpa sua", disse numa voz tão calorosa quanto cansada.

"Você fez escolhas. Agora tem de viver com elas, para o bem ou para o mal. Você é jovem. É uma época de aprendizado e não há professor melhor do que os erros. Jacques, meu irmão?"

O Companheiro mais velho se aproximou rapidamente vindo da direção de sua tenda. Como sempre naqueles dias, Jaume ficou chocado ao ver o quanto seu amigo estava esfarrapado. Os cabelos estavam grisalhos e despenteados, as bochechas cavadas e os olhos pareciam espiar de fora de poços marrons.

"Leve-o para outro lugar", Jaume disse, gentilmente direcionando David para seu mestre. "E que tal ficar de olho nele?"

Jacques devolveu um olhar sério. O coração de Jaume despencou, antecipando as palavras que sairiam daqueles lábios. "Não, a culpa também não é sua. Agora vão. Falo com você mais tarde."

Ele voltou-se para os gigantes arrependidos. "Quanto a vocês... vocês são os mais responsáveis. Adultos. Homens de força sem igual. Campeões. Cavaleiros. *Companheiros.* Independente do que disse o garoto, a responsabilidade é de vocês pelo que aconteceu.

"Vocês ergueram a mão um contra o outro. Não percebem que este é justamente o motivo pelo qual proibimos romances com servos e pessoas comuns? Por isso e para poupar todos os envolvidos da feiura da exploração."

VICTOR MILÁN

Ele balançou um braço, envolvendo o grosso do Exército Imperial no movimento, que não se chamava mais de cruzada, uma vez que um Anjo Cinza tinha se apropriado da palavra. Gritos, berros, o som de espadas colidindo flutuavam ao vento que cheirava a restos humanos e animais. E a sangue, principalmente humano.

"E *isto*. Duelos aleatórios não bastam mais para os nossos companheiros nobres. Agora eles travam pelejas do tamanho de pequenas batalhas, enquanto chafurdam na própria sujeira – e se perguntam por que ficam doentes e morrem aos montes, como se os próprios Criadores não prometessem justamente esta punição pela desobediência das Leis da higiene. Queremos deixar que isto ocorra? Queremos deixar que isto faça parte do círculo sagrado da nossa Ordem e da Dama?"

Ele exalou pesado.

"A culpa é minha. A desordem, os assassinatos e atrocidades, a praga. Eu sou o marechal, eu comando o exército. Contudo, não sei como controlá-lo. É a maior derrota da minha vida. Mas não preciso deixar que a estupidez geral e a discórdia irrompam em nossas fileiras. E não vou. Especialmente por termos sido chamados para o serviço mais importante das nossas vidas para o império e seu povo!"

"Eles não deixam que você ponha os sangues azuis sob controle", disse Machtigern. "Nada disso é sua culpa."

Uma onda de consentimento correu pelo círculo de observadores. Seu tom baixo era feio. Todos sabiam o que o alemán queria dizer por "eles". Jaume ergueu a mão e o murmúrio parou.

"Eu comando", repetiu ele. "O que ocorre no exército é minha responsabilidade. Mas deixem isso para lá por ora. Irmão Ayaks, irmão Timaeos, vocês quebraram não só a nossa lei, mas a sua fé um no outro. O que têm a dizer um para o outro?"

"Mate-me", disse Ayaks; sua voz soando ainda mais como o urro de um tirano que o habitual, com o queixo pressionado contra a clavícula. "Ou... me exile. É o que mereço."

Timaeos soltou um gemido de desespero. Mor Dieter estava ao seu lado. Com uma velocidade que teria fatalmente surpreendido muitos inimigos para um homem daquele tamanho, ele arrancou o punhal da cintura do jovem alemán, segurou com ambos os braços que pareciam troncos de árvore e mirou em seu próprio coração.

OS CAVALEIROS DOS DINOSSAUROS

Então, caiu para a frente. Seu enorme corpo chegou a quicar uns centímetros, em meio a uma nuvem de pó cáqui. Ele emitia alguns gorgolejos.

Machtigern estava atrás dele. Sendo ele próprio um homem grande, o Companheiro prático e taciturno golpeara pelas costas o gigante suicida com a parte plana do seu martelo de guerra.

"Isto é Beleza? Negar a um homem a escolha de tirar a própria vida?", Florian perguntou.

Machtigern deu de ombros. "Ele sempre poderá se matar mais tarde, quando recuperar a razão."

Florian riu e segurou seu ombro. "É justo, meu amigo."

Com as bochechas mais coradas do que o normal, Dieter recuperou sua lâmina. Timaeos começou a se erguer e encontrou o olhar de Jaume.

"Me desculpe, capitão", ele disse. "Falhei com o senhor e com todos os meus irmãos. Eu aceito o seu julgamento. Qualquer que seja a punição, eu mereço."

Jaume os encarou por um instante. Eles esmoreceram ante o calor de seu olhar.

"Sabemos pelos refugiados que temos dois dias, três no máximo, antes que a horda do Anjo Cinza esteja sobre nós. Eles possuem pelo menos o triplo de gente. E todos vocês ouviram várias vezes as histórias: eles não pensam em sobreviver, em evitar a dor, não possuem piedade e só querem destruir cada coisa viva que cruze seu caminho. Qual delito pior vocês poderiam cometer do que negar-nos sua grande força na batalha que virá?"

Como se vocês pudessem fazer diferença contra uma horda dessas, ele pensou, com espasmos amargos. *Ou todos nós, cavaleiros e Ordinários juntos. Contra o horror puro.*

"Então, escutem meu julgamento: não permito que morram ou que sejam exilados. Está claro que sua mente e suas mãos estão sobrecarregados, mas vocês se ocuparão do momento que acordam até irem dormir. Com exercícios, com práticas, com arte... o que agora, de todas as coisas, é quando não podemos negligenciar, e vão se impedir de afundar-se nos excrementos dos bicos de pato! E, quando forem para a cama, irão sozinhos. Por um ano, deverão manter-se celibatários."

"Acima de tudo, continuarão a servir. E vão *lutar*. Contra a horda, não contra seus irmãos!"

Eles começaram a responder. Ele os calou com as palmas erguidas.

VICTOR MILÁN

"Compreendam: não existem mais chances. Falhem novamente em seus juramentos, qualquer um deles, e serão exilados. Se seus olhos se demorarem demais sobre algum dos nossos recrutas, estarão fora.

"Vocês são bons homens. Vão se redimir e compensar seus atos. Vão curar seu círculo sagrado de companheirismo em nome do império e da Dama. Vocês me entenderam, irmãos?"

Os dois olhavam diretamente para ele e responderam um pouco fora de sintonia: "Sim, capitão!".

O próprio embotamento deles o animou. Ele esperava uma demonstração maior de emoção dramática.

"Então virem-se e desculpem-se um com o outro como irmãos, deem as mãos e se abracem. E então, se ocupem, pelo nome sagrado de Bella! A batalha das nossas vidas nos aguarda!"

Ele encontrou Jacques um pouco afastado, no cume do monte onde tinham montado acampamento, abraçando a si próprio firme e chorando como uma criança perdida. Ele olhou para a mão firme de Jaume, segurando seu ombro.

"Volte para nós, velho amigo", Jaume disse suavemente. "Não podemos nos dar o luxo de perdê-lo. Agora mais do que nunca."

Jacques sacudiu sua mão violentamente. Uma lágrima voou de seu rosto, acertou o lábio superior de Jaume e escorregou para dentro da boca. Ela tinha o gosto salgado da dor.

"Pra quê?", Jacques disse. Perto dali, no turbulento acampamento abaixo, alguém deu um terrível grito de agonia final. "Já não está tudo perdido? A feiura vence no final. Sempre vence."

Jaume recolocou a mão e riu. Foi uma risada plena, calorosa, que não condizia com seu físico delgado e comportamento frequentemente lânguido. Jacques piscou os olhos castanhos para encarar seu senhor com espanto.

"Por que mais lutamos?", Jaume perguntou. "Por que continuar a viver, quando a morte inescapável nos espera? A razão é a mesma: para manter uma pequena faísca de vida e Beleza viva contra a escuridão."

Jacques ainda franzia a testa. Mas endireitou-se um pouco.

"Obrigado por me lembrar, meu amigo", falou Jaume.

Mas, quando estava sozinho no cercado para os animais com estacas grossas feitas à mão que ele próprio ajudara a cortar, Jaume deixou que as lágrimas caíssem.

OS CAVALEIROS DOS DINOSSAUROS

"Sei o quanto falhei com meus Companheiros e minha Dama", ele disse, enquanto escovava a pele macia do gracioso pescoço de Camellia com água ensaboada. "Achei que tinha escolhido homens que não precisariam de comando. Então, sou encarregado de homens que se recusam a serem comandados por nada que não sejam os próprios impulsos. Homens que acham que possuem o direito de governar tudo, exceto a si próprios."

Ele virou um balde de couro de chifrudo com água limpa sobre o dinossauro. Ela balançou a cabeça creme cristada de prazer.

"Não tenho direito de sentir dó de mim mesmo", disse ele. "Mas creio que a tristeza também deve ter sua beleza."

E chorou livremente, ao lado da imensidão confortadora de seu morrião. Ela aninhou sua orelha com o amplo bico, então descansou o queixo sobre seu ombro, enquanto coçava o pescoço dela.

Eles ficaram daquela maneira, homem e dinossauro, até que o escudeiro de Jaume, Bartomeu, os encontrou e disse ao seu mestre que ele havia sido convocado imediatamente pelo imperador.

– 36 –

Orden Militar, Ordem Militar
Uma Ordem encarregada pela Igreja de Nuevaropa para defender a Fé, a Igreja e o império. São formações de elite militar, em geral pequenas, comumente devotadas a um só Criador, cujas ações incluem feitos individuais audaciosos, atos de caridade e manobras decisivas no campo de batalha. Muitas, como as Irmãs do Vento e os Cavaleiros da Torre Amarela, consistem apenas de cavaleiros. Algumas, como os Lanceiros de Struthio, formada por mercenários, se recusam a aceitar cavaleiros, e seus membros recusam-se a serem sagrados com títulos. Muitas Ordens são famosas, a maioria é rica e algumas são poderosas. Os Companheiros da Nossa Dama do Espelho, do Campeão Imperial Jaume talvez seja a mais famosa, rica e poderosa de todas, o que ocasionalmente gera ressentimento dentro e fora da Igreja.
– UMA CARTILHA DO PARAÍSO PARA O PROGRESSO DE MENTES JOVENS –

"Voyvod Karyl Bogomirskiy ainda está vivo?", repetiu Jaume, pasmo.

Um senso curioso de alívio fluiu por seu estômago. *Não que isso alivie a minha culpa de alguma maneira*, disse a si próprio. Muitos outros certamente não tinham sobrevivido, homens e mulheres bons.

OS CAVALEIROS DOS DINOSSAUROS

E boas feras também; sendo um adorador de hadrossauros de guerra, ele tendia a desaprovar as fortalezas vivas de Karyl, com seus terríveis chifres ensanguentados. Contudo, elas também eram seres vivos, com sua beleza intrínseca, e não deveriam ser destruídas sem razão. *Eu cometi um crime terrível em nome do dever. Não posso evitar sentir alguma gratificação por minha vítima ter sobrevivido.*

A cor desapareceu do rosto do duque Falk como areia de uma ampulheta virada. "Impossível! Eu mesmo matei o homem!"

"Aparentemente não bem o suficiente, Vossa Graça", disse Jaume com um sorriso. Isso lhe valeu uma encarada virulenta dos olhos azuis. Em vez de irromper ainda mais, o comandante dos guarda-costas imperiais desmazelou com os braços cruzados sobre a couraça dourada do peitoral, com o queixo barbado afundado sobre o aro superior arredondado.

O conselho de guerra imperial estava reunido numa grande câmara, no pavilhão pessoal do imperador. O sol matinal lançava tons vermelhos e amarelos nas faces reunidas em volta de uma longa mesa de carvalho. Buracos próximos ao teto permitiam a entrada do ar mormacento, mas, apesar deles, as paredes de tecido mantinham o grosso do fedor do lado de fora.

Mas alguns dos grandes reunidos pareciam estar tentando assumir a dianteira. Quanto a Tavares... *Aquele homem sequer se digna a limpar a bunda quando caga?*

"Está nos dizendo que um morto está de pé novamente?", perguntou o duque Francisco de Mandar. Ele traçou o símbolo do Equilíbrio diante de si, então tocou a testa, membros, ombros, as laterais das costelas e os quadris, fazendo o sinal dos Criadores.

Seu ducado continha a capital real, La Fuerza. Ele viera no lugar de seu primo, o rei, e comandava uma força considerável de lordes vassalos, *hombres armaos*, tropas da casa e camponeses.

"De fato", ele comentou, "é um sinal do julgamento que recai sobre nós." Um homem imensamente magro e cadavérico, Francisco tinha cabelos pretos curtos, bigodes caídos e um tom adjacente azulado na pele que Jaume achava desconcertante.

Jaume escutara dizer que, quando recebia uma chupada de algumas das suas amantes, ainda assim parecia estar de luto; sua expressão naquele momento era como a de leite azedo.

"Ou um péssimo julgamento de um dos nossos", murmurou Graf Rurik.

VICTOR MILÁN

O musculoso Rurik, famoso pelo valor, aspereza e pelo majestoso bigode fulvo, levara seus Cavaleiros da Torre Amarela, uma Ordem Militar dedicada a Torrey, para servir ao imperador. Assim como lady Janice Tisdell e suas adoradoras de Telar, as Irmãs do Vento. Nenhum capitão-general olhava com favor particular para os Companheiros, nem para a condição de Jaume como marechal. Mesmo assim, Rurik desprezava ainda mais a elevação de seu conterrâneo Falk.

"Podemos realmente enfrentar esta horda?", perguntou um preocupado Maxence.

Conde da província vizinha das Collines Argentées, ele tinha chegado naquele dia, junto a dissidentes de seu suserano, o duque de Haut-Pays, inevitavelmente detido por afastar a incursão de um exército inteiro que Karyl havia, de algum modo, montado em Providence.

"Uma pergunta ainda melhor é como?", disse Rurik.

Maxence balançou seis cachos castanhos. Ele não era nenhum devoto da seita Vida Por Vir; na verdade, seus cabelos estavam molhados porque a convocação imperial o alcançara quando estava tomando banho.

"Não foi o que quis dizer. Minha pergunta é se temos permissão moral e espiritual para isso. Raguel é o servo sagrado dos Criadores. Ele executa a vontade deles. Podemos resistir a ela, sem pôr em risco nossas almas?"

"Claro que não podemos!", esbravejou Tavares.

Seus nobres de estimação concordaram balançando as cabeças. O rompante fez com que o duque Francisco estancasse. Embora ele cheirasse bem demais para ser devoto do Vida Por Vir, ele se deferia demais ao cardeal para o gosto de Jaume.

"Nós devíamos nos submeter mansamente para a justa punição que os Criadores decretaram para a maldade que nós, erroneamente, permitimos que ocorresse em nome deles!"

Felipe fez uma careta e disse mansamente: "Eu discordo".s

Foi como se ele tivesse despelado todos os presentes e os tocado com uma brasa. Felipe, o piedoso, o grande amigo do falecido Pio, contradizendo um homem do clero? Um homem que ele próprio defendera receber o barrete vermelho, apesar da conhecida desaprovação que o sucessor de Pio nutria por ele?

Foi tão inesperado que, em vez da típica teatralidade, Tavares apenas piscou para Felipe, como se o imperador tivesse falado na língua da distante Vareta.

OS CAVALEIROS DOS DINOSSAUROS

"Eu me aconselhei", Felipe prosseguiu, sua voz ficando mais firme conforme falava. "Em minhas orações e, claro, junto ao meu fiel confessor, frei Jerónimo, que, como todos sabem, é um homem excessivamente santo."

Isso fez com que um olhar apressado cruzasse os presentes, como se um rato tivesse passado. *Nenhum de nós sabe disso*, Jaume pensou, disfarçando o próprio ceticismo ao levar uma caneca do vinho local à boca. *Porque, até onde sei, nenhuma outra alma viva, com exceção de sua Majestade, já viu este homem santo. Nem mesmo o seu chefe da guarda pessoal.*

"O frei Jerónimo dividiu comigo sua sabedoria", Felipe falou, os olhos brilhando de ansiedade. "Como bem sei, os Anjos Cinza existem para manter o Equilíbrio do mundo; o giro constante e suave da Roda. Uma Cruzada do Anjo Cinza não traz destruição ao terminar, embora possa empregar tais meios. Então, meu confessor me perguntou se não é possível que esta cruzada seja, no fundo, tanto um teste quanto um castigo. Para descobrir se o império está apto a persistir... e eu a governá-lo?"

Ele fez uma pausa. As expressões que Jaume viu em volta da mesa iam do vazio à surpresa, passando para a ira no caso do rosto barbado de Tavares. Jaume esperava que seu típico sorriso suave não tivesse congelado demais.

Felipe não percebeu nenhuma daquelas reações. O que não era excepcional; ele era um homem que não apanhava deixas. Em vez disso, prosseguiu alegremente, como uma criança abrindo seus presentes no Dia dos Criadores. "Meu confessor disse 'Se o imperador confrontar e derrotar a Cruzada do Anjo Cinza, isso significará não uma blasfêmia diante da vontade dos Criadores, mas sim uma demonstração irrefutável de que ele e seus sonhos de centralizar o poder no Trono Dentado gozam da pura aprovação dos Oito. Vença e ganhará a aprovação deles'."

Felipe reclinou-se com seu rosto rechonchudo brilhando. "Agora que sei que tudo não passa de um teste para o meu valor, *nosso* valor, meus amigos, espero com ansiedade pela provação!"

Pois você é o único. Enquanto pensava isto, Jaume conseguia ler as palavras no rosto de vários colegas capitães com tanta clareza, como se elas estivessem escritas neles.

Olhou para Tavares. A face do cardeal era como uma caveira, sem o sorriso. Enfim, o capelão parecia estar sem palavras.

VICTOR MILÁN

Com um sorriso conveniente, Jaume inclinou-se para a frente. Ele não vencera os brutais bandidos armados das montanhas quando criança, na Catalunya, ou vencera incontáveis duelos e batalhas desde então por carecer do instinto assassino de um matador.

"Se quisermos sinais do julgamento de nossos Criadores", ele disse, "não precisamos olhar além das pragas que espreitam o acampamento, levando consigo centenas e enfraquecendo milhares, ao ponto de torná-los inúteis. Bem em face à batalha que, como diz sua Majestade, determinará o destino do império."

"Elas próprias são julgamentos para o pecado!", Tavares declamou. Então, de uma só vez, suas mandíbulas travaram e os olhos arregalaram. Apesar de toda a sua inflexibilidade, ele não era estúpido. Sabia que já tinha falado demais. Jaume deu um sorriso doce.

"Desta vez", ele disse, "concordo com sua Eminência. Ao desafiar os comandos explícitos dos Criadores sobre a higiene, quebramos a Lei Divina. Esta pestilência hedionda é a punição que nos decretaram por este crime."

"*Os Livros da Lei* são alegóricos!", Tavares ralhou. "Entendê-los de forma literal é arbitrário e lascivo!"

"Besteira", respondeu a loira alta e gelada, Janice. "A epidemia prova que a interpretação literal está correta... para todos ímpios o suficiente para duvidar dela em primeiro lugar."

Os olhos de Tavares dispararam fogo negro contra ela. Mas ele nada disse. Como Rurik e Jaume, a anglesa, ao liderar uma Ordem Militar, também era um cardeal da Santa Igreja. E todos os três eram considerados seniores em relação a Tavares.

Felipe assentiu. "É verdade, é verdade. O que os *Livros* preveem é o que estamos sofrendo. Falk, meu garoto, cuide para que a plena observância aos ensinamentos sagrados sobre limpeza seja promulgada como regulamentação do exército, e rigorosamente cumprida."

O sorriso de Falk fez com que Jaume se lembrasse da montaria de guerra albina do duque, Floco de Neve. "Será um prazer, Majestade."

Tavares olhava por olhos estreitos como facas. "É moderado demais, meu senhor. Já estamos sofrendo a ira dos Criadores."

"Não entregarei meu império ou o meu povo para a destruição, independente do quão correto isso pareça ser!", Felipe bradou. "Venho

OS CAVALEIROS DOS DINOSSAUROS

servindo o império e os Criadores de forma leal por toda a vida. Não acredito que eles me amaldiçoariam por fazer aquilo que me criaram para fazer."

"Eles não amaldiçoam", Jaume disse. "Como também está claro n'*Os Livros da Lei*."

"Mentira!" Tavares quase guinchou a palavra. Cuspe voou da sua boca.

Jaume se encolheu. Será que o homem pensava que aquilo seria persuasivo?

Ah, não, ele censurou a si próprio. *O fanático não busca persuasão. Ele só quer punir a descrença.*

O capelão inflou o peito estreito para mais uma explosão. Mas Felipe ergueu a mão.

"Já basta!", ele disse. "Não tenho estômago para debates teológicos agora. Gostaria de me ater aos fatos. O feno está no celeiro, o matador está no rebanho, a Cruzada do Anjo Cinza começou."

"Não peço que *discutam*, senhoras e senhores. Vejo uma ameaça para meu povo e meu trono. De onde quer que ela se origine, pretendo combatê-la. Portanto, ordeno que permitam a qualquer um que não possa lutar de consciência limpa, que deixe o exército de uma vez. Porque de agora em diante, qualquer um que resistir, semear dissensão ou até fugir da luta uma vez tendo se unido a ela, será enforcado como amotinado e traidor!"

"Está pondo sua alma em risco", Tavares afirmou com a voz grave e perigosa, como o veneno de uma cobra.

"Sim", Felipe respondeu. "Bem, ela é minha para arriscar. E, se existir pecado, que ele seja só meu, assim como a decisão de lutar também é minha."

"Que assim seja."

Tavares se levantou. Ele lançou um olhar ensandecido para Felipe e Jaume, que se forçou a respondê-lo com calma. O capelão guiou na direção da porta num turbilhão escarlate.

"Um momento, Eminência." As palavras do imperador chicotearam o cardeal, fazendo-o virar-se. "Você me foi indicado pelo meu falecido amigo, Pio. Em nome dele, eu o aceitei, embora o tenha achado tão insuportável quanto Jaume relatou que fora com seu Exército da Correção.

"Mas, agora, fiz tudo o que pude em nome da memória abençoada de Pio. Se acha que está isento de qualquer decreto que fiz ou venha a

VICTOR MILÁN

fazer, está redondamente enganado. Você entendeu? Uma palavra de dúvida pregada para os meus guerreiros e pedirei que o capitão da minha guarda remova a cabeça de Vossa Eminência dos ombros com seu machado de estimação. Uma palavra."

Rígido, Tavares se curvou e saiu.

"O que o senhor precisava falar conosco em particular, Majestade?", Jaume perguntou.

O imperador Felipe permaneceu um momento em silêncio, sentado em sua cadeira dobrável dourada que mandara fazer para o caso de ter de liderar o exército em campanha, procurando garantir que os conferidores dispensados do seu pavilhão não pudessem mais escutar a conversa. Então, olhou para Jaume e Falk, e a amplitude do seu sorriso e a alegria em seus olhos cor verde-água afetaram Jaume quase ao ponto de chocá-lo.

"Cavalheiros", ele disse. "Meus bons e leais garotos. Maxence trouxe outras notícias, as quais eu optei sabiamente para transmiti-las somente a vocês. Minha filha escapou da queda da cidade de Providence."

"Bella!", Jaume exclamou. Ele caiu sobre um joelho diante do imperador, agarrou-se nele e irrompeu em soluços sinceros de alívio e alegria. Os braços de Felipe o seguraram desajeitadamente do alto. Jaume o sentiu tremer enquanto também chorava. O imperador pressionou o queixo contra a cabeça de Jaume, que sentiu lágrimas quentes correrem por seu couro cabeludo e descerem pela bochecha.

Mas o dever de Jaume não permitia que ele se favorecesse por muito tempo, mesmo diante da beleza pura e simples da paixão. Ele forçou-se a retomar o controle e se afastou, piscando para limpar os olhos.

Os próprios olhos do imperador ainda brilhavam, assim como as trilhas deixadas pelas lágrimas em seu rosto, que orvalhavam a sua barba.

"Mas há notícias piores também", Felipe acresceu numa voz coalhada.

"Majestade?" A própria voz de Jaume estava clara.

"Ela está junto do exército rebelde de Bogomirskiy."

A alma de Jaume era uma lâmina vermelha saindo da forja e mergulhada em água gelada. *No momento em que as palavras alcançaram meus ouvidos, eu já sabia, claro. De que outra maneira minha amada poderia ter escapado de Raguel, na cidade de Providence?*

"Pelo menos ela está a salvo?", ele perguntou.

O imperador assentiu. Lágrimas pingavam da ponta de seu cavanhaque.

"Ao menos de acordo com a última notícia. Mas Maxence também disse que sua Graça, o duque de Haut-Pays ouviu afirmações de refugiados de que ela o serve, cavalgando junto a sua cavalaria de batedores."

O que, visto que voyvod Karyl estava envolvido na luta contra nossos inimigos declarados em Providence...

Ele congelou.

"O que você vai fazer?", Felipe perguntou a ele, quase suplicante.

"O que meu imperador ordenar", Jaume respondeu. "Como sempre. Majestade?"

Ele não podia mais confiar no seu autocontrole. Mal conseguindo esperar pelo aceno de Felipe, virou-se na direção da porta.

Para ver-se de frente para os olhos cor de safira do duque Falk. Sendo quem era, Jaume não pôde deixar de sentir um lampejo de admiração pela beleza masculina daquele jovem poderosamente constituído.

Mas era uma beleza mais ilusória do que de costume. Porque a pele tesa de alabastro do rosto de Falk passara para uma tonalidade cinza doente, e decaía de forma alarmante, e aqueles olhos de cílios compridos se arregalaram como os de um matador assustado.

Ele está tão arrasado pela crueldade do dilema de sua Majestade quanto eu!, Jaume pensou.

"Vossa Graça", ele conseguiu não murmurar, e partiu para o acampamento e para sua dor particular, com o máximo de dignidade que pôde.

Quando a aba de seda fechou atrás do Oficial da Paz Imperial, Falk virou-se para segui-lo. Seu rosto e peito queimavam de vergonha ao ter testemunhado o espetáculo de dois homens – homens importantes, *líderes* – chorando abertamente. Ele já se sentia ambivalente com relação a Jaume. Mas ele não podia permitir-se tal confusão para com seu suserano, o imperador. Podia?

"Vossa Graça", Felipe disse pelas suas costas. A voz dele ainda tremia, quase efeminada. Falk travou a mandíbula, se recompôs e voltou-se.

Ele se curvou, para mostrar respeito – *Eu preciso respeitar o imperador!* – e para esconder os resquícios de emoção em seu rosto.

"Como posso servi-lo, Majestade?", ele perguntou.

VICTOR MILÁN

E falava sério. *Toda a minha vida*, ele pensou, *fui criado para servir Chian e seu princípio de poder. Admito se me perguntei se Felipe era de fato o homem forte que o império precisa. Ele mostrou que minhas dúvidas não tinham sentido.*

"Achei que eu... achei que nós tínhamos salvado Melodía ao tirá-la de La Merced", Felipe disse hesitante. "Agora ela parece passível de ser esmagada como um grão de milho entre as pedras de moinho de nossos exércitos e a Cruzada de Raguel. Eventos vastos e imprevisíveis."

Não totalmente imprevisíveis, Falk permitiu-se pensar de forma sardônica. *Não para mim. Mas devo admitir que nunca previ uma verdadeira Cruzada do Anjo Cinza.*

Ele acreditava na Fé Verdadeira dos Criadores, como transmitida a todos os habitantes humanos de Paraíso. Mas não esperava que os princípios da sua religião se manifestassem de formas tão concretas. E tão apavorantes.

O imperador meneou. "Não vejo de que outra maneira eu poderia ter agido. Contudo, sinto como se tivesse falhado com ela."

Por um momento agonizante, Falk ficou congelado. *Será que ele sabe? Isto é um teste? Alguma tortura sutil, antes que convoque meus próprios homens para me arrastarem para minha sina?*

Mas Felipe apenas continuou sentado, de cabeça baixa, ombros caídos, parecendo prematuramente envelhecido. De qualquer modo, ele não tinha muita perfídia dentro de si, visto a facilidade com que Falk o convencera de que permitir a fuga de Melodía, semanas antes, fora ideia do próprio imperador.

"Não posso chamá-la de volta", Felipe disse de uma maneira que mostrava que ele lutava para impedir as lágrimas de voltarem. "Não depois de tudo... que aconteceu. Nem posso tratar este inesperado egresso do túmulo, Karyl, ou sua tropa como algo que não seja um inimigo. Uma vez que, no fim das contas, ele era o inimigo contra o qual iniciamos nossa cruzada."

"Entendo seu dilema, Majestade."

"O que devo fazer, meu garoto?" Felipe piscou os olhos rapidamente para Falk. "O que devo fazer pela minha pobre garotinha?"

A inspiração veio. "O frei Jerónimo não lhe disse para aguardar? Não disse que todas as coisas acontecem por um propósito? Seja paciente, ele diria. E relaxe com relação ao destino da sua filha."

O diabo esperto conseguiu manter sua verdadeira identidade e até mesmo seu rosto ocultos de mim, o chefe dos Tiranos Escarlates. E, mais do que isso, apesar dos melhores esforços de Bergdahl, lá no Palácio dos Vaga-lumes e durante a marcha. Mas pelo menos encontrei uma utilidade para ele.

A cabeça de Felipe deu uma guinada. Seus olhos reluziram tão aguçados que Falk temeu ter forçado a mão.

Mas o imperador apenas suspirou e recostou-se na cadeira. "O destino de Melodía está nas mãos dos Criadores", disse. "Assim como o de todos. Você está certo."

Ele se estendeu para alcançar a enorme mão pálida e cheia de cicatrizes de Falk, com a sua própria, macia como a de um bebê. Os calos que angariara em sua juventude como lanceiro haviam desaparecido há muito tempo.

"Você tem a minha gratidão", Felipe disse. "Agora vá, meu garoto. Atente aos seus deveres e, então, descanse o quanto puder. Você vai precisar. Você acalmou a minha mente. Agora, deixe este velho com suas orações."

Mas, em vez de descanso, quando Falk adentrou sua tenda após o cair da noite, ele encontrou Bergdahl sentado, afiando sua grande faca de camponês com uma pedra.

"Cuide da minha armadura", o duque disse, nu e pingando do banho que tomara lá fora. "Há um pouco de sangue espirrado nela."

"Então alguns dos nobres resistiram aos pronunciamentos de nossa Majestade quanto à higiene ser sagrada, correto?"

"Por pouco tempo."

"A limpeza não é trabalho do seu escudeiro, Albrecht?"

"Estou pedindo que você o faça."

"Bem, fico feliz em dizer que há muito tempo desisti de fingir santidade", o servo respondeu, largando pedra e faca, e levantando-se.

"Mais uma coisa", Falk disse, enquanto Bergdahl se punha a levar a armadura para fora da tenda.

Ele virou-se com seu sorriso marrom. "O que Vossa Graça ordenar."

"Sim, na verdade, ordeno. Conforme passava pelo acampamento, cumprindo o pronunciamento do imperador – e forçando-o sobre aqueles que não o executavam rápido o bastante – ouvi rumores vindos de todos os lugares. Rumores notáveis. Rumores sobre o voyvod Karyl Bogomirskiy. Ostensivamente falecido Karyl Bogomirskiy."

"Ahh." Bergdahl deu de ombros. "Bem, como Vossa Graça, estou habituado aos mortos permanecerem mortos. Foi uma virada e tanto saber que ele apareceu vivo e bem – e com um novo exército. Mas juro pela minha vida – que serei muito sortudo se sua mãe permitir que eu conserve – que o vi despencar daquele rochedo, agarrado àquele horror e sangrando ao ter a mão que empunha a espada arrancada. Não havia nada além de ar entre ele e a queda de trezentos metros da superfície do Olho."

Falk fez um sinal dispensando aquilo. "O que me perturba é que esses rumores que ouvi dizem que Karyl jamais pretendeu trair o império... e que o conde Jaume esfaqueou um homem inocente pelas costas."

"Bem, esses são seguramente verdade... como Vossa Graça deve saber melhor do que ninguém. Afinal, eu não entreguei os termos de paz dos príncipes exigindo a destruição de Karyl a sua Alteza, o marechal von Rundstedt, com as próprias mãos? Os quais ele recebeu com nojo evidente, devo acrescentar. E, sem hesitar, cumpriu, assim como o próprio Jaume, como os cãezinhos fiéis que são."

"Não que Felipe tenha achado difícil atraiçoar Karyl. Aquela sequência ininterrupta de vitórias do bastardo slavo assustou tanto seus próprios senhores quanto a nós, da Comitiva dos Príncipes."

"Deixando isso tudo de lado, tais rumores agora só servem para desacreditar nosso Marechal da Paz."

Bergdahl estalou seus dedos imundos.

"Ah! Veja só, acredito que... sim, tais rumores foram calculados para fazer justamente isso. Por mim, na verdade. E tudo foi espalhado pela mesmíssima facção." Ele voltou a mostrar seus horríveis dentes marrons, num sorriso de duende.

"Em nome de Paraíso, por quê?"

"Já se esqueceu? O estresse por estar no comando dos Tiranos Escarlates está enfraquecendo sua mente. Ele é seu rival, claro. Está entre você e o Trono Dentado."

"Ele também é um gênio militar", Falk comentou. "Cuja habilidade pode ser a única coisa que está entre nós e a aniquilação."

"Você menospreza as próprias habilidades. Nunca pensei que viveria para ver isto."

Com uma mão, Falk segurou a parte da frente da túnica manchada da Bergdahl. Embora seu servo não fosse um homem pequeno e tão

OS CAVALEIROS DOS DINOSSAUROS

alto quanto o um metro e noventa do duque, ele o arrancou do chão, de modo que suas sandálias ficaram balançando.

"Não está me entendendo, seu idiota?", Falk rugiu. "Não devemos enfraquecer o exército agora em face ao Anjo Cinza! Se Jaume perder mais o controle sobre o exército, vamos perder tudo."

Apesar do enorme punho crispado diante do seu queixo, Bergdahl zombou. "Você realmente não compreende o jogo que está sendo feito aqui, não é mesmo, jovem mestre? Felizmente sua mãe teve sabedoria de me enviar junto para lhe dar algum bom senso."

"Isso acaba agora. Os rumores. Os esquemas. Você vai me obedecer ou vou arrancar sua cabeça como um raspador limpando uma panela de comida."

Ele soltou seu servo. Bergdahl se equilibrou para não cair e ficou o mais ereto que já esteve na vida.

"O que sua mãe viúva dirá?", ele perguntou, massageando a garganta.

"Se não detivermos isto", Falk respondeu, "ela não dirá mais nada. Vai morrer. Você vai morrer e eu vou morrer. Todos vão. Estamos lutando pelas nossas vidas tanto quanto o império. Se prejudicar esta luta de qualquer maneira, será meu inimigo. E o tratarei como tal."

Isso fez com que Bergdahl piscasse. Falk sentiu uma satisfação sinistra. Foi o mais próximo que estivera de levar a melhor sobre o seu servo.

"Não diga nada", ele ordenou. "Apenas concorde com a cabeça e saia. Ou corra para longe e rápido."

Bergdahl assentiu e saiu.

Se sobrevivermos, o duende fará com que eu sofra, pensou o jovem duque. *Mas antes... teremos de sobreviver.*

– 37 –

Troodón, Troodontes
Troodon formosus. *Raptor predador que anda em grupos, 2,5 metros de comprimento, 50 quilos. Importados para Nuevaropa ocasionalmente como animais de estimação ou de caça. Como furões, troodontes são inteligentes, leais e travessos. Se maltratados, são vingativos.*
– O LIVRO DOS NOMES VERDADEIROS –

"Espere um pouco, capitã dos cavalos!"

Melodía levava sua tropa para o vilarejo de Florimel egressa de uma varredura, para garantir que a retaguarda estava livre da horda do Anjo Cinza. Ela encontrou o exército fugitivo já meio acampado, nas profundezas da Floresta de Telar. Ela impeliu Meravellosa num trote cruzando uma fileira de trichifres roncando junto de um unichifre, emitindo grunhidos suaves das gargantas, seguindo suas próprias sombras lançadas pelo sol poente. Eles estavam com fome e debilitados; até mesmo uma aficionada por cavalos como Melodía, que pouco sabia ou se importava com dinossauros, conseguia perceber.

OS CAVALEIROS DOS DINOSSAUROS

Ela confiou na esperteza de sua égua para encontrar um caminho seguro entre os monstros e o povo local boquiaberto. Aparentemente desconhecendo a natureza furiosa dos tricerátopos, os habitantes de Florimel, adultos tão estupefatos quanto crianças, se alinhavam na rua principal para observar a passagem dos enormes dinossauros de três chifres. E aquele não era o único perigo o qual eles desconheciam.

Por que vocês só estão de pé à nossa volta? Melodía queria gritar para eles. *O Anjo Cinza está vindo. Vocês deveriam estar correndo pelas suas almas!*

Ante o chamado alegre e ébrio, Melodía olhou para a direita. Uma pousada de fachada caiada de branco, com metade feita de madeira, dava para a rua. Um sarrafo pendurado à porta trazia a legenda *O Horror Púrpura* e uma ilustração apropriadamente pintada de um deinonico atacando. Sentindo-se nada caridosa, Melodía suspeitou que aquele era um retrato fiel do resultado de beber muita cerveja da casa.

Num banco comprido ao lado da placa, Rob Korrigan se inclinava contra a estreita edificação, com as pernas cruzadas. Ele segurava numa mão um comprido cachimbo soltando uma fina fumaça e, na outra, uma caneca azul e branca de cerâmica. A Pequena Nell, amarrada a um poste ali perto, estava com o bico enfiado num balde pendurado nos dois chifres que se pronunciavam de sua carapaça ossada, alegre em ignorar o mundo e mastigar grãos.

Melodía invejou a inocência da criatura.

"Mestre Korrigan?", ela disse.

Ele levantou a caneca em saudação. "Eu mesmo, minha charmosa capitã."

"Você está bêbado!"

Ele acenou com o cachimbo. "E ficando chapado também, devo dizer."

Ela desviou Meravellosa para fora da rua e parou diante dele.

"Como pode fazer isso numa ocasião como esta?"

"Pode me dizer uma ocasião melhor?"

Ela franziu a testa. Sabia que, recentemente, ele vinha cada vez mais buscando abrigo no fundo de uma garrafa e nas ervas. Mais frequentemente após alguma briga aos berros na tenda de Karyl.

Era sempre Rob quem gritava. Se Karyl tivesse dito uma só palavra em dias, Melodía não conhecia a pessoa que a escutara.

"Não imagino você inadequado para cumprir seu dever, enquanto seus preciosos dinossauros precisam de atenção", ela comentou com rigidez.

VICTOR MILÁN

Ele deu de ombros e tomou um trago. Limpando a boca com as costas da mão que segurava o cachimbo, respondeu: "Então você sabe pouco sobre um senhor dos dinossauros. Costumamos trabalhar mais bêbados do que sóbrios. É mais fácil encarar os chifres, garras e toneladas assim, sabe? Seja como for, tenho uma equipe bem treinada. Quando inspecionar essas feras em seu cercado a sudoeste da cidade, em uma ou duas horas, elas estarão imaculadas, com cada mínimo corte e ralado untado".

"E quanto ao seu trabalho como chefe de inteligência?"

Ele suspirou, largou a caneca, pôs as botas sobre o chão amarelo e se inclinou para a frente.

"E então perseguimos nossos próprios rabos, garota, se são as notícias que me fazem beber ou se preciso beber para digerir o que você e o resto dos bons batedores me contam."

Melodía piscou. De qualquer modo, a lógica formal nunca foi o forte do irlandês, mesmo quando sóbrio.

"Ou ainda não sabe?", ele perguntou. "O duque Eric de Haut-Pays levantou seus vassalos do lado noroeste de Petits Voleurs. Mesmo se ele não entendesse do que faz – e as conversas dizem que ele entende muito bem – poderia se segurar contra nosso grupo para sempre, com um punhado de camponeses com gravetos, comandados por escudeiros com panelas de cozinha nas cabeças. Nós estamos entre a manada de matadores e a de horrores. E, com todo o respeito pelo seu papai imperial, ainda estou tentando decidir qual é qual."

Ele virou a caneca de ponta-cabeça e jogou as últimas gotas nas samambaias verdes e roxas ao lado das suas botas.

"Mas eu sei de uma coisa que você não sabe." Melodía poderia não ter dito nada, mas não conseguiu. "Podemos não ser apanhados em confronto algum. A horda saiu dos nossos calcanhares. Foi isso que vim reportar. E há espaço entre as cordilheiras dos Pequenos Alados e o Exército Imperial para até mesmo uma força tão grande quanto a nossa passar, especialmente com uma horda ocupando a atenção do exército. Com habilidade suficiente, claro. E sorte."

Ele piscou para ela, então estreitou seus olhos cor de avelã, que atualmente mostravam mais verde, com uma perspicácia que desmentia sua autoprofessada condição. "Você tem sorte", disse ele. "E uma habilidade surpreendente para alguém tão jovem e criada de forma tão suave."

OS CAVALEIROS DOS DINOSSAUROS

"Aprendi com o trabalho", ela respondeu, com uma tranquilidade que a surpreendeu. Ele tinha razão. Assim como ela; aquele menestrel que virara espião, deliberadamente grosseiro e visionário, a tinha ensinado tremendamente bem.

"Então, a questão é se você é sortuda e habilidosa o bastante."

"Não. Mas conheço alguém que é."

"Ele?" Rob voltou a se recostar, rindo como um vulcão em erupção. "Pra isso, você vai precisar de toda a sua sorte e mais! Eu duvido que os próprios Criadores conseguiriam arrancá-lo do seu mau humor. Já os Fae..."

"Superstição."

"Hah! Logo você, que duas vezes pôs os olhos no próprio Raguel, diz isso. Ah, as certezas da juventude. Livrai-me disso."

Melodía sacudiu o pouco de cabelo que lhe restara. "Estou indo."

Ela virou Meravellosa de volta para a pista e a instou com os calcanhares.

"E por isso, garota", ele disse após ela partir, "o filho da mamãe Korrigan sempre foi sábio, quando sabedoria implicava em fugir à *responsabilidade*. Não é só porque ela é pesada demais. No final, tudo vira areia e escapa por entre os nossos dedos."

Dois corredores das matas guardavam a tenda de Karyl. Ela era grande, embora nada se comparasse aos complexos e palacianos pavilhões que a maioria dos grandes costumava ter. Melodía sabia que ele não a aprontara para abrigar um homem, mas sim pela necessidade de fazer reuniões ocasionais com o conselho em locais fechados, especialmente com as chuvas de inverno chegando às florestas altas.

Melodía não estava com humor para tolerar interferências, e preparou-se para usar todas as cartas para ver o taciturno mestre daquele circo viajante. Mesmo as cartas da filha do imperador; a sua necessidade e a deles era grande demais.

Mas os corredores das matas que idolatravam Karyl também a tinham em alta estima. Ironicamente, dado o desdém deles por autoridades e distinções de classe, ainda mais por conta do direito de nascença dela. A própria herdeira do imperador tratá-los como iguais e até como amigos os fizeram concluir que o coração dela era de verdade, diferentemente da maioria como ela.

Além disso, ela tinha obtido patentes suficientes naquele exército esfarrapado, porém eficiente, para justificar que os guardas

VICTOR MILÁN

permitissem a sua passagem. O que prontamente fizeram. *Não deixe ninguém entrar* seguramente não se aplicava à própria capitã dos cavalos leves, certo?

Com apenas um pouco de sol filtrado pelas nuvens e telas, o interior da tenda parecia grande como uma caverna, e apenas pouca coisa mais bem-iluminado. Os únicos objetos eram o saco de dormir de Karyl e seu manto, enrolados contra uma parede, com seu bastão de caminhada entre eles, e a esteira sobre o qual o homem se sentava de pernas cruzadas, olhos fechados, trajando somente uma tanga.

Ele não deu sinais de tê-la percebido. Ela sentou-se de frente para ele.

"Pode fingir de morto como um troodonte esperando um coletor incauto ficar ao alcance de uma bocada o quanto quiser, meu senhor", disse ela. "Estou preparada para esperar que desperte."

Ele abriu um olho. "Se você não fosse uma mulher determinada e de recursos, nunca teria lhe entregado o comando dos cavalos leves", ele respondeu com um suspiro teatral. "Não deveria ter esperado que a mantivessem lá fora."

"Não."

O rosto dele parecia espectral: bochechas ocas, olhos afundados profundamente em poços cinzentos. O osso parecia pronto para rasgar a pele da sua testa a qualquer instante.

"O que a deixou tão determinada a ignorar meu desejo de ficar sozinho?", perguntou ele. "Não é o fato de seu pai ter decretado que eu era um fora da lei, é?"

"Notícias velhas. Sei que Rob lhe traz relatórios regularmente. Embora você não os responda."

O estranho era que aquelas informações tinham chegado com um número enorme de desertores imperiais implorando para se juntarem ao recém-nomeado foragido.

"Então, o que foi?"

"Rob e eu temos feito seu trabalho por você."

"E de forma esplêndida", disse ele. "Especialmente ao trazer Fleur de volta."

Ela grunhiu de uma forma que teria feito sua *dueña doña* Carlota guinchar como um pteranodonte perseguido em seu poleiro. O sucesso em Fleur, da maneira como foi, parecia pertencer a uma era passada, embora tivesse acontecido apenas uma semana atrás. No final, os camponeses e alguns barões e cavaleiros fugiram, e muitos deles se juntaram ao exército de refugiados.

Mas o pobre e confuso conde Morgain morreu por um crime que, em geral, era absolvido: a adolescência. Ele era jovem e inseguro demais para escapar do cabo de guerra entre seu tio e o arcebispo Toville, antes que a Cruzada do Anjo Cinza consumisse todos eles.

"Ou será que Haut-Pays está protegendo Pequenos Alados contra nós?", perguntou Karyl. "Escutei isso também. Infelizmente, as paredes da minha tenda não filtram muito som."

"Não é isso também. O que vim dizer é que a horda não nos persegue mais."

"Então Raguel sentiu o cheiro de uma presa maior?", comentou Karyl suavemente.

"Sim. Minhas patrulhas reportam que os Imperiais assumiram posição em terreno elevado ao longo da Estrada Imperial, ao lado da cidade de Canterville. A horda deve chegar a eles no máximo amanhã, pela manhã."

Karyl ergueu uma sobrancelha. "E?"

Ela corou. "Eu ia chegar a isso. O Exército Imperial tem o Rio Afortunado para proteger seu flanco direito. Mas há uns bons dez quilômetros entre o lado esquerdo e as cordilheiras do duque Eric. Nós poderíamos... poderíamos... conseguir atravessar. Se alguém nos liderasse com vontade e ousadia suficientes."

"Você esqueceu sorte", ele disse num suspiro seco.

"Isso também."

Karyl deixou a cabeça pender.

"O que está havendo com você?", ela perguntou.

"Rob não lhe contou?"

"Não importa o quanto você o exaspere, ele morreria antes de trair a sua confiança. Duvido que poderia dizer isto de outro ser humano, vivo ou morto. Mas ele o idolatra."

Olhando para cima, Karyl tocou o lado direito da sua testa, onde uma leve descoloração azulada se destacava da linha dos cabelos grisalhos. "O jovem duque Falk von Hornberg marcou meu crânio com o seu machado no Hassling. Desde então, sofro terríveis enxaquecas que vêm e vão."

"Mas você não está sofrendo uma agora."

"Não." Um canto da sua boca barbada se curvou. "Se bem que talvez você esteja prestes a mudar isso."

"Se está tentando fazer com que me sinta culpada, voyvod, não dará certo. É por isso que você grita à noite? Enxaquecas?"

"São os sonhos. Eu os tenho desde que... voltei. Eles diminuíram por um tempo, após chegarmos a Providence e começarmos a milícia. Agora, voltaram com fervor profano."

"Com o que sonha?", ela perguntou sem tato. De qualquer modo, duvidava que pudesse flanquear aquele homem com palavras, mais do que com tropas.

"Bem... eu estou na beirada do Olho, com um horror tentando me eviscerar com suas garras assassinas e minha vida escapando pelo toco aberto que meu braço se tornara", ele disse. "Nada como reviver a morte certa para adicionar um toque de terror às noites."

"Isso aconteceu? De verdade? Achei que era só mais uma parte da sua lenda, como derrotar uma matadora adulta com um só golpe quando adolescente, e então chocar o ovo daquela sua famosa montaria, de modo que ela ficou para sempre ligada a você."

Ele sorriu com tristeza. "Eu não estava sozinho", ele respondeu. "Estava junto da minha fiel montaria. Que, infelizmente, não sobreviveu ao encontro. Como sinto a falta da minha doce Shiraa."

"Doce?", Melodía piscou. "Um alossauro?"

"Ela me acompanhou em minhas viagens. Espero que tenha seguido bem seu caminho pela Roda; ela sempre foi inteligente. E a treinei para matar melhor do que sua mãe jamais o teria feito."

Melodía balançava a cabeça, incrédula. "Mas aquilo? Como pode ser verdade? Você mesmo disse: morte certa. De ao menos duas maneiras, caindo e sangrando."

"Eu mesmo me pergunto com frequência."

"E a sua mão... você, hã, *tem* uma mão. E todos sabem que ela funciona bem. Não dá para crescer um membro decepado."

"Foi isso que disse quando a bruxa que nos contratou em nome de Bogardus lançou um feitiço no meu toco", ele contou. "Além de comentar que 'Não existe esse negócio de feitiçaria'. Se não posso confiar na minha descrença, que certeza existe? Poucas, devo acrescentar."

"Mas isso não é tudo que assombra os seus sonhos."

"Não. Eu tenho visões... lampejos... de incrível beleza. A dor da separação dela é tanta quanto de qualquer parte do corpo. Mas existe dor de verdade também. E terror e desespero, como um poço infinito. Um senso de impotência... de estar sendo manipulado. E sinto que... ainda não acabou. De que nunca escapei de verdade."

"Posso... ver que isso é desconcertante."

"Mas não acha que seja motivo para me isolar em minha tenda."

"Bem... sei que isso o faz acordar gritando na maioria das noites recentemente. E também sei como você costumava se esgueirar sozinho para longe, de modo que seus gritos não acordassem o acampamento. Francamente, era bem desagradável pedir que meu pessoal o vigiasse em suas incursões noturnas."

Especialmente uma vez que não pediria que eles fizessem algo que eu mesma não faria.

Ele sorriu como uma garganta cortada. "Não é tudo."

"O que mais?"

"Culpa", ele afirmou.

Ela jogou a cabeça para trás, surpresa. "Culpa? O que quer dizer?"

"Você ouviu a história, creio, de como fui exilado pelo meu próprio pai? Como vaguei pela Terra de Afrodite por mais de dez anos, até adquirir as habilidades e meios de retornar, punir os ímpios e reclamar meu direito de nascença?"

"A lenda da qual eu falei." Ela não pôde evitar um sorriso passageiro. "Não dá para fugir dela neste acampamento."

"Então também conhece o resto. Eu alcancei minha meta – a meta de todos os heróis despossuídos, em todas as histórias de ninar e canções de tavernas. Minha busca terminou. Eu ganhei. E o que ganhei foram cinzas."

Estava ficando mais escuro dentro da tenda, conforme o dia se acomodava no crepúsculo ilusório. "Eu fiquei... estupefato pela minha vitória", ele prosseguiu. "Demorou tanto tempo. Minha luta foi tamanha... tanto o exílio quanto aquele dia de batalha.

"Quando me sentei no trono que recuperara, meu primeiro pensamento coerente foi: por quê?"

"Não entendo", Melodía disse.

"De repente, nada daquilo fazia sentido para mim. Todos os anos, todas as lágrimas. Percebi que não queria tanto o maldito trono quanto me sentia obrigado a tomá-lo de volta. Eu não tinha qualquer motivo ou desejo. Talvez... só uma última tentativa de agradar meu pai. Que tinha me traído, e fora traído e assassinado pela própria amante, anos antes.

VICTOR MILÁN

"Então, fui atingido pela dor. Parecia que todos que conhecia e amava, com quem me importava ou apenas de quem gostava, tinham morrido para que eu obtivesse aquela... cadeira. Claro, alguns com quem me importava foram apenas deixados para trás, como minha prima, Tir. Mas, de certo modo, eu a perdi também.

"Eu matei meus entes queridos, meus amigos e milhares que confiavam em mim. Com minha ambição. Que nem ao menos era minha.

"A dor me esmagou. Quase fisicamente. Só o que podia fazer para prosseguir era pôr as coisas em ordem.

"Foi depois disso, quando as trevas cresceram... um pouco... que determinei o expurgo da *paixão*. De mim mesmo e... isto soa loucura, sem dúvida. Soa para mim agora. Mas mandei expurgar meu reino. Como se pudesse forçar meus súditos a deixarem seus sentimentos de lado em favor do cálculo frio.

"Eu fracassei. Principalmente porque... bem, porque não pode ser feito; é loucura. Mas, além disso, nunca tentei de fato exercer esta ordem. Havia muitas outras coisas para fazer. E tinha a minha polícia secreta."

"Mas hoje você sente", Melodía disse.

"Sim. Tanto que cada emoção, por mais fugidia, é como uma ferida reaberta. Mesmo a felicidade. Me faz pensar que minha resolução de expurgar minhas paixões não passava de uma tentativa de ocultar a dor. A dor de sentir."

"Como recuperou seus sentimentos?"

"Não sei. Suspeito que esteja entremeado à fonte dos meus pesadelos. É como se alguém, alguma coisa, tivesse me devolvido a capacidade de sentir."

"E isto não é uma grande dádiva?"

A risada dele foi bruta, como o gume de uma espada recém-afiada. "É? Ou é a mais sutil das torturas?"

"Então o que você está dizendo é que está se aleijando assim por ficar sentindo pena de si mesmo."

Ele tornou a rir. "Talvez. Mas ouça: assim como fui traído a cada curva da jornada, em casa, no Hassling, em Providence, também traí todos que confiaram em mim, levando-os à destruição."

Ele suspirou. "Com o santuário da morte negado, quando cheguei aqui, quando cheguei a Providence... bem, reuni coragem para depositar fé em mim e nos outros, julgando ter encontrado uma causa que valia a pena defender. Personificada num só homem."

OS CAVALEIROS DOS DINOSSAUROS

"Bogardus!" Melodía proferiu abruptamente, sem conseguir se conter. "Você tinha se encantado com ele tanto quanto eu!"

Ele inclinou a cabeça para a frente. Agora, a observava por entre a cortina formada por seus cabelos.

"Sim. Acho que é uma boa forma de colocar a situação."

"Mas você passou pouco tempo na quinta", ela disse. "Ao menos eu só o via quando vinha trazer relatórios ou fazer solicitações."

"Mas Bogardus tinha me dado o maior de todos os presentes: uma tarefa. Um desafio. Isso levou embora a minha dor, as enxaquecas e os pesadelos. E creio que temia olhar meu ídolo muito de perto e enxergar as imperfeições."

Ela se recostou e sussurrou: "Como eu".

"Nós dois precisávamos desesperadamente de abrigo", ele disse. "E ambos pensávamos ter achado. Mas estávamos errados.

"A traição de Bogardus martelou mais um prego na minha alma. E, como tinha de ser, minha cabeça voltou a doer."

A empatia encheu a alma de Melodía e fez suas bochechas ficarem febris. *Ele é tão forte*, ela pensou, *apenas por ter sobrevivido a todas essas coisas horríveis. Contudo, tão vulnerável.*

Ela pisou firme nos seus sentimentos. Os conhecia muito bem. A última coisa da qual precisava agora era mais uma ligação. Especialmente com o relutante comandante do exército fugitivo. E a última coisa que queria era um enredamento sexual.

Não era só o estupro de Falk – ela ainda sentia raiva dentro de si. Esta não desaparecia, mas Melodía aprendera a mantê-la na coleira. Mas ela nunca adormecia. Também havia a traição de Bogardus e Violette. Agora, reconhecia aquilo como mais uma violação. Não importava que seu corpo ainda ansiasse pelo toque deles.

Pelo menos isso é fácil dispensar, quando se torna uma distração, ela pensou. Tudo que tinha de fazer era lembrar-se do terrível espectador, sentado em sua alcova há alguns metros, enquanto eles faziam amor...

"E esta dádiva...", ela obrigou-se a se focar no que Karyl dizia. "... se é que é isso... ter os sentimentos de volta... Vim a suspeitar que seja uma adição pela subtração. De algum modo, minha cabeça perdeu a habilidade de comandar meu coração."

"Não posso lidar com nada disso", Melodía disse. "Só sei que o seu exército, o seu *povo*, precisa de você. Precisa da sua liderança."

VICTOR MILÁN

"Você não ouviu uma palavra do que disse?", ele observou sem emoção. "Todos que me seguem são levados à devastação, se não física, emocional. Está acontecendo novamente. De que forma isso é diferente de traí-los?"

"Bem... é. Você não tem a intenção."

"Mas é o que continuo fazendo. E não sou o culpado? Que traição trarei a seguir?"

"Você não precisa carregar o peso de todo o mundo nos ombros! Se você o tirar, quem sabe não se sinta tão... esmagado."

"Mas eu carrego o exército inteiro nos ombros", ele murmurou. "Você mesma disse."

Melodía o observou por um momento. "Bem... o exército é menor."

Os dois riram. Por tempo demais e alto demais. No final, de forma forçosa, até as lágrimas começarem. Não era tão engraçado; nada o teria sido. Mesmo assim, foi como riram, até não conseguirem mais.

"Suponho que carrego o peso do exército nos ombros", Karyl disse. "E, talvez, o peso do mundo também. Tenho o direito de pôr ambos de lado? E, será que posso?"

"Você certamente não pode deixar o exército. Todos dependem de você."

Ele espremeu uma gargalhada amarga de dentro do nariz. "É o seu primeiro erro. Vocês precisam aprender a confiar em si próprios. O desejo de ser liderado é a traição do eu."

Ela franziu a testa. Acreditava com todo seu ser no princípio da liderança. E não porque tinha sido criada assim. Ela tinha certeza.

"Bem", ele disse, cansado. "Meu povo, como você os chama, não aprenderá a confiar em si próprio até o nascer do sol, certo? Para bem ou para mal, deixei que eles dependessem de mim. E, ao menos, enfrentamos o tipo de desafio técnico que tenho as habilidades para encarar."

Ela achou estranho que ele tivesse comparado uma ameaça existencial a um desafio. Mas não importava o que ele dizia, contanto que voltasse a assumir as rédeas.

"Quem sabe os problemas até aliviem as trevas", ele comentou com um sorriso torto. "Ao menos por um tempo."

Ela começou a chorar. Sua pele se arrepiou. *Isto é uma vitória?*, se perguntou.

"Então", ele disse, sentando ereto e falando de forma mais brusca. "Você provou ser amplamente competente em manobras de larga escala, além de estratégia. Some nossas opções como as enxerga, capitã."

385

"Podemos passar incólumes", ela afirmou. "Se agirmos de forma decisiva e de uma vez. Do contrário..."

Ela deu de ombros. "É ficar e lutar, ou andar e lutar. As outras opções..."

"São morrer passivamente", Karyl completou. "Ou nos unir à horda. Sim, acho que podemos descartar essas. Então, o que você faria? Deixaria os Imperiais e a horda para cuidarem um do outro?"

Papai!, gritou a garotinha dentro dela. Ela tentou umedecer os lábios, mas sua boca estava seca.

Ela o encarou impotente e espalmou as mãos. "Não posso fazer essa escolha. Não tenho a... condição. Não tenho o direito. As pessoas fugiram para se juntar a esta... aglomeração, por causa do seu comando. Nós não temos uma bandeira sua. Nem mesmo um nome. E nem precisamos dessas coisas até aqui porque temos a sua liderança. Você nos define. Karyl, o herói, a lenda."

Ele estremeceu. "São fardos que tentei derramar."

"Você admitiu que agora isso não é opção. Por favor, coronel. Seguiremos você, independente do que acontecer. Nos lidere!"

Ele desinflou. Pareceu encolher. O coração dela parou de subir, como um pássaro que, atingindo a janela alta de uma torre, mergulhasse. Então, como se sua cabeça pesasse tanto quanto uma montanha, ele a encarou.

Na quase escuridão da tenda, seus olhos eram faróis negros de desespero.

OS CAVALEIROS DOS DINOSSAUROS

– 38 –

Gordito, Gorducho
Protoceratops andrewsi. *Um pequeno dinossauro ceratopsiano; quadrúpede herbívoro pregueado, 2,5 metros de comprimento, 400 quilos, 1 metro de altura, com um poderoso bico dentado. O único "unichifre" sem chifres. Animal domesticado que vive em rebanhos, não é encontrado em estado selvagem em Nuevaropa. Tímido por natureza.*
– O LIVRO DOS NOMES VERDADEIROS –

O alossauro acordou sentindo o cheiro de algo bom: uma coxa de hadrossauro sendo assada nas chamas.

Ela se remexeu, então deslizou para fora da cama que tinha feito com um montinho de mato de urtiga, à qual não penetrava sua grossa pele escamosa, numa mata de abetos perfumados, ligeiramente próxima de um pequeno córrego. Como era habitual para ela, fez pouco barulho ou comoção apesar do seu tamanho, temendo chamar a atenção de olhos inimigos.

Ela conhecia o cheiro por ter sido criada por sua mãe. Ela costumava ser alimentada com dinossauros frescos que comiam plantas.

OS CAVALEIROS DOS DINOSSAUROS

Ou pelo menos mortos. Ocasionalmente, recebia a permissão de caçar a própria presa, sob a supervisão da mãe. Mas, às vezes, comia carne assada, recém-saída de um fogo feito num grande poço, cavado pelos duas pernas com aquele propósito. Motivo pelo qual ela conhecia o cheiro das feras.

Seu estômago roncava. Ela não comia há sóis. Quantos... muitos mais do que sua mente podia contar. De qualquer maneira, tais detalhes não a preocupavam. Por outro lado, a fome...

Farejou a brisa com cautela. Ela vinha do alto da trilha. Era preciso ter cuidado ao se aproximar do córrego, pois podia encontrar com os duas pernas ou com algum outro devorador de carne. Mas isso não a incomodava muito. Ela conseguiria fugir. Se não conseguisse, os mataria, pois, em seguida, eles a ameaçariam.

Ela tinha todo o riacho para si, exceto por pequenas criaturas típicas da floresta, todas fugindo ao vê-la. Após saciar a sede, seguiu o aroma. Sentiu-se insegura ao fazê-lo. Sua mãe lhe ensinara a evitar os duas pernas sempre que possível, assim como a tentar não matar essas criaturas menores e vulneráveis, criaturas tão apetitosas, sem o comando expresso da mãe.

Ou quando ela não tinha escolha.

Ela sabia que o cheiro de tanta carne assando significava muitos duas pernas reunidos em um dos seus acampamentos, ou nos aglomerados de tocas acima do chão de pedra e madeira que eles gostavam de criar. Isso significava perigo adicional.

Mas ela era dirigida pela fome. E não só do saboroso hadrossauro.

Ela estava solitária. Estivera ao lado da mãe o tempo todo, do momento em que nascera – a mãe fora a primeira coisa que vira ao sair de dentro do ovo. Motivo pelo qual evidentemente sabia que aquela era a sua mãe. Eles nunca tinham se separado por muito tempo – até aquele dia terrível, estações atrás, quando um covarde ataque traiçoeiro de um tiranossauro e do duas pernas que o montava deixaram ambos, a mãe e Shiraa, feridos.

A cobra que ferira sua mãe tinha muitos duas pernas montados em dinossauros de guerra e cavalos para Shiraa enfrentar. Ela foi forçada a fugir, esparramando a água, que estava rica com o cheiro de sangue e merda recente, enquanto sua mãe flutuava indefesa correnteza abaixo, aturdida.

VICTOR MILÁN

Ela aguardou até sarar e saiu para se alimentar. Sua mente estava fixa em uma coisa: reunir-se com a mãe.

E, uma matadora sortuda que era, sentira leves traços do cheiro da mãe e começara a segui-lo. Isso começara havia ainda mais tempo do que a última refeição que tivera – bem mais tempo, ela achava –, mas sua determinação nunca vacilou. Seu amor era grande demais.

Com o tempo, aprendeu a associar um estranho duas pernas, silencioso e de cabeça peculiar, com os punhados de odores que a guiavam. De algum modo, ela sentia que ele a estava levando na direção da mãe. Isso bastava para ela, ainda que não para a dor em seu coração apaixonado.

Aquele hipnotizante odor de comida cozida a fez sair da mata densa e circundar o topo de uma suave ondulação no solo. A terra cedeu sob ela, aplainando-se num vale, prados naturais intercalados por outros estranhamente regulares, todos com o mesmo tipo de plantas, dos quais ela sabia que os sem-rabo tendiam a viver próximos.

Seguramente, não muito longe, ficava um amontoado de pedregulhos e madeiras que ela sabia que iria ver. Ainda mais curioso do que os aglomerados de plantas de um mesmo tipo, embora longe de uniformes, o formato repicado deles lembrava cristais de rocha. Contudo, ela sabia que eles eram ocos. Os duas pernas sem-rabo viviam dentro deles.

Como a mãe dela. Exceto quando eles viajavam nas grandes caçadas que sua mãe a levava, repletas de gritos e colisão de metais. Então, sua mãe vivia num abrigo feito de plantas.

Virando a cabeça de um lado para o outro, ela testou o ar. Como esperado, o cheiro da carne assada vinha do aglomerado. Ela conseguia ver fumaça saindo de vários dos afloramentos que se pareciam com cristais, como costumava ocorrer quando o ar estava tão fresco quanto hoje.

Ela ficou satisfeita pelo vento soprar a seu favor. Os duas pernas tinham pouco senso de olfato. Mas eles tinham bestas, especialmente pequenos quatro-pernas, cujas peles traziam filamentos parecidos com os da cabeça dos duas pernas, em vez de escamas ou penas. Eles tinham narizes aguçados.

Ela seguiu na direção do aglomerado. Nos limites de um campo, onde um bando de gorduchos comia palha seca, ela se esparramou entre as ervas e aguardou. Depois que a dupla de duas pernas que

OS CAVALEIROS DOS DINOSSAUROS

cuidava dos comedores de plantas se virou para olhar algo, ela passou por eles a favor do vento, e entre os pedregulhos pontudos e ocos.

Havia uma trilha larga entre eles. Ela ficou longe dela, embora seus sentidos lhe dissessem que nenhum duas pernas se movia através do crepúsculo. Até que ela alcançou um pedregulho maior do que o resto, cujas laterais pareciam feitas de pedras menores, polidas como que por água corrente, de cor cinza-escuro e pálido, e azul-escuro.

Aberturas altas e estreitas de topo pontiagudo perfuravam suas laterais. De seu pináculo, fumaça subia para o céu enevoado, como se fosse um vulcão em miniatura. Foi aquilo que ela cheirara: não um fedor como o de ovos podres de chifrudo, mas sim a carne suculenta de um dinossauro assado.

Ela pressionou o focinho contra uma das aberturas arqueadas. Uma grade gelada, dura e cinza a impedia de enfiá-lo lá dentro. Um tipo de membrana clara, mas distorcida, como a pele de uma bolha, estava estendida ao longo da abertura, atrás dela.

Apesar disso, conseguia ver muito bem, pelo brilho dos diminutos fogos que os duas pernas gostavam de manter em pequenos objetos perto deles, e das cavernas maiores nas paredes. Havia lajes escoradas e um grupo de duas pernas sentado nelas, fazendo barulhos alegres uns para os outros, enquanto alguns dos mais jovens se moviam entre eles, com pratos amontoados até o alto.

Alguns deles traziam só plantas aquecidas, o que não interessava a ela. Mas então, ela viu um, tão grande que tinha de ser segurado por quatro duas pernas, contendo uma coxa inteira de bico de pato assado. Ela achou que conseguia sentir o cheiro se aproximando. Definitivamente conseguia escutar o estalar da gordura quente.

Seu estômago roncou. *Estou faminta!*

Mas ela não podia invadir e tomar a comida à força. Sua mãe teria desaprovado fortemente. E ela era um bom alossauro. De qualquer modo, se fizesse isso, teria de lutar contra eles. Além de ter sido rigidamente treinada para não fazer isso, ela não *queria*. Quase tão feroz quanto o vazio em sua barriga, era o vazio dentro dela. Ele a feria agora tanto quanto as pontadas em seu estômago.

Ela sabia que o buraco só poderia ser preenchido pelas palavras suaves e pelo acariciar das mãos de sua mãe. Ela sentia falta, não só

VICTOR MILÁN

da amada mãe, mas da atenção dos cavalariços e dos outros que ajudavam a tomar conta dela.

Quem sabe eles sejam duas pernas bacanas, ela pensou. *Quem sabe me deem comida e cuidem de mim. Como minha mãe e seus amigos.*

Ela escutou um som agudo e esganiçado: um barulho da boca de um duas pernas em aflição. Um macho, mais redondo que a maioria, sentado na extremidade da mesa, apontava para ela. Seus olhos e boca eram círculos de medo.

Mais duas pernas viraram para encará-la. Eles emitiram gritos de terror. Mesmo com a membrana grossa e dura e o odor penetrante da fumaça e da carne assada, ela conseguia cheirar o seu medo.

Ela virou e fugiu.

Sentiu principalmente pesar. *Por que são tão maus para mim?* Ela só queria ser amiga deles. Não tinha nem sequer devorado os seus gorduchos, embora fossem deliciosos, e ela pudesse ver que eles faziam jus ao nome.

Mas os duas pernas eram perigosos. Ela se regozijava em lutar e matar, quando era hora. Era assim que ela era, como comia e bebia. Mas possuía um senso agudo de autopreservação; não era nenhuma tola inexperiente.

Apesar do seu tamanho e força minúsculos, os duas pernas, quando excitados, podiam enxamear até mesmo sobre uma poderosa caçadora como ela, como formigas devorando um verme gordo. E ela sabia que devia temer particularmente a forma como eles conseguiam ferroá-la à distância.

Então, sem hesitação – nenhuma outra tentativa de ser furtiva – correu pelo resto dos pedregulhos o mais rápido que suas pernas poderosas podiam conduzi-la. De trás dela, veio um som agudo que a esfaqueou nas membranas dos ouvidos. Ela reconheceu o som de aflição feito por vários duas pernas sem-rabo, usando suas rochas ocas.

Ele fez com que ela corresse ainda mais rápido. Ela poderia atrair um grupo de duas pernas vestidos em metal e carregando longos ferrões para persegui-la, montados nas costas das suas feras de quatro-pernas, que tinham cabelo macio como alados. Ela não queria nada com eles. Nem com sua estranha habilidade de ferroar à distância.

Eu não quero ir! Mas ela precisava. E assim o fez, correndo enquanto o sol se punha em seu ombro direito, nos campos que estavam fora do aglomerado. Conforme fugia, ela gritou um amargo e triunfante "*Shiraa!*".

Ao passar por um prado, deu uma guinada para fazer uma rápida colisão com outro bando de gorduchos no lado mais distante da vila. Inicialmente congelados pela visão do gigantesco devorador de carne que ribombava em sua direção, eles demoraram demais para se espalhar. Suas mandíbulas se fecharam atrás da carapaça ossada de um filhote. Ela o carregou, sem nem ser desacelerada pelo peso a mais, enquanto ele se debatia futilmente contra os dentes pontiagudos fechados em seu pescoço, e gritava pelo bico escancarado.

Ela viu mais um par de duas pernas. Eles estavam fugindo o mais rápido que suas pequenas pernas conseguiam levá-los.

É bem feito por ser tão maus!, pensou ela.

Ela adentrou os arbustos da mata densa e subiu as pequenas colinas, até alcançar uma abertura na lateral de um cume arborizado, que parecia segura o bastante.

Ela matou o débil gorducho se debatendo com um rápido tranco com a cabeça, o largou e o pressionou contra as plantas rasteiras, pondo a pata sobre seu ombro. Para o caso de algum troodonte ou horror imprudente tentar roubar seu prêmio.

Ela virou a cabeça de um lado para o outro, os sentidos inquirindo. Não viu sinais de ser perseguida pelos duas pernas.

Mas no cume, da forma como ela correu, da forma como o sol poente lançava sua sombra, viu uma forma solitária que poderia ser o duas pernas de cabeça estranha que ela vira com tanta frequência. Então, sentiu o cheiro da mãe.

Foi o mais forte que sentira desde aquele dia ruim, quando se perdeu da mãe.

Minha mãe está próxima!, ela soube com alegria feroz. *Verei minha mãe em breve!* Ela ergueu a cabeça e rugiu a única coisa que dizia, a única coisa que tinha: seu nome, *Shiraa*.

Desta vez, significava: "Shiraa está indo, mãe! Shiraa boa!".

Então, ela abaixou a cabeça. Nem todas as fomes podiam ser saciadas por jantar um filhote de gorducho recentemente morto.

Mas algumas podiam.

PARTE V

BATALHA DÚBIA

OS CAVALEIROS DOS DINOSSAUROS

– 39 –

*Nodosaurios Imperiales, Nodossauros Imperiais,
Infantería Imperial (Oficial), Infantaria Imperial*
Infantaria de elite blindada que é a espinha dorsal do Império de
Nuevaropa. Suas cores são marrom, preto e prateado. A formação
básica é o tércio, uma falange de três mil lanceiros, apoiada por
arbaletes, artilharia e exploradores. Tércios já morreram em batalha
até o último homem e mulher, mas jamais foram destroçados.
– UMA CARTILHA DO PARAÍSO PARA O PROGRESSO DE MENTES JOVENS –

Como um lago de carne, a horda do Anjo Cinza fervilhava, a meio quilômetro de distância de um campo de grama queimada gentilmente oscilando pela brisa. Uma catarata humana jorrava sem parar do norte de dentro da floresta, para juntar-se a ela.

Se é que eles podem ser chamados de humanos, pensou Jaume, *Comte dels Flors*, Oficial da Paz Imperial, enquanto observava da borda do pequeno cume em forma de pão, chamado La Miche, que ficava entre o Rio Afortunado e a Estrada Imperial. Seus catorze Companheiros

OS CAVALEIROS DOS DINOSSAUROS

estavam ao redor dele, trajando as belas armaduras brancas, com o vermelho da Dama do Espelho no peito.

"Em nome da Dama e dos Oito!", exclamou Dieter von Grosskammer.

Machtigern pousou sua enorme mão quadrada no ombro do alemán. "Calma."

Jaume mantinha os braços cruzados sobre a armadura. O sol, que acabara de nascer por sobre os cumes Petits Voleurs ao leste, já tinha aquecido perceptivelmente o aço, apesar das nuvens densas e negras. O vento soprava seus longos cabelos.

"Por uma coisa podemos ser gratos", disse Florian.

"O quê", Ayaks perguntou.

"O vento não está contra nós."

A careta de Ayaks se transformou num sorriso desgostoso. Se alguns grandes do imperador eram indiferentes aos mandamentos dos Criadores sobre higiene, a horda parecia tê-los abandonado completamente.

"Mais uma coisa", disse de modo seco Wil Oakheart, de Oakheart.

"Tantas bênçãos", Florian murmurou.

"Raguel não parece estar com pressa."

Então, Jaume ocupou-se dos preparativos. A cinquenta metros dali, ao longo da Estrada Imperial, uma colina solitária se erguia a uma altura de aproximadamente trinta metros mais alta do que La Miche. Ela era conhecida como Le Boule. Em sua coroa, uma grande bandeira desafiava o Anjo Cinza e sua cruzada; a bandeira imperial, o crânio do tirano dourado sobre um escudo escarlate.

Sob ela, havia uma tenda parecida com um cogumelo amarelo e vermelho. À sua sombra, sentava sua Majestade Imperial Felipe. Ele vestia uma armadura simples de aço esmaltado polido com os brasões imperiais, cores invertidas da bandeira – crânio vermelho, escudo dourado – pintadas no peito. Uma espada longa descansava sobre seus joelhos. Pajens e escudeiros o cercavam, aguardando para levar mensagens aos comandantes. Um destacamento de Tiranos Escarlates o protegia.

Um pouco mais abaixo na colina, Falk parecia um antigo monólito. Ele usava seus trajes pessoais; armadura azul-real, preta e prateada, em vez das cores dourada e vermelha dos Tiranos. Ao seu lado, Floco de Neve guinchava mal-humorado, com os olhos vermelhos brilhando de malícia e sendo contido somente pela vontade de seu mestre.

VICTOR MILÁN

O grosso dos Tiranos estava na base da colina; quinhentos guarda-
-costas da elite imperial, usando couraças douradas e elmos com caudas que caíam sobre as armaduras. Cada qual trazia um escudo curvo
retangular e uma lança de empunhadura curta e pesada, cabo longo e
preto, feito de aço, e extremidade dentada. Todos morreriam lutando
antes de permitir que um inimigo se aproximasse do imperador, até
mesmo o próprio Raguel.

À esquerda do exército, uma ala de duzentos cavaleiros de dinossauros aguardava, com mil cavaleiros atrás, comandados pelo jovem
arquiduque Antoine de la Lumière. Seu tio, o rei francés, o enviara
para servir na campanha contra Providence – com bastante relutância, de acordo com os rumores.

À direita de Antoine estavam três mil lanceiros e mulheres do Décimo
Segundo Tércio de Nodossauros Marrons, a "Parede de Aço", que marchara ao lado de Felipe, vinda de La Merced. Seus jarretes, arbaletes e
aguilhões estavam dispostos à frente. Sete mil camponeses se sentavam
– ou melhor, oscilavam nervosamente de um lado para o outro – à direita da Estrada Imperial; o que restara de mais de dez mil. O exército
tinha perdido alguns inscritos para a ferocidade dos seus oponentes, e
ainda mais para a deserção, incluindo várias centenas que, na noite anterior, tinham se esgueirado pelos piquetes, aparentemente para juntar-se
à horda inimiga. Adiante, havia um bloco de trezentos ou quatrocentos
arqueiros da casa, e mais quinhentos arqueiros comuns.

Ao longo da Chausée Imperial, o Terceiro Tércio, a "Vontade
Imperial", estava disposto da mesma maneira que o Décimo Segundo.
Entre ambos e a margem íngreme do rio, cento e cinquenta bicos de
pato de guerra, cobertos por chanfrãos e malhas de aço, trocavam de
pata traseira para pata traseira, peidando e murmurando uns para os
outros como se fossem velhos fagotes. Mais um milhar de gendarmes
sobre corcéis aguardava atrás deles. O duque Francisco de Mandar
comandava aquela ala.

A massa de camponeses, tão infeliz quanto sempre fora, estava for-
talecida pela presença logo atrás de dois mil e quinhentos escudos
da casa, trajando armaduras como os arqueiros, partidários de vários
senhores que apoiavam a campanha. Uma segunda formação de quinhentos apoiava o Terceiro Tércio.

OS CAVALEIROS DOS DINOSSAUROS

Atrás das duas colinas, a reserva aguardava: Jaume e seus catorze Companheiros restantes, seus quinhentos guerreiros Ordinários e uma cavalaria de seiscentos membros, trajando malha e armadura. Estes últimos eram aventureiros, segundos filhos e filhas ou cavaleiros andantes, pobres demais para se darem o luxo de uma armadura completa. Mais duzentos e cinquenta da infantaria da casa se acomodavam de ambos os lados da estrada ao sul; suas lanças e escudos ao seu lado, sobre a grama.

Depois deles, vinha o comboio imperial, posicionado num imenso círculo do lado oeste da estrada. As carroças tinham sido acorrentadas umas às outras, parte da frente com a parte de trás, para formar um forte de madeira firme e seguro. Os condutores, carroceiros e seguidores do acampamento em seu interior poderiam oferecer uma defesa robusta para os bens do exército.

Na dianteira do exército, estavam as máquinas de artilharia: principalmente os aguilhões dos Nodossauros e algumas outras, além de catapultas. Quatro trabucos que Jaume trouxera consigo do Ejército Corregir permaneciam com seus longos braços apontados para as nuvens carregadas. Eles o faziam lembrar-se das forcas, o que era desagradável.

Jaume respirou fundo e tentou acalmar sua pulsação. Hoje ela estava com a tendência de disparar na frente do resto dele.

O Rio Afortunado era uma excelente âncora em seu flanco direito, mas o esquerdo permanecia aberto. As matas densas estavam de quinhentos a mil metros a oeste; além delas, ele conseguia ver a linha azulada de Petits Voleurs. Se tivesse tentado estender suas forças para cobrir aquela distância, elas ficariam mirradas como as desculpas de um estelionatário; a horda explodiria sobre eles e possivelmente os transporia.

Ele sentiu uma batida na sua ombreira esquerda. Virou-se para ver Jacques sorrindo com uma expressão triste para ele.

"Não se atormente", disse o cavaleiro de cabelos lisos. "O que humanos poderiam fazer, foi feito. Não poderíamos ter encontrado terreno melhor para lutar dentro do tempo que o Anjo nos deixou."

"Mor Jacques, o eterno pessimista, está me dizendo para não me preocupar?" Ele riu num deleite genuíno. "Um milagre!"

O francés deu de ombros.

"Não conte com a gente para conseguir outro."

VICTOR MILÁN

Mesmo assim, ele parecia mais rigoroso do que Jaume o vira em meses, o que o tranquilizou um pouco. O ar de resignação resoluta de seu velho amigo era melhor do que desespero para todos. Incluindo Jaume.

"Eles estão numa formação convencional", Florian comentou. "Infantaria no meio, dinossauros e cavalaria nas alas."

Em batalhas daquela escala, as alas montadas costumavam consistir de cavaleiros de dinossauros primeiro e cavalos atrás, em vez de cada qual consistir de uma ala única. Assim como os cavalos, os bicos de pato precisavam de certa concentração para serem eficientes.

"Onde foi que eles arrumaram tantos cavaleiros de dinossauros?", perguntou Owain de Galés. Ele segurava seu arco longo. Uma aljava de pele de alado, com flechas de um metro, estava pendurada às suas costas.

"Eles limparam as províncias daqui até as montanhas", respondeu Jacques.

"Mas... cavaleiros?", persistiu Ayaks. "Por que tomariam parte de tamanha abominação?"

"Os nobres não devem ser menos suscetíveis à compulsão do Anjo Cinza do que a plebe", Florian falou. "E, falando de natureza maligna, se esqueceu da Via Dolorosa que atravessamos para nos juntar ao imperador? O destino de Terraroja e os assassinatos e desordem cotidianos do nosso próprio acampamento?"

"Não esqueci", murmurou o russo barbado. "O bastante para não dormir à noite."

"De qualquer maneira, temos tantos cavaleiros de armadura quanto eles", disse Machtigern. "Ou até mais."

"Mas mesmo considerando um exagero induzido pelas derrotas, os relatos dos refugiados falam da horda de Raguel ser cem mil vezes mais forte", comentou Wil.

Felipe reunira um vasto exército para os padrões de Nuevaropa: quase vinte e dois mil combatentes, pelo que Jaume pôde avaliar. Apesar da sua própria infantaria formada por aldeões descontentes, eles provavelmente tinham guerreiros mais equipados e bem treinados do que toda a Cruzada do Anjo Cinza. E aqueles eram intercalados por lunáticos famintos e seminus, armados com as mãos e os dentes. Contudo, ainda que o capitão inimigo – Jaume tinha de supor que era o próprio Raguel – tivesse formado as alas como um exército

OS CAVALEIROS DOS DINOSSAUROS

propriamente dito, as lendas e antigas histórias que todos, até mesmo Jaume, supunham ser mitos, diziam que a horda do Anjo Cinza confiava em seu tamanho, velocidade e ferocidade, e não na tática.

Afinal, o objetivo da Cruzada do Anjo Cinza era a completa destruição da vida humana. As casualidades da horda de Raguel gratificariam seus desejos insondáveis pouco menos que as de seus inimigos.

"Espere um pouco", disse Jacques.

Jaume balançou a cabeça, sorrindo de gratidão por seu amigo o ter tirado de um abismo de desespero negro.

O cavaleiro francés segurava um brilhante óculo de bronze pressionado contra um olho. "Algo está acontecendo. A multidão está abrindo caminho."

As fileiras dianteiras da horda se abriram como a névoa matinal de um rio que lentamente cede ante a débil luz do sol nascente. Uma figura cavalgava entre eles num sacabuxa branco. Era uma mulher de cabelos prateados selvagens. Ela estava nua, exceto por uma capa de penas brancas, que cobria suas costas como asas dobradas.

Bartomeu pigarreou. Ele estava de pé, segurando sua égua. Ele e outros escudeiros armados dos Companheiros esperavam para servirem como mensageiros.

Jaume meneou. Ele não precisava enviar uma mensagem para que seus comandantes mantivessem a posição. Eles haviam recebido ordens perfeitamente claras para que até mesmo o mais teimoso cabeça de balde não interpretasse mal. Além disso, o imperador garantira pessoalmente que qualquer um que o desobedecesse, seria aliviado da sua posição de comando, assim como da sua cabeça.

O parassaurolofo trotou ao longo da via sobre as patas traseiras, mantendo as patas dianteiras mais delicadas próximas ao peito. Jaume percebeu que era um animal grande, maior do que qualquer sacabuxa criado para a guerra. Ao chegar ao meio do exército, sua cavaleira o fez parar.

"Sou o Arauto do Anjo Cinza, Raguel do Gelo, Emissário da Justiça Divina, Flagelo dos Impuros", ela gritou, movendo um cajado metálico que trazia um emblema circular parecido com um espelho cinza na extremidade.

Apesar da distância, as palavras dela viajaram com clareza até La Miche. "Ela tem uma voz alta, mesmo para uma mulher", Timaeos murmurou.

VICTOR MILÁN

Embora o griego fosse um misógino confirmado, nenhum Companheiro era mais devotado aos serviços da Dama. Nem mesmo Jaume.

"Sem dúvida o chefe dela deu alguma ajudinha com um truque de Anjo", disse Florian.

Vários Companheiros fizeram o sinal da Dama do Espelho ante o comentário do camarada. Até mesmo Jaume sentiu um arrepio.

"Vocês ofenderam os Criadores", a mulher nua gritou. "Devem se submeter agora à vontade de Raguel ou seus pecados serão expiados com sangue."

Jaume olhou para Le Boule. Felipe fez um sinal. O arauto imperial montou em seu marchador branco e passou cavalgando pelos Tiranos Escarlates, indo para a estrada. Lanceiros empurraram para a lateral as carroças que a bloqueavam. Ele seguiu num ritmo moderado, com a cabeça despida erguida.

"Ele tem coragem", disse Machtigern, esfregando o queixo. Como muitos Companheiros, ele o mantinha limpo.

"Arautos são protegidos pela convenção", Dieter afirmou.

"E Anjos Cinza se sentem presos às convenções mais do que nos sentimos pelos pactos feitos por formigas?", Florian murmurou.

"Oh...", respondeu o Companheiro mais jovem.

O arauto imperial parou a vinte metros dos seus opositores. Jaume só conseguia escutar a circunstância da sua voz, não as palavras. "Parece que você tinha razão sobre Raguel ajudar a mulher", ele disse a Florian.

"Isso me dá pouco prazer. Como sempre."

"*Então olhe e veja seu destino!*", foi o grito da representante de Raguel em resposta ao enviado do império.

Ela virou-se e fez um gesto dramático para as elevações que havia atrás de si.

"Contemplem o Anjo Raguel. Contemplem sua perdição!"

"Trivial", grunhiu Bernat, escrevendo furiosamente num pedaço de papel que mantinha pressionado contra uma chapa de ardósia com o polegar. "Mas acho que não devíamos esperar nada melhor de fanáticos."

Das árvores nas distantes elevações, uma colossal forma cinzenta apareceu. Até mesmo os Companheiros ficaram boquiabertos; era um *tirán rey*, um tiranossauro rex macho, o dinossauro mais temido de toda a Terra de Afrodite. Mesmo daquela distância, Jaume conseguia

OS CAVALEIROS DOS DINOSSAUROS

perceber que a criatura fazia o monstro albino de Falk, Floco de Neve, parecer anão.

"Lindo", murmurou Rupp. "Ele deve pesar umas sete toneladas!"

Jaume encontrou um sorriso dentro de si. "Você nos envergonha, meu amigo, ao encontrar a Beleza onde encontramos apenas terror."

O alemán ergueu os ombros. "Sou um senhor dos dinossauros", disse simplesmente, como se aquilo explicasse. O que explicava.

"E somente um senhor dos dinossauros repararia na maldita fera antes", Wil falou.

Uma coisa que se parecia mais com um esqueleto cinza montava o lombo do tirano. Pela proporção à monstruosa montaria, Jaume julgou que ele deveria ter ao menos três metros de altura. Segurava uma arma curiosa, um cabo de um metro, com uma lâmina curva de um metro e meio afixada nele, como a ponta de um gládio.

"Então isso é um Anjo Cinza", Florian comentou. "Por que os Criadores escolheram um bruto tão pavoroso para seu servo?"

"Talvez o conceito de beleza deles difira do nosso", disse Bernat. Ele mal olhava para a frente.

"Então por que tornar o nosso diferente?", Florian inquiriu.

Uma comoção vinda da colina do outro lado da estrada interrompeu a discussão.

"Tavares", Florian murmurou, como se praguejasse. Ele não era o único. Os mantos vermelhos do capelão imperial flutuavam ao seu redor numa brisa ascendente. Ele tinha jogado o chapéu fora. Os cabelos grossos e sujos se enviesavam sobre seu rosto estreito, contorcido pela cólera.

"Pecadores!", ele guinchou, um grito tão penetrante e arrepiante quanto o de um dragão voador caçando. A Boule era próxima o bastante para Jaume escutar cada sílaba. "Todos pecaram aos olhos dos sagrados Criadores! E devem ser expiados!"

Felipe estava sentado rígido. Jaume viu que seu rosto redondo estava duro e drenado da cor. Falk estava ao lado dele, segurando o machado nas mãos cobertas pelo aço azulado.

"O Vingador dos Criadores está diante de vocês. Submetam-se! Submetam-se ao seu julgamento. Mais um segundo e será tarde demais. Vocês têm de servir ou perecerão!"

VICTOR MILÁN

Felipe disse algo em voz baixa, que Jaume não pôde escutar. O imperador balançou a mão.

Tavares balançava os punhos no ar. "Você ousa desafiar os Criadores? Blasfemador! Pecador!"

Falk se adiantou. Felipe levantou-se e também avançou, empurrando o enorme homem de armadura para o lado.

"Você abusou da minha tolerância pela última vez, sacerdote", ele berrou, apontando com a espada. Essas palavras foram claramente audíveis em La Miche. "Saia daqui, e nunca mais retorne. Ou vou mandar a sua cabeça, membros e torso para o Anjo em seis gorduchos diferentes!"

Os olhos do abade se arregalaram. Seu rosto empalideceu. Por um momento, ele pareceu aguardar que o homem trajando a inequívoca armadura de aço amolecesse, mas Falk não demonstrou menos ímpeto que o imperador.

Tavares virou-se e desceu a colina. Montou teso sua égua e trotou em volta das fileiras de Tiranos Escarlates, para a estrada.

Dieter observou boquiaberto, com as bochechas mais coradas que o usual. "Mas ele é só um gordo de meia-idade!", afirmou. "Como pode se insurgir para o cardeal diante dos olhos de Raguel?"

"O imperador é um gordo de meia-idade que tem o dom de fazer com que todos o subestimem", disse Florian.

Os guardas na Estrada Imperial deixaram o cardeal passar. Sem olhar para trás, Tavares cavalgou para longe do Exército Imperial. Um cavaleiro montado num sacabuxa azul e amarelo juntou-se a ele, vindo da ala esquerda. Um cavaleiro dos dinossauros e vários guerreiros o seguiram.

"Olha só isso", observou Florian. "Nosso querido amigo Montañazul, com seus vassalos."

"Eles aumentam a nossa força ao nos privarem da deles", disse Machtigern.

Outros abandonaram as fileiras imperiais, aldeões lanceiros, soldados da casa, gendarmes e até outros dois cavaleiros de dinossauros. Jaume viu uma onda breve de violência fluir, enquanto outros eram desencorajados por seus companheiros, principalmente entre os recrutas de nascimento baixo.

Owain e Wil Oakheart, de Oakheart, os arqueiros especialistas dos Companheiros, olharam para Jaume em expectativa. Ambos estavam

OS CAVALEIROS DOS DINOSSAUROS

com flechas de prontidão. Ele viu os líderes dos arqueiros e dos balesteiros dos Nodossauros virados em sua direção, aguardando instruções.

Por sua vez, Jaume olhou para o imperador: aquilo era política, não estratégia. Felipe balançou a cabeça. Então virou-se e sentou-se de volta em sua humilde cadeira, parecendo já superado pelo cansaço. Jaume sinalizou para as tropas conterem os disparos.

Enquanto Tavares e cinquenta ou sessenta seguidores se aproximavam da horda, o arauto imperial tirou a montaria da estrada. Arauto ou não, não estava disposto a ficar no caminho de tantos cavaleiros firmemente armados. Isso sem contar dos dinossauros.

A mulher de cabelos brancos virou-se para Raguel, que estava sentado imóvel em seu tirano cinza, agachado na encosta, balançando a longa cauda. O Anjo não fez qualquer sinal que Jaume tenha percebido, mas sua emissária também tirou seu sacabuxa branco do caminho. A comitiva de Tavares aproximou-se das fileiras silenciosas da horda.

"Não gosto de ficar assim esperando", disse Dieter. "Queria que algo acontecesse."

"Paciência, garoto", respondeu Pedro, o Menor.

Dieter virou-se surpreso. O diminuto armeiro raramente falava. Ao menos não com palavras. Preferia deixar que suas artes, fossem suas armas ou as intrincadas gravuras e pinturas em miniatura, falassem por ele.

"Eles logo virão atrás de nós", ele disse, coçando a orelha com o dedão. "Então, lutaremos descansados e eles se cansarão."

"São escravos do Anjo Cinza", Timaeos falou numa voz oca. "Não se cansam mais do que se amedrontam."

O distante Anjo acenou com sua garra cinza. Seus cruzados abriram as fileiras. Sem hesitar, Tavares cavalgou pela avenida conforme ela clareava, seguido por seus partidários.

Quando o último dos desertores estava ao menos cinquenta metros dentro do corredor de corpos vivos, Raguel ergueu lentamente a mão, premendo-a num punho fechado.

O corredor se fechou.

Os cruzados cercaram os desertores como uma maré retornando. Tavares virou-se na sela. Jaume pensou ter visto o ultraje e a raiva em seu rosto.

VICTOR MILÁN

Também pensou ter visto a expressão do cardeal transformar-se em medo, quando um conjunto de mãos o agarrou. Uma mulher escalou a perna direita de Tavares e cravou os dentes em seu pescoço. Um borrifo escuro voou de suas mandíbulas.

"Bem, seus mantos vão esconder o sangue", disse Wil Oakheart.

Gritos fluíram como se fosse um viveiro de alados marinhos, enquanto os demais eram atacados. Montañazul, surpreendido, foi arrancado imediatamente da sela. Os outros três cavaleiros de dinossauros viraram em direções diferentes, pisoteando os cruzados, enquanto brandiam selvagemente as espadas, mas a horda não se amedrontou diante das criaturas colossais e continuou avançando.

"Eles estão cercando-os como formigas num gafanhoto", Bernat falou. "Fascinante."

Ele escreveu furiosamente.

Nauseado, Dieter desviou o olhar e cobriu o rosto com as mãos. "Ninguém merece isso!"

"Discordo!", disse Florian, jogando os cachos dourados para trás. "Acho que Tavares e seus amigos imundos tiveram exatamente o que mereciam. Ao menos o Anjo Cinza possui senso de justiça. E um toque de humor."

"Não confiaria muito em nenhuma dessas qualidades para nos ajudar hoje", comentou Machtigern.

Florian inclinou-se para o amigo mais alto e descansou sua cabeça na ombreira.

"Não estou, meu amigo, acredite. Mas sempre soubemos que há pouca justiça neste mundo, exceto por aquela que nós mesmos fazemos."

Dieter virou o rosto corado e lavado pelas lágrimas para Jaume. "Como nossa Dama pode sancionar tal horror?"

"Os Criadores são diferentes de nós", Jaume respondeu. "E, sim. Sei que isso não é resposta. Só posso dizer o que meu coração me diz; seja lá o que estiver por trás desta Cruzada de Raguel, nossa Lady Bella não compactua."

Os gritos morreram. Jarretados, os hadrossauros de guerra caíam se debatendo, esmagando dúzias, enquanto golpeavam outros tantos com as caudas. As ondas de carne os cobriram também. Numa questão

OS CAVALEIROS DOS DINOSSAUROS

de instantes, eles estavam inertes, nada além de ressaltos sobre os quais os cruzados permaneciam de pé, aguardando num silêncio sombrio.

Quanto a Tavares e seus companheiros, foi como se eles nunca tivessem existido.

"Não há tônico melhor do que esse para as tropas", disse Wil Oakheart. "Ninguém que tenha visto isso vai desertar."

A emissária de Raguel instou seu bico de pato branco de volta à Estrada Imperial, de onde ficou de frente para as fileiras imperiais.

"Sua submissão não basta", ela declamou. Mais uma vez suas palavras chegaram aos ouvidos de Jaume, como se ela estivesse a poucos metros de distância. "Vocês continuam a desafiar a vontade do Anjo Raguel. Que assim seja. Todos foram julgados. E agora sofrerão."

O vento virou, soprando da horda para os imperiais. Ele trazia consigo o fedor de um enorme esgoto aberto e dez mil túmulos abertos combinados. Homens adultos, habituados ao odor dos próprios corpos sujos e o de milhares dos que os cercavam, se encolheram, engasgando ante o fedor. Os Companheiros, preparados, tinham trazido lenços banhados em essências, para mascarar a boca e o nariz. O de Jaume cheirava a lilases.

Em Le Boule, Floco de Neve olhou para cima. Seus olhos vermelhos brilharam. Ele ergueu-se e se sacudiu, balançando a sua enorme cabeça branca. Aparentemente, o que o vento levara para *ele* fora o cheiro do tiranossauro. Ele apontou a cabeça para a frente, abriu as mandíbulas armadas com dentes como adagas, e emitiu um rugido furioso que fez tremer até mesmo as fileiras de guarda-costas imperiais.

A montaria de Raguel o escutou. Inclinando-se para a frente, ela abriu as mandíbulas, armadas com dentes que pareciam espadas longas. Seu rugido de fúria foi como o soar de mil trombones, fazendo o chão vibrar sob os pés de Jaume. Em todos os lugares entre as fileiras imperiais, os homens pressionaram seus ouvidos contra aquele som pavoroso.

A horda atacou. Mas nem mesmo cem mil gargantas gritando de uma só vez poderiam afundar os estrondos finais do desafio emitido pelo monstro cinzento.

OS CAVALEIROS DOS DINOSSAUROS

– 40 –

Terremoto
Um chamado baixo demais para os humanos escutarem, empregado como arma por hadrossauros de crista como sacabuxas, morriões e alabardas. Pode causar pânico ou atordoar; um terremoto em massa focado de modo apropriado pode causar danos letais ao maior devorador de carne e matar um humano instantaneamente. Efetivo a trinta metros, quarenta em um grupo. Arma favorita de longa distância dos cavaleiros de dinossauros de Nuevaropa, cuja armadura e treinamento ajudam a resistir aos seus efeitos. Como um hadrossauro leva vários minutos para se recuperar de lançar um terremoto, em geral só pode ser usado uma vez por batalha, para romper a formação do inimigo durante o ataque.
— O LIVRO DOS NOMES VERDADEIROS —

Com um grunhido igual ao de um titã constipado, um trabuco balançou seu longo braço para o céu. Uma pedra de cem quilos, talhada num formato redondo mas de forma grosseira pelos cinzéis, voou contra as nuvens cinza-escuro.

Falk assistiu ao voo com atenção. Um trabuco era uma verdadeira

OS CAVALEIROS DOS DINOSSAUROS

máquina de guerra, fixa no local e lenta para ser recarregada, mesmo com unichifres atrelados a ela para puxar o braço de volta contra o maciço contrapeso. Tinha mais utilidade contra um alvo grande e estático, como um castelo. Os projéteis se moviam com majestade lenta, grandes o bastante para serem seguidos pelos olhos... e para que seus alvos se desviassem de sua rota. Embora pudessem ser maliciosamente precisos, em geral era necessário um ou mais disparos para encontrar a distância. Até mesmo tropas em formação costumavam achar uma maneira de saírem da zona de impacto antes de sofrerem muitas baixas.

Mas a horda do Anjo Cinza era de longe o maior exército que Falk já vira. Até onde ele sabia, era o maior exército que qualquer um já vira. Pelo menos na Cabeça do Tirano, somente as forças colossais empregadas na Guerra dos Demônios se aproximava dela e, até então, ele tomara os relatos sobre seus números exagerados.

E os soldados do Anjo Cinza não se incomodavam em desviar. Eles não davam a mínima para a própria morte, somente para a dos outros.

A pedra atingiu a retaguarda dos corpos em avanço. Quicou alto em meio a um borrifo escuro. Quando voltou a cair, Falk viu os corpos esmagados. Ela os atingiu pelo menos mais três vezes, antes que a perdesse de vista, esmagando ossos e rasgando a carne.

A horda fluiu imediatamente para preencher as lacunas. Como água.

Máquinas de guerra menores buscavam o inimigo; setas lançadas pelos aguilhões empalavam fileira após fileira de cruzados que, no máximo, vestiam armaduras leves. Bolas de alcatrão quicavam, deixando lagos fumegantes pretos que giravam, gritavam e se espalhavam.

Sem se deter, a horda continuou a investida. Era o que Falk esperava que fizesse. Aquelas eram meras preliminares, ainda que bastante brutais. A história julga a grandeza das causas proporcionalmente à quantidade de indivíduos – eles próprios incapazes de afetar qualquer resultado – que sofreram e morreram servindo a elas.

Sabe-se que a história humana remonta milênios antes da Criação, embora seus detalhes tenham se perdido nas névoas da mitologia. O duque Falk se perguntou se as coisas sempre foram assim. Ele suspeitava que sim.

Trombetas soaram sinais discordantes das linhas imperiais. As equipes trabalhavam duro nas máquinas. Mãos dobravam os molinetes dos aguilhões. Grupos de chifrudos puxavam para trás os braços das

VICTOR MILÁN

catapultas e trabucos. Dardos de ferro eram lançados de fendas. Pedras redondas pesadas eram colocadas nas fundas e bolas de alcatrão nas bacias. Falk ouvia um *whump* quando uma delas era acesa à sua frente.

Os balesteiros Nodossauros lançaram um voleio assim que os cruzados ficaram dentro do alcance. Arqueiros se adiantaram para disparar. A infantaria aguardava, os aldeões permaneciam incertos e irrequietos, as tropas da casa quase ávidas e os Nodossauros silenciosos e taciturnos.

Sem aguardar as ordens, o arquiduque Antoine liderou a ala esquerda imperial num trote avançado. Eles imediatamente mascararam a mira dos engenheiros Nodossauros, que tinham acabado de virar seus aguilhões de frente para os cavaleiros de dinossauros inimigos que investiam. Falk imaginou a artilharia praguejando ferozmente, enquanto viravam as balistas de volta para a infantaria da horda.

À direita do Terceiro Tércio, os aguilhões lançaram um voleio contra os dinossauros de guerra. Nenhuma armadura era capaz de resistir aos dardos negros.

Dois bicos de pato de guerra tombaram numa avalanche de caudas sacudindo e de seus corpos gigantes contorcidos. Uma segunda dupla passou por sobre eles, flutuando em dor e desarranjo. Um dardo disparado transfixou um cavaleiro de dinossauros montado num sacabuxa laranja, direto no peito.

Ao ver que a esquerda se movera de modo prematuro, Jaume ordenou que a ala direita também avançasse. Penas flutuavam das lanças erguidas, enquanto os cavaleiros de dinossauros impeliam seus bicos de pato atrás do duque de Mandar, seguidos pelos guerreiros em seus corcéis.

Conforme as asas a oeste dos dois exércitos se acirravam, cada qual liberou um terremoto que arrepiou os cabelos da nuca do duque. Ele não pôde ver os efeitos dos urros assassinos inaudíveis dos hadrossauros, antes que os cavaleiros de dinossauros de Antoine e seus inimigos cavalgassem com velocidade para o ataque.

Eles se encontraram com um estrondo terrível. Morriões guinchando bateram de peito contra os sacabuxas. Lanças se estilhaçaram e cavaleiros tombaram das selas altas. Peitos e costas foram esmagados sob os pés monstruosos, com estranhos gorjeios musicais.

Massas de dinossauros de guerra se interpenetraram com o tinido de espadas contra escudos ou armaduras. Gritos chegavam aos

OS CAVALEIROS DOS DINOSSAUROS

ouvidos de Falk, carregados pelo vento. Os cavalos circundavam a formação dos monstros, replicando a batalha deles em escala menor.

À direita de Falk, os cavaleiros de dinossauros dos cruzados atacaram os bicos de pato do duque de Mandar entre a Estrada Imperial e o Rio Afortunado, numa trovoada sustentada.

Uma nuvem de flechas com penas surgiu assobiando, enviada pelos arqueiros imperiais. Elas caíram como uma chuva de aço em meio à horda mal protegida, que apenas ignorou as flechas tal qual o fizera com os pedregulhos e bolas de fogo. Os que caíam ou mesmo vacilavam eram esmagados sem misericórdia. Os feridos não gritavam mais alto do que os ilesos.

Um ânimo surgiu em meio às fileiras a pé imperiais quando o todo das primeiras fileiras da horda caiu. E morreu ao ver que a horda continuava a avançar com total negligência.

Parecendo tão pouco preocupada com a própria sobrevivência quanto os escravos de Raguel, a artilharia imperial continuava a disparar, recarregando calmamente, mesmo com a horda incidindo sobre eles. Mas, embora centenas fossem mortos, os cruzados do Anjo Cinza mostraram que os relatos sobre sua ferocidade fanática eram atenuados.

Enquanto observava, Falk viu seu medo transformar-se em exaltação. A energia que antecipava a batalha cresceu com tamanha força dentro de si que ele batia a ponta do seu machado contra o queixo como se fosse uma baqueta. A despeito do fato de estar prestes a enfrentar um inegável servo dos Criadores, sentiu-se preenchido por um senso de retidão.

Aconteça o que acontecer, pensou ele, *estou defendendo o princípio da Ordem. Fui criado para fazer isso. Se Raguel quer gerar a desordem para seus próprios fins... que o pior recaia sobre ele.*

Lanças imperiais oscilavam numa onda. Enfim, os arqueiros e arbaletes saíram de trás dos postes de fada e correram para a segurança, atrás das linhas da infantaria. As equipes dos trabucos desarticularam suas máquinas e os seguiram, levando os unichifres. Os que trabalhavam nas máquinas mais leves as atrelaram a grupos a cavalo que os aguardavam. Subindo no lombo dos animas e agarrados às catapultas e aguilhões, eles levaram as armas com rodas para a segurança.

A roda de uma catapulta bateu numa rocha ocultada por um arbusto e virou. A maioria dos seus passageiros conseguiu saltar; uma

VICTOR MILÁN

mulher gritou quando a estrutura esmagou sua perna. A equipe parou os cavalos por tempo suficiente para desacoplá-los. Então, enquanto os montadores os chibatavam, os outros membros da artilharia ergueram a estrutura o bastante para libertar a vítima. Com dois segurando-a por baixo dos braços, eles correram, enquanto ela urrava a cada passo que dava com o membro quebrado. Mas Falk tinha certeza de que a mulher preferia isso ao que a horda faria caso a pegasse...

Perseguindo-os com firmeza, a horda atingiu as linhas imperiais. Falk escutou claramente o imperador grunhir. Floco de Neve rugiu, sentindo o cheiro de sangue.

Mais uma vez, as fileiras dianteiras do inimigo morriam aos montes. Alguns em silêncio, outros gritando e se debatendo como vermes presos em anzóis. Os que vinham atrás continuavam a correr como se estivessem indo para um banquete e uma orgia combinados.

Por enquanto, até mesmo as alas de camponeses dos imperiais pareceram ficar firmes; só o que tinham de fazer era segurar suas lanças de cinco metros e apontá-las para a frente.

Tranquilizado, Falk olhou para a direita, para ver os cavaleiros em menor número da horda cederem ante o arquiduque Antoine e correrem para o norte, tão rapidamente quanto cavalos e hadrossauros conseguiam correr. Os cruzados do Anjo Cinza podiam não fugir, mas isso claramente não se aplicava às suas montarias.

Em qualquer batalha, feras de guerra formavam suas próprias facções. Mamíferos ou dinossauros, a maior parte era animais herbívoros, e todos tinham um alto senso de preservação. Se sofressem perdas demais, fugiam, independentemente do quanto tivessem sido treinados à exaustão.

Atrás de Falk, os corredores se amontoavam ao redor do imperador subitamente triunfante, como um bando de alados assustados. O arauto imperial que, de algum modo, retornara virtualmente intacto para o lado de Felipe, gritava para que eles ficassem quietos numa voz tão alta como uma trombeta. Ele não conseguiu calá-los.

Falk rapidamente percebeu o motivo. O flanco direito estava fugindo. Suas feras corriam ao longo da orla do rio. Algumas estavam caídas, gritando. Os grandes bicos de pato fugiam e esmagavam qualquer humano ou cavalo que estivesse em seu caminho.

Felipe levantou-se, horrorizado. Falk subiu a colina para seu lado,

413

OS CAVALEIROS DOS DINOSSAUROS

esperando acalmar seu suserano com o corpanzil blindado. "Espere, Majestade", disse ele, sentindo a garganta seca como uma chaminé. "Seu Oficial da Paz cuidará disso."

Como se sua armadura completa não passasse de uma tanga de seda, Jaume correra para o lado oeste de La Miche. Gritou algumas instruções e apontou com sua famosa espada, a Dama do Espelho. Com todo o clamor épico da batalha, Falk não poderia escutar seu rival mais do que se ele tivesse gritado do lado mais distante de Eris.

Mas, naquele momento, eles não eram mais rivais. O próprio Felipe tinha passado por cima da insistência de Jaume de servir na frente de batalha; ele era necessário para comandar os reservas – e a batalha em si, até quando fosse permitido. Certos nobres haviam reclamado sobre o bonito garoto Jaume e seus Companheiros serem poupados da luta. Mas foi do agrado de Falk informá-los que, se dissessem mais uma só sílaba, poderiam tentar dizer alguma coisa com uma corda apertando seus pescoços.

Apesar de tudo que se passara entre os dois, Falk idolatrava Jaume como lutador e capitão de guerra. Não existia homem melhor em toda Nuevaropa para liderar o Exército Imperial, brutalmente superado em número, contra a cruzada e seu senhor sobre-humano. De qualquer modo, o simples fato de Jaume ser o líder da batalha, assim como Felipe era seu espírito, bastava para garantir a obediência de Falk. Por enquanto.

Não havia como impedir dinossauros em fuga. Não até que alcançassem seu intento, então, Jaume nem tentou. Em vez disso, ele pôs em andamento planos que preparara para tal instância.

A ala derrotada fugiu para fora da vista de Falk, contornando a extremidade mais distante do aclive. Assim que eles passaram, unichifres arrastaram carroças para bloquear o buraco deixado entre o rio e a colina. Alguns condutores soltavam os animais e os deixaram voltar para trás de La Miche, enquanto outros dispunham as carroças numa muralha improvisada de várias camadas. Um corpo de lanceiros trajando malhas da reserva assumia a posição a alguns passos precavidos atrás delas.

Àquela altura, o embate do ataque a pé da horda alcançara o Décimo Segundo Tércio e os lanceiros aldeões. Eles ainda não haviam fluído em torno do flanco direito do Terceiro, então desprotegido. Se os cruzados tentassem passar pela abertura deixada por causa do avanço de Mandar, os escudos da casa estavam de prontidão para impedi-los.

VICTOR MILÁN

Ao que os inimigos perseguidos eram abatidos, cavaleiros de dinossauros precavidamente misturados aos gendarmes assobiaram das fileiras dos Nodossauros Marrons. Com precisão prática, a extremidade direita da falange do Terceiro Tércio girou de novo para ancorar o sopé de La Miche, formando duas laterais de lanças reluzentes.

As bestas dos Nodossauros disparavam setas nos dinossauros que investiam. Um esplêndido sacabuxa verde e escarlate, com salpicos amarelos nas laterais e na barriga, recebeu um disparo de sorte direto na órbita de seu chanfro e caiu. Os cavaleiros da horda conseguiram se desviar dos espasmos mortais do monstro de dez metros, mas inevitavelmente perderam aceleração. Alguns mudaram de direção para o Tércio. Outros continuaram investindo contra a muralha de carroças.

Mas nem cavalos de guerra, nem dinossauros, empalariam a si próprios de boa vontade numa barreira de lanças longas, ou colidiriam contra uma barreira aparentemente impenetrável. Os bicos de pato cessaram a investida, urrando e dando coices de alarme ao verem o que os aguardava.

Infelizmente para todos os envolvidos, dinossauros não julgavam muito bem seu próprio ímpeto. E mesmo com enfeites de pano em vez de blindagem de couro e metal, com a sela e o cavaleiro de armadura nas costas, um hadrossauro de guerra pesava quase quatro toneladas. Enquanto baixavam as grossas caudas como âncoras para tentar desacelerar, os bicos de pato se chocaram contra as carroças. Madeira despedaçada guinchou de forma tão ensurdecedora quanto as próprias criaturas. Lascas voaram para o alto numa nuvem de pó amarelo e as carroças rodopiaram como brinquedos chutados.

Enquanto isso, os dinossauros que tinham parado diante da força militar de lanceiros marrons foram abalroados por detrás por seus companheiros e acabaram empalados da mesma forma. Eles caíram entre os Nodossauros como as pedras dos trabucos, mas gritando e agonizando.

A muralha de carroças com três camadas oscilou, mas segurou. E os Nodossauros sabiam o que esperar de um ataque de cavaleiros de dinossauros. Embora diversos lanceiros tivessem sido esmagados, virando polpa vermelha e marrom, a falange imperial ficou firme. As fileiras atrás baixaram as lanças e avançaram para preencher as lacunas.

Bloqueados por uma parede de madeira e de lanças, o que fora uma perseguição vitoriosa se transformou num vasto e barulhento

OS CAVALEIROS DOS DINOSSAUROS

congestionamento. Os escudos da casa aguardando atrás do Terceiro Tércio avançaram contra os cavaleiros estagnados, perfurando a barriga dos bicos de pato e as laterais dos corcéis com suas lanças. Animais e cavaleiros gemiam, enquanto despencavam os sete metros que levava ao rio abaixo.

Auxiliares dos Nodossauros, trajando túnicas de couro de dinossauro e elmos de ferro, com escudos amarrados aos antebraços, corriam entre as bestas de guerra para cortar seus tendões com suas machadinhas. Era um trabalho arriscado. Muitos eram atropelados e golpeados pelas caudas dos bicos de pato que sacudiam freneticamente, ou esmagados sob os corpos maciços que caíam. Mas eles lutavam com a mesma fúria fatalista de seus companheiros da falange: todos eram Nodossauros.

Quando viu que o lado direito aguentaria, Falk correu os olhos ao longo das linhas. Contra as expectativas gerais, a massa de aldeões do centro imperial não só segurava como também lutava. O terror inspirado pelo Anjo Cinza e sua horda podia assumir duas formas: pânico ou resistência desesperada. Esta última emoção prevalecera entre os imperiais acossados.

Até ali.

Do lado oeste, o Décimo Segundo Tércio fazia jus ao nome: uma Parede de Aço. Eles tinham matado uma muralha inteira à sua frente. Gritando como se pegassem fogo, os cruzados pululavam sobre seus companheiros caídos, para morrerem diante das pontas das lanças obstinadas.

Além dos Nodossauros e sua colina artificial de corpos, Falk teve uma visão menos agradável. O arquiduque Antoine tinha perseguido os cavaleiros da horda pelo campo. Infelizmente, sua força também estava mais lenta, cansada e tinha se dispersado, como sempre ocorre com perseguidores. Os cruzados a pé atacavam os soldados em verdadeiros enxames. Falk viu um morrião azul e amarelo ser derrubado por homens e mulheres desarmados. A vitória deles colocava os cavaleiros de dinossauros em dificuldades mortais.

Guerreiros e guerreiras de armadura cavalgaram da esquerda para ajudar seus irmãos que estavam severamente atolados. Jaume lançou a cavalaria reserva para o combate. Falk esperava que logo o veria liderar seus próprios Companheiros e partidários para auxiliá-los.

VICTOR MILÁN

Quatro homens de armaduras danificadas e mantos esfarrapados e ensanguentados arrastavam-se pela parte de trás de Le Boule. Os cabelos suados e sujos emolduravam os rostos encardidos. Falk reconheceu o conde de la Estrella del Hierro e diversos outros da ala direita imperial derrotada. Eles caíram de joelhos para beijar as mãos de Felipe, chorando desculpas e súplicas de misericórdia.

Zombando da desgraça deles, o duque voltou a atenção novamente para a batalha, quando um clamor eclodiu das fileiras imperiais. Tão alto quanto um celeiro de dois andares nas costas do seu tirano, o coletor de almas pairava ao seu lado; o Anjo Cinza Raguel começara a avançar. Seu monstro de coloração curiosa caminhava com o típico oscilar da cauda de um carnívoro. Gritos de horror inequívoco fizeram com que Falk olhasse para a esquerda. Para sua surpresa, a horda daquele lado tinha recuado cinquenta metros para longe do massacre que o Décimo Segundo Tércio empreendera aos seus irmãos e irmãs.

Achei que a horda nunca parasse de avançar, ele pensou. *Quanto mais recuar.*

A inundação de carne se dividiu. Duzentos horrores a ultrapassaram. Corpos raiados em verde e marrom, com suas bocas rosadas escancaradas e aneladas por dentes serrilhados amarelados, avançaram com as garras assassinas erguidas.

No lombo coberto por penas de cada um deles, uma criança cavalgava.

OS CAVALEIROS DOS DINOSSAUROS

– 41 –

Guerrero de Casa, Soldado da Casa
Soldados profissionais, em geral infantaria bem armada, que luta por um senhor como seus partidários. A maioria é scuderos de casa (escudeiros da casa), armados com lanças e escudos; ou arcos de casa (arqueiro da casa), armados com arcos curtos ou, ocasionalmente, bestas. Grande parte é da plebe. São amplamente odiados porque senhores inescrupulosos costumam utilizá-los para oprimir seus servos cruelmente.
– UMA CARTILHA DO PARAÍSO PARA O PROGRESSO DE MENTES JOVENS –

As crianças que cavalgavam os deinonicos tinham rostos solenes. Suas bocas estavam fechadas. Cada qual segurava uma lança ou um punhal nas mãos rechonchudas.

Por sobre o ombro esquerdo, pouco atrás da sua linha de visão, o duque Falk escutou o conde Estrela de Ferro iniciar uma aguda litania de terror: "É o julgamento por nossa maldade. Até mesmo as crianças levantam as mãos contra nós! Vamos todos morrer! Todos vão morrer! Todos vão...".

OS CAVALEIROS DOS DINOSSAUROS

Falk transferiu o machado para a mão esquerda. Sem olhar ao redor, deu um golpe para trás, pondo a força dos quadris largos e das fortes pernas nele.

"Todos vão..." As palavras pararam repentinamente. Falk sentiu resistência. Então uma separação. Então o choque.

Então nada. Algo caiu pesadamente no relvado atrás dele.

"Talvez o resto de vocês, cavalheiros, façam um trabalho melhor de manter a cabeça no lugar", Felipe disse, seco, enquanto Falk escutou um segundo baque mais pesado. Ele reposicionou o machado diante de si. A lâmina pingava escarlate na grama, ao lado de seus escarpes brilhantes azuis.

Para o alarme de Falk, ele percebeu que a própria eficiência letal dos Nodossauros poderia ser seu fim. Os cruzados continuavam a escalar incansavelmente a crescente colina de cadáveres que o Tércio deixara diante de si. Agora, a barreira estava mais alta do que qualquer guerreiro Nodossauro. Ela encobria completamente a visão do Décimo Segundo Tércio da abominação que vinha em sua direção.

Até que os próprios horrores, terrivelmente ágeis, alcançaram o topo da pilha sinistra.

Por um momento, cada qual congelou para examinar o outro: a manada voraz de caçadores e seus montadores de rostos rígidos, encarando os Nodossauros, cuja atitude denunciava sua surpresa, embora suas expressões estivessem ocultadas pelos capacetes marrons.

Nem mesmo nas pavorosas histórias de ninar que sua avó lhe contara, encorajando uma instrução moral de seus pais mutuamente antagônicos e mortalmente caprichosos, Falk já ouvira falar de algo similar. E, embora aqueles ao seu redor tivessem sido cuidadosos ao controlar suas reações melhor do que o infeliz e agora consideravelmente mais baixo Estrella del Hierro, pelos resfôlegos próximos e gritos distantes, ele percebeu que mais ninguém também jamais ouvira falar de coisa parecida.

Com um guincho furioso de muitas vozes, os raptores se arremessaram sobre as lanças. Alguns foram contidos no ar, empalados junto das crianças que, estranhamente, ainda não emitiam sons, enquanto balançavam futilmente os braços e as pernas. Alguns desceram correndo o monte de cadáveres, buscando as pernas dos Nodossauros. Outros passaram por sobre as lanças que tentavam transfixá-los, para morder os queixos e gargantas expostos.

VICTOR MILÁN

Nem mesmo um veterano experiente de capacete e meia armadura conseguia resistir por muito tempo contra um devorador de carne do tamanho de um homem, com garras à mostra que lhes davam seu Nome Verdadeiro – que se traduzia por "garra terrível" – enquanto procuravam qualquer brecha na proteção do corpo e das pernas. Enquanto os Nodossauros lutavam contra os horrores, as crianças sobre eles cortavam e estocavam, até as abaterem.

Não havia o suficiente deles para derrotar um tércio três mil vezes mais forte, longe disso. Mas uma formação de lanceiros dependia da sua solidez tanto quanto uma formação montada. O punhado de dinossauros e crianças espalhou desordem rapidamente.

Falk percebeu que a Parede de Aço começava a vacilar diante do ataque. Então, a horda, que se segurara para permitir que a investida dos raptores tivesse pleno efeito, voltou a avançar. Ela atravessou o monte de corpos como uma inundação, caindo sobre os imperiais desorientados. Falk nunca teria a oportunidade de perguntar a qualquer homem e mulher do Décimo Segundo se eles contiveram suas mãos por um momento por causa da falta de disposição de massacrar crianças ou se fora por conta da inesperada visão terrível que mexeu com suas mentes. Na mais altiva tradição da infantaria imperial, o Tércio Duodécimo resistira e lutara obstinadamente. Agora, na mais altiva tradição, os Nodossauros resistiam e morriam. Os arbaletes, engenheiros e artilharia que tinham buscado abrigo atrás da falange caíam ao lado dos lanceiros marrons diante das espadas, machados, cassetetes, lanças, mãos nuas e dentes da horda do Anjo Cinza.

Por seus cílios carregados de lágrimas, Falk assistiu aos Companheiros, resplandecentes em suas armaduras brancas, trotarem em volta de Le Boule para resgatar os remanescentes em apuros da ala esquerda. Sua cavalaria de quinhentos Ordinários vinha logo atrás. Falk berrou para que os lanceiros e escudeiros que aguardavam atrás dos aldeões ao centro avançassem; sua constituição de unichifre lhe conferia o volume necessário para ser ouvido em meio à peleja. Os arautos imperiais, escutando os comandos, os retransmitiram soprando longas cornetas de metal.

Falk berrou novas ordens. Os Tiranos Escarlates ao pé da colina se prepararam. Cada homem apanhou um par de pesadas lanças de arremesso, postadas na relva adiante.

OS CAVALEIROS DOS DINOSSAUROS

O duque correu os poucos passos que o separavam de Floco de Neve. Seu escudeiro armado, Albrecht, aguardava com uma escada para ajudá-lo a montar no inquieto tiranossauro. Com os olhos mais arregalados e os cabelos mais selvagens que o usual, o garoto entregou primeiro o capacete para Falk, que ele vestiu e afivelou sob o queixo, e depois o escudo com a borda azul, ornado por um campo branco e o falcão de duas cabeças negro. Por fim, Falk apanhou seu machado, enlaçando-o ao redor do pulso direito.

Quando o duque enfim olhou em direção ao centro da contenda, viu que os aldeões continuavam se segurando, apesar de forçados a recuar passo a passo pelo peso bruto dos milhares que avançavam. Mas o medo deles crescera como uma mecha inflamando o fogo.

E a morte do Décimo Segundo Tércio fora a faísca.

O moral dos aldeões despencou num segundo. Largando suas lanças, eles correram para a traseira, com urina e bosta escorrendo pelas pernas. Foi por isso que Jaume havia posicionado as tropas profissionais da casa atrás deles: a massa em fuga se desviou como cavalos de guerra dos seus escudos e lanças, então, fluiu para ambas as laterais da formação em cunha. O que os canalizou em volta de Le Boule, em vez de sua fuga em pânico alcançar o próprio imperador.

Floco de Neve ficou de pé. Sua poderosa musculatura albina tremia de antecipação. Falk pressionou suas laterais com os calcanhares blindados. O tiranossauro rugiu.

Não foi nenhum terremoto. Contudo, era o grito de caça de um monstro pouco menos miticamente aterrorizante para os habitantes de Nuevaropa do que o próprio Anjo Cinza. Ele paralisou não só muitos aldeões em fuga, como também diversos cruzados que os perseguiam.

Os escudos da casa gritaram e investiram, espancando até o último dos plebeus. Os arqueiros do império, que como as tropas de disparos dos Nodossauros tinham recuado para trás dos seus companheiros mais bem protegidos quando o inimigo se aproximou, assomaram um rápido voleio de flechas. Então, os guerreiros a pé encararam a horda de frente, contendo-a com os escudos e golpeando com as lanças.

Eles abriram caminho assassinando a massa uivante. Não eram Nodossauros, cujas habilidades de luta e manobras lado a lado eram equiparáveis à coragem. O grosso da experiência das tropas da casa vinha sem dúvida de brutalizar servos desarmados e sem proteções.

VICTOR MILÁN

Mas até aí, essa descrição era compatível com a maior parte dos servos de Raguel. Os soldados blindados lutavam profissionalmente e bem, com notável proeza, contudo, nunca tinham enfrentado um oponente como aquele. Por meio milênio, ninguém tinha. A carnificina por eles executada, por mais exemplar que fosse, lhes comprava pouco mais do que alguns respiros.

Enquanto Falk passava pelas esplêndidas fileiras vermelhas e douradas dos seus Tiranos, fez um sinal com o machado para que ocupassem suas posições. Eles não precisavam receber ordens para matar qualquer cruzado que passasse pelos lanceiros. O único imperativo que tinham era proteger o próprio imperador.

Atrás de Le Boule, ou era o que Falk esperava, as várias centenas de tropas da casa que formavam a última reserva imperial estariam encurralando e reagrupando tantos conscritos em fuga quanto conseguissem, para poder devolvê-los ao combate.

A horda já começava a circundar os escudos da casa, cercando-as. Falk sabia que não havia estratégia consciente ali, apenas a natureza bruta de uma massa.

Ele sorriu. Deixando o machado pendurado por um instante pela passadeira, inclinou-se para a frente e deu um tapinha no pescoço da sua montaria.

"É hora de mostrar o que podemos fazer, certo, garoto?"

Floco de Neve voltou a rugir. Pelo menos ele estava feliz.

Então, com uma poderosa investida das patas traseiras, o tirano estava em meio à horda, com suas enormes mandíbulas arremessando homens e mulheres como se fossem ratos guinchando.

"Oh, aquelas crianças. Aquelas crianças!", Jacques gritou, cavalgando à direita de Jaume.

"Esqueça elas", Jaume gritou de volta. "Estamos sobre o inimigo!"

Quer fossem guiados pela vontade maligna de Raguel ou pela sua própria, uma dúzia de cavaleiros de dinossauros inimigos e várias dúzias de gendarmes tinham voltado de sua debandada para lutar. Eles envolveram a ala esquerda estagnada, que perdia a batalha contra a inundação humana. Talvez fossem reforços, mas não fazia diferença. Jogá-los de forma fragmentada era uma tática tola, mas Jaume sabia que Raguel não se importava.

OS CAVALEIROS DOS DINOSSAUROS

Ele agitava sua lança erguida de um lado para o outro. Os Companheiros abriram uma formação bifurcada. Então, ele inclinou a ponta da lança brevemente para a frente. Como se fossem um, os bicos de pato trotando projetaram as gloriosas cabeças cristadas e emitiram um urro mortal inaudível.

Alguns poucos cavaleiros inimigos montando bicos de pato tinham se virado para encarar a nova ameaça. De nada adiantou. Embora a armadura protegesse os cavaleiros da maior parte dos efeitos do terremoto, suas montarias receberam o golpe total. Algumas recuaram e se encolheram, urrando de dor e medo. Duas caíram se debatendo.

Os Companheiros aninharam as lanças e se prepararam. De todos os bons trabalhos que poderiam fazer para a Dama hoje, o perdão não se encontrava entre eles.

Um cavaleiro de armadura esmaltada clara tentou recuperar o controle sobre seu brilhante sacabuxa azul. Sua cabeça com crista em forma de tubo sacudia freneticamente para a esquerda e direita; os olhos reviravam como se estivessem soltos das órbitas. Jaume ergueu a lança para permitir que Camellia trombasse com a fera usando seu maciço esterno.

O parassaurolofo não teve chance. O impacto foi tão poderoso que Jaume escutou seu cóccix quebrar numa trovoada. O dinossauro guinchou tão estridentemente que o som foi além do alcance auditivo de Jaume, enquanto a criatura tombava com um estrondo e uma nuvem de pó amarelo.

Costelas quebraram num som alto ao que Camellia passou por cima de seu oponente caído. O crânio protegido do cavaleiro explodiu como uma baga madura quando o pé direito dela o acertou em cheio.

Outro cavaleiro cruzado conseguiu virar seu morrião verde na direção de Jaume. Embora o sangue escorresse pelo tímpano direito rompido, o hadrossauro ficou de pé sobre as enormes patas traseiras para atacar. Mas ele não teve tempo.

Jaume conseguiu registrar que o rebordo do escudo verde e a placa peitoral da armadura de seu inimigo eram feitos de ouro de verdade. Então, sua lança o acertou na carapaça ossada do pescoço e o virou para trás na sela, derrubando-o sobre a cauda do monstro.

Camellia trombou na lateral do morrião. Seu cavaleiro gritou como um gorducho escaldado quando ela pisou sobre suas pernas blindadas.

VICTOR MILÁN

Então ela atacou um corcel que, ágil como um saltador, saiu da sua frente. A lança de Jaume se chocou contra a malha que protegia a axila do seu cavaleiro, cujo braço da espada estava erguido. Ele deixou a lança cair junto da vítima e desembainhou a Dama do Espelho.

Sua principal arma continuava sendo a própria Camellia. Seu corpanzil espalhava cavalos como se fossem bonecos de palha.

O ataque dos Companheiros havia atingido em cheio os cavaleiros de dinossauros cruzados e seus guerreiros. Mas não ocorrera sem um preço.

À direita, Jaume viu Persephone, o sacabuxa de Timaeos, ser arremessado contra o chão. Seu peito levantou um círculo de pó e vegetação picada. Sangue escorria vermelho da lança quebrada que atravessava seu pescoço creme e ferrugem.

Timaeos voou por sobre seu pescoço. O gigantesco griego teve presença de espírito para sacar seu escudo, que trazia estampada uma lanterna vermelha, em pleno ar. Então, ele encolheu a cabeça e rolou.

O capacete foi arrancado. Timaeos ficou de pé imediatamente, como se nada tivesse acontecido. Seus cabelos e barba bronzeados brilhavam desafiadoramente, mesmo sob a luz débil do sol.

Ayaks cavalgou na direção dele e estendeu a mão para que Timaeos a agarrasse e subisse em seu morrião, Bogdan, mas o griego o dispensou. "Vá!", ele gritou. "Cavalgue como o Inferno! Eu seguirei a pé!" E, a seguir, esmagou a cabeça de um oponente com sua marreta. O pescoço do cavaleiro quebrou com um estalido audível ao que ele era arremessado longe.

Jaume voltou a atenção mais uma vez para a frente. Ele e Camellia estavam mergulhando na horda agora. Homens e mulheres estouravam sob seus pés como bexigas de sangue e o líquido espirrava em Jaume como uma chuva escarlate incessante.

De algum modo, Jacques havia avançado quarenta metros à frente de seu capitão-general. Agora, o cavaleiro francés estava encurralado em sua sacabuxa branca, Puretée. Uivando pungentemente, ela recuava, dando patadas no ar. Jacques golpeava com sua espada longa nos cruzados que escalavam suas rédeas de couro e arreios.

Em meio a gritos, a horda enxameou as laterais da sacabuxa, escalando-a na ansiedade de agarrar seu cavaleiro. Uma mulher saltou por trás de Jacques e envolveu seu capacete com os braços. Ele retalhou

OS CAVALEIROS DOS DINOSSAUROS

para cima e para trás com o escudo. O aro acertou a bochecha esquerda da mulher, que caiu, mas arrancou o capacete dele no processo.

Jaume instou Camellia a um pique sobre as duas pernas pela multidão. Por um momento, um fervor de corpos imundos ocultou Jacques de sua vista. Então, ele viu seu amigo ser arrancado da sela. Puretée rodopiava, guinchando. A cauda derrubava os cruzados e os arremessava no ar, mas a massa fechou-se sobre Jacques tão perfeitamente quanto a água cobrindo um seixo arremessado numa lagoa, e quase tão rápido quanto. Esporeando em pânico e desespero, sua sacabuxa abriu caminho pela horda fugindo.

Desesperado, Jaume manobrou Camellia na direção do amigo caído. Ao se aproximar do ponto onde Jacques desaparecera, uma mulher saltou para o alto, segurando uma perna revestida pela armadura esmaltada e gritando em triunfo. Ela estava tão imunda e ensopada de sangue que Jaume não conseguia dizer se estava nua ou não por baixo dos cabelos que caíam emaranhados sobre as coxas. Ele partiu a cabeça dela ao meio com sua espada ao passar.

Chorando, Jaume continuou. O estalido incessante de ossos e carne a cada passo era como um punho encouraçado golpeando sua alma. Mas a única esperança que ele ou qualquer um de seus Companheiros tinham – incluindo os Ordinários montados que os seguiam – era *continuar se movendo*.

Ele jamais havia encontrado inimigos que se recusavam a fugir quando confrontavam dinossauros de guerra que os pisoteavam até tornarem-se sacos de fluidos esmagados. Mas a horda não só não fugia, como *atacava*.

Cortando para a esquerda e para a direita, contra os rostos rosnando que saltavam sobre si, decepando mãos que agarravam suas pernas e rédeas, mal sendo capaz de respirar em meio ao inacreditável fedor de mijo, imundície e entranhas rasgadas, Jaume cavalgou Camellia ao longo do próprio chão do Inferno.

Dando um suspiro de exaustão completa, Floco de Neve chegou ao topo da colina, à esquerda da tenda de Felipe. Fios vermelhos estavam enroscados em sua cabeça, cauda e por todo o poderoso corpo. Nem todo o sangue era humano. Ele tinha sofrido pelo menos uma dúzia de cortes.

Albrecht ajudou Falk a descer do tiranossauro branco.

VICTOR MILÁN

Falk sentou-se pesadamente sobre a grama. Ele mal reparou quando seu escudeiro desafivelou seu capacete e o retirou. Só se levantou quando o garoto ofereceu um balde de água, que ele apanhou agradecido e virou sobre a cabeça.

Ali perto, uma mulher estava deitada de lado, enganchada a outro homem atrás dela pela lança de um Tirano que atravessava sua barriga, numa terrível paródia sodomita. Seus dedos tremiam. Se ainda estivesse consciente, ela devia estar sofrendo tremendamente.

Falk a tirou instantaneamente da cabeça. Sua compaixão pelos assassinos de Raguel acabara bem antes de não ter mais forças para matá-los.

Albrecht trouxe mais baldes. Falk bebeu com sofreguidão de um deles, depois derramou o resto sobre a cabeça. Regatos rosados corriam da sua armadura para o solo.

Seu escudo desaparecera, despedaçado pelo inimigo que não demonstrava nem medo, nem fadiga. Sua armadura estava amassada, com a arrogante insígnia do falcão de duas cabeças quase apagada. A lâmina curvada do machado estava cega e entalhada. Embora ele não pesasse mais do que uma espada, por conta da massa de sua cabeça e a força de Falk, conseguia esmagar ossos mesmo sem gume. Mas havia tantos deles, atacando tão impiedosamente, que Falk golpeara com tamanho fulgor seus inimigos – poucos deles vestindo armaduras e nem todos trajando sequer roupas – tornando a arma agora pouco mais do que um cassetete de aço.

Quando Jaume atravessou o flanco direito dos cruzados, ao menos desacelerara a matança. Mas, embora os Companheiros e seus partidários tivessem cavalgado até a orla do rio, perdendo pelo menos metade dos seus, mas tendo matado milhares, a horda continuava avançando de forma implacável.

Falk lutara tanto quanto pudera. Então, retornara à colina do imperador para recuperar o fôlego. Ele contara de forma conservadora que, ao lado de Floco de Neve, havia matado mais de cem homens e mulheres. E alguns tinham armas e sabiam como usá-las.

Fora um feito lendário, mas ele duvidava que se aproximasse de ser o mais notável do dia, suspeitando que o mérito coubesse aos Companheiros e sua épica cavalgada infernal.

O problema, claro, era que as únicas testemunhas que talvez tivessem interesse em celebrar aquela coragem habilidosa e insana também tinham grandes chances de não sobreviver.

OS CAVALEIROS DOS DINOSSAUROS

Falk não conseguia levantar o braço para dar mais um golpe. Seu corpo latejava numa dissonância de uma centena de dores. *Me pergunto se meu pai enfim estará orgulhoso*, pensou ele. *E você, mãe?* Por mais que aquelas dúvidas o tivessem atormentado dia e noite por toda a vida, naquele momento, ele não conseguia realmente se importar com elas.

Contudo, sabia que teria pouco tempo para descansar. Seus Tiranos Escarlates já estavam sendo pressionados pela inundação de carne, recuando passo após passo para a base de Le Boule. Do alto da colina, os arcos e bestas disparavam sem cessar por sobre as cabeças deles. Os projéteis do Exército Imperial eram reabastecidos por um fluxo constante de flechas que vinha das carroças. Que em breve ficariam vazias.

Àquela altura, o Anjo Cinza devia ter perdido dezenas de milhares, entre mortos e feridos. Falk via que não fazia diferença. Era como tentar barrar o oceano com seu chapéu.

Alguém gritou alarmado das redondezas. Falk levantou a cabeça.

Raguel, que se sentara para assistir à batalha como uma estátua, estava mais uma vez cavalgando seu monstruoso tirano. E trinta cavaleiros de dinossauros e uma centena de cavalos pesados tinham acabado de surgir das matas a oeste, ao longo do flanco direito da horda.

Falk suspirou. "Então é isso", ele disse em voz alta. "É o nosso fim."

Ancorada no Rio Afortunado, a ala direita imperial resistia firme, apesar das perdas terríveis. Mas na outra ala, o Exército Imperial não conseguiria nem atrasar uma procissão de aleijados com muletas. Quanto mais cavaleiros e montarias descansadas.

Ele sentiu um toque em sua ombreira direita. Olhou ao redor. Pela primeira vez percebeu que o avambraço que protegia aquele braço tinha sido arrancado, deixando uma manga de seda rasgada e a manopla de aço.

O imperador estava ao seu lado, sorrindo para Falk como uma benigna lua barbada. Ele segurava a espada longa na mão direita.

"Chegou a hora de mostrar a esses loucos como morrem os grandes de Nuevaropa", ele disse, com o braço esquerdo aberto para permitir que um pajem de rosto pálido como cinzas prendesse um escudo a ele.

"Não, Majestade", Falk exclamou. Ele tentou se levantar. Felipe o segurou no chão com uma força surpreendente.

"Descanse, filho", o imperador falou. "Guarde suas forças. Eles virão até nós, como sabe."

Suspirando, Falk desmontou. Não havia como negar a verdade. Os Tiranos estavam sendo empurrados para o topo da colina. Logo seriam superados.

Floco de Neve estava deitado com seus olhos vermelhos fechados e a ponta do focinho descansando na relva. Uma mudança na brisa úmida trouxe um pouco de frescor e um lampejo do cheiro da floresta. O contraste com o abrasador fedor do matadouro chocou Falk. Seu frescor era uma mácula que o lembrava do que ele estava prestes a perder... a esperança. O mundo. Tudo, dali a poucos segundos.

Floco de Neve se contorceu e abriu os olhos. Apesar da própria exaustão, levantou sua enorme cabeça para olhar na direção dos recém-chegados.

Os garotos mensageiros apontavam naquela direção, gritando. Alguns davam vivas, outros dançavam e riam, loucos como se fossem da horda, com lágrimas correndo por suas faces.

Falk olhou. Por um momento, seu cérebro recusou-se a compreender o que via.

A um quilômetro à esquerda, monstros surgiam das árvores. Monstros que caminhavam sobre quatro patas que pareciam colunas. Monstros com chifres que eram como lanças nas testas, que usavam aço nos rostos e castelos nas costas. Os tricerátopos tinham chegado à guerra. Eles berraram uma beligerância satisfeita ao caminharem na direção da horda.

Ao lado deles, marchava uma infantaria com lanças, escudos e arcos.

À sua frente uma única e solitária figura vinha num cavalo cinza, seguido de perto por um homem num curioso e bem menor chifrudo.

"Então, meu inimigo vem juntar-se à batalha?", murmurou Felipe. "Você vai ajudá-los, voyvod Karyl? Ou a nós?"

Ele meneou com tristeza.

"De qualquer modo, dificilmente fará diferença."

– 42 –

Hombre armao, Homens de armas, Gendarme
*Guerreiros que lutam no lombo de cavalos, quer sejam cavaleiros
ou não: cavalaria em oposição à dinossauria. Diferentes dos
cavaleiros de dinossauros, eles são predominantemente homens.
A cavalaria pesada usa armadura completa; a cavalaria média,
placas peitorais e malha ou cota de couro de unichifre.*
– UMA CARTILHA DO PARAÍSO PARA O PROGRESSO DE MENTES JOVENS –

"Então", disse Rob, espiando pela tela de arbustos nos limites da floresta para um turbulento mar humano cinzento, "tem certeza de que isto é uma boa ideia?"

Alados pequenos e coloridos conversavam uns com os outros nos galhos ao redor, destaques incongruentes em meio ao murmúrio constante da algazarra, gritos e berros vindos de baixo. Rob estava sobre a Pequena Nell. Karyl, ao lado dele, montava Asal. Apesar do maior banho de sangue em cinco séculos ocorrendo praticamente aos seus pés, a chifruda estava claramente mais nervosa por estar ao lado da égua, que tinha metade do seu peso.

Rob vestia um capacete aberto e cota de malha, e tinha Wanda com ele. Um escudo redondo, pintado de branco, estava pendurado ao lado do joelho esquerdo. Ele trazia uma cabeça azul de tricerátopo, que alguém começara a utilizar como o distintivo do que alguma outra pessoa chamara de Legião dos Fugitivos. Ambos tinham se espalhado pelo exército como piadas sujas.

"Claro que não é", Karyl respondeu. Ele voltara a portar-se de forma imperturbável. "Mas vamos fazer da mesma maneira."

Ele usava um elmo ovdano, com um avental de placas de aço sobrepostas protegendo o pescoço, e seu típico colete de couro de caminhante. Um escudo estava pendurado do lado direito da sela, o cabo da espada longa aparecia à direita do quadril. Ele portava uma aljava com flechas e outras mais nos cestos da sela. Segurava seu arco de chifre recurvado na mão direita.

Instou a égua a se mover. Bobinando a cabeça, ela atravessou os arbustos espaçados, saindo à luz do dia. Ao menos o que havia dela naquele dia sinistro e fatídico.

"Por quê?", Rob perguntou. "Por que vamos fazer isso? Por que *você* vai fazer isso? Os imperiais te traíram... te esfaquearam nas costas. Agora puseram um preço pela sua cabeça. Por que cortejar a morte para resgatá-los?"

"Porque, depois de tudo isso, descobri que ainda sou humano", Karyl disse, sem olhar para trás.

Três árvores se despedaçaram em volta de Rob quando vinte e nove monstros encouraçados ribombaram para fora das matas. Balançando a cabeça e praguejando coisas que nem ele conseguia escutar com todo aquele barulho, ele tocou os flancos de Nell com os calcanhares e trotou atrás do seu mestre, tocado pelos Fae.

"Estamos vivos, meu senhor", dissera Machtigern, o geralmente fatalista, num tom de espanto.

Os Companheiros e seus Ordinários tinham ido descansar às margens do Rio Afortunado. Eles haviam conseguido cavalgar para fora da horda do Anjo Cinza e os Companheiros que sobreviveram tinham se disposto num semicírculo voltado para fora, protegendo os remanescentes da cavalaria média e seus irmãos cavaleiros.

VICTOR MILÁN

Jaume e os homens estavam desabados nas selas dos bicos de pato, cujas gloriosas cabeças cristadas pendiam de exaustão, enquanto as laterais do corpo bombeavam como enormes foles.

Os homens tinham removido os capacetes para jogar água sobre a cabeça, que guardavam em latas de aço. A seguir, beberam com cautela.

Por enquanto a horda passava por eles. Ela estava focada num só propósito inumano: arremessar-se contra as últimas defesas de La Miche e Le Boule. Ferido e cansado, Jaume mal conseguia ficar ereto para olhar ao redor e assimilar o choque daquele matadouro.

Mas como alguém pode ver a beleza, se nunca confrontar seu oposto?, perguntou-se. Nem mesmo a verdade da Dama podia fazer muita coisa para aliviar a dor da perda por seus irmãos e auxiliares.

Quando enfim olhou, o que viu era feio o bastante. Somente Florian, Ayaks, o sólido Bernat, Machtigern e os dois anglaterranos, Owain e Wil Oakheart, restaram da sua doce irmandade.

"E quanto a Timaeos?", perguntou ele.

Oh, Melodía, meu amor, pensou. *Como rezo à Dama que você esteja segura e longe daqui!*

Mas ele não ousava refletir demais quanto àquela probabilidade. Mesmo sua alma tinha um ponto de ruptura.

Ayaks balançou a cabeça loira, coberta de suor. "Se foi. Ele avançou por duzentos metros dentro dos demônios, antes que conseguissem derrubá-lo."

"Outro feito épico que não terá línguas para cantá-lo", comentou suavemente Florian. Ele tinha descido por uma parte inteira da orla que colapsara para encher com água do rio as cabaças dos Companheiros. Jogou uma para o alto. Owain a apanhou com uma mão e virou na boca aberta.

"Estou registrando o máximo que consigo", disse Bernat. Ele soltou um raro sorriso. "Quem sabe alguém encontre minhas crônicas no meu corpo e ache adequado preservá-las quando toda esta insanidade acabar."

Jaume sorriu. "Vi o pobre Jacques morrer. E assim perdemos Iñigo Etchegaray e István..."

"E os dois Pedros, sim", completou Florian. "E Dieter."

Jaume fez um meneio. "Uma pena. O rapaz nunca teve chance de mostrar ao mundo o que poderia fazer."

OS CAVALEIROS DOS DINOSSAUROS

"Ele morreu bem", Ayaks falou. "Eu vi acontecer." Ele não elaborou mais do que aquilo.

"Só espero que eu também me saia bem", Jaume disse. "Vi Rupp morrer também. Pelo menos nosso bom coronel Alma sobreviveu. Os Ordinários estão em boas mãos."

"E agora?", Ayaks perguntou.

"Podemos morrer de pé", Florian observou, "ou morrer cavalgando. Qualquer coisa além..."

Ele franziu o rosto, elucubrando. "É isso."

"Tropas montadas sempre são mais fracas quando esperam pelo ataque", disse Machtigern.

"Então devemos tentar voltar para as linhas ou mergulhar ainda mais?", Owain perguntou.

"Digo para atingirmos a horda diretamente", afirmou Wil. "Digamos que a gente retorne às linhas; isso não defere meramente à proposta de 'morrer em pé'?"

Ele deu de ombros. "Espero que nenhum de vocês me interprete mal por não querer esperar mais. Se vamos morrer, então chega de protelar."

"Estou com você!", Owain bradou. Os demais concordaram.

"E quanto aos Ordinários?", Machtigern perguntou. "Eles merecem ter escolha. E também os pobres bastardos da reserva."

"Eles são da cavalaria", Florian comentou. "Devo sugerir que, ao escolherem essa ocupação, eles fizeram sua escolha?"

Ele lançou uma última cabaça para Wil Oakheart, então subiu de volta ao nível dos demais, com a ajuda das raízes, rígidas pelo cálcio. Embora uma armadura bem-feita – e os Companheiros usavam as melhores – distribuísse seu peso de modo a não atrapalhar muito os movimentos de seu usuário, a agilidade de Florian era notável.

"*Morte à cheval à gallop*", disse Jaume: Morte galopando nas costas de um cavalo. Era o credo de qualquer montador – e seu desejo professado.

"Então é isso", disse Wil, enfiando a cabaça no cesto que lhe restara, nas costas de seu sacabuxa verde, de olhos vermelhos, o Dragão Vermelho. "Vamos dançar, colegas?"

"Espere!"

Florian havia parado próximo da orla desmoronada. Ele se endireitou e apontou para o oeste, além do anel que protegia os Ordinários e da horda que fluía incansável para o sul.

VICTOR MILÁN

Machtigern praguejou. "Mais cavaleiros de dinossauros."

"Você não prefere morrer pelo aço deles do que ter seus membros arrancados uma a um?", perguntou Ayaks.

"É um bom ponto, irmão!", comentou Wil.

"Não estou falando deles", corrigiu Florian. "Ali... além deles. Vejam, meus amigos!"

Enormes dinossauros estavam surgindo da distante floresta. Dinossauros com chifres, com castelos de combate presos às costas.

"Trichifres!", exclamou Ayaks. Ele disse algo na sua língua nativa, slavo.

Jaume não conhecia a língua, mas captou as palavras "Voyvod Karyl Vladevich." Ele começou a rir.

"Antes do Hassling, eu jamais havia traído ou assassinado antes", ele disse. "Agora, pela primeira vez na vida, fico satisfeito em ser lembrado de um trabalho malfeito. Cavalheiros, preparem-se. Vamos cavalgar!"

Torcendo-se para os lados na sela de Meravellosa, Melodía arremessou uma azagaia. Ela acertou a anca de um sacabuxa por entre seu enfeite com losangos branco e verde e ricocheteou, ficando pendurada pelas barbas. Seu projétil não conseguira penetrar o couro grosso sob o manto.

Ela liderava suas jinetes para o norte, passando quase ao alcance de trinta cavaleiros de dinossauros que aguilhoavam o flanco oeste da horda. Contanto que elas permanecessem longe do alcance de uma rabada desferida num giro rápido, aquilo era tão seguro quanto qualquer outra coisa que pudesse ser feita num campo de batalha; se a horda fazia uso de armas disparadas à distância, ela não via evidências.

Claro, com números estarrecedores como aqueles, a Cruzada do Anjo Cinza tinha pouca necessidade de dardos, flechas ou mesmo de máquinas. Melodía ficara moderadamente surpresa ao ver alguns cavaleiros, em blocos tradicionais, vestindo armaduras. *Acho que Raguel se diverte em degradar seus escravos ao ostentar o domínio que tem deles*, ela pensou.

Ela respirava pela boca aberta. Pela brisa que soprava do norte, o fedor de imundície e podridão da horda era um miasma tão denso que havia atingido o seu rosto como um saco de areia, quando ela chegara à distância de cem metros.

Bicos de pato guinchavam quando eram atingidos pelos dardos. Alguns recuavam. Uma azagaia, que trouxera sorte a quem arremessara,

OS CAVALEIROS DOS DINOSSAUROS

mas não tanto a quem a recebera, havia atingido a nuca de um sacabuxa sem blindagem. O animal guinchou em vastos círculos, balançando a cabeça protegida por aço, como se quisesse se livrar da dor, enquanto emitia acordes cacofoniados pela corneta em sua cabeça. Os cavaleiros atrás tiveram de se desviar amplamente para evitarem a cauda segadeira.

Melodía escutou uivos atormentados ao que diversos bicos de pato guinaram para a direita, para dentro da massa de cruzados a pé. Parecia que os cabeças de balde de Raguel se importavam ainda menos com seus inferiores do que os convencionais.

Projéteis disparados à mão não conseguiam ferir cavaleiros protegidos por aço, mas aferroar suas montarias monstruosas ajudava. Ao ponto que qualquer coisa era de valia, numa batalha tão desigual.

Ela passou pela última cauda oscilante de hadrossauro. Ao fazê-lo, escutou assobios estridentes vindo das alas da Legião. É hora de tirar as minhas meninas da frente, ela pensou. *Os trichifres de Karyl estão entrando no alcance dos arcos.*

Ela virou a cabeça da sua égua e a instou num galope firme, circundando os cavaleiros de dinossauros e gendarmes, na ala esquerda da Legião. Escutou um ruído quando os arcos de aço foram liberados, então um assobio cortante ao que as flechas com penas passaram por suas cavaleiras num moscardo agudo. Vibrações altas ressoaram quando dois ferrões montados sobre os tríplices dispararam.

A artilharia de Karyl não conseguia mirar de forma adequada sobre o lombo de feras em movimento. Os dois disparos foram altos demais. O que significava apenas que eles navegavam nas costas altas dos dinossauros de guerra para causarem carnificina entre os membros da horda.

O que, claro, teria o mesmo efeito de cuspir no Océano Guenevere.

Melodía olhou para trás, por cima do ombro esquerdo. Os arbaletes tinham aprendido a habilidade de disparar com os howdahs. Ela viu duas selas vazias. Um morrião tombava majestosamente para a frente como uma árvore caída, evidentemente atingido ao acaso na cabeça.

Ela voltou a olhar para a frente. Meravellosa era esperta e tinha olhos atentos, mas compensava ter um par extra de olhos em busca de buracos feitos por pequenos mamíferos ou dinossauros escavadores. Um casco que caísse inadvertidamente num desses poderia facilmente quebrar a perna de um cavalo além da possibilidade de cura – e,

VICTOR MILÁN

possivelmente, o pescoço de uma cavaleira incauta, quando ela voasse por cima da cabeça do animal.

Arqueiros e arbaletes a pé tinham trotado para a frente dos trichifres, para disparar na horda. Os que traziam os arcos mais pesados disparavam e corriam para trás; eles eram quem tinham mais chance de causar danos às linhas inimigas – e simplesmente não tinham tempo de preparar as armas novamente para um novo disparo. Mas os arqueiros leves e os balesteiros conseguiam fazer o mesmo que os projéteis disparados à mão pelas jinetes: aguilhoar os bicos de pato dos inimigos e causar ainda mais desordem, o que os deixava mais vulneráveis ao ataque conforme os bicos de pato de Karyl e seus terríveis tríplices se acercavam.

Ao passar por montadores da Legião indo no sentido oposto, Melodía conseguiu enfim pensar em algo que fosse além de atingir o inimigo e não morrer. Era um local desconfortável para estar. Ela estava deliberadamente se aproximando dos dois maiores pesadelos de sua jovem vida: Falk e Raguel.

Cada qual, em sua mente e âmago, monstruoso.

Mas o que posso fazer?, ela se perguntou pela centésima vez, na última noite e dia. *Que escolha eu realmente tenho?*

Ela tinha pressionado o taciturno tirano para fora de seu covil, forçando-o a agir – a comandar. Ele o fizera. Agora, se Karyl pudesse ajudar o Marechal da Paz Imperial, o homem que via como um traidor, pelo simples bem de ser humano, será que ela conseguiria se segurar? Abandonar seus novos amigos da Legião dos Fugitivos, que confiavam nela? Seu pai? Seu verdadeiro amor, Jaume, a quem ela desdenhara no que agora sabia ter sido mera petulância infantil, por ele não ter feito o que ela queria e por ter desafiado as ordens de seu pai?

Ela gostaria de, mesmo quando era uma menina mimada e protegida, não ter sido tal pessoa. E seguramente não o era agora.

Perdoe-me, Jaume! Ela choramingou dentro de sua mente.

E então: *Não! Não posso fazer isso agora!*

A princesa liderou seu esquadrão ao redor do flanco norte dos cavaleiros pesados da Legião. Carroças vinham logo atrás, carregando flechas e azagaias novas. Ela e suas comandadas tinham usado quase tudo que carregavam.

Aquela não seria a última vez, ela reconheceu.

OS CAVALEIROS DOS DINOSSAUROS

Rob observou orgulhoso a Comandante de Cabelos Curtos dos Cavalos liderar suas selvagens cavaleiras de volta às carroças para recarregar. Ela encimara seu capacete com uma cauda de cavalo tingida de vermelho, para facilitar que suas tropas a vissem em combate. Agora, com ela pendendo para trás, Melodía tinha um visual ovdano ainda mais imponente.

A prima hada de Karyl tinha razão sobre ela, ele pensou. *Princesinha mimada ou não, ela tem o espírito de um cavalo bárbaro.*

Ele se perguntou brevemente como aquilo se desenrolaria quando ela se tornasse uma arquiduquesa e assumisse seu lugar entre os grandes do império. Então riu.

"Como se isso fosse acontecer", disse em voz alta. "O destino dela é acabar o dia dentro da barriga da horda, assim como eu."

Ele coçou a Pequena Nell atrás das carapaças ossadas do pescoço. "Que Maia me permita dar uma bela indigestão àqueles demônios." Ela balançou a cabeça e bufou.

A chifruda se sacudira até conseguir ficar fora do alcance do coice da égua mal-humorada de Karyl. Então, eles cavalgaram adiante e para a esquerda do bloqueio formado pelos trichifres que avançavam. Claro, normalmente a tripulação dos castelos de combate dispararia em qualquer um que estivesse tão próximo, mesmo montado no lombo de cavalos – ou, como Rob, num primo bem menor dos tricerátopos. Mas Karyl não havia sobrevivido à décadas de aventuras romantizadas ao supor que coisas como boa pontaria eram garantidas. O que deixava o filho único de mamãe Korrigan bem satisfeito.

Ele recusou-se a deixar sua mente perguntar-se se o destino mais gentil que o dia poderia oferecer seria uma ponta cinzelada atravessar sua nuca...

Regular como um relógio, Karyl disparava com seu arco. Os globos oculares de Rob estavam tão frenéticos nas órbitas que tinham dificuldade de focar; mas, se conhecia Karyl – e, na medida em que qualquer criatura pudesse fazê-lo, Rob conhecia –, suas flechas estavam certamente ceifando vidas de cruzados. Do tumulto que aumentava logo à frente, concluiu que os disparadores da Legião estavam também cumprindo seu típico trabalho sangrento.

Passadas pesadas ribombaram à esquerda de Rob. Ele virou-se para ver o barão Côme liderando a dinossauria, passando pelos tríplices em seu morrião marrom, Bijou. Atrás deles, vinha a cavalaria pesada. Ao sul, a ala direita fez o mesmo. Ela era comandada pelo jovem barão de Fond-Étang, Ismaël, que, bem castigado, tinha se juntado ao exército de fugitivos com alguns poucos apoiadores em Métairie Brulée pouco depois que as tropas de Célestine se perderam.

Como tantos outros, ele testemunhara o primeiro ataque da horda e por pouco escapara com vida.

O exército de Karyl era o maior e mais poderoso reunido desde que ele e Rob haviam chegado a Providence, com pouco mais daquilo que conseguiam carregar nas costas. Bem... e nas costas da Pequena Nell. Até onde Rob podia dizer – e não era muito, já que ele não tinha tanta intimidade com números quanto, por exemplo, Élodie – eles tinham trazido seis mil guerreiros e guerreiras para enfrentar a horda. Muitos haviam sido transformados em veteranos por conta das batalhas incessantes em questão de dias.

Nenhum deles era mais do que uma mordida de chifrudo no traseiro de um titã contra aquela inundação de malícia. "O que estou fazendo aqui?", ele murmurou para Nell. "Um chefe dos espiões não tem muita utilidade num ataque frontal que levará à morte certa."

Ele suspirou de modo teatral, ainda que estivesse certo de que não havia ninguém prestando atenção. De qualquer maneira, ele sempre era sua melhor audiência. "Provavelmente a esta altura eu não suportaria ser deixado de fora. Mesmo desta enorme autoimolação em que ele e seu exército parecem ter mergulhado."

A unichifre voltou a bufar.

"Sim, e você está certa", ele disse. "Pensa nas canções que cantaria sobre este dia se, por algum acaso idiota, conseguir sobreviver? Oh, e no glorioso palácio que construirei para nós quando você aprender a cagar ouro... algo quase tão provável quanto."

Os bicos de pato da Legião iniciaram um trote de sacudir o chão. Algo atraiu a visão de Rob para a extrema esquerda, acima das cabeças dos cavaleiros de dinossauros de Côme. Acima do cume da linha de árvores, a quinhentos metros de distância, havia uma figura solitária, de manto e capuz.

A Testemunha, Rob soube, e sua garganta paralisou. *Karyl tinha razão. Ela também é real. E por que você, de todas as pessoas, questiona coisas lendárias se erguendo e caminhando pelo mundo?*

OS CAVALEIROS DOS DINOSSAUROS

Ele pensou em chamar a atenção de Karyl para ela. Então, repensou. *Algumas coisas preciosas passam despercebidas por Karyl. E, agora, ele tem coisas melhores para pensar.*

Os arqueiros arbaletes leves retornaram por entre os tríplices. E as alas montadas da Legião atacaram a cabeça e a cauda da coluna de cavaleiros de dinossauros e guerreiros.

Karyl reduziu o trote de Asal. Rob o imitou, puxando as rédeas da Pequena Nell para reduzir o ritmo. Os trichifres passaram.

E, abaixando as enormes cabeças chifrudas, mergulharam nos dinossauros de guerra do Anjo Cinza.

Refugiados e prisioneiros tinham dito à Legião dos Fugitivos que o grosso dos cavaleiros cruzados se juntara a Raguel por escolha própria, e não respondendo às garras do Anjo cravadas em sua mente. Alguns o fizeram temendo por suas famílias ou por si próprios. Outros tomaram a causa do Anjo Cinza como gloriosa, uma oportunidade de pilhagem ou apenas para estar do lado vencedor. Alguns vieram até por zelo religioso: a Cruzada do Anjo Cinza executa o julgamento divino dos Criadores.

Mas alguns cavaleiros seguiram Raguel somente pelo prazer do sangue e tortura.

Pouco disso importava a Rob pelo fato de os cavaleiros cruzados continuarem a cavalgar contra as linhas imperiais até o momento em que os tricerátopos começaram seu ataque. Ele julgou que Raguel devia ter instigado aquela compulsão neles, para ignorar uma ameaça tão funesta. Isso sem contar tão enorme.

Enfim, os cruzados guinaram seus bicos de pato para contra-atacar as fortalezas ambulantes. Sobre suas poderosas pernas, hadrossauros de guerra eram bem mais rápidos do que corcéis, desviando com mais facilidade.

Agora, aquilo só significava que os monstros e seus cavaleiros morriam mais rápido.

Os tricerátopos podiam alcançar uma surpreendente velocidade também. Karyl raramente os utilizava daquela maneira. Era perigoso para as tripulações dos castelos de guerra, ameaçando arrancar até as botijas presas por couro de chifrudo reforçado. Os tríplices eram mais eficientes quando abaixavam as cabeças enormes e arremetiam, ou apenas caminhavam.

VICTOR MILÁN

Ver aquilo tão de perto deixou Rob sem fôlego. Mañana, um dos machos mais jovens, trazido de Ovdan pela prima de Karyl, deslizou seus chifres encapados com aço por sob o peito de um sacabuxa que atacava. Ignorando a lança que se pronunciava de sua proteção de aço, ele utilizou seus chifres como uma forquilha gigante. Com uma sacudida dos músculos grossos do pescoço, arrancou o hadrossauro do chão. Então, empurrou mais fundo os chifres dentro da barriga do sacabuxa.

Rob estremeceu, simpatizando com o urro de dor do parassaurolofo.

Sangue esguichou no rosto de Mañana. Vísceras roxas, grossas como as coxas de Rob, caíram sobre o chão de calcita amarela. Gritando, a fera virou de lado. Seus pés chutaram as próprias vísceras.

Rob sentiu como se os chifres tivessem perfurado sua própria barriga. Aquele era o dilema de qualquer senhor dos dinossauros: amar, cuidar e treinar as enormes feras que dominavam o cenário de Paraíso... apenas para aquilo: matarem e serem mortos uns pelos outros.

Bem, e homens, claro. Para qualquer senhor dos dinossauros digno de seu soldo, aquela era uma questão secundária. Você nunca se submeteria aos riscos, à labuta pesada e dores de cabeça inerentes à função, se não preferisse dinossauros a humanos.

E os bicos de pato de Raguel eram magníficos.

Os estranhos e acéfalos integrantes da horda faziam um mínimo esforço para cuidar da própria integridade. Com frequência eles caíam mortos durante a marcha, de fome ou desidratação. Não porque a comida – ainda que de natureza terrível – e a água não estivessem disponíveis, mas meramente porque, qualquer que fosse o pavoroso êxtase que dominava suas mentes e almas (se ainda as conservassem), os fazia se esquecer de beber e comer.

Mas ninguém, nem mesmo o Anjo Cinza, podia tratar feras de guerra daquela maneira, equinas ou dinossauros. Não se quisesse fazer uso delas. Alguém precisava cuidar das criaturas. E, pelo que dava para perceber, das armaduras dos seus montadores.

O que confirma que esses cabeças de balde se voluntariaram para se juntar a este enorme mal, Rob refletiu. *Pena que nossos tríplices não podem atingi-los diretamente e poupar seus amáveis dinossauros.*

Num surpreendentemente curto período de tempo, estava acabado. Nenhum dos trichifres tinha sido seriamente ferido. Eles se

OS CAVALEIROS DOS DINOSSAUROS

espalharam levemente, para evitar as estrebuchadas daqueles que tombavam. Os bicos de pato, claro. Os tríplices não se dignavam a notar quando havia cavaleiros caídos em seu caminho.

Lideradas por seus cavaleiros de dinossauros, as alas da Legião já tinham mergulhado na base dos cruzados. Os corcéis no caminho dos tríplices deram uma olhada nos monstros de dez toneladas e fugiram. A maioria debandou direto pela própria horda, a despeito dos esforços dos seus cavaleiros para controlá-los.

Gaétan passou por Rob em Zhubin, acenando com sua espada e gritando.

Atrás dele, os lanceiros da Legião marchavam – não conscritos infelizes, mas voluntários bem treinados e respeitados, levedados por veteranos. Com o que Rob achou ser mais coragem do que bom senso, os homens de Gaétan, munidos de lanças e escudos, se adiantaram com suas malhas tinindo para formar um amortecedor diante da horda e das pernas e barrigas vulneráveis dos tríplices. Arqueiros lançavam flechas por sobre as cabeças dos seus camaradas e até os castelos de combate, erguidos muito acima do solo, lutavam; eles conseguiam encontrar ângulos absurdamente elevados e ter certeza de acertar seus alvos quando as setas desciam. Rob escutava as penas delas assobiando em meio ao coral demoníaco de gritos, balbucios e golpes.

Ele parou sua montaria. *Com sua licença, querido Karyl*, ele pensou, *eu e Nell vamos ficar aqui atrás e esperar que os duendes venham até mim. Não que teremos de esperar muito.*

Ao menos não o bastante...

Ele deslizou o braço pela alça de couro na parte de trás de seu escudo redondo. Conforme o apanhava e serpenteava o braço para conseguir alcançar a alça de madeira envolvida por couro, a horda virou-se para atacar seus novos oponentes.

"Os Oito nos criaram para sermos gratos", ele rouquejou numa garganta seca como o deserto de Alta Ovdan, "pela merda que estamos prestes a receber."

OS CAVALEIROS DOS DINOSSAUROS

– 43 –

Montador, Montadora
Para honrar os cavaleiros, damos a eles o título de Montador
ou Montadora, o que quer dizer um homem ou uma mulher
que cavalga para a batalha sobre um cavalo ou dinossauro.
Em geral, são chamados de Mor ou Mora para abreviar.
– UMA CARTILHA DO PARAÍSO PARA O PROGRESSO DE MENTES JOVENS –

Um choque correu pelo braço de Melodía quando ela cortou com sua cimitarra a nuca de um membro da horda. Enquanto a mulher de meia-idade mergulhava de cara no chão em silêncio, Melodía tentou não pensar em como ela se assemelhava a sua mãe, Marisol. Ou o que era aquela tira rosada que ela mastigava quando Melodía a cortou, tão despreocupada quanto um bico de pato com a boca cheia de grama...

Ela direcionou Meravellosa para longe da multidão. Os trichifres e montadores de Karyl já tinham desaparecido em meio ao veio principal da horda. Ela e suas jinetes agora estavam atacando a parte de trás da multidão colossal que tentava minar os lanceiros camponeses da Legião.

OS CAVALEIROS DOS DINOSSAUROS

A tentação era desaparecer em meio a eles, lacerando com sua lâmina curva. Mas ela já vira dois hadrossauros e um tricerátopo derrubados por nada além daquele enxame humano. A horda em si era um monstro que desconhecia misericórdia ou remorso. Somente fúria. E fome. Ela a engoliria junto de suas cavaleiras numa só bocada, e não desaceleraria nem um pouco... Então, ela liderou suas jinetes para fazer aquilo que habitualmente faziam: atingir e correr. Recuar e atingir de novo. Ela sabia que já havia perdido algumas das suas garotas e garotos risonhos.

Isso se todos já não estivéssemos perdidos no momento em que o sol nasceu neste dia pavoroso.

Ela virou-se na sela para checar seus cestos. Só restara um único dardo de um metro de comprimento, com uma correia de couro de três metros para dar estabilização ao giro quando arremessado. De qualquer modo, as carroças não davam sinais de que ficariam sem repositores. Melodía não fazia ideia de como Karyl conseguira todas elas.

Ela olhou ao redor e puxou as rédeas, parando Meravellosa.

Viu-se de frente para um sacabuxa que parecia um rochedo negro. A cobertura de couro de unichifre que protegia o peito e os flancos, o chanfro de aço em seu rosto e o segmento que descia pelo pescoço brilhavam na mesma tonalidade preta que a pele. A armadura e o escudo do cavaleiro que a encarava também eram pretos, assim como a pluma que acenava do alto do elmo cristado.

"Bosta", disse ela.

A princesa poderia ter fugido. Em vez disso, algum impulso a fez inclinar-se para a frente e bater suavemente no pescoço da égua. Ele estava coberto de suor que Melodía sentiu quente na palma.

Deixando a lança reta em seu soquete, ao lado da perna direita, o cavaleiro ergueu sua manopla e abriu o visor preto. De todo aquele negror, os olhos tristes e perdidos de Bogardus a encaravam, afundados em poços arroxeados de carne.

O que ela viu ali foram as trevas mais escuras de todas.

"Melodía, meu amor", disse ele.

"Não me chame disso!", berrou ela. "Você perdeu o direito de me chamar assim quando nos atraiçoou!"

Ele balançou a cabeça. "Mas você estava lá. Não percebe? Sim, eu traí vocês. Eu traí todos. Principalmente a mim. Mas, no final, eu lutei contra ele. Você viu."

Ela respirou fundo. "Sim, eu vi. Você falhou. Mas tentou."

"E só quando já era tarde demais. Posso ver nos seus olhos, Melodía... Día... acreditaria em mim se dissesse que sinto muito?"

"Se você se juntasse a nós agora, talvez eu acreditasse."

Ela olhou ao redor. Ninguém lhes prestava atenção. A horda estava preocupada em combater os lanceiros imperiais, que tinham conseguido firmar uma formação circular. Os outros cavaleiros leves continuavam a incomodar os cruzados. A maioria continuava fluindo para o sul, tão negligentemente como um rio.

"Eu o faria, se pudesse", respondeu Bogardus. "Não posso. Raguel controla as minhas ações."

"Ele o está fazendo dizer isso?"

"Ele permite que eu o faça. Posso controlar minha fala. Só isso... acho que isso o diverte."

"Por que ele está fazendo isso com você? Por que está fazendo isso com todos nós... toda essa crueldade e horror?"

"Para me punir. Para nos punir."

"Ele não poderia fazer isso... sei lá... de forma mais limpa?"

"Ele nos odeia", afirmou Bogardus. "Todos nos odeiam. Sua espécie... os Sete que restam. Ele pertence a uma facção que acha que os Anjos precisam acabar com a *maior parte* dos humanos, pelo bem de Paraíso. E eles são os misericordiosos. Seus rivais querem varrer todos nós para terem um novo começo."

Isso a abalou em sua sela. "Por quê?"

"Não sei. Eles acham que é a vontade dos Criadores."

"Eles *acham*? Eles não sabem? Os Criadores não mandaram que Raguel iniciasse a cruzada?"

"Não. Disso eu sei. Aparentemente, os Anjos Cinza possuem certa... latitude substancial na forma como executam suas tarefas."

"Erradicar o povo que os Criadores tiveram tanto trabalho para pôr aqui... eu diria que isso é *muita* latitude!"

OS CAVALEIROS DOS DINOSSAUROS

Havia uma parte dela, um observador imparcial, que em geral se pronunciava em momentos de estresse intolerável como aquele. Agora, ele se espantava pela maneira como Melodía falava sobre os Criadores, como se fossem fatos estabelecidos.

Bem, se Anjos Cinza existem... admitiu seu típico eu.

"E agora?", perguntou ela para a triste coisa que havia sido seu amante. "O que quer de mim?"

Ele sorriu como se estivesse em dor excruciante. Aparentemente, teve de lutar para pronunciar as palavras seguintes.

"Mate-me."

Bogardus baixou o visor.

Rob golpeou com o machado bem entre as omoplatas de uma mulher pálida que tentava subir escalando sua bainha. A tripulação dos castelos de combate estava ocupada combatendo o ataque da horda na extremidade oposta, com lanças e machados.

A mulher gritou. Rob liberou a arma. Algo fedorento voou dos ombros dela, enquanto caía.

"Doce Maia, Mãe da Misericórdia", ele murmurou. "Por favor, me diga que o que ela vestia como capa e capuz não era pele humana!"

Abaixada próxima ao pescoço estendido de Meravellosa, Melodía pensou *Essa passou perto*, enquanto passava por baixo da veloz cauda do sacabuxa, que varreu num ângulo ascendente. Ela estivera à distância de uma escama de quebrar a princesa e sua égua ao meio como se fossem gravetos secos. Ela estava tão focada em desviar-se da lança de Bogardus, que a súbita guinada do monstro quase a atingiu.

Ela cavalgou quinze metros em linha reta para ter uma visão clara do sacabuxa.

Nunca tinha percebido o quanto um dinossauro pode ser ágil sobre duas pernas.

Examinando o visor negro, perguntou-se quanto do homem que outrora adorou ainda existia ali. E que bem paradisíaco ele ainda poderia trazer a ela.

A montaria de Bogardus virou-se para ficar de frente para Melodía. Pelo seu treinamento, ela sabia que nada exauria homens tanto quanto combate. Cavalos também, a julgar pela maneira como

VICTOR MILÁN

Meravellosa estava ofegante, com as pernas bem abertas e a cabeça baixa. Ela surpreendeu-se por ainda conseguir estar sobre a sela. Como as pobres almas na linha imperial ainda lutavam após horas de combate incessante era algo que não compreendia, embora supostamente a necessidade devesse ter alguma coisa a ver com aquilo. Ela lutou para desacelerar sua respiração, a despeito da forma como seus pulmões queimavam.

A batalha eclodia em fúria sem ela. Não importava. Ela encarava sozinha o dinossauro preto e seu cavaleiro; suas jinetes estavam cumprindo seu dever, tentando impedir que seus companheiros a pé fossem suplantados... até quando fosse possível.

E tudo bem. Aquela era a sua luta. Ela preferiria uma morte rápida sob os pés do sacabuxa – ou, se fosse realmente abençoada, um golpe rápido da espada longa de seu ex-amante – ao destino de vários que vira sendo espancados, lacerados ou devorados até a morte. Ou desarticulados como um raspador indo para a panela, mas ainda vivo.

Ela sentiu uma pontada de apreensão quanto a Karyl. *Será que ele ainda está vivo?* Então, perguntou-se de onde viera tal preocupação.

Provavelmente estava. Porque, enquanto ele vivesse, seu exército também viveria. Assim como a esperança... de alguma maneira.

O pensamento instou aquela fúria sempre presente a se incendiar.

"Como?", ela gritou para Bogardus. "Como posso matar você? Não posso cortar pela sua armadura com minha espada, mesmo que pudesse alcançá-lo! Me ajude, maldição... se ainda houver alguma coisa humana aí dentro e não for somente aquele estuprador de cabras, Raguel, fazendo joguetes comigo!"

Ele a observou; seus olhos visíveis pela estreita abertura no visor.

Guardando a cimitarra na bainha, Melodía apanhou o último dardo de seu cesto. Deslizando o laço pelo punho direito, ela testou o peso e balanço do projétil com penas.

Será que consigo atingir aquela abertura no elmo?, ela se perguntou. Sabia que não poderia. Seu braço tremia só de segurar a arma. Além disso, ainda que atingisse o alvo precisamente, a ponta de ferro dele era larga demais para passar pela abertura. Melodía não conseguiria um arremesso forte o bastante para arrombar o elmo.

"Ou você só está brincando comigo? Me usando de novo, da forma como você e Violette fizeram?"

OS CAVALEIROS DOS DINOSSAUROS

Bogardus soltou a lança. Ele desamarrou seu escudo preto do braço e o deixou cair. Movendo-se como se estivesse debaixo da água, ergueu suas mãos cobertas por manoplas. Elas agarraram o elmo escuro como a meia-noite como se ele fosse uma coisa viva.

De algum modo, dedos relutantes tatearam as aberturas e o arrancaram. Seus cabelos estavam úmidos e grudados em volta do rosto sem vida. Tudo se tornara cinza plúmbeo como as nuvens que ameaçavam no alto.

Suas feições se comprimiram numa expressão de agonia. "Ele está me punindo por minha ousadia", Bogardus forçou-se a dizer pelas mandíbulas travadas.

Sua espada longa foi arrancada da bainha negra esmaltada. A manopla a apontou para o alto.

"Defenda-se, meu amor!", Bogardus gritou. "Não consigo mais..."

Melodía instou Meravellosa a galopar num ângulo à esquerda, o que a colocaria no flanco lustroso do sacabuxa. E dentro do alcance da lâmina longa de seu cavaleiro.

Quando se nivelou ao bico cego no dinossauro, Melodía arremessou o dardo. A espada longa assobiou. Ela abaixou-se, agarrando o pescoço de Meravellosa. A lâmina tocou a ponta de seu elmo e cortou a cauda do cavalo.

Melodía virou a égua firme para a esquerda e a pressionou com os calcanhares. Meravellosa guinchou como se tivesse seu próprio rabo colossal para servir de contrapeso, se recompôs como um saltador e disparou.

Vinte metros à frente, a princesa desacelerou a montaria. Sua pobre e fiel garota estava pisando em tocos de gramíneas pisoteadas agora.

Melodía olhou para trás. Bogardus estava sentado inerte na sela do sacabuxa. Os braços jaziam pendurados nas laterais.

Seus olhos negros encontraram os dela. De algum modo, eles pareciam menos pretos.

"Obrigado", ele murmurou.

Mas nenhum som saiu de sua boa. Apenas sangue espirrando do dardo enterrado em seu pescoço.

Ele caiu no chão. Assim como as lágrimas da princesa.

Quando o tríplice tombou com um estrondo, os olhos de Rob Korrigan ficaram nublados pelas lágrimas. Era o Chifre-Quebrado, um dos seis originais, derrubado por nada além de mãos e da maldade de uma massa de criaturas que não era mais humana do que o próprio tricerátopo.

A enorme criatura, e os quatro homens e mulheres que tripulavam sua cornaca, eram todos amigos de Rob. Vê-los superados por aquelas coisas profanas fez com que ele apertasse firme seu machado e escudo numa fúria impotente.

Gaétan, que estava mais próximo do que Rob, liderou uma dúzia de escudos da casa para tentar resgatar a tripulação do monstro caído. Zhubin estava mancando, com uma seta perfurando sua coxa esquerda. Mesmo ferido, o animal não recuava de uma luta.

Foi inútil. A torrente de carne forçou o resgate a recuar. Nem mesmo a genialidade transcendente de Karyl podia superar a quantidade inebriante de membros da Cruzada do Anjo Cinza.

Nós trabalhamos uma execução terrível hoje, Rob refletiu. A cabeça de Wanda, seu escudo e até seu rosto gotejavam sangue. Ele coçava abominavelmente, secando sobre sua pele e barba. *E não adiantou muita coisa.*

Por enquanto, ele estava sozinho, com seu cansaço e o coração adoentado. Atrás dele, as lanças da Legião estavam estagnadas em círculos eriçados. O resto da infantaria e a cavalaria que sobrevivera se movia junto, num amontoado ao lado dos trichifres. A maioria ainda vivia; eles matavam de forma tão efetiva que a horda tendia a ficar fora da sua frente agora. Parecia que Raguel desejava manter sua terrível máquina funcionando... ao menos até ter acabado com ela.

Se a horda fosse um exército comum, já teria retornado fugindo para a Estrada Imperial... provavelmente horas atrás, tamanho fora o dano causado pelos imperiais. Rob via indícios ocasionais de grande comoção a sudoeste, onde era possível divisar um punhado de bicos de pato e um corpo de cavalaria substancial abrindo caminho pela horda na direção do grupo de Karyl. *Aposto que são Jaume dos Cabelos Laranja e seus amiguinhos bonitos*, pensou Rob. *O que eu não daria pra ver tal reunião?*

Ele riu em voz alta, fazendo com que vários escudos da casa à sua volta o encarassem, como se tivesse dado adeus à sanidade. O que, sem dúvida, ele dera – afinal, para ver a reunião entre Karyl e o homem que havia literalmente apunhalado sua Legião do Rio Branco nas costas, todos eles precisariam sobreviver. O que Rob achava um pouco menos provável do que o sol se pôr no oeste naquele entardecer.

OS CAVALEIROS DOS DINOSSAUROS

Por maior que fosse, a horda estava sofrendo perdas enormes. Mas, claro, ela não possuía dezenas de milhares de vontades meramente humanas. Ela possuía apenas uma única e inumana vontade, que a direcionava. E, aparentemente, aquela vontade ainda estava fixa em derrubar a bandeira da cabeça do Tirano do topo de uma colina distante.

Rob suspirou. A Pequena Nell titubeou sob ele. O peso de Wanda pareceu ser igual ao do tricerátopo morto. Seu escudo poderia muito bem ser uma bigorna. Seus músculos doíam tanto que ele não conseguia sentir o que era um conjunto de vários ferimentos menores... nem todo o sangue derramado deliberadamente sobre seu próprio corpo e o de Nell pertencia a outras pessoas. Não que importasse.

"Mais uma vez para a brecha", ele murmurou, forçando o machado a ser novamente erguido pela pura força de vontade. Ou, mais provavelmente, pela obstinação. *Força de vontade nunca foi meu forte*, ele pensou. *Já perversidade...*

Uma estranha quietude recaiu por todo o campo de batalha como se fosse um cobertor. Os cruzados estancaram no lugar e viraram a cabeça para olhar para trás, para o centro da horda. Rob viu um homem desengonçado virar-se, ignorando a espada de Gaétan que pendulava na direção da sua cabeça. Ela partiu o crânio dele ao meio.

Rob sentiu os próprios membros ficarem flácidos. Foi como se algo tivesse tocado dentro dele e drenasse o que restara da sua força. Sua própria cabeça virou-se igual as dos cruzados. As dos seus companheiros também.

"Raguel!", ele grunhiu, espantado e aterrorizado pelo poder da criatura.

Então, viu o que o Anjo Cinza queria que todos testemunhassem. E deu um grito de raptor de negação e medo.

Raguel do Gelo cavalgava seu tirano rei em meio a um espaço aberto de uns cinquenta metros. Era algo que emanava dele; seus servos eram compelidos a manter aquela distância do pavoroso mestre. Não que qualquer um com uma mínima fração de sanidade, incluindo o mais habilidoso e experiente senhor dos dinossauros, ousaria se aproximar das sete toneladas de fúria e terror que o Anjo Cinza montava.

Contudo, alguém o fizera.

Segurando o arco, com uma flecha preparada, Karyl Bogomirskiy galopava diretamente para o horror que se avolumava – e para o horror ainda maior em suas costas.

– 44 –

***Tirán Imperial*, Tirano Imperial**
Tyrannosaurus imperator. O irmão maior do tiranossauro rex: 20 metros de comprimento, 10 toneladas. De acordo com as histórias, Manuel, o Grande, fundador do Império de Nuevaropa e da soberana Torre Delgao, matou um tirano imperial que devastava Nuevaropa, no rescaldo da Guerra Santa, e utilizou seu crânio colossal para fazer o Trono Dentado do Imperador. Curiosamente, para uma criatura tão grande e terrível, nenhuma mais voltou a ser vista em Paraíso desde então.
– O LIVRO DOS NOMES VERDADEIROS –

"Oh, não, meu senhor", Rob murmurou. "Isso é loucura demais até mesmo para você. Está tão ansioso assim para morrer? Você não teria chance contra aquela abominação se estivesse em sua pobre e perdida Shiraa, que é três vezes maior que esse pônei. Como pode esperar vencer assim?"

O aperto invisível em sua vontade desapareceu. Mas nem mesmo Raguel conseguiria ter forçado Rob a *não* assistir.

O gigantesco tirano cinza percebeu que alguma criatura tinha a impertinência de se aproximar. Ele virou-se, inclinou a cabeça para a

OS CAVALEIROS DOS DINOSSAUROS

frente, abriu aquela boca abissal e rugiu em meio a dentes que eram como espadas.

A resposta de Karyl foi afiada e certeira. Uma flecha preta com penas subitamente estava fincada no olho direito do tirano.

Seu esquerdo pareceu tremendamente surpreso.

O monstro estremeceu. Rob se espantou por conseguir sentir o tremor pelo chão, subindo através das pernas grossas de Nell.

O tiranossauro cinzento se ergueu o mais alto que sua cauda flexível permitia; a cabeça colossal pendendo para um lado. O monstro colapsou. No pó. Poeira cinzenta que brilhava como redemoinhos soprados pelo vento distante.

Raguel caiu de pé.

"Puta merda", disse Rob reverentemente para Gaétan, que tinha levado sua montaria para o lado dele. "Eis aí algo que não se vê todo dia."

"Maia", balbuciou Gaétan. "O Anjo parece puto da vida."

Um murmúrio surgiu em meio à horda. Os humanos livres em volta de Rob deram uma ovação de alegria. Um som similar ergueu-se das distantes fileiras condenadas dos imperiais.

Rob atolou-se na percepção a seguir. "Mas um homem a cavalo não poderá enfrentar um Anjo Cinza a pé", ele disse.

"Ninguém jamais enfrentou um sozinho e sobreviveu", Gaétan observou. Ele parecia prestes a chorar.

"Ahhh, bem, até aí", assentiu Rob, "se formos dar crédito a canções e histórias caprichosas – e qual fonte pode ser melhor a respeito de poderosas criaturas míticas? – *ninguém* que tenha enfrentado um Anjo conseguiu sobreviveu."

Gaétan lançou um olhar malvado para ele. "Isso foi encorajador."

Destemida, Asal cavalgou contra o Anjo Cinza. Raguel ergueu sua ceifadora de almas. Karyl disparou novamente.

O Anjo abaixou seu rosto ermo e cinzento para examinar a flecha enfiada em seu estômago. Então, ergueu a cabeça e encarou Karyl, com órbitas que pareciam vazias. Ele nem se deu o trabalho de arrancar a flecha.

A vinte metros do Anjo Cinza, Karyl parou a égua. Ela bufou e balançou a cabeça, desafiadora.

"Se mostrar essa coragem toda, vou acabar te perdoando, sua pequena bruxa malvada", disse Rob. "A Nell, não; mas ela também não conseguiria enxergar tão longe."

VICTOR MILÁN

Por um momento agonizante, os dois antagonistas ficaram se encarando. Karyl pendurou seu arco. Então, sacando sua espada, instou Asal numa lenta caminhada no sentido anti-horário, contornando seu oponente de dois metros e meio de altura. Raguel permanecia imóvel. Ele não se mexeu nem quando Karyl passou por trás dele.

Ele deve saber que é uma armadilha, pensou Rob. Mas agarrando a mínima vantagem que poderia ter, Karyl virou a égua e arremeteu contra as costas do Anjo Cinza.

Rápido como uma cobra, Raguel virou, cortando com a ceifadora de armas num arco amplo. Karyl brandiu a espada. Num instante, Rob percebeu seu objetivo: desviar o golpe e contra-atacar pela direção oposta.

Mas o Anjo não atacou Karyl. Sua lâmina passou pelo pescoço de Asal como se fosse feito de névoa. A cabeça do animal voou longe e o corpo tombou com os cascos para cima. Karyl saltou, ileso. Jogando o ombro na frente, fez um rolamento sobre o chão poeirento com toda a calma de seu povo bárbaro.

Mas ele também estava exausto por ter de abrir caminho lutando através da horda para comparecer ao seu encontro com a Morte. Karyl levantou-se devagar.

Os cabelos tinham se desfeito durante a queda e agora pendiam sobre sua face e por sobre os ombros em feixes úmidos.

"Você se machucou, homem?", Rob perguntou para o ar.

Embora tivesse perdido o arco, Karyl segurava firme o cabo da espada. Portando-a com ambas as mãos, para baixo e para o lado esquerdo, começou a caminhar. Ele se aproximou de Raguel espiralando.

Como antes, o Anjo ficou rígido, permitindo que ele o fizesse. Rob estremeceu ao pensar num gato e num rato. De tudo que fora dito sobre um Anjo Cinza, aquilo era verdade; seu rosto não demonstrava mais expressividade do que o ídolo hediondo e mal talhado ao qual ele tanto se assemelhava. Contudo, sua atitude era de triunfo cruel.

Não mais lento do que o próprio Raguel o fizera, Karyl atacou. Aço badalou ao toar qualquer que fosse o metal místico sem dúvida invulnerável do qual a ceifadora de almas era feita. Karyl e seu oponente passaram um pelo outro.

A dez metros de distância, eles se viraram para se encarar novamente. A postura de Raguel havia mudado; agora, Rob conseguia perceber que ele estava intrigado por aquele humano não estar segurando um

OS CAVALEIROS DOS DINOSSAUROS

toco de metal. A espada de Karyl continuava intacta.

Rob deu uma gargalhada alta. Gaétan o encarou como se ele estivesse louco. *Eu estou. E daí?*

"Não percebeu?", ele inquiriu para seu companheiro. "Nosso voyvod não permitiu que aquela lâmina do monstro pegasse a sua. Esse é o tanto que ele é habilidoso: ele pegou aquela coisa maligna na parte plana e a guiou para deslizar em segurança."

Gaétan balançou a cabeça. "Acho que nunca ouvi falar de alguém que tenha sobrevivido sequer a uma passagem de armas com um Anjo Cinza."

"Pois eu duvido que Raguel também o tenha, rapaz", respondeu Rob.

Raguel aguardava que seu oponente humano se aproximasse. E Karyl o fez.

Novamente, o metal cantou a sua música, contudo, Raguel fora incapaz de obter um corte sólido contra a espada ou seu portador.

Mas Karyl também não era capaz de atacar a pele de aspecto podre do Anjo. E um deles era um mortal. Por mais feroz que fosse a vontade que movesse Karyl, Rob reconheceu que seu corpo devia estar no limite. Ele não poderia continuar a lutar por muito tempo.

Ele estava ficando visivelmente mais lento. Mesmo assim, o Anjo Cinza não conseguia cortar nem o aço, nem o cordão prateado de sua vida. Mas a cada vez, chegava mais perto.

Rob tinha de continuar lembrando a si próprio de que não podia ficar sem respirar.

Enfim, os duelistas pararam de frente um para o outro, a cinco metros de distância.

Karyl decaía como se apenas cordas enganchadas em seus ombros, vindas das nuvens no alto, o mantivessem de pé. Suor pingava das pontas dos cabelos. A ponta da espada se arrastava no chão.

Raguel aguardava, novamente confiante. Seu oponente oferecera um combate sem paralelos, mas agora, estava acabado.

Expressando um arquejo que Rob ouviu – e não por causa da magia do Anjo – Karyl ergueu a espada e cambaleou para a frente. Seus olhos escuros brilhavam loucamente por sob os feixes de cabelos ensopados.

Os lábios de Rob se contorceram por trás da barba enrijecida por lama e outras coisas que Rob não ousava pensar a respeito; abaixo deles, suas entranhas também se reviraram. *É uma vergonha ver uma batalha tão inacreditável terminar com uma nota de desespero tão sem* habilidade, ele pensou. Embora ter pensado daquela maneira parecesse trair o combate ao qual Karyl se prestara.

Ele deveria constituir a maior de todas as lendas sobre um homem que inspirara tantas. Mas, infelizmente, ninguém sobreviveria para contá-la.

De forma quase casual, Raguel movia a ceifadora de almas num ângulo horizontal contra seu oponente.

Com uma explosão veloz como um vexer, Karyl mergulhou numa estocada frontal. A lâmina assobiou por sobre a cabeça, sem tocá-lo. Ele passou cortando o enorme braço cinza que a segurava.

O antebraço de Raguel se separou. A mão rodopiou para longe – garras ainda segurando a ceifadora de almas – e aterrissou no chão a quinze metros de distância.

Raguel jogou a cabeça para trás, abriu as mandíbulas e vomitou um berro de fúria cósmica. Rob tampou os ouvidos com as mãos. Ele viu membros da horda caírem no chão às centenas, atordoados ou mortos pela ira do Anjo Cinza.

Karyl virou e se arremessou nas costas do Anjo. Sua espada descreveu um arco de brilho em face à escuridão.

Raguel deu uma guinada sobre suas canelas mais largas. Seu braço esquerdo intacto acertou Karyl com as costas da mão. O capacete pontiagudo do homem foi arrancado. Ele caiu pesadamente de costas.

Não se moveu.

Rob grunhiu. A horda silvou em triunfo.

"Não", Melodía gritou. "Não é possível!"

Mas claro que era. O que era impossível era a luta que aquele homem impusera sozinho contra o próprio Anjo Vingador dos Criadores.

E o que era impossível estava salvando Karyl agora.

Ela se contorceu sobre a sela de Meravellosa. Quando matou Bogardus, uma desolação havia se abatido sobre a princesa, como se tivesse matado sua alma gêmea no mundo. Então, quando Karyl cavalgou para desafiar o Anjo, a sensação foi a de um feixe de luz ter brilhado no abismo negro dentro dela.

Agora, ela estava prestes a perder Karyl também. E, com ele, ela e o mundo perderiam até mesmo a esperança de ter esperança.

Reunindo tudo que tinha e mais, Melodía puxou com força a cabeça de Meravellosa de onde a égua remexia pedaços de gramínea pisada para

OS CAVALEIROS DOS DINOSSAUROS

nutrir seu corpo exausto. "Por favor, garota", ela suspirou, inclinando-se para dar uma batida no pescoço do animal. "Faça isto por mim agora."

Meravellosa relinchou e sacudiu a crina pálida. Começou a galopar como se tivesse acabado de sair do descanso mais doce de toda a sua vida.

Não vamos chegar até ele a tempo. As palavras ressoaram como uma elegia no cérebro de Melodía. *Mas, mesmo que eu chegasse, o que poderia fazer?*

Mas ela tinha de tentar. *Ao menos, prefiro morrer galopando do que parada.* Mesmo se isso significasse galopar na direção de um dos seus maiores pesadelos, o Anjo Cinza Raguel.

Como se do próprio solo do Paraíso, uma enorme e sinuosa sombra se levantou, à distância de uma azagaia do lado esquerdo de Melodía. Com dez metros de comprimento, de costas verticalmente listradas de quase preto para um amarelo acastanhado na parte inferior, era inequivocamente um alossauro. Ele surgira de uma cobertura que Melodía juraria ser incapaz de esconder um gato doméstico.

Erguendo a cabeça, ele emitiu um urro feroz e paralisante: *shiraa!*

Ninguém além de Melodía pareceu ouvi-lo. A súbita aparição do enorme devorador de carne quase ao seu lado a teria deixado completamente apavorada, se ela já não estivesse tão apavorada quanto possível.

Com enormes passadas, o monstro correu na direção do combate desequilibrado.

Embora Meravellosa estivesse galopando mais rápido do que a princesa jamais vira, o carnívoro a deixou para trás rapidamente, atirando-se diretamente para o centro da horda.

Para Shiraa, os duas pernas sem-rabo se davam a um trabalho ridículo de matarem uns aos outros, uma vez que raramente eles se devoravam.

Subindo por uma colina em meio a uma floresta densa, ela espiou o duas pernas com cabeça estranha de pé em seu cume. Com o coração disparado, correu na direção dele.

Antes que atingisse a beirada coberta por mato, o maravilhoso cheiro alcançou suas narinas: *Mãe!*

Mas Shiraa era um bom alossauro. E sua mãe a adestrara bem. Ela sentiu o cheiro de vários outros duas pernas também, e muito sangue. Aquilo fez a sua barriga roncar.

Lembrando-se de seu ímpeto natural e das suas lições, procurou um local para se ocultar. Ela desceu por uma pequena fenda, direto para o coração do matadouro. Claro, ajudou o fato de todos estarem prestando atenção a todo o resto, do que à possibilidade de um dinossauro predador de uma tonelada e meia se esgueirar para o meio da sua guerra.

Guiada por um senso de urgência crescente, Shiraa não se alimentava há dias. Agora, seu estômago parecia estar devorando a si próprio, enlouquecido pelos odores suculentos da carne rasgada.

Mas, ainda mais atraente que a dor da fome, era o cheiro. O cheiro da sua mãe. Que a amava, que cuidava dela e que fora roubada dela pelas coisas ruins.

Mãe! Shiraa vem! Shiraa boa garota!

Enquanto rastejava para se aproximar, ela viu sua mãe lutando. Ela lutou terrivelmente bem, como cabia à mãe de uma matadora. Ela matara um terrível Grande Devorador cinza, que deveria ter o dobro do tamanho do seu primo albino que tinha atacado Shiraa em seu ponto cego, naquele dia fatídico. O covarde. Mas a vingança podia esperar. Somente sua mãe importava agora.

Mas agora, sua mãe enfrentava um grande duas pernas sem-rabo. Ela não demonstrava medo. Contudo, havia alguma coisa naquele grande duas pernas que fazia com que o medo mandasse arrepios pela coluna de Shiraa, até a barriga.

A coisa cinza má atingiu ela. *Atingiu sua mãe!*

Aquilo não podia estar acontecendo. Rugindo seu próprio nome, Shiraa saiu de sua cobertura e arremeteu numa ira de fúria e amor.

Ele está se divertindo, Raguel, o Anunciador da Justiça Divina, Flagelo dos Impuros, pensou Rob, beirando o desespero. Claramente ele queria que todos, seguidores e inimigos, vissem a futilidade de resistir à vontade do Anjo Cinza sendo encenada em detalhes cruéis.

O Anjo ergueu a mão que lhe restara. Ela parecia estar queimando numa chama negra.

"A Mão da Morte!", Rob gritou para Gaétan. "Ninguém jamais a viu sendo utilizada antes e viveu para contar." Então, ele deu de ombros. "E é improvável que isso mude hoje."

Então, uma criatura de dez metros, listrada de preto, entrou no círculo de morte como um raio.

"Shiraa!", Rob Korrigan gritou pasmo. Em uníssono, o monstro em disparada vociferou o mesmo grito, magnificado cem vezes.

OS CAVALEIROS DOS DINOSSAUROS

Raguel começou a se virar. Sem reduzir, a matadora projetou a cabeça para a frente e agarrou o Anjo Cinza com seus dentes. Ela o ergueu contra o céu nublado. Braços e pernas compridos se debatiam inutilmente.

Shiraa mordeu com toda a força. Com um estalo capaz de partir os céus, o corpo do Anjo Cinza caiu, dividido ao meio.

Ele atingiu o solo de Paraíso como uma chuva de pó cinza reluzente.

De um lado do círculo, a irmã Violette montava um sacabuxa branco, completamente nua, exceto por uma capa de penas brancas. Assim que as cinzas do que havia sido Raguel desapareceram no chão firmemente pisoteado, seu próprio dinossauro de três toneladas se desintegrou.

Da nuvem branca resultante, ela saiu correndo como se estivesse pegando fogo. Ela brandia sua espada longa acima da cabeça.

"Blasfemador!", ela gritou. "Vou mandá-lo de volta para o Inferno!"

Ela correu diretamente para o ainda imóvel Karyl. De algum modo, ela ignorou um detalhe tão trivial quanto os três mil quilos do mais temido matador de Nuevaropa, que estava solicitamente inclinado sobre Karyl, com a ponta do focinho a um palmo de distância de seu rosto.

"Fanatismo é uma coisa maravilhosa", disse Rob, ao que Karyl despertava para tocar o focinho de sua amiga há muito desaparecida.

O hálito de sua mãe soprando em suas narinas era a coisa mais doce que Shiraa já sentira. O toque suave a fez estremecer de alegria. *Mãe voltou! Mãe!*

Um grito estranho chegou aos seus ouvidos. Ela virou a cabeça.

Viu uma duas pernas sem-rabo, pálida como uma nuvem, correndo em sua direção. Ela acenava um bastão que espeta no ar.

De repente, Shiraa recordou-se do quão faminta estava.

Mãe segura, disse a si própria, enquanto seu estômago roncava. *Shiraa pode comer agora. Shiraa bom alossauro.*

E olhe... comida! Comida vem para boa Shiraa.

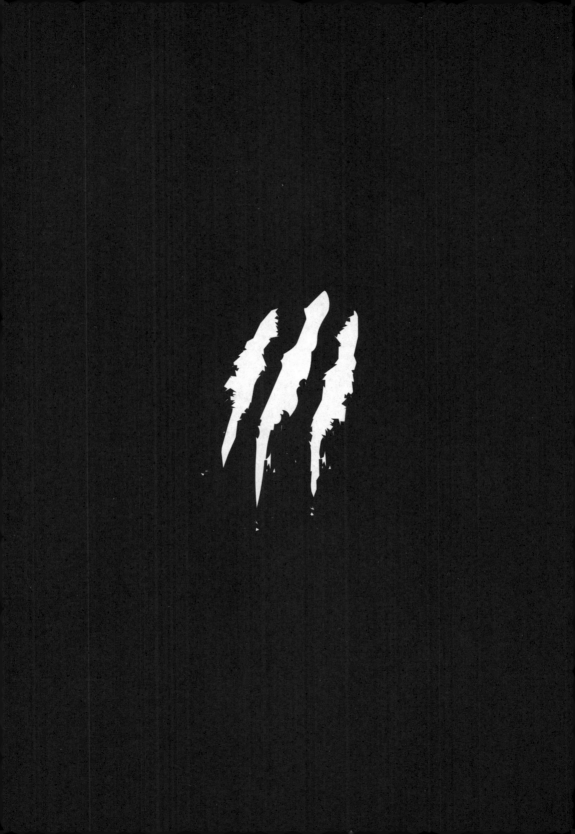

PARTE VI

SOBREMESAS

– EPÍLOGO –

Uriel, El Fuego de Dios, Fogo de Deus
Um dos Anjos Cinza, os Sete servos e vingadores da justiça divina dos Criadores. Um espírito do fogo, ligado à Filha Mais Velha, Telar, e dotado especialmente dos Atributos Dela de criação e impermanência. Dizem que ele é aliado de Raphael, o Espírito da Cura, e Remiel, o Misericordioso, portanto, estando entre os mais acessíveis dos sete. É sábio lembrar-se de que tais coisas são relativas, uma vez que as assistências dos Anjos raramente são gentis.
– UMA CARTILHA DO PARAÍSO PARA O PROGRESSO DE MENTES JOVENS –

"Pai", disse Melodía. Ela forçou-se a sorrir quando ele a abraçou. Seus braços eram mais fortes do que ela se lembrava.

Tudo que ela conseguia pensar era: *Ele parece tão pequeno*. Mas talvez fosse porque era só o que ela se permitia pensar.

Ele a segurou pelos ombros, os braços estendidos. "É tão maravilhoso revê-la, minha filha. Senti terrivelmente a sua falta."

"E eu a sua, pai." Ela se perguntou se estava mentindo. Confiou que a fadiga que pesava sobre suas palavras impediria que alguém percebesse qualquer falsidade nelas.

OS CAVALEIROS DOS DINOSSAUROS

Felipe deu um passo para trás e examinou o pequeno grupo reunido na colina, diante da tenda imperial. O sol ardia as bochechas de Melodía. As nuvens começaram a desaparecer após a queda de Raguel.

A vontade da horda de lutar tinha sumido com ele.

O zumbido das moscas em milhares de corpos espalhados nas redondezas era quase uma canção de ninar ao calor do meio-dia. O cheiro do oceano de sangue derramado nem tanto. Melodía questionou se algum dia ela pararia de senti-lo.

"Então esses são os seus amigos." A cabeça imperial acenou para eles um por vez: Gaétan. Garamond. Côme. Rob Korrigan. Todos suados, ensanguentados e se remexendo em suas armaduras. E Karyl, que, apesar das costelas quebradas e de outros ferimentos, insistiu em encarar o imperador do Trono Dentado de pé sozinho, sem auxílio. Todos pareciam ter sido banhados em sangue, que agora havia secado e começava a feder.

Melodía sabia que ela não estava diferente. Conseguia escutar a sua *dueña* ausente cacarejando ultrajada por ela se apresentar naquelas condições diante do pai. Na verdade, talvez aquilo até a tivesse incomodado – se a couraça peitoral dele já não se parecesse como se tivesse sido lavada pelo balde de um açougueiro. Traços vermelhos marcavam as fissuras do seu rosto redondo e nas raízes dos seus cabelos curtos e da barba. O imperador de Nuevaropa não havia ficado sentado ou à toa enquanto os outros o defendiam. Pelo menos, não no final.

Quem sabe um dia ela viesse a sentir-se orgulhosa.

Ela também sentiu as ausências, como um dente perdido. O turbulento Eamonn Copper. O barão Ismaël. E diversas das suas próprias crianças alegres e risonhas: Marc, Arianne, 'Tit Jean. Henri, o corredor das matas. Não haveria honrarias para eles, senão as lembranças dos amigos e camaradas.

Melodía não se permitia olhar além do pai, para aquele que se encontrava atrás dele, embora sentisse sua presença como a luz do sol. A necessidade de ver aquele belo rosto, de encontrar aqueles olhos verde-turquesa, queimava dentro dela como ferro quente.

Contudo, ela não podia arriscar-se a ver o homem que estava *ao lado* daquele que ansiava tanto, como se o amor de seus sonhos e seu pior pesadelo tivessem se tornado companheiros íntimos. O que, de fato, eles aparentemente o tinham.

VICTOR MILÁN

Karyl ergueu a cabeça e jogou para trás a longa cabeleira preta e prateada. "Não se recorda, Majestade? O senhor nos nomeou foras da lei. Ainda que, tendo em vista as circunstâncias atuais, pedirei que reconsidere a questão no que pesa meus companheiros. Sou eu que o senhor quer e me ofereço de bom grado por eles."

"Acalme-se, filho", Felipe disse. "Não fale besteiras. Não é adequado para um duque imperial."

"Um o quê?"

Karyl não tinha apenas enfrentado um Anjo Cinza cavalgando um tiranossauro rex de tamanho sobrenatural sem pestanejar. Ele os *atacara*. Agora, parecia confuso.

"Acho um título adequado em troca dos serviços que prestou hoje", completou Felipe. "Sem a sua intervenção, todos estaríamos mortos a esta altura. Por ora, é apenas uma titulação: nenhuma terra ou renda virá com ela. Mas elas virão."

Ele deu um passo atrás e varreu o chão com olhos verdes cansados, porém calculistas.

"A partir deste momento, todos são nobres do império. Todo homem e mulher que lutou ao seu lado será nomeado no mínimo cavaleiro. Eu nomearia até aquela sua matadora uma duquesa, se você achasse que ela compreenderia o título, duque Karyl. Nem que fosse para ver a expressão daqueles vermes no Salão do Povo, quando tivessem de confirmá-la."

Ele deu um sorriso vago. "Não tenho dúvidas de que encontrarei feudos para vocês, seus oficiais e mais. Parece que ultimamente alguns ficaram vagos."

Ele olhou para a direita. "Quanto a você, Falk von Hornberg, você também é sagrado como duque imperial. E você, meu sobrinho, meus parabéns. A partir de agora, é um príncipe imperial. É uma honra merecida. Ainda que nada possa fazer para compensar os dois pelo que fizeram e sofreram hoje. O mesmo vale para todos."

Com um estalido de metal no chão sujo, Jaume caiu de joelhos. "Majestade... meu tio... não posso aceitar..."

"Besteira de novo. Você cumprirá o seu dever. Como sempre o fez."

"Majestade, espere... por favor."

Felipe franziu a testa ante a interrupção, por mais tímida que tivesse sido. O coração de Melodía afundou. Rob era um homem estranho,

OS CAVALEIROS DOS DINOSSAUROS

com certeza, mas ele a tratara bem. E realmente amara Pilar, ao que parecia. Ele merecia um destino melhor do que ter a cabeça decapitada por *lèse-majesté*.

"Com todo o perdão, Majestade, mas certamente não pretende me incluir em um grupo tão brilhante, certo? Eu não sou nobre, Majestade, mas simplesmente Rob Korrigan, senhor dos dinossauros, menestrel, viajante e velhaco. Pela própria definição dos Criadores, o mais baixo entre os baixos. Vossa Majestade, senhor."

Felipe ergueu a sobrancelha. "E daí? Agora, você é o barão Korrigan, garoto, então pode se endireitar. Há olhos o examinando. E, se você estiver perto de ser o maior velhaco dentre meus vassalos, juro que vou comer uma carroça inteira de estrume, com rodas e tudo."

Rob o encarou com olhos que pareciam ovos de raspador, brilhando numa névoa verde, com as extremidades pintadas. Ele se endireitou.

"Compreendam, meus amigos, que sua realização no dia de hoje lhes garante qualquer recompensa que esteja no meu poder e do império de conceder", Felipe disse. "Por favor, compreendam também que é a necessidade, além da justiça, que impele minha generosidade. Pois, conforme estão os acontecimentos, eu preciso recompensá-los... ou enforcar cada um de vocês pela maior blasfêmia imaginável. E enforcar a mim mesmo ao seu lado.

"Então, partam. Limpem-se. Bebam algo, em nome de Maia. E, esta noite, no grande banquete de agradecimento por nossa conquista, eu proclamarei suas elevações. E todos vamos celebrar até estarmos bêbados demais para continuarmos de pé. O que me dizem?"

Um estalido robusto fez Melodía crer que Falk havia caído de joelhos, ao lado de Jaume. Ela curvou a cabeça ainda mais para baixo entre seus ombros rígidos.

Não deixe que eles vejam, ela ordenou a si.

Ele a tinha violado de uma forma terrível e secreta. Tinha destruído a sua vida e a acusado falsamente de traição, embora ambos tivessem parecido coisas insignificantes diante de seu grande crime. Durante meses ela ardera pelo momento em que voltaria a encará-lo.

Preferencialmente olhando dentro daqueles profundos olhos azuis, enquanto mergulhasse lentamente sua cimitarra na barriga dele.

Contudo, ali estava ele, um herói do dia. E ela não duvidava de que ele havia feito atos heroicos. Ela escutara os Tiranos Escarlates

VICTOR MILÁN

sobreviventes sussurrando, enquanto os Companheiros e Ordinários a escoltavam, junto dos outros capitães da Legião dos Fugitivos, ao topo da colina. Ele tinha salvado a vida de seu pai repetidamente, eles disseram, embora Felipe tivesse lutado bem.

Então vou matá-lo rápido. Ela ardia a ponto de apontar para o bastardo e gritar: *Ele me violentou. Ele é um monstro!*

Mas não poderia fazer tal coisa. Pelo bem do império. Pelo bem da sua família.

Ela não podia acusá-lo, aqui e agora, não mais do que podia esfaqueá-lo diante de seu pai e de todo o Exército Imperial. Suas acusações seriam tidas como delírios de uma mente temporariamente desarticulada por um horror e exaustão que nenhum ser humano deveria suportar.

Tenho de aguentar firme, ela disse a si própria. *Por enquanto, devo engolir meu orgulho e minha fúria.*

Pois ela via seu dever claramente agora. Para consigo mesma, para com sua família e para com o império. Ela tinha de arrancar a podridão que permitira a um câncer como Falk se aproximar tanto do coração do poder. E ela teria sua vingança contra Falk von Hornberg.

Como, ela não fazia ideia. Mas jurou a si própria que encontraria uma maneira. Karyl havia lhe ensinado isso: até que você esteja morto, sempre existe uma maneira.

O barão Côme foi o próximo a se ajoelhar, seu sorriso mais torto que de costume. Então, Luc Garamond e Gaétan, com expressão pasma. E Rob, que parecia ter sido golpeado na cabeça com o cabo do próprio machado.

Melodía perguntou-se se Karyl dobraria os joelhos agora para o homem que lhe traíra e o tornara um foragido. E o que seu pai faria a ele – mesmo tendo vencido Raguel – caso ele não o fizesse.

Karyl Bogomirskiy não dobrou os joelhos para *El Emperador* de Nuevaropa. Ele desmaiou e caiu de cara no chão.

Falk von Hornberg sentiu sua cabeça ser puxada bruscamente pelos cabelos do balde em que estava vomitando.

"Acha que já pode parar agora, Vossa Graça?", perguntou seu servo, Bergdahl. Seu rosto de duende pendia poucos centímetros acima da face de Falk, como uma lua disforme. "Foi bom que tenha comido horas atrás e não em demasia. Mesmo assim, é melhor se controlar, a não ser que esteja ansioso para ver a cor dos seus próprios pulmões ali fora, numa poça."

Falk esforçou-se para vomitar. Então, combateu a urgência ao sentir o vácuo no estômago. Ele assentiu, a despeito da pegada firme em seus cabelos. O movimento pinicou seu escalpo.

Apesar da força rija do servo, ele nunca mais foi capaz de puxar a cabeça de seu mestre para cima contra os músculos do pescoço de Falk da forma como o fazia quando ele era criança. Mas o duque estava completamente exaurido. E vomitando.

Bergdahl o soltou. A cabeça de Falk pendeu para a frente, na direção do balde de madeira, que felizmente não estava muito cheio, antes que ele conseguisse freá-la.

"E quando foi que se tornou tão melindrado, meu senhor? A matança raramente o perturbou antes. Tanto como participante, quanto como espectador."

"Nunca vi matança nessa escala antes", Falk respondeu, com a voz rouca por causa da bile corrosiva. "E nem matei tantos de uma só vez."

Bergdahl começou a limpar a boca e a barba de Falk com um trapo.

"Sei que mesmo um homem de verdade pode ver-se emasculado, após a fúria da batalha o ter abandonado, ao término do dia. Mas nunca o vi reagir de uma forma tão particularmente fraca."

Conforme Falk começava a ficar ciente de algo que não fosse a náusea avassaladora e o terror balbuciando dentro de seu crânio, ouviu colheres batendo em panelas, soldados em patrulha trocando conversas com serviçais que preparavam a ceia, uma voz feminina cantando lindamente em francés e diversos outros sons aleatórios que cercavam o conjunto de tendas imperiais no topo de Le Boule. Após um dia como aquele, parecia discordantemente comum.

"E você não percebeu a própria princesa indo até a tenda do imperador?", Falk perguntou, endireitando-se no seu banco de acampamento. "Ou só não a reconheceu com os cabelos curtos e o sangue espalhado por sobre aquela roupa de montadora?"

Bergdahl soltou uma gargalhada cadavérica. "Sua inteligência não está tão carcomida a ponto de achar que eu não veria tal coisa."

"Não compreende, seu maldito idiota? Ela pode me expor a qualquer instante. O que isso faria aos preciosos planos da minha mãe? Isso sem contar com seu único filho vivo?"

VICTOR MILÁN

"Se a duquesa Dowager estivesse aqui, ela o lembraria de que é o herói do momento, já que você e aquele seu pesadelo de olhos vermelhos massacraram publicamente um número realmente exemplar daqueles lunáticos, enquanto cumpria seu dever de preservar o sábio traseiro imperial."

Ele apanhou o balde com o vômito, olhou dentro e levantou a sobrancelha para seu mestre. Então, deu de ombros.

"A pequena vagabunda é mais esperta do que pensei, isso ficou claro. Ou ela não estaria aqui agora, brincando de soldado. Mas ainda foi criada como uma grande. Sabe muito bem que não há nada que possa fazer ou dizer agora que não cause uma crise quando o império e sua preciosa família menos podem dar-se o luxo de ter, uma vez que seu papai e o resto de vocês acabaram de ir contra a vontade dos Criadores, e tudo mais. E isso se acreditassem na história dela. O que não o farão."

Falk limpou a boca. "Da mesma maneira", ele disse, ciente do fato de que as ofertas dos hadas o tinham de fato chocado numa medida de autocontrole, e ardido de humilhação diante do fato, "ela cresceu em meio a intrigas. Não poupará esforços para enfiar em todos nós o chifre do tricerátopo encapado com aço e tudo, na primeira oportunidade que surgir nos bastidores."

Bergdahl cuspiu no balde, o que fez o estômago de seu mestre voltar a revolver-se.

"Se ela fosse assim tão boa em intrigas, nunca teria ficado em uma posição em que você pudesse destratá-la, Vossa Graça."

"Ela parece ser do tipo que aprende rápido. Lembre-se de como o pai dela costuma prestar atenção a quem conversa por último com ele. Ela terá muitas oportunidades de dar a última palavra. Ele só precisa farejar a verdade. Se isso ocorrer, nem você escapará de ser empalado."

"E quanto à preciosa Lei dos Criadores que permite passatempos do tipo a nossos governantes?"

Falk grunhiu: "Mesmo com aquele besouro de duas pernas, o Tavares, tendo sido mandado para o Velho Inferno por seus coleguinhas da horda, não se esqueça de todas as atrocidades às quais ele submeteu seu exército durante a marcha para cá. Sem Felipe dizer, ou melhor, tencionar. Acho que isso já quebrou suficientemente todas as Leis dos Criadores para que sua Majestade perdesse seu precioso sono, caso decidisse nos fazer pagar por vingança pela filha".

OS CAVALEIROS DOS DINOSSAUROS

"Nasci para ser enforcado. Minha mãe sempre disse", desdenhou Bergdahl. "E ela não mentiria para mim. Pelo menos não nisso. Mas realmente há algum fundamento no que você diz, para variar. Apesar da fadiga e do medo que estão desorientando seu cérebro mais do que de costume. Realmente, estamos atolados na merda, e ela está quase cobrindo até mesmo a minha cabeça."

Falk o observou, seus lábios com crostas de resíduos.

"Você não..."

"Oh, sim, Vossa Graça", disse Bergdahl com um sorriso afetado. "Sim, estou. Vou chamar a sua mãe."

"Você não ousaria. Não tão já."

Bergdahl deu outra gargalhada. "Acha que gosto disso mais do que você? Ela é de longe um mestre menos inquietante quando estou fora do alcance imediato de um braço."

"Fala como se tivesse medo dela."

"Só um tolo não teme a duquesa Von Hornberg. Nesse sentido, ela é como os Fae."

"Não existe esse negócio de Fae."

"Não existiam Anjos Cinza também, antes de você dar de frente com um. Mas aproveite sua reconfortante descrença um pouco mais, garoto. Desta vez, sua ignorância não nos custará nada de muito valor."

"Mas reuni-la a Felipe?", disse Falk. O que foi um erro. Ele ficou tão tonto que quase pendeu para o lado. "Isso soa como uma receita para o desastre."

"Ah, e é", respondeu Bergdahl. "Mas se ganharmos mais do que merecemos, trará mais problemas para os outros do que para nós. Se faz com que se sinta melhor, esse sempre foi o plano dela. Por enquanto, o importante é que, se existe alguém que possa nos arrancar da latrina, é ela. Sua mãe conseguirá lidar com aquela princesinha vingativa."

"E com toda a sua poderosa família real!"

Criadas que ela não conhecia a banharam, untaram com óleos aromáticos e vestiram com roupas macias de seda. Roupas *limpas* de seda.

Em algum momento no futuro, Melodía aprenderia seus nomes. Quem elas eram, quem suas famílias eram. Quem amavam e o que queriam da vida. Ela nunca mais esnobaria serviçais. Não depois de Pilar. Ou do que suas damas de honra no Palácio dos Vaga-lumes tinham feito

VICTOR MILÁN

para libertá-la. Mas isso ficaria para depois. Agora, ela estava inebriada pela pura alegria existencial de não estar mais coberta por sangue pegajoso e fedendo como sete tipos diferentes de merda. Literalmente.

Untada com óleos cujos deliciosos aromas quase não faziam sentido para ela em seu estado atual, o vestido justo ao corpo ainda úmido, ela veio da tenda da câmara de banho.

E estancou. Melodía sentiu uma presença pairando na sala principal. Uma alta e distintiva presença masculina.

Ela parou próxima da cortina ao lado da porta de saída. Seus olhos examinaram freneticamente à sua volta. Não havia nenhuma arma à mão. Ela premeu firme os lábios e pensou em sua cimitarra esperando na bainha, no outro cômodo. Poderia muito bem ser em La Merced.

Então... "Melodía? Querida?"

A voz era música, as palavras um vinho doce. Ela passou pela cortina de seda. Ele tinha se banhado e vestido uma blusa nova de seda e calças brancas e amanteigadas. Um pequeno diadema de ouro trançado prendia os cabelos laranja para trás do rosto perfeitamente esculpido.

Quando caiu em seus braços, ela sentiu a exaustão afrouxar seus músculos normalmente firmes. Não importava. Só o que importava no mundo é que ele estava ali.

"Meu amor", ela suspirou. "Jaume." E jogou a cabeça para trás, deixando os cabelos curtos penderem.

Suas bocas se encontraram num beijo que se pareceu com aquele primeiro longo gole de água após o término da batalha. E, se ele ainda carregava uma insinuação do odor da morte consigo... ela também.

Melodía contorceu-se em seus braços para deixar seu vestido cair. Ele também estava tirando as roupas, ainda a segurando. Então, ela se esqueceu de tudo, exceto dele, e os dois adoraram a Beleza e a Dama como se fossem uma só mente e uma só alma.

"Bem-vindo, duque Karyl do Império do Trono Dentado. Eu o saúdo."

A espada de Karyl deslizou de dentro de seu bastão. Aquela voz o assombrava com familiaridade.

Então, ele a apreendeu. "Afrodite?"

Era a feiticeira – a assim chamada e, enfim, comprovada. A mulher que contratara ele e Rob Korrigan para irem a Providence, tantas vidas atrás.

Que me devolveu a minha mão.

Ele ainda vestia os trajes de batalha e o fedor que a acompanhava. Ele estivera cuidando o melhor que pôde das necessidades das pessoas e dos animais que liderara na luta, antes de consentir em banhar-se e trocar de roupa. O preço que recaíra sobre elas pesava em sua alma como montanhas.

A tenda que lhe fora designada ficou lúgubre. Ela ficava no lado oeste da colina arredondada que os imperiais chamavam de Le Boule. O sol tinha descido o suficiente para lançar sua sombra sob ela.

Afrodite pisou num feixe de luz residual que entrava por um remendo no alto da tenda. Partículas de pó dançavam nela. A espada de Karyl, que tinha começado a descer conforme o cansaço voltava a vencê-lo, entrou em guarda novamente.

A feiticeira usava um manto e capuz escuros. Karyl fez uma careta.

"Espere", ele disse hesitante. "Por que você se parece com a Testemunha?"

Ela jogou o capuz para trás, revelando cabelos que caíram como lava nas suas costas.

"Porque eu sou a Testemunha, Karyl."

"Mas você é jovem", ele disse. "A Testemunha é tão velha quanto o mundo. Ela me disse."

"Garoto tolo", disse a hóspede indesejada. "Eu sou o mundo."

"Você é um monstro!", ele gritou. Ele a atacou.

A espada cortou ar. Pó dançou. Ele perdeu o equilíbrio e caiu de peito no chão.

"Que magia maligna é esta?", gritou, ficando desesperadamente de joelhos.

"Não estou aqui", ela respondeu. "Isto é só minha aparência. Uma projeção."

"Uma o quê?"

"Uma ilusão, se preferir. Pode me ouvir e ver. Mas não estou aqui. Ou melhor, estou... eu estou em todos os lugares. Mas não em qualquer forma que você reconheceria."

"Seu monstro sem coração", ele bradou. Então, irrompeu em lágrimas.

Por quanto tempo ficou de joelhos soluçando, com o rosto mergulhado nas mãos, Karyl não poderia dizer. Quando tornou a olhar para cima, enfim resignado, ela estava de pé à sua frente, sorrindo gentilmente.

"Gostaria de poder tomá-lo em meus braços", ela disse, estendendo a mão acima da sua cabeça.

VICTOR MILÁN

"O que mudou agora?", ele exigiu saber. Ele bateu na mão, esquecendo que a atravessaria. Foi o que ocorreu. "Por que não se sentiu assim quando eu estava nu e desesperado no Hassling? Por que você não... por que não ajudou nenhum de nós? Por que nos observou sofrer e morrer por séculos? Diversão barata?"

"Não." Ela se ajoelhou ao lado dele. "Agora levante-se e, pelo menos, sente numa cadeira."

"Por que deveria?", ele perguntou, sabendo que era só petulância.

Ela riu como uma garoa macia. "Vou te contar as coisas. É isso que você realmente quer."

Dolorosamente, ele se forçou a escalar um banco de acampamento. Estava com as costelas quebradas, ele sabia; e elas tinham sua maneira de fazê-lo lembrar-se daquilo. O imperador havia pedido que seus médicos pessoais cuidassem de Karyl, contra as objeções do próprio, que dizia haver centenas de feridos piores, aguardando cuidados. Os médicos untaram seu tórax com pomadas analgésicas e o enrolaram firmemente com bandagens. Também ofereceram decocções de ervas para minimizar a dor que ele sofria sempre que precisava fazer algo como respirar, mas ele recusou. Não queria entorpecer sua inteligência ou reflexos mais do que a fadiga já havia feito. Sabia que em Paraíso o perigo mortal nunca estava longe. E ele aprendera a viver com dor.

Mas, por mais incrível que fosse, o restante de seus ossos estava intacto. Por outro lado, não havia um centímetro quadrado de seu ser que não estava com hematomas.

"Então você me tem nas mãos", ele disse. "Não me restou nada para lutar contra você."

Ela riu novamente, mais alto desta vez. "Isto vindo do homem que derrotou Raguel sozinho em combate?"

"Eu não o fiz. Foi minha Shiraa."

Ele estava tão cansado que até mesmo a alegria de se reunir à sua velha companheira fora abafada. Sua boa garota estava deitada, adormecida num curral especialmente robusto ao sul, entre o campo de batalha e a cidade mais próxima de Canterville. Ela estava tão exausta que meros doze cuidadores conseguiram segurá-la quando ela rosnou e atacou Floco de Neve. Que de sua feita também estava tão fadigado que mal levantou a cabeça para piscar um olho para ela.

OS CAVALEIROS DOS DINOSSAUROS

"Você o enfrentou. Sozinho. E foi uma luta e tanto. Nenhum outro homem na história jamais fez algo parecido. Algumas almas particularmente corajosas ou imprudentes tentaram, mas morreram instantaneamente. Confie em mim... eu sei!"

Ele acenou a mão, debandando. "Como você disse. Tem coisas a me contar. Mas aposto que não vai contar o que realmente quero saber."

"O que é?", ela perguntou. "Quer dizer, por que ainda está vivo? Onde passou os meses entre o período que caiu do Olho, com a vida escoando pela mão decepada e um horror vivo agarrado em seu peito como uma boneca de criança, até virar um saltimbanco, andando numa carroça de chifrudo em Sansamour? Ou quer saber por que os humanos existem no mundo? Ou, com efeito, por que o mundo em si existe?"

"Sim."

"Tem razão. Não contarei nada disso."

Ele piscou. Ela conseguia surpreendê-lo de forma consistente. Ele não gostava daquilo.

"Então o quê?"

"Posso contar que sua fervorosa e frequentemente expressada descrença nos Criadores está equivocada. Os Criadores são reais, as histórias sobre a Criação são verdadeiras. Substancialmente."

Ele ergueu a mão esquerda, flexionando os dedos imundos. "Esse tanto eu supus. E alguma coisa sobre enfrentar um Anjo Cinza em combate tende a dissipar as últimas dúvidas que restavam, devo admitir. Então, quem é você? O que é você? Vai pelo menos me dizer isso?"

"Eu sou a alma do mundo", ela respondeu. "O Paraíso sou eu. Eu sou Paraíso. Eu fui Criada ao mesmo tempo em que o mundo, e o observei tomando sua forma final. Agora, sou sua zeladora. O maior domo dos Criadores, se assim preferir."

"Então por que não me abate e termina o serviço que seus amigos Anjos começaram... e falharam."

Ela balançou a cabeça. "Nós somos... separados. Fomos criados para tarefas separadas."

"Por que você me ressuscitou?"

"Não. Eu disse... não posso interferir diretamente nas questões humanas. Se me perguntar se posso fazer uma tempestade... sim, eu posso. Se me pedir para trazer a chuva para ajudá-lo – ou para atrapalhá-lo – eu não posso. Curar você foi o limite do que tenho permissão

VICTOR MILÁN

para fazer. E mesmo isso incluía riscos adicionais terríveis que você não pode compreender.

"Os Criadores. Me limitaram e ataram. A verdade é que eles despenderam bem mais esforço garantindo que eu, assim como os Anjos Cinza, nunca me tornasse poderosa demais. E foram sábios ao fazer tal coisa."

"Mesmo no seu caso?"

"Especialmente no meu", ela disse com tristeza.

"Você pode ser morta, como Raguel?"

"Eu não sei. Suspeito que sim. Anjos morrem. Mas não se engane: Raguel está longe de ter morrido. O que sua leal e adorável amiga destruiu de forma tão providencial foi tanto ele como esta ilusão que sou eu. Sua essência estava segura, distante do campo de batalha. Ele está apenas... sofrendo uma inconveniência."

"Então o que o impede de voltar e terminar o que começou, ainda mais furioso do que antes?", perguntou Karyl, realmente alarmado.

"Ele não o fará", disse a Alma do Mundo. "Os Sete Anjos Cinza têm sua própria hierarquia, sua própria cultura, seus próprios conflitos e rivalidades... política, por assim dizer. Tendo fracassado desta vez, Raguel vai demorar bastante tempo até tentar novamente. Mesmo dentro da sua avaliação."

"Mas outros Anjos vão?", perguntou Karyl, não totalmente convencido.

"Pode apostar que vão."

Ele respirou fundo. "Mas você se opõe a eles?"

"Nisto, sim", confirmou ela. "Eles pretendem erradicar a humanidade. Eu vim para amar a sua espécie, Karyl. Além disso, acredito que os Anjos vieram a interpretar mal os desejos dos Criadores."

"Então por que os Criadores não interferem?"

"Digamos que os Oito têm seus próprios planos."

"E o que você quer comigo?"

"Lembra-se do que disse a você naquele dia, no Hassling, de que achei ter sentido algo especial em você? Algum tipo de destino?"

Seus dedos pressionaram os braços da cadeira. As mãos judiadas prontamente sentiram câimbras. Ele curvou-se, estremecendo, e libertando os dedos por pura força de vontade bruta.

"Admito que duvidei da minha percepção", Afrodite disse. "Mas você provou que minhas dúvidas estavam erradas. Você possui dons incomuns, não só de sobrevivência. Assim, eu o escolhi."

OS CAVALEIROS DOS DINOSSAUROS

"Escolheu para o quê?"

"Como meu campeão."

"O que isso quer dizer?"

Ela sorriu. "Assim como suas outras questões, esta aguarda que você aprenda mais para compreender a resposta."

Ela inclinou-se para ele, juntando os lábios como num beijo. Onde a boca do fantasma tocou a sua testa, ele sentiu uma cócega.

"Espere!", ele gritou e a segurou.

Seus braços agarraram ar. Ela havia desaparecido. Ele caiu de cara.

Ainda estava choramingando, com o coração partido, quando os serviçais chegaram para aprontá-lo para o grande banquete de graças.

Rob Korrigan – sir Rob, agora, barão Rob, por favor – estava bêbado.

Não apenas bêbado. Não "alto". Não com cara de bosta. Mas gloriosamente, excitadamente, poderosamente bêbado. Como somente a fadiga venenosa de um duende, a alegria inesperada da brutal salvação e litros da melhor bebida que ele já vira poderiam deixá-lo.

E, bem, ele pensou, *estou com cara de bosta. Isso também.*

Quando um corpo sugava tamanhas quantidades de álcool em suas mais diversas formas, particularmente a própria cerveja do imperador (a bebida dos deuses!), havia certas consequências típicas e previsíveis. Assim, pouco após o término do grande banquete, Rob estava tropeçando ao longo do acampamento imperial atrás de Le Boule, em busca de um lugar para mijar.

Tendo encontrado uma tenda grande o suficiente para ocultá-lo de olhos alheios, ele se pôs a fazê-lo. Estava experimentando um alívio tão puro e profundo que ficou surpreso por simplesmente não desinflar como uma bexiga cheia de ar e cair totalmente aplainado, quando escutou vozes próximas. Uma voz, em particular, pareceu conhecida. Ainda que apenas uma familiarização recente.

Ela veio da parede da tenda, Rob percebeu. Também viu, conforme o alívio em sua bexiga permitiu que o sangue voltasse a fluir para o cérebro novamente, o que falhara em perceber antes. À luz de Eris nascendo, a tenda mostrava distintivas faixas largas. Vermelhas e douradas.

Bem, Rob, meu rapaz, não é típico de você?, disse ele a si próprio. *Assim que vira um nobre, resolve ir mijar logo atrás da tenda do imperador. Ou, para ser mais preciso, mijar diretamente sobre ela.*

VICTOR MILÁN

As vozes murmuravam. Havia alguma coisa na segunda, uma rouquidão que o fazia lembrar-se de asas de insetos, o que o fez fechar o rosto. De algum modo, ela não parecia soar certo.

Foi quando ele percebeu o buraco no tecido.

Era pequeno, uma mera fenda. Provavelmente de alguma flecha aleatória. Era estranho encontrar um ali; mas lhe disseram que a luta tinha irrompido em todas as direções, inclusive ali. A batalha foi desde o enorme forte, constituído de carroças de suprimentos, até o Chausée Imperial, em direção ao vilarejo.

Até Shiraa dividir aquele demônio Raguel em dois.

O fim do Anjo Cinza, ou fins, deixara todos os cruzados cujas almas ele controlava piscando em espanto. Alguns começaram a chorar, outros vagaram confusos. Outros estavam simplesmente perdidos num vazio, como se ao alcançar de forma etérea suas mentes, o Anjo Cinza tivesse destruído algo lá dentro.

Isso era a maior parte da horda. Uma minoria, claro, consistia daqueles que se juntaram à cruzada de boa vontade. E tomaram parte avidamente das suas recompensas sinistras.

Esses desapareceram no horizonte o mais rápido que puderam, assim que Raguel caiu. Tão exaustos quanto surpresos, os vitoriosos permitiram que fugissem. Ao longo das semanas e meses seguintes, eles caçariam os colaboradores. Mesmo se levasse anos. Rob pensou se poderia pedir permissão para tomar parte na caçada. Embora duvidasse que fosse haver falta de inscritos.

Peça permissão para Karyl, além da do imperador, ele lembrou a si próprio. Podia ser um barão imperial agora, mas Rob Korrigan tinha suas prioridades acertadas. E também tinha sorte por seu amigo e companheiro também ser seu senhor suserano, tudo pela mágica do decreto imperial.

Novamente, as vozes sussurravam. E seu olhar voltou a perscrutar o buraco. Aquele convidativo buraco.

Ele terminou, se sacudiu, voltou a guardar tudo no lugar e fechou a calça. Não era bom andar pelo acampamento com o Pequeno Rob espiando sem ser convidado; não era digno da sua nova posição aristocrata. Assim como não o era espionar; muito menos sua Majestade.

Mas até aí, Rob raciocinou, *as coisas acontecem por um propósito neste belo mundo que os Criadores fizeram. Não foi o que todos vimos hoje?*

OS CAVALEIROS DOS DINOSSAUROS

Então, aquele buraco... mais Rob... mais aquelas vozes... bem, seguramente tudo contribuía para o manifesto da vontade dos Criadores. Não havia como negar.

E Rob, sendo um homem do credo – ainda que temporariamente e sob direta influência de certas manifestações espirituais recentes e pavorosas, além de uma quantidade realmente épica de bebida – nunca foi um rapaz que desafiasse os Criadores. Não abertamente. De fato, não.

Ele tirou sua adaga e, deslizando a ponta no pequeno rasgo, o melhorou um pouquinho.

Poderia ser que uma tarefa como aquela não fosse de todo estranha à sua mão.

Ele alargou o buraco o suficiente para que espiasse sem precisar segurá-lo aberto com os dedos, e arriscar ser pego como um palerma.

As palavras flutuaram até entrar em foco, como pequenos peixes do fundo lamacento de um lago que chegam à água clara na superfície.

"Por favor, frei Jerónimo", Rob ouviu, e pareciam palavras soluçadas por Felipe. "Sei o que me disse antes, mas confesso: ainda tenho dúvidas. As mais terríveis dúvidas. Eu realmente cumpri a vontade dos Criadores ao desafiar seu emissário nomeado?"

Rob espiou lá dentro. De início, ele divisou pouca coisa. Estava olhando para o canto traseiro, transformado em uma alcova por uma tela móvel. A única luz atravessava filtrada pelo papel, vinda de uma única lamparina a óleo na extremidade oposta da tela. Felipe também estava sentado do outro lado.

Ah, pensou Rob, tentando aguçar a visão. *Aí está você, meu rapaz misterioso. Vamos dar uma olhada em você, então.*

Aparentemente, todos os olhos do império tinham lutado, sem sucesso, para obter um mero vislumbre do poder que se sentava invisível atrás do Trono Dentado. Agora, Rob tirara a cartela dourada. Ele chamava isso de seu dever.

As sombras ganharam formas.

Por pura sorte do destino, Rob conseguiu não gritar. Conseguiu, na verdade, cambalear para a noite sem algaraviar em voz alta, embora o terror ameaçasse dissolver seus ossos dentro do corpo.

Porque o frei Jerónimo, sentado em uma cadeira, trajando simples mantos marrons típicos de monges, não era um homem.

Ele era, inequivocamente, um Anjo Cinza.

AGRADECIMENTOS

O número de pessoas que ajudaram a tornar este livro possível só cresceu. Não posso fazer nada além de elencar os pontos altos.

Obrigado aos meus amigos na Sociedade de Ficção Científica de Albuquerque e na Archon, em St. Louis, pelo carinho e pelo apoio.

Mais uma vez, agradeço aos meus colegas da Critical Mass, do passado e do presente, que me ajudaram a fazer isto aqui: Daniel Abraham, Yvonne Coats, Terry England, Ty Franck, Sally Gwylan, Ed Khmara, George R.R. Martin, John Jos. Miller, Matt Reiten, Melinda Snodgrass, Jan Stirling, Steve Stirling, Lauren Teffeau, Emily Mah Tippetts, Ian Tregillis, Sarena Ulibarri, Sage Walker e Walter Jon Williams.

Obrigado ao meu agente, Kay McCauley; minha editora, Claire Eddy, e sua infalível assistente, Bess Cozby; e a Richard Anderson, pelo que Walter Jon Williams chamou de "A maior capa da história do universo". E a Irene Gallo por tê-la aprovado.

Agradeço a todo o pessoal do Jean Cocteau Cinema e a galera da GRRM pela ajuda: Raya Golden, Melania Frazier, David Sidebottom, Laurel Zelazny e Lenore Gallegos. E um agradecimento especial a Patricia Rogers e Sage por partirem ao meu resgate.

Um enorme obrigado vai para Ron Miles, Webmaster Supremo, por ressuscitar meu site dos mortos, e com estilo! E a Theresa Hulongbayan e Gwen Whiting, por criarem e moderarem minha página no Facebook!

Agradeço de coração a George R.R. Martin por muitas coisas.

Obrigado ao meu Exército dos Dinossauros por manter a fé.

E obrigado a Wanda Day por tudo o que fez por mim. Você sabia – após a minha afirmação de que ela não fora a inspiração para o nome do machado de Rob Korrigan e tal – que ela realmente se vestiu com a fantasia daquela coisa no Bubonicon Masquerade, em 2015? Pois é, ela fez isso.

E, como sempre, obrigado a você por ler.

VICTOR MILÁN já publicou mais de cem romances. É um dos moradores mais ilustres de Albuquerque, Novo México, depois de Walter White. Victor é autor residente da Bubonicon, a Convenção Anual de Ficção Científica e Fantasia da cidade. Em mundos anteriores, foi caubói e o mais popular DJ especializado em prog-rock da noite de Albuquerque. victormilan.com

AGOSTO DOS DINOSSAUROS
DARKSIDEBOOKS.COM